Дмитрий Вересов

КРИК ВОРОНА

сериал «Черный ворон»

КНИГА ТРЕТЬЯ

Санкт-Петербург
Издательский Дом «Нева»
Москва
Издательство «ОЛМА-ПРЕСС»
2002

ББК 84(2Рос-Рус)6
В 31

Текст переработанный и дополненный

Кадры из телевизионного сериала «Черный ворон», производство ООО «„Новый русский сериал“, 2001 год» предоставлены обладателем исключительных прав на использование сериала — ООО «Новый русский сериал».

Вересов Д.

В 31   Крик ворона. Сериал «Черный ворон». Книга третья. — СПб.: «Издательский Дом „Нева“»; М.: «ОЛМА-ПРЕСС», 2002. — 429 с. — (Серия «Огни большого города»).

ISBN 5-7654-1710-8
ISBN 5-224-02668-7

Третья книга сериала «Черный ворон». После множества испытаний героини вступают в полосу устойчивости и гармонии. Но надолго ли? Роковая встреча сулит грядущие бури...

ББК 84(2Рос-Рус)6

ISBN 5-7654-1710-8
ISBN 5-224-02668-7

У некоторых драконов крыльев нет вовсе, и они летают просто так.

Хорхе Луис Борхес

От автора

Не случайно последней цитатой в «Крике ворона» — заключительной части сериала про Татьян — является строка из «Ворона» Эдгара По. Мрачноватый американский романтик знал, про что пишет. Однако сила, олицетворяемая вороном, не только карает, но и вознаграждает — но только тех, кто способен воспринять и осмыслить ее предначертания и соответствующим образом построить свою жизнь. К таким редким представителям человечества относятся обе Татьяны.

27 июня 1995

Она откинулась на стуле и подняла на свет прозрачный пластиковый стаканчик. Шампанское окрасилось в неяркую бледную синеву — сейчас единственная лампочка, забранная в толстый колпак из небьющегося стекла, работала в ночном режиме — скажите, какой интим... «Хейдсик»... Неплохая марка... В последний раз они с мужем отведали «Хейдсик» в «Серебряной Башне»... Или на приеме у китайцев? Сейчас и не припомнишь... У них в доме предпочитали старомодную вдовушку «Клико Понсардэн»: один старинный приятель Андрика входил в совет директоров компании и ящиками доставлял искристый напиток своему «дорогому шер ами и его очаровательной подруге»... Для непосвященных она так и оставалась подругой. Брак Короля со второй за всю историю Ордена женщиной-Магом и не мог не быть тайным. Это явление скорее тектонического порядка...
Она не спеша сделала три глотка и поставила стаканчик на откидной белый столик с пластмассовой крышкой. Не считая початой бутылки, на столике находились пачка сигариллок, зажигалка да легкая пепельница из белой пластмассы. Ах это царство уединенного досуга, пластиков и белизны! Белые стены, белый потолок, белая кровать, приваренная к белому полу, белый экранчик перед закуточком с «удобствами» (сами «удобства», правда, голубые). Даже тарелки, ножи-пилочки, вилки с закругленными кончиками, ложечки — все это, как и полагается, она поставила на полку под окошечком в двери — обязательно белые и обязательно пластиковые... Только вот

5

с бутылочкой промашка вышла... Она усмехнулась, представив себе коллекционное шампанское в пластиковых бутылках. Или в бумажных пакетиках, как молоко. Специальный разлив для особой категории клиентов... Она взяла недопитый стаканчик. Из коридора донесся звук шагов, и почти одновременно лампочка на потолке ослепительно засияла, облив небольшое помещение ярким, беспощадным светом. Звякнули ключи. Начинается...

Глава первая
ПОДАРКИ СУДЬБЫ
(27 июня 1995)

Новехонький серебристо-серый «понтиак» несся по Приморскому шоссе по направлению к городу. За рулем сидел неприметный молодой человек в черной кожаной кепке, рядом с ним, поигрывая мощными челюстями, развалился гигант в камуфлированной безрукавке. Заднее сиденье занимал полный лысоватый господин в черном смокинге с атласными манжетами и лацканами. Он задумчиво смотрел в окошко и негромко напевал:

— Небоскребы, небоскребы, а я маленький такой... Витюня, нащелкай мне Феопентова. Рабочий... То мне скучно, то мне грустно...

— Есть, Леонид Ефимович. Сам, — отозвался через минуту гигант Витюня, передавая трубку радиотелефона господину в смокинге. Тот хмыкнул, поднес трубку к уху.

— Левенька-здоровенько! — весело сказал он. — Ага, он самый. Богатый будешь... Ну да, конечно же, дела, дела... Покой нам только снится. Как оно, твое ничего?.. И слава Богу! Да, тоже вот живем помаленьку, хлеб жуем... Бывает и с икоркой, конечно. Слушай, а у меня к тебе просьбочка одна. Очень обяжешь... Нет, с этим пока напряженки не наблюдается, у меня вопрос другого рода. Не в службу, а в дружбу, разузнай-ка мне поподробнее, что за компания у вас там в девятьсот первом обретается, ну и по соседству, если одной шайкой... Особенно интересно, если есть среди них такой доктор Розен с супружницей... Фирма «Информед». Не слыхал? Я тоже... Через сколько перезвонить?.. А побыстрее нельзя?.. Ну, спасибо, за мной не заржавеет, ты же знаешь. Жду.

7

I

Марина Валерьяновна Мурина принадлежала к презренному меньшинству, изгоям и отщепенцам. В то время, как весь советский народ... Народ, люто ненавидя синюшные, тяжкие, похмельные понедельники, напротив, чрезвычайно положительно относится к пятницам, рабочим лишь постольку-поскольку и вливающим в душу трепетную благодать предвкушения двух дней законного оттяга. И поскольку ожидание счастья сплошь и рядом оказывается весомее собственно переживания этого самого счастья, не будет преувеличением сказать, что пятница стала любимым днем для всей страны. Марина же Валерьяновна к понедельникам относилась индифферентно (три урока в училище плюс часовая частная халтурка там же), не любила вторников (занятия и утром, и в вечерней группе), пятниц же терпеть не могла и боялась их до умопомрачения. Директриса уже который год ставила Марине Валерьяновне на пятницу три вечерних урока. Конечно, из-за глубокой личной неприязни, так и сквозившей в отстраненно-деловом тоне, который держали с Муриной и администрация, и коллеги, мымры бездуховные. Ясное дело, они у директрисы все в любимицах, свои в доску, чай, из одного бачка мусорного вылупились. И, естественно, ни одна из этих шкур не имеет такого гадского расписания, как она.

— Но, Марина Валерьяновна, дорогая, у Семеновой два маленьких ребенка, Лихоманкина у нас на полставки, Куцева в декрете, а часы закрыть надо... — бубнила в ответ на ее справедливые протесты секретарша Эльвира, отводя глазки, заплывшие от хитрости и тайных запоев.

И бесполезно доказывать этой метелке, что такое расписание обрекает Марину Валерьяновну на ночной пятнадцатиминутный марш по жуткому пустырю, где каждые сутки кого-нибудь грабят, избивают, насилуют и недели не проходит без свежего трупа...

До восьмидесятого года Мурина жила в одной комнате с бывшим мужем в гнусной коммуналке на Маяковского. Комната запущенная сверх меры, разделенная перегородкой — чтобы поменьше видеть мерзкую смазливую харю экс-супружника. Соседи сплошь твари, суки, быдло... Марина Валерьяновна вздохнула было с облегчением, когда их трехэтажный флигелек дал неизлечимую трещину прямо по комнате соседей Фуфлачевых — жаль, никого не убило, когда обрушился потолок! — и пошел под экстренное расселение. Но мерзавцы, окопавшиеся в жилкомиссии, приличную площадь придержали для ворья, у которого всегда есть деньги на взятку, а Муриной выдали смотровой на комнатушку в трехкомнатной квартире на восточной окраине Купчино. В ответ на законные упреки исполкомовская сволочь нагло заявила:

— С площадью в городе напряженка. Вы бы, гражданочка, радовались, что на гражданина Жолнеровича отдельный ордерок выбить удалось.

Докторишка усатый, муженек ее ненаглядный, получал сходную комнатушку где-то у черта на Пороховых.

Новые соседи оказались, естественно, не лучше прежних, разве что числом поменее. Парикмахерша Зойка — сплетница, развратница и алкоголичка. Тупая бабка с дебильной внучкой, не сливающей за собой в сортире. В город выбираться переполненным автобусом, за сорок мучительных минут доползавшим до «Электросилы», — либо через тот самый пустырь на электричку до Московского. Днем еще ничего, а вот с наступлением темноты...

Пожив с недельку на новом месте, Марина Валерьяновна купила в канцелярском шило и с тех пор носила в портфеле. Часто укалывалась до крови, рвала книги, бумаги, но выбросить не решалась.

Как ни странно, оружием самообороны не пришлось воспользоваться ни разу. Ни грабители, ни насильники не проявляли к ней ни малейшего интереса. Даже несколько обидно.

Природа жестоко насмеялась над Мариной Валерьяновной, вложив трепетную, ранимую и возвышенную душу в несуразное тело, словно составленное из частей, предназначавшихся разным людям. Круглое как блин курносое лицо с узенькими глазами и широкими, густыми бровями. Короткая бычья шея, мясистые плечи и руки. Квадратный рубленый торс без намека на талию. И длинные, стройные, изящные ноги, при такой фигуре вызывающие ассоциации не с красавицей-балериной, а с паучихой. «Ну и пусть, — говорила себе Марина Валерьяновна, наспех подкрашиваясь перед зеркалом. — Внешность не должна отвлекать от насыщенной духовной жизни».

И вынуждала себя читать модные книги, бегать на модные выставки и кинофильмы. Мучилась, маялась тоскою, зевала, ничего не понимая, зато потом могла, закатив глаза, со страстью рассуждать о высоком. Как правило, сама с собой — слушатели находились редко. «Дождетесь вы у меня! — нередко шептала она, засыпая или глядя в зеркало. — Вы у меня еще все попляшете, все!»

И с закрытыми глазами представляла себе, как подъезжает на «Волге» последней модели к неказистому зданию училища и в сопровождении нового мужа, шикарного как Бельмондо, под взглядами умирающих от зависти училок направляется к директрисе, обливая ту презрением и заодно поражая по самое некуда моднейшим ансамблем «от кутюр» и небрежно позвякивающим на запястье браслетом с бриллиантами чистой воды, забирает трудовую книжку. А вечером принимает в своих роскошных апартаментах разных знаменитостей, и они, такие лощеные и беспредельно высокомерные с другими, жадно и подобострастно ловят каждое слово, каждый жест хозяйки. С этими она держится снисходительно-любезно, ни жестом, ни словом не выказывая ненависти и презрения... Это сейчас, когда она никто, они ее в упор не видят. Да что они — всякая тварь последняя, вроде тех же училищных или соседок, и те за человека ее не считают. Ну ничего, все еще переменится, будет и на нашей улице праздник, еще на коленях ползать будут. Все ползать будут...

Марина Валерьяновна спустилась с тускло освещенной платформы и, ориентируясь на огни далеких кварталов, отправилась в путь между сухими прутьями прошлогодней травы, пластами жирной грязи, кучами мусора, вылезшими из-под стаявшего снега. Хорошо еще, что на самой дорожке сухо — апрель выдался теплым, погожим. Пересекла полосу отчуждения и вышла на пустырь, по которому проходила незримая граница между Невским и Фрунзенским районами. Разделительная полоса пролегала по площадке между пивными ларьками. У ларьков с утра до вечера толклись ханыги из обоих районов, что, конечно, не способствовало улучшению криминогенной обстановки на пустыре. Но в этот поздний час ларьки, естественно, не работали, а лишь отбрасывали зловещие тени вдоль ярко освещенного пятачка основательно утоптанной и заплеванной площадки. И, конечно же, никакой милиции! Днем-то они паслись здесь регулярно, выцепляя из пьяной толпы кого-нибудь поприличнее: не тащить же в вытрезвитель местную рвань, с которой не то что штраф, а и пятнадцатисуточного бесплатного труда не поимеешь — себе дороже выйдет.

Миновав пространство между ларьками, Марина Мурина вышла непосредственно на пустырь, темный и страшный. Сердце гулко застучало, отдаваясь в висках, рука судорожно сжала портфель. Наступив на камень, подвернула ногу на высоком каблуке. Дурной знак! Выбранив себя, что не надела, как накануне собиралась, практичные китайские кеды, Марина решила снять туфли, но передумала, пожалев колготки.

Дорожка шла по пустынному и ровному ландшафту с бугорками стихийных микросвалок, потом нырнула вниз. До шоссе оставалось метров сто, но эти метры тянулись по зарослям осокоря, золотарника и каких-то безымянных кустов, поднимавшихся выше человеческого роста. Именно здесь чаще всего...

— Тс-с! — произнес выросший из ниоткуда громадный черный силуэт. — Вякнешь — прирежу!

Марина замерла. Сил осталось лишь на то, чтобы затравленно обернуться. Сзади появился второй. Подошел вплотную, рванул из рук портфель.

— Пальтишко сымай! — сипло скомандовал он.

Но Марину парализовало. От ужаса она не могла и шевельнуться. Откуда-то вынырнул третий, пыхтя, дыша перегаром, стал срывать пальто. Брызнули в темноту пуговицы. Матернувшись дружно и коротко, как по команде, двое вытряхнули Марину из пальто, уронив ее на четвереньки, а первый, громадный, подошел к ней, поднял за подбородок белое застывшее лицо и резко, неожиданно оттолкнул. Марина отлетела в кусты. И тут же громадный навалился на нее, больно ударив головой, царапнул щеку щетиной, задрал юбку. В ноздри ударил запах гнилой помойки. Марина закатила глаза. Мир поплыл. Как сквозь толстый слой ваты она услышала надсадный кряк прямо в ухо, почувствовала, как резко полегчало телу, как по груди проехала чужая рука и исчезла. Вскрик, хлесткие звуки ударов, топот...

— Эй, живая? — Из тумана совсем рядом выплыло лицо. Во внезапно пролившемся свете луны проступили четкие, яркие губы, большие глаза. Мелькнув, лицо отдалилось, но на безвольные Маринины руки легли другие руки — теплые, крепкие. — Вставай-ка, подруга. Ну, раз-два...

Плавно и сильно руки дернули вверх, Марина почувствовала, как ее ноги уперлись во что-то незыблемое, — и в то же мгновение оказалась на ногах. Она стояла на дорожке и ошалело глядела на рослую деваху в кожаной куртке и белой спортивной шапочке. Та протягивала пальто, но увидев, что Марина не шевелится, обошла вокруг и накинула пальто ей на плечи.

— Прикройся. Портфельчик вот бери. Идти можешь?

Марина одной рукой вцепилась в портфель, а другой — в рукав кожаной куртки.

— Я ря... я ря... Улица Белы Ку... — пролепетала она.

— Э, да ты, мать, в шоке, — сказала деваха, поглядев Марине в тлаза. — Ну-ка взялись!

Она водрузила Маринину руку себе на плечо, забрала у нее портфель, а свободной рукой обхватила Марину за талию.

— Пойдем, моя хорошая. Не торопись. Шажок, еще шажок...

Резкая водка обожгла горло, пищевод. Навернувшиеся слезы смыли пелену с глаз. Марина моргнула и подняла голову.

— На, запей.

Марина, стуча зубами, жадно заглотила зеленый холодный лимонад.

Она сидела на табуретке в маленькой, опрятной кухоньке, в чужом красном халате поверх застиранного бельишка. Напротив нее сидела ее спасительница — молодая девчонка, лет от силы двадцати трех, кареглазая, загорелая, с правильным, красивым и волевым лицом и короткой белокурой стрижкой.

— Я... я просто не знаю, как вас благодарить... — начала Марина и остановилась.

— А не знаешь, так и не благодари, — дружелюбно проговорила блондинка. Голос у нее был низкий, бархатный, с хрипотцой. — Лучше вон Боженьке спасибо скажи, что я рядом случилась. Иду, понимаешь, домой, а тут прямо на дороге стриптиз бесплатный.

Марина вздрогнула, как будто вновь переживая этот «стриптиз».

— Но... но как же вы?.. Их же трое мужиков.

— Мужиков? — Блондинка усмехнулась. — Разве это мужики? Пьянь, козлы помоечные. Враз шуганулись, что твои зайцы. Даже жалко, что не успела с ними политико-воспитательную работу провести... Да ладно, проехали. Ты поди голодная?

Блондинка поднялась, и Марина невольно засмотрелась на ее высокую, ладную и гибкую фигуру.

— Нет, спасибо, что вы. Я и так вам стольким обязана. Да и домой пора.

Блондинка обернулась и выразительно посмотрела на Марину.

— Про домой, подруга, до завтра заткнись. Пальтишко твое я почистила, а вот юбку и жакетик замочить пришлось. Потом простирну и подштопаю — эти бакланы тебе их подрали маленько. И самой тебе сполоснуться надо, я считаю. Изгваздали они тебя капитально. Хорошо еще болта поганого вставить не успели.

Блондинка хохотнула и подмигнула Марине. Та опустила глаза в стакан, чувствуя, как краснеют скулы.

— Ну все, хорош менжеваться. В ванну шагом марш! — скомандовала хозяйка. — Полотенце я тебе там вывесила, найдешь. А я пока насчет хавки пошустрю.

Через десять минут намытая, распаренная Марина со смаком уплетала яичницу с беконом, а блондинка ловко метала на стол все новые закуски — копченую колбасу, селедочку, салат с грибами, — разлила по стаканам водку. Потом уселась, чокнулась с Мариной, в один выхлеб лихо ополовинила стакан, зажевала подцепленной на вилку капустой. Марина невольно повторила ее движение, закашлялась, запыхтела и потянулась за лимонадом.

— Бывает, — снисходительно заметила блондинка. — Тебя как звать-то?

— Марина. Марина Валерьяновна. А вас?

— Меня? — Блондинка расправила плечи. — Ладой кличут. Лада Чарусова. Вот, считай, и познакомились. Держи краба, Марина Валерьяновна!

Она протянула через стол крепкую ладошку. Марина с чувством вцепилась в протянутую руку и тут же, невольно поморщившись, выпустила — рукопожатие у Лады оказалось стальным.

После второй Марине стало тепло, спокойно. Глядя на Ладу, она тоже положила себе на тарелку селедки, колбасы, с удовольствием поела и потом вновь посмотрела на хозяйку. Та, привалившись спиной к стене, курила, пуская в потолок аккуратные струйки дыма. Даже это нехитрое действие получалось у нее как-то грациозно, складно. Ладно.

«Как ей идет это имя! — думала Марина. — Бесстрашная, сильная, гибкая... Интересно, кто она? Речь и повадка грубоватая, мужская, но при этом изысканная, яркая внешность... Обстановка скромная, но экспортная водка на столе, дефициты, сигареты буржуйские...»

— Лада, я прямо не знаю, что бы я без вас...

— Завязывай, а? — расслабленно протянула Лада. — И с благодарностями своими, и с «вы» этим дурацким. Курить будешь?

— Я... Я вообще-то в учебном заведении работаю. Историю преподаю, — вдруг ляпнула Марина и выжидательно посмотрела на Ладу.

Та сладко потянулась, обозначив под ковбойкой высокую, тугую грудь.

— Значит, почти коллеги, — лениво заметила она. — Я тоже в учебном заведении. Инструктором в спортшколе.

— По... по самбо? — замирая от любопытства, спросила Марина.

— Не-а. Альпинизм и горный туризм... Ну что, если еще кирнуть не тянет, может, по чаю и на боковую?

Марина ответить не успела — позвонили в дверь. Лада чертыхнулась, рывком поднялась с табуретки и вышла в прихожую.

— Здоров, товарищ прапорщик! — рявкнул в прихожей густой мужской баритон. — Гостей принимаешь?

— А еще громче орать не слабо? Серега, ты б хоть предупредил, блин!

— А че, не вовремя? Я-то думал — пятница, посидим вдвоем...

— Втроем... Да ты морду куриной попой не скручивай. Марина у меня.

— Что еще за Марина такая? — Вопрос прозвучал не без интереса.

— Пойдем познакомлю. Сапоги только разуй...

...Некоторые из этих песен Марина припоминала — в студенческие времена их пели у костра на картошке, на тех немногочисленных вечеринках, куда ее приглашали. Кое-что слышала потом на стареньком магнитофоне, который в качестве приданого притащил из родительского дома ее бывший Жолнерович. Другие песни были ей незнакомы — тревожные, с надрывным подтекстом, с не вполне понятными реалиями, географическими и военными. Горы, песок, кровь... Захмелевшая и завороженная, Марина слушала с каким-то неясным томлением, в глазах ее появился блеск.

Играл Серега Павлов бесхитростно, на трех аккордах, и не всегда попадал голосом в мелодию, но это не имело ровным счетом никакого значения. И дело было не только в опьянении, хотя Ладина бутылка давно уже опустела, да и в принесенной Серегой литровке оставалась едва ли половина. Было в этом не по годам взрослом мужике что-то необъяснимо притягательное и одновременно пугающее. Этот теплый, подсасывающий страшок вселяло в Марину не грубоватое открытое лицо с удлиненным подбородком, увенчанное жесткой щеткой африканских кудряшек, которые так хотелось погладить, а взгляд, иногда проступающий на этом лице, — какой-то колючий, безжалостный, волчий...

Лада тихо подпевала, но больше молчала, курила одну за другой, отвернув лицо к окну.

— В бой идут сегодня дембеля... — допел Серега, как-то странно всхрапнул и, решительно отставив гитару к стене, налил себе полстакана.

— Я сейчас, — чужим голосом произнесла Лада и вышла.

— Что это она? — недоуменно спросила Марина.

— Так, — коротко бросил Серега и замолчал.

Преодолевая робость, Марина задала давно одолевавший ее вопрос:

— А почему ты, когда вошел, ее «товарищ прапорщик» назвал?

— Она и есть прапорщик, — тихо ответил Серега. — Контрактница.

— А мне сказала, что тренером в спортшколе работает.

— Верно. Скоро год.

— А раньше?

— А раньше Афган, — помолчав, сказал Серега. — Команда «пятьсот». Слыхала про такую?

— Нет.

— И правильно. Про нас особенно не распространяются... А, хрен с ним, я-то подписки не давал... В общем, есть такие команды при разведотделах. «Пятьсот» называются, потому что пятьсот километров за линией фронта. Ну, это условно. В общем, в глубоких тылах противника.

— Что, и она?..

— Да. Меня-то к «горным тиграм» уже годком прикомандировали, сержантом. Ладка тогда уже не первый год там работала, я так понимаю, еще до Афгана. Никарагуа, Ангола. Где полыхнет — там и «тигры». Ну, скажу тебе, асы! Любого бугая голыми руками...

— Неужели и Лада?..

— А то? Думаешь, ее по горячим точкам загорать возили под пальмами? Ты вон удивлялась, как это она одна против троих сегодня поперла, а меня больше удивляет, что эти твари вообще живые ушли. Видела бы ты, что от того кишлака осталось, где Славку положили.

— Славку?

Подмигнув Марине, удивленной дядюшкиным тоном, Лада плавно вытекла в коридор.

Когда она, в полном соответствии с руководящими указаниями, строгала бутерброды, на кухню вылез Родион Кириллович, придирчиво понаблюдал за ее работой, но к чему прикопаться, не нашел. Пошарил на полках, стащил с блюда бутербродик, скушал, громко чавкая плохо пригнанными протезами, и прошуршал Ладе:

— Лимон еще нарежь тоненько да на блюдечко положи. Печенье в вазочку пересыпь. И шпажки в бутерброды воткни... Ты теперь вместе с Маринкой приходи. Она прибираться и готовить будет, а ты уколы делать. Я платить буду. По рублю... по полтора.

Лада подумала.

— Вообще можно. Я еще альбуцид вам капать буду, чтоб глаза не слезились. И шприцов одноразовых принесу. Коробка у меня есть, а потом покупать придется.

Старик удовлетворенно хрюкнул и ушел.

Гостиная, куда минут через десять Лада внесла блюдо с бутербродами, была обставлена весьма своеобразно. Вся мебель, за исключением высокого встроенного стеллажа с закрытыми полками, — овальный столик на гнутых ножках, три кресла, высокая конторка, пустой мольберт, две консоли, увенчанные горшочками с каким-то вьющимся растением, — была смещена в центр, а все пространство стен, от пола до высокого лепного потолка, сплошь увешано картинами. Большими, маленькими, в рамах и без, прямоугольными, квадратными, овальными. Половина громадной гостиной была разделена на четыре ниши перегородками, тоже заполненными картинами. В одной нише жужжала пылесосом Марина. Заметив, что Лада рассматривает картины, она выключила пылесос и встала рядом.

— Нравится?

— Не пойму. Много слишком. В глазах рябит.

— Ой, тут столько всего! Боровиковский, Венецианов, Федотов, передвижники... Иностранцев много. Вот, здесь, гляди, Лиотар — ну, тот самый, у которого «Шоколадница» в Дрезденской галерее. А вот эти маленькие — французы. Грез, Фрагонар, Ватто...

— Ватто-манто! Тряпки размалеванные... Стой, а вот эту я знаю. У нас в областном такая же висела.

— У вас копия, наверное... Хотя это же Саврасов, «Грачи прилетели». Он этих «Грачей» штук сто написал.

— На полбанки не хватало? — язвительно спросила Лада.

Она перешла в соседнюю нишу и затихла. Подойдя к ней, Марина увидела, что та пристально разглядывает какой-то азиатский пейзаж. Камни, желтые горы, ослепительно голубое небо, на склоне прилепилась белая мазанка.

— Это, кажется, Верещагин. Был такой художник, до революции еще. С русской армией в походы ходил, там и рисовал...

— Заткнись! — тихо бросила Лада, не спуская глаз с картины.

Из оцепенения ее вывела трель кукушки и стук палки по косяку.

— Заснула, что ли, корова?

Лада резко обернулась. В дверях старик, переодевшийся в черный костюм, чуть ближе — Марина с опущенной головой.

— Открывай иди! — продолжал шипеть на нее дядя. — Да только прежде посмотри, точно ли Секретаренко...

Один из пришедших был длинный, тощий, сутулый, с воровато бегающими глазками, второй — благообразный низкорослый толстячок с аккуратными усиками. Одеты оба солидно, в недешевые импортные костюмы. С собой они принесли большой сверток, плоский и прямоугольный. Картину, скорей всего.

— Прошу знакомиться, это Арнольд Пахомович Эфендиев, — представил толстячка сутулый. — А это, Арнольд Пахомович, тот самый Родион Кириллович, про которого...

— Наслышан, наслышан, — прервал его Эфендиев, протягивая старику пухлую ладошку.

После непродолжительного обмена любезностями гости и хозяин прошествовали в гостиную, а Марина была отправлена на кухню готовить чай для отказавшихся от коньяка гостей. Секретаренко и Родион Кириллович уселись в кресла, а Эфендиев заходил по комнате, цепким взглядом разглядывая картины и отпуская комментарии. Секретаренко с готовностью отвечал на его вопросы. Старик молча сосал лимон, присыпанный сахарной пудрой.

Ладе это скоро прискучило, и она отправилась помогать Марине. Возвратившись с чашками и заварным чайником, она увидела, что на мольберте стоит принесенная картина — серые угловатые апельсины на буром фоне, — а вся троица сгрудилась возле нее, оживленно жестикулируя и обмениваясь непонятными фразами:

— Но экспертиза самого Панова...

— Из Щукинской коллекции, что ли? Так ведь в каталоге двадцать девятого года...

— Панов или не Панов, а за Сезанна я это не взял бы.

— Побойтесь Бога, Родион Кириллович! Аутентичность несомненна. Готов за двух Ге и три листа...

Лада возвратилась на кухню, встала у окна, закурила, выпуская дым в раскрытую форточку.

— Ну что они там?

— Торгуются. Толстый за фрукты плесневелые хочет три листа и Ге. Ну, Ге я еще понимаю — сам тоже ге порядочное втюхивает. Но три листа?.. Тридцать тысяч, что ли?

— Может быть, — на всякий случай отозвалась Марина, не вполне поняв Ладины слова. — Или графики три листа.

— М-да. — Лада замолчала, крепко затянулась и выбросила окурок в форточку. — Надолго это?

— По-разному бывает.

— Я пойду, пожалуй. Тоска тут. Посуду за этими, — она показала в направлении гостиной, — без меня приберешь.

— Останься, а? Ну, я прошу тебя! Если хочешь, прямо отсюда в ресторан закатимся. А? Я угощаю — вчера получку дали.

— Да ну на фиг. Лучше в кулинарии пару табака возьмем. А водочка найдется...

— И как тебе? — Марина выжидательно смотрела на подругу. От водки глаза ее замаслились, щеки пылали. Да, пожалуй, с двух-то рюмашек оно вроде и не должно бы так.

— Это ты насчет похода к Родиону твоему? Ничего, халтурку вот легкую срубила себе.

— Что? Какую еще халтурку?

— Уколы ставить звал. — Марина вздрогнула, и это тоже не ускользнуло от внимания Лады. — По полтора рубля обещал. Это ж в месяц сорок пять выходит. И от работы моей два шага. Я согласилась.

Марина налила по третьей. Рука ее дрожала, и несколько капель пролилось на клеенку.

— Уколы... — с запинкой произнесла она и решительно поднесла рюмку ко рту. Продышавшись, с остервенением спросила: — И не противно тебе будет сморчка поганого обслуживать?

— Ты ж обслуживаешь... Хотя у тебя интерес, конечно... — Марина дернула горлом. Лада выдержала паузу и продолжила: — А мне он таким уж поганым не показался. Дедок как дедок. С прибабахом, конечно, ну да все такими будем, коли раньше не помрем.

— Дедок как дедок, говоришь?! — взвизгнула Марина. — Да это ж гад, изверг, хуже Гитлера! Еще до войны в НКВД конфискованным имуществом занимался. В блокаду — не знаю, мародерствовал, наверное, квартиры выморочные грабил, казенным мандатом прикрываясь, или еще что, только именно в те годы и начал живопись собирать. И после войны по дешевке скупал добро — трофейное или у бедствующих, голодных. А то и вовсе даром получал. Возьмет якобы на комиссию, а продавца или арестуют очень вовремя, или бандиты зарежут. — Голос ее понемногу крепчал. Несло, как с горы на санках. — Что-то продавал с выгодой, клиентуру постоянную завел из военных, ученых, артистов — тогда тоже состоятельные люди были. А что приглянется — себе оставлял. Собиратель! Жена его первая в бомбежку погибла, так он на искусствоведше из Русского музея женился, та его уму-разуму учила.

— Тетка твоя, что ли?

— Нет, тетя потом была. А искусствоведша та лет через пять после свадьбы погибла. Очень как-то странно погибла — под машину попала на пустом проспекте, в три часа ночи. Много знала, наверное...

— Это все он тебе рассказал? — с нехорошей улыбкой спросила Лада.

— Нет, конечно. Тетя в больнице, перед самой смертью. Она ведь знаешь, отчего умерла? Рыбой отравилась.

Три дня в судорогах билась без сознания, только в последний денек ненадолго в себя пришла, а тут как раз я у койки дежурила... Так вот, она точно знала, что это муж ее со свету сжил. Не ладили они в последние годы, она как-то пригрозила, что сообщит обо всех его подвигах куда надо. Ну, он тогда ее задобрил подарком дорогим, а через неделю — приступ, «скорая»... После похорон он меня первое время и знать не хотел, а как здоровье сдавать начало, вызвонил, чтобы я, значит, его обихаживала. И намекнул — наследников, мол, кроме тебя не имеется, но коли недоволен твоей службой буду, государству все отпишу. Тем до сих пор и помыкает, сволочь. Сначала раз или два в неделю заходила, а теперь вот каждый день приходится. Пашешь на него, а сама думаешь — сдох бы ты поскорее!

— Давно? — спросила Лада, подливая Марине водочки.

— Что давно?

— Давно мысли такие одолевают?

— Да уж восемь лет как, с самой теткиной смерти. Я его и раньше-то не любила. Ни разу ничем не пособил, даже словом добрым, а ведь как бедствовала иногда — хоть в петлю лезь. А я ж его родная племянница, не тети Риммина. Остальная родня наша в Пермской области в колхозе век доживает. Только он в люди выбился да я вот. — Она горько усмехнулась. — Супружника питерского студенточкой по пьяному делу подцепила, врачишку, блядуна хренова, через то сама ленинградкой стала... — Марина хлебнула водки, закусывать не стала, а вместо этого попросила: — Дай-ка закурить.

Затянулась неумело, раскашлялась, водички попила и с новой силой продолжила:

— Знаешь, а я ведь давно уже все продумала. Ему стимуляторы сердечные прописаны. Таблетки, а раз в сутки — укол. Кокарбоксилаза и ноль-один процентный атропин... Но если резко дозу увеличить или концентрацию, сердечко-то и зайдется, лопнет. И все, никаких следов.

— Нет человека — нет проблемы, — задумчиво произнесла Лада. — Ну, и зачем дело стало, раз никаких следов?

— Да я уж сколько раз собиралась! Неделями не спала, все переживала, представляла себе, как я его... Ампулу нужную раздобыла, раз даже в шприц закачала. Но не могу... понимаешь, не могу своей рукой, вот так вот, хладнокровно. Сколько себя не заставляла — не могу, и все!

Она резко повела рукой и смахнула со стола тарелку с остатками сыра. Упав на мягкий линолеум, тарелка не разбилась. Поднимать ее никто не стал.

— Одним я теперь желанием живу, и грежу им, и брежу... Вот если бы только кто-нибудь... Я бы все отдала...

Она замолчала и, закрыв лицо руками, расплакалась. Лада не шелохнулась. Отрыдавшись, Марина подняла голову и робко, выжидательно посмотрела на подругу. Та молчала. Пауза была мучительной. И когда Марина почувствовала, что сейчас сойдет с ума, Лада тихо, отчетливо выговаривая каждый слог, произнесла:

— Все — это что конкретно?

— Я бы... я бы... и тысячи не пожалела, — задыхаясь, прохрипела Марина.

Лада поднялась, медленно подошла к Марине, придвинула табуретку и села рядом, положив ей руку на плечо. Марина закрыла глаза.

— Тысячи? — ласково переспросила Лада. — Тысячи рублей, я правильно поняла? — Марина чуть наклонила голову. И тут Ладины железные пальчики впились ей в плечо, попав в какую-то болезненную точку. Марина вскрикнула, но хватка не ослабла. — Нет, дорогуша, тысячу ты мне за один этот разговор наш заплатишь, потому что за пустой базар отвечать надо.

Марина закивала, как китайский болванчик. В это мгновение она готова была согласиться на все, лишь бы ушла боль. Но боль уменьшилась лишь на чуть-чуть.

— Жду три дня. Если во вторник к вечеру вот на этом столе *кусок* лежать не будет, без ушей останешься. Я не шучу.

— Да, — пролепетала Марина побелевшими губами.

Беспощадные пальцы разжались еще на миллиметр, и Марина смогла глотнуть немного воздуха.

— Больно, отпусти, — прохрипела она еле слышно. — Сколько ты хочешь?

— Это если на твою мокруху подпишусь? — Пальцы отпустили плечо, но ладонь придавила Марину неожиданной тяжестью. — Я, конечно, не знаю, что ты там за картинки эти огребешь, в этом не сильна, но кое-что из беседы дяди твоего с гостями я усекла. Получается так — картинок у него там штук полтораста. Ну, сто двадцать. На круг каждая уйдет минимум за тысячу. Значит, сто двадцать тысяч. Половина твоя, половина моя.

— Но...

— Это самый маленький счет, смешной даже. Армяшка тот усатый за свои цитрусовые пятьдесят кусков просил или на два Ге соглашался. Выходит, одно Ге уже на двадцать пять тянет, прикинь. А оно там не одно такое. Если ты, родственничка схоронив, с Секретаренком тем же грамотно переговоришь, он тебе на другой же день миллиона два в зубах принесет и себе столько же наварит. А про настоящую цену я вообще не говорю... Так что лови момент, хорошая моя. Или ко вторнику тысячу добудь, а потом сиди в дерьме, не высовывайся и жди, кого раньше кондратий хватит — дядю Родю твоего или тебя.

— Я понимаю, но... но шестьдесят тысяч сразу...

— Можно и не сразу, но тогда больше. Через месяц после дела — семьдесят... Или постой, еще вариант имеется. Родион твой ведь не только меняется, но и покупает-продает. Стало быть, должен наличность держать, и немаленькую. Хранит, конечно, дома. В сберкассу не сдает, из рук не выпускает. Не доверяет, так?

— Так...

— Ну и где дома? Не в матрасе же... Думай, родная, за хорошую мысль скидку сделаю.

Лада наконец убрала руку с Марининого плеча, отодвинулась и, словно не было никакого напряженного разговора, дружески предложила:

— Добьем для просветления мозгов?

И расплескала остатки водки по стаканам, в которых прежде был лимонад для запивки. Марина, резко запрокинув голову, залпом осушила свой стакан. Лада лишь пригубила, поставила на стол и прищурясь посмотрела на собеседницу.

— Давай рожай, что ли. Чую, есть догадки.

Марина сокрушенно вздохнула.

— Сейф у него в стене. Как раз напротив окна. Под портретом графини какой-то на коне. Раньше на этом месте другая картина висела...

— Найдем. Замок цифровой или какой?

— И цифры, и ключ нужны. Мне про сейф тетя рассказала, а я потом проверила, когда его с язвой прободной в больницу увезли, прямо на стол. У меня только один вечер был: ночью, как наркоз отошел, он там на все отделение скандал закатил, меня через медсестру высвистал, чтоб срочно ему ключи от квартиры сдала. Вот так... А в сейфе, между прочим, деньги были немалые. Много пачек. Так взять хоть одну хотелось, но он бы меня убил потом...

— И даже не пересчитала?

— Ты что, заглянула только... Страшно!

— Страшно... — повторила Лада, чуть заметно искривив губы. — Ну, и какая, говоришь, там комбинация? Ключик где?

Марина метнула на нее затравленный взгляд. На закушенной губе проступила капелька крови, но Марина не заметила. Ей хотелось выть от безысходности. Ну с чего, с чего, спрашивается, ляпнула этой душегубке про сейф? Ах, как лопухнулась, как лопухнулась!

— Ключ он под конторкой держит, там на дне ящичек плоский, специальный. Фанерку на себя потянешь, он и вывалится.

— У-гу... А цифры?

— Один-девять-ноль-пять. По его году рождения.

Выпалив эти слова на одном дыхании, Марина опустила голову.

— Оригинально... Даю минуту: если соврала, можешь поправиться. Наказывать не буду. А потом пеняй на себя. — Лада вновь обняла Марину за плечи. Та вздрогнула и сжалась в комок. — Ну?

— Что ты, что ты, все точно... — залепетала Марина. — Не сомневайся...

— Проверю, — многозначительно сказала Лада и убрала руку. — Что там найду, то мое. Если меньше шестидесяти получится, разницу взыщу. Сколько и когда — дам знать заблаговременно.

— А... а если больше будет? — дурея от собственной смелости, прошептала Марина.

Лада усмехнулась:

— Чужого недополучить боишься, Валерьяновна? А ты не бойся, тебе всяко останется. За три жизни не прохаваешь. — Ее пальцы сгребли волосы на Маринином затылке, потянули вниз. Лицо Марины невольно поднялось, повернулось к Ладе. В глазах стояли слезы. — Слушай меня, тварь, и запоминай. Я таких гнид, как дядя твой, давила и давить буду, и деньги тут ни при чем. Деньги что? Грязь... Ты моргалами-то не лупай, лучше вспомни, кто первый про них запел, кто на тыщу сраную купить меня собирался? То-то. Другой бы расклад дала, душевный — так я б тебе его безвозмездно в клочья порвала, за дружбу и за правду. А теперь у нас совсем другой шансон играет. И тут уж я на дешевку не клюну, хватит, наклевалась. За простоту свою кровью заплатила, своей и чужой, душой изувеченной, месяцами госпиталей и психушек, детьми, что не родила и не рожу уж никогда. Родину, блин, защищать рванула — туда, где этой Родины век бы не знали! И что взамен? Бесплатная аптека, клетуха эта кооперативная, на которую все наши со Славкой чеки валютные ушли, раз в месяц — пайки ветеранские, кило крупы да водяры литр. И то мразь чиновная за этот литр в говно втоптать готова — ходят, мол, тут всякие, героев из себя строят... Так что я, голуба моя, второй раз не фраернусь, так все оформлю, чтобы больше в ус не дуть и на всех класть с прибором. Просекла тему?

Она резко выпустила Маринины волосы, и та ткнулась носом в стол. Лада поднялась и шагнула к буфету.

— Светает уже. Вали-ка ты в койку, подельница, заспи ночку грозовую. — Она накапала в стакан воды каких-то желтых капель и поднесла Марине ко рту. — Хлебни спецпродукта, в лавке не купишь. А нас отечество исправно снабжает, чтобы спали да кошмарами не маялись.

Марина послушно выпила.

— Теперь быстро на диван, пока не отрубилась. А я еще посижу, помозгую.

Где-то гремел первомайский салют, но из окна Ладиной кухни его не было ни видно, ни слышно. На столе, отнюдь не праздничном, стояли две чашки, вазочка с вареньем и тарелка с баранками.

— Завтра вечером погуляем, — пояснила Лада. — Будет повод.

У Марины задрожала челюсть.

— Вот-вот, правильно поняла. Мне послезавтра с ребятами в Теберду ехать. На весь сезон там останусь, вернусь только в октябре. Завтра подойдешь часам к десяти. Серега сюда заедет, у вашего дома дорога разрыта. На пикник отправитесь. А я с дядей Родей попрощаюсь — и сразу к вам. Электричкой, автобусом. Маршрут знаю. Ночку покутим у костерка, а утром я прямо оттуда на поезд, а ты — вступать в права наследия. Но аккуратно, не спеша, как учили. И чтобы роток на замок, ясно? Сереге ничего сболтнуть не вздумай. Все поняла?

— Да, — сглотнув, пролепетала Марина. — Только на пикник зачем?

— На всякий пожарный. Чтобы в случае чего народ подтвердил, что мы обе там оттягивались... Ну все, теперь иди домой, выспись хорошенько. Завтра ты должна быть бодрая, спокойная, веселая. А про дело вообще постарайся выкинуть из головы, оно тебя теперь не касается.

— Тебе легко говорить...

— Ага, легче всех! Я ж старичков каждый день на завтрак кушаю, ты не знала?.. Ладно, вали, мне собираться надо. Я вот тебе тех капелек в пузырек накапала. Дома примешь, и до утра заботы отлетят.

— Так а ты чего? Не едешь, что ли? — растерянно спросил Серега.

— Попозже подъеду, прямо к ужину. Мне в двенадцать инструктаж проводить со своими «чайниками». Я тебе в машину барахлишко свое покидаю, а завтра с утреца ты меня на вокзал подбросишь.

— Ну, годится. Только ты там побыстрей с ними заканчивай.

— Как только, так сразу... Маришка, загружайся!

Серега подбросил Ладу до метро и покатил с Мариной дальше. Лада посмотрела им вслед, пробормотала: «Вот так!» — и скрылась за прозрачными дверями станции...

А поздним вечером того же дня в спальный вагон «Красной стрелы» вошла сногсшибательная брюнетка в яркой боевой раскраске и со спортивной сумкой через плечо. Войдя в купе, она подняла полку, переложила сумку в багажный сундук, уселась сверху и раскрыла журнальчик.

Поезд тронулся. Минут через десять, когда за окном еще не отмелькали окраины, в купе вошел пожилой отутюженный проводник и попросил билет. Брюнетка протянула сразу два.

— А попутчик ваш покурить вышел? — вежливо спросил проводник.

— Жених? На поезд опоздал, наверное... Так что буду горевать в одиночестве. Вы, пожалуйста, никого ко мне не подсаживайте. Все же оба места оплачены.

— Да уж понимаю, — сказал проводник. — Чайку не желаете?

— Будьте любезны. Один стакан, с лимоном.

Попив чаю, брюнетка закрыла дверь на «собачку», разделась, подумав, сняла и положила на столик парик, искусно сделанный из натуральных волос, сложила в специальный контейнер с раствором подкрашенные контактные линзы. Оглядев себя в зеркало, прапорщик Лада Чарусова нырнула под одеяло...

Утром из здания Ленинградского вокзала вышла все та же брюнетка — в элегантной замшевой курточке, с синей сумкой через плечо. Уверенно подошла к ожидающему выгодного пассажира таксисту.

— На Кутузовский, шеф! — Увидев не шибко довольный фейс, она усмехнулась. — Разрешаю хоть через Измайлово. Я не спешу.

II

— Степь да степь круго-ом! — надрывался будильник.

Таня, не открывая глаз, нажала на рычажок, и будильник захлебнулся. Она перевернулась на другой бок, надеясь урвать еще хоть чуточку сна, но не тут-то было. На полу возникло шевеление, урчание, а потом Тане в затылок ткнулось нечто мокрое и холодное.

— Бэрримор! — укоризненно пробормотала Таня. — Отстань, а?

Но хитрый скай-терьер умело притворился, будто не понимает человеческого языка. Это он делал всякий раз, когда выгоднее было притвориться идиотом. Ну прямо как

Ленечка! Сейчас псине это было явно выгодно — ему очень хотелось на утреннюю прогулку. К тому же так ласково пригревает майское солнышко, а на весенней земле, на которой только-только начинает пробиваться травка, после зимы осталось столько всякого, с собачьей точки зрения, интересненького.

Терьерчика Леня подарил ей совсем щеночком, еще в конце октября, примерно тогда же, когда снял для нее эту квартирку на Светлановском, окнами на Сосновку — как можно дальше от прежних ее мест, улицы Шкапина, а главное, Купчино. Поначалу особо ретивые поклонники доставали ее и здесь. Пару раз приходилось прибегать к Лениной помощи. Один — из комиссионки на Апраксином Дворе — оказался совершеннейшим пакостником. В первые же дни в ее квартире стали раздаваться весьма неприятные звонки: какая-то анонимная, но явно малолетняя шелупонь обзывала Таню «жидовской подстилкой» и обещала с ней разобраться. Участники этой акции устрашения не учли одного: Ленечка поставил Тане аппарат с автоматическим определителем номера, которых в городе не было еще ни у кого. При первом таком звонке Таня записала номерок, высветившийся на табло под кнопочками, а при втором пожаловалась Ленечке. Вычислить шпану оказалось делом двух минут, найти и провести воспитательную беседу — делом двух часов. Пацаны-пэтэушники раскололись моментом, выдали дяденьку-организатора. Наказание было неотвратимым — Ленины деловые партнеры, оказавшиеся к тому же прямыми начальниками неуемного Таниного почитателя, не вдаваясь в объяснения, выперли его с хлебного местечка и выдали негласный волчий паспорт. После этого ее такого рода звонками не тревожили.

На то, чтобы вернуть Таню в кинематограф, Лениных связей не хватило — не его епархия. Зато он в два дня устроил ей годичный ангажемент в варьете ресторана гостиницы «Ленинград». Это было предприятие серьезное, щедрое, но требующее отдачи. Каждый день приходилось репетировать номера, бегать в танцкласс со всем кордебалетом, брать уроки вокала, ходить к массажисту, педикюрше... Поначалу с отвычки было трудновато, тем более что Леня, метеором ворвавшийся в ее жизнь и моментально ее перекроивший, через неделю вынужден был возвра-

щаться к себе в Мурманск, куда он перевёлся из Северо-
морска, а приехать снова сумел только под Новый год.
Так что опереться было не на кого, только на саму себя.
Но овчинка явно стоила выделки: не говоря уже о мате-
риальной стороне дела, Татьяна Ларина вновь стала яв-
лять себя миру — в январе её показали по городскому
телевидению с несколькими новыми романсами, начали
крутить по радио, а весной она съездила в Москву и за-
писалась для осенней передачи «Песня-82».

Впрочем, Ленино внимание проявлялось и в его отсутствие. В ноябре появились какие-то люди в чёрных хала-
тах, привезли и поставили шикарный спальный гарнитур
и удалились, не взяв ни копейки — сказали, что уже за
всё уплачено. Потом таким же манером привезли замеча-
тельное чешское пианино «Петрофф», японский телевизор... Лучшую часть прежней мебели и гардероба Таня
перевезла сюда из комнаты на Шкапина, в которой покамест поселилась бывшая соседка Галина, разошедшаяся со
своим Варламом. Теперь Таня почти не бывала там — не
хватало времени.

Чистенькая, до невозможности вылизанная хозяином,
загодя готовившим её к выгодной сдаче, квартирка состояла из двух изолированных комнат, выходивших окнами в
парк. По решению Лени большая комната стала их спаль-
ней, а гостиную оборудовали в маленькой. В планировке
была только одна странность — перед самым отъездом на
север Леня отгородил часть спальни, примыкающую к тор-
цовой стене, высокой китайской ширмой, до потолка забил
какими-то коробками и попросил Таню туда не лазать. Потом несколько раз от него приходили люди, забирали одни
коробки, ставили другие. Каждый их приход предварялся
междугородным звонком от Лени. Осведомившись о её здоровье и настроении и выяснив, не испытывает ли она в
чём-либо нужды, он чётко и медленно проговаривал ей, кто
именно придёт и когда. Так что накладок по этой части
не было.

Утром, выгуляв Бэрримора, наскоро позавтракав и при-
хорошившись, Таня убегала, а возвращалась поздно вечером, на гостиничной «Волге» (семьдесят рублей в месяц,
но оно того стоило), падая от усталости с ног. Бэрримору
на вечернюю прогулку по двору давалось пять минут, после

чего Таня безжалостно загоняла его домой и, наполнив его пустую миску порцией еды на все следующие сутки, принимала ванну и бухалась в кровать. В выходные — тоже не как у людей, а вторник и четверг — Таня отсыпалась, приводила в порядок квартиру, готовила горячее на несколько дней вперед, бегала по магазинам и химчисткам.

Когда приезжал Леня — примерно десять дней из шестидесяти, — в квартире становилось шумно, многолюдно, весело. Компании бывали преимущественно мужские, солидные — умеренно пили вино, резались в карты, с удовольствием слушали Танины песни и не уставали отвешивать комплименты ей и Рафаловичу — за то, что сумел с таким вкусом обставить свою жизнь столь восхитительной подругой. Никто ни разу не произнес слово «любовница».

Их отношения трудно было назвать романом. Скорее это был необременительный и взаимовыгодный союз друзей. Лене нужно было свое гнездышко в Питере — родительский дом с хронически больной, теперь почти не встающей Ривой Менделевной и вечно ноющей старшей сестрой Розой, вернувшейся под отчее крыло после крайне неудачного брака, явно для этого не годился. А этому гнездышку нужна была красивая певчая птичка; для престижа — а стало быть, и в интересах дела — и для амурных утех. Для этой роли Таня подходила ему идеально. Сама скорость, с которой Леня все устроил, говорила Тане, что этот вариант был проработан им загодя. Она лишь наполовину верила его рассказу, что в купчинскую «стекляшку» он попал по чистой случайности и встреча с Таней оказалась для него потрясением, всколыхнувшим воспоминания о былом.

Тане нужен был мужчина — надежный, постоянный, равно умелый и в дневной, и в ночной жизни. Нужна была хорошая крыша над головой, достойная работа. Все это в считанные дни устроил ей Рафалович, и она была ему благодарна.

Двусмысленность ее положения не тяготила ее. Она давно уже внушила себе, что не с ее бурной биографией и не с ее бесплодием мечтать о нормальном замужестве, о крепкой семье. Более того, эти мечты для нее вредны именно своей нереальностью, а жить надо исходя из того, что имеешь. Короче, по уму надо жить. А ежели по уму, то стоящий мужик за себя ее не возьмет — кому нужен потоптанный пустоцвет? — а если возьмет, то потом век будет каяться, и хорошей жизни им все равно не видать. А замухрышку какого-нибудь ей и даром не надо. Ваньки с нее хватило на две жизни вперед. Так что лучше, чем есть, и не придумаешь. Ленька — это даже не синица в руках, а целый... целый индюк.

Таня невольно рассмеялась, застегнула на мохнатой шее Бэрримора поводок и вышла во двор, а оттуда в парк.

Природа оживала, оживало что-то и в Танином сердце, проявляясь в томлении, в рассеянности, в ожидании чего-то... Хоть бы Ленька скорее приехал, что ли. Уже третий месяц одна да одна. Что ему, трудно придумать себе дела в Ленинграде? Позвонить ему, что ли? Не стоит, можно на жену его нарваться, как ее, Лилю, она как раз дома сидит с ребенком — и ждет второго. Поди потом, объясняйся...

И еще она благодарна Леньке за честность. Сразу все по полочкам разложил, не стал обманывать, петь про вечную любовь, разводить африканские страсти. Есть жена, которую он никогда не бросит, есть ребенок, пока один, — и это составляет суть, фундамент его жизни. И есть она, Таня. Для комфорта и отдохновения. Элемент если и не чисто декоративный, то всяко вторичный.

Он, конечно, выразился тогда по-другому, но смысл его речей Таня поняла правильно и этот контракт приняла. Что ж, она тоже честно соблюдает условия, никем не высказанные, но обоими подразумеваемые. Держит в порядке себя и дом, блюдет чистоту и верность — с другими не то что не гуляет, а даже смотреть на них не хочет. Его ждет. Порой месяцами. А предложений масса... Но лучше индюк в руках... Да.

Задумавшись, она забрела в глубь Сосновки и спохватилась лишь тогда, когда Бэрримор на поводке вытащил ее к стендам стрельбища. Сейчас здесь было пусто и тихо. Таня ахнула, судорожно посмотрела на часы, приготовилась к спринтерскому забегу домой, но тут же вспомнила, что сегодня вторник, выходной, спешить некуда. Спустив с поводка Бэрримора, который тут же унесся на поле, балдея от запаха пороха, она выбрала скамейку посуше и села, подставив лицо солнечным лучам.

Через полчаса ее поднял голод — она ведь еще не завтракала, кстати — и еще какое-то смутное предчувствие. Пора домой, пора. Ее там ждут. Неужели Ленька приехал? Хорошо бы!

— Бэрримор! — крикнула она в поле. — А ну к ноге, сукин сын!

Пес показался издалека — сначала черной загогулинкой, потом вполне оформленной кудлатой колбаской на коротких, но шустрых лапках. Не добежав до Тани метров пятидесяти, он остановился и уселся, лукаво склонив набок круглую мордашку и свесив язык.

— Бэрримор! — повторила Таня, но тот не шелохнулся. Тогда она вскочила и, размахивая поводком, как арканом, выбежала на стрельбище. — Ох, кого сейчас поймаю! — кричала она со смехом.

Терьер подпустил ее шагов на десять, отбежал и снова уселся, выжидая, что предпримет хозяйка. Однако скоро ему эти игры надоели, он сам подбежал к Тане и потерся об ногу. Пошли, мол. Мне что-то тоже кушать хочется.

Таня открыла дверь ключом — и недоуменно воззрилась на задрипанную штормовку и резиновые сапоги, аккуратно поставленные возле полочки для обуви. На истошный лай Бэрримора из кухни вышел улыбающийся Рафалович и, начисто игнорируя атаковавшего его ногу пса, приблизился к Тане и крепко поцеловал ее, при этом держа руки за спиной.

— Ну, здравствуй, пупсик! — сказал он. — Заждалась?

— Не то слово! А почему не обнимаешь?

— Руки заняты, — подмигнув, ответил Леня и тихо вытянул их вперед из-за спины. В одной руке был роскошный букет роз, в другой — небольшая коробочка, перевязанная алой лентой. Таня взяла букет, коробочку, удивленно посмотрела на Леню.

— Поздравляю! — сказал он и снова чмокнул ее в щеку.

— Господи! — Она тряхнула головой. — И точно. Сегодня ж мой день рожденья. Спасибо, милый!

Она обняла Рафаловича, немного уколовшись шипами от розы, и поцеловала.

— Ты цветочки-то на тумбочку положи пока, удобнее будет, — довольно проговорил он. Так Таня и сделала, а затем нетерпеливо развязала ленточку и раскрыла коробочку. В ней был довольно объемистый фигурный флакон с золотой этикеткой «ESTELLE LAUDER».

— Ну зачем ты? — притворно-укоризненно сказала она. — Дорогущие поди...

— Это ты у меня самая дорогущая, — сказал Леня и в очередной раз поцеловал ее. — Ну, пойдем, перекусим с дороги. Ты ведь тоже не завтракала, наверное?

— Сейчас, только розы поставлю... — Тут взгляд ее снова упал на сапоги. — А это что? — спросила она.

— А это первый гость на нашем празднике. Я думаю, ты будешь рада.

— Я тебе рада, — надув губы, сказала она и шепотом добавила: — До вечера могли бы и вдвоем побыть.

— Да, понимаешь, так уж вышло. Мы на вокзале встретились, я с поезда сошел, а он как раз с электрички, с дачи возвращался... Пришлось взять на абордаж и тащить сюда. Понимаешь, мы так давно не виделись, а он такой... В общем, если бы я его упустил, мы бы с ним потом долго не встретились. Он и так отнекивался, как мог, — пояснил Рафалович, тоже перейдя на шепот. Пока он говорил, они переместились в гостиную.

— Что ж это за друг после этого? — Таня поставила коробку с духами на сервант.

— Самый настоящий, если серьезно — единственный. Только он стал скромный, нелюдимый и, как мне кажется, сильно жизнью затраханный. Было бы здорово, если б мы могли его сегодня немножко растормошить. Отдохнул бы человек, расслабился.

Леня достал из серванта хрустальную вазу и поставил в нее букет.

— А почему ты сказал, что я буду рада? — Таня взяла из его рук вазу и понесла на кухню, наполнять водой.

— А потому что это — как привет из прошлой жизни, когда все мы были юны, радостны и беззаботны. Ты его помнишь, не можешь не помнить. Это Поль, Павел Чернов, ну, который был Ванькиным свидетелем на вашей свадьбе.

Таня остановилась посреди прихожей и судорожно сглотнула.

— Да, — сказала она, почему-то хрипло. — Я помню его.

На кухне из-за стола, покрытого яркой клеенчатой скатертью в клетку, поднялся высокий и небритый молодой человек в футболке.

— Здравствуйте, — смущенно сказал он. — Вот, Ленька затащил, вы уж извините... Поздравляю вас.

— Спасибо. — Она опустила глаза.

— Эй, ребята, вы что как не свои? — удивился Леня. — И на «вы», и цирлих-манирлих... Кончайте, а? Ну-ка, улыбнулись друг другу и давайте жрать, пожалуйста.

Он сел напротив Павла и стал намазывать масло на хлеб.

Стол был уже накрыт к завтраку, да не простому, а праздничному, с икрой, рыбкой и бужениной, но без Тани, видимо, не начинали. Она сняла колбу с кофеварки, проверила, не остыло ли, разлила кофе на три чашки и села между мужчинами, спиной к плите.

Все трое жевали молча и сосредоточенно. Видимо, здорово проголодались. Минут через десять Рафалович блаженно откинулся на спинку стула и шумно потянулся. Таня достала сигареты.

— Можно и я тоже? — Павел достал из кармана мятую пачку «Опала».

— Эти лучше, — сказала Таня, протягивая ему «Кент». — Возьмите... возьми.

— Спасибо, — сказал Павел, взял сигарету, чиркнул спичкой и, дав прикурить Тане, прикурил и сам.

— Валяйте дымите, — поднимаясь, сказал Рафалович. — Я вот хоть и военный, а удовольствия в этом не понимаю. Иное дело водочка!

Павел автоматически кивнул.

— Я уж Павлу объяснял, — обратился Леня к Тане. — Мне срочно по делам надо. Это ненадолго, часа на три максимум. Я и собирался заскочить, тебя поздравить и туда рвануть. Теперь совсем опаздываю, засиделся с вами. Вы тут посидите пока, поболтайте... Пашка, дай слово, что не убежишь. А ты, Татьяна, смотри у меня, развлекай гостя дорогого, как умеешь. Если он скучать будет, я тебе этого не прощу.

— Ладно, — сказала Таня. — Я готовкой займусь, а Павел поможет. Вот и развлечемся.

Рафалович от дверей послал обоим воздушный поцелуй и скрылся в прихожей. Хлопнула дверь. Павел и Таня одновременно встали.

— Ну, здравствуй еще раз, — сказал Павел и посмотрел на нее.

Впервые за это утро взгляды их встретились. Проскочила голубая искра. Цепь замкнулась.

Все закачалось и поплыло, унося с собой опыт и боль прошлых ошибок, ожоги прошлых любовей, здравый смысл и все рациональные соображения. Таня всхлипнула и повисла у Павла на шее. Он дрожащими руками прижал ее к себе.

— Что же ты, что так долго не шел? — шептала она сквозь слезы. — Я ждала тебя, столько ждала, устала...

— Я искал, — растерянно произнес он. — Искал всю жизнь, но только вот сейчас понял, что искал тебя...

— Надо что-то сказать Лене...

Он взял ее лицо в ладони и бережно поднял, глядя в заплаканные и бездонные зеленые глаза.

— Я сам все объясню ему, — сказал он твердо. — Только завтра. Пусть сегодня будет и его день. Он заслужил.

— Да, — прошептала Таня. — Да, любовь моя...

Но случилось иначе.

Они не знали, сколько времени молча, не нуждаясь в словах, просидели на кухне, взявшись за руки. Если бы не телефонный звонок — кто-то ошибся номером, — сидели бы еще.

— Ой! — сказала, вернувшись от телефона, Таня. — Надо же готовкой заняться, а то Леня к вечеру гостей, наверное, назвал, да и сам скоро придет, голодный.

— Я помогу, — сказал Павел, — ты скажи, что надо.

Но все шло наперекосяк. Вместо сахара Таня опрокинула в песочное тесто для пирога полный стакан соли, а Павел выронил бутылку с маслом. Бутылка, упав на мягкий пол, не разбилась, зато из нее вытекло масло. Пока Павел бегал в ванную за половой тряпкой, в масляной луже успел с кайфом искупаться Бэрримор. Пока Таня отстирывала скользкую и визжащую псину под душем, а Павел самозабвенно растирал желтки для печенья, задуманного Таней взамен загубленного пирога, в духовке благополучно сгорела курица. Таня, первая учуяв запах дыма, прибежала на кухню, сопровождаемая недомытым и возбужденным Бэрримором. Пока Павел с Таней занимались ликвидацией куриной аварии, собачонок опрокинул на пол и на себя миску с желтками и принялся обрадованно их вылизывать...

Повторно выкупав Бэрримора, Таня твердо заявила:

— Так не пойдет. Придется ехать на работу.

— Зачем? — недоуменно и опечаленно спросил Павел.

— У Люси отоварюсь. Надо же чем-то народ кормить. Я скоро.

Павел сел у окна и задумался. Как, о Господи, как объяснить все Леньке, какие слова подобрать?..

Он даже не заметил, как в дверях повернулся ключ, и поднял голову лишь когда на кухне появился чуть запыхавшийся Рафалович.

— Привет! — сказал он. — А Таня где?

— Э-э... за продуктами поехала. Скоро вернется.

— Понятно.

Леня выдвинул из-под стола табуретку, сел напротив Павла и серьезно посмотрел на него.

— Это даже хорошо, что она уехала.

Павел посмотрел на него с удивлением.

— Видишь ли, Поль, я... Смешно даже... Короче, мне нужен твой совет. Больше мне обратиться не к кому, а ты всегда все так хорошо понимал.

Павел спокойно смотрел на взволнованного, непохожего на себя Леню и думал: «Ой ли? Знал бы ты, милый Фаллос, насколько я ничего, решительно ничего не понимаю, что со мной, со всеми нами происходит».

— Ну, в общем... Самое позднее через месяц я подаю рапорт.

— Какой рапорт?

— Об увольнении из рядов. Я вынужден это сделать, иначе все здорово осложнится.

— А что такое?

— Понимаешь, мы — то есть дядя моей жены, я и еще один — в свое время задумали полезное дело. Заручились добром начальства, приступили. Получили первые результаты. И тут пошло-поехало... Какой-то гад накатал телегу. Мол, частная лавочка, нетрудовые доходы. Хотя, заметь, мы еще ни гроша с этого дела не получили... Короче, начались неприятности, Лилькиному дяде порекомендовали уйти по собственному, мне тоже намекнули. И это еще если учесть, что мы хорошо подмазали кого надо. — Павел невольно поморщился. Не замечая этого, Рафалович продолжал: — А то было бы совсем кисло. И вот, как ты понимаешь, пришла пора воспользоваться запасным аэродромом. За этим я и приехал сюда в этот раз — переговорить с нужными людьми, кое-что согласовать.

— Извини, я не очень понял...

— Я возвращаюсь в Питер. С женой и детьми. Устраиваюсь на работу. Потом попытаюсь вытащить сюда ее дядю с тетей...

— Боюсь, что тут я ничем помочь не могу. Я в таких делах ничего не смыслю, а отец давно на пенсии...

Леня прервал его нервным, дребезжащим смехом.

— Ты что, Поль, решил, что я об *этом* хочу с тобой посоветоваться? Да я сам могу дать бесплатную консультацию на высшем уровне не только тебе, но и, прости, твоему папе... Конечно, можно было бы устроить это дело и получше, но сейчас выбирать не приходится. Не та ситуевина.

— Так что же тогда? — спросил Павел.

Рафалович беспокойно заерзал на стуле.

— Ну... Моя Лилька... она толковая, умная... Я ничего ей не рассказывал, но она в курсе всех моих... добрачных похождений. Она определенно знает, что и сейчас у меня в каждом городе по бабе, не считая случайных связей. Знает, но предпочитает не гнать волну. Но, понимаешь, это только пока она может делать вид, будто ничего не знает. Но если ее такой возможности лишить, это будет... Это будет катастрофа, я точно знаю. А у меня двое мальчишек...

Павел внимательно слушал, не перебивая.

— Понимаешь, одно дело, когда она живет в своем Мурманске и знает, что у меня и в Питере кто-то есть, но знает еще, что я всегда возвращаюсь к ней и всегда буду возвращаться. И совсем другое, когда она приедет сюда, и наши ленинградские знакомые начнут ей показывать пальцами на Таню, смотреть со значением, словно сравнивая — а все сравнения могут быть только в пользу Тани, — сочувствовать... То есть этого все равно не избежать, но будет лучше, если я смогу честно сказать ей... То есть, скорее всего, мне и говорить ничего не придется. Она и так все поймет. Перед ней мне бессмысленно лукавить...

41

Скулы у Павла напряглись. Он молчал, пожирая Рафаловича фамильным удавьим взглядом. Тому было не до взглядов. Он продолжал свою сбивчивую речь, словно несся с горы во весь опор:

— Да, я не преувеличиваю — у меня в жизни действительно были сотни женщин... и соответственно сотни расставаний... О, это всегда было легко — или очень легко. Но тут... тут случай особый... Понимаешь, Таня — она другая. Я... я уважаю ее. Да что там уважаю! Я ей многим обязан. Нет, не многим — всем. Всем!.. И она единственная из женщин, которую я в глубине души ставлю неизмеримо выше себя... Хотя была еще одна... Но ее уже нет. Ты знаешь, о ком я.

— Знаю, — прошептал Павел, бледнея.

— Я не вру тебе! — вскрикнул Рафалович. — Я действительно понимаю, что в сравнении с Таней я — ничто! И это несмотря на те... обстоятельства, в которых мы с ней живем... Я несколько раз ловил себя на гнусной радости от того, что женщина, которой я недостоин, состоит у меня на содержании. Я гнал от себя эту радость и всякий раз откупался, делая Тане дорогой подарок... Я не знаю, чувствует она это или нет... Она всегда так радуется моим подаркам... Мы живем вместе полтора года, и она счастлива со мной, я это точно знаю. Она не раз говорила мне, как она мне благодарна, в каком аду она жила до встречи со мной, как боится вновь опуститься в ад... Она как-то призналась мне, что за день до нашей встречи чуть не выбросилась из окна. Я страшно боюсь, что она не выдержит, если мы расстанемся. Но иначе я не могу...

Губы Павла тронула чуть заметная презрительная усмешка. Рафалович ее не заметил. Он вскочил с табуретки и принялся расхаживать по кухне.

— Не могу же я привезти жену и маленьких детей в дом к родителям! — кричал он. — Там совсем больная мама, отец, который себе пьянствует и скандалит, зануда Роза с тремя рахитиками... Шустер бросил ее, и я его хорошо понимаю! А за эту квартирку уплачено на год вперед, и до места моей будущей работы отсюда рукой подать!.. Я ехал сюда, так я совсем не спал! Молил Бога, только чтобы Таня ничего этого не заметила, в свой день рождения по крайней мере. Но больше тянуть нельзя... Что делать, Павел, а? Что мне делать?

Он остановился и умоляюще посмотрел на Павла красными глазами.

— Я знаю, что тебе делать, — тихо сказал Павел.

Возвратившись домой с весьма тяжелой сумкой и никого не застав, Таня удивилась — но не тому, что никого нет, а тому, что ничуть не удивлена. Впрочем, даже и это удивление, пополоскавшись несколько секунд в сознании, кануло в ватный туман: она не оправилась от пережитого утром потрясения, и что-то подсказывало ей, что теперь уже никогда и не оправится. Это было божественно.

Она, напевая в четверть голоса, принялась извлекать из сумки свертки, банки, бутылки. Разложила на блюде севрюгу, буженину. Откупорила банку с болгарскими томатами и опорожнила ее в хрустальную салатницу, а вторую салатницу заполнила готовым салатом с крабами. Положила в холодильник водку и шампанское. Перешла в гостиную, накрыла стол новой скатертью, достала тарелки, фужеры... Мысль о будущем ни разу не посетила ее. Если бы в эти минуты кто-то спросил ее, а что же дальше, она сначала удивилась бы глупому вопросу, а потом рассмеялась бы и сказала: «Дальше все хорошо!» Иного быть не может.

Звонка в дверь она не услышала, но по истошному лаю Бэрримора поняла, что звонят. Подумав на ходу: «Кто бы это?», она машинально вытерла совершенно чистые руки о передник и открыла дверь. На пороге стоял высокий мужчина в безупречном темно-синем костюме. На фоне костюма красиво выделялось большое алое пятно букета, который мужчина протягивал ей.

Таня оторопело приняла тюльпаны в хрустящем целлофане и отступила на шаг.

— Извини, — хрипловато сказал мужчина. — Роз нигде не нашел.

И только тут она поняла, что это Павел. Она выронила букет, схватила его руки в свои, втащила его в прихожую, машинально захлопнула дверь и порывисто обняла его. Губы их слились, пространство и время вновь сжались до здесь и сейчас.

Как и в прошлый раз, их привел в себя звук — звонок в дверь и сопутствующий лай Бэрримора.

— Звонят, — прошептал Павел.

— Не открою, — напечатали ее губы на его бритой щеке. — Пошли они все на фиг...

Но Павел уже опустил руки, отпуская ее из объятий.

— Открой, — сказал он. — Открой. Это хорошо. Это все нормально...

И отошел поближе к кухне. Таня открыла дверь.

— Это я! Викуль, заходи!

Обдавая прихожую ароматами дорогого коньяка, ввалился Рафалович и, как на буксире, втянул вслед за собой совсем молоденькую девчонку со смазливой хитрой мордашкой. Она остановилась у самых дверей в нагловато-смущенной позе дворняжки.

— Знакомься, Викуля! — разведя руки в стороны, провозгласил Рафалович. — Это мой лучший друг Павел Чернов, а это вот Таня, его невеста. У Тани сегодня день рождения, мы решили, что справим его у меня... Ребята, это Викуля из канцтоваров...

— Здравствуйте... — ломким голосом проговорила Викуля, настороженно стреляя глазками по присутствующим. — Поздравляю! — сказала она Тане. Взгляд ее изумленно замер.

Заторможенный мозг Тани еще только выстраивал вопросы: как понимать Ленькино поведение и слова, особенно «невеста»; откуда взялась Викуля; что вообще происходит? Но профессиональные рефлексы уже работали вовсю. Она с ослепительной улыбкой приблизилась к Викуле и проворковала:

— Проходите же, милая. Давайте ваш плащик...

— Я... я вас знаю, — жмурясь от смущения, выдавила из себя Викуля. — Я все ваши фильмы видела.

— Да, да. Только не дрожите так... Ленечка, у тебя такая славная подружка. Что ж ты ее раньше нам не показывал? — Таня невинными большими глазами смотрела на Рафаловича.

Леня, прикадривший Викулю минут пятнадцать назад, покосился на Таню и после некоторой паузы пролепетал:

— Да так как-то, не получалось... Давайте же к столу, душа горит...

И поспешил затолкать Викулю в гостиную. Таня не удержалась и за их спинами победно улыбнулась Павлу. Тот тоже не удержался и прыснул в кулак.

Рафалович закрутил застолье в спринтерском темпе. Подняв первый тост за именинницу, он выпил полный фужер водки до дна, тут же налил по второй и предложил выпить за дружбу. Глаза его лихорадочно сверкали, движения были порывистые и дерганые. В очень коротких перерывах между тостами он успевал, набив закуску за обе щеки, рассказывать смачные анекдоты, которые Таня и Павел слушали с легким недоумением, а Викуля поначалу краснела, а потом, отбросив смущение, принялась хохотать во все горло и больше уже не сводила с Рафаловича восхищенных пьянеющих глаз. Павел сидел молча, бокал только подносил к губам и ставил на место, ковырялся вилкой в полной до краев тарелке и изо всех сил заставлял себя смотреть не только на Таню.

— Ленечка, может быть, чаю пора? — спросила Таня, когда Рафалович начал немного сбавлять обороты, зависая на Викулином плече.

Леня встрепенулся, твердой рукой вылил себе в фужер остатки коньяка и поднялся.

— Последний тост, — провозгласил он. — Офицерский. ЗПЗД!

Павел вытаращил глаза, Таня, не раз слышавшая этот тост, только хмыкнула, а Викуля возмущенно вскинулась.

— А материться-то зачем? — срывающимся голоском спросила она.

— Это не мат, а принятое в вооруженных силах сокращение, — пояснил он, отхохотав. — Означает «За присутствующих здесь дам!» После этого тоста желающие продолжают пить уже молча, а остальные переходят к танцам, чаю и прочему.

Викуля облегченно вздохнула и заявила, что теперь хочет потанцевать. Рафалович отрывисто кивнул, включил кассетный магнитофон, остановился перед Викулиным стулом и кивнул еще раз.

— Прошу, — сказал он, протянув Викуле руку. Та взялась за руку и поднялась.

Они в обнимку закружились по комнате. У Викули некрасиво задралась отсиженная мини-юбка. В магнитофоне проникновенно хрипела Алла Пугачева:

— Лети, лети за облака...

— Пойду-ка я соберу к чаю, — решительно сказала Таня и принялась собирать грязные тарелки и бокалы.

Павел, задумчиво куривший, развалясь на диване, тут же вскочил и схватил блюдо из-под севрюги.

— Я с тобой!

На кухне Таня поставила стопку тарелок в раковину и повернулась к Павлу.

— Что ты ему сказал? Таким я его никогда не видела. Он ведет себя как... как...

— Как дезертир, которому расстрел заменили штрафбатом, — резко сказал Павел. — Не трогай его. Он сейчас счастлив. Только нам с тобой такого счастья не понять. А что я ему сказал — это касается только нас с ним. И он, и я свои решения приняли. Дело за тобой. Решай. Едешь со мной — или остаешься с ним... и с Викулей?

От его голоса у Тани плыло в глазах и подкашивались коленки.

— С тобой... Как кто? — прошептала она.

Ее повело, она прижалась к нему, чтобы не упасть.

— Он же сам сказал. Как моя невеста.

Таня уткнулась ему в плечо.

III

Первый звоночек — предвестник встречи Марины Муриной с Ладой Чарусовой — прозвенел еще в феврале, когда под конец очередного приема к Тане Захаржевской на Кутузовский явился Вадим Ахметович, вместе с ней проводил гостей и, оставшись наедине, попросил достать проектор. Нужно было посмотреть один слайд...

— Ну как? — спросил он, внимательно следя за реакцией Тани.

Никто не посмел бы сказать, что Таня не разбирается в живописи. Еще со школьных лет она водила экскурсии по Эрмитажу и Русскому музею, а в московский период к этому прибавились Третьяковка, Пушкинский музей. К тому же имели место разные официальные, полуофициальные и вовсе неофициальные вернисажи, устроители которых почитали за честь увидеть Таню на открытии. Она помнила сотни имен и полотен, но при этом честно признавалась себе, что ровным счетом ничего не понимает, а иначе пришлось бы заподозрить, например, что пресловутая гениальность Ван Гога, Сезанна, Малевича или Пиросмани — плод извращенного и изощренного розыгрыша каких-нибудь авторитетных эстетов, а миллионы зрителей восхищаются нелепой мазней потому только, что жутко боятся прослыть ущербными. Тане нравились картины хорошо прописанные, изящно детализированные, тем более — затейливые, с чертовщинкой, вроде Босха или Сальвадора Дали. Герхард Дау с его пляшущими скелетами привлекал ее куда больше, чем все импрессионисты вместе взятые. Она любила картины, которые можно долго рассматривать — обильные натюрморты и охотничьи сцены голландцев-фламандцев, групповые портреты вроде репинского «Заседания государственного совета». В общем, вкусы совсем неразвитые... Не то чтобы этот факт сильно ее волновал, однако же свои соображения по поводу изобразительного искусства она предпочитала держать при себе.

— Ничего вещица, — подчеркнуто небрежно сказала она. — С настроением. Кто-то явно закосил под Эль Греко.

Шеров посмотрел на нее с уважением.

— Это и есть Эль Греко. Отпечатано с фотографии. Неплохо, скажи.

— Самого Карузо я не слыхала, но мне Изя по телефону напел?.. Шеров, милый, с каких это пор ты увлекся фотокопиями? Тем более эта картина совсем не в твоем вкусе. Ты ж омлетовские лики больше уважаешь.

— Возьми шоколадку, — предложил Шеров. — Хочу я тебе кое-что рассказать про эту картину.

Они сидели в темной комнате, лишь на белой двери светилось изображение женщины с ребенком. Хотя над их головами не полыхало ярких нимбов, было понятно, что это Богородица с младенцем Иисусом. Приглушенный золотисто-охряной фон, простые темно-коричневые одежды невольно заставляли взгляд сосредоточиться на лицах — светлых, характерно удлиненных и большеглазых. Легкая

47

асимметрия черных, пылающих глаз Марии придавала лицу выражение строгой взыскательности и кротости. Даже явленная на посредственном слайде, эта кротость была для Тани мучительна и невыносима.

— Выключи, — попросила она.

— Что, цепляет? Да уж, сильное полотно, с настроением. Знающие люди рассказали, что писал ее маэстро Теотокопули по заказу одной итальянской герцогини, тоже гречанки по рождению. Потому так на икону православную похоже. В каталогах эта работа называется «Малая Мадонна Эль Греко» и значится утраченной. Большинство источников говорит, что она погибла в пожаре на вилле этого семейства в конце прошлого века, но некоторые особо дотошные специалисты выяснили, что незадолго до пожара беспутный потомок этой герцогини проиграл «Малую Мадонну» одному из графьев Строгановых. Картина ушла в Петербург, в революцию исчезла с концами... Не стану обременять тебя подробностями, но мне совершенно достоверно известно, что в данный момент находится эта «Мадонна» у одного довольно гнусного старичка-коллекционера в твоем родимом Ленинграде, хотя на обозрение и не выставляется. И еще мне известно, что один крайне обстоятельный зарубежный товарищ не на шутку заинтересован ее получить и по первому сигналу высылает своего эмиссара для экспертизы на месте и вывоза за границу. При положительном результате экспертизы эмиссар уполномочен вручить продавцу определенную сумму.

— И какую же, любопытно?

Почувствовав, что засиделась, Таня встала с кресла и, пританцовывая, прошлась по комнате.

— Ты, Танечка, сядь лучше, чтоб не упасть. Четыреста тысяч зелеными.

— Считай, что упала.

— Четыреста тысяч, четыреста... — словно мантру повторял Шеров. — Дашь на дашь. Осталось только взять товар, за который деньги...

— И это ты хотел бы поручить мне?

Шеров замялся.

— В общем... да. Я имею в виду разработку общего плана операции. Тонкость в том, что клиенту нужен товар чистый, без криминального следа. Без шума, без взлома, без топорика в башке и финки в брюхе. Тихо-тихо.

— Значит, внедренка? Дай недельку на обдумывание. А за это время собери мне полное досье на всех лиц. Анкетные данные, внешность, привычки, статус. Сам коллекционер, семья, окружение...

— Лиц совсем немного. С коллекционером самому разик пообщаться довелось. Законченный параноик. Мурин...

Таня рассмеялась. Шеров изумленно и чуть обиженно посмотрел на нее.

— Что я такого смешного сказал?

— Мурин — это фамилия или характеристика?

— Что?

— Так, ничего. Просто в старину на Руси так черта называли — мурин.

— Правда? Ну, скорее не черт, а кощей бессмертный. Мурин Родион Кириллович, ровесник первой русской революции... — Коротко описав личность и трудовой путь товарища Мурина, уже известные читателю в страстном изложении Марины, Шеров перешел к семейному положению: — Живет один, уморил трех жен, детей нет. Из родственников — одна племянница, Мурина Марина Валерьяновна, тридцати лет, разведена, бездетна, проживает в Купчино, в коммунальной, как ни странно, квартире, преподает историю в медицинском училище. Входит в число троих, допускаемых Муриным в свою квартиру без сопровождения. При Мурине исполняет обязанности домработницы и отчасти медсестры.

— Счастливица! Он хоть платит ей?

— Едва ли. Полагаю, держит видами на наследство.

— Лучший способ заручиться родственной любовью... Кто остальные двое?

— Некто Панов Даниил Евсеевич, доктор искусствоведения, один из самых авторитетных экспертов страны, и Секретаренко Василий... отчества не знаю. Деляга. Мурину клиентов поставляет, в доверии уже лет тридцать. Скользкий тип, хоть отчасти и наш агент во вражьем стане.

— В каком смысле скользкий?

— Под любого подстелется, кто больше заплатит.

— Понятно... Панова на период операции убрать.

— Ты оговорилась, наверное. Секретаренко.

— Панова... Видишь ли, я уже поняла, что внедряться и добывать тебе «Мадонну» придется мне самой. А Даниил Евсеевич пару раз бывал у нас дома, в гостях у Ады, и меня видел. Если он, как ты говоришь, ведущий эксперт, у него глаз — рентген. Под любой маскировкой разглядит. А Секретаренко, наоборот, может оказаться очень полезен. Главное — чтобы никак не догадывался, что я связана с тобой. Даже если и начнет что-то подозревать после исчезновения «Мадонны» — ничего страшного. Быстро смекнет, что в этой ситуации ему ловить нечего, и о подозрениях своих постарается забыть. Я правильно говорю?

— Не начал бы под меня подкапываться. Он же знает о моем интересе.

— А я вот не знала, что ты идиотов нанимаешь, — отрезала Таня. — Должен же твой Секретаренко понимать, кто он и кто ты. Забьется в самую глубокую нору и носа не высунет, если жить хочет.

— Так-то оно так, но кое во что его посвятить придется.

— Зачем?

— А под каким соусом он тебя в дом к Мурину введет?

— Он? Зачем он? В дом меня введет племянница, Марина Валерьяновна. Я должна знать о ней все и как можно быстрее. Чтобы внедреж правильно провести.

— Сделаем.

— И последнее. Ты, помнится, называл цифру в четыреста тысяч.

— Если все получится.

— И сколько из них мои?

— Сочтемся. Я хотел предложить тысяч пятьдесят. А твои условия?

— Немного разберусь в обстановке, потом скажу, ладно?

Шеров не возражал.

Через неделю, получив исчерпывающую информацию по поводу Марины Валерьяновны Муриной и лично поглядев на нее — для этого пришлось съездить на денек в гости к Аде и немного покрутиться возле того медучилища, где трудилась вышеозначенная гражданка Мурина, и даже прокатиться с ней в одном вагоне метро, — Таня принялась разрабатывать «легенду» и сценарий внедрения.

Совсем в одиночку не потянуть. Нужно было прикрытие и помощник на месте. С прикрытием решилось просто — знакомые уже не раз говорили Тане, будто возле гостиницы «Космос», где Таня отродясь не бывала, видели женщину, поразительно похожую на нее, и только по вульгарному и совершенно недвусмысленному наряду понимали, что это никак не она. Дамочку у «Космоса» оперативно отловили якобы дружинники, но вместо отделения отвезли ее к Архимеду, где и побеседовали по душам. Таня наблюдала за разговором из-за раздвинутой ширмы в алькове. Выяснилось, что зовут ночную бабочку Кирой Кварт, что она лимитчица с Урала, работает на канатной фабрике, а после смены подрабатывает у «Космоса», правда, не очень успешно. Тане она показалась подходящей — издали и впрямь не отличить, сообразительная, бойкая на язычок, жадная до денег. В разгар беседы Таня вышла из-за ширмы и спокойно уселась рядом с оторопевшей Кирой. В течение десяти дней Кира по вечерам ходила вместо «Космоса» к Тане на инструктаж, а при переходе операции в активную фазу предъявила на своей фабрике внушительного вида санаторную карту и отправилась лечить больные легкие в санаторий под Одессой. Путевка и вторая карта были оформлены на Татьяну Всеволодовну Захаржевскую. Для подстраховки в сопровождающие ей был выделен Архимед, которому так или иначе причитался отпуск.

С помощником было несколько сложнее. Роль ему отводилась ответственная, и от правильного выбора зависел исход всей операции. Невольно помог Илларион, шеровский шофер, пришедший к патрону просить за дальнего родственника. Сергей Павлович Залепухин, двадцати одного года, служил в десантном подразделении в составе того, что официально стыдливо именовалось «ограниченным контингентом», а проще говоря, был отправлен Родиной на убой в далекий Афганистан. Демобилизовавшись в декабре физически невредимым, но с насмерть раненной душой, парень в нормальную жизнь не вписался, зато вписался в бандитскую команду, промышлявшую вышибанием дани с двух замоскворецких рынков и со станции техобслуживания. Недавно всю команду повязали менты, причем повязали шумно, со стрельбой и мордобоем.

Сереге грозила серьезная статья, но шеровские адвокаты уладили дело в полдня, и свободный, но временно безработный бывший десантник приплелся по велению своего родственника к благодетелю на поклон. Немного побеседовав с парнем, Шеров почувствовал в нем перспективный материал и немедленно созвонился с Таней. Та тут же примчалась с Кутузовского на улицу Дмитрия Ульянова, моментально очаровала прибалдевшего десантника, втянула в разговор, внимательно слушала, приглядывалась, составляла впечатление.

К вечеру Серега, еще сам того не зная, был в деле. Общение продолжилось на другой день уже на Кутузовской, в шикарной Таниной квартире, где Сергей Павлович и поселился до самого завершения подготовительной фазы. В качестве постельного партнера этот медвежливый парнишка был ей малоинтересен, а от возможных поползновений с его стороны она прикрылась легким намеком на особые свои отношения с Вадимом Ахметовичем. Впрочем, в этом едва ли была необходимость: она чувствовала, что ее персона настолько прибила мальчика, что сами мысли о плотской близости с нею были для него сродни святотатству. Неделю Таня исподволь вводила Серегу в курс предстоящей операции, внимательно выслушивала его соображения — пройдя такую школу, в некоторых вещах он разбирался намного лучше, чем она. Только пользоваться его фамилией было рискованно. Она предложила сделать оперативным псевдонимом его отчество. Серега Павлов — это как раз что надо.

Куда сложнее было с собственной легендой. И Мурина, и ее достославный дядюшка, и Секретаренко, и все, кому сколь угодно случайно доведется попасть в круг, должны были поверить в нее безоговорочно. А для этого прежде всего должна была поверить она сама... Слишком высоки ставки, слишком велики риск и ответственность. Это вам не шлюх гостиничных морочить. Здесь на одном вдохновении не проскочишь. И торопливость неуместна — без железной, пуленепробиваемой легенды начинать операцию было самоубийственно. От напряжения Таня даже с лица спадать начала.

Выход подсказал Серега. На третий вечер они позволили себе немного расслабиться, пропустили по рюмочке, и он ударился в рассказы про Афганистан. Таня слушала молча, но поначалу невнимательно. Потом резануло какое-то оброненное Серегой слово, заставило встрепенуться...

— Ну-ка, ну-ка, еще раз про командировку к «тиграм». Подробнее.

Довелось Сереге по осени две недельки повоевать бок о бок с так называемыми «горными тиграми» — элитной диверсионной группой, специально натасканной на боевые действия в горной местности. Серега с упоением рассказывал о ночных марш-бросках, головокружительных переправах через коварные горные реки, о стремительной и безмолвной атаке на тайный лагерь противника, после которой в ущелье осталось сорок душманских трупов, а «тигры» потеряли только одного человека, причем бойцы умудрились по крутым горам затемно дотащить тело товарища до своей базы, расположенной в тридцати километрах. Особенно потрясла Серегу «тигрица» — женщина-прапорщик, тетка молчаливая и резкая, огромная, как медведь, и стремительная, как кобра в броске. С работой справлялась не хуже мужиков, не знала жалости ни к себе, ни, конечно же, к врагу. «Духи» слагали о ней легенды, боялись хуже огня, объявили за ее голову крупную награду в долларах. Только хрен им! Когда закончилась Серегина командировка, тетка была жива-здорова, дернула с ним на прощанье добрый косяк отборной бханги... А как теперь — неизвестно.

Таня слушала Серегин рассказ и мысленно примеряла этот колоритный типаж на себя, подгоняя под свои внешние данные, повадку, прикидывая психологическую фактуру. Резким, почти слышимым щелчком все встало на свои места. И родилась Лада Чарусова. Дитя о двух матерях.

Потом, конечно, шла кропотливая доводка, шлифовка. Над образом работали оба, заражая друг друга энтузиазмом. В погожий денек отвалили на ее бывшую дачу, ныне шеровскую, и вдали от посторонних устроили там суточную ролевую игру на местности. Местность, правда, была не совсем та, но другой в наличии не имелось. Вечером, вконец измочаленные, сообразили, что жрать-то нечего. Кинули на морского, кому бежать в магазин, выпало Тане. Она возвратилась, волоча тяжелые сумки, на пороге смерила соответствующим взглядом бросившегося открывать

Серегу. Он вдруг замер, а потом сполз по косяку на пол и восторженно заорал:

— Ye-es! Oh, yes!!!

— Чего разорался? — мрачно поинтересовалась Таня.

— Понимаешь, она... Она именно так смотрела, когда ребята с работы приходили и кто-то не по делу выступал. До сих пор жуть берет, как вспомню... Здравия желаю, товарищ прапорщик!

— Вольно, сержант...

Были, конечно, и организационные вопросы, но решались они, как правило, без их участия. Своевременно были подготовлены нужные ксивы, подобрана подходящая по всем параметрам однокомнатная квартира, хозяйка которой, глухонемая жена глухонемого же бандюгана, отбывающего заслуженный срок, радостно отъехала в щедро оплаченный отпуск на юга. Даниил Евсеевич Панов был неожиданно отправлен в длительную зарубежную командировку, которой давно и безуспешно добивался. Через подставных лиц у полоумного пенсионера был снят дачный домик на самом краю полудохлой деревеньки под Тосно. В сарае у дома стояла перекрашенная «бригантина» — «москвичок» с областными номерами, над которым ночку потрудились умельцы из одной автомастерской. Операция готовилась с размахом, средств не жалели. Окупится сторицей.

Ночь перед отъездом в Ленинград Таня провела у Архимеда, чтобы зря не светиться на Кутузовском. Там ее уже ждали тонированные контактные линзы немецкого производства, в которых ее золотые глаза стали почти черными. Туда же прибыл заслуживающий всякого доверия мастер-визажист, он же по совместительству фотограф, и занялся Таниным личиком и прической, ориентируясь на ее же указания. Перемена внешности была необходима — в Ленинграде ее знали слишком многие, а любые накладки и неожиданности были весьма чреваты. Манипуляции визажиста заняли часа полтора, зато когда она посмотрелась в зеркало, ей захотелось расцеловать старичка: такой и только такой она представляла себе Ладу. А старый кудесник оперативно запечатлел ее новый облик на пленке, тут же проявил и отпечатал в темной ванной, вклеил фотографии в новый паспорт, военный билет и ветеранское удостоверение на имя Лады Антиповны Чарусовой (Таня не вполне отдавала отчет, почему как-то сразу зародилось у нее именно такое имя, и только потом поняла, что подспудно сработала культурная аналогия с фамилией Мурин. Мы тоже не без народной мифологии!). Потом должным образом проштемпелевал и с поклоном вручил Тане. А сам пошел колдовать с десятком Таниных крупных планов — последним мастерским штрихом в ее «военном альбоме», призванном служить визуальным подтверждением ее легенды. В роли покойного мужа Чарусовой снялся перед отъездом Архимед, в камуфляже и в накладных усах имевший вид чрезвычайно геройский. Серега накануне отвалил в свою деревеньку с паспортом и водительским удостоверением на имя Сергея Геннадьевича Павлова. Ему проще, вывеску менять не надо.

К утру подъехал Шеров, чтобы еще раз обсудить все детали операции. Собственно, пока обсуждению подлежали ее первые этапы — контакт с Мариной Муриной, оптимальные варианты ее обработки и попадания в дом Мурина. Дальше предполагалось действовать по обстановке — всего было не предусмотреть.

Со свойственной ему тактичностью Вадим Ахметович избегал затрагивать один немаловажный аспект планируемой операции. Примерно через неделю после первого разговора прислал ей Архимеда с коробочкой, а в коробочке лежал неприметный такой пузырек, вроде тех, в которых в аптеке глазные капли продают.

— Это что? — спросила Таня.

— Сонный эликсир, — сказал Архимед. — Силы убойной. В нужный момент капнешь капли три старичку в чай или в суп, он заснет, а ты...

— Понятно, — оборвала его Таня. — Убойной силы, говоришь?

Вечером она явилась к Шерову, затеяла светскую беседу, организовала кофеек с банановым ликером, а потом, свернувшись калачиком на диване, принялась сладко зевать.

— Давай постелю, — предложил Шеров. — А то у тебя совсем глаза слипаются.

— Ага, — сонно промурлыкала Таня. — Бессонница последнее время замучила, так я капелек твоих попробовала. И сразу повело.

— Каких таких капелек? — обеспокоенно спросил он.

— Тех самых, что с Архимедом сегодня передал. Для старичка.

Он аж подскочил, руками замахал.

— С ума сошла?! Сказано ж было...

Таня резко села. И ни капельки сна во взгляде.

— Мне интересней то, чего сказано не было. Опять меня за дуру подержать решил? Сонный эликсир! Сам же втолковывал, что заказчику товар нужен чистый, краденым не числящийся, в розыск не заявленный. Что, твой Мурин, когда проспится и увидит, что без Эль Греко остался, молчать в тряпочку будет? Не будет! Описания моего ментам дать не сумеет? Сумеет! Все это ты прекрасно знаешь, и капли дал такие, чтобы он после них не проснулся. Так?!

Шеров не отвел от нее совиных глаз, стоял и ничего не говорил.

— Рассказывай, что за капли, — резко сменив тон, потребовала Таня. — Я должна оценить риск.

Он рассказал. Таня слушала его, не перебивая. Он закончил и выжидательно посмотрел на нее. Выдержав паузу, она медленно, членораздельно проговорила:

— Этот риск я оцениваю в сто пятьдесят тысяч. Зелеными.

Шеров кашлянул и ледяным тоном осведомился:

— А не зарываешься?

— А ты? Пятьдесят за картину, как договаривались, пятьдесят за мокруху и еще пятьдесят — штраф тебе за попытку ввести в заблуждение. Или ищи другого исполнителя.

Вадим Ахметович ломаться не стал.

Что ж, Родион Кириллович прожил долгий век, а если верна хотя бы четверть того, что знала о нем Таня, то с его уходом на земле станет несколько чище...

Но вот о том, что придется сыграть в черного ангела и с племянницей товарища Мурина, Тане думать не хотелось. Физическая, умственная, моральная заурядность, пусть даже убожество — еще не повод лишать человека жизни. Покачиваясь в такт колесам в кресле дневного экспресса, Лада Чарусова прокручивала в уме разные сценарии. Конечно, если пощадить Мурину, сложность и риск возрастут многократно, но... Но прорабатывать ту или иную схему имело смысл, лишь хорошенько познакомившись с объектом, вызвав на откровенность, приглядевшись, определив, чем дышит. Психологически беспроигрышный вариант знакомства был уже давно разработан.

Вечером «Аврора» исправно прикатила Ладу на Московский вокзал, а через сутки после ее приезда Серега, переодевшись в рванину и вымазав рожу не хуже коммандос во вьетнамских джунглях, подстерег Марину Мурину и напал на нее. Помогали ему два местных забулдыги, нанятые за литр «маленько поучить бабешку» и рванувшие от неожиданно набросившейся на них Лады без всяких дополнительных подначек. Серега же, отмывшись на колонке, переоделся прямо в машине, причесался, похоронил рванье в мусорном контейнере и отправился знакомиться с дамой Мариной уже цивильно.

От впечатлений, составленных при первом контакте, Таня старалась абстрагироваться. Понятное дело, после всего происшедшего баба не в себе, и нечего на ее реакциях строить далеко идущие выводы. В целом же, как и следовало ожидать, Марина ей не понравилась. Особенно не понравились мимолетные взглядики, цепкие, прицениющиеся, завистливые, которыми та исподволь окидывала аккуратную квартирку, еду на столе, Серегу и в первую очередь саму Таню, то бишь Ладу. И это несмотря на послешоковую расслабуху, усугубленную обильным алкоголем.

«Дерьмовочка», — резюмировала про себя Таня.

К предложению познакомить новую подругу с Родионом Кирилловичем и его коллекцией оная последняя (не коллекция, естественно, а подруга) была готова. Каждая заурядная особа, с которой сталкивала ее жизнь, норовила выхвалиться перед ней хоть чем-нибудь, чтобы как-то уравновесить отношения, продемонстрировать ответные достоинства. Мужички начинали трясти кошельком или мужскими статями, а бабы выстреливали высококультурностью, знакомствами, вещичками. Особенно выделывались самые никакие. Началось это с блаженной памяти Лилечки, а если подумать, то и раньше. Таня привыкла. Ну, а поскольку, кроме дядиной коллекции, похвалиться

Марине Валерьяновне было решительно нечем, следовательно...

Только слишком уж навязчиво зазывала ее Марина. Прочитывалась здесь какая-то пока непонятная корысть. Что же хочет поиметь Марина Валерьяновна, сведя Ладу с дядей? Не исключено, что-то совсем простенькое, бытовое — рассчитывает найти в ее лице то ли бесплатную помощницу по части ухода за стариком, то ли состоятельную клиентку на какую-нибудь продажную вещицу из коллекции. Ох и любят существа типа Марины Валерьяновны считать денежки в чужих карманах, мазохизм свой тешить. Но охотничий нюх подсказывал Ладе, что здесь что-то посерьезней. Запахло дичью.

Визит оказался интересным. Таких великолепных частных собраний Тане видеть не приходилось, а видела она довольно много, особенно за последние два года. Замечательные французы — восемнадцатый век, Давид, барбизонцы, Делакруа, Мане, пара-тройка Гроссов... Несколько портретов, в том числе кисти неожиданного в российской коллекции Годфри Кнеллера. Из русских — парадные портреты Титова, один Левицкий, масса передвижников, авторские копии саврасовских «Грачей» и ларионовской свиньи. Три Филоновых и полстены Фалька. Да, за сорок лет героического собирательства Родион Кириллович стяжал богатства несметные, даже приблизительному исчислению не поддающиеся. Здесь однозначно тянуло на миллионы — хошь в зеленых, хошь в наших деревянных. На этом фоне особенно увлекательно было держать невежественно-пренебрежительный тон, гармонирующий с образом прапорщика Лады, и лишь однажды «поплыть» перед довольно посредственным азиатским пейзажем, якобы навевавшим афганские воспоминания... Во-вторых же, а точнее, во-первых, удалось проложить дорожку в этот дом: сам старик подрядил ее в «патронажные сестры». Это победа.

Вечером, на Ладиной кухне, Марина Мурина раскрыла карты. Отбрасывая всевозможные экивоки, ужимки и нюансы, получалось, что богатая наследница и верная племянница жаждет подписать Ладу на банальную мокруху. Дескать, все продумано, все схвачено, а уж исполнитель получит прямо горы золотые. Аж тысячу рублей. Десять ящиков дрянной водки. Японский магнитофон индонезийской сборки. Фотообои с лебедями. И гарантированный цугундер до глубокой старости, а то и вышку. Если, конечно, следовать мудрым рекомендациям заказчицы, убежденной, что отравление атропином экспертизой не устанавливается.

Этой тысячей рублей Марина Валерьяновна подписала приговор себе. Таня рассчитывала использовать ее в роли «болвана», тупой отмычки к дверям господина Мурина и хранящейся за этими дверями «Малой Мадонны». Планировала вместе с подружкой попричитать над безвременной кончиной горячо любимого дядюшки, поздравить ее со вступлением в права наследства, помочь со скорбными хлопотами. И спокойненько отчалить «на горную базу» на весь туристический сезон накануне похорон и поминок — чтобы напрасно не маячить перед множеством лишних глаз. А осенью — звоночек от незнакомого лица; дескать, кланяется вам Лада Чарусова и просит передать, что в город не вернется, ибо остается в горах на постоянно... Учитывая, что вскрытие покажет только обширный инфаркт и оснований подозревать криминал не будет никаких, щадящий вариант был вполне реален. Но теперь «болван» превращался в подельника. А в таком качестве Марина Валерьяновна была решительно неудовлетворительна и очень опасна. Принимая же во внимание величину ставок в этой игре...

Будущих жмуриков поделили поровну. Коллекционер, естественно, за Ладочкой, а Мариной придется заняться Сереге. Если в первом случае останется труп никаким боком не криминальный, то во втором случае трупа не должно остаться вовсе. Схема тут несложная — уединенный тет-а-тет на лоне природы, костерок, шашлыки, вино, луна, гитара. Топорик, лопата, яма, сверху дерн. Отработано на дяде Афто. Туда ехали вдвоем, возвращается один? А кто заметит, мало ли всяких по дороге шастает — всех не упомнишь.

Хватятся Марину, скорее всего, на службе... Или нет, в связи с тем, что товарищ коллекционер на звонки не отвечает, двери в очередной журфикс не открывает. Секретаренко позвонит Марине домой, на службу. Соседям, естественно, по барабану, где она там ошивается, на службе кипят, что прогуливает уроки, но там Марина Валерьяновна тоже, по большому счету, до балды. Историчка, ассортимент принудительный. Потом Секретаренко обратится в милицию. Чтобы вскрыть квартиру коллекционера, присутствие не прописанной там племянницы едва ли будет сочтено необходимым. Управдом, менты, сам Секретаренко, пара понятых — вполне достаточно. Далее, взламывают дверь, входят, обнаруживают холодненького и уже смердящего Мурина. Вызывают медбригаду, возможно, судебника. Коллекция цела, ничего не пропало, естественная смерть от обширного инфаркта. Вызовет ли в этой абсолютно житейской ситуации какие-либо подозрения отсутствие загулявшей племянницы? Сомнительно. Кто может подать заявление о розыске? Администрация училища — чтобы в случае чего побыстрее заполнить вакансию? Соседи — в видах скорейшего освобождения выморочной жилплощади? Секретаренко? Да, пожалуй, этот. Практически единственный, кто будет в этом заинтересован, причем заинтересован сильно. Прояснить вопрос с наследством, с завещанием (если есть завещание, то вряд ли душеприказчиком назван он. Слишком нечист на руку. Скорее уж Панов — но тот далеко — или какое-то третье лицо, пока неведомое). Попытается непременно поживиться на переходе коллекции в новые руки — если и не стырить чего-нибудь, то первым убедить ничего не смыслящую наследницу продать коллекцию за смешные деньги. И ему нужно будет как можно быстрее найти Марину. Не только подаст заявление, но и будет давить на органы всеми доступными способами. Поднимет на уши коллекционеров, музейщиков. Те, конечно, и сами закопошатся — ведь речь идет о собрании уникальном.

В большом городе каждый день поступают десятки заявлений о пропавших людях. Многие находятся сами. Розыск остальных, конечно, ведется, но если на органы не давят родственники, товарищи по работе, общественность, собственное начальство, то розыск этот довольно формален. В случае Марины Валерьяновны рассчитывать на формализм не приходится — сама по себе она никому решительно неинтересна и не нужна, но в качестве наследницы — ого-го! Разумеется, кто-то умный непременно увяжет факт ее исчезновения с фактом кончины уважаемого дядюшки. Размотать реальную цепочку событий не сможет, пожалуй, и Шерлок Холмс, скорее всего решат, что кто-то, первым пронюхав о смерти коллекционера, поспешил устранить его наследницу, рассчитывая каким-либо образом присвоить коллекцию. Но отработка этой совершенно ошибочной версии заставит оперов и следователей пройтись по всем связям Марины Валерьяновны и неизбежно выйти и на Серегу с Ладой. Будут искать. Но, в отличие от риска, сопряженного с сохранением никчемной жизни Марины Валерьяновны, этот риск — оправданный. По завершении операции персонажи должны были так или иначе исчезнуть. Теперь получается, что надо не просто исчезнуть с горизонта, а раствориться. Без следа. Причем раствориться должны трое.

Отсюда следует несколько выводов. Первое — нужно создать как можно большую временную фору, чтобы все розыски велись по совсем остывшим следам. Коль скоро смерть дяди и исчезновение племянницы невозможно значительно развести по времени, нужно максимально увеличить время между самими фактами и их обнаружением. А раз действия противоположной стороны начнутся со вскрытия квартиры и обнаружения дядиного трупа, это событие требуется немного отсрочить. Плотно прикрыть все двери, чтобы как можно дольше удержать трупный запах в пределах квартиры. Отложить очередной журфикс хотя бы на неделю. Следовательно, на этот срок нейтрализовать Секретаренко.

Второе. Принимая за данность, что противник будет прорабатывать связь между смертью коллекционера и исчезновением трех человек, надо зачистить все следы. Ладе с Серегой поменьше маячить на людях, особенно в компании с Мариной. Уходить по отработанной схеме, но с удвоенной осторожностью. На случай обнаружения покойницы исключить всякую возможность идентификации. Придется Сереге заняться расчлененкой, головушку и кисти рук гражданки Муриной спалить на костре, а остальное закопать поглубже.

Такие соображения переваривала на ночной своей кухоньке Лада Чарусова, когда отправила «сообщницу» баиньки, предварительно нагнав на нее изрядной жути, а потом щедро отпоив безотказным снотворным зельем.

Вот так оно, стало быть, получается. Что ж, человек сам хозяин своей судьбы, что блистательно доказала нынче вечером Марина Валерьяновна. Если до этого разговора она вызывала у Лады смешанное чувство омерзения и жалости, теперь осталось только омерзение. Озлобленная на весь свет тварь, трусливая, ущербная, завистливая, норовящая на халяву загребать жар чужими руками, использовать всех и вся — в том числе и ту, которой, по идее, обязана если не жизнью, то честью и здоровьем. Достойная племянница достойного дяди. Даже смешно, что действие, в результате которого мир окажется избавленным от двух гнид, а государство обогатится на миллионное собрание живописи, с точки зрения закона считается преступлением, причем тяжким. Что ж, тем хуже для закона.

Конкретизированный план операции был согласован с Серегой и, не вызвав энтузиазма, принципиальных возражений тоже не вызвал. Надо — значит надо. Тем более никакой альтернативы он предложить не мог.

— Место для пикника присмотри заранее, — на всякий случай предупредила Лада. — С учетом всего. В деревню лучше не заезжайте, чтобы вас поменьше вместе видели, лучше прямо на лоно. Она дерганая будет, ты ее успокой, напои хорошенько. Ближе к вечеру вырубишь аккуратненько, чтобы не орала. А дальше — сам знаешь... Как рассветет, выходишь на трассу — и до Калинина. Тачку оставишь у железнодорожного вокзала, а сам пойдешь на автовокзал, снимешь там частника до Москвы. Все понял? Не наследишь?

— Понял... Надо бы с шефом связаться. А то самодеятельность получается...

— Все согласовано, — убежденно сказала Лада.

В ожидании событий Марина извелась вконец, чуть не каждый день забегала к Ладе, выплескивала свою нервозность истерическими вариациями на больную тему — как ловко они придумали избавиться от старого козла, как славно все будет потом. Эти опасные излияния жестко пресекались.

— Но я... я же только здесь, только тебе... Я ж понимаю, — лепетала бледная Марина, шмыгая покрасневшим носом.

— А понимаешь — не психуй! Лучше вон водки выпей, успокойся.

Пьяную Марину приходилось оставлять на ночь, утром приводить в чувство, на дорожку откармливать феназепамом. Ждать больше было нельзя. Эта сучонка могла сломаться в любую минуту — и завалить все дело. Особенно безобразно она держалась у дяди Роди. Отвечала невпопад, посуду роняла, ни с того ни с сего впадала в прострацию. Не стесняясь Ладиного присутствия, старый гном отчитал племянницу в таких выражениях, что другая на ее месте выцарапала бы ему гнойные зенки. Марина стерпела. Дядя Родя, переведя дыхание, прогнал ее с глаз долой и нехарактерным елейным голоском осведомился у Лады, не согласилась бы она совсем подменить эту клушу. Временно, пока у той моча от башки отольет? Таксу за визит обещал повысить аж до двух рублей.

Все к лучшему. Одним фактором риска меньше. И не будет у дяди изумленной рожи, когда в день икс Лада явится к нему одна.

А до этого дня оставалось всего ничего. В сумочке уже лежали два билета на второе мая в спальный вагон «Красной стрелы», за две цены купленных у носильщика прямо на вокзале. К вечеру первого мая вещички, кроме хозяйских, были частично упакованы в дорожную сумку, частично вынесены на помойку — в квартире не должно оставаться никаких следов Лады Чарусовой. Конечно, если все пойдет по плану, прежде чем дойдет до дактилоскопии, глухонемая хозяйка — кстати, сдавшая квартирку обаятельному и тоже глухонемому эстонцу, заплатившему вперед, — многократно перелапает все ходовые места. Но на всякий случай надо будет перед самым уходом пройтись тряпочкой со спиртом...

Поить Марину водкой она не стала, поспешила выпроводить поскорее, выдав убойных снотворных капель и исчерпывающие инструкции на завтра. Та сидела съеженная, обреченная, покорная... С этой, тьфу-тьфу-тьфу, проблем не предвидится. Теперь Серега...

Тот явился с отчетом уже заполночь. Лада встретила его кратким вопросом:

— Как?

— Нормально. Гипсы обеспечены. Эти орлы ему руку сломали, рожу расквасили, челюсть свернули. Недели на две отрубили твоего Секретаренко.

— Сопротивлялся?

— Не особенно. Пьяный был в дымину. Первомай!

— Сам-то не засветился?

— Я из подворотни наблюдал. Он меня не видел, это точно.

— Бойцов твоих не найдут?

— Не-а. Пацаны тосненские, считай, залетные. А искать будут только по району, и то вряд ли... — Он переступил с ноги на ногу, засопел.

— Еще что-нибудь? — резко спросила Лада.

— Вчера со мной на связь вышли. Москва. Есть кой-какие изменения.

— Закрой дверь и изложи все подробно.

— Днем пацаненок незнакомый постучался. Говорит, дяде вашему плохо, в Москву срочно позвоните. И номер назвал. Правильный.

— Ну, а ты?

— Из Тосно позвонил, с междугороднего. Текст такой получил: передай сестре, чтоб после работы на дачу ехала и маму с собой прихватила. Папа подъедет прямо туда, доктора привезет, тот маму посмотрит и лекарство даст.

— Кто с тобой говорил?

— Папа. В смысле, шеф.

— Сам Вадим Ахметович? Ты не перепутал?

— Да сам, сам... По-моему, это значит...

— Да ясно, что это значит! Нарисуй мне точно, как до твоего домишки добраться, я ж там не была ни разу. И ключик давай — как управлюсь, так прямиком туда. А тебе возвращаться резона нет. Когда закруглишься, уходи, как договаривались. — Серега слегка дернулся, но смолчал. — С мамой, папой и доктором я без тебя разберусь как-нибудь. И с лекарством.

— Я когда утром выезжать буду, на крыльце ключ оставлю. Под ковриком.

— Ладно. Иди на кухню, рисуй, как доехать. Кофе хочешь?..

Проводив Серегу, Лада прилегла на диван, закурила и крепко задумалась.

Подстава. Какая дешевая подстава! Эх, сержант, сержант... Впрочем, чего ожидать от десантника, у которого и в голове одни мускулы? Телега, которую он пытался ей прогнать, шита белыми нитками и ни в какие ворота не лезет... Ну-ка, спокойнее, товарищ прапорщик, а то метафоры мечешь не хуже «Мухосранской правды». Зарвавшаяся упряжка акул империализма сорвала с себя фиговый листок лживой демагогии и обнажила свой звериный лик... Вот и ты, Серега, зарвался, как та упряжка. Зарвался и заврался. Неужели не мог сообразить хотя бы, что у них с Шеровым согласован свой канал экстренной связи — два «попки», меж собой незнакомых, один в Москве, другой в Питере, — свои условные сигналы. Если даже допустить, что Папик совсем рехнулся и намерен самолично тащиться за «Мадонной» в глухую деревеньку, прихватив с собой и заграничного галерейщика-контрабандиста, и чемоданчик с «зеленью», то о таком радикальном изменении планов должна была узнать она, а не шестерка с бицепсом, которого эти планы никаким боком не касаются. И уж совсем исключено, чтобы Шеров стал передавать информацию лично. Исключено категорически. Стало быть, сержант повел свою игру. Решил, значит, стать счастливым обладателем шедевра. Интересно, как сбывать будет, кому и за сколько? Задачка эта не для десантных мозгов. Или кто-то за ним стоит? Папик? Решил сэкономить на ее гонораре? Сомнительно — Шеров слишком хорошо ее знает и придумал бы что-нибудь более изысканное... А если Серега за ее спиной снюхался с Мариной? Покумекал, просчитал перспективы и решил сыграть в обратку? Слил Валерьяновне кой-какую информацию, поделился видами на будущее. Совместное, надо полагать. Как бы рыцарь — принцессу спасет, дракона огнепылающего уконтрапупит, а за подвиг этот получит полцарства и ручку той принцессы. Принцесса-то, кстати, весьма готовая: так рыцаря глазками поедает, вот-вот кончит. А дракоша нехай для них кощея грохнет, царство им добудет, еще и посмертный кощеев подарок прямо в руки доставит. А уж они-то дракошу отблагодарят. Топориком по головушке, удавкой на горлышко, серебряной пулей в сердечко или братскими объятиями с переломом шейных позвонков... От Шерова откупятся «Мадонной», присовокупив еще что-нибудь в компенсацию морального ущерба. А потом будут жить долго и счастливо. И умрут в один день...

А вот это как раз можно устроить. Даже нужно. Но как? Угостить тем, что после дяди Роди останется? На даче? Там будет не до чаепития. Дать с собой в дорожку, добавив во что-нибудь прохладительное? Заподозрят неладное. Перед дорожкой угостить? А захотят ли? Нет, надо что-то другое, чтобы наверняка...

Лада поднялась, вышла в прихожую и открыла встроенный шкаф. На нижней полке, в глубине, стоял металлический ящик с инструментами. В самом нижнем его отделении лежали два предмета, привезенные из Москвы на всякий случай. Похоже, случай настал.

Она повертела в руке миниатюрный дамский пистолетик, похожий на дорогую сувенирную зажигалку. Штучка на вид совершенно безобидная, но достаточно эффективная на небольшом расстоянии. Как и где? Сесть с ними в машину и на каком-нибудь шумном перекрестке... А дальше?

Лада со вздохом положила пистолетик обратно и извлекла ручную гранату «лимонку». Сувенир с прошлого нескучного лета. Тоже, конечно, решает проблемы, но опять-таки, как и где?

— А вот был, помнится, такой случай, — задумчиво произнесла она, подбрасывая на ладони небольшую, но тяжелую гранату. — Да-да, именно такой случай и был...

Собственно, случай сводился к тому, что, оставшись тогда на пригорке с двумя свежими трупами, Таня не поленилась обыскать обоих. У Кима на груди нашла потертый кожаный мешочек с пятью тусклыми узловатыми камешками — золотыми самородками, должно быть, и подвигнувшими мордоворота-корейца на убийство и побег. Положила обратно, оставив себе на память только один, самый крупный, размером с ее мизинец. А у Поручика на поясе обнаружилась пехотная граната...

Если сорвать вот это кольцо с чекой, предохранительная скоба отойдет от корпуса, высвобождая боек, и — бабах! Этой азбуке ее научил сравнительно недавно Фахри, с которым она изредка встречалась для поддержания тонуса доверия. Как-то он объяснил ей, показывая в энергичной жестикуляции, что пока держишь гранату в руке, прижимая скобу, взрыва не будет. Сколько держишь — столько и не будет. Остается мелочь — найти кого-то, кто держал бы до подходящей минуты. Или что-то... Шнурком каким подвязать? А кто развяжет? М-да, вот вам задачка... Да, а холодильник-то здесь, между прочим, новенький, с мощной морозильной камерой до минус пятнадцати.

На антресолях сыскалась широкая и приземистая пластмассовая бутыль, в которой хозяйка хранила какой-то порошок. Порошок пришлось высыпать, а у бутыли отрезать верхнюю часть с горлышком — во-первых, чтобы стоймя влезла в морозильник, во-вторых, чтобы можно было запихать в нее начинку.

Лада возвратилась на диван и минут сорок пролежала в шавасане, медитируя на потолок и дыша по системе. Заглянула в морозилку. Поверху, на дне и на стенках бутыли образовалась толстая корка льда, лишь в самом центре остался незамерзший объем, примерно с кулачок. Лада ножом сколола лед сверху, слила воду, примерилась. В самый раз. Пора.

Она аккуратно вставила гранату в образовавшуюся ямку, оставив над поверхностью шпенек с кольцом, долила холодной воды из чашки. Теперь остается только ждать, чтобы схватилось покрепче.

Поспать, конечно, не получилось. Не вышло и почитать. Вместо букв перед глазами проплывали рифленые бока железного плода, граната по прозвищу «лимон». Ну все, все... Думать о другом, о постороннем...

Начнет оттаивать, затечет водичка в зазор, подмочит там внутри что-нибудь важное — и вместо большого бэмса придет большой шухер. Ну, в корпусе-то зазоры вряд ли будут, а вот на шпеньке... Надо бы обмотать чем-нибудь непромокаемым. Презервативом? Или парой, один в другой. Прихватила упаковочку из Москвы, так, без особой цели, сама, честно говоря, не знала зачем... Даже смешно — пальцев на руках хватит, чтобы пересчитать, сколько раз испытывалась надобность в этом зело важном для народа изобретении. Несколько раз с Павлом, в последнюю их неделю, такую светлую и грустную, поскольку оба знали, что теряют друг друга навеки. Три раза с Ванечкой — из них два раза в первую безумную ночь. Порывался-то он много раз, но ничего у бедняжки не получалось. Водочка под «даунеры» — афродизиак скверный.

Потом и порываться перестал. Ну и еще этот козел, Елкин муж, как его, Воронов. Вот, собственно, и вся «моя половая жизнь в искусстве»...

Оп-па! Таня даже легонько вскрикнула, только сейчас сообразив, что ведь после чудесного своего возвращения из нижнего мира ни разу ни с кем не переспала. Два с половиной года истинно монашеского целомудрия. Грешница, конечно, но уж никак не блудница. Да и зачем, собственно? Потому что все так делают? А не плевать ли на всех с высокой колокольни?! Все вон устроены чисто по Фрейду, сплошное либидо вперемежку с суперэго. Жжение в трусиках плюс внутренний мент: туда не сметь, этого не хотеть. Шаг влево, шаг вправо будет расцениваться... Молот и наковальня, два жернова... Если бы не наблюдения за другими, никогда бы не поверила, что так бывает. Для нее лично ни того ни другого просто не существует. Всякое там либидозное томление, если и было, сломалось безвозвратно тогда, в хозяйской спаленке поселка Солнечное, в первую брачную ночь... Дальше были просто уступки любимому, а после Павла — и вовсе забавы, эксперименты по части избывания тоски. Тоска ушла, ушли и постельные утехи... Секс, если вдуматься, — самая завышенная величина на шкале человеческих ценностей. Один голый человек лежит на другом голом человеке, оба пыхтят, потеют, стонут, причиняют друг другу массу неудобств. Трение, жар, немного смазки. Поршень гуляет в цилиндре. Туда-сюда, туда-сюда, чух-чух, наш паровоз, вперед лети, в ложбине остановка... Ка-айф! Нетушки, спасибо. Есть и другие источники наслаждения — от доброй пробежки свежим утром до рюмочки холодной водки под молочного поросеночка... Не говоря уже о наслаждении риском, преодолением, трудной победой... Ведь если разобраться, единственный в жизни постельный интим, оставивший приятное чувство, имел место в гостинице, с Анджелкой. Не из-за рисковой ли ситуации? Потом-то было совсем неинтересно... А вы, мадам, часом не извращенка, коли добрый старый трах-бабах вам не экстазней клизмы, а самые взлетные эротические переживания возникают у вас в тех ситуациях, где нормальному человеку впору обосраться со страху? Причем ситуации эти вы успешно создаете сами. Взять хотя бы нынешний «танец девушки с гранатой». А ведь самое стремное еще впереди — несколько минут чистого оргазма. Или нечистого?..

Должно быть, все же задремала, потому что следующим ощущением был свет, ударивший в глаза. Яркий утренний лучик стрелял сквозь щелочку между оконными занавесками. Будильник показывал без пяти шесть. За дело.

Натянув нитяные перчатки, чтоб не прилипла кожа к смерзшемуся металлу, отворила дверцу холодильника, взялась за кольцо...

Стой, дура! А если рванет? Вынеси во двор, на помойку! Там дернешь — и ныряй за самый большой бак.

Ага, на глазах у дворников, у мирных жителей, только-только разлепивших похмельные очи после вчерашнего.

Тогда так: сначала одеться, собрать все необходимое, вынести на площадку. Сдернуть кольцо — и бежать туда же. Если рванет — сразу на балкон, который за лифтами, оттуда на лестницу. Хорошо, что в этих домах, как их там, сто тридцать седьмой серии, лифты и квартиры по одну сторону, а лестница по другую, и никто туда не сунется. Тихо спуститься и раствориться в тумане. На шоссе хватать мотор и на вокзал до утра. Если не рванет — быстро обратно, натянуть изделие куда хотела, ниткой перевязать... А дальше по плану.

Подготовила все необходимое, разложила поближе к холодильнику. Прощальным взглядом посмотрела в окно, на безмятежное майское утро... Дернула за кольцо. Оно на удивление легко отделилось вместе с какой-то длинной железякой.

Лада на мгновение замерла.

Беги же, идиотка. Сейчас разорвется!

Лада рванула в прихожую, подхватила сумку, захлопнула дверь и привалилась к бетонной стене. Сердце стучало где-то в ушах. Сдавило грудь. Дыхание стало непосильным трудом. Лада — нет, Таня, какая к черту Лада! — перестала дышать. Сил не было.

Тишина.

Ключом в замок попала с третьего раза. Руки дрожали, как у артиста Лебедева в том спектакле, где он еще вместо рукавов их в штанины продергивает. Ничего не соображая, как сомнамбула вплыла в квартиру, на кухню, к холодильнику, заглянула в обрезанную банку, в толщу голубоватого прозрачного льда. Чека словно примерзла. А собственно, почему «словно»? Действительно примерзла. Точными движениями Лада натянула на торчащий шпенек презерватив, потом второй, крепко перетянула ниткой, закрыла дверцу. Села, закурила.

И пошел отток адреналина. Голова стала легкая, как шарик на ниточке, перед глазами все закружилось, заплясало. Таня глупо хихикнула и без чувств повалилась на пол.

Очнулась от тошнотворного запаха горелого пластика. Сигарета прожгла в линолеуме основательную дыру, прямо перед носом. Придется неведомой хозяйке оставить рубликов сто за причиненные убытки. А самой подниматься поскорее. Зачем валяться на полу, когда есть диван? Лечь и постараться поспать. Теперь уже все будет хорошо...

К десяти часам предпоследние следы пребывания в этой квартире Лады Чарусовой были ликвидированы. Последние оставались в прихожей, в виде чемоданчика со всяким относительно безликим барахлом, спортивной сумки с вещами нужными и черной авоськи, в которой находился лишь один предмет, завернутый в махровое полотенце. Ну, и собственно сама Лада.

Марина была точна. Не опоздал и Серега. Всячески выделывался перед Мариночкой, косил под жизнерадостного дебила, отъезжающего с телками на пленэр. Станиславский бы не поверил, и Марк Бернес плюса не поставил. Но для Марины Валерьяновны сойдет, тем более той сейчас и вовсе не до чего. Самой бы с катушек не брякнуться, от чувств-с.

Ладу выгрузили у метро. С собой она взяла только спортивную сумку. Чемоданчик остался в багажнике, авоська в салоне. Нынче тепло. Хорошо бы успели из города выехать...

Ритуал не изменился нисколько. Соло для кукушки на счет «три плюс два», прозвучавшее сегодня совсем уж издевательски. Плавное фуэте перед глазком — в фас, в профиль. Дивертисмент замковых инструментов. И завершающим аккордом — струльбружья, мутноглазая харя хозяина.

— Здравствуйте, Родион Кириллович, вы молодцом сегодня. Я телятинки принесла, капусты квашеной. Мне к празднику чай иностранный в наборе выдали. Бергамотовый какой-то. Пахнет классно.

— Ну-ну, — отреагировал Родион Кириллович и прошаркал в спальню, бросив через плечо: — Хозяйствуй.

Таня поставила на плиту чайник. Мясо и капусту загрузила в холодильник — пускай тоже в пользу государству отойдет, если прежде не сгниет, конечно. На стол поставила желтую жестяную баночку с надписью «Twinings' Earl Grey Tea». Сильный бергамотовый аромат закроет посторонний запах в одной из двух чашечек, которые она тоже поставила на стол...

Содержимое ампулы с концентрированным раствором атропина, с серьезным видом принятой из дрожащих ручек Марины, давно уже вылито в унитаз, а стеклянные осколки покоятся на свалке. Есть средство получше.

Эту штучку разработали химики, причем даже не военные, а сугубо гражданские, и предназначалась она заменить ядреный дуст, которым в южных республиках нещадно опыляли хлопковые поля. В отличие от последнего, активный компонент нового вещества отличался летучестью и, потравив всяких вредителей, в считанные часы улетучивался почти без следа. К сожалению, травил он не только жучков-паучков. При случайном вдыхании отмечались судороги, рвота, потеря сознания. Хотя летальных исходов отмечено не было, продукт сняли с производства, но в хранилищах осталось множество баллонов, охотно и по дешевке приобретаемых с заднего крыльца местным населением, как вещь в хозяйстве полезная. Один специалист соответствующего профиля научился каким-то путем добывать из этого вещества прозрачные кристаллы, которые снова растворял уже в чем-то другом. Итоговые капельки при приеме внутрь гарантировали множественный инфаркт в течение часа-полутора, для старых и больных хватало получаса. Сам же препарат быстро разлагался на почти безвредные составляющие и полностью усваивался организмом. Ничтожные его следы в принципе могли быть выявлены кропотливой, дорогой и очень специализированной экспертизой, но до такой экспертизы нужно было еще додуматься и правильно ее провести.

Единственным недостатком этого лекарства от всех болезней был резкий, специфический запах... Дух бергамотовый силен, но все же не добавить ли гвоздички? Нет, обойдемся, а то еще пить откажется.

«Последний дар моей Изоры...» Перед глазами встало лицо Шерова, волнистое, словно струи теплого воздуха. Как тогда, на картине в его отрадненском кабинете. Давно это было... «Не слабо», — пробормотала она, и лицо исчезло.

— Родион Кириллович, вам в комнату подать или на кухню выйдете? — крикнула Лада в коридор...

— Зря старалась, — пробурчал он, наливая себе третью чашку крепкого, почти рубинового чая и доливая туда же изрядную дозу коньяка из хрустального графина. — Мне что морковишным, что с листом полынным, что с бегемотом твоим. Уж десять лет как нюх отшибло... Сама-то что не пьешь?

— А я пью. — Лада отхлебнула чаю, откусила кекса, принесенного ею же позавчера. — Сейчас щи заряжу, а пока готовятся, приберусь. Маринка последние дни не забегала.

— На что она мне сдалась? Бестолочь, неумеха. И злыдня... Ждет не дождется, когда я в ящик сыграю, на наследство рассчитывает. Ухаживает за мной, стариком, и денег не просит, а глазками-то так и стреляет, что что лежит... Вовремя ты появилась, а то я ее бояться уж начал, вколет какой отравы или вон в чай подольет... — Родион Кириллович шумно всосал в себя остаток чаю и плеснул в пустую чашку немного коньяка. — Только пусть не надеется...

Он гнусно хихикнул, отпил из чашки и выжидательно посмотрел на Ладу. Та молчала.

— Совсем неинтересно, кому и что я отписать хочу?

— Простите, Родион Кириллович, это ваши дела, меня они не касаются...

— Так-таки и не касаются?.. Я ведь тебя, девка, не просто так в домработницы нанял, денег лишних у меня не водится на всякие пустяки их бросать.

— А что ж тогда?

— Приглядывался. Маринке-то я давно уж не верю, а без бабы в доме трудно мне. Ты ведь безмужняя?

— Вдова, — помрачнев, бросила Лада. — Вы же знаете.

— И я вдовый.

— Уж не сватать меня собрались, Родион Кириллович? — Лада фыркнула в кулак.

— А что? Девка ты крепкая, сноровистая, из себя видная. И уход мне обеспечишь, и уют. Много ли старику надо? А я тебя сюда пропишу, содержание положу богатое... в разумных пределах, конечно... Ну да ты жизнь правильно понимаешь, транжирить направо-налево не будешь...

— Шуточки у вас, Родион Кириллович!

— Ты подумай, Ладушка, хорошенько подумай. Что у тебя сейчас есть? Служба копеечная, пенсия и вовсе плевая. А за мной нужды знать не будешь, а как помру — все твое будет. Ты хоть знаешь, какое здесь богатство собрано?

— Да кончайте вы, Бога не гневите. Ничего мне от вас не надо.

Вот так фунт! А между прочим, предложи он такое на денек пораньше... Хотя бы даже на полчасика. А если бы предвидеть такой поворот, когда планировали операцию... Да, знать бы прикуп... Теперь-то всяко поздно.

— Не хочется за старого? Мне ж от тебя не любви надо, а службы верной. Велико ли дело, что хозяин на полвека тебя постарше будет, коли награда по делам...

Он вдруг задышал часто, глаза вылупил.

— Что-то неможется мне, пойду прилягу. Дойти помоги.

Лада довела его до кровати, уложила.

— Плохо, Родион Кириллович? — участливо спросила она.

— Да грудь что-то... Криз, наверное... Давление проверь.

Она достала из тумбочки риварочни, укрепила ленту на дряблой руке...

— М-да, — задумчиво произнесла она. — И пульс неспокойный. Я теперь и укол-то ставить боюсь, вдруг что не то... Нитроглицерину надо и «скорую» вызвать.

— Не... не успеют... к старикам не торопятся... — прохрипел он.

— Я скажу, что вам пятьдесят. А вякать начнут — червонец суну.

Через полминуты из прихожей донесся ее четкий голос. Адрес, анкетные данные, симптомы. А что говорилось это все при неснятой трубке — так этого не слышно.

Впрочем, Родион Кириллович Мурин не слышал уже ничего. Он бился в судорогах. Лицо посинело, на губах проступила пена. Зрелище было малоприятное, да и пронзительная вонь экскрементов удовольствия не добавляла. Убедившись, что неожиданности тут исключены, Лада не стала дожидаться финала...

Спокойствие, только спокойствие, как говорил Карлсон. Времени более чем достаточно. С визитами никто не явится, на звонки можно не реагировать — те немногие, кто общается с Родионом Кирилловичем, знают, что двери он без предварительной договоренности никому не открывает, а телефон отключает часто и надолго.

Войдя в гостиную, она с удовольствием оглядела картины. Кое-что не отказалась бы прихватить с собой, но вот этого как раз нельзя. Нельзя категорически. На всякий случай Лада натянула нитяные перчатки, те самые, в которых накануне бралась за замороженную гранату.

Ключик оказался там, где и сказала Марина, так на ладошку и вывалился из-под конторки. Не соврала, стало быть. На том свете зачтется.

Все так. Сейф обнаружился, где следует, и открылся с первой же попытки. Собственно, не сейф, а вмурованный в стену плоский ящичек с железной крышкой. Как открыла дверцу, на пол выпала толстая коленкоровая папка на тесемочках. Лада папку подобрала, положила на стул и заглянула в сейф. Перетянутая резинкой пачка четвертных, рублей восемьсот. Негусто. Впрочем, это не главное. Главное же стояло, прислоненное к задней стенке, закутанное в байковый плед. Оно? Сдерживая дрожь в руках, Лада принялась развязывать пожелтевшую от времени толстую бельевую веревку. На ходу отметала мысли о неприятном сюрпризе, который мог приготовить покойничек для особо любопытных: потянешь за веревочку — и как бабахнет! Или газом ядовитым обдаст... Вряд ли —

слишком бесхитростно выглядит пакет. Под пледом открылась газета с большим зернистым портретом Никиты Сергеевича, победно вздевшим увесистый кулак. Шестьдесят второй год. Руки прочь от Кубы! Мы вас похороним! Газету долой. И марлю. Показались знакомые разные глаза...

Антикульминация. Ноги не держат. Положив картину, Лада села на пол, борясь с дурнотой и головокружением. Не вышло — заставила себя встать, доковылять до туалета, склониться над почернелым унитазом... Вроде полегчало. На обратном пути аккуратно прикрыла нагло распахнутую дверь в спальню, отводя глаза.

Навалилась безучастность. Одеревеневшими руками Лада размотала марлю и, прислонив Мадонну к стене, вперила в нее взгляд. Ничего. Не обожгли глаза Богоматери, как тогда, со слайда. Отток адреналина? Или?..

Не слишком ли просто все? И ключик лег прямо в руку, и сейф, как по мановению волшебной палочки, отворился на простейшую комбинацию, на которую нормальные люди даже ячейку в вокзальной камере хранения не запирают. И сокровище оказалось именно там, где его в первую очередь стали бы искать. Как нарочно.

— Подмененная ты? — Лада вглядывалась в глаза Мадонны, ища в них ответа. Глаза молчали — отстраненно, холодно, без осуждения и без сострадания. — Ну, не искусствовед я, понимаешь? И комиссию пригласить не могу... Малыш, ну хоть ты скажи...

Божественный младенец безмятежно улыбался чему-то своему, провидя, должно быть, не только крестный путь свой, но и вящую посмертную славу.

Газета с фотографией Хрущева. Пожелтевшая веревка, сохранившая белизну лишь в тех местах, где были узлы... А в соседней комнате — мертвый кощей, свободный наконец от каторги собственной одержимости.

Может быть, начинал он, думая о надежном и выгодном вложении капиталов. Но, сомнения нет, потом собирательство превратилось в манию, в жгучую, мучительную страсть к крашеному холсту, в болезнь, сходную с алкоголизмом или наркоманией. Скупой рыцарь был счастлив лишь над разверстыми сундуками со златом. Так можно ли поверить, чтобы Мурин, двадцать лет назад упрятав под замок главное свое сокровище, с тех пор ни разу не созерцал его?

— Не верю, — пробормотала Лада. — Каждый день небось балдел, упивался обладанием, фетишист.

Она поднялась с пола и пошла за ответом в спальню. Синий кощей скалился в потолок, и вид у него был самодовольный и лукавый.

— Ну, и куда спрятал? — спросила Лада, уперев руки в боки.

Мурин не отвечал.

— В молчанку поиграться решил? — суровым голосом осведомилась Лада и подошла поближе к кровати, точнее, к тахте.

Уж не внутри ли, под матрасом пружинным, держит? Поднимет его и любуется. Придется переворачивать гада.

Она сделала еще шаг к кровати и, отвернувшись, дотронулась до холодеющего плеча, надавила.

— Пу-ук! — неожиданно сказал Мурин. Только не ртом.

— Ах, вот ты как! Ну ладно же! — Лада вдруг расхохоталась, заливисто, истерически. — Он еще и издевается.

Она резко, сильно тряхнула. Мурин перевернулся и с глухим стуком повалился на пол, увлекая за собой одеяло и грязную простыню. Лада ухватилась за край тахты, подняла рывком.

Слой старых газет. Под газетами — сложенное вдвое шерстяное одеяло. Под одеялом — аккуратные бумажные сверточки. Лада взяла один, развернула. Облигации на тысячу рублей каждая. Государственный заем СССР 1947 года (восстановительный). Тьфу!

Весь ящик был забит старыми облигациями. Что ж, их хранят многие, особенно старики, веря ежегодным заверениям, что погашение начнется как только так сразу. Но что сказать про купюры, утратившие силу еще в начале шестидесятых? А ведь их тут тоже немало... Впрочем, в коробочке из-под ботинок «Скороход» среди резаной бумаги нашлись три завернутых в пергамент металлических брусочка, каждый из которых, будучи развернут, рассыпался на десяток золотых червонцев с рельефным профилем Николашки Последнего. Тридцать. Символическая цифра, когда дело касается денег... И сразу расхотелось брать червонцы.

— Что ж ты? — упрекнула практичная Лада. — Твои, честно заработала. Каждая монетка не меньше трех сотен тянет. «Волгу» новую через благодетеля прикупишь. Плохо ли?

— Не возьму, — прошептала Таня.

— Ну и дура!

— Сама дура! — огрызнулась Таня. — Кто ты такая, вообще? Тебя сегодня уже не будет.

— А тебя?..

— Заткнись и складывай монеты обратно! — оборвала Таня этот шизофренический диалог.

Лада со вздохом завернула десятирублевки и уложила их в коробку.

Больше ничего интересного в тахте не нашлось. Пришлось ее закрыть и водрузить обратно неожиданно потяжелевшего Мурина.

Потом началось занятие, одновременно лихорадочное и занудное, как известно всякому искателю искомого. Распахивались стеллажи, перебирались папки с офортами и графикой, книги — а вдруг оно там, за аккуратными, пыльными рядочками. Переворачивались картины — а вдруг на изнанке. Простукивались в поисках пустот массивные рамы, стенки мебели, паркет. От здравого смысла и следа не осталось, обследовались уже места заведомо невозможные — сортир, ванная. Принялась даже откручивать ножки от табуреток в расчете на тайник...

— Идиотка! — в сердцах сказала себе самой, вспомнив, что в прихожей есть антресоли. — Ежу понятно, что там.

За створками повеяло многолетней пылью, горьковатой сухой гнильцой. Лада потянула на себя картонный короб, но тот лопнул в ее руках, и по груди больно застучали увесистые тома. Один поймала. Максим Горький, полное собрание сочинений. Не успела даже выругаться — пронзительно и непривычно долгими гудками зазвонил телефон. Вздрогнула, выронила книгу, спрыгнула со стремянки.

— Алло! — хрипло и раздраженно сказала она в трубку.

— Простите, — отозвался удивленный, вежливый и чемто знакомый голос. — Я, наверное, не туда попал. Мне Родиона Кирилловича.

— Кого?

— Родиона Кирилловича Мурина.

— Он... — Опомнись! — Нет тут таких.

Она бросила трубку. Вот такие дела. Еще чуть-чуть, и брякнула бы сгоряча, что преставился Родион Кириллович. Грибочков намедни покушал и преставился. Бывает...

Телефон вновь начал надрываться, но Лада трубку не брала.

— Только без паники. Быстро навести марафет и линять отсюда. И «маму» не забыть, пусть и не та она. Пусть сами потом разбираются, не мое это дело, а свое я сделала...

Лада разогнулась, утерла пот со лба. Вроде все. Квартирка приобрела тот вид, который имела до ее прихода. Приблизительно тот — кое-что, конечно, изменилось. Теперь собрать вещички, привести себя в порядок... Кстати, зеркало очень не помешало бы, но, сколько помнится, нет в этой квартире ни одного зеркала, даже в ванной. Может быть, в спальне у Мурина, там еще гардероб стоит, такой трехстворчатый?

Вошла, не глядя на кровать, отворила шкаф. С дверной изнанки на нее глянуло бледное лицо в крупной испарине, глаза, горящие нездоровым блеском. Так не пойдет. Ну-ка, собраться!

Сбивая с себя наваждение, стукнула кулаком по тяжелой дверце — и едва успела отскочить: край зеркала прыгнул на нее, целя в лицо. Зеркало показало черный тыл, застыло перпендикулярно дверце. Из открывшегося зазеркального пространства брызнул опаляющий взгляд знакомых асимметричных глаз, но не было в этом взгляде никакого безразличия...

IV

Начало мая уже содержало в себе обещание белых ночей, и, проснувшись под утро, Павел отчетливо увидел рядом с собой пустую примятую подушку. Он встал и, накинув на плечи плед, пошел на запах табачного дыма и на звук приглушенных рыданий.

На фоне сумеречного оконного прямоугольника ее силуэт был виден четко. Растрепанная голова, подпертая рукой, сигарета в губах. Прерывистое дыхание.

— Ты плакала? — прошептал он. — Но почему?

— Прости меня, — не поворачиваясь, сказала она. — Я и забыла, когда плакала последний раз. А вот сегодня прослезилась трижды. Это пройдет... Вот и все. Прошло. Наваждение кончилось. Прости меня. В полшестого откроется метро, и я уеду.

— Куда? — глухо спросил он, вцепившись дрожащими руками в край стола.

— После того, что было сегодня... вчера, мне нельзя обратно. Я понимаю... Но у меня есть служебная комната. Юридически я ведь бухгалтер ЖЭКа с лимитной пропиской. И законная жена Ивана Павловича Ларина.

— Я не знал.

— А что ты вообще обо мне знаешь?

И, не опуская нелестных подробностей, она рассказала ему о том, как жила последние годы. Он перебил ее только однажды, когда она поведала ему о своем утре с Потыктуевым:

— Так и со мной в точности так же было. В университете, на практике в Крыму. Заглянули к нам как-то географы с парой канистр вина. Ну, туда-сюда, газ-ураган. Ничего не помню. Утром просыпаюсь в палатке — а рядом девица храпит, незнакомая, пьяная и, что характерно, в противных белых кудряшках...

Он заходил по кухне, доставая кофейник, наливая воду, засыпая кофе из банки, разжигая газ.

— Я устал от потерь, — говорил он на ходу, как бы сам себе, но достаточно громко. — В жизни мне дано было много, сказочно много. Я умел взять, но не умел удержать. И постепенно моя жизнь превратилась в череду похорон. Я похоронил сестру, вовремя не заметив роковых знаков в ее судьбе, не вмешавшись, не оказавшись рядом. Я похоронил мать, не выдержавшую смерти сестры. Я похоронил себя как ученого — а ведь когда-то наука составляла смысл моего существования... Знаешь, когда-то, совсем, в общем-то, мальчишкой, я совершил открытие. Большое, очень большое, таким мог бы гордиться любой ученый. И оно не осталось непризнанным.

Наоборот. Мне присвоили ученую степень, под мою работу специально открыли целый отдел в серьезном отраслевом институте. И что? Сначала моя тема сама собой отодвинулась на второй план, потом ее и вовсе закрыли. Я ушел из начальников отдела, потом и вовсе перешел в отдел технической информации. Вместо того чтобы давать собственные работы, переводил и реферировал то, что наработали другие.

Он еще долго говорил — об отце, о Нюточке... Таня молча слушала его. Павел поставил на стол чашки, разлил безнадежно остывший кофе и только тогда обратил внимание на свой костюм.

— Прости, — смущенно сказал он, плотней запахиваясь в плед.

— Да за что прости-то?! — Таня рассмеялась, и сразу стало легко, хорошо.

— Пойду, натяну чего-нибудь. — Он направился к дверям.

— По-моему, тебе так очень идет, — сказала Таня.

Павел рассмеялся, но из кухни вышел, а вернулся в белой рубашке и черных спортивных брюках.

— Хочешь, покажу кое-что? — спросил он. — Пойдем. И повел ее в детскую, включил свет, показал на стену.

— Знаешь, кто это?

Чуть выцветший календарь за восьмидесятый год. Соблазнительно улыбающаяся актриса Татьяна Ларина.

— Знаю, — после некоторой паузы выговорила Таня.

— Не знаешь, — сказал Павел. — Это наша тетя мама. Без песен тети мамы мы до сих пор не засыпаем. И уже пять лет ждем, когда же она, наконец, вернется к нам.

Таня прерывисто вздохнула и крепко обняла Павла.

— Так не бывает, — прошептала она.

— Теперь ты поняла, что у тебя нет выбора?

Организационно все получилось несложно. Наутро после их первой ночи Павел быстренько отметился в институте и примчался домой. Потом они вместе поехали к Рафаловичу, разбудили его (Викуля, слава Богу, уже была им отправлена восвояси) и втроем молча и расторопно собрали Танины вещи. Потом Рафалович достал пухлый бумажник и отсчитал пятьсот пятьдесят рублей.

— Не надо! — хором сказали Таня и Павел.

— А мне таких подарков не надо! — пряча глаза, сказал Рафалович. — Я покупаю Танину мебель, причем покупаю выгодно. В магазине мне это обошлось бы сотни на две дороже в кассу и столько же на лапу. Имею свой гешефт с общей беды!

Он схватил со стола початую бутылку коньяка и приложился к горлышку. Таня и Павел переглянулись. Рафалович поставил бутылку, подхватил сумку и чемодан и выволок в прихожую, где его обгавкал Бэрримор.

— Спасибо, что зашли, голубочки! — криво улыбаясь, сказал он. — Проверьте на дорожку, все ли взяли. Не забудьте песика забрать, а ключики отдать. Ну, доведется бывать в наших краях — заглядывайте!

Таня открыла входную дверь, Павел взялся за чемоданы.

— Ребята, — совсем другим тоном вдруг сказал Рафалович. — Спасибо вам. Спасибо, что есть такие, как вы. Вряд ли мы теперь будем встречаться часто. Но помните — если что, я за вас кому угодно глотку разорву.

— Ой, Лёнька, только не надо никому глотки рвать! Павел поставил чемоданы и крепко обнял Леню.

— Не забывай меня, Поль. Ты позволишь?

Павел кивнул. Леня подошел к Тане и поцеловал ее.

— Спасибо тебе. Не поминай лихом. Пусть у вас все хорошо будет.

— И у тебя.

Они медленно и молча спустились по лестнице. Возле почтового ящика Павел остановился.

— Ты что? — спросила Таня.

— Деньги его хочу опустить.

— Не надо. Считай, что это мое приданое!

— Ол райт! — Павел положил деньги в карман.

А потом Павел взял отгулы до пятнадцатого, и наступил полный кайф. Днем и ночью. Даже вечера, когда Тане приходилось работать, были великолепны — ведь в зале сидел он, ее единственный, и предупрежденные Таней официантки безропотно обслуживали этого невыгодного посетителя, поднося ему кофе и минералку. Отработав свою программу, она, естественно, не задерживалась...

Появление Тани, Павла и Бэрримора в дачном поселке восьмого мая особого фурора не вызвало. Дачники сосредоточенно копались в грядках, стучали молотками или визжали пилами, и им не было решительно никакого дела, кто там мимо них идет по дорожке. Дмитрий Дормидонтович, завидев сына с хорошо знакомой ему женой беспутного Ваньки, удивления не выказал, помахал им с огорода рукой и только сказал прыгавшей рядом с дедом Нюточке:

— Ну-ка, посмотри, кто там пришел?

Нюточка подняла голову, вприпрыжку подскакала к ним и бросилась на шею отцу.

— Папочка! А что ты мне привез?

— Изюмчику, как просила. Печенья. Собачку. И еще вот... — Он поставил дочку на землю и показал на Таню.

— Тетя мама! — радостно сказала Нюточка. — Ты насовсем приехала?

— А тебе как хочется?

— Насовсем, конечно. Одни мужики в доме — это так скучно!

Таня с Павлом дружно расхохотались, а Нюточка схватила Таню за руки и запрыгала, приговаривая:

— Выше! Выше!

Таня послушно поднимала руки и между делом разглядывала Нюточку. Высокая, крепенькая, черноволосая. Круглая симпатичная мордашка, перепачканная землей. Нежная кожица, чуть тронутая весенним солнышком. Бэрримор отчаянно лаял, требуя внимания и к себе.

— Ну, хватит! — сказал Павел. — Потом еще попрыгаешь. Тетя мама устала.

— А с собачкой можно поиграть? — спросила Нюточка, лукаво глядя на Таню.

— Можно. Он не кусается. Его зовут Бэрримор.

Нюточка выпустила Танины руки, подхватила извивающегося Бэрримора и помчалась на огород, громко вопя:

— Деда! Деда! Тетя мама Беломора привезла!

К ним, вытирая руки о фартук, подошел Дмитрий Дормидонтович. Пожав руку Павлу, он остановился перед Таней и склонил голову набок.

— Ну, здравствуй, чернобурая, — сказал он. — В гости или как?

— Или как, — четко сказал Павел.

— Ну, дай Бог. — Дмитрий Дормидонтович пожал плечами и возвратился на огород.

— Ты не думай, что он не рад тебе, — поспешно сказал Павел. — Это он после болезни такой.

— Да, ты говорил... Ты покажи, где тут переодеться можно. Грядка скучает по умелым рукам.

— Давай лучше чайку сначала.

Они поднялись в аккуратный бревенчатый домик, чем-то напоминавший Дмитрия Дормидонтовича...

С дачи они вернулись втроем — Нюточка увязалась вместе с папой и Таней, которая из «тети мамы» быстро стала просто «мамой» и теперь с удовольствием пела Нюточке колыбельные.

В двадцатых числах зарядили дожди, и с дачи вернулся Дмитрий Дормидонтович. Если он и обратил внимание на перестановку и прочие реформы, начатые Таней в их прежде сугубо мужском хозяйстве, то ничем этого не показал. Сунул ноги в новые шлепанцы, рассеянно потрепал по холке сунувшегося лизаться Беломора — бывшего Бэрримора, — прошел по вычищенному ковру, облачился в подштопанный халат, покушал домашних голубцов, принял стакан с чаем, заваренным по-новому, включил телевизор с начисто протертым экраном. Будто так оно было всегда, и иначе быть не должно. И за это Таня была ему бесконечно благодарна.

Утром Павел уходил в институт, Таня отводила Нюточку в детский сад (там и ее, и Беломора начали узнавать со второго дня), днем отправлялась по магазинам, занималась хозяйством, а потом уезжала на свою работу. Слава Богу, в мае не было репетиций — старую программу решено было катать до осени. Дмитрий Дормидонтович каждый солнечный день проводил на участке, а в непогоду сидел у себя в кабинете, «читая литературу», или возился в гараже с машиной.

В первую пятницу июня Дмитрий Дормидонтович собрался везти Нюточку и Беломора на дачу — Павел, естественно, предпочел остаться с Таней, которая ехать не могла. Но с утра закапал противный слепой дождичек, и поездку пришлось отменить. Нюточку отвели в садик, Таня пошла по делам. Старик слонялся по квартире какой-то особенно угрюмый, а когда вернулся с работы Павел, встретил его в прихожей и попросил в гостиную.

Сидя напротив сына, Дмитрий Дормидонтович весомо сказал:

— Вы с Татьяной, я смотрю, будто век женаты.

— А что? — Павел насторожился.

— А то. Во все пазы вы друг другу входите, гладко, плотно, без вихляния. Никакой рихтовки, подгонки не требуется. Такое не каждому в жизни дается, ох не каждому... Это, знаешь, судьба. Да и Нюта вон с одного взгляда мать в ней признала. Ты хоть заметил, как они меж собой похожи?

— Кто?

— Близорукий ты человек, Пашка, честное слово... Все уже заметили, соседи и по даче и по дому, воспитательницы в садике. Меня вон даже старушки на лавочке спрашивали, где это мамаша так долго пропадала... Что отвечать-то?

— Это... В смысле, Таня с Нютой похожи?

— Как две капельки. Только глаза разного колера. Такая вот, брат, игра природы.

— Надо же, а я и не заметил!

— Теперь замечай... В дела ваши я мешаться не собираюсь, люди вы взрослые, да и доктор не велит. Только я так скажу тебе, Павел, — если вы так себе, развлечься решили, то ищи себе другой предмет, да и она пусть тоже... подальше где-нибудь. Если друг другу добра не хотите, о ребенке подумайте. Когда еще она мать-то готовую найдет?

— Что ты говоришь? Какое развлечься?

— А коли серьезно у вас, так давайте расписывайтесь как люди. А то по закону ты, Павел Дмитриевич, получается, сожительствуешь с чужой женой...

— Отец, ты сам сказал — мы люди взрослые. Не беспокойся ты о нашем моральном облике. На парткоме меня разбирать не будут — не те времена...

— Дурак ты, Пашка! При чем здесь партком... Хотя и партком, конечно... Главное-то не в этом.

— А в чем? В штампике? Другие без штампика прекрасно живут.

— Вы не другие... Случись со мной чего — вас вдвоем с Нюточкой вмиг из этой квартиры попросят. А втроем, тем более вчетвером...

— Отец, и думать не смей об этом!

— Ладно, ладно... А ты все же поговори с ней. Скажем так, для моего спокойствия. Мне ведь спокойствие медицински показано... Кстати, возьми вон бумажку, почитай. Ценная бумажка.

Он перевернул лежащую перед ним текстом вниз карточку и протянул Павлу. Павел поднес к глазам и прочел:

«Ларин Иван Павлович. Телефон домашний 221-43-12; телефон рабочий 274-31-36».

— Вы с Татьяной между собой определитесь. Потом с Ванькой согласуйте, что, как и когда... Я тоже тут свяжусь кое с кем.

— Только ты, батя, не очень усердствуй. Береги себя, ладно?

V

Таня не спешила — наполнила ванну, добавив в нее ароматной пенки, плескалась часа полтора и на телефонные звонки не отвечала. А звонки начались, как только она плюхнулась в ванну, и повторялись через минут пять. Должно быть, соглядатаи уже сообщили Шерову о ее благополучном прибытии, и он ждал отчета о командировке. Ну и пусть. Надо полагать, он уже дал отмашку Архимеду, и тот в компании Захаржевской-Кварт если еще не летит в Москву, то уже загружается на ближайший рейс. А остальное подождет... Она намыла голову красящим шампунем, чтобы вернуть волосам былую рыжесть, теперь надо дать им просохнуть, чтобы краска легла естественно. Стрижка, конечно, коротенькая, высохнет быстро... Вытерлась, заварила кофейку, закурила сигарету и только потом набрала номер. Трубку сняли мгновенно.

— Здравствуй, Шеров. Это ты мне звонил?

— Я. Ну как?

— Нормально.

— Гостья у тебя?

— Да.

— К восемнадцати ноль-ноль жду обеих у себя на даче.

Он повесил трубку.

Что ж, до шести времени предостаточно. Таня позвонила в «Прагу», заказала столик на одного к половине второго. Кстати, не на метро же тащиться в оба конца, надо бы в гараж заскочить, за верной вороной «шестерочкой» (заслуженная желтая «тройка» давно уже была реализована дядей Кокой по доверенности. По какому-то номенклатурному списку Таня без проблем получила нового железного коня. Денег, вырученных за прежнего, хватило с лихвой, даже осталось немножко).

На выезде у ворот встретил Карлыч, бригадир новенького гаражного кооператива — должно быть, дежурный настучал о прибытии важного клиента, — улыбнулся искательно, шлагбаум поднял. Разве что под козырек не взял.

— С приездом, Татьяна Всеволодовна! Отдохнули хорошо? — почтительно осведомился он.

— Спасибо, неплохо.

— Пальчики-то не стучат больше?

— Да и не стучали вроде, — озадаченно отозвалась Таня. Не водились прежде за Карлычем такие ляпсусы. По части автомобильных неполадок память у него феноменальная — по должности положена, чтобы, значит, и клиенту оказать уважение, и от мастеров, которых мгновенно присоветует на любой случай, соответствующие комиссионные получить. — Напутал что-то, Карлыч.

Морщинистое лицо бригадира изобразило обиду.

— Да как же, как же так, Татьяна Всеволодовна? — дрожащим голосом спросил он. — Сами ж с раннего утречка умельца вашего присылали, ну этого, Ларика. Битый час провозился, в ремонтный бокс на яму ставил...

— Я присылала?

— Ну да, он так сказал. Что вы, стало быть, позвонили ему и просили к вечерку отрегулировать.

— Запамятовала, должно быть, — помолчав, проговорила Таня. — Вообще, последнее время память что-то совсем никуда. На дачу вот собралась, да совсем забыла, что сама подругу в гости на сегодня позвала. Спасибо, что напомнил, а то так бы и уехала.

Таня развернулась и откатила машину обратно к гаражу.

Ларик. Тот самый шофер при постпредстве, который прикомандирован к Шерову. Мрачный бритый гигант. Да, несколько раз помогал по ее просьбе разобраться со всякими мелочами, резину новую сюда привозил, ставил. Но по собственной инициативе за два года знакомства и парой фраз с ней не перекинулся, а тут вдруг такие знаки внимания. Странно это, а учитывая момент… Стоп, а ведь это ж он Серегу привел! Дядя он ему, или что-то вроде того. На яму, значит, ставил?

Лишний предмет на днище сыскался быстро — плоская металлическая коробочка, закрепленная на мощных магнитах прямо под водительским сиденьем. Таня провела по плоскости пальцем, подумала, но отдирать не решилась. Мало ли что? Здесь нужна опытная рука. Опытная. Архимед? Но его сейчас нет в городе, кроме того, кто может поручиться, что он здесь не замешан. Скорее всего, конечно, не замешан — слишком уж дешево, малограмотно была отыграна подставка, явная семейная самодеятельность дяди с племянничком. Узнал Серега, на какое дело его подписывают, с дядей поделился, тот и научил, как присвоить дорогой трофей. Или сообща решили, теперь уж неважно. Должно быть, договорились об условном сигнале при благополучном исходе, а не дождавшись такого сигнала, почувствовал Ларик, что керосином запахло, и решил на всякий случай подстраховаться. А может, не взорвалась граната, и уцелевший Серега сообщил, что ничего у них не вышло, не купилась прапорщик Лада на их фармазон. Как бы то ни было, рассуждал Ларик, наверное, так: раз сорвалось, значит, Таня в курсе и все теперь Шерову расскажет. Стало быть, надо свидания их не допустить. Когда и как конкретно она вернется, он, как и Серега, не знал, но рассчитал, что по возвращении всяко воспользуется автомобилем. На худой конец, можно будет попросту кнопочку не нажимать, а при случае, до Таниной «шестерки» добравшись, мину снять, будто и не было никакой мины.

Таня приложила ухо к гладкому металлу, такому блестящему на фоне заляпанного грязью днища. Вроде не тикает. Может, и не мина вовсе, а что-нибудь совсем безобидное? Ага, и Ларик, добрая душа, сделал подарок и из скромности не пожелал афишировать… Очень правдоподобно! Жучок-маячок, чтобы лучше знать о ее передвижениях и, возможно, разговорах, которые она ведет в машине? А почему тогда не в салоне? Ключи-то у него есть. Нет, как ни крути, а вариант остается один — устранить ее вознамерился Лариоша. Кстати, точно ли сам принял решение? Не с подачи ли Шерова? Мотив? Мавр сделал свое дело...

Здравствуй, паранойя! Верить, конечно, нельзя никому, но и у недоверия есть свои границы, а то и рехнуться недолго.

Таня погасила фонарь, вылезла из ямы, откатила машину в личный бокс, сняла спецовку и, наскоро ополоснув руки и лицо, направилась к телефону-автомату. Есть один человек, который определенно разбирается во всей этой террористической пиротехнике и столь же определенно не откажется ей помочь.

Фахри мгновенно втек в ситуацию и был на месте, как обещал, через сорок минут. Машину, со всей навороченной механикой, палестинец знал как облупленную. Не раз, пользуясь возможностями, которые предоставляет загранпаспорт, он подрабатывал, перегоняя из Европы иномарки. Для ооповца и аспиранта по бумагам это был приличный заработок, но прибегал он к этому в крайности, как поняла Таня, дабы лишний раз не светиться.

Работал он споро и молча, дав указание Тане стоять на стреме. Наконец, потный и раскрасневшийся, вышел к ней, вытирая лицо и руки носовым платком. Кинул ей: «Можешь уходить» — и шмыгнул сам вон, быстро нырнув под заграждением, скрылся из вида, унося в кожаной сумке смертоносную машинку. Что ж, эта машинка будет использована по назначению. Так она решила, и Фахри согласился...

Таня зажмурилась и улыбнулась — нравственная симметрия и эстетическая завершенность предстоящей акции были безукоризненны.

— Перебор у тебя получился, явный перебор, — задумчиво проговорил Шеров.

— У нас, — тихо поправила Таня.

— Только не надо меряться ответственностью, ладно? На обоих с избытком хватит. Дело ведь не в том, кто что сотворил, а в том, кто какие следы оставил. Взорванная машина на Московском шоссе, два трупа...

— Жуть! — Таня поежилась. — Кто ж знал, что Серега имел привычку с собой боеприпасы возить?

— Ты так ставишь вопрос? — Взгляд Шерова был колюч. — Что ж, версия имеет право на существование. Однако в сочетании с трупом на Моховой...

— Но этот-то не криминальный! Помер дедок от обширного инфаркта.

— Да, но какое совпадение! Умирает известный коллекционер, в тот же день погибает единственная наследница, за день до этого зверски избит Секретаренко — доверенное лицо коллекционера, бесследно исчезает некая Лада, вхожая в его дом и, между прочим, введенная туда покойной Муриной. От верных людей доподлинно известно, что сильно разыскивают эту Ладу...

— Пусть разыскивают. Я-то здесь при чем? Я в Одессе отдыхала.

— Под Одессой, в местечке с поэтическим названием Куяльник... Но если кто вздумает поглубже копнуть, треснет эта легенда по всем швам. Я, видишь ли, остерегаюсь выказывать особый интерес и не знаю, что конкретно им известно. Хватились ли нашей Мадонны, слава Богу, сделка уже состоялась, — вышли ли на ту хатку, в которой ты жила, сняли ли отпечатки в квартире Мурина? А если сняли да и установили их идентичность с твоими?

— Мои-то у них откуда? — спросила Таня, уже зная ответ.

— От верблюда. Про юношеские свои похождения с Генералом забыла?

— Что ж ты в свое время не озаботился, чтобы их не стало? Я ведь тебе нужна была чистенькая.

— Из дела их изъяли, я проследил. Но в картотеку могли попасть, кто знает?

— А ты не знаешь? — Таня в упор посмотрела на Шерова.

Он отвел взгляд. Таня усмехнулась, стараясь не выдать внутренней дрожи.

— Сработала я чисто, и ты это знаешь. Ладу не найдут никогда, и пальчиков моих ни в какой картотеке нет. Скажи уж прямо — бздишь?

Шеров отвернулся, метнул в речку плоский голыш. Тот пару раз отскочил от поверхности и ушел в воду.

— Неуютно, — сказал он, глядя на круги, оставленные камнем. — Ты, Таня, становишься в моем хозяйстве ценностью, увы, отрицательной. Держать тебя при себе становится опасно. Перспективного исполнителя лишился, теперь вот шофера. Кто следующий?

— Надо понимать, ты на меня не только Серегу, но и Ларика вешаешь? Я, что ли, виновата, что они оба, как сговорившись, сами себя грохнули?

— Один гранату себе в салон положил, а второй прилепил к собственному днищу мину и нажал кнопочку? Удивительные способы самоубийства, ты не находишь?

Таня пожала плечами.

— Есть многое на свете, друг Горацио... Что ж, считай, что наше собеседование завершилось при полном взаимопонимании. Объяснять тебе, пожалуй, ничего не буду — прозвучит как попытка оправдаться. Только не в чем мне оправдываться, так было надо. Хочешь верь, хочешь — не верь. Впрочем, ты уже и так все решил.

— Решил... Решение далось мне нелегко. Но оставить все как есть — слишком большой риск.

— Понимаю и принимаю. Только уж выполни напоследок три моих просьбы, как-никак я тебе верой-правдой служила.

— Говори.

— Поклянись, что мужа моего, Павла, отпустишь с миром, когда он тебе уже не нужен будет.

— Да отпущу, конечно. Он и не поймет, что к чему.

— Но ты поклянись!

— Ну, клянусь, — усмехнувшись, сказал Шеров. — Чтоб мне с балкона упасть.

— Квартиру мою и долю, что от картины мне причитается, Аде отдашь. Скажешь, пусть сохранит дочке моей на совершеннолетие, только чтобы та не знала, что это ей от матери родной наследство...

— Та-ак... — с неподдельным удивлением протянул Шеров. — Вообще-то у меня несколько другие виды имелись, но если желаешь... Третья просьба?

— Третья? Позволь мне сегодня напиться до бесчувствия.

— Это еще зачем? — озабоченно спросил Шеров.

— Чтобы не почувствовала. Я же не враг тебе...

— Погоди, погоди, чтобы чего не почувствовала?

— Ну, как твои орлы меня резать будут. Или душить. *Там* я уже погостила, и ничего плохого в том не нашла. Но боли не хочу, мук не хочу, «обширный инфаркт» не устраивает...

Шеров обалдело посмотрел на нее и расхохотался.

— Сидела, значит, тут на солнышке и на заклание готовилась? Ну, Таня-Танюша, глупышка ты моя!

Он подвинулся к ней, обнял за плечи. Она не шелохнулась.

— Второй раз меня в злодеи записываешь, — продолжал Шеров. — Смотри, обижусь.

— А ты у нас агнец невинный! — Таня всхлипнула и, уронив голову на грудь Шерову, разрыдалась.

— Ну-ну... — Он провел ладонью по рыжим кудрям. — Все хорошо, все хорошо будет.

— Но я... Как же я теперь? Ты же решил... А что ты решил?

Она выпрямилась, посмотрела ему в глаза.

— Я решил выдать тебя замуж и отправить за бугор, — буднично сказал Шеров. — Пора тебе выходить на международный уровень.

Таня моргнула.

— Ты что, Шеров, совсем офонарел? Что я там делать буду?

— Найдешь. При твоих-то способностях...

— Лучше уж отпустил бы ты меня на все четыре.

— А вот этого не могу, не обессудь. Спокойно вздохну лишь когда ты будешь далеко. Причем делать это надо по-быстрому, пока на твой след не встали плотно. Есть у меня один вариант...

— А скажи-ка мне, Шеров, ты ведь этот вариант еще до... до Сереги и Ларика продумал? Еще когда меня на дело подписывал? Жопу свою прикрывал, признайся?

Шеров молча поднялся.

— Пойдем, Танечка. Нас ждут.

В первый момент у нее аж дух перехватило, до того красив был молодой человек, при их появлении поспешно вскочивший с кресла. Большие светло-карие глаза в обрамлении густых черных ресниц, прямой точеный нос, копна жестких, чуть вьющихся черных волос. Строгий темно-серый костюм в широкую полоску подчеркивает широкие плечи и неправдоподобно тонкую талию. Пухлые губы распрямились в улыбке, блеснули ровные зубы. Ну прямо греческий бог Аполлон. Таня мгновенно поняла, что это и есть заграничный жених и что он ей крайне несимпатичен. Со второго кресла не спеша поднялся Архимед.

— Вадим, Танечка, мы уж заждались, хотели за вами на реку идти, — сказал он. — Вот, знакомьтесь, это и есть тот самый Аполлон, о котором я тебе, Вадим, говорил. Мой дальний родственник из Лондона. По-русски, кстати, ни черта не понимает, так что в выражениях можно не стесняться.

Дальний родственник прищурясь разглядывал Таню. Та в долгу не осталась, даже подмигнула.

— Что Аполлон, я и сама вижу. А зовут-то как?

— Аполлон и зовут. Аполло по-ихнему, — пояснил Архимед.

Услышав свое имя, красавчик слегка наклонил голову, произнеся при этом:

— Аполло Дарлинг.

Таня рассмеялась. Шеров с недоумением покосился на нее. Аполло скромно потупился. Архимед сделал непроницаемое лицо.

— Что смешного? — спросил, наконец, Шеров.

— Ах, он еще и «дарлинг»! У-ти, лапушка... Знаешь, лучше уж пристрели меня.

— Арик, дорогой, сходи-ка с гостем в буфетную, угости коньячком, что ли, с шоколадкой. Скажи, мы сейчас придем.

Архимед что-то сказал по-гречески, несколько раз вставив «параколо». Окатив Таню непонятным взглядом, Аполло бросил родственнику два слова, развернулся на каблуках лакированных штиблет и вышел вслед за Архимедом.

— Странная реакция, — сказал Шеров. — Что тебя не устраивает?

— Где вы такое чудо откопали? — задала Таня встречный вопрос.

— Сам приехал. Полный чемодан джинсов привез. На продажу.

— Джинсы-то хоть приличные?

— Барахло. Говорит, специально взял дешевые и оптом, чтобы поездку окупить.

— Коммерсант! — Таня усмехнулась. — А отсюда, небось, самовары повезет или шкатулки под Палех.

— Тебя он повезет.

— Транспортное средство поприличней подобрать не мог? При твоих-то связях.

— А вот как раз мои связи здесь ни к чему. Лишние вопросы, лишние обязательства. А с ним все просто, быстро...

— Дешево, — закончила за него Таня.

— Кстати, не так уж и дешево. Как понял, что нужен нам, стал торговаться, будто на одесском базаре. Надбавка за срочность, все в таком роде...

— Как романтично! — Таня вздохнула.

— Тебя пусть это не волнует. Все расчеты с Дарлингом беру на себя, и твои подъемные тоже. Тысячу долларов.

— М-да... Ну спасибо тебе, папаша, за доброту твою, за щедрость!

— Что-то не слышу искренней благодарности в голосе.

— Моя доля, полагаю, пошла в уплату за мою жизнь? Шеров раскрыл портфель, лежащий на столе.

— Вот, — сказал он, достав тоненькую прозрачную папку и протягивая ей. — Золотые векселя «Икарус» на твое имя. С пятнадцатого сентября гасятся по номиналу плюс десять процентов. Лондонский адрес конторы — на корешке.

Векселя были внушительные — голубоватые, с лист писчей бумаги величиной, на хрустящей бумаге с водяными знаками в виде стоящего льва, с золотым обрезом. Под витым логотипом «The Icarus Building Society, plc. London, SW» было каллиграфическим почерком вписано: Mrs. Tanya Darling (Zakharzhevska). В самом центре был крупно напечатан номинал, буквами и цифрой. Пятьдесят тысяч фунтов стерлингов. Векселей было три.

— Вот, — повторил Шеров. — Итого сто шестьдесят пять тысяч. Это чуть меньше трехсот тысяч долларов. Через три месяца будешь богатой женщиной.

— А не многовато? И почему только через три месяца?

— Сумма включает не только твой гонорар, но и премию за два года работы и еще... Пока ты была в командировке, я в твою квартиру одного нужного человечка прописал. А тебя выписал. Для упрощения дела.

— Ну, все предусмотрел! — кисло усмехнувшись, проговорила Таня.

— Да, — не без самодовольства подтвердил Шеров. — Первое время поживешь у своего благоверного. У него квартира в этом, ну, район такой зажиточный в самом центре Лондона. На «М» начинается.

— Мэрилебон, что ли? Или Мэйфэр?

— Вроде второе... Ну да, ты ж у нас образованная...

— Это престижный, дорогой район. Что ж он джинсами-то дрянными приторговывает? Не вяжется как-то.

— Вяжется. Это у нас тут бизнес широко понимают, с размахом. А там коленкор другой. В последних мелочах выгоду блюдут, скряжничают. И твой такой же.

— Не уживемся, — убежденно сказала Таня.

— А никто и не просит уживаться. Даже временно. Женишок обещал на первых порах к тетке перебраться... В общем, тысячи тебе до сентября с лихвой хватит. Освоишься, осмотришься, паспорт британский выправишь. Если уж совсем прижмет, продашь векселек. Бонус, правда, потеряешь.

Таня провела пальцем по золотому обрезу векселя.

— Так-то оно так, но наличность все же надежнее...

— Опомнись, это же двадцать пять — тридцать пачек, даже если сотенными! Как повезешь такую груду, где спрячешь? Я, конечно, на предмет таможни подстрахую, но мало ли... Такая сумма — это ж расстрельная статья однозначно! А три бумажки — их еще поискать надо, а если даже найдут, то еще доказать, что они настоящих денег стоят.

— А стоят?

— Ну что ты, что за сомнения? Фирма надежнейшая. — Шеров понизил голос: — Многие из этих, — он показал на потолок, — там средства размещают. Партийными денежками британский капитализм помогают строить. Про приватизацию слыхала?

— Приватизация... — Таня задумалась. — Это когда что-то в частную собственность передают?

— Вот-вот. Там сейчас Тэтчер с этим делом вовсю развернулась. Ну, а наши, не будь дураки, под себя подгребают. В том числе через «Икарус».

— А ты? — настойчиво спросила Таня. — Ты тоже вкладываешься?

Шеров пожал плечами.

— Я человек маленький.

— Ладно, беру, — решила Таня. — Но смотри, если надинамишь... Не только из-за бугра, с того света достану.

— Помилуй, Танечка, да когда это я тебя... А в придачу к векселям я тебе дорожный чемоданчик подарю. С секретом.

— С полой ручкой, что ли, или с дном двойным? А то псы государевы таких секретов не знают!

— Забудут, коли псарь прикажет.

— Интересный у тебя псарь, — заметила Таня. — Про чемоданчик приказать может, а про денежки — нет.

— Элементарная служебная этика, дорогая. Одно дело — намекнуть, чтобы не особенно копались в багаже, и совсем другое — чтобы кучу инвалюты не заметили.

Говорил он вроде бы складно, но Таню не убедил. Впрочем, сейчас диктовать условия она не могла. Молча взяла у Шерова красивые бумажки, небрежно бросила в сумочку, не упустив из виду скользнувшую по его лицу гримасу.

— Ну ладно, пошли с суженым знакомиться, — с легким вздохом сказала она. — Надеюсь, вы ему про меня лишнего не напели.

Она не стала выяснять, сколько конкретно причиталось мистеру Дарлингу за эту услугу, но, судя по его поведению, гешефт он посчитал для себя выгодным и отрабатывал вовсю. Встал при ее приходе, горячо пожал руку, даже к сердцу поднес, разве что не поцеловал, выразил радостное удивление по поводу ее английского, пытался говорить какие-то комплименты насчет внешности, но довольно быстро исчерпал их запас. В наступившей паузе Шеров сказал:

— Вы, голубки, поворкуйте пока, а нам с Ариком надо кой-какие организационные вопросы решить.

Оставшись с Таней наедине, Дарлинг плеснул себе в бокал «Курвуазье», не подумав предложить ей, отвернулся, прихлебнул немного. Потом будто опомнился, поглядел на нее, оскалив зубы, и произнес:

— О, поверьте, Таня, я счастлив, что...

— Да бросьте вы! Бизнес есть бизнес. Давайте сразу договоримся, что отношения наши останутся сугубо деловыми.

Он как-то сразу поскучнел — а может, наоборот, расслабился, поняв, что здесь нет нужды ломать комедию и тратить силы на натужный шарм. Таня с улыбкой смотрела на него и думала: «М-да, такого я еще не ела».

Они посидели еще немного, помолчали, не утруждая себя разговорами, а потом в дверь деликатно постучали, просунулась голова Шерова.

— Познакомились? И славно. Теперь давайте пошевеливаться. Опаздываем.

Дарлинг, видимо, поняв по жестам или зная, о чем идет речь, тут же встал и одернул полосатый пиджачок. Таня же не шелохнулась, только одарила Шерова удивленным взглядом.

— Куда это мы опаздываем?

— На регистрацию, куда ж еще.

— Однако! Я что, вот так, в пляжном обдергайчике и поеду?

— Да кто на вас смотреть будет? Заскочим в контору, распишетесь там, свидетельства получите — и свободны. Самолет ваш через неделю, так что собраться успеешь.

Открываем сезон большой охоты?

VI

С Иваном Таня встретилась сама. Место встречи получилось какое-то детское — знаменитый «лягушатник» на Невском. Но Таня не случайно выбрала именно его. Конечно, Иван с его навыками мог преспокойно налакаться где угодно, но тут вряд ли. В кафе стояли высокие кресла, образуя по краям зала полукабинки, и царил полумрак. Таня не хотела, чтобы при разговоре на них кто-нибудь пялился.

Иван пришел чистый, выбритый, совершенно трезвый, хоть и опухший, и какой-то пришибленный. За те несколько лет, что они не виделись, он сильно постарел, усох, ссутулился, в глазах появился затравленный блеск, в речах — сбивчивость и постоянное стремление в чем-то оправдаться.

— Хорошо выглядишь, — усевшись, сказал он. — Да, кому жизнь сладкая карамелька, а кому... — Он страдальчески вздохнул.

— Как ты?

— Я-то? — Он с усмешкой оглядел ее. — Теперь-то уже ничего. Устраиваюсь помаленьку. А вот тогда... Хотя откуда тебе знать? Что такое ломка, представляешь себе? А аверсионная терапия?

— Нет.

— И не дай Бог узнать... Да и после больницы не лучше было. Ты ушла, родные отец с матерью бросили, как пса, подыхать в конуре... Кстати, не боишься, что тебя со мной увидят?

— Нет, а с какой стати? — удивленно спросила Таня.

— Как, так ты ничего не знаешь? Впрочем, понимаю, тебе же это неинтересно... В общем, я в диссиденты попал.

— Ты?

— Представь себе.

— Это из-за... из-за стихов твоих?

— Какие на фиг стихи?! Благодетель мой, Федор блин Михайлович, пожировал с годик в своей Швейцарии, прижился, гад, и возвращаться не пожелал. Устроил пресс-конференцию, поведал, понимаешь, миру о бесправном положении мастеров слова в СССР. А что я в КГБ полгода бегал, как на работу, объяснения давал, заявления подписывал...

— Господи! И как же ты теперь?

— Ничего, добрые люди пригрели. Причем те самые чистоплюи, которые раньше от меня нос воротили, даже не будучи знакомы — прислужник, дескать, партийного лизоблюда, продажная шкура. А теперь тот же самый Золотарев у них в героях ходит, а я — ну, не в героях, конечно, но в жертвах системы... В общем, устроили меня в журнал «Звезда» внутренним рецензентом — читаю рукописи, которые им шлют со всей страны, и обстоятельно разъясняю гражданам, по какой именно причине их гениальное творение в ближайшее время опубликовано быть не может. Подписывает это, конечно, другой товарищ, но денежки мои... И Одиссей Авенирович, спасибо ему, не забывает.

— Большие сдвиги? — усмехнувшись, спросила она.

— Какие сдвиги? — не понял он. — Все то же самое. Песню по радио слышала? «Завод родной, инструментальный»?

— Нет, конечно.

— Послушай. Слова мои. Объявляют, что Пандалевского.

— Так все один и живешь?

— Разве это жизнь?.. Ну да, в общем, один... У меня, знаешь, после всего... ну там, больницы и до нее... в общем, по этой части не того...

— Бедный! Ты, главное, не особенно пей, глядишь, все и образуется.

— С бухаловым я наладился. Стабилизировался, можно сказать. Раз в два-три месяца спускаю лишнее напряжение. Заранее готовлюсь, денежки рассчитываю. Чтобы, значит, недельку погулять, недельку поболеть, и со свежими силами... Научился.

Он проглотил несколько ложек мороженого, потом покосился на нее:

— Ты меня сюда зачем вызвала? О здоровье спросить?

— Да нет, собственно. Вот, посмотри.

Она протянула ему папку с бумагами. Он раскрыл, почитал, безропотно подписал заранее заготовленное от его имени заявление, не задав ни одного вопроса, и откланялся. Таким Таня его еще не видела и не могла определить, как он воспринял ее решение о разводе. Впрочем, он и сам этого понять не мог.

Рассмотрение заявления о разводе гражданина Ларина Ивана Павловича и гражданки Лариной Татьяны Валентиновны в Красногвардейском районном суде было назначено на 24 июня.

После этого они несколько раз созванивались, уточняли дату, и Иван всякий раз говорил, что все помнит и непременно будет.

Девятого июня он получил сразу за четыре внутренних рецензии, пришел домой, заставил себя сесть за еле-еле начатый заказ от Пандалевского — сценарий праздника ПТУ при Металлическом Заводе, — но не смог унять внутренней вибрации, крякнул и спустился в угловой гастроном...

...Поначалу пришли почти абстрактные формы, иллюзорные в минимальной степени, лишенные материальности. Черной трещинкой с потолка спрыгнул злой астрал, ломкий и металловидный. На изломах он шипел и плевался электрическими искрами. Боязнь оказывалась сильнее желания, и астрал отскакивал от дрожащих рук, убегал в угол или на шкаф и шипел оттуда:

— С-с-сволочь!

Добрый астрал выплывал снизу — из пола, из кровати или из ладони. Он давался в руки, не ломаясь ни в прямом, ни в переносном смысле. Он не стрелял искрами, а лишь жалобно тянул одну ноту — какую-то несусветную, такую не найдешь ни в каких клавирах. Нота пугала, но больше притягивала. Это был либо очень добрый, райский астрал — либо мертвый, ибо он был похож на белейшую дымную спираль и уходил неизвестно куда.

После прихода второго астрала Иван и сам временно умирал, а потом формы жалились, мягчали, порождая иллюзию, будто с ними можно активно взаимодействовать, а то и вообще сливались с физической данностью. Так, Ивану запомнилось окно, под которым беспрестанно маршировали, готовясь к параду, курсанты и распевали бравые строевые песни совершенно непристойного содержания. Потом пришел зелененький. Разведчик.

Он неуверенно попрыгал по стенке, состроил ученическую, немного стеснительную гримаску, а когда Иван зашипел на него — тут же вежливо исчез. Но потом появился снова — возможно, не он, а другой — и привел двух зелененьких. Зелененькие кривлялись уже более настойчиво, а один до того обнаглел, что спрыгнул Ивану прямо на рукав. Иван захотел сбить его щелчком, но палец пронесся сквозь зелененького, а тот от удовольствия захрюкал. Потом пришли синенькие и серенькие.

Иногда зелененькие кувыркались, синенькие кривлялись, а серенькие пукали и хрюкали. Иногда же синенькие кувыркались, пукали зелененькие, а серенькие хрюкали и кривлялись. Опять-таки иногда зелененькие хрюкали, синенькие пукали, а серенькие кривлялись и кувыркались. Частенько пукали, хрюкали и кувыркались серенькие, а зелененькие и синенькие кривлялись. Потом начинали пукать и кувыркаться зелененькие, синенькие хрюкали, а серенькие кривлялись. Иногда синенькие пукали, хрюкали и кривлялись, а зелененькие с серенькими кувыркались. А то, бывало, зелененькие пукали, кривлялись и кувыркались, синенькие кривлялись, кувыркались и хрюкали, серенькие пукали, хрюкали, кривлялись и кувыркались. Наконец, синенькие, серенькие и зелененькие хрюкали, кривлялись, кувыркались и пукали все вместе, и чем больше носился за ними с мухобойкой осатаневший Иван, тем головокружительнее становились их курбеты, умопомрачительнее рожи, наглее хрюканье и оглушительнее пуканье. Так проходила вечность. Иван сдался, обвык. Хотя каждый жест синеньких, зелененьких, сереньких причинял душе тягучую, томительную боль, он выделял в их полчищах одного, неотрывно следил за его манипуляциями, покуда остальные не сливались в общее бурое пятно, а наблюдаемый серенький, синенький или зелененький не наливался изнутри прозрачностью, так что сквозь него начинали просвечивать стены, и не истаивал вконец. Ряды врагов редели. Оставшиеся уставали, расползались в томлении по углам, и серым предрассветом вышел розовый.

Розовый был велик — с полчеловека — и умен сверхъестественно.

— Здравствуйте, почтеннейший, — вежливо сказал он, аккуратно взобравшись на единственный стул и закинув лапку на лапку.

— Пшел вон! — крякнуло что-то внутри Ивана.

— Не слишком-то вы приветливы, — ответил сокрушенно розовый, — а все потому, что гордитесь много и превыше всех себя ставите.

Он сложил головку на плечо и с укоризной посмотрел на Ивана. Тот накрылся узорчатой от грязи простыней и одним только красным глазом смотрел, мигая часто, на непрошенного собеседника. Розовый продолжал:

— Эх вы, люди, людишки, людики, люденятки! Возомнили, вознеслись — мы цари, мы владыки, мы венец творения. Да что вы можете знать о творении. Скажите по-дружески, почтеннейший, вы — венец?

Иван что-то залепетал, глухо и долго.

— Скажите-ка, например, сколько по-вашему, по-людски, месяцев в году?

Иван рассмеялся и произнес. Ясно и четко:

— Не обманешь, нечисть, не обманешь. Двенадцать их, двенадцать. Я говорю тебе, говорю. Знаю, я знаю.

— Допустим. — Розовый сменил интонацию и сделался учителем или судьей: — А сколько в вашем году дней?

Иван задумался.

— Это допрос? — поинтересовался он.

— Ну что вы. Самый искренний, самый дружеский... допрос, конечно, но без пристрастия. Вам ведь больно?

— Больно, — сознался Иван, — хотя и неловко об этом говорить.

— Ну вот видите! — Розовый ликовал. — Итак, сколько же деньков в вашем году?

Иван снова задумался: «Семь? Нет — февраль, понедельник пасха...»

Он загибал пальцы с таким усердием, что пот прошиб. Потом воспрянул:

— Дайте календарь, я сосчитаю.

Розовый замахал ножками, но уже от возмущения.

— Ваши календари! Я теряю сон из-за расстройства нервов, только привидится лишь один. Знаете, не поминайте-ка их к ночи, почтеннейший, вот что я вам скажу. Вот вам грифельная доска.

Розовый полез за пазуху, достал оттуда чистейший носовой платок, сушеную жабу, веточку сирени, коробочку.

— Надо же, — бормотал он. — Какая незадача! Куда же я ее подевал? Такие волнения при моей чувствительной натуре, при моих нервах!

Он раскрыл коробочку, достал оттуда таблетку, положил под язык. Ивану стало жалко розового. Он сказал:

— Не мучься, я вспомнил. Их триста шестьдесят пять.

Розовый от радости сглотнул и снова засучил ножками.

— Как же, — сказал он иезуитским тоном, — как же мы поделим их, чтобы каждому из месяцев досталось поровну? Строго поровну — в том справедливость.

Чертили долго. Иван пальцем на стенке над кроватью, розовый — пальцем в воздухе. Иван сказал:

— Готово. Изволь взглянуть.

Розовый дунул. На стенке проступили огромные кривые знаки:

«365 : 12 = 30,41666666...»

— Нет, — сказал розовый, — это нельзя так. Что за точки?

— Дробь, — ответил Иван.

— Дроби не бывает, — категорично заявил розовый. — Дробями не поровну. Надо поровну.

Иван чертил, чертил, чертил шестерки дальше и не заметил, что розовый исчез.

Приходили синенькие в форме шестерок. Они, по обыкновению, кувыркались и хрюкали, но ни на полслова не становились даже девятками. Серенькие группировались и строили напротив Ивана три большие, подвижные и противные шестерки. Иван плакал, и слезы лились, оставляя кляксы: «6-6-6-6-6-6». Он брал ботинок и маркой резиновой подошвой, стачивая ее до дыр, во всех углах рисовал шестерки, все ждал — избавление ли придет, ответ ли. Мешал шкаф. Иван изрисовал его снаружи, изнутри, с боков, сверху, а положив дверцей вниз — сзади и снизу. От перемены положения шкафа на стене открылось чистое пространство — Иван покрыл шестерками и его. Травмировал, раздражал, угнетал, оскорблял, унижал, бесил своей белизной потолок. Умоляемые зелененькие кувыркались на нем шестерками, следов не оставляя. Иван лил на разные предметы чернила в виде цифры шесть и подбрасывал их к потолку. Иные запечатлевались. Иван успокаивался и порой кокетливо задирал ноги, пригибая к ним голову. Он казался себе самой возвышенной шестеркой на свете. И даже обезьянничанье нагло задиравших ножки синеньких мало задевало его.

Навещал розовый. Он следил за деяниями Ивана в целом одобрительно, но с растущим разочарованием. Когда живого места не осталось на стенах, на полу, на потолке, на мебели и на самом Иване (себя метил красным карандашом, куда только доставала рука), не выдержал, вздохнул и произнес:

— Эх-ма, человеки, человечки, человечишки! Ненадолго же вас хватает.

Иван, охваченный духом гордости и противоречия, взял последний представляющий еще положительную величину карандаш и в похожие на амбарные замки шестерки с хрустом вписал новые — маленькие, как замочные скважины.

— Отдохните, — милостиво предложил розовый, и Иван затеял дискуссию:

— Ты ведь пришел по мою душу? Так зачем было избирать такой занудный способ искушения? Мне и неприятно и обидно.

— Чего же вам угодно, почтеннейший? — спросил, в свою очередь, розовый. — Лучший метод искушения — тот, который действует. Та истина верней, которая лучше в употреблении. А у вас клеймят философию прагматизма. Нам это тоже неприятно и обидно.

Иван рассмеялся.

— Показал бы хоть что-нибудь этакое... — и шепотом добавил: — Порнографическое.

— Порнографии, почтеннейший, вокруг вас предостаточно и без моего участия.

— Я в смысле — возбуждающего...

Розовый поднял руку — и зелененькие возбуждающе запрыгали. Иван в ужасе закричал:

— У-бери, у-бери это, не-не надо!

Розовый рассердился, буркнул:

— Так занимайся же своими шестерками!

И исчез.

Устав от шестерок, Иван задумался. И какая-то мысль, еще неясная, не давала ему покоя: «По поводу шестерок...»

По поводу шестерок опять заглянул розовый. И как-то само собой сказалось:

— А ведь в ином году бывает и на день больше. Раз в четыре года. Один на четыре... Это четвертинка выходит. Надо бы четвертинку прибавить...

Розовый рассердился невероятно.

— О, людищи, человечищи! Идеальным, идеальным пужаешь их, вникаешь, стараешься — а им четвертинку подай! Вы попрошайка, почтеннейший!

И розовый с негромким треском лопнул.

Иван зажмурил глаза, открыл — на том месте, где сидел розовый, прохладным блеском отливала четвертинка. Иван подошел нетвердо — зелененькие запищали, — приложился, хлебнул. Исчезли и синенькие, и зелененькие. Последний серенький замер, свесившись с люстры и превратившись в непарный носок.

Иван хлебнул еще раз — и провалился куда-то. А когда вынырнул, ему захотелось умереть. Над ним склонилось чье-то страшное лицо, и разбойничий голос прохрипел:

— Эк тебя однако! Совсем закис, я погляжу. Реанимацию вызывали? Я вот тут доктора Галактиона привел — лучший реаниматор!

Иван со стоном приподнялся и в тумане увидел, что перед ним сидит его знакомец, поэт Горбань, а рядом... Господи, тот же розовый, только покрупнее и почему-то с усами.

— Галактион почти Табидзе, — представился розовый. — Полечимся, да?

И стал доставать откуда-то снизу бутылку за бутылкой...

— Стаканчики-то, стаканчики где у тебя? — засуетился Горбань, а почти Табидзе все доставал — теперь уже какие-то банки...

Что было дальше, Иван не помнил решительно.

Очнулся он от того, что прямо по голове его маршировал целый полк — не меньше! — курсантов. Они готовились к параду и потому орали оглушительными, молодцеватыми и мерзкими голосами из оперы Глюка:

> Любовь всем миром владеет полновластно.
> Все подвластно веленьям ее.
> Нам сладки оковы, все мы готовы,
> Все мы готовы всё отдать за нее!
> Все мы готовы всё отдать за нее!

Ивану захотелось умереть. Попев еще немного, курсанты утопали вдаль, оставив в комнате вонь одеколона и какой-то противный треск. Иван осмотрелся, морщась...

Пришли почти абстрактные формы, иллюзорные в минимальной степени, лишенные материальности. Черной трещинкой с потолка скалился злой астрал, ломкий и металловидный.

— Господи, опять... — с тоской зашептал Иван и протянул руки к астралу. Тот уплыл на шкаф и оттуда швырнул прямо в лицо Ивану ослепительно яркую молнию. Иван застонал и завалился на пол...

Перед выездом в суд Таня позвонила Ивану, но никто не взял трубку.

— Может быть, вышел куда-нибудь? — предположил Павел. — Ничего, по пути за ним заскочим.

Он направился к дверям, остановился, обернувшись, посмотрел на Таню — и не удержался, подбежал к ней и стиснул в объятиях.

— Пусти! — смеясь, воскликнула Таня. — Во-первых, блузку помнешь, а во-вторых, может, еще и не разведут.

— С таким-то да не разведут?! — возразил Павел. — Они там на него только посмотрят — и тут же пожалуйте в кассу!

И он спустился во двор заводить машину, а Таня в последний раз взглянула на себя в зеркало. Вроде все на месте. И желтизны под глазами добавила в самый раз — очень убедительно... Вот ведь как въедаются профессиональные привычки — и в суд идешь, как на премьеру. И хоть все тут взаправду, и горя-то в самом деле хлебнули — врагу не пожелаешь, а все равно, готовишься как к спектаклю. Здесь одернуть, здесь поправить, здесь подмазать... Тьфу!

Они несколько раз звонили Ивану в дверь, но никто не отпирал. Потом Павел сбегал вниз, привел управдома, объяснил ситуацию.

Еще не включив света в темной прихожей, оба поняли — дело тут плохо. Пахло гнилью, горькими муками. Зайдя в комнату, они остолбенели. Все, будто нарочно, перемазано чем-то, бутылок пустых видимо-невидимо, окурков. И посреди всего этого великолепия лежит Иван во всей красе. Подошли к нему с двух сторон, нагнулись — дышит, но с трудом. Таня достала платок и отвернулась. Павел опустился перед Иваном на колени.

— Заяц, помоги мне на кровать его перетащить, — деловито сказал он. — Развод на сегодня, похоже, отменяется.

— А может, его, такого красавчика, в суд притащим? Убедительно будет.

— Родная, ты не поняла. Развод отменяется. Звони в скорую. Я сам перетащу.

— Да что ж такое с ним?

— Не знаю, но похоже на эпилепсию. Звони, а? Пока едут, мы приберем тут, что сумеем, а то совсем неудобно как-то.

Так остались Иван с Таней еще на некоторое время мужем и женой.

Глава вторая

ОН, DARLING, ИЛИ МИЛАЯ МОЯ
(27 июня 1995)

Леонид Ефимович передал трубку Витюне и погрузился в размышления. Информед... Информация, медицина или информация о медицине? Или просто цепка для красы, фирма по шлифовке ушей? В принципе, у Леонида Ефимовича и у возглавляемой им сети разного рода контор были определенные интересы и в сфере информации, и в сфере медицины, и от контактов с серьезными партнерами отказываться было бы грех... Но как раз серьезность партнеров и внушает сомнения. Кто же так завязывает деловые отношения? На что тогда существует электронная почта, факсы, рекламные буклеты, референты, рекомендации людей, признанных в деловом мире, наконец, четко сформулированные предложения? Приглашение главы фирмы на прямые переговоры — это уже скорее финиш, но никак не старт. И каждый нормальный человек это понимает. А тут — извольте видеть.

Он извлек из внутреннего кармана смокинга плотную сиреневую карточку и в который раз перечитал ее:

ИНФОРМЕД

Господину Леониду Е. Рафаловичу
Доктор и Миссис Розен
Просят Вас пожаловать
27 июня 1995
К 12:00
В номер 901

ОТЕЛЬ ПРИБАЛТИЙСКАЯ

Чистый идиотизм, на взгляд делового человека. А если здесь какой-то фармазон или попытка сделать бяку лично господину Рафаловичу, генеральному директору «Интертрейдмаркета» и десятка дочерних, в том числе и морганатических предприятий, то начинать с такой нелогичной дешевки может только полный кретин. А кретины, как он давно заметил, редко имеют возможность поселяться в люксах и рассылать приглашения на сиреневой бумаге. Исключение, конечно, составляют политики, но там свой гешефт, и в эти игры он не играет...

А может быть, это вообще не связано напрямую с бизнесом? Тогда что? Культурно-благотворительная акция с попыткой привлечь спонсоров? С этим-то ему как раз приходится сталкиваться чуть ли не каждый день... Тоже вряд ли — слишком безграмотный выбран подход. Сначала все-таки надо объяснить, что именно нуждается в поддержке, показать, что оно ее заслуживает... А здесь — никаких объяснений, «просят пожаловать», и все тут. Честно говоря, надо бы плюнуть. Но только интуиция, крайне редко подводившая Леонида Ефимовича, подсказывала ему, что плевать-то как раз и не стоит.

Трубочка в руках Витюни загудела, и он вновь протянул ее хозяину.

— Ну что, Левенька, как оно?.. Целая команда, говоришь, три номера... Участие в выставке и симпозиуме по информационным средам? До завтра, говоришь? Любопытно.... Ладно, давай по алфавиту. Записываю... Как-как? Амато Джошуа, Кения. Президент «Информед-Африка»... Уже весело... Амато Элизабет, Кения, вице-президент «Информед-Африка»... Это что же, негритянские пляски на берегах Замбези? Всего ожидал, но такого... Не черномазая, говоришь? Узкопленочная, и по-русски чешет? Часом, не из наших буряток будет?.. Ладно, дальше давай... Вилаи Кристиан, вице-президент «Информед Интернейшнл», Нью-Йорк-Денвер. Уже теплее... Шутишь? Правда, что ли, фамилия такая? Ладно, записываю. Доктор Кайф, Алекс, вице-президент «Информед Интернейшнл»... Из наших? Ну конечно, кто же, кроме наших, может носить фамилию Кайф?.. Так. Доктор Розен, Поль, старший научный консультант, «Информед Интернейшнл»... Тоже из наших? Не выяснил?

Американ Американыч? Какой из себя?.. Так-так, что-то не припоминаю. Миссис Розен... Стой, как ты сказал? Таня? Переводчик? Русская?.. Ну-ка, ну-ка, вот про эту самую Таню подробнее... Все-все. Рост, цвет глаз, волос, манеры... Ничего, я подожду...

Рафалович отложил блокнот в сторону и слушал дальнейшую информацию молча, ничего не записывая. С первых слов главного администратора «Прибалтийской» он понял, кто пригласил его, — и понял, что придет обязательно. Пока он только не понял почему.

— К «Прибалтийской», Сережа, — сказал он шоферу, а сам позвонил в выставочный комплекс в Гавань и навел там у знакомого начальника справку насчет «Информеда» (InforMed Inc.). Из этого разговора он узнал много нового и кое-что из этого нового, его заинтересовало...

— Сережа, Витюня, свободны пока. Я пойду один... — сказал он, выгружаясь из «понтиака» у подъезда гостиницы.

— Но, Леонид Ефимыч... — начал Витюня.

— Свяжись с офисом, скажешь Тюрину, чтоб с англичанами разбирался без меня. Приеду, подпишу. Бумаги по лесу пусть подготовит и вышлет. С налоговыми, конечно, надо бы самому... Ладно, пусть скажут, что приболел, завтра буду... Мою трубочку передаю тебе, принимай звонки, со мной связывать только в исключительных случаях... Ну, ты понимаешь. Особо не загуливайтесь — я позвоню, когда за мной заехать.

— Леонид Ефимыч, может, хоть до номера провожу? Вдруг подставят вас? — обеспокоенно произнес Витюня.

— Не подставят, — уверенно сказал Рафалович. — Вот это исключено начисто.

И он вошел в стеклянные двери, в вестибюле взял направо и на лифте поднялся на девятый этаж.

(1982—1983)

I

Всеобщее благоустройство Таня ощутила уже в самолете. Выпив бутылочку «Мартини-Асти» и закусив нежнейшим ростбифом, она совсем развеселилась и попросила
темнокожую стюардессу подать виски с тоником, а когда
мимо проходила вендорша с лотком всяких обаятельных
разностей, Таня остановила ее и обратилась к чуть задре-
мавшему мужу:

— Гони монету, Дарлинг!

Он пробубнил что-то неразборчивое, но безропотно полез в карман и выдал Танины деньги, которые на всякий
случай были переданы ему по пути в аэропорт. Она купила пачку «Силк-Кат» (много фирменных перепробова-
ла, но такие видела впервые, и ей стало любопытно),
флакончик «Коти» и серебряные запонки, которые тут же
вручила мужу. Он недоуменно уставился на подарок, потом сунул коробочку в карман и, словно спохватившись,
одарил Таню лучезарной улыбкой и промурлыкал:

— Спасибо, Дарлинг!

Покинув некурящего мужа, Таня сначала зашла в туалет
и пересчитала деньги. За исключением тех шестидесяти долларов, которые она успела профуфырить, еще не коснув-
шись британской земли, остальное было на месте. «С этой
минуты ввожу режим экономии, — решила она. — Это все,
что у меня есть, пока не вычислю, что у них там к чему». Она
посмотрела на себя в зеленоватое зеркало, увиденным осталась в целом довольна, но на всякий случай пробежалась
расческой по блистающим кудрям, одернула легкомыслен-
ную маечку и, примерив улыбку, вышла в салон.

Она нырнула в свободное кресло в задней, курящей части салона, распечатала пачку, прикурила, затянулась сигаретой, которая ей не понравилась, раздавила ее в пепельнице, достала из сумочки «Мальборо» и снова закурила.

— В первый раз летите в Лондон? — с материнской улыбкой обратилась к ней соседка, женщина средних лет с симпатичным, круглым лицом.

— Лечу впервые, — улыбнувшись в ответ, произнесла Таня, — хотя вообще-то в Лондоне уже бывала.

— Как вам Москва? — спросила женщина.

— По-разному. Но я привыкла.

— Долго там прожили?

— Два с половиной года.

— Ого! Да вы героическая девица... Эй-Пи или Ю-Пи?

— Простите, что? — не поняла Таня.

— В каком агентстве служите? Или вы из посольских?

— Нет, я... я просто жила там. А теперь вот вышла замуж за подданного Британии и лечу с ним туда.

— Так вы, что ли, русская?

— Чистопородная.

— Упс! — усмехнувшись, сказала женщина. — Простите. Проиграла пятерку самой себе. Я, видите ли, от нечего делать решила блеснуть дедуктивными способностями и побилась об заклад, что с первой фразы по говору угадаю, из каких мест тот, кто сядет в это кресло. Ваш акцент меня несколько озадачил. Такой, знаете, чистый выговор, полуанглийский, полуамериканский.

— Среднеатлантический? — Таня улыбнулась.

— Что-то вроде. Так, как говорите вы, говорят только на бродвейской сцене. Отсюда цепочка моих умозаключений. Колледж в глухой американской глубинке, пара лет в масс-медиа, примерная учеба в нью-йоркской школе улучшенной дикции, возможно, телевидение, а потом — «наш заморский корреспондент», как я. Но, признайтесь, язык вы изучали за границей.

— В Ленинградском университете. И самостоятельно.

— Честь и хвала Ленинградскому университету — и вам... Соня Миллер, специальный корреспондент Би-Би-Си в Москве. — Она протянула Тане визитную карточку. Та спрятала ее в сумку.

— Таня Дарлинг, временно никто. Как только стану кем-то, тоже закажу себе карточку и первым делом презентую вам.

Женщина громко расхохоталась, но тут же озадаченно смолкла.

— Дарлинг? Вы шутите?

— Нисколько. Я уже неделю как миссис Дарлинг.

Женщина внимательно посмотрела на Таню, будто разглядывала выставленную в витрине новинку.

— А знаете, вам идет. Не сомневаюсь, что вы и до замужества были очень «дарлинг». Ваш муж — уж не тот ли это кудрявый красавчик в красном жилете, который дрыхнет там, впереди?

Таня кивнула.

— Мой вам совет — не спешите расставаться с новой фамилией. Ведь ваш брак, я полагаю, сугубо деловой, а мистер Дарлинг — просто ваш билет на Запад.

Таня мгновенно насторожилась, но скрыла свое состояние приступом веселого смеха. Она тянула смех, сколько могла, внимательно следя за лицом собеседницы. Та широко улыбалась, но за этой улыбкой могло таиться что угодно.

— Чушь, — выговорила, наконец, Таня. — Какая чушь! Кстати, чисто из любопытства, почему вы так решили?

— Руки. Влюбленные, сами того не замечая, постоянно норовят подержаться друг за друга. Вы же ни разу не коснулись своего Дарлинга, а он вас. На такие вещи у меня наметанный глаз. Но главное, вы с ним — неправдоподобно красивая пара. За пределами Голливуда подобные браки крайне редки и почти всегда недолговечны. Психологическая несовместимость между двумя лидерами в одной и той же сфере. Так что, когда сделаете ручкой вашему Дарлингу, постарайтесь сохранить его фамилию. И, пожалуйста, не утрачивайте ваш очаровательный акцент... Таня Дарлинг... Скажите, Таня, вы рассчитываете работать или?..

— Как получится. Первым делом надо осмотреться.

— Извините за профессиональную назойливость, но ваш муж — состоятельный человек?

— Не знаю. Он торговый агент, как-то связан с торговой сетью «Макро».

— Ну, это может означать что угодно.

— У него квартира в Мэйфэр и домик в Кенте.

— Это уже кое-что, но все же... Знаете, дарлинг, дайте-ка мне мою карточку...

Таня послушно раскрыла сумку и протянула мисс Миллер ее визитку. Та извлекла из верхнего кармана своего замшевого пиджачка прозрачную шариковую ручку, что-то нацарапала на карточке и протянула Тане.

— Это номер моего «кролика», то есть радиотелефона. По нему меня можно застать днем и ночью, если только я в Англии. Вот это — номер моего дома в Патни. Московский контракт истек, так что в ближайшие полгода я никуда не поеду. Разве что на уик-энд в Хландино, это такой чудный городок в северном Уэльсе. Поживите недельку, осмотритесь — и непременно позвоните мне.

Соседка накрыла Танину руку своей широкой ладонью и заглянула ей в глаза.

— И не стесняйтесь. Я, конечно, не босс и таких вопросов не решаю, но немножечко поднатаскать вас и устроить встречу с начальством я берусь...

— И что? — трепеща ресницами, спросила Таня.

— О, сущие пустяки! Первый канал Би-Би-Си, второй канал Би-Би-Си, четвертый канал... Репортаж вела Таня Дарлинг... С такой внешностью, с таким голоском да не работать на телевидении — это просто грех...

— О-о! — Таня ответила простодушно-восторженной улыбкой.

Мисс Миллер крякнула и нажала кнопку вызова стюардессы.

— Давайте разопьем бутылочку за знакомство? Я угощаю...

Таня мило повела плечами, выражая робкое согласие.

— Шампанского, уточка, — холодновато сообщила мисс Миллер мгновенно появившейся стюардессе. — Только не вашей газировки. Настоящую бутылку настоящего шампанского. У вас есть?

— «Мумм-брют», мэм. Пятьдесят три фунта, мэм.

— О'кэй! — Мисс Миллер посмотрела в спину уходящей стюардессы, шумно потянулась и с довольным видом посмотрела на Таню. — Дарлинг, вам случалось пробовать настоящее шампанское?

Каким-то чудом Таня не рассмеялась соседке в лицо, но вовремя сдержалась.

— Да. Только что. В таких миленьких бутылочках.

Мисс Миллер смеха не сдерживала.

— Я вам искренне завидую — у вас впереди столько чудесных открытий...

— Да, я плохо представляю себе заграничную жизнь. Скажите, мисс Миллер...

— Соня. Моя бабушка родом из Крыжополя... Соня и Таня. Два русских имени. Это судьба! Мы непременно будем друзьями.

— Конечно... Соня. Скажите, что сейчас носят в Лондоне, что слушают, что едят, что пьют, что читают?

— О-о! Впрочем, — Соня посмотрела на часы, — еще полтора часа лету. Лекция номер один... Но для начала промочим горлышко.

Проворная стюардесса откупорила бутылку, налила немного в два стаканчика — ледяное шампанское почти не пенилось, а словно дымилось, — поставила бутылку на откидной столик перед Таней, получила с мисс Миллер деньги, пересчитала, поблагодарила и удалилась.

Соня подняла стакан.

— За тебя, my darling Darling!

— За тебя, Соня!

Рассказывала мисс Соня профессионально — четко, доходчиво, остроумно, останавливаясь на моментах, особенно непонятных для человека советского. И хотя Таня никоим образом не относилась к типичным представителям этого биологического вида, она почерпнула из рассказа попутчицы много интересного — и многое отложила в своей цепкой памяти.

«Ну вот, — подумала она, когда чуть охрипшая Соня, извинившись, вышла облегчиться. — Не успела приземлиться, а уже кое-что прояснилось и открылись первые перспективы... Почему бы и не телевидение? Конечно, скорее всего, это просто лесбийские завлекалочки, но даже если и так, что с того? Нам не привыкать. Баба-то, похоже, небесполезная... Посмотрим, как и на что ее раскрутить».

Аполло Дарлинг, выспавшийся за время перелета, легко снял с полки увесистую багажную сумку и скомандовал Тане, которая ожидала его в проходе:

— Вперед!

Таня послушно двинулась к выходу — и невольно замерла у самой двери. Вместо привычного трапа на нее пялился извилистый черный туннель, образованный внутренними стенками гигантской кишки из гофрированной резины. По дну туннеля вдаль уходила блестящая металлическая дорожка, оборудованная перилами. Кишка, словно шланг неимоверного пылесоса, высасывала людей из чрева самолета, с тем чтобы через сотню-другую метров (ярдов, поправила себя Таня) выплюнуть их в зал прибытия аэропорта Хитроу.

— До свидания, мисс! — На нее с выжидательной улыбкой смотрела безлико-смазливая стюардесса.

— До свидания! Спасибо за приятный полет!

— Anytime! — пропела стюардесса, и Таня, зажмурившись, ступила в черноту.

Она шла по дорожке и приговаривала про себя: «Коридоры кончаются стенкой. А туннели выводят на свет… Не дрейфь, Захаржевская, вот он уже и виден — свет в конце туннеля».

Пассажиры вышли в большой, ярко освещенный зал и очутились на узком пространстве, огороженном барьерчиками и перилами боковых лестниц. В конце этого коридора без стен позади металлического турникета сидел колоритный британец, лицом напоминавший добродушного старого бульдога, и невозмутимо командовал: «Left! Right! Left! Right!», разводя прибывших пассажиров по двум окошечкам паспортного контроля и включая соответствующие металлические дверцы. Таня остановилась, любуясь на этого дядьку и поджидая Дарлинга. Когда тот подошел, Таня крепко взяла его за руку. Дарлинг дернулся, как-то затравленно посмотрел на нее, но руки не убрал.

— Муженек, — ласково промурлыкала Таня.

Замороженная девица в паспортной будочке ловко подцепила со стойки временный Танин паспорт, с ходу открыла на нужной странице, едва глянула на въездную визу, шлепнула туда штампик прибытия и, вывернув кисть, словно крупье при сдаче карт, подала паспорт Тане.

— Enjoy your stay!* — без улыбки сказала она.

---

* Добро пожаловать! (*англ.*)

Как ни странно, проверка паспорта Дарлинга оказалась более длительной и скрупулезной. Девица, поджав губы, листала его книжицу с «двуспальным левой», сверялась с каким-то списком, разложенным у нее на столе, потом вызвала по телефону молодого усача с хиповской прической, но в строгой униформе. Они оба вертели паспорт, потом усач что-то буркнул и ушел, а девица проштамповала наконец паспорт Дарлинга и отпустила его с миром.

— Хуже КГБ! — пробурчал Дарлинг, подойдя к Тане.

— Что искали-то? — спросила она.

— А черт его знает. Пошли.

По витой модерновой лестнице они спустились в белостенный зал, посреди которого вертелись два симметрично расположенных колеса. На резиновых ободах одного из колес крутились чемоданы, сумки, рюкзаки. Второе стояло. Таня направилась к крутящемуся колесу.

— Куда? — остановил ее Дарлинг. — Это с мадридского. А нам сюда.

И вновь у Тани, при всей ее удаленности от совкового менталитета, что-то дрогнуло в груди — с такой обыденной легкостью он произнес слово «мадридский». Словно речь шла не о заграничной столице, а о какой-нибудь Калуге или Можайске... Впрочем, отныне Калуга и Можайск — это все равно, что прежде был Мадрид, а Мадрид — что Калуга и Можайск... Все смешалось в доме Облонских...

— Ах, вот вы где, — с придыханием проговорила мисс Миллер, протиснувшись к ним сквозь строй пассажиров, ожидающих багаж.

— Аполло Дарлинг. Соня Миллер, — представила их друг другу Таня.

Мисс Миллер протянула Дарлингу руку. Он вяло, с явной неохотой пожал ее.

— Вы отсюда в Лондон, мистер Дарлинг? — спросила Соня.

— Да, — лаконично и даже грубо ответил он.

— Может быть, сэкономим пару фунтов, возьмем одно такси на всех? — предложила Соня.

— Нам не по пути, — отрезал Дарлинг и отвернулся.

Колесо пришло в движение. Поплыли первые чемоданы.

— Не понимаю, что на него нашло, — шепнула Таня, подойдя вместе с Соней к транспортеру.

Та, вероятно, нисколько не обидевшись на Дарлинга, лукаво подмигнула Тане и прошептала в ответ:

— А я понимаю. Когда-нибудь поймешь и ты...

— Пошли, — сказал Дарлинг. Он толкал перед собой объемистую тележку с надписью «British Airways»; в тележке лежали все три чемодана и большая сумка. Они двинулись к выходу.

— До свидания, дарлинг! — крикнула Тане мисс Миллер и послала ей воздушный поцелуй. — Позвони мне!

— Непременно! — прокричала в ответ Таня.

Дарлинг снял руку с поручня и потянул жену за рукав.

Они выкатили багажные тележки на площадку перед аэропортом. Таня вдохнула — и испытала второе потрясение на английской земле. Воздух был поразительно, кристально чист. Пахло субтропиками — лавром, лимоном, морским прибоем. В полосе деревьев стрекотали цикады.

— Ты уверен, что это Лондон? — лукаво спросила Таня. — Точно не остров Маврикий?

Ее вопрос оказался для Дарлинга, напряженного и чемто озабоченного, полнейшей неожиданностью. Он посмотрел на нее, как на душевнобольную.

— С чего ты взяла?

— Просто мне Лондон запомнился совсем другим. Сырой, промозглый, воняющий глиной и мокрой шерстью...

— А-а, — с облегчением выдохнул он. — Ну, таким он тоже бывает.

— Кэб, сэр? — прервал их разговор вынырнувший из ниоткуда мордатый господин в желтой ливрее.

— Спасибо, — сказала Таня, намереваясь последовать за ним, но Дарлинг, дернув ее за локоть, пролаял:

— Нам на автобус!

— Может, все же возьмем такси? — За последние годы как-то отвыкла она от автобусов.

— За сорок квидов? Ты кто, миллионерша долбаная? Однако! Слыхала она о крохоборстве буржуев, но чтобы до такой степени!

— Ладно, я угощаю.

— А фунты у тебя есть?

— У меня есть доллары!

— Это долго.

— Не понимаю.

— Обменивать долго. Придется возвращаться в аэропорт, искать банковскую будку, стоять в очереди...

— А мы прямо ими расплатимся.

— Иностранные деньги никто в уплату не примет. Запрещено законом... Хотя знаешь что? — Его прежде безразличный голос дрогнул. — Давай я сам тебе обменяю... У тебя сотенные?

— Да.

— Дам по... по сорок... сорок два. Идет?

«Надо же, спуталась на старости лет с мелким фарцовщиком. Али не знает, голубчик, что доллары на „квиды" ихние идут по один-семь, максимум один-восемь? Ну что, сыграем в дурочку, сделаем муженьку последний свадебный подарок?»

— Идет, — безмятежно сказала Таня. — Как доедем, так и получишь сотню. Сдачу оставь себе.

Отказаться он даже не подумал.

Они вышли на стоянку, где бойко орудовали трое распорядителей в таких же желтых ливреях: один подгонял выстроившиеся неподалеку таксомоторы, другой рассаживал пассажиров, а третий — тот самый мордатый — откатывал в сторону освободившиеся тележки. Очередь двигалась весело, и уже минуты через две служитель распахнул перед нашими молодоженами дверцу коричневого такси.

Автомобиль был новый, но сработанный под довоенный «воксхолл-кабриолет». Пожилой сухощавый кэбмен через заднюю дверцу поставил их багаж за кресла, а Дарлинг поспешил плюхнуться на заднее сиденье, и не подумав пропустить Таню вперед. «Истинный джентльмен», — усмехнулась про себя Таня.

— По кольцевой едем, — предупредил кэбмен. — Трасса перекрыта. Гребаные мики* опять грузовик взорвали.

К удивлению Тани, она без труда поняла его кокнийский говорок. Такси тронулось в путь. Таня смотрела на первые вечерние огоньки своего нового мира, на серую ленту прямой четырехполосной автострады, на черные си-

---

* Ирландцы.

луэты английских деревьев на фоне темнеющего английского неба. Между прочим, шесть лет назад она въезжала в город с противоположной стороны...

...Та первая ее встреча с Лондоном получилась не очень удачной в смысле погоды. Утром их теплоход причалил возле какого-то безликого городка в дельте Темзы. Советских туристов сгрузили на берег, рассадили по трем автобусам и повезли сквозь пелену моросящего дождя в столицу туманного Альбиона. В дороге Таня, насыщенная предыдущими впечатлениями, просто отсыпалась. Автобусы остановились возле не особо внушительного трехэтажного домика, в котором располагался семейный отель, чистенький, но явно не первоклассный, с номерами на троих и удобствами в концах кривых коридоров. Гид-англичанин, туберкулезного вида меланхолик, с жутким акцентом разъяснил, что господам с фамилиями от А до О надо быстро забросить вещи в номера и спуститься к стойке портье, откуда он отведет группу в брэкфэст-рум, тогда как господам от П до Я можно принять душ и передохнуть. Таня, попавшая в первую группу, вместе со всем стадом, ведомым гидом, спустилась в цокольный этаж и по длиннющему, гулкому подземному коридору вышла к широким стеклянным дверям, за которыми и располагалась брэкфэст-рум, сильно напоминающая ресторан на Белорусском вокзале. Оголодавшие гости поспешно расселись, угостились «континентальными» крекерами с джемом, чаем из огромных черных термосов, кукурузными хлопьями из ярких пакетиков и начали было расходиться, сетуя на скудость английского стола, но тут пожилые официантки принялись разносить яичницу с беконом, так что не склонные к спешке туристы — в их числе и Таня — были должным образом вознаграждены.

Настырный дождь смазал автобусную экскурсию. Сквозь частый капельный узор на стеклах удавалось рассмотреть лишь самые ближние к окнам достопримечательности, средние воспринимались как неотличимые серые силуэты, а дальние — включая Бэкингэмский дворец — и вовсе терялись в свинцовой мгле. От выходов на дождь и променада под Биг-Беном группа большинством голосов отказалась и вернулась в отельчик несколько раньше предусмотренного. Танины соседки по комнате тут же завалились на кровати и от нечего делать принялись скакать по телевизионным каналам, забавляясь кнопками дистанционного управления, как малые дети. Естественно, не поняв ничего из увиденного, стали приставать к Тане, чтобы переводила. Вежливо отшив их, Таня извлекла из дорожной сумки предусмотрительно захваченный с теплохода плащик и пошла осматривать окрестности.

Отельчик оказался неподалеку от зеленой и замусоренной Рассел-Сквер. Таня перешла площадь и, пройдя по коротенькой улице, оказалась перед чугунной оградой, за которой виднелось не очень высокое, но внушительное здание. Британский музей. Таня подошла к запертым массивным воротам, прочла табличку «Closed on Mondays»* и повернула обратно, поспев в самый раз к обеду: на входе в пустую брэкфэст-рум толстая улыбчивая тетка выдавала каждому по пластмассовой коробочке, содержащей трехслойный бутерброд, булочку, яблоко, шоколадный батончик и бутылочку кока-колы.

После обеда полагалась пешая экскурсия по историческому центру. Хотя дождь почти перестал, многие предпочли остаться в отеле, так что желающих набралась всего треть группы, да и те высказали пожелание осмотреть что-нибудь под крышей, только чтобы бесплатно. Первой достопримечательностью, отвечающей этим требованиям, был все тот же Британский музей, оказавшийся, как уже знала Таня, закрытым на выходной. У входа в Национальную Галерею вился людской хвост часа на три. Искушенный гид не растерялся и потащил группу в Кенсингтон, к знаменитому торговому центру «Хэрродз», на осмотр которого отводилось два часа, после чего предлагалась экскурсия в крупнейший супермаркет «Сентсбэри». Таня вышла вместе со всеми, подождала, когда все рассосутся по бесконечным залам, и вышла на волглую, малолюдную улицу.

Она в одиночестве бродила по площадям и улицам, жадно вычитывая названия, с детства знакомые по книгам и учебникам. Сделав большой круг, она, как и предполагала, вышла прямехонько к отелю. «Я еще вернусь, и тогда

---

* Закрыто по понедельникам (*англ.*).

ты улыбнешься мне», — шептала она хмуро нахохлившемуся городу.

Те же слова она повторила на следующее утро, когда в одиночестве стояла на корме длинного прогулочного катера среди мокрых, обвисших флажков и смотрела на уплывающие башни Тауэрского моста. Остальные граждане сидели в салоне и от души угощались добрым английским пивом, стоимость которого входила в обслуживание. Катер отвозил их группу обратно к морю...

...Они уже въехали в Лондон. Мимо проносились уютные, ярко освещенные домики Кемдэна, потом такси вырулило на широкую улицу с оживленным, несмотря на поздний час, движением. «Юстон-роуд», — догадалась Таня и принялась высматривать знакомые места. А вот эта улочка другим концом упирается в тот самый отельчик... Когда слева пронеслась громада Сент-Панкрас, Таня повернулась к Дарлингу и сказала:

— По-моему, мы проскочили Мэйфэр.

Тот стрельнул агатовыми глазами в невозмутимый затылок кэбмена и с жаром заговорил:

— Понимаешь, я распорядился по телефону, чтобы там провели легкую перепланировку и ремонт. Конечно, это можно было бы сделать заблаговременно, но я не предполагал, что вернусь из Москвы с женой. Это займет всего неделю, самое большее две. Конечно, есть еще домик в Кенте, но сейчас я не могу туда ехать — накопилось много дел. Мы немного поживем в Бромли-бай-Боу, у моей тети, если ты, конечно, не против. Она простая, веселая старушка. У нее там очень славный пансиончик. Тебе понравится.

— Конечно же, я не против. — Таня усмехнулась. — Так или иначе, у меня уже нет выбора. Только напрасно ты так расстарался из-за меня. — Она понизила голос. — Я ведь надолго у тебя не задержусь, скорее всего.

Дарлинг склонился к ее уху и зашептал:

— Но тебе ведь надо освоиться, получить гражданство, устроиться на работу, встать на ноги. На это уйдет не один месяц. И все это время ты будешь жить у меня. Это входит в нашу договоренность с твоим патроном. При прежней планировке тебе было бы там неудобно. — Он помолчал. — И мне тоже.

— С этого бы и начинал, — негромко ответила Таня.

Вот зануда! Однако что-то он разболтался. И руки дрожат. Ох, не к добру это... Без толку дергаться не надо, но и бдительность терять не след. Ты одна и на чужой территории...

Машина, свернув с Олд-Стрит, поползла по узким неприглядным улочкам. Ветер проносил мимо них обрывки газет, целлофановые обертки, кожуру фруктов. Осыпающейся штукатуркой скалились длинные, неотличимые один от другого двухэтажные дома за низкими оградками. Их сменяли кварталы, опоясанные кричащими неоновыми вывесками: «Dehli-cious Indian Cuisine», «Sarani Jewelers», «Good Chow», «Bingo!», «Flea & Firkin». Под некоторыми из вывесок толпились люди. Под другими, в нишах у входа в темные, запертые лавочки, бесформенными кучами лежали и сидели на одеялах бездомные. Таню неприятно удивило большое количество пьяных. Поодиночке и группами они, пошатываясь, фланировали по мостовой, так и норовя залезть прямо под колеса, без тени стыда мочились на стены, валялись в чахлых кустиках, а то и поперек тротуара. Через них индифферентно перешагивали прохожие.

— И после этого они еще смеют называть Россию страной пьяниц, — не удержалась Таня.

Дарлинг словно не слышал ее. Зато кэбмен согласно закивал головой.

— Yop, it's a friggin' shame, mate! — с чувством заявил он. — They outta be 'orsewhipped!*

— Тебя не спросили! — огрызнулся Дарлинг. Таксист стоически пожал плечами и замолчал.

Далее пошли улочки в том же духе, только немножко попригляднее — совсем немножко: чуть меньше грязи, чуть меньше пьяных. В жилых кварталах монотонность вытянувшихся в версту викторианских бараков то и дело нарушалась вкраплениями современных ухоженных особнячков с лужайками, а в торговых — блистающих зеркальными стеклами поп-артовых павильончиков. «Париж, штат Техас», — подумала Таня: один особенно высвеченный и оживленный отрезок напомнил ей штатовский видик.

---

* Стыдоба непотребная, браток! Их бы кнутиком хорошенько (*англ., прост.*).

Переехав короткий каменный мостик, коричневый кабриолет завернул налево и остановился на узкой улице плотной старой застройки возле двухэтажного белого домика с крутой черепичной крышей, с обеих сторон стиснутого домиками побольше.

— Приехали! — с облегчением сказал Дарлинг.

Пока он расплачивался с кэбменом и надзирал за тем, как тот вытаскивает чемоданы, Таня вышла и огляделась. Здесь воздух был потяжелее, уже не пахло лаврами и морским прибоем — скорее, речной грязью и торфом. Над двойной входной дверью с красной рамой и широким узорным стеклом, сквозь которое пробивался яркий свет, красовалась вывеска, освещенная затейливым фонариком в виде драконьей головы: «Ma Poppie's Adults Rest Club» *.

— Нравится? — спросил подошедший Дарлинг.

— Пока не знаю, — почти честно призналась Таня.

Первое впечатление было не очень благоприятным.

Дарлинг взялся за бронзовый молоточек, приделанный сбоку от двери, и трижды стукнул им по вогнутой бронзовой пластине. Дверь моментально отворилась, и показался огромного роста чернущий негр в ослепительно белом фраке. Он широко улыбался.

— О, мистер Дарлинг, сэр! — Интересно, Тане только почудилась издевка в его хорошо поставленном, дикторском голосе? — Давненько, давненько... — Тут взгляд темнокожего гиганта упал на Таню. Он закатил глаза, изображая полный восторг. — С удачной обновкой вас!

— Заткни хлебало, Джулиан, — мрачно посоветовал Дарлинг. — Лучше подбери наши шмотки и оттащи к боковому входу — ни к чему тревожить гостей.

— Слушаюсь, сэр!

Слова Джулиана прозвучали как изощреннейшее оскорбление. Дарлинг, похоже, этого не почувствовал. Зато очень хорошо почувствовала Таня.

Джулиан вышел на улицу, с легкостью поднял два больших чемодана и скрылся с ними в арке соседнего дома. Дарлинг взял чемодан поменьше, а Таня — сумку. Они направились следом за негром.

---

* Мамаша Поппи. Клуб для взрослых *(англ.)*.

А тот, отворив серую неприметную дверь, выходящую в небольшой глухой дворик, занес чемоданы в дом.

— Подними в третий или седьмой — который свободен, — крикнул вслед ему Дарлинг.

Он остановился перед дверью, повернулся к Тане и приглашающим жестом указал внутрь.

— Входи, дарлинг.

Она оказалась в узком и длинном вестибюле. Верхняя часть стен и потолок оклеены темно-зеленым линкрустом с блестками, нижняя — лакированное дерево, выкрашенное в черный цвет. Пол покрыт желтым ковролином. Слева от входа — огороженная барьером конторка, за которой никто не сидел. Прямо за конторкой небольшая сплошная дверь. Такие же двери слева и в дальнем торце, за начинающейся в левой дальней четверти лестницей — черные перила, на ступеньках желтая дорожка, в конце первого пролета — еще одна дверь. Все двери закрыты, кроме одной, двойной, с красной рамой и большими стеклами в белых цветочных узорах, расположенной справа, позади конторки и прямо напротив подножия лестницы. Та распахнута, оттуда льется яркий свет, нетрезвый гвалт, табачный дым и переливы отчетливо кабацкой, совсем не английской, а, скорее, цыганско-румынской скрипки. Все эти подробности цепкий Танин взгляд охватил и на всякий случай отпечатал в мозгу за те секунды, пока она, не отставая от Джулиана и Дарлинга, прошла по вестибюлю и поднялась по лакированной черной лестнице.

На втором этаже после небольшой площадки, украшенной пальмой в прямоугольной кадке, начался коридор, исполненный в той же манере, что и вестибюль, и освещенный тремя яркими, равномерно расположенными лампами. Он напоминал коридор небольшой гостиницы. Все двери, за исключением торцевой, были снабжены номерами и покрашены в тот же черный цвет. На круглой бронзовой ручке одной из дверей висела стандартная табличка «Do Not Disturb» *, из узенькой щелки над полом лился свет и слышались невнятные голоса — глуховатый мужской и женский, визгливо-кокетливый. За остальными дверями было тихо.

---

* Не беспокоить (*англ.*).

Джулиан остановился возле двери с номером 3, извлек откуда-то с пояса длинный желтоватый ключ и, раскрыв дверь, подхватил чемоданы и внес их внутрь. Дарлинг вошел вслед за ним. Тане оставалось лишь последовать их примеру.

Комната напоминала одиночный номер в гостинице средней руки. Небольшая прихожая — слева встроенный шкаф, справа белая дверь, очевидно в ванную, сама комната вытянутая, завершающаяся окном, прикрытым плотной темно-вишневой портьерой. Слева от окна — высокий столик с телевизором, белым электрическим чайником и телефоном без циферблата. Справа — низенький журнальный столик с пепельницей и двумя стаканами на стеклянном блюде и два кресла. Прямо у входа — маленький холодильник. В противоположном переднем углу — треугольное угловое трюмо с высоким двойным зеркалом и пуфиком. Главенствующей частью обстановки была кровать — длинная, широкая, покрытая ярким пестрым покрывалом, она стояла поперек комнаты и занимала весь центр, оставляя лишь узкий проход к телевизору и столику. У нее была одна спинка — в головах, а над ней — ночное бра с красным китайским абажуром. Комната была оклеена розовыми обоями в цветочках, бородатых гномиках и Красных Шапочках. Все имело вид слегка потертый, но вполне гигиеничный.

Джулиан водрузил оба чемодана на кровать и, пролавировав между Дарлингом и Таней, вышел, отвесив на прощание преувеличенно-церемонный поклон. Дарлинг свой чемодан из рук не выпустил.

— Располагайся, — бросил он через плечо остановившейся у входа Тане. — Можешь пока освежиться, принять душ. Через полчаса зайду за тобой. Представлю тебя тете Поппи и поужинаем... Кстати, на счетчике было как раз сорок два фунта. Так что... — Он выразительно потер большим пальцем об указательный.

— Ах да, совсем забыла, извини.

Таня достала из сумочки сто долларов и помахала перед носом Дарлинга. Он протянул руку и выхватил у нее бумажку.

— Следующая поездка — за твой счет, дарлинг, — с безмятежной улыбкой проговорила Таня.

— Конечно, конечно... — рассеянно пробормотал он, пряча деньги в карман. — Разреши.

Он чуть отодвинул Таню и вышел, прикрыв дверь.

Таня посмотрела ему вслед, подошла к кровати, сняла сумку с плеча, положила поверх чемоданов и сама села рядом. Под ней мягко спружинил эластичный матрас.

Устала. Разбираться в ситуации начнем завтра. А сегодня — сегодня плыть по течению. Но, конечно, смотреть во все глаза.

Скинув сумку, она раскрыла верхний чемодан, черный, кожаный и стала вынимать оттуда и раскладывать барахлишко, попутно прикидывая, что же надеть к ужину.

После душа, переодевшись во все свежее, она принялась за второй чемодан и сумку. Очень скоро все ее принадлежности были разложены по местам, опустевшие чемоданы перекочевали в приемистое верхнее отделение шкафа, а в большой сумке остались только прозрачная папка с разными необходимыми бумагами и ручная сумочка, в которой, за исключением сигарет и обычных дамских мелочей, лежали ее советский загранпаспорт с постоянной британской визой и почти вся наличность, кроме сотни, отданной Дарлингу, и оставшейся в кармане мелочевки. Восемьсот тридцать пять долларов.

Таня стояла возле кровати — впрочем, здесь где ни встанешь, все будет возле кровати — с деньгами в руках и задумчиво оглядывала комнату. Решение пришло только секунд через пятнадцать. Видно, перелет и вправду утомил ее.

Тетя Поппи — мисс Пенелопа Семипопулос — оказалась толстой приземистой бабой в красном брючном костюме, с крашеной черной стрижкой под бобика и нечистой кожей. Она встретила Таню с Дарлингом в уютной прихожей, притулившейся за дверью без номера в начале коридора, всплеснула руками, провизжала что-то темпераментное и кинулась обнимать и целовать Таню, обдавая ее кислым пивным перегаром и пятная багровой помадой.

— Рада, рада! Ты красивая, — с рыдающими придыханиями прохрипела она.

— Я тоже очень рада познакомиться с вами, мисс Семипопулос, — ответила Таня, деликатно высвобождаясь из потных объятий новой родственницы.

— Называй ее тетя Поппи, иначе она обидится, — сказал Дарлинг. — И, пожалуйста, говори помедленнее. Тетя не очень хорошо понимает по-английски.

— Да, да! — оживленно кивая, подтвердила тетя Поппи и совершенно ошарашила Таню, добавив по-русски: — Английски плехо. Русски корошо. Русски совсем корошо... Ортодокс гуд.

— Ну вот, совсем в языках запуталась, — с усмешкой заметил Дарлинг. — Тетя Поппи отродясь в церковь не заглядывала, но, как все греки, питает слабость к единоверцам.

Таня улыбнулась, а тетя Поппи состроила кривую рожу и обрушила на племянника какую-то греческую тираду, при этом от души размахивая руками. Тот что-то ответил, и тетя мгновенно успокоилась, схватила Таню под локоток и втащила в гостиную, где на круглом столе, покрытом синей клеенчатой скатертью, был накрыт ужин.

— Совсем худая, — сказала тетя Поппи по-английски, видимо исчерпав запас русских слов, и усадила Таню на мягкий, обтянутый серым бархатом стул. — Надо кушать, много кушать. Здесь все много кушать!

Для начала она навалила Тане большую глубокую тарелку салата из огурцов, помидоров, оливок и брынзы, щедро заправленного уксусом и растительным маслом.

— Греческий салат, — пояснил Дарлинг, наклонил заранее откупоренную высокую бутылку и налил себе и Тане. — А это белое кипрское вино.

— А тете? — спросила Таня.

— Она пьет только «Гиннес», — сказал Дарлинг.

При слове «Гиннес» тетя Поппи блаженно улыбнулась и налила в свой стакан черной пенной жидкости из большого кувшина, стоящего возле ее прибора.

Дарлинг поднял бокал и с улыбкой обернулся к Тане.

— За нового члена нашей большой и дружной семьи! — провозгласил он и, не чокнувшись, одним махом осушил бокал.

Тетя Поппи последовала его примеру. Таня пригубила вина, сделала два-три мелких глотка и поставила бокал. Приятное, очень легкое вино со странной, не вполне винной горчинкой. Подмешали чего-нибудь? Однако Дарлинг же выпил. И немедленно налил себе второй, тетя Поппи тоже. Таня ослепительно улыбнулась им обоим и принялась за салат, заедая его горячей хрустящей булочкой. Только сейчас она поняла, до чего проголодалась.

После салата тетя Поппи сняла крышку со сверкающей металлической кастрюли, расположившейся в самом центре стола, и положила Тане огромную порцию крупно наструганного мяса, переложенного слоями баклажанов, помидоров и лука.

— Мусака, — пояснил Дарлинг, протягивая свою тарелку. — Молодая баранина. Очень вкусно.

Таня попробовала, целиком согласилась с мужем и подняла бокал за гостеприимную хозяйку этого теплого дома. Дарлинг перевел ее слова тете Поппи, та расчувствованно всхлипнула и произнесла длинную тарабарскую фразу. Естественно, Таня ничего не поняла, но на всякий случай произнесла одно из немногих известных ей греческих слов:

— *Евхаристо!*

Тетя Поппи вскочила, проковыляла к Тане и заключила ее в жаркие объятия.

— Ты правильно ответила, — сказал Дарлинг Тане, когда тетя Поппи уселась на место. — Тетя очень похвалила тебя и сказала, что ты — лучшее украшение этого дома.

Пока Таня доедала мусаку, Дарлинг снял трубку телефона, стоявшего на мраморной крышке пузатого серванта, и что-то сказал в нее. Не прошло и двух минут, как дверь неслышно растворилась и вошла маленькая обезьянистая китаяночка в красной ливрее с золотым галуном. Широко улыбаясь, она поставила на стол поднос, сдернула с него полотняную салфетку и тихо удалилась. На подносе оказались две хрустальные вазочки с разноцветным мороженым, политым взбитыми сливками с толчеными орешками, фигурная плошка с каким-то сладким печивом и серебряный кофейник с чашечками.

— А почему только две? — спросила Таня, принимая от Дарлинга одну из вазочек.

От вкусной, обильной еды после трудного дня она блаженно отяжелела, по всему телу разливалась теплая истома.

— Тетя Поппи мороженого не ест. Она будет пить «Гиннес» и заедать шоколадом. Это ее десерт, — с некоторой натугой проговорил Дарлинг.

Его классическое лицо раскраснелось,. движения замедлились.

Тетя Поппи согласно кивнула.

— Это вечерний кофе, без кофеина. Он не помешает спать, — продолжал Дарлинг, разливая кофе в чашечки и немножко на скатерть.

— Спасибо, да-арлинг, — протянула Таня.

Какие они все-таки милые! А она, дуреха, боялась, боялась...

Таня сладко, длинно зевнула.

Она уплывала.

На ласковых волнах мягкой широкой постели, в красном полусвете ночника, под мерное покачивание стен... Улыбались добрые мохноногие гномики, запуская пухлые ручки в свои мешки и осыпая ее пригоршнями сверкающих камней зеленого, красного и черного граната; кувыркались уморительные пушистые медвежата, липкие курносые поросята с хрустом надламывали круглый плод гранатового дерева. Брызгал сок, и зверюшки втыкали в ранку свои пятачки и жрали, хрюкая и повизгивая. Это в открытых глазах, а в закрытых... в закрытых бегали голые, пьяные вдрезину девицы по хороводу, выуживали статного кавалергарда из строя, увлекая в центр, и под буйный хохот происходило очередное соитие, после которого маленькие зверюшки становились немыслимо громадными и свирепыми и разрывали очередного избранника на клочки и закоулочки, а по чистому небу летел открытый белый лимузин, увитый гирляндами из алых и белых роз, и нежилась душа в халате на гагачьем пуху... Лирический кайф, good trip в самом мягком варианте... Good trip... Lucy in the sky with diamonds...*

Накачали все-таки, суки... Перекатиться на живот, свалиться на пол, доползти до сортира — и два пальца в рот, чтобы... чтобы...

Чтобы что? А пошло оно все!..

Проблеваться, а потом душ — ледяной, долгий-долгий. И кофе.

---

* Очень качественный психоделический приход. *Букв.:* Люся в облаках с бриллиантами.

А на фига?...

А на фига из обоев выплыл громадный Винни-Пух, выставив перед собой на тарелочке с голубой каемочкой кабанью башку, зажаренную с артишоками, которые не растут на жопе, очень жаль... А пар так аппетитно кружится и клубится, а из башки усищи Аполлины торчат, и сам он выползает, искрится и змеится, топорщит губки алые, а губки говорят: «Мой сладкий рашэн дарлинг, мой золотистый старлинг, твои глаза как звезды и сиськи хороши. Сейчас твой крошка Дарлинг материализарлинг — и с ходу тебе вставлинг от всей большой души...»

Хочу-у-у. Хочу. Хочу-хочу-хочу... Щаз-з-з...

Их двое на волнах...

— Дарлинг, это ты?

— Как хочешь... Хочешь?

— А-а-ах!

— Ложись сверху... Вправь меня в себя... Теперь поднимайся — медленно, медленно...

— Вау!

Биение в несказанной агонии блаженства... Слова? К черту слова!

— А-а-аааааааааааа!!!

...И никакой связи с дурьим зависаловом. Совершенно раздельные субстанции. Хи-хикс!

...В незашторенном окошке дрожит круглая зыбучая луна:

— Дарлинг?

И горячий шепот где-то рядом:

— А?

— Дарлинг, почему у тебя голова светится?

— Это полнолуние... Спи.

— Еще?

— Устал... Знаешь, у тебя, наверное, было много мужчин...

— Да-а...

— ...Но ни одному из них ты не отдавала себя всю, даже если хотела. Их отвергал мужчина, живущий в тебе...

— Да... Еще...

— Я приду. В нужное время. Спи.

— Я люблю тебя...

...Лунная жидкость льется в незашторенное окошко. Одна на волнах. А был ли Дарлинг-то? Может, Дарлинга-то и не было?..

Темно.

В окне сияло теплое солнышко. Таня потянулась и, не отворяя глаз, взяла с пуфика часы, поднесла к лицу и только потом разлепила веки. Глаза пришлось протереть, но и этого оказалось мало. Таня прикрыла один глаз, а вторым сосредоточилась на циферблате. Половина первого — и без балды, ведь она еще в самолете перевела стрелки на Гринвич. Атас! Это сколько же она проспала? Часиков двенадцать как минимум. Как притащилась сюда от тети Поппи, бухнулась в койку — и все. Удивительно, что раздеться сумела...

Таня попробовала встать, но с первой попытки не получилось. Закружилась голова, ватные ноги не пожелали слушаться. Однако же никакой дурноты она не ощущала — скорее, приглушенное подобие вчерашнего качественного расслабона, отголосок. Ох, как не хотелось вставать! Да и не надо — никто же никуда не гонит.

Таня полежала еще несколько минут, потом нужда подняла. А там проснулась окончательно, и все пошло своим чередом.

Она стояла перед раскрытым шкафом, перебирая наряды и размышляя, что же надеть сегодня, и тут услышала стук в дверь. Она запахнула халат, отступила в комнату и крикнула:

— Заходите!

Вошел Дарлинг, а следом за ним — коренастый господин средних лет в строгом черном костюме, с невыразительным лицом и лоснящейся бородавкой под носом. В руке он держал пухлый глянцевый саквояж. Дарлинг шагнул к Тане и коснулся губами ее щеки.

— Доброе утро, дорогая! Как спала?

— Как бревно.

— Замечательно. У нас сегодня обширная программа... Да, разреши представить тебе доктора Джона Смита из городского управления. Нужно оформить тебе медицинский сертификат. Пустая формальность, но так надо. Доктор осмотрит тебя — ну там, горлышко, пульс, возьмет кровь из пальчика. А когда закончите, спускайся вниз, в зал. Позавтракаешь — и на экскурсию.

Не дожидаясь ответа, он вышел.

Доктор Джон Смит сказал:

— Вы позволите?

Он прошел к туалетному столику, раскрыл саквояж и принялся вынимать и раскладывать инструменты.

— С чего начнем, доктор? Пальчик или горлышко? — спросила Таня.

Он повернулся и как-то странно посмотрел на нее.

— С горлышка, разумеется, — прокаркал он. — С нижнего. Снимайте халат и ложитесь. Да не жмитесь, я же врач.

Таня пожала плечами, скинула халат и легла на кровать. Он взял со стола парочку инструментов и приблизился к ней.

— Знаете, доктор Смит, — светским тоном проговорила Таня. — У нас в варварской России есть такой варварский обычай: врач перед осмотром обязательно моет руки. Нонсенс, правда? На врачах ведь микробы не живут.

Доктор хмыкнул, но в ванную вышел...

Безропотно вытерпев процедуру и проводив доктора, Таня оделась по-прогулочному — белая блузка с коротким рукавом, широкая серая юбка-миди, белые «пумы» на толстой подошве — и спустилась в зал, расположенный, как она и предполагала, за застекленной красной дверью, откуда вчера выла скрипка.

Вдоль внешней стены с тремя высокими окошками по отлогой дуге тянулась скамья, обитая красным плюшем. Перед скамьей стояло пять-шесть овальных столиков с придвинутыми стульями, тоже обтянутыми красным. К внутренней стене примыкала стойка, за которой колдовал Джулиан в поварской курточке, а чуть дальше — небольшая пустая эстрада. Перед стойкой высился ряд высоких круглых табуреток, на одной из которых сидела спиной к залу растрепанная пышнозадая блондинка. За самым дальним столиком, около двери — точной копии той, в которую вошла Таня, — сидела вчерашняя китаянка и о чем-то оживленно болтала с миниатюрной соседкой, лица которой Таня не видела. Чуть ближе в гордом одиночестве восседал худой и лысоватый пожилой мужчина с лисьей мордочкой. Сгорбившись, почти уткнув в тарелку длинный нос, он сосредоточенно ковырял вилкой. На скамье возле третьего столика в изломанной позе полулежала очень тощая и невероятно бледная дама со взбитой темной прической и огромными трагическими глазами, которые казались еще огромнее в обрамлении черных синяков. На стуле, лицом к Тане, за тем же столиком разместилась еще одна женщина — широкоплечая, черноволосая, жилистая, с плоским, глуповатым крестьянским лицом. Тети Поппи не было видно.

С ближайшего столика Тане замахал рукой Дарлинг.

— А, вот и ты. Добро пожаловать. Ланчи выдают вон там, — он ткнул пальцем в направлении стойки и Джулиана.

Таня прошла к стойке, спиной уловив на себе взгляды всех присутствующих, и встала напротив Джулиана.

— Доброе утро, мэм, — скривив толстые губы (и как только умудрился?) в некоем подобии улыбки, бросил Джулиан. — Йогурт, апельсин, рисовые хлопья с молочком, ореховые хлопья с молочком, яичница с беконом, сосиска, булочка, джем, масло, кекс, кофе, чай, сливки, сахар?

— Добрый день, Джулиан! — громко и приветливо произнесла Таня. — Все, кроме чая... и, пожалуй, хлопьев.

Его улыбка сделалась более отчетливой.

— Да, мэм.

Он поставил на стойку поднос и принялся проворно закидывать на него всю снедь, перечисленную, а точнее, не перечисленную Таней. Она с трудом донесла переполненный поднос до столика. Дарлинг хмуро смотрел, как она разгружает еду.

— У тебя десять минут, — сказал он. — Мы едем на вернисаж.

— Прости, на что? — И подумать не могла, что он, оказывается, интересуется искусством.

— Выставка в художественной галерее, — пояснил он. — За нами заедут.

Она успела и доесть, и спокойно выкурить первую, самую сладкую, сигаретку. Дарлинг сидел как на иголках, дергал головой на каждый звук, доносящийся с улицы. Наконец, когда оттуда промурлыкал три ноты автомобильный клаксон, он с заметным облегчением встал и буркнул Тане:

— Пошли.

У подъезда стояла доподлинная «антилопа-гну», словно только сейчас съехавшая с трассы Удоев—Черноморск, или как там было у классиков. Колымага, изобретательно склепанная из разных подручных материалов на основе древнего «шевроле» с откидным верхом. И парочка в ней восседала довольно живописная. Юноша томный, тоненький, кудрявенький, чистенький, в бархатном костюмчике, а за рулем — бородатый, широкий, в драном свитере, настоящий пират. От первого, как и следовало ожидать, несло розовой водой, от второго — потом и вонючим табаком. На Таню они прореагировали по-разному. Юноша состроил недовольную физиономию, а бородатый плотоядно оскалился.

— Эй, Дарлинг, эта бимба с нами? — крикнул он.

Юноша дернул его за рукав, и бородатый замолчал.

— Это Таня, она из России, — сказал Дарлинг, подведя ее к антикварному авто.

— О, Россия! — восторженно заорал бородатый. — Я Иван Ужасный!

— На самом деле его зовут Бутч Бакстер, — индифферентно проговорил Дарлинг.

— А это Стив Дорки, — сказал Бакстер, едва не задев пальцем аккуратный носик томного юноши.

— Рад познакомиться, — кисло отреагировал тот; определенно врал.

В дороге Иван Ужасный порывался занять Таню бессвязным рассказом о крысах, якобы нападающих на пассажиров и служащих лондонского метро. Дорки и Дарлинг угрюмо молчали. Таня отделывалась короткими репликами, а больше смотрела по сторонам, вбирая в себя новые городские пейзажи. Ньюгейт, Уайтчепел, потом знакомые очертания Тауэра.

Остановились в виду собора Святого Павла, возле самого задрипанного здания в строю домов, в целом весьма пристойных.

— И это называется выставка в Барбикан-центре? — с надменной миной осведомился кучерявый Дорки.

— Ну, рядом, — примирительно сказал Иван Ужасный и потащил их в подвал, скрывающийся за стеклянной дверью.

Там их тут же осыпал конфетти какой-то явно бухой арлекин.

— Fuck! — в сердцах высказался Дорки.

Иван же Ужасный обхватил арлекина за плечи и уволок куда-то в глубь подвала, а к ним тут же подошла на редкость плоская дева в зеленых очках и дырявой кастрюле на голове. Из дырки торчал унылый плюмаж из пакли.

— You Godney fgends?* — произнесла она с вопросительной интонацией. Таня не поняла, но вопрос, судя по всему, был чисто риторический, поскольку дева тут же вцепилась в рукав несколько оторопевшему Дарлингу и потащила за собой. Таня и Стив Дорки переглянулись и пошли следом. Через несколько шагов к ним присоединился Иван Ужасный с бумажным стаканчиком в волосатой лапе.

— Родни верен себе, — довольно пророкотал он. — Здесь угощают абсентом.

— Насколько я знаю, производство настоящего абсента запрещено еще в начале века, — заметила Таня. — Скорее всего, это обычная полынная настойка.

— И судя по запаху, дрянная, — подхватил Дорки.

— Сойдет, — заявил Иван Ужасный и залпом выпил.

Вернисаж сразу же произвел на Таню впечатление удручающее. На плохо отштукатуренных стенах ровным рядком висело с десяток картин, отличающихся друг от друга только цветом. На каждой был обозначен весьма условный контур женщины, без рук, но с широко разведенными толстыми ногами, между которыми, приклеенные прямо к холсту, свисали крашеные мочалки. Мочалки покрупнее торчали сверху, символизируя, по всей видимости, лохматые прически. Такая же условная баба маялась на черно-белом плакате в компании кривых букв: «Rodney DeBoile. The Essence of Femininity»**.

— Мочалкин блюз, — прошептала Таня по-русски.

— Что? — спросил стоящий рядом Дарлинг.

— Так, ничего. — Она не знала, как по-английски будет «мочалка». Более того, еще четверть часа назад она вполне искренне считала, что таковой предмет англичанам неизвестен вовсе. — Пошли отсюда, а?

---

* Вы дгузья Годни? (*англ.*)
** Родни де Бойл. Суть женственности (*англ.*).

Но тут Иван Ужасный подвел к ним исхудалого христосика с безумными глазами, обряженного в бесформенный серый балахон.

— А вот и Родни! — объявил он. — А это мой добрый приятель Аполло и его телка.

— Я его жена, — бесстрастно уточнила Таня.

Но извиняться он и не подумал.

— Польщен вниманием прессы, — ломким тоненьким голосочком произнес Родни де Бойл. — Над произведениями, составившими эту экспозицию, я работал с октября...

— Родни, детка, это не пресса, — оборвал его Иван Ужасный.

Мочалочный списатель посмотрел на него укоризненно и растерянно.

— Что ж ты, Бутч? Где твой репортер?

— Ребята, вы Стива не видели? — обратился к ним Иван Ужасный.

Дарлинг молча пожал плечами, а Таня не без злорадства сказала:

— Смылся твой Стив. Не выдержал этой бездарной жути.

Мощный кулак Ивана Ужасного вылетел вперед столь стремительно, что всей Таниной реакции хватило лишь на то, чтобы отклонить голову. Кулак мазнул по волосам и впилился в стену. Бородач взвыл, прижимая к груди поврежденную руку. Дарлинг, стоявший как истукан, вдруг зашелся визгливым, истеричным смехом.

— Сука! — прошипел Иван Ужасный, адресуясь почему-то не к Тане, а к Дарлингу.

— Заткнись! — рявкнула на него Таня и обернулась к готовому зарыдать художнику: — А ты, мелкий гений, не кручинься, что за вернисаж без скандала?

Посетители галереи смотрели не на картины, а на них, но чувств своих никак не проявляли.

— Пойдем, — Таня взяла Дарлинга за руку. — Лучше Святого Павла посмотрим. Я там еще не была...

После собора они зашли в паб на Стрэнде и перекусили салатом сальмагунди под светлый английский эль. В пабе было уютно, уходить отсюда не хотелось.

— Что за Бакстер? — нарушила молчание Таня.

— Подонок, — лаконично ответил Дарлинг.

— Что ж ты с подонками-то водишься?

— Я ему деньги был должен. Теперь все. Утром еще отдал, пока ты спала.

— Из моего приданого? — медовым голоском осведомилась Таня.

Дарлинг промолчал. Таня тоже воздержалась от продолжения темы. Ее английский супруг был ей не вполне понятен, а если честно — непонятен вовсе. Ясно, конечно, что личность довольно ничтожная, но коль скоро многое в ее жизни на данном этапе от этой личности зависит, надо бы поточнее определить меру ничтожности, выявить слабину, установить для себя, надо ли ждать от него подлянки, и если да, то какой именно. Но очень, очень осторожно. Игра-то ведется на его поле.

— А тот второй, пижон в бархатном костюмчике?

— Этого вообще не знаю. Сегодня в первый раз увидел.

— Ясно. — Хотя ничего не ясно. — Куда теперь? К тете Поппи?

— Зачем? Мы сейчас идем на футбол. Специально для тебя. Сегодня русские с нашим «Уэст-Хэмом» играют.

Вот так! Ну что ж, футбол так футбол...

Русскими соперники столичного клуба оказались довольно относительными — тбилисское «Динамо». Таня, в московский свой период приохотившаяся к футболу, сразу вовлеклась в зрелище и быстро вошла в раж. Англичане играли в типичной своей манере: бесхитростные пасы, при первой же возможности — тупые и однообразные навесы в штрафную в надежде, что мяч рано или поздно найдет голову нападающего и от нее авось да отскочит в ворота. А вот тбилисцы играли лихо, изобретательно, разнообразно, атаковали хоть и нечасто, но очень остро. Если бы не бельгийский судья, внаглую подсуживавший хозяевам и зажививший чистый пенальти, когда защитник, не особо мудрствуя, завалил в штрафной площадке неожиданно прорвавшегося Мачаидзе, первую «банку» англичане схлопотали бы еще в середине первого тайма. И после перерыва этот гад старался вовсю — давал офсайд, как только мяч перелетал на половину англичан, «горчичники» показывал только нашим... в смысле, не нашим, но... короче, понятно. Один раз только зазевался, не свистнул вовремя — и

137

великолепный Додик Кипиани, увернувшись от хамски выставленной вперед ноги защитника, перекинул мячик Шенгелия, а тот «щечкой» пустил его низом мимо обалдевшего вратаря. Такой гол не мог засудить даже бельгиец!

Британский болельщик — серьезный, и будь на месте Тани мужик, точно схлопотал бы по морде. А так только вдосталь наслушалась английских матюков. В долгу, впрочем, не осталась, и англичане, в глубине души джентльмены, даже зааплодировали. Оставшееся время «Уэст-Хэм» нудно и примитивно атаковал, и когда за пять минут до конца тот же Кипиани чуть не с центра поля стрельнул по крутой траектории над далеко вышедшим из ворот голкипером и мяч, ударившись в перекладину, ушел за линию, все стало ясно, и некоторые болельщики даже потянулись к выходу.

От предложения развеселившейся Тани отметить победу грузинских мастеров в каком-нибудь ресторанчике поуютнее Дарлинг наотрез отказался и потащил ее в метро. По дороге молчал, хмуро и рассеянно. Таня тоже не донимала его разговорами.

Ужин у тети Поппи был снова хорош, только вместо мусаки их ждала кефаль, запеченная в тесте, а на десерт медовая пахлава с орешками. Руководствуясь не воспоминаниями даже — не помнила ни черта! — а смутными ощущениями от прошлой ночи, Таня от вина отказалась. Дарлинг недовольно посмотрел на нее, но настаивать не стал, налил себе и молча выпил. Как и вчера, Таня размлела от еды, и хотя было еще не поздно, отправилась к себе и завалилась спать. Засыпая уже, посмотрела на обои, освещенные светом уличного фонаря, и вдруг вспомнила: снился Винни-Пух. Улыбнулась и провалилась в сон.

Но привиделся ей не плюшевый Винни, а Яне Поп с мерцающими болотной гнилью мертвыми глазами. Прямо перед собой он держал золотое блюдо, а на блюде дымились разноцветные кишки из его же распоротого живота. Рядом щерился синей харей Мурин Родион Кириллович. С другой стороны вывернутой на сто восемьдесят градусов головой смотрел, не мигая, Ким. На его широкой спине, обращенной к Тане, распускались три кроваво-алых гвоздики. Над ними парили отделенные от тел руки, ноги, головы... Серега, Марина, Ларион... «Идите-ка вы откуда пришли! — приказала им Таня. — Здесь другая жизнь, здесь все не так. Я буду жить теперь по-новому…» И полетела куда-то вниз.

И проснулась от вздрогнувшего сердца.

Немного полежала, успокаивая себя. Снизу доносились звуки скрипки, гомон голосов, веселый визг. Туда, туда! — одиночество и темнота стали вдруг невыносимы. Выпить залпом полный стакан виски или коньяку, чтобы огнем вжарило по всем жилам, чтобы нервы оплавились по краям, чтобы отпустило…

Поспешно, путаясь в застежках и рукавах, Таня оделась, поправила прическу у большого зеркала, подошла к двери, потянула за ручку.

Заперто. Что бы это значило?

Она забарабанила в дверь, прислушалась. Никакой реакции.

— Эй! Выпустите меня!

Тихо. Потом пол заскрипел под тяжелыми, медленными шагами. Приближалось что-то чужое, угрожающее. Шаги замерли у двери. Хриплое, подрыкивающее дыхание, сопение, под тяжелой рукой дрогнул косяк.

— Дарлинг, это ты?

— Х-ха! Это вер-рно, я твой дарлинг, шлюха, бра-хаха! Ща открою и позабавимся! Бу-бу-бу!

Грубый, пропитой и абсолютно незнакомый голосина. Не все слова разберешь, но смысл ясен предельно. Металлический стук с той стороны — должно быть, целится ключом в скважину, но спьяну попасть не может.

Таня метнулась в ванную, набросила на петлю крючок — и в ту же секунду бабахнула настежь распахнутая дверь.

— Ба-а! Где ты, тварь, выходи, хуже будет!.. А-а, вот ты где!

Мощный толчок в дверь ванной. Филенка прогнулась, жалобно взвизгнули винты, на которых крепилась петелька. Запор-то на соплях, чисто декоративный…

Второго толчка дверь не выдержала. В ванную с ревом ввалилось что-то серое, громадное и, напоровшись на своевременно выставленную Танину ногу, полетело башкой вперед точнехонько в твердую фарфоровую грань унитаза. Удар явно пришелся ему не по душе. Туловище утробно зарычало, разворачиваясь, как в замедленной съемке. Еще эхо злобного рыка не спустилось по стенам унитаза в городскую канализационную сеть, а Таня точным прямым ударом чуть подвернутой ступни въехала охальнику в точку, где задница соединяется с проблемным местом. Мужик ухнул, скрючился, и, не давая ему опомниться, Таня воткнула нежные пальчики в шейные позвонки и, крякнув от напряжения, хрустнула ими. Низ ее живота сдавило, тошнотная муть вибрировала во всем теле, пытаясь расслабиться, она так и упала на простертое тело. Несколько секунд пролежала, приходя в себя. От того, на чем она лежала, не исходило ни звука, ни шевеления.

Готов. Вот и началась новая жизнь.

Держась за стенку, Таня поднялась, автоматически одернула блузку, осмотрелась. Крови не было. На полу ничком лежал громадный рыжий мужик в добротном, но сильно помятом костюме и лакированных остроносых башмаках. Шея неестественно выгнута, голова прижата к полу небритой щекой, на Таню злобно смотрит маленький, заплывший кровью голубой глаз. Рыло совершенно свиное, из полураскрытой пасти торчит желтый клык.

Красавчик! Однако надо что-то делать. И быстро.

Все произошло так стремительно, что мощный адреналиновый выброс, обычно предшествующий Большой Охоте, настиг Таню только сейчас, что называется, постфактум. Чувства обострились до предела, сознание работало четко, с большим запасом прочности.

Таня вышла из ванной, приблизилась к распахнутой двери в номер, выглянула в тускло освещенный коридор. Никого. Она вынула из скважины желтый фигурный ключ и заперла дверь изнутри. Открыла шкаф, вытащила пустую спортивную сумку, поставила на кровать, опустилась на колени, просунула под кровать руку, провела по днищу. Черт! Гладко! Провела еще раз...

Вчера, когда она впервые переступила порог этой комнаты, первым делом переложила свой паспорт и деньги в маленький полиэтиленовый пакет и прикрепила к днищу кровати клейкой оранжевой лентой с надписью «British Airways», прихваченной в аэропорту. Судя по тому, с каким трудом удалось отодрать эту ленту от чемодана, продукт был надежный, качественный, сам по себе пакет отвалиться не мог. Следовательно...

Таня вновь подошла к шкафу, достала с верхней полки чемодан, раскрыла, слегка нажала на заклепки на задней стенке. Они чуть заметно щелкнули. Таня по очереди отвинтила их, приподняла плотный черный пластикат наружного слоя, потянула второй слой вдоль почти незаметного паза, откинула. Открылось второе дно. Таня вынула содержимое, переложила в сумку, привела чемодан в изначальное положение и поставила на место. Открыла кошелек, проверила наличность. Две бумажки по десять фунтов, пятерка, две толстые фунтовые монетки, нелепый семиугольный полтинник. Не густо.

Таня вздохнула, пошла в ванную, поднатужившись, перевернула мертвяка, нащупала во внутреннем кармане пухлый бумажник. Первым делом выгребла купюры, пересчитала. Восемьдесят пять фунтов. Таня отделила два самых замызганных пятифунтовика, вложила обратно, усмехнулась — дескать, что вы, никакого мародерства не имело места. Мельком пробежалась глазами по пластмассовым карточкам, на одной задержалась. С аккуратного прямоугольничка водительского удостоверения глядела выполненная в цвете кабанья харя. Микроскопический лобик хмурился из-под жесткого ежика волос, глазки неприязненно смотрели на мир. Эдвард О'Брайан. Good-bye, Mr. O'Brian, it's been a pleasure*... На плечи — черный плащ, через плечо — сумку, прощальный взгляд. Свет выключен, дверь заперта.

Таня на цыпочках прошла по пустынному коридору, спустилась по лестнице. Вот и знакомый зеленый вестибюль. За конторкой под неяркой зеленой лампой дремлет лысый человечек, похожий на лису — тот самый, которого видела за завтраком. За двойной застекленной дверью свет, шум и музыка. Косясь на эту дверь, Таня прокралась мимо конторки, спустилась к выходу, подергала за ручку. Заперто. Значит, придется через зал...

Ее окатило волной света, мутного от табачного дыма, густыми винными ароматами, липкой музыкой. Таня на миг зажмурила глаза, привыкая, и двинулась через зал. Народу было немного, но, похоже, все при деле, и ее появление

---

* Прощайте, мистер О'Брайан, счастлива была познакомиться (*англ.*).

особого внимания не привлекло. Вот крашеная блондинка прижала бюстом какого-то мужика и, хохоча, поит его вином из бокала. За другим столиком китаяночка в красной ливрее теребит еще кого-то, сидя у него на коленях. На возвышении пиликает черноусый горбун. Слева хлопочет незнакомый бармен, мешает что-то в высоком стакане для уже крепко поддатого верзилы в джинсах.

Она прошла две трети зала, когда кто-то потянул ее за руку. Она обернулась, увидела еще одно нетрезвое, мягко выражаясь, лицо.

— Sorry! — прощебетала она, высвободила руку и пошла дальше.

Успешно преодолена вторая дверь — точная копия первой. Пустой круглый холл с сиреневыми стенами и двумя группами кресел возле темных столиков, заваленных какими-то журналами. Сквозь окно видна улица.

— Мэм, я могу быть чем-нибудь полезен?

Железные пальцы на локте. Со стороны вроде бы вежливо, даже почтительно поддерживает, но как больно! Ухмыляющееся черное лицо, ниже — белоснежная манишка, еще ниже — черный смокинг.

— Спасибо, Джулиан, я... я просто захотела подышать свежим воздухом.

— Увы, мэм, это в настоящее время невозможно. Рекомендую возвратиться в вашу комнату.

— Я бы охотно, но... но в моей комнате дохляк.

Хватка мгновенно ослабла.

— Что?

— Мертвый труп покойника.

— Остановка сердца?

— Естественно. В результате неудачного падения. Бедняга разбил башку и свернул шею. Не повезло.

— Так. — Джулиан вновь сжал ее локоть, повел в противоположный конец холла, открыл почти незаметную дверку, по цвету сливающуюся со стенами. Они оказались на бетонной площадке служебной лестницы. — Поднимайся в свою комнату, запрись, сиди тихо, света не зажигай, никому не открывай. Когда эта шушера угомонится, я приду к тебе.

— Как я узнаю, что это ты?

— Никак. У меня универсальный ключ. — Он подтолкнул ее к дверке.

142

Три часа Таня просидела в полной темноте, даже курила, заслонившись ладошкой от окна. По коридору ходили, переговаривались, но ее никто не беспокоил. Потом все стихло, однако Джулиан появился не сразу. Вошел по-хозяйски, сразу направился к окну, задвинул портьеру, только потом включил свет в ванной, и Таня увидела, что одет он в практичный серый комбинезон и такого же свойства куртку, а обут в высокие армейские сапоги. Джулиан присел на корточки возле мертвеца, посветил тоненьким фонариком в злобный голубой глаз.

— Старый знакомый, — ровным тоном сказал он. — Бешеный Эдди, экс-чемпион флота ее Величества во втором полусреднем. Все в Бэттерси ошивался, в боксерском клубе, но оттуда его вышибли за пьяную драку... Из боксерского клуба — за драку, сильно?

— А сюда его каким ветром занесло? — спросила Таня.

— Подзаработать пришел. Вот и заработал.

— В каком смысле подзаработать? Ограбить, что ли?

Джулиан выпрямился, внимательно посмотрел на Таню и медленно произнес:

— Есть такая профессия — ходить по кошатникам и новеньких обламывать. И удовольствие, и продовольствие.

Словечко «cathouse» Тане прежде не встречалось, но смысл его был однозначен. В общем-то, она едва ли не сразу догадалась, в какого рода пансиончик попала, но лишь после визита мистера О'Брайана поняла, в каком качестве. Наверное, надо было утречком собрать все самое ценное, а потом, в городе, сбежать как-нибудь от Дарлинга и рвануть на поиски Сони Миллер. Или Шерову в Москву прозвониться. Да мало ли вариантов?.. А может, и не надо. Еще не вечер...

— Сейчас мы его спустим, — сказал Джулиан. — Машину я уже подогнал. Потащим под руки, будто пьяного, чтобы никто ничего не заподозрил, если увидит.

Они с кряхтением подняли тяжеленного Эдди и поволокли к пожарной лестнице, остановившись лишь, чтобы запереть дверь в комнату. Никто им не встретился, в доме было тихо, хотя из-под некоторых дверей пробивался свет, а в одной комнате что-то негромко пели. Выйдя на улицу, они затолкали Эдди на заднее сидение потрепанной серой «тойоты» и прикрыли чехлом. Джулиан завел мотор, Таня села рядом, закутавшись в черный плащ.

Несколько минут Таня молчала, давая телу и сознанию передышку. Молчал и Джулиан, только напевал под нос что-то заунывное и крутил баранку, петляя по пустынным ночным улицам.

— А ты в курсе, что я — вполне официальная жена Аполло Дарлинга? — наконец подала голос Таня.

— А ты в курсе, что у него кроме тебя еще четыре вполне официальных жены? — в тон ей отозвался Джулиан.

— Как это?

— А так. Путешествует наш красавчик по разным неблагополучным странам, пудрит мозги местным дурочкам, денежки с них за деловой брак снимает, привозит сюда и сдает тете своей по сто двадцать за штуку.

— По сто двадцать чего? — не поняла Таня.

— Ну, не рублей, конечно. Фунтиков.

Таня скривила губы. Дешевка!

— Ну и что эти... предшественницы мои? Покорно это дело проглотили?

— А что остается? Законы здесь мутные, запутанные. Такие браки вроде бы и признаются, а вроде бы и нет. Захочет британский супруг нужные телодвижения сделать — будет и брак законный, и гражданство, не захочет — будешь ты никто, вроде как нелегальный иммигрант.

— И ничего нельзя сделать?

— Не советую. Дорого, скандально и очень ненадежно. Высосут кучу денег — и все равно депортируют.

— Понятно... А внесудебным порядком с ним никто разобраться не пытался?

— Было, — после паузы ответил Джулиан. — Перуаночка одна с ним посчиталась. Напоила в лежку, яйца леской перетянула и две ночи с него не слезала. Лечился потом, ампутации избежал, но и мужиком быть перестал. А перуаночка, кстати, исчезла, будто не было никогда.

Так той ночью в ее комнате не было Дарлинга. А кто? Кавалер Глюк?..

— Сбежала? — поинтересовалась Таня, возвращаясь к разговору.

— Сомневаюсь. Есть у него дружки крутые...

Тане сразу пришел на ум Иван Ужасный.

Проехав по виадуку, под которым гирляндами огней высвечивались железнодорожные пути, «тойота» остановилась возле бесконечного дощатого забора, серого и кривого. Очень русским показался Тане этот забор — для полноты картины не хватало только надписей типа «Спартак — чемпион!» или «Минты казлы!».

Джулиан вылез из машины, огляделся, подошел к забору, отодвинул две доски.

— Порядок! — сказал он. — Вытаскивать давай!

— Что там? — спросила Таня, схватившись за холодную руку Эдди.

— Литейка «Арсенала». Каждые два часа в яму горячий шлак вываливают.

— Толково.

Они напряглись, рванули. Эдди вылетел из машины и шумно плюхнулся на тротуар.

Когда протащили труп через дырку, стало полегче: теперь до ямы только вниз. Эдди скользил по склону почти самостоятельно. Немного поднапрячься пришлось только возле земляного барьера на самом краю отвала. Кое-как закатили туда, качнули на раз-два-три — и полетел Эдвард О'Брайан в теплую мглу.

К забору Таня поднялась первой. Отогнула досочку, выглянула на улицу, тут же отпрянула, прижалась к забору спиной.

— Что там? — спросил не успевший отдышаться Джулиан.

— Тише! — Таня прижала палец к губам. — Там фонарик вроде велосипедного. И, похоже, сюда приближается.

— Мильтоны, так их!

Таня поняла, но ушам своим не поверила, потому переспросила шепотом:

— Кто?

— Полицейские патрульные. Ну, гниды мусорные, только подойдите мне к машине, завалю, честное слово!

Он полез в карман, вытащил пустую руку, растерянно посмотрел на нее и принялся лихорадочно обхлопывать себя.

— Эй! — позвала Таня. — Это не ты обронил?

В руке ее блеснул, отражая лунный свет, небольшой плоский пистолетик. Джулиан протянул руку и прошипел сквозь зубы:

— Отдай.

— Обойдешься. У меня целей будет. А то и впрямь пальбу затеешь.

— Отдай, сука!

— Интересно, у вас тут за убийство полицейского вешают или расстреливают? — Таня заткнула пистолет за пояс, прислушалась. — Замри!

Джулиан тихо-тихо опустился на пыльную землю. Таня присела рядом.

— Эй, Джек, погляди-ка, вот где старый Эмери тачку свою прячет! — донесся с той стороны веселый грубоватый голос.

— Да точно ли его это?

— Точно. Он мне сам говорил, серая «тойота», кореш из автомастерской по дешевке уступил.

— А что, место подходящее. До хибары его полквартала всего, и парковка бесплатная.

— А давай мы ему тикет липовый выпишем или там колесо снимем? Для прикола, а?

— Увянь...

— Слышь, Джек, ну давай... Ого, у него и дверца открыта. Может, покатаемся? Или вот что — спорим, у него в бардачке бутыль гнилого заныкана, на опохмелку. Давай винище выльем, а в емкость нассым? Представляешь, приползет он завтра, откупорит, приложится... Во смеху!.. Ну-ка посвети мне... Holy shit*, он что, букмекера грабанул?

— А чего?

— Гляди, пинта «Баккарди»!

— Да ну, самопал...

— Не, все четко — медали вон нарисованы, оплетка, крышка не свинчена... Слышь, Джек, может, не надо выливать, лучше сами стрескаем, а?

— Ты что, орехов нажрался? Как на сержанта дыхнем...

— Нам еще три часа гулять, выветрится. А если что, бабл-гамом зажуем. У меня клевый, с корицей...

Чпок! Буль-буль! Хэк! Хр-р! Кхе-кхе-кхе...

— Качественная, зараза!

— Уф-ф! Я — все. А то на велик не влезу.

— Ну, чуть-чуть еще? Капельку?

— Давай с собой прихватим.

---

* Ни фига себе (англ.).

— Мы ж поссать туда хотели...

Зажурчала жидкость. Потом другая жидкость.

— Гондоны! — зашипел в землю Джулиан.

— Менты везде менты, — прошептала в ответ Таня.

За забором громко загоготали. Хлопнула автомобильная дверца. Прошуршали велосипедные шины. Тишина. И тут же над ямой поднялось тусклое зарево: из литейного ссыпали очередную порцию шлака. Остались от козлика рожки да ножки. И то вряд ли. Джулиан и Таня, не сговариваясь, достали платки и вытерли лбы.

Выждав для верности еще две минуты, выбрались к машине. По привычке Таня села слева, на водительское место, и, не увидев перед собой руля, испытала секундное замешательство. О, добрая старая Англия, все не как у людей... Джулиан впрыгнул в машину, завел мотор и требовательно протянул руку:

— Пушку! — Таня покорно вложила пистолет в его ладонь. — Так, говоришь, обронил?

— Ну, не совсем, конечно...

Она скромно опустила глаза. Джулиан хмыкнул и спрятал пистолет в нагрудный карман комбинезона.

— You mean mother, I love your cool!*

— Up yours, paleface!**

Обменявшись любезностями, оба рассмеялись. «Тойота» тихо съехала с места.

В дороге останавливались дважды. Один раз — у симпатичного красного в белую полоску домика, где, как пояснил Джулиан, размещается полицейский участок. Там задерживаться не стали, только выгрузили на ступеньки бутылочку с ментовской мочой: жрите, мол, сами. Потом долго ехали по ярко освещенной, но пустой улице и встали возле высоченной аркады шоппинг-молла, а по-нашему говоря, торгового центра. Джулиан велел Тане подождать, сам же взбежал на галерею и исчез в ее глубине. Отсутствовал он минут пять и вернулся чрезвычайно довольный.

— Что купил? — поинтересовалась Таня.

— Держи. — Он плюхнул ей на колени кипу ассигнаций. — По четыре сотни на брата.

---

* Ну, мать, я тащусь с твоей крутизны! (*англ.*)

** Тем же самым по тому же месту, бледнолицый! (*англ.*)

— Ларек взломал?

— Тесто ты из его лопатника грамотно отщепила, а вот карточки проигнорировала зря. Эдди-то на головку хром был, ПИН свой, чтоб не забыть, прямо на ллойдовской карте нацарапал. Вот я ее в круглосуточном банкомате и обнулил.

Культурный шок стукнул в голову. До чего неприятно почувствовать себя дурой!

— Стоп-стоп, давай по порядку. Что такое ПИН?

— Персональный идентификационный номер. Его дают в банке вместе с картой, чтобы никто другой не мог ей воспользоваться. Когда получаешь деньги по карте, нужно этот номер набрать.

— Где?

— На банкомате, разумеется.

— А что такое банкомат?

Экономический ликбез продолжался до самого дома, темного и притихшего. Попутно Таня узнала, что так удивившее ее слово «мильтоны» бытует в определенных лондонских кругах еще с начала прошлого века, когда в доме какого-то Мильтона открыли первую в городе полицейскую школу.

Впустив Таню и закрыв дверь, Джулиан спросил:

— Спать пойдешь?

— Не знаю. Не хочется как-то.

— Мне тоже.

— Может, зайдем ко мне в каморку for a quick гар*?

— Прости чертову иностранку, я не поняла, что ты предлагаешь — трахнуться или поболтать?

— Прости старого ниггера, но на сегодня мы уже натрахались.

— Вот и кончается наш с тобой медовый месяц, — Джулиан вздохнул. — Боюсь, второй нам не потянуть.

Таня лениво потянулась, выпростав руки из-под одеяла.

— Что так?

— Видишь ли, когда я отбил тебя в свое эксклюзивное пользование, пришлось отвалить Поппи те во-

---

* Перекинуться по-быстрому (*англ.*).

семь сотен, что мы в ту памятную ночку огребли. Месячная плата.

— Знаю. Но за этот месяц мы с тобой трех америкашек на хипесе развели, и не забывай про покер... Тысячи полторы набегает?

— Набегает. Но именно полторы эта старая сука и требует за следующий месяц.

Таня присвистнула.

— Она что, охренела? Деньги мои зажилила, паспорт не отдает, а теперь еще вот так выкаблучивается! Откуда полторы тысячи-то? За пайку, за койку, за страховку липовую и четырех сотен не набегает, плюс примерно столько же за упущенную прибыль. Пусть забирает свои восемьсот и радуется.

— Должно быть, ты для нее особенно дорога... — Оба усмехнулись. — Правда, еще она что-то тявкала про штрафные санкции. Дескать, музыкой своей всех по утрам будишь, клиентов левых водишь, рукоприкладствуешь.

— Брехня! Музыку я включала только в дождь, когда с пробежками не получалось. Рукоприкладство было один только раз, когда прямо в зале какой-то оборванец пьяный на стол меня заваливать начал. Твою, между прочим, обязанность выполнила, вышибалой поработала... Левый клиент — Стив Дорки, мой пресс-агент. Кстати, женщинами он не интересуется...

— Пресс-агент? — Джулиан вытаращил глаза.

— Почему нет? Денег он с меня не берет, работает исключительно за любовь.

— Любовь? Значит, все-таки...

— Любовь чисто платоническую, идеальную, на которую в отношении женщины способны только педики. Он восхищается мною, боготворит... А идеи у него занятные. Вот полюбуйся.

Она протянула руку за сумочкой, извлекла розовую картонную карточку и продемонстрировала Джулиану с обеих сторон. На лицевой было красиво отпечатано: «Who the Fuck is Czarina?» *, а на обороте — «The Best Fuck in Town!!!» ** и, мелкими буквами, адрес заведения тети Поппи.

---

* Царица (читается *Зарина*)? Это что за блядь? *(Англ.)*
** Лучшая блядь в городе!!! *(англ.)*

— Это не просто визитка предприятия, а ядро будущего фэн-клуба. Такие предполагается вручать самым респектабельным клиентам. Пока в качестве сувенира, но в дальнейшем обладатели таких карточек могут рассчитывать на кой-какие привилегии...

— Доступ к телу? — Джулиан улыбнулся.

— А ты бы возражал?

— Еще как!

— Мне бы, честно говоря, тоже не хотелось...

— Рано или поздно придется. Поппи с нас так просто не слезет. Сейчас дадим полторы, через месяц она две затребует. Долго мы не выдержим.

— Что ты предлагаешь?

— Вообще-то я догадываюсь, где они твои бумаги держат. Туда же они каждое утро складывают выручку, а в банк отвозят только раз в неделю, по пятницам. Если выбрать ночку с четверга на пятницу...

Он испытующе поглядел на Таню. Та выдержала его взгляд.

— А дальше? Всю жизнь в бегах? Скрываться от полиции, от громил, которых наймет та же Поппи? По-моему, лучше договориться.

— Договориться? О чем?

— О взаимовыгодном сотрудничестве. За этот месяц у меня, кажется, родилось несколько интересных идей, которые могли бы немного поправить дела в нашем кошатнике. Если попробовать убедить Бенни, а через него — тетю Поппи, что-то может получиться...

— Для начала попробуй убедить меня.

— Годится. Давай по порядку. — Таня поднялась с кровати, накинула халат, уселась в кресло, достала сигарету. — Заведение традиционно ориентируется на «синих воротничков», которые заканчивают работу в пять-шесть вечера, накачиваются пивом в пабах, а потом, если есть на то деньги и настроение, заруливают сюда. Все верно. Только по утрам я бегаю и по этой, и по той стороне Ли и кое-что вижу. «Мидз» демонтирует фабрику, электростанция закрылась, железнодорожники и газовщики предпочитают гулять на Мэнор-роуд. От легендарных докеров осталось одно воспоминание — вся настоящая работа сместилась к югу, в Доклэндз — район, отрезанный от нас мощной застройкой на Канарейной верфи и тоннелем, закрытым на реконструкцию. Что остается? Винокуренный заводик на Три-Миллз, дорожные бригады с эстакады Блэкуэлл, безработные, которых направили на земляные работы в Кресент-парк? С другой стороны, здесь рядом две громадные больницы — Сент-Клемент и Сент-Эндрю, где весь персонал работает посуточно, масса мелких лавчонок, где магазинщики в дневные часы по будням от скуки дохнут. Наконец, на «Эмпсоне» есть ночная смена, ребята заканчивают в восемь утра, и многие прутся на метро, от которого мы в двух шагах... Вывод? Соответствующим образом перестроить график, ввести утреннюю и дневную смены. Есть смысл подумать о предварительной записи, если угодно, и об абонементах... Согласна, все заведение переводить на эту систему нерационально, в основном народ заходит сюда экспромтом, под веселую минутку, и их такие вещи могут отпугнуть. Но не всех. Многие приходят к нам, как приходят к врачу, к психотерапевту. Подумай сам, к какому специалисту они предпочтут обратиться — к тому, что тянет за рукав, навязывает свои услуги, или к тому, кто доступен лишь при соблюдении определенной процедуры? Более того, таким образом мы повышаем класс нашей клиентуры.

— Так, — задумчиво сказал Джулиан. — Все, что ты говоришь, интересно и неожиданно, но получается, что ты впустую лезешь на рожон. Что ты хочешь доказать? Это по-своему вполне пристойный, старомодный бардак, чистенький, не сказать чтобы дешевый. Стоит ли ломать традиции?..

Таня встала. В голосе ее зазвенел металл:

— Поправь меня, если я ошибаюсь, но для чего существуют подобные заведения? Чтобы делать деньги или чтобы следовать традициям? Я ведь тебе не пустые теории излагала. Вот, взгляни, любопытные цифры. — Она расправила вынутый из кармана листок и протянула ему. — Эти расчеты по моей просьбе произвел профессор Добсон из Лондонской Школы экономики. Здесь — максимально возможная прибыль при существующей системе, здесь — то, что получается, если вы принимаете мои нововведения. Вот здесь — разница в годовом исчислении. А еще, если интересно, я ради спортивного интереса сама просчитала на досуге некоторые дополнительные варианты...

— Интересно, — сказал Джулиан.

Он погрузился в изучение Таниных бумажек, а она встала, сделала несколько движений на растяжку, засыпала свежего кофе в кофеварку и принялась изучать большой цветной плакат над кроватью Джулиана — смеющийся Боб Марли в громадном растаманском берете...

Она поставила перед Джулианом кружку с крепким ароматным кофе, а сама молча присела рядом, прихлебывая из второй кружки. Джулиан отложил листки, выпрямил спину, пристально посмотрел на нее.

— Что?

— Отдыхай пока, мадам Зарина. Завтра начнешь принимать хозяйство.

Танин взгляд выражал полнейшее недоумение.

— Какое хозяйство?

— Которое много лет плавно прогорало под мудрым руководством тети Поппи. Оно, видишь ли, давно уже перекуплено тихим, незаметным сморчком Бенни. Но только он один знает, что реальный владелец — я.

— Ты?!

— Так уж вышло.

— Погоди, погоди... Выходит, те деньги, которыми ты якобы откупал меня от Поппи, ты платил сам себе. Нехило! Тогда в чем был смысл сегодняшнего спектакля? Ты же спокойно мог продолжать меня использовать по старой схеме.

Джулиан извлек из серебряного портсигара длинную сигарету с марихуаной, поджег, с наслаждением затянулся. Таня вдохнула знакомый дым.

— Рано или поздно ты обо всем догадалась бы сама. И не знаю, как бы ты себя повела в таком случае. Такую тигру лучше иметь в партнерах, чем в недругах... Ну, иди сюда.

Таня поднялась, плавной походкой подошла к Джулиану, вынула у него изо рта сигарету, сделала неглубокую затяжку. Он протянул к ней руки, но она вывернулась из его объятий.

— Ты сам сказал — в партнерах. Но уже не в наложницах.

II

Счастливая жизнь — это замечательно, только описывать ее неинтересно, особенно когда счастье не обозначает себя яркими событиями, какими-то душевными взлетами, внезапными откровениями и прочим. Свое откровение Павел с Таней получили, свой душевный взлет пережили — и теперь счастье ощущали как бы слоем теплого прозрачного лака поверх обыденной рутины, плывя сквозь те же будни, сквозь которые, почитая их серыми, плывут все.

Два летних месяца протекли незаметно. Павел работал днями, Таня вечерами. То вместе, то поврозь ездили на Мшинскую, к Дмитрию Дормидонтовичу, Нюточке и Беломору, потихоньку собирались в августовский отпуск, который планировали провести в Коктебеле — великолепную комнатку со всеми удобствами в служебном корпусе тамошнего Дома творчества им сосватал Вилька Шпет. Вообще, их счастье магнитом притягивало к себе людей, само собой воскресли и засияли многие старые дружбы, казалось бы, угасшие безвозвратно.

В жизни Павла «культурный отдых», за исключением воспоминаний детства (от поездок с родителями в привилегированные санатории и в разные «Артеки» он отказался лет в девять), ассоциировался исключительно с той, первой Таней — две роскошные больницы, Рига, Юрмала... А так все больше были спортивные лагеря, туристские и альпинистские походы, геологические партии. И первый его коктебельский отдых, еще студенческих времен, отнюдь не походил на то, чего он с какой-то подспудной опаской ожидал, глядя в бортовой иллюминатор на чистое голубое небо над бескрайней ватой облаков. Тогда, почти десять лет назад, он и несколько его сокурсников решили после крымской практики не сразу возвращаться в пыльный город, а автостопом добрались до Старого Крыма, через Голубые горы перевалили к морю и разбили под самой Сюрю-Кая дикий палаточный городок, к которому моментально прилипло название Тель-Зоотар — ибо все его обитатели быстро соорудили некие подобия того характерного головного убора, который прославил на весь мир Ясир Арафат. Свои «арафаточки» ребята снимали только перед погружением в море. Особенно пикантно эта свора доморощенных палестинцев смотрелась на фоне типично коктебельской публики, вспоминая которую, один израильский эмигрант писал: «И горы здесь, в Хайфе, такие же, и море такое же, и люди... — нет, люди здесь не такие же, а те же самые...» Круглосуточные гудежи, гитары, многочасовое дежурство в очереди за пельменями в кафе «Левада» (неофициальное название — «Блевада»), вечерние шашлыки из ежиков, вдоль и поперек излазанный Карадаг...

К тому возврата уж нет, теперь все будет иначе, иначе. Рядом с Таней, с Нюточкой — и никакой провидец не сумел бы определить, что она не родная Танина дочка... Во время полета до Симферополя Нюточка радостно носилась по всему салону, терроризируя стюардесс, очаровывая пассажиров, не давая ни минуты покоя Тане. Лишь перед самой посадкой она утихла, забралась Тане на колени и задремала, да так, что Павлу пришлось выносить ее из самолета на руках. Тащиться через весь Симферополь на автовокзал они не стали, а тут же возле аэропорта сговорили за двадцатку частника на «Жигулях» и покатили по шоссе на Феодосию, мимо тех знаменитых охотничьих угодий, где сам Никита Сергеевич во время оно охотился на услужливо привязанных к деревьям кабанов.

— А море скоро? — в энный раз спросила Нюточка, когда они миновали Белогорск.

Таня растерянно пожала плечами и переадресовала этот вопрос сидевшему впереди Павлу.

— Часа через полтора, — не оборачиваясь, сказал он.

— Тогда меня сейчас стошнит, — объявила Нюточка.

Машина сделала резкий зигзаг. Таня охнула и полезла в сумку за заранее приготовленными полиэтиленовыми пакетиками.

— Нет, — передумала Нюточка, получив пакетик. — Лучше яблочко.

Скушав яблоко, она поскучнела, минут пять полюбовалась на однообразную картину за окном и задремала на коленях у Тани. Зато когда в просвете между горами показалось море, она взвизгнула от восторга.

Бдительная тетка у входа в Дом творчества встретила их настороженно, но узнав, что они будут жить в служебном корпусе у Екатерины Семеновны, моментально смягчилась, пропустила их на охраняемый объект и даже показала дорогу до внушительного по здешним меркам трех-этажного здания, фасадом выходящего на аллею.

Екатерина Семеновна, крепкая проворная дамочка лет шестидесяти, оказалась дома, всплеснула руками, поахала на Нюточку, вручила ей липкую конфетку, показала жилье — на удивление цивильное, с ванной и кухонькой, оборудованной раковиной, плитой и холодильником, — тут же уговорила Таню приобрести курсовки, дающие право завтракать, обедать и ужинать в столовой Дома творчества, а заодно взяла плату за неделю вперед. Они не успели толком разложить вещи, а Екатерина Семеновна уже прибежала с курсовками и пропусками и объявила, что обед на сегодня они уже пропустили, но она с радостью покормит их со своего стола — и всего-то по два рублика с носа.

— Сначала купаться! — категорически заявила Нюточка, и троим взрослым с трудом удалось отговорить ее, пообещав, что они пойдут на море сразу после обеда.

Но, отведав в хозяйкиной комнате борща с бараньими ребрышками и баклажанами, оладий с медом и сладкого арбуза, Нюточка уснула прямо за столом. Перенеся малышку в свою комнатенку, Павел на минуточку прилег на диван... Короче, на пляж они попали только под вечер, на закатное солнышко, и чуть не опоздали на ужин: вытащить Нюточку из теплых голубых вод удалось отнюдь не сразу. А еще нужно было бежать переодеваться: на советских курортах не полагается приходить в места общественного питания в пляжных нарядах.

В живописный павильончик, где расположилась столовая Дома творчества, они зашли, невольно озираясь в поисках известных лиц. Но из большого числа ужинающих узнали только драматурга Радзинского, оказавшегося намного рыжее, чем на телевизионном экране. Зато Таню, судя по выражениям лиц, узнали многие. Она не снималась уже два с половиной года, но в нашем прокате фильмы идут долго и забываются не скоро. Тем более, как выяснилось позднее, всего за два дня до их приезда в кинозале крутили «Особое задание».

Их соседом по столу оказался умеренно нетрезвый здоровенный дядя лет сорока, представившийся барнаульским поэтом Луганюком. На протяжении ужина поэт все пытался зазвать их к себе в номер на бутылочку коньячку. Они отказались, сославшись на усталость после дороги. Тогда Луганюк, заручившись у них обещанием непременно заглянуть к нему завтра, извлек из находящейся при нем кожаной папочки тоненькую серую книжку, на обложке которой было коричневыми буквами напечатано: «Ромуальд Луганюк. ВСЕ ОТ ЛЮБВИ». Достав из пластмассового стаканчика с салфетками карандаш, которым полагалось отмечать завтрашнее меню, он нацарапал на титульном листе: «Дорогим Татьяне и Павлу от автора» — и, просительно глядя на Таню, вручил ей. Она вежливо поблагодарила.

После ужина гуляли по прибрежному променаду, слушали цикад и шорох волн. Возвратившись, уложили Нюточку и, сидя на кухне, читали друг другу вслух творения товарища Луганюка, среди которых попадались истинные перлы:

> Выйду за околицу — всколыхнется грудь.
> Сердце беспокоится, ждет чего-нибудь —
> Ждет и беспокоится, схоронясь в груди —
> Что там за околицей, что там впереди?

Но особенно их потрясли стихи «трудовой» тематики. Одно начиналось так:

> Приспели на уборку сроки,
> В степи грохочут трактора.
> Знать, оттого-то нынче строки
> Рядами лезут с-под пера...

Тане вспомнились заказные опусы Ивана. «Нет, — подумала она. — Ванька так не смог бы. Искренности не хватает». Ей сделалось грустно.

— Давай спать, — сказала она Павлу.

Курортная жизнь шла своим чередом — купания, прогулки, послеобеденный сон, ленивое общение с разным народом. Павла это все начало тяготить примерно через неделю, но он старался не подавать виду, не желая расстраивать Таню и особенно Нюточку, наслаждавшуюся каждым мгновением. К его досаде, Карадаг с его бухтами, куда он давно уже обещал сводить Таню и дочку, оказался закрыт для посещения. Ни берегом, ни известной горной тропой пройти оказалось невозможно — путь перекрывали кордоны со скучающими, расхлябанными, малоприятными в общении ментами. Что делать, пришлось ограничиваться доступным: они сходили в Тихую бухту, побывали на могиле Максимилиана Волошина, прорвались в дом-музей и осмотрели расставленные во всех комнатах в большом количестве раскладушки для друзей директора дома-музея.

Нередко они останавливались возле теннисного корта и следили за игрой. В Доме творчества была всего одна асфальтированная площадка, и время распределялось среди отдыхающих по предварительной записи. Будучи курсовочником, Павел никакого права на эту площадку не имел, а жаль: вид играющих всколыхнул в нем былую любовь к игре. Хотя, в отличие от покойной сестры, теннисистом он был средненьким, а в последнее время не брал ракетку в руки, здесь он вполне мог бы стать чемпионом.

Как-то в начале второй недели отдыха, хорошо поспав после обеда и пребывая поэтому в особенно энергичном настроении, они шли мимо корта на пляж и, как всегда, немного задержались посмотреть на игру. Спиной к солнцу играл пузатый мокрый гражданин с топорным фельдфебельским лицом, наряженный в сплошной белый «адидас». Его партнер был невысок ростом, поджар, лысоват и одет только в выцветшие армейские шорты, кеды и темные очки. Оценить класс его игры было нелегко — он лениво передвигался по корту, как бы нехотя отбивал те редкие мячи, которые пузатому удавалось перекинуть через сетку, не угодив при этом в глубокий аут, а при подаче явно старался смягчить ее. При взгляде на эту пару у Павла почему-то перехватило дыхание и предательски задрожали ослабевшие коленки. Непонятно откуда пришло липкое ощущение «дежа-вю». «Сейчас этот толстый запустит мячом в кусты, разозлится и бросит игру», — с тоской подумал Павел.

Очередной мяч, отбитый пузатым, вихляясь, взвился над кортом, перелетел через заграждение и приземлился в кустах. Автор столь мастерски исполненного удара злобно хряпнул фирменной ракеткой об асфальт, развернулся и направился с корта прочь. По пути он кинул партнеру:

— С меня хватит!

157

— Устали, Алексей Львович? Но ведь еще полчаса законно наши, — спокойно ответил мужчина в темных очках.

— Пригласите вон молодого человека или девушку, — сказал пузатый, ткнув ракеткой в направлении Тани с Павлом, и зашагал прочь.

— А что? — как бы про себя спросил лысоватый и обратился к ним: — Молодые люди, не составите компанию?

— Я не играю, — сказала Таня.

— А у меня ракетки нет, — сказал Павел.

— Это поправимо, — улыбнулся лысоватый, подошел к зеленой скамейке, на которой стояла длинная спортивная сумка, и достал из нее вторую ракетку — точную копию первой. — Всегда беру с собой две, на всякий случай, — пояснил он. — Прошу вас.

— Можно? — спросил Павел.

Таня с улыбкой кивнула, а вслед за ней с важным видом кивнула Нюточка. Павел кинул на скамейку пляжное одеяло, взял предложенную ракетку и встал на корт.

— Только я давно не играл, — предупредил он.

— Я тоже, — приседая и размахивая руками, сказал человек в темных очках. — Ну-с, поехали!

После пятиминутной перекидки тело и рука вспомнили позабытые навыки, Павел разогрелся и примерно оценил класс партнера. «Если и проиграю, то не позорно. Да и человеку со мной будет поинтересней, чем с тем толстопузым», — решил он и отошел на заднюю линию.

— Давайте на счет! — крикнул он. — Подавайте первым.

Человек в темных очках перекинул два мяча на сторону Павла.

— Подает входящий, — пояснил он. — Поехали!

Нюточка забралась на судейскую вышку. Таня, присевшая в тенечке с книгой, отложила ее в сторону и стала наблюдать за игрой — буквально накануне на этом самом месте Павел объяснил ей кой-какие правила.

Начав как бы вразвалочку, соперники постепенно вошли в раж. Силы были абсолютно равны. Более молодой Павел лучше доставал трудные мячи, мощнее подавал и быстрее реагировал, но у лысоватого был лучше поставлен удар, да и технический арсенал побогаче. Игра шла мяч в мяч, за полчаса они успели сыграть четыре изнурительных гейма. Уставшая следить за игрой Нюточка сначала слезла с вышки и уселась рядом с Таней, а потом стала проситься на пляж.

— Мы пойдем? — спросила Таня, дождавшись паузы между розыгрышами. — Подождем тебя на пляже.

— Да-да, идите, — рассеянно сказал Павел, приготовившийся принимать подачу.

Они ушли, а на их место тут же заявились две дамы средних лет и высокий сутулый мальчик лет пятнадцати.

— Товарищи, — заявила одна из дам. — Сейчас наше время. Попрошу очистить.

— Еще три минуты, — с намеком на поклон сказал партнер Павла и обратился к нему: — Досрочный тай-брейк при счете «два-два». Согласны?

— А что делать? — покосившись на дам, ответил Павел.

Тай-брейк он выиграл со счетом «шесть-четыре». Дамы тут же выскочили на корт и принялись перебрасываться через сетку высокими слабенькими свечками, ударяя по мячу снизу и при каждом ударе молодецки ухая.

— Спасибо за игру, — сказал Павел, отдышавшись. — Хорошо вы меня загоняли.

— Взаимно, — сказал лысоватый, растираясь полотенцем. — Проигравший платит. Приглашаю в свои апартаменты на «отверточку».

— На что? — не понял Павел.

— На «скрудрайвер». Так на гнилом Западе называют коктейль из водочки и апельсинового либо грейпфрутового сока со льдом. Вещь славная, особенно в такую жару, да и название колоритное. Только говорить язык сломаешь. Вот я и попросил одну добрую знакомую перевести на нашу мову... Так как?

— Меня на пляже ждут, — пробормотал Павел, которому в общем-то идея «отверточки» показалась заманчивой.

— Да мы на минутку только. А потом вместе на пляж махнем.

— Уговорили.

Мужчина в темных очках натянул выцветшую футболку, перебросил сумку через плечо и, жестом пригласив Павла следовать за собой, направился к главному корпусу.

Его апартаменты представляли собой просторный двухместный номер на втором этаже, с холодильником, телевизором и лоджией, выходящей на северную, тенистую сторону. Туда и провел Павла хозяин. В лоджии стоял столик белой пластмассы и два таких же кресла.

— Присаживайтесь, — сказал хозяин. — Я сейчас.

Павел слышал, как в комнате хлопнула дверца холодильника, что-то забулькало, застучали кубики льда. И тут же вновь появился хозяин номера, держа в руках два высоких стакана, наполненных оранжевой жидкостью со льдом и снабженных красными соломинками.

— Ну вот, — сказал он, усаживаясь в свободное кресло. — Попробуйте, по-моему недурно. — Он протянул Павлу стакан. — Со знакомством. Кстати, я Шеров. Вадим Ахметович Шеров.

Павел невольно посмотрел собеседнику в лицо. Тот уже снял темные очки, и глаза его были хорошо видны — круглые, облачно-серые, нисколько не азиатские. Без очков он больше всего походил на дошедшие до нас изображения Юлия Цезаря.

— Павел Дмитриевич Чернов, — сказал Павел и протянул руку. Шеров крепко пожал ее.

— Да-да, — проговорил он. — А скажите-ка, Павел Дмитриевич, где я мог про вас слышать?

— Пожалуй что и нигде, — ответил Павел. — Я личность малоизвестная, работаю в питерском ящике кем-то средним между переводчиком и архивариусом.

— И все-таки... Чернов Павел Дмитриевич, — задумчиво проговорил Шеров.

— Наверное, вы слышали про кого-то другого. Фамилия достаточно распространенная. Или, может быть, про моего отца, Дмитрия Дормидонтовича. Он много лет проработал в ленинградском обкоме, так что...

— Нет-нет. Именно Павел Дмитриевич... Скажите, Павел Дмитриевич, вам не случалось работать с покойным академиком Рамзиным?

Павел вздрогнул.

— Случалось, — чуть слышно проговорил он и добавил уже погромче: — А вы, Вадим Ахметович, тоже по научной части?

Шеров улыбнулся и махнул рукой.

— Ну что вы, я умом не вышел. Просто, видите ли, хоть Москва и большой город, люди, принадлежащие к определенному кругу, неизбежно и неоднократно встречаются на всяких мероприятиях — юбилеях, торжественных заседаниях, приемах и прочее в таком роде. Встречаются, знакомятся, общаются... Андрей Викторович много о вас рассказывал. Отзывался как о надежде мировой науки, не меньше.

Павел невесело усмехнулся.

— Вы ведь, помнится, какими-то особыми минералами занимались, открыли уникальные свойства, так? — продолжил Шеров.

Павел кивнул и сделал судорожный глоток. Стакан его опустел. Он поставил его на столик.

— Тогда почему же переводчик-архивариус? — спросил Шеров.

— Это больной вопрос, — со вздохом ответил Павел. — Оказалось, что мои разработки слишком опередили время.

— Вот как? — Шеров, чуть склонив голову, внимательно посмотрел на Павла. — Но это было несколько лет назад. Возможно, теперь ситуация изменилась. Павел Дмитриевич, а вы не хотели бы вернуться к той своей работе?

— Да разве это возможно? — Павел махнул рукой.

— Ничего невозможного нет. Было бы желание. У вас оно есть.

— Конечно.

— Что ж, попробую что-нибудь предпринять. Мы еще вернемся к этому разговору. Договорились?

Круглые глаза смотрели ободряюще. Павел кивнул.

— Вот и прекрасно... Кстати, у вас уже емкость пустая. Непорядок.

Шеров взял со стола стакан Павла, не спрашивая его согласия, удалился в комнату и занялся приготовлением второй порции. Павел смотрел на яркую клумбу за окном и слушал гулкие удары собственного сердца... Ну и ну! А вдруг и в самом деле получится, вдруг это курортное знакомство заново откроет путь, казалось бы, утраченный навек?.. Этот Шеров. Принадлежащий к одному кругу с нобелевским лауреатом...

— По второй — и на море? Как вы смотрите, Павел Дмитриевич?

Павел поднял голову. Улыбающийся Шеров протягивал ему второй стакан с «отверточкой».

— Вадим Ахметович, позвольте встречный вопрос, — принимая стакан, сказал Павел. — Ваше имя я мог где-нибудь слышать?

Шеров пожал плечами.

— Едва ли. Я ведь тоже, в своем роде, личность малоприметная. Не писатель и даже не «мудопис».

— Не, простите, кто?

Шеров звонко и заразительно расхохотался.

— Как, вы не знакомы с этой классификацией? Видите ли, все отдыхающие в домах творчества Литфонда делятся на несколько разрядов. Помимо собственно писателей, точнее говоря, членов Союза, есть жописы — это жены писателей, сыписы и дописы — это соответственно сыновья и дочери писателей, и, наконец, мудописы — это расшифровывается как «муж дочери писателя».

Павел, прежде не слыхавший этой хохмы, смеялся до одышки.

— А тот толстый дядя в «адидасе» — он вроде староват для мудописа, а на писателя не тянет. Он кто? — отсмеявшись, спросил Павел.

— Ну а как по-вашему? По первому-то впечатлению?

— Либо крупный милицейский чин, либо какой-нибудь министерский хозяйственник с большим блатом, — сказал Павел.

Шеров усмехнулся.

— Второе — это как раз про меня. Столичный чиновник-хозяйственник, занимающий этот двухместный номер исключительно по блату. Правда, я здесь ненадолго, вчера приехал, а уезжаю дня через три-четыре... А вот насчет моего партнера — тут вы того. Это же Алексей Львович Толстых, краса, так сказать, и гордость... Вы его эпопею «Братья Коромысловы» читали?

— Не читал, — искренне ответил Павел.

— Я тоже, — признался Шеров. — Но, с другой стороны, у нас всякий труд почетен.

Он подмигнул Павлу, допил коктейль и поднялся.

— Пойдем греть бока на вечернем солнышке? — предложил он.

Павел тоже встал.

— Спасибо за отверточки, — сказал он.

— Приходите еще, — откликнулся Шеров из комнаты. — Милости просим.

Они спустились и вышли из корпуса, не прерывая беседы.

— Как вам здесь? — спросил Шеров уже на аллее.

— Хорошо. Только скучновато немного. Карадаг закрыли. Поиграть вот сегодня в первый раз удалось, благодаря вам.

— Не мне, — поправил Шеров, — а товарищу Толстых. Впрочем, все поправимо, было бы желание. Хотите, запишемся на утро, с семи до восьми. Мешать нам не будут, других претендентов нет — писатели рано вставать не любят. Согласны?

— Согласен, — с радостью подтвердил Павел.

— А что Карадаг закрыт, так это тоже не для всех. Хотите, завтра после завтрака в бухточки смотаемся? Вы там бывали прежде?

— Да, студентом еще.

— А супруга ваша?

— Таня? Вроде нет.

— Вот и отлично. И ей, и девочке вашей интересно будет...

Суровый усатый отставник, дежуривший у калитки на закрытый для простой публики писательский пляж, пропусков у них не потребовал, а даже взял под козырек. На топчане у самого моря Павел заметил Таню, а Нюточка уже неслась к нему, и он еле успел наклониться, подхватить ее на руки и подбросить высоко в воздух.

— Мама! — заверещала Нюточка. — Папа пришел. Можно я еще раз искупаюсь?

— Потрясающе! — сказал Шеров. — Так вы и есть та самая Татьяна Ларина? Извините, что еще вчера не признал вас, но, поверьте, времени ходить в кино не остается, к тому же я теперь не так часто бываю на родине.

— А я в последнее время не снимаюсь, — тихо сказала Таня.

— Ну, что я могу сказать? — Шеров развел руками. — Только то, что режиссеры — дураки, но это вы и без меня знаете... Надо же, Татьяна Ларина! Мои друзья сейчас разыскивают вас в Ленинграде, в Москве, а вы — вот она. И как после этого не верить в судьбу?

Они лежали на пустынном берегу Сердоликовой бухты, неспешно потягивая прямо из горлышка чешское пиво, доставленное сюда Шеровым в специальной сумке-холодильнике. Павел и Нюточка, нацепив маски и трубки, ныряли на мелководье в чистейшей воде, охотясь на рапанов и куриных богов. Таня время от времени поглядывала в их сторону, но не тревожилась: ведь Нюточка не одна, а с отцом, стало быть, в надежных руках.

— И зачем они меня разыскивают? — спросила Таня.

— По моей просьбе.

— Вам-то я зачем, Вадим Ахметович?

— Хочу сделать вам интересное предложение.

— Какое?

— Ну, какое предложение можно сделать актрисе? Роль, конечно.

— Но разве вы режиссер? Ведь сами вроде говорили, что не имеете к кино отношения.

— Считайте меня полномочным представителем режиссера.

— Так что же он сам?.. Впрочем, все пустое. — Таня обреченно махнула рукой. — Я свыклась с мыслью, что больше никогда не буду сниматься.

— Почему? — чуть нахмурившись, спросил Шеров.

— Потому что никто не утвердит меня даже на самую пустячную роль. Вам известно, почему я перестала сниматься?

— В общих чертах... Послушайте, Татьяна... э-э-э...

— Можно просто Таня.

— Послушайте, Таня. Во-первых, про эту историю с Огневым уже давным-давно и думать забыли. Во-вторых, все информированные люди прекрасно знают, что вы в ней никаким боком не виноваты. А в-третьих, на студии, где работает режиссер, попросивший меня разыскать вас, плевать хотели на все наши московские дрязги.

— Прибалтика? — заинтересовавшись, спросила Таня.

— Не совсем. Видите ли, я пару лет проработал в нашем торгпредстве в Братиславе, да и теперь нередко выезжаю туда по делам службы. Там живет мой добрый друг Иржи Биляк, кинорежиссер. Я беседовал с ним месяца два назад. Тогда Иржи в соавторстве с одним писателем как раз завершил работу над интереснейшим сценарием исторического плана и начал заниматься подбором исполнителей. Ваша игра в... ну, в этом фильме из пушкинских времен...

— «Любовь поэта», — подсказала Таня.

— Да, именно. Так вот, она произвела на Иржи сильное впечатление, и в одной из главных ролей он хочет видеть только вас, и даже сценарий под вас написан.

— Странно, — задумчиво проговорила Таня. — Что же у них, своих актрис, что ли, не хватает? К тому же я слышала, что чехи нас последние пятнадцать лет не особенно любят.

— То чехи, — возразил Шеров, — а Братислава в Словакии. Это совсем другой народ, православный, предпочитающий, кстати, не пиво, — он отхлебнул из бутылки, — а белое вино и очень тяготеющий к русской культуре. К тому же роль ваша — сугубо русская.

— То есть?

— Картина, задуманная Иржи, посвящена судьбе вдовы Пушкина, Натальи Николаевны, и ее сестер. Он много рассказывал мне о них, так что я в некотором роде специалист по семье Гончаровых. Натали будет играть их первая красавица Дана Фиалова, польская звезда Эльжбета Птах приглашена на роль несчастной Екатерины, жены Дантеса...

— Что? — изумленно воскликнула Таня. — Сестра Натальи Николаевны была замужем за Дантесом?

— Представьте себе. Уже сюжет, не так ли?.. А вот в роли Александры Николаевны Иржи видит исключительно вас... Я читал русский перевод сценария.

— И все же непонятно. При чем здесь Словакия?

— М-да, Танечка, на пушкиниста вам еще учиться и учиться, хотя этот ваш вопрос более оправдан, чем предыдущий. Поясняю: года через три после смерти Пушкина Александрина вышла замуж за австрийского дипломата барона Фризенгофа и уехала с ним в Вену, а еще через несколько лет Фризенгофы приобрели замок Бродяны, расположенный возле Братиславы, и долго там жили, там и похоронены. Напомню, что в девятнадцатом веке Чехословакия была частью Австро-Венгерской империи. От Братиславы полчаса езды до австрийской границы. Кстати, Иржи собирается часть фильма снимать в Вене, а часть — в Париже.

— Как интересно! — невольно воскликнула Таня.

— Это хорошо, что интересно, — заметил Шеров. — Надеюсь, вы не откажетесь. Иржи нужно бы видеть вас в Братиславе к двадцатому сентября.

— Да как же я успею? — заволновалась Таня. — Все же заграница, одних бумажек, наверное, оформлять целый воз. Паспорт там, билеты, еще что-нибудь. Да и отпуск догулять хочется.

— Догуливайте и не берите в голову, — сказал Шеров. — Я дам знать Иржи, он даст знать дяде своей жены — и все проблемы решатся за пять минут. К вашему возвращению все бумажки будут у вас на столе.

— А что это за дядя? — спросила Таня.

— Густав Гусак.

Таня замолчала и посмотрела на море. Павел выходил из воды, таща под мышкой упирающуюся Нюточку.

— Не знаю, — сказала Таня. — У меня теперь семья, работа.

— С работой мы уладим, а семья, надеюсь, возражать не будет. Мы воздействуем на них нашим совместным обаянием.

Таня усмехнулась.

— Синяя вся, докупалась! — сказал подошедший Павел и принялся растирать Нюточку махровым полотенцем.

— Еще купаться! — дрожащими губами лепетала Нюточка.

— Нет, — строго сказала Таня. — Хватит.

Нюточка надулась.

— Ай, — сказал Шеров. — Что же делать? За нами скоро катер придет, а у нас тут шоколадка недоеденная осталась. Придется дельфинам отдать, наверное.

— Зачем дельфинам? — мгновенно насторожившись, спросила Нюточка.

На следующее утро, за завтраком, к их столику подошел Шеров и, пожелав Тане и Нюточке доброго утра, —

с Павлом они уже виделись на корте — с легким поклоном положил перед Таней сценарий — стопку листов в прозрачной папочке.

Папку Таня взяла с собой на пляж и не пошла купаться вместе с Павлом и Нюточкой, а села под навесом в шезлонг и принялась за чтение.

Сценарий, название которого было переведено как «Вальс разлук», произвел на нее странное впечатление. Казалось, авторы, Иржи Биляк и Мирослав с труднопроизносимой фамилией Црха, приложили максимум усилий, чтобы сделать из истории сестер Гончаровых слащавую салонную мелодраму. Текст буквально источал томную ностальгию по временам кринолинов, вицмундиров и тотального политеса. Герои изъяснялись между собой в лучших традициях «Бедной Лизы», диалоги зависали в воздухе и казались невнятными или вообще лишенными смысла. Не было числа целованиям дамских ручек, шарканьям ножкой, поклонам, реверансам, пылким объяснениям. Роль Натальи Николаевны сводилась к вздохам и красивым трепетаниям ресниц, Екатерины Николаевны — к обильному слезопаду, перемежающемуся истериками. Брак Александрины с чрезвычайно добродетельным, но приземленным Густавом Фризенгофом трактовался как брак по психологическому расчету, стремление бежать от мучительных воспоминаний о тайном, страстном и трагически оборванном романе с Пушкиным. Эти воспоминания прорываются на экран замутненными врезками — бал, прогулка верхами, будуар, — намеренно неразборчивыми шепотками и сюрреалистическими спецэффектами. Слава Богу, у авторов хватило такта не выводить на экран самого Пушкина, ограничившись смутным силуэтом из невозвратного прошлого.

И лишь потом, перечитав сценарий, Таня поняла, что фильм вполне может оказаться и не таким муровым, как представляется на первый взгляд. Собственно сюжет, характеры, диалоги имеют значение вспомогательное, второстепенное и подчинены логике изобразительного и музыкального оформления, а проще сказать, подогнаны под пышные платья и шикарные интерьеры, под прихотливое движение операторской камеры, под музыкальные темы и цветовые тона. При гениальном художнике, гениальном операторе и гениальном композиторе может получиться сказочно красивая вещь. Только вот Пушкин и сестры Гончаровы здесь как-то лишние...

Незаметно для самой себя Таня подпала под чары еще не рожденного фильма, невпопад отвечала на вопросы Павла и Нюточки, механически ходила на море, в столовую, на прогулки. Наваждение спало через два дня, когда за ужином к ним подошел Шеров, сообщил, что рано утром уезжает, а потому просит их к себе на отвальную, где и надеется получить от Тани окончательный ответ.

— Я не могу принять его предложения, — сказала Таня, когда они после ужина возвращались к себе переодеться и попробовать уложить спать Нюточку. — Оно, конечно, интересно и соблазнительно, но до меня только сейчас дошло, что согласиться — значит расстаться с тобой, с Нюточкой самое меньшее на полгода. Вот уж действительно «вальс разлук»!

— Мне бы хотелось согласиться с тобой, — медленно проговорил Павел, — только, понимаешь, я видел твое лицо в эти дни. Если теперь ты откажешься, то потом всю жизнь будешь терзаться упущенной возможностью. Соглашайся, а мы... мы будем жить предвкушением твоего возвращения.

Нюточке стало скучно слушать непонятный разговор взрослых, и она побежала вперед, высматривая на темных ветках акации светлячков.

Поняв, что родители намерены уложить ее спать, а сами отправиться в гости, Нюточка смерила их таким скорбным взглядом, что Павел не выдержал.

— Ладно, пойдешь с нами, быстренько надень что-нибудь нарядное. Только обещай, что будешь вести себя смирно, к взрослым не приставать, в разговоры не встревать.

— Обещаю, — серьезно сказала Нюточка. — Ты выйди, я переодеваться буду.

Павел усмехнулся и вышел на кухоньку. Там на подоконнике открытого окна сидела Таня и курила.

— Балуем мы ее, — сказал Павел. — И понимаю, что так не следует, а ничего поделать с собой не могу. Как посмотрит!..

— И я не могу, — сказала Таня. — Не простой у нее взгляд, колдовской. Вырастет — будет людьми вертеть, как захочет. Дай Бог, чтобы к добру...

Шеров ждал их у раскрытой двери своего номера.

— Заходите, заходите, — сказал он. — Я вас из окошка приметил.

— Вы извините, Вадим Ахметович, пришлось взять девочку с собой — ни в какую спать не хотела, — пояснила Таня.

— Это ничего. Для младшего возраста у нас найдется и угощение, и развлечение.

— Какое? — тут же оживилась Нюточка.

— Заходи — увидишь.

Нюточка первая проскользнула в комнату.

Угощение было легкое, но изысканное: коньяк «Хенесси», шампанское из Нового Света, орешки, явно импортное трехслойное печенье, разнообразные фрукты в вазе, белый швейцарский шоколад.

— Можно? — спросила Нюточка, с вожделением глядя на непривычный шоколад. Ручонки уже тянулись к плитке.

— Это ты у Вадима Ахметовича спроси.

— Ну конечно же, можно, — отечески улыбаясь, произнес Шеров. — Угощайся.

Нюточка угостилась, а Шеров разлил коньяк по трем небольшим рюмкам. Таня и Павел сели к столу.

— Что ж, за успех и процветание! — сказал Шеров, поднимая рюмку.

Таня и Павел отпили по чуть-чуть густой, вкрадчивой жидкости, отливающей темным топазом. Нюточка взяла из вазочки грушу.

— Так как, Танечка, надумали? — слегка наклонившись к ней, спросил Шеров. — Что мне сказать Иржи?

— Я прочла сценарий и... и я согласна, — тихо ответила Таня.

— И славно. Вы не пожалеете. Интересная работа, масса поездок, новых впечатлений, прекрасный задел на будущее, европейская известность и, кстати, контракт по европейским стандартам. В валюте.

— Даже голова кругом, — призналась Таня, самую малость захмелевшая уже с первого глотка.

— Тогда по бокалу шампанского? — предложил Шеров. — Событие того заслуживает, поверьте.

— А мне? — спросила Нюточка.

— А вам, сударыня, немного погодя будет мороженое, — сказал Шеров. — А пока что предлагаю посмотреть одну интересную книжку. Только для начала надо бы помыть ручки.

— Где у вас ванная? — совсем по-взрослому спросила Нюточка, поднимаясь со стула.

Когда она возвратилась в комнату с чистыми руками, Шеров достал из шкафа большую книжку в яркой суперобложке и вручил Нюточке.

— Сказки народов мира, — пояснил он и, обращаясь к Павлу с Таней, добавил: — Местное издательство постаралось. Умеют же, когда захотят.

Нюточка забралась на диван и принялась рассматривать книжку.

В дверь постучали.

— Арик, ты? — не вставая, спросил Шеров. — Привел?

— Я. Привел, — ответил хрипловатый голос. Дверь открылась. На пороге стоял высокий и смуглый чернокудрый мужчина лет сорока. Синий с белым лампасом спортивный костюм подчеркивал атлетическую мощь фигуры. Мужчина сделал шаг в сторону и бросил в коридор:

— Заходи давай.

Робко озираясь, в комнату вошел тощий встрепанный старичок в серой парусиновой рубашке навыпуск и сандалиях на босу ногу. Под мышкой старичок держал треногу, а с плеча у него свисал черный футляр.

— Всех делать будем? — осведомился старичок, сгрузив треногу на пол. — Или только девочку? Или как?

— Тебе ж объяснили, — брезгливо процедил чернокудрый. — Семейное фото мы и сами нащелкаем. Только ее, — он показал пальцем на Таню. — Пять на шесть. Черно-белые. Тридцать две штуки.

— Для картинной галереи? — попробовал пошутить старичок, но тут же опасливо съежился и замолчал.

Он придвинул ближайший стул к пустому участку белой стены и критически прищурился.

— С моей вспышкой сойдет. Хотя лучше бы в ателье.

— Тебе ж сказали — срочно, — устало бросил чернокудрый.

— Прошу сюда, — сказал старичок Тане, показывая на стул. Таня встала.

— Зачем это? — недоуменно спросила она Шерова.

— Я же обещал вам, Танечка, что к вашему приезду в Ленинград все нужные документы будут у вас на столе. Включая заграничный паспорт. А для него, как вы понимаете, нужна фотография. И не одна.

— Ах вот оно что.

Старичок извлек из футляра большой квадратный фотоаппарат в деревянном кожухе и приладил его на треноге.

— Смотрите вот сюда, — сказал он Тане. — Головку чуть влево. Буду работать со вспышкой, постарайтесь не жмуриться.

К вспышкам Таня привыкла, так что обошлось без второй попытки.

— Умница, — сказал старичок и начал упаковывать аппарат.

К себе в служебный корпус Таня с Павлом возвращались молча и пошатываясь. Следом брела сонная Нюточка, сжимая в руках роскошную книгу сказок, подаренную Шеровым на прощание. Они не без труда поднялись по лестнице, и Павел тут же рухнул на диван. Таня принялась укладывать Нюточку. Та дала себя раздеть, но потом схватила книгу, прижала к груди и нырнула под одеяло.

— Положила бы книжку-то. Растреплешь, — сказала Таня.

— Нет. Я осторожно.

— Что, так понравилась?

— Очень. Только я одного слова не поняла.

— Что за слово?

— Тадзимырк.

— Что-что?

— Тадзимырк. Вот. — Нюточка протянула Тане книгу и ткнула пальчиком в самый низ обложки.

Таня прищурилась, прочла слово и засмеялась.

— Ты бы наоборот читала, — сказала она.

— А наоборот совсем непонятно получается — «Крымиздат» какой-то.

Павел громко расхохотался.

— Тш-ш, — шикнула на него Таня, склонилась над Нюточкой и поцеловала ее в щеку. — Спи, тадзимырк мой ненаглядный.

171

Она еще нашла в себе силы ополоснуться и почистить зубы, потом возвратилась в комнату, легла на диван и прижалась к Павлу.

— Спишь? — спросила она.

— Не-а.

— Знаешь, у меня такое ощущение, словно все в жизни пошло по второму кругу. И в кино меня возвращают точно так же, как когда-то ввели туда. И фотограф тогда тоже подвернулся в самый нужный момент. Ловко у него все получается, да?

— У кого?

— У Вадима Ахметовича. Мне кажется, у него все получается ловко.

— Во мужик! — резюмировал Павел, повернулся набок и захрапел.

Таня заснула не сразу. И приснился ей неописуемый дом-дворец. Всякий раз, когда Таня пыталась повнимательней вглядеться в его очертания, они плавно изменялись. Но она точно знала: это замок Бродяны.

Двадцать девятого августа Таня, Павел и Нюточка выгрузились из такси возле подъезда своего дома на Школьной — загорелые, бодрые, несколько ошалелые от перелета и поездки. На скуле у Павла красовался свежий синяк — результат беседы с пьяным Луганюком, вздумавшим на банкете по поводу окончания смены недвусмысленно и крайне незамысловато лапать Таню. После разговора с Павлом к Луганюку пришлось вызывать «скорую», а самому Павлу вместе с Таней, представителями администрации и отдыхающих — долго и нудно объясняться с милицией. Не считая этого инцидента, отпуск закончился без особых происшествий.

Шеров не подвел — на столе в гостиной лежал большой конверт из плотной коричневой бумаги с надписью «Т. В. Лариной» и запиской от Дмитрия Дормидонтовича: «Получено с нарочным. Я расписался, но не вскрывал». Сам дед, верный себе, их не встречал, а вовсю копался на участке, ловя последние, может быть, погожие деньки. В конверте лежал красный заграничный паспорт на имя «Tatiana Larina», фирменный билет на «Красную стрелу», красивая брошюрка на несколько страниц, при ближайшем рассмотрении оказавшаяся авиабилетом на рейс компании CSA «Москва — Братислава», и второй конверт, поменьше, на котором было аккуратно выведено: «Подъемные». Таня пересчитала непривычные денежки — две с половиной тысячи чешских крон. Последним из конверта был извлечен многоцветный бланк Министерства культуры Словацкой республики с текстом на русском языке:

«Глубоко Уважаемая Госпожа Татьяна Ларина! Сильно благодарю Вас за милостивое согласие снимать себя в моем фильме. Надеюсь, чтобы работа с нами доставила Вам полнейшее удовольствие. Искренне Ваш, Иржи Биляк.

P.S. За информацией можно звонить Братислава 346-504. Ваш самолет встретят».

Первого сентября вышел на работу Павел. Третьего Нюточка, черная как негритенок, отправилась в садик. Еще через день Таня по договоренности с администрацией выступила в первом из шести концертов, которые должна была отыграть перед уходом в трехмесячный отпуск за свой счет. Оставшиеся до отъезда две недели Таня провела в приподнятом, чуть взвинченном состоянии, отбирая, ускоренно ремонтируя и по возможности покупая достойную заграницы одежонку, перечитывая сценарий и туристский путеводитель по Чехословакии, одолженный у соседей, репетируя перед зеркалом. Она словно излучала теплые энергетические искры. Щеки ее пылали, зеленые глаза светились, будто у кошки, в эти дни она была особенно прекрасна, притягивала к себе и заражала своим настроением. Посетители ресторана при первых звуках ее голоса прекращали жевать и завороженно таращились на сцену, которую она всякий раз покидала после трех-четырех «бисов» под оглушительные аплодисменты. Павел на работе сидел как на иголках и убегал домой при первой же возможности. Нюточка до отъезда мамы наотрез отказалась ходить в детский садик. Даже Дмитрий Дормидонтович, несмотря на сентябрьскую садовую страду, через день приезжал со Мшинской, не жалея ни времени, ни бензина, хотя и не имел в городе особых дел.

Провожали Таню всей семьей. Когда на крытую четвертую платформу подали красновагонный поезд, все зашли в купе, оказавшееся двухместным, посидеть с Таней на дорожку.

— Вы тут смотрите, берегите себя, по столовкам не питайтесь, — сказала Таня. — А вы, Дмитрий Дормидон-тович, лекарство принимать не забывайте. А то если я не напомню…

— Слушаюсь, начальник, — с усмешкой отозвался Дмитрий Дормидонтович.

— Ты папу и деду слушайся, будь умницей, — сказала Таня Нюточке. — А я тебе что-нибудь привезу. Что тебе привезти, а?

— Сестричку или братика, — мгновенно отреагировала Нюточка. Черновы, не сговариваясь, хмыкнули.

Таня на секунду отвернулась к окну.

— Это вряд ли получится, — сказала она. — Выбери что-то другое.

— Тогда Барби и маленького крокодильчика.

— Договорились. А тебе что привезти? — обратилась Таня к Павлу.

— Себя. Больше мне ничего не надо.

Она сжала его ладонь и прижалась щекой к щеке.

— Ты без меня не впадай в тоску, пожалуйста, — тихо сказала она. — Сам ведь настаивал, чтобы я ехала. К тому же не один остаешься.

— Не один, — повторил он.

— Ты на эту зиму загрузись чем-нибудь толковым, — сказала она несколько громче. — Лекционный курс возьми, помнишь, предлагали. Или сядь за большую статью. Тогда и скучать некогда будет. А с домом и без тебя управятся, правда?

Она посмотрела на Дмитрия Дормидонтовича.

— Управимся-управимся, — заверил тот. — С такой помощницей как не управиться. — Он погладил Нюточку по головке.

В открытой двери показалась подтянутая, отутюженная проводница.

— Товарищи, отправление через две минуты. Кто провожающий, прошу на выход.

Первым поднялся Дмитрий Дормидонтович. Он подошел к Тане, наклонился к ней и поцеловал в щеку.

— Ну, счастливого пути тебе… доченька.

У Тани непроизвольно дернулись уголки рта.

— До свидания…

174

Нюточка бросилась Тане на шею.

— Мама, приезжай поскорее, ладно?

— Уж как получится, кисонька… Заботься о папе с дедой — ты теперь за хозяйку остаешься.

Дмитрий Дормидонтович взял Нюточку за руку и вывел в коридор. Таня крепко обняла Павла и стремительно поцеловала в губы.

— Ну, иди же!

Он вышел, пятясь и потерянно глядя на нее. Таня посмотрела ему вслед и обернулась на стук в окошко. Прижавшись лбом к стеклу, ей отчаянно махала Нюточка, забравшаяся на руки деду.

— Господи, чтобы только у вас все было хорошо! — прошептала она.

Под «Гимн великому городу» поезд плавно тронулся с места.

С Таниным отъездом жизнь в семье Черновых как бы сжалась и потускнела. На другой день рано поутру Дмитрий Дормидонтович сел за баранку, сделал круг по магазинам и рынкам, заглянул в распределитель, вернувшись, набил продуктами холодильник и буфет и укатил на дачу, ни с кем не попрощавшись — впрочем, и не с кем было: Павел ушел в институт, по дороге забросив Нюточку в садик. Возвратился дед лишь в середине октября, когда умер Брежнев, потихоньку началась новая эпоха и зарядили сплошные серые дожди.

Нюточка ходила тихая, неразговорчивая, по вечерам забиралась с ногами в кресло, смотрела телевизор или читала книгу, подаренную Шеровым. Чувствуя, что начинает тихо сходить с ума, Павел стал изнурять себя многокилометровыми утренними пробежками — дворами до Приморского шоссе, оттуда через мостик и на Каменный, а там по всем дорожкам, вдоль и поперек. Потом, наспех позавтракав, поднимал Нюточку, отводил в садик и мчался в институт, обрыдший уже до предела. Позвонил в университет насчет почасовых — опоздал, естественно, семестр уже начался, предложили оформиться с февраля. Вытащил из ящика в кладовке старые свои бумажки, сел за статью. Но ручка отказывалась выводить на бумаге что-либо, кроме заштрихованных узоров и непроизвольного: «Таня Таня Таня».

Она звонила часто, примерно раз в три дня, расспрашивала о здоровье деда, Нюточки, о самочувствии, настроении, делах. Павел бодрился, отвечал оптимистично, но лаконично, и быстренько переходил к вопросам. Она рассказывала оживленно: встретили ее прекрасно, поселили в самом лучшем отеле со шведским столом и бассейном под крышей, приставили личную переводчицу. Братислава — чудесный город, и люди в нем замечательные, но времени на осмотр музеев и достопримечательностей практически нет. Буквально со второго дня пошли читки, репетиции на студии, пробы... Через неделю ей принесли контракт с русским переводом. Сумма умопомрачительная; даже несмотря на все здешние налоги и на то, что родное государство законно отберет половину оставшегося, она вернется богачкой. Когда? Ну, об этом говорить еще рано, сначала отснимут всю осеннюю натуру: народное гуляние в имении Фризенгофов, прогулку Натали с Дантесом, сцену охоты. Потом — потом, наверное, Париж, представляешь?! Или Вена...

Эти звонки заряжали Павла энергией, он словно погружался в кипящую веселым творчеством атмосферу, окружавшую Таню, ощущал рядом ее бодрое присутствие. Но длилось это недолго. Павел увеличил пробежки с часу до полутора, бегал в дождь и в слякоть, возвращался мокрый до нитки и грязный, вставал под ледяной, перехватывающий дыхание душ; второй такой же душ принимал после работы, смывая с себя ту внутреннюю серую смурь, которая овладевала им в кабинете, где помимо него сидели десять дам и девиц, располагались груды словарей и справочников, кипы журналов, вырезок, шкафы, забитые пыльными фолиантами и ящиками с карточками. Как-то в начале ноября кто-то услужливо положил ему на стол новый (всего-то полуторагодичной давности) американский информационный бюллетень в цветастой глянцевой обложке. Он пролистал его, задержался на одной странице и обмер:

АЛМАЗНАЯ ЛИХОРАДКА И ВЫСОКИЕ ТЕХНОЛОГИИ

Странные события, на первый взгляд имеющие малое отношение к науке и передовым технологиям, происходят за последний год в далекой знойной Африке: родезийский филиал «Де-Бирса» и местные алмазные компании завалены заказами, заирский диктатор Мобуту направо и налево торгует концессиями на разработки алмазных месторождений в труднодоступных районах южного и восточного Конго. Казалось бы, мы наблюдаем очередной алмазный бум, обросший чертами голливудского триллера: взрыв в офисе фирмы «Ройал Даймондз» в Солсбери, налет неизвестных боевиков на намибийские копи, бесследно пропавшая экспедиция, загадочные убийства двух американцев в киншасском отеле. Но есть особенности, принципиально отличающие нынешний бум от всех предшествующих. На сей раз предметом всеобщего вожделения стали так называемые «голубые алмазы». Компактные россыпи этих минералов метаморфического происхождения были обнаружены в этих краях более полувека назад, но почти никакого коммерческого интереса не представляли: в силу множества дефектов и посторонних включений «голубые алмазы» не пользовались спросом ни у ювелиров, ни у промышленных потребителей. Сейчас картина резко изменилась, и особенно примечателен тот факт, что повышенный, прямо-таки ажиотажный интерес к этим алмазам проявляют всемирно известные фирмы и организации, чьи названия ассоциируются с высокими технологиями в разных отраслях, в том числе и военной, но никак не с алмазным бизнесом: «Дженерал Дайнамикс», «Сперри», «Ай-Би-Эм», «Аэроспейс» и даже, как поговаривают, НАСА. Можно предположить, что этот неожиданный интерес связан с недавним открытием профессора Массачуссетского технологического института Джонатана Ф. Кепке и профессора Джорджа Вилаи из Университета Колорадо, обнаруживших у этих алмазов уникальные свойства сверхпроводников. Ученые полагают, что эти свойства обусловлены микроскопической примесью бора, которой, кстати, объясняется и характерный голубоватый цвет минералов. В настоящее время ученые разрабатывают процесс искусственного легирования бором обыкновенных алмазов.

Павел схватился за голову и застонал, а потом выскочил в коридор. До обеденного перерыва он просидел в курилке, ни с кем в разговоры не вступая, на перерыв убежал в первых рядах, а возвращаться на работу не стал вовсе, благо по случаю предстоящих праздников рабочий день был укороченный. Ноги принесли его на Сенную, в заведение Вальки Антонова, и они прямо на месте накирялись до полной синевы.

За праздники Павел немного пришел в себя. Вечером из Парижа позвонила Таня, оживленная, бодрая, и разговор с ней впервые вызвал в нем тягостное чувство. Сославшись на необходимость экономить деньги, он быстро этот разговор завершил, но так и не отошел от аппарата. Застыл, глядя в зеркало, стараясь разобраться, что это на него нахлынуло. Понял быстро — горькая досада от ощущения собственной несостоятельности невольно выплеснулась на самого любимого человека... И тут же накатил стыд...

Восьмого Павел весь день мотался по островам, чередуя бег с быстрым шагом, и домой явился без задних ног. Девятого как ни в чем не бывало вышел на работу, где с легким злорадством выслушал стенания коллег, страдающих от лютого абстинентного синдрома. В последующие дни он все чаще выбирался в курилку, включался в общие разговоры и постоянно ловил себя на том, что сводит беседу к одной теме: о тех, кто ушел из науки и подался в таксисты, в официанты, в шабашники... А что? Ну, не в официанты, конечно, а в какую-нибудь бойкую разъездную бригаду коровники строить... Или в длинную изыскательскую экспедицию куда-нибудь на север, на восток, к черту, к дьяволу...

Отец исправно ходил по магазинам, кухарил, выгуливал Беломора, наводил чистоту, стирал белье в машине — но едва ли обменивался с сыном и даже горячо любимой внучкой хотя бы десятком слов за день. Вечером они находили на плите или в холодильнике готовый «обедоужин» (это название возникло само собой еще до Тани — а что, для обеда поздно, для ужина рано) и щелку света под дверью кабинета Дмитрия Дормидонтовича. Он безвылазно проводил там вечера, что-то читал и записывал в толстую тетрадь. Как-то раз, когда отец, надев парадный костюм с орденскими планками, отправился на какое-то партийное мероприятие, куда его по старой памяти изредка приглашали, Павел зашел к нему в кабинет за линейкой, срочно понадобившейся Нюточке. Он посмотрел на стол, но линейки там не было. Зато Павел увидел там тетрадь и раскрытую книгу. В тетрадь он лезть посовестился, а в книгу заглянул. «Материализм и эмпириокритицизм», капитальный труд великого вождя, до тошноты надоевший еще в студенческие годы. На полях — заметки рукой отца. «Неплохо как партийная директива, но как мировоззрение — бред!.. Глупо переть против науки, да и не надо... Ну и пусть Бог — разве он мешает нам, коммунистам? Атеизм классиков — исторический казус, дань времени...» Ого, неслабо для секретаря обкома, даже бывшего! А в сущности это здорово, молодец старик — нашел, чем мозги занять капитально, не дает ржаветь мыслительному аппарату.

Осень сменилась зимой, неровной, со скачками давления и частыми перепадами от колючих морозов до слякотной оттепели. Отец стал неважно себя чувствовать и из дома почти не выходил. Павел сменил пробежки на интенсивную сорокаминутную зарядку. Между Таниными звонками и редкими открытками настроение падало до нуля, хотелось послать все к черту. И когда Нюточка однажды проснулась с красным горлом и совсем сопливая, Павел беззастенчиво воспользовался ситуацией, вызвал врача из детской поликлиники и потребовал оформить себе больничный по уходу за ребенком. Получив бюллетень, он смазал Нюточке горло люголем, закапал в нос всегда имеющийся в доме галазолин. Немножко повякав для порядка, она преспокойно ускакала в гостиную смотреть телевизор, а Павел снял с полки «Игру в бисер», залег на диван и незаметно задремал под хитроумный текст Гессе.

Разбудил его телефонный звонок и чуточку охрипший Нюточкин голос:

— Папа, тебя!

— Мама?

— Нет, какой-то дядя.

Из института? Быстро хватились, гады. Ну ничего, у него документ имеется. Павел лениво поднялся с дивана и гадливо взял трубку.

— Чернов слушает.

— Здравствуйте, Павел Дмитриевич. Хорошо, что застал вас дома. Узнали?

— Вадим Ахметович?

— Он самый. Проездом из Братиславы. У меня для вас письмо и посылочка от Тани.

— Где вы? Как она?

— Я в «Астории». Она прекрасно. Работает увлеченно. Иржи ею доволен. Впрочем, она, наверное, сама обо всем написала.

— Я... я хотел бы вас видеть.

— Это просто. Сейчас мне надо отлучиться, но часикам к пяти рассчитываю вернуться. Скажем, в половине шестого? Я буду ждать вас в холле.

— Я приду.

— Да, Павел Дмитриевич, вот еще что: вы помните самый первый наш разговор в Коктебеле?

— Да.

— А помните, я обещал, что мы непременно к этому разговору вернемся?

— Да. — Голос у Павла дрогнул.

— Так вот. Тут в соседнем номере остановился мой добрый знакомый, доктор как раз ваших наук, тоже из Москвы. Я говорил ему о вас, он заинтересовался и хотел бы побеседовать с вами. Вы не против совместить две встречи?

— Нет.

— Отлично. Так я жду вас.

— Спасибо...

Шеров повесил трубку. Павел еще немного постоял, подышал в трубку и пошел курить на кухню.

В двадцать пять минут шестого Павел стоял у внушительного подъезда «Астории» и нервно курил, притопывая ногами от холода. Конечно, можно было бы войти в теплый вестибюль, но Павлу не хотелось появиться там даже на минуту раньше назначенного и тем самым показать свое нетерпение. Когда минутная стрелка на его часах встала прямо напротив цифры шесть, он бросил окурок, расправил плечи и толкнул дверь. Шерова он заметил сразу — тот непринужденно сидел в кресле за киоском и листал журнал. Павел взял курс на это кресло. Шеров оторвал взгляд от страницы, встал и двинулся навстречу Павлу.

— Вадим Ахметович! — сказал Павел, крепко пожимая протянутую руку.

Шеров был одет в добротную темно-серую «тройку», от него ненавязчиво пахло лимонным «Олд Спайсом».

— Вот что, Павел Дмитриевич, — Шеров взял Павла под локоть и повел его через вестибюль. — Не знаю, как вы, а я чертовски устал и проголодался. Давайте-ка зайдем перекусим. Пальтишко можно оставить вон там.

— Вы, Вадим Ахметович, говорили про одного человека...

— А-а, так он ждет нас за столиком, — сказал Шеров, толкая створку высокой лакированной двери с резными стеклами. — Во-он за тем.

И деловито двинулся между столами. Павел последовал за ним, но медленнее, невольно задержав взгляд на роскошном интерьере ресторана, в котором он оказался впервые. Шеров обернулся и остановился, поджидая Павла.

— Впечатляет, да? — заметил он, обведя рукой зал. — Есть легенда, что зал этот сделан как точная копия знаменитого «Максима» в Париже. Только знающие люди говорят, что это вранье. Наоборот, это «Максим» содран с нашей «Астории». Так-то...

За угловым столом в нише на красном велюровом диванчике сидел мужчина в модном кожаном пиджаке. Увидев Шерова и Павла, он встал.

— Вот, Вячеслав Михайлович, это и есть тот самый Павел Дмитриевич Чернов, о котором я рассказывал.

Мужчина в кожаном пиджаке развел руки в стороны, сказал «О!» и протянул руку Павлу.

— Очень, очень приятно, Павел Дмитриевич. Я Лимонтьев, Вячеслав Михайлович Лимонтьев, замдиректора института имени академика Рамзина.

У Павла мгновенно участился пульс. Он порывисто сжал руку Лимонтьева.

— Значит, наконец присвоили имя Рамзина? Это правильно, правильно! — с чувством произнес он.

— Предлагаю сесть, — с чуть заметной усмешкой сказал Шеров и первым подал пример. — Меню уже изучили, Вячеслав Михайлович?

— Изучил, Вадим Ахметович, и более того, позволил себе сделать заказ — на свой вкус.

— Зная ваш вкус, возражать не стану, — ответил Шеров. — Ну-с, Павел Дмитриевич, что сначала — с Вячеславом Михайловичем о ваших делах или со мной о Тане?

— Да, Таня, — спохватился Павел. — Вы ее видели? Как она?

— Если позволите, Павел Дмитриевич, давайте в первую очередь о наших делах, — вмешался Лимонтьев и посмотрел на часы. — За мной через пятьдесят минут заедут.

— Да, да, разумеется.

У Лимонтьева была подчеркнуто интеллектуальная внешность: удлиненное лицо, высокий лоб, очки в солидной оправе. Общее впечатление несколько нарушалось золотыми коронками на передних зубах и массивным перстнем с топазом. Он уперся локтями в стол и наклонился поближе к Павлу.

— Насколько я понимаю, Павел Дмитриевич, та тема, которой вы столь успешно начали заниматься при Андрее Викторовиче, теперь закрыта?

— Да. Уже несколько лет.

— Почему, позвольте спросить?

— Объявлена неперспективной. Если точнее, то мне сказали, что под нее не готова технологическая база и неизвестно, когда ждать практических результатов.

— Да, — вздохнул Лимонтьев. — Все торопимся, все хотим прямо завтра результат, на тарелочке с голубой каемочкой, перспективно мыслить не умеем. Вот и доторопились. Слыхали, что американцы-то творят?

— Слыхал, — сказал Павел, глядя в стол.

— Откровенно скажу вам, Павел Дмитриевич, по этому поводу наверху имеется определенная озабоченность. Есть мнение, что эту тему следует открыть заново. Как, Павел Дмитриевич, есть желание поучаствовать... впрочем, что это я? — возглавить, конечно же?

Павел сжал кулаки под столом.

— Есть, — сказал он. — Только нужно, чтобы Просфорову были спущены четкие указания. Вы же нашего Ермолая Самсоновича знаете.

— Знаю, — подтвердил Лимонтьев. — Только Просфорова мы подключать не будем. Как и ваш институт в целом.

Павел изумленно посмотрел на Лимонтьева.

— Видите ли, Павел Дмитриевич, мне думается, мы в свое время сделали большую ошибку, что вписали вас с вашим открытием в сугубо прикладное учреждение, к тому же подчиненное оборонке, — глубокомысленно произнес Лимонтьев. — Боюсь, если мы пойдем по второму кругу, история может повториться. База-то технологическая как тогда была не готова, так и сейчас.

— И не будет готова, — горячо сказал Павел. — Не подо что. Минералов не осталось, и пока я не получу возможность полноценной экспедиции...

К ним неслышно приблизился официант в черном смокинге с бабочкой и принялся выставлять на стол салаты, заливную осетрину, корзинку с булочками, бутылки с водой и запотевший графинчик. Павел замолчал, ожидая, когда официант уйдет.

— Вот и я считаю, что необходим комплексный подход, которого ваш институт обеспечить, извините, не сможет, — глядя в удаляющуюся черную спину, сказал Лимонтьев. — Должна быть, с одной стороны, группа квалифицированных геологов, геофизиков, кристаллографов, которая занималась бы минералами и только минералами. Генезис, химия, петрофизические и структурные свойства, возможности лабораторного воспроизведения, закономерности месторождений, перспективы изыскательских работ на других территориях Союза. А с другой стороны, электрофизики, электронщики, системотехники... Первая группа будет, естественно, под вами, а координацию работы обеих групп я, пожалуй, мог бы взять на себя. — Он придвинул к себе блюдо с осетриной и, налив в бокал минеральной, продолжил: — Только так можно рассчитывать на что-то реальное. У нашего института такие возможности есть.

— Но, понимаете, это очень неожиданно, — сказал Павел. — Переезд в Москву... Я должен посоветоваться с отцом, с... с Татьяной. Конечно, у нас здесь очень хорошая квартира, но все равно, обмен на Москву, переезд — это время, хлопоты...

— Которые при желании можно свести к минимуму, — закончил за него доселе молчавший Шеров. — Что же вы, Павел Дмитриевич, ничего себе не положили? Кормят тут неплохо, заявляю со всей ответственностью.

Он взял в руки блюдо и положил Павлу на тарелку осетрины, придвинул к нему квадратную мисочку с салатом, воду и рюмочку водки, заблаговременно наполненную официантом. Лимонтьев поднял свою рюмку.

— Предлагаю выпить за успех нашей научной инициативы! — торжественно и чуть иронично произнес он, сделал маленький глоток и поставил рюмку на стол. Павел просто поднял и поставил, не поднося ко рту.

— Что же вы, Павел Дмитриевич? — спросил Шеров.

— Простите, как-то не хочется голову туманить, — немного виновато сказал Павел.

— А второй, между прочим, и не предвидится, — сказал Шеров и перевернул пустой графин. — О-пуант, как говорят французы. Трезвая голова никому не помешает.

— Я, правда, к куропатке мускателя заказал, — добавил Лимонтьев. — Но это легкое вино.

— Мускат легкое? — удивленно спросил Павел.

— Не мускат, голубчик, а мускатель, — поправил Шеров. — Очень большая разница. Ну ничего, эти пробелы в вашем образовании мы с Вячеславом Михайловичем быстро заполним.

Лимонтьев довольно усмехнулся и отправил в рот кусок осетрины. Павел хлебнул из рюмки и запил водой.

— Особенно меня беспокоит отец, — сказал он. — Он полжизни здесь прожил, к дачке своей прикипел. И вообще в его возрасте перемены...

— Но я не настаиваю на вашем переезде в Москву, — сказал Лимонтьев. — Достаточно приезжать, скажем, на недельку в месяц. Жить будете в академической гостинице, за наш счет, разумеется. Ну там, суточные, билеты — тоже без проблем. Теорией вполне можно заниматься и в Ленинграде, библиотек здесь хватает. Лабораторная часть, анализы, приборы — это, конечно, у нас. Но, как я уже говорил, мы даем вам группу, она будет работать и в ваше отсутствие. Алгоритм возможен такой — вы приезжаете, собираете результаты, обобщаете, даете установку на следующий месяц, по мере готовности излагаете собственные гипотезы и наработки и уезжаете домой работать самостоятельно, оставив, так сказать, тактическое руководство группой на вашего порученца. В первый год нашего сотрудничества основной акцент будет на полевых работах. Сезон, полагаю, можно будет открыть в мае, а закрыть... Но это мы уточним ближе к лету. Мы даже можем, оставив за вами научное руководство экспедицией, полностью

снять с вас материальную ответственность. Мы располага-
ем опытными, проверенными работниками...

Павел с воодушевлением закивал. Господи, да о таком
можно только мечтать!

— Отчитываться будете передо мной, — продолжал
Лимонтьев. — Другого начальства над вами не будет никакого. Судя по всему, я для вас начальник самый подходя-
щий: сам терпеть не могу мелочной опеки и мелких придир-
ок, бюрократических проволочек и показушных инициа-
тив. С собственным начальством берусь драться за вас, как
лев. До вашего официального перехода к нам я попрошу
вас сформулировать ваши пожелания — в этом не стесняйтесь, мы многое можем, а если чего-то и не сможем, то
честно об этом скажем. На основе этого мы составим гибкий
план-график, в рамках которого вы получаете полную свободу действий. Возникнут проблемы с кадрами, с техникой — сразу ко мне. Для меня главное — дело. Ну что,
устраивает вас такой начальник? — Он улыбнулся.

— Устраивает, — сказал ошалевший от этого монолога
Павел. — Вот только... как вы меня оформите? Нештатным сотрудником?

— Зачем нештатным? Несолидно. Вы, Павел Дмитриевич, о такой вещи, как докторантура, слыхали?

— Слыхал.

— Мы зачислим вас в трехгодичную докторантуру.
Вас, конечно, интересует материальная сторона? Вы будете получать ставку старшего научного, то есть триста двадцать в месяц, плюс двадцатипроцентная надбавка за руководство группой и, как я уже говорил, гостиничные, транс-
портные — только уж, пожалуйста, сдавайте нам все счета
и билеты. В экспедиционный период — командировочные
и полевые как начальнику партии, естественно, с сохранением основной зарплаты. Квартальные и годовые премии по итогам работы...

Подали мускатель и куропаток в белом соусе. Разговор
замер. Обсосав последнюю косточку, Лимонтьев обтер салфеткой руки и рот, посмотрел на часы и поднялся.

— Куда вы, Вячеслав Михайлович? — спросил Шеров. — А десерт?

— Десерт, товарищи, я завещаю вам, — с ноткой сожаления сказал Лимонтьев. — Мне пора. Павел Дмитриевич,

если вас мое предложение устраивает, то чтобы не тянуть резину, напишите-ка прямо сегодня заявление на имя нашего директора, академика Бахтерцова Тэ-Эн. Прошу зачислить и так далее. С первого, пожалуй, февраля, с января уже не успеем. Я свяжусь с вами сразу после Нового года, сообщу, что да как, чтобы вы успели уволиться, как положено, и получить на руки трудовую. Заявление оставите у Вадима Ахметовича, он передаст.

— Сами вы, Вячеслав Михайлович, передаст, и дети ваши передасты будут! — сострил на прощание Шеров.

III

Начало первой английской осени миссис Дарлинг ушло на внедрение новых порядков в изрядно подзапущеном предшественницей хозяйстве на Грейс-стрит. (Улица Благодати, иногда усмехалась про себя Таня. А детство, отрочество, юность прошли, между прочим, в непосредственной близости от улицы Благодатной. Совпадение?) Но уже тогда мысли все чаще устремлялись на юг, в Доклэндз, где вовсю кипела «ударная стройка капитализма»: шла мощнейшая реконструкция знаменитых, но пришедших в полный упадок лондонских доков на Темзе. Параллельно там же и в соседнем Кэннинг-тауне возводились, по существу, новые районы. Да что там районы — целые города с деловыми центрами, фешенебельными жилыми кварталами, многоуровневыми транспортными развязками. Грандиозная стройка требовала множества рабочих рук. Традиционный лондонский пролетариат, избалованный и в значительной степени деклассированный, шел на стройку неохотно, да местных кадров в любом случае не хватало. Основную массу строительных рабочих составили бывшие шахтеры с закрытых и «реструктурируемых» шахт, прочувствовавшие, наконец, и брюхом и головой, что нынешних властей на понт не возьмешь — даже две лихие зимушки, когда по всей Англии, оставленной без отопления, пачками вымерзали старички и старушки, не подвигли премьер-министра Маргарет Тэтчер пойти навстречу их, откровенно говоря, довольно хамским требованиям. Оторванные от семей, неслабо пили, искали утешения в объятиях случайных подруг либо намыливались в городские ночные клубы, преимущественно ориентированные на идиотов-туристов и дерущие несусветные деньги за весьма посредственный сервис, а подчас практикующие и прямое надувательство. Традиционные же для этого портового района злачные местечки были давно ликвидированы. Таня чувствовала, что не успокоится, пока не поможет бедным работягам решить их проблемы.

Сначала был небольшой прием, организованный в той самой гостиной, где тетя Поппи потчевала Таню мусакой. Приглашенных было двое — инженер из фирмы-подрядчика и прораб одного из участков. После обильного банкета гостям устроили бесплатную дегустацию услуг, предоставляемых заведением, уже переименованным в «Царицу Бромли». В ближайшую же пятницу специальным автобусом прибыла уже целая бригада строителей с Доклэндз.

Почти сразу стало понятно, что такая схема от идеальной далека. Во-первых, на обслуживание толпы оголодавших строителей катастрофически не хватало персонала, а привлекать на два-три вечера в неделю случайные, непроверенные кадры было рискованно и экономически нецелесообразно. Во-вторых, через неделю-другую непременно зашевелятся конкуренты — та же мамаша Джонс из Степни, — начнут засылать к воротам стройгородка собственный транспорт. Нужно было срочно придумать что-нибудь эдакое...

После соответствующих приготовлений на месте Таня отправилась в командировку. Путь ее лежал в паршивенький, еще недавно шахтерский городок Уиггли, лежащий на торном перепутье в самом центре обширной кризисной зоны. В этом незамысловатом краю эффектная бирочка участника всебританской конференции «Будущее малых городов», раздобытая для Тани Соней Миллер, открывала перед ней почти все двери. После пары заходов в местные задрипанные кабачки и скучных бесед со словоохотливыми старичками, помнившими еще Ллойд-Джорджа и не отказывающихся угоститься ее сигареткой, она, кажется, набрела на то, что искала, — в одном из отсеков унылого, местами развалившегося таунхауса расположился местный «би-энд-би»* под предсказуемым названием «Ye Olde Picke», то бишь «Старая кирка». За стойкой пустого бара на четыре столика скучала, уставясь в телевизор, крашеная брюнетка — типичная уоннаби** с закосом под Лайзу Минелли. Таня подсела, заказала шенди — смесь светлого пива с лимонадом. Потолковали. Жизнь? Какая может быть жизнь в этой чертовой дыре? Никакой нет, да и не было никогда. При Джиме-то Кэллагане, хоть и мудак был первостатейный, еще как-то пырхались, а как Железная Сука пришла, и вовсе кранты настали. Мужики побузили-побузили, да в другие края на заработки подались, а бабам что делать? Женихов нет, работы нет, разве что некоторые на картонажку в Бэдмур устроились, это в двадцати милях, так ведь и ту к лету закрыть обещались. Сама Лайза — «вообще-то меня Полианной назвали, но с таким имечком только вешаться!» — вынуждена в дядином заведении за харчи горбатиться, считай, за просто так. Ну, горбатиться — это сильно сказано, скорее наоборот, только это ж еще противнее... А молодость проходит...

Тане понравились глаза Лайзы — умные, цепкие, жадные. Не упустили ни плоский «лонжин» на Танином запястье, ни данхилловскую зажигалку, ни новенький «Истмен-Кодак» на ремешке, накинутом на плечо, ни легкое пальтишко в тонах клана Мак-Грегор. Должно быть, навскидку, с точностью до фунта, определила количество денег в небрежно брошенном на стойку портмоне...

— Ты, должно быть, всех в округе знаешь?

— А то! Куда тут еще податься? Все тут и отираются. Добро бы хоть пили, а то так базарят или в снукерс дуются. — Лайза махнула рукой в сторону ободранного бильярдного стола.

— И девчонки?

— Естественно. Придут, одну колу на четверых закажут и сидят, кавалеров поджидают, может, винцом угостит кто. А кавалеры-то тю-тю...

— Ну, это дело поправимое... — Таня отхлебнула из стаканчика, затянулась, увидела, как блеснули хищные

---

* B & B (bed and breakfast) — тип дешевой гостиницы.
** Подражалка (*англ. и русск. сленг*).

подведенные глаза барменши. — И девкам пособишь, и сама поднимешься...

Тему Лайза просекла мгновенно, загорелась, под расписку получила небольшой аванс и уже через три дня явилась на Грейс-стрит в сопровождении трех преисполненных энтузиазма землячек. И Таня, и Джулиан нашли материал сыроватым, но вполне добротным. Девочки остались на стажировку, а Лайза отправилась в Уиггли за пополнением.

Когда идея расширить предприятие только зарождалась, у компаньонов была мысль подобрать для филиала подходящее помещение поближе к Доклэндз, но с этим ничего не получалось. То, что предлагалось, было либо совершенно некондиционным, либо запредельно дорогим. И тут Таня нашла блистательное решение: зафрахтовать на полгода комфортабельный прогулочный пароход, приспособленный для двухдневных экскурсий в верховья Темзы, а потому оборудованный не только баром и салоном, но и спальными каютами. Посчитали — оказалось, что даже при интенсивной эксплуатации пароход обойдется чуть не вдвое дешевле самого захудалого дома. Владельцы судна, небольшая туристическая компания, получив такое предложение, не могли скрыть радости: только-только собрались «Балаклаву» до весны на прикол ставить, денежки за аренду дока готовили, а тут эти чудики... Готовились потратиться, а вышло наоборот, еще и подзаработали!

Чтобы сильно не тратиться, пригнанных Лайзой новобранок селили прямо на пароходе. Береговой же базой, где девочки могли хранить пожитки и отдыхать от трудов праведных, служил четырехкомнатный домик в Бермондси, что на южном берегу Темзы, аккурат напротив Доклэндз и совсем рядом с пирсом, где стояла «Балаклава».

К ноябрю все было готово. По всему Лондону полыхали фейерверки, и подвыпившие горожане, горланя песни, таскали по улицам соломенные чучела, долженствующие изображать легендарного злодея Гая Фокса, триста с гаком лет назад затеявшего взорвать то ли Тауэр, то ли Парламент, то ли еще что-то — ни Джулиан, ни Таня этого толком не помнили. Именно в этот торжественный день «Балаклава» с поднятым флагом — синяя шапка Мономаха на желтом фоне — пришвартовалась в Цапельной гавани под восторженные клики собравшихся.

Таня с головой ушла в новый бизнес, некоторые аспекты которого были, впрочем, для нее не так уж и новы. Она нередко с благодарностью вспоминала уроки Алевтины — несмотря на огромные культурные, экономические, правовые различия, кое-что очень пригодилось. Постепенно входила в обстановку, ликвидировала пробелы в знаниях, без стеснения засыпая вопросами Бенни, Джулиана, Соню Миллер.

Предприятие набирало обороты. Плавучий бордель пользовался бешеным спросом, и клиентура его строителями отнюдь не ограничивалась. Неплохой приварок давало и заведение на улице Благодати. К весне Джулиан надыбал где-то кредиты, и появилась возможность с концами откупить «Балаклаву», которая после смены хозяев была переименована в «Речную Царицу», и подмять под себя «пансион» мамаши Джонс в Степни. Параллельно множились и проблемы, по сути, а нередко и по форме сходные с проблемами, которыми была заполнена жизнь хозяюшек купринской «Ямы». Подчас бизнес напоминал хождение по натянутому канату над пропастью, и это даже стимулировало, но на душе было муторно от того, какой пакостной мелочевкой приходится заниматься почти ежедневно. Кого-то подмасливать, кому-то пудрить мозги, под кого-то подстилаться... Подстилаться, впрочем, не буквально, разве что девочек подкладывать — лично Таня, несмотря на обилие заманчивых предложений, платных эротических услуг не оказывала и постельных партнеров подбирала, руководствуясь какими-то внутренними критериями, озадачивающими всех, в том числе и самих избранников. За исключением Сони Миллер, сторонницы лесбийских отношений, это были мужчины немолодые и, как правило, небогатые, нрава спокойного и добродушного. Второго свидания она почти никогда не давала, не говоря уже о каких-то надеждах на будущее.

В число разовых счастливцев входил и Эрвин Брикстон, меланхоличного вида усач, бывший оперативник из Скотланд-Ярда, приглашенный по настоянию Тани на должность консультанта. Эрвин оказался истинной находкой. Настоящая ходячая энциклопедия лондонского Ист-

Энда, разве только ходить охотник невеликий — предпочитал посиживать да полоскать усы лагером девонширского разлива. Досконально знал обстановку и раскладку сил в каждом околотке, везде имел свои ходы и выходы на нужных людей, от полицейского и прочего начальства до криминальных «пап», доброе расположение которых было подчас важнее благоволения официальных властей. Во многом именно благодаря Эрвину все три цеха фабрики любви имени Зарины Дарлинг не только не стали местными криминогенными очагами, каковыми, как правило, являются заведения такого рода, а, напротив, очень скоро приобрели репутацию мест респектабельных, культурных, безопасных и не допускающих никакого «обсчета и обвеса» покупателей. Потянулся солидный клиент. Такая репутация дорогого стоила.

Естественно, совсем без пакостей не обходилось, но в целом дела шли на удивление гладко, прибыль росла и, по совету искушенного в этих вопросах Бенни, мелкими партиями вкладывалась в разные сторонние предприятия. Компаньоны имели долю в нескольких ресторанчиках, рекламном агентстве, куда на второй по важности пост протащили Стива Дорки, и в новом оптовом супермаркете, где сами и затоваривались с большой скидкой.

Такое положение совершенно устраивало Бенни и, похоже, Джулиана. Но только не Таню. Ушел азарт первых месяцев, дело стало на поток, потеряв прелесть новизны. Не радовал ни округлившийся счет в банке, ни новенький, сверкающий красной эмалью «Эм-Джи», в силуэте которого отчетливо проступало нечто фаллическое, ни утопающий в экзотической зелени особнячок в Саррее, приобретенный в рассрочку на пятнадцать лет. Таня с грустью замечала, что постепенно превращается в банальную, пусть и процветающую, мелкобуржуазную лавочницу, и ни количество «торговых точек», ни специфичность предлагаемого в них товара принципиально ничего не меняет. Вылазки в относительно высокий свет, которые устраивала ей Соня, наблюдения со стороны за светом еще более высоким, первые поездки по Европе — все это лишь оттеняло второсортность, если не сказать убожество, собственных достижений. И неблагоприятные, мягко выражаясь, стартовые условия могли служить оправданием лишь до поры до времени.

Изучая английскую жизнь, Таня очень быстро поняла, что поразительная незыблемость, присущая здешнему жизненному укладу, несмотря на всю внешнюю динамику, проистекает еще и из того, что каждый здесь рождается с интуитивным, генетическим осознанием принадлежности к определенной социальной ячейке, пониманием сложнейших неписаных законов пребывания в этой ячейке и еще более сложных правил перемещения в другую ячейку. Пресловутое «upward mobility» — агрессивное стремление наверх, столь ценимое заокеанскими «кузенами», — было здесь понятием едва ли не бранным, и большинство попыток такого рода блокировалось достаточно жестко.

С другой стороны, совершались же и успешные рывки. Вырвавшись из-под пресса социалистических заморочек лейбористов, оживало частное предпринимательство, зашевелились капиталы, привлеченные налоговыми льготами и крупномасштабной приватизацией — главным экономическим козырем тори. И в безупречное социальное происхождение этих капиталов как-то не особенно верилось.

К большой приватизации Таня безнадежно опоздала, да и не с ее жалкими финансами было соваться в эти игры. Зато приватизация малая, на уровне отдельных городков и городских районов, велась с британской основательностью и неторопливостью, и в муниципальной собственности оставалось еще немало лакомых кусочков, время от времени выставляющихся на аукционы и конкурсы. Вот где пригодились бы тысячи, причитающиеся ей по векселям «Икаруса»!

Но с ними как раз приключился крутой облом. Учитывая неординарную сумму предъявленных к оплате векселей, с миссис Дарлинг встретился лично младший партнер юридической фирмы «Гримсби и Кук», куда после двухмесячных проволочек ее направил представитель банка, указанного на векселях. Разговор происходил в монументальном кабинете мистера Кука, выходящего окнами на пряничный фасад вокзала Чаринг-Кросс.

— К несчастью, миссис Дарлинг, ликвидационная комиссия прекратила рассмотрение претензий по факту злостного банкротства инвестиционного общества «Икарус» пятнадцатого апреля сего года, — пролаял толстый бакенбардист, словно сошедший со страниц Диккенса. —

Все вкладчики, даже чертовы иностранцы, были об этом своевременно и неоднократно информированы, в том числе и через прессу.

— Эта чертова иностранка, — Таня показала на себя, — не была информирована ни о чем.

Бакенбардист недоверчиво хмыкнул и уставился в разложенные на столе бумаги.

— Странно... в высшей степени странно. Впрочем, это почти не имеет значения. На момент вручения постановления об аресте имущества на счетах «Икаруса» оставалось тридцать два миллиона шестьсот двенадцать тысяч четыреста тридцать два фунта стерлингов, тогда как сумма выданных долговых обязательств превышает двести миллионов. Таким образом, вчинив иск, вы могли бы в лучшем случае рассчитывать на взыскание в судебном порядке суммы, не превышающей двух тысяч фунтов стерлингов. Однако процессуальные издержки...

— Спасибо, мне все понятно. — Таня поднялась. — Позвольте мои бумаги.

Мистер Кук отдал ей векселя и вдруг ухмыльнулся, сделавшись почти похожим на живого человека.

— Повесьте их в будуаре. И поверьте старому присяжному поверенному, игры с ценными бумагами — не для такой очаровательной головки.

— Мерси за совет, — холодно отозвалась Таня и вышла.

Но она недолго любовалась малопривлекательными тылами госпожи Удачи. Дела «Зарины» неуклонно шли в гору, а настоящий прорыв случился осенью, после неординарного Таниного дебюта на телевидении. На четвертом канале Би-Би-Си. Соня давно уже подбивала ее на участие в какой-нибудь телевизионной программе. Таня все отнекивалась, а потом сама попросила пристроить ее в передачу. Танин выбор потряс видавшую виды Соню до глубины души — она решительно отказалась от развлекательных и эротических шоу, от «Колеса фортуны» и прочих всенародно любимых телевизионных игр с призами и назвала конкретную программу — еженедельное ток-шоу Фрэнка Суиннертона.

В аскетически обставленной полутемной студии почтенный кембриджский профессор беседовал один на один с людьми самых разных профессий, объединенными общенациональной известностью и тем обстоятельством, что для какой-то части населения Британии каждый из гостей служил своего рода интеллектуальным маяком. Говорили об искусстве, литературе, жизни, о состоянии общества и мировых проблемах. Громкой популярностью программа профессора Суиннертона не пользовалась, в рейтингах не упоминалась, но была по-своему едва ли не самой влиятельной из всех телепередач, а наиболее удачные беседы продавались за рубеж и демонстрировались в Европе, в Америке, в Австралии. Поначалу профессор чуть дар речи не потерял от такой наглости. Подумать только, до чего упали моральные критерии общества, что какая-то там бандерша, парвеню, воплощение одной из страшнейших язв, поразивших страну, не считает для себя зазорным ломиться в его элитарно-интеллектуальный клуб! Но потом то ли любопытство взяло верх над возмущением, то ли слишком хорошо запомнилась цифра на чеке, обещанном профессору в том случае, если передача состоится, — одним словом, Фрэнк Суиннертон согласился встретиться с миссис Дарлинг — в приватном, разумеется, порядке, — но убедительно просил бы не считать оное согласие гарантией, так сказать...

В назначенный час профессора Суиннертона встретил Брюс, Танин личный шофер, и к приятному удивлению маститого ученого мужа отвез его не в шикарный новомодный ресторан, а в уютное семейное кафе на Слоун-сквер, известное профессору с юности. За кьянти и спагетти беседа потекла легко и непринужденно. Говорили об искусстве, литературе, жизни, о состоянии общества и мировых проблемах. Профессор покинул Таню совершенно очарованный ее красотой, эрудицией и нестандартным строем мысли.

— О, если бы все предприниматели были хоть чуточку похожи на вас! Но увы...

— Увы, — согласилась Таня.

На передачу она явилась в строгом темно-синем костюме, оттененном пышным белоснежным жабо и вызывающем легкую ассоциацию с женской полицейской униформой, неброском, почти незаметном макияже и больших очках в тонкой металлической оправе. В таком виде она напоминала строгую и серьезную молодую директрису современной общеобразовательной школы.

Фрэнк повел беседу в своей непринужденной манере, где нужно лавируя между острыми рифами стереотипов сознания, попеременно сталкивая их, вызывая смущение, недоумение, восхищение — то есть чувства, заставляющие потом задуматься.

Таню Дарлинг он прямо и открыто представил зрителю как бандершу, но диалог повел в русле, несколько странном для такого случая:

— А вы лично верите в существование изначального зла?

— Как в первородный грех?

— Он есть? — зацепился Фрэнк.

— В располовиненной форме, как два огрызка от яблока познания.

Народ в студии обомлел, даже оператор выглянул из-за стойки посмотреть на миссис Дарлинг воочию.

— Поясните свою метафору, Таня.

— Не мной она придумана.

Ее речь была спокойной, текла медленно и гладко, лексика и произношение — вполне литературны, даже рафинированы.

— В равной степени мужчина и женщина являются единым целым, и зло в том, что они противостоят друг другу как враждебные полюса.

— Начало все же одно и единое целое состоит из двух, но не более, или вы другого мнения? — Фрэнк обворожительно улыбался.

— Изначально — возможно, но уж коли это случилось, путь познания тернист, и у обеих сторон есть право выбора, каким следовать, с кем и когда.

За стеклянной перегородкой студии зашевелился народ, одобрительно кивая головами.

— Полагаете, в этом вопросе не должно быть конкретного лидерства какой-либо стороны?

— Лидерство, инициативность — или покорность и готовность к подчинению — есть фактор вторичный, обусловленный воспитанием в той или иной среде, что зачастую воспринимается как индивидуальные особенности той или иной личности.

— Как и общественных устоев?

— Устои — это и есть устои, то есть нечто устоявшееся, но никак не вечное и не предвечное.

— Но разве общественная мораль не вызвана историческими условиями?

— Конечно, — лукаво улыбнулась Таня, — как защитная реакция любого организма.

— Реакция? На что в данном случае?

— На страх.

Танины глаза сверкнули, в голосе прозвучал вызов. Где-то затрещало, посыпались искры, зафонил тонким писком магнитофон.

Пустили рекламу, после чего Фрэнк извинился перед зрителями за неполадки и с той же чарующей непринужденностью вернулся к разговору.

— Вы упомянули страх. Может быть, в нем и кроется общественное зло?

— Где кроется зло — это пусть каждый сам исследует, а страх — это лишь признак, способ существования зла.

— Иными словами, — поспешил Фрэнк направить разговор в нужное русло, почему-то ощутив сам непонятную жуть, — два полюса, то есть мужчина и женщина, познавая друг друга, могут ощущать страх, возможно, бояться партнера?

— Так было на протяжении всей человеческой истории. — Таня щелкнула языком и, как бы извиняясь, пояснила: — Видите ли, я выросла в России, где зло материализуется с примерной периодичностью. В этой связи чрезвычайно полезно учение Маркса. Бытие определяет сознание. Исторический материализм учит, что мысль, овладевающая массами, — материализуется! Так что же привело конкретное общество к тому, что оно имеет на данный момент?

— Давайте выберем, уточним территорию, например, развитые, цивилизованные страны.

Таня поправила очки, вздохнула, как учитель, вынужденный объяснять глупому ученику что-то очевидное.

— Пусть будут развитые, где женщина наконец обрела свободу и только учится, как с ней жить и что дальше делать.

— Разве торговля собственным телом — лучший выбор для женщины?

— Если мы согласились с тем, что она свободна, значит, выбирать путь — ее право.

— Но ведь на протяжении веков, всего развития цивилизации этот род деятельности никогда не вызывал особого почета и уважения.

— Вы толкуете о мужской цивилизации, о патриархальном сознании, которое и принизило женщину, поставив ее в условия зависимости, абсолютной или относительной.

— Но когда-то это было исторически обусловленной необходимостью...

— Продиктованной тем фактом, что в неменьшей зависимости и униженности находился мужчина при матриархате. Сейчас мужская цивилизация старается не вспоминать о тех временах — из страха, закрепленного на генетическом уровне. Когда-то мужчина попросту использовался в целях оплодотворения, о чем имел смутное понятие. Амазонки вообще обходились без конкретного партнера. Жрица определяла по лунному календарю, кому и когда зачать. А дальше — дело техники. Есть раб, пленный, слуга — этого достаточно при знании дела, чтобы использовать его сперму на золотой монетке... типа современного тампакса.

— Что вы говорите? — ошалел Фрэнк. — Это гипотеза?

— Ее легко проверить, — рассмеялась Таня.

— Но это еще не повод для страха.

— Это — еще нет, а вот то, что повсеместно мужчина приносился в жертву земле, для урожайности, причем каждый кусок тела на определенное поле или в лес, а чресла, в основном, в воду, для высоких рыбных промыслов — это повод, и, думаю, серьезный. Потрошками его закусывали в праздники солнцеворотов, регулярно, летом и зимой. Это позже жрицы-правительницы придумали новые способы обязательных жертвоприношений, чтобы оставить возле себя понравившегося соправителя.

Фрэнк аж передернул плечами, тут же собрался и, улыбаясь зрителям, подвел под страшной картиной черту:

— Вполне объяснимо, что страх в половом влечении партнеров имеет древние корни, прорастающие в архетипы личного и общественного сознания. Но, Таня, чем же руководствуются современные служительницы культа Афродиты?

— В жертвоприношениях, наверное, уже нет нужды... — На секунду Таня задумалась. — Свободой и правом избрать собственный путь... Если не можешь изменить себя, попробуй хотя бы изменить мужу. Общество уже готово принять не только жриц, но и жрецов любви...

«С такой жрицей можно и в жрецы пойти рука об руку, и очень далеко», — прогудел вдруг в Таниной голове чей-то знакомый голос, но кнопка щелкнула, и будто зазвенел зуммер селектора. Таня как-то застыла, пока Фрэнк сворачивал передачу, улыбалась, кивала, а про себя пыталась понять, различить, чей это был голос.

А через неделю после выхода программы в свет, как снег на голову, свалилась тема с Хэмпстедом.

В Саррей примчался взбудораженный до предела Джулиан и сообщил, что есть шанс, упускать который нельзя. Таня внимательно его выслушала и резонно возразила, что свободных средств хватит разве что на подготовительную работу — регистрацию новой фирмы в Хэмпстеде, открытие счета, на не вызывающий подозрений уставный фонд, подготовку проекта центра досуга и обустройства прилегающей территории, технико-экономическое обоснование. А сам конкурс, а строительство, наконец? Уж не предлагает ли дорогой Джулиан ликвидировать нынешнее предприятие и бросить все капиталы на хэмпстедский проект? Тогда, возможно, и получится осилить, только что прикажете делать следующие года два, пока центр не начнет давать отдачу, что, кстати, тоже не гарантировано? Джулиан небрежно махнул рукой и заявил, что об этом можно не беспокоиться, поскольку есть-де один старый чудак, тот самый, который выделил кредиты под покупку «Речной Царицы» и, наварив на них приличные деньги, проникся к «Зарине» большим доверием и теперь готов поддержать любое их начинание. Таню этот ответ не удовлетворил, и она потребовала личной встречи с неведомым доброхотом.

Встреча состоялась через две недели и была отрежиссирована так, чтобы произвести на Таню самое сильное впечатление. Переданное с нарочным приглашение на благоухающей лавандой бумаге с цветным гербом. Четырехчасовая поездка первым классом на север Англии. Длиннющий «роллс-ройс» и шофер в ливрее. Английский парк, размером не меньше Сент-Джеймсского. Тюдоровский особняк — скорее уж замок! — ярдов сто в длину, оборудованный башенками и прочими архитектурными излишествами. Двухметровый величественный дворецкий в парике и кюлотах с серебряным галуном. И не уступающий в величественности хозяин — краснолицый и седоусый англосакс, отставной полковник Паунд, не преминувший с помпой сообщить миссис Дарлинг, что имел честь служить в прославленных «матросах», официально именуемых Девятым гусарским Ее Величества полком.

— О, морские гусары! — Таня невинно улыбнулась. — У меня в России тоже был знакомый авиаконструктор с железнодорожным уклоном. — Едва ли господин полковник смотрел фильм «Печки-лавочки», так что всей остроты намека понять не должен.

Полковник Паунд громогласно расхохотался и, галантно взяв Таню под ручку, подвел ее к двум громадным портретам, висящим по обе стороны монументального камина. На левом изображался полковник в комбинезоне цвета хаки и громадной каске на фоне танка, украшенного синим кругом с белыми буквами «Sailors», на правом он же, только в темно-синем доломане, при сабле и синем же кивере с черным этишкетом. Из его разъяснений Таня поняла, что в современной армии гусарскими называют легкие танковые части, а прозвище «матросы» и флотские цвета униформы Ее Величества Девятый получил еще во времена герцога Мальборо за героическую переправу через речку Мердаллюр с последующим выходом в тылы противника.

После холодного ростбифа, горячей дичи и старого портвейна перешли в курительный салон и заговорили о делах.

— Деньги должны работать, — заявил, рубя ладонью воздух, полковник, совсем багровый от возлияний. — А в этой чертовой глуши они могут только лежать в чертовом «Баркли» на чертовом призовом вкладе в три процента годовых и таять от чертовых налогов и чертовой инфляции!

— Жиробанк дает семь, — осторожно заметила Таня.

— Эти чертовы иностранцы... — Полковник закашлялся, выпучил глаза на Таню и догадливо сменил формулировку: — Эти чертовы жулики сулят золотые горы, а потом исчезают со всеми денежками. Слыхали, небось, про скандал с «Икарусом»? — Таня ответила коротким кивком. — Лучше я те же семь процентов буду получать с вас, дарлинг.

— Мне больше доверия? Почему?

— Кто такой фокус со старой посудиной провернуть придумал, далеко пойдет. Это вам бывалый матрос говорит. — Полковник взял паузу на хохотушки и продолжил: — С банками всякое бывает, а недвижимость — она никуда не денется, и трахаться народ не перестанет.

Огромная гулкая спальня в гостевом крыле была холодна, как склеп, но под толстой периной Таня быстро согрелась. Засыпая, она подумала, что решительно не понимает, в чем тут подвох, но какая-то комбинация здесь безусловно крутится, и надо держать ухо востро.

Детали соглашения отрабатывал с полковником Бенни, и когда этот невзрачный финансовый гений принес в ее кабинет на Грейс-стрит проект окончательного договора, загадка, казалось бы, нашла разрешение. Инвестиция оформлялась как паевой взнос в новый partnership (партнерскую компанию) «Иглвуд-Хэмпстед», куда помимо полковника Лайонела Паунда (президент, старший партнер, сорок пять процентов всех активов компании), фамилия которого сопровождалась целой строчкой не поддающихся расшифровке аббревиатур, входили миссис Таня Дарлинг (младший партнер, тридцать процентов) и мисс Полианна Конноли (младший партнер, двадцать пять процентов) — Лайза, понятное дело, служила просто ширмой для Джулиана и Бенни, которые предпочли в документе не фигурировать. Уставный взнос полковника Паунда составляет триста тысяч фунтов стерлингов, миссис Дарлинг и мисс Конноли — по двадцать пять тысяч плюс ноу-хау, рассчитанное пропорционально доле каждого партнера. Кидок просматривался невооруженным глазом. Бравый полковник, не имеющий контрольного пакета, попросту отдавал себя на съедение компаньонам, которые могли теперь спокойно запускать руки в его закрома, голосуя за расширение финансовой базы, а если заартачится — принять решение о самороспуске или забанкротить компанию, оставив строптивому полковнику на память, допустим, котлован в чистом поле или голый каркас несостоявшегося очага культурного досуга. Дело техники, тем более что все реальное управление будет сосредоточено в руках директоров... В принципе, пощипать богатенького лоха — дело святое, да и особых симпатий краснорожий вояка-эсквайр у Тани не вызывал, но уж больно незамысловатая схема получается. Как-то оно западло в такие игры играть. Да и недальновидно — если хочешь и дальше в этом неплохом, в общем-то, мире жить и большие дела в нем делать. Нет, господа подельники, руки прочь от товарища Паунда... Кстати, Паунд... президент Паунд. Зиц-председатель Фунт... Аналогия, конечно, интересная, но только как межкультурный каламбур, не более... А если не только? Полковник Паунд — далеко не Эйнштейн, но ведь и не законченный кретин, иначе его давно бы уже пустили по миру, здесь с этим быстро... Нет, тут другая схема, похитрее. Тогда, пожалуй, с разоблачениями торопиться не стоит, поживем — увидим...

— Здоровье царицы Хемпстэда! — Соня Миллер лукаво улыбнулась, осушила бокал шампанского и одарила Таню матерински нежным взором. — А что невесела, царица?

— Думаю... Знаешь, Соня, я все-таки никак в толк не возьму: мы же по всем прикидкам должны были проиграть тендер на этот участок. Наша заявка была самая хилая. Кусочек-то больно лакомый — исторический парк, зеленая зона, знаменитый гольф-курс под боком. Какие монстры бились! А в решающий момент раз! — и никого. Одни мы. Даже Бингэм отступился.

— Смелых удача любит, — философически заметила Соня.

Банально, но, черт возьми, справедливо. Правда, чтобы использовать данный шанс так, как использовала его Таня, помимо смелости требовалась еще и голова...

— То есть я, конечно, очень рада и все такое, но есть вопросы. Охотно допускаю, что нам просто повезло, причем повезло дико, нелогично. И дважды — с полковником и с самим конкурсом. Но уже при составлении черновой сметы было абсолютно понятно, что на одни полковничьи денежки весь проект не поднять. Акционироваться мои партнеры не желают категорически, об ипотечном кредите лучше и не заикаться, спекульнуть куском участка мы не можем в течение пяти лет — иначе сразу за решетку. Я требую прямого ответа, где они намерены брать деньги. Бенни начинает долго и заумно парить мне мозги разными сальдо-бульдо, рассчитывая, видимо, что я ничего не пойму. Но мне и без диплома бухгалтера ясно, что он попросту гонит порожняк, а суть в том, чтобы я своим делом занималась, а деньги, мол, не моя забота, когда надо, тогда и будут. А Джулиан знай подкидывает всякие сюжеты. Новые точки высмотрел, всерьез предлагает разрабатывать. В Риджент-парке, в Блумсбери и — ты только не падай в обморок — в Южном Кенсингтоне.

— Да-а... — задумчиво протянула Соня. — И что, все одновременно?

— В том-то и дело. Причем страусу понятно, что в таких краях бесхитростная пролетарская изба-сношальня типа тети Поппиной не пройдет. Богатеньким подавай изыск, фантазию, каприз, а это немалых денег стоит, как и земелька тамошняя. Я не поленилась, съездила на все объекты. Как минимум полная капитальная реконструкция, а вообще — все сносить и строить заново. На круг миллионов десять, не меньше. Бред какой-то. Крутит нами кто-то сильный, очень сильный. Но, черт, должен же этот сильный понимать, что даже при самом благоприятном раскладе вложения начнут окупаться не раньше, чем через два года, а полностью покрыть затраты удастся лет через пять, если вообще удастся.

— Сомневаешься?

— Бизнес наш эффектный, но очень уязвимый. Со многих сторон. Ты даже не представляешь себе, на какой мелочевке можно прикрыть любое заведение. А тот уровень, на который мы выходим, вообще из категории «hard play»*. Когда ставки возрастают автоматически, а исход все менее предсказуем. Одно дело, когда с домами терпимости мудохается всякая гольтепа вроде той же Поппи. Или меня...

— Уж и гольтепа! Да у тебя Гермесова ручка, до чего дотронешься, то в золото превращается! — Соня нагнулась и прижалась губами к Таниной руке.

---

* Крутая игра — качественный скачок как прибыльности, так и риска при возрастании капиталовложений.

— Кстати, о золоте. Мой брокер получил такую информацию, конфиденциальную, разумеется, что след икарусовых капиталов в Бразилии отыскался. Пока не подтвердилось, но уже есть клиент, какой-то Пойзонби, готовый мои векселя перекупить за двадцать тысяч, только надо тратту на него сделать.

— Соглашайся немедленно. Знаешь, сколько таких слухов ходит, и пока ни один не подтвердился.

— Я уже согласилась, — вертя бокал за ножку, проговорила Таня. — На Ривьеру хочу смотаться на недельку-другую. А то позор какой-то, третий год в свободном мире, а дальше Парижа не выбиралась. Со мной поедешь?

Соня взвизгнула, совсем как девчонка, и кинулась осыпать подругу поцелуями.

— Ну-ну, довольно. — Таня легонько оттолкнула не в меру раздухарившуюся корреспондентку. — Только у меня к тебе одна просьбочка есть.

— Для тебя — все что угодно!

— Ты по своим каналам насчет моих компаньонов провентилируй. Всех троих, ладно? Очень мне интересно, что за игры за моей спиной ведутся и кто за ниточки дергает.

— Безумный техасский миллионер, — задумчиво сказала Соня.

— Или умный британский жулик. Про порнографические кинотеатры читала?

— Смотря какие...

— Которые «Коза Ностра» в Штатах пооткрывала, чтобы денежки свои отмывать. Не превращается ли наша «Зарина» в аналогичный банно-прачечный трест?

— А что, не исключено... Я сейчас, кажется, стучат.

Соня поднялась с пластмассового кресла и скрылась за стеклянной дверью.

Разговор происходил на террасе, выходящей на небольшой ухоженный садик с пышно цветущими декоративными кустами неизвестных Тане пород и весело раскрашенными скульптурками гномов и мухоморов. Садик этот располагался позади трехэтажного белого домика с островерхой крышей, увенчанной бронзовым флюгером с крылатым Эросом вместо традиционного петушка. Домик находился на юго-западе Большого Лондона, в тихом и зажиточном городке Патни и принадлежал журналистке Соне Миллер.

С прошлой осени сюда нередко наезжала, иногда оставаясь на несколько дней, ее младшая подруга, очаровательная миссис Дарлинг.

Таня повернула голову. В дверях стояла Соня и подзывала ее.

— Что там?

— Явился твой благоверный. Видок жуткий. Я его отослать пыталась, но он не уходит. Говорит, очень важно. Пообщаешься или полицию вызвать?

Таня вздохнула.

— Веди уж...

Вид у Аполло Дарлинга был действительно жуткий. Постарел, сгорбился, черные синяки под глазами, щеки впалые, на немытой голове — огромный горбатый картуз, вроде тех, в которых изображают парижских коммунаров. Правая рука на перевязи. И, несмотря на жару, коричневое кожаное пальто.

— Излагай, — бросила Таня, не предложив сесть.

— Таня, я...

— Денег не дам, предупреждаю.

— Но у меня есть права... Юридически я все-таки твой муж, и имущество...

— Валяй, отсуживай. Еще поглядим, — не дала договорить Таня.

— Слушай, положение у меня отчаянное, я на все пойду.

— На что же, интересно?

— Допустим, заявлю в иммиграционное управление, что брак наш чисто фиктивный, покупной. Доказательства у меня имеются. Ну, отпарюсь полгода в каталажке, зато тебя в наручниках запихнут в самолет до Москвы. Сейчас это быстро.

— Садись, — резко сказала Таня. — И все в подробностях.

Аполло покосился на Соню, застывшую в позе сварливой домохозяйки.

— Соня, минут на пять...

Мисс Миллер открыла рот, намереваясь что-то возразить, но промолчала и вышла, хлопнув дверью.

— Как ты подниматься стала и меня из дела вышибла, — начал Дарлинг тихо и торопливо, — совсем плохо пошло все. Бабки, которые с тебя получил за то, что бумаги выправил, быстро стаяли. Бизнесу никакого. Ну, я помыкался кое-как, а тут месяца два назад такое предложение получил — закачаешься.

Таня наклонила голову, показывая, что внимательно его слушает.

— Бар в Бристоле, классный, со всеми наворотами, и очень дешево, только деньги быстро нужны были. Джимми, ну тот парень, на которого продавец вышел, собрал, сколько мог, но трех кусков все равно не хватало. Он и предложил войти в долю. Я подсуетился, у дружка одного занял, бабки внес, все путем. Думал, как стану владельцем, сразу заложу все хозяйство и должок отдам. Только Джимми, падла, кинул меня в последний момент, отвалил со всей наличностью.

— Ну и?..

— Ну и! Дружок тачку мою конфисковал, деньги вернуть требует, счетчик поставил.

— Сколько?

— Было три. Сказал, если в срок не отдам, будет четыре. Еще неделю просрочу — шесть, две — кончат меня!

— Круто. И что теперь?

— Третья неделя пошла.

— Хороший у тебя дружок, добрый. Рука — его работа?

— Его... — отведя глаза, буркнул Аполло. — Главное ведь, этот Бакстер сучий сам разбираться не пришел, каких-то гопников прислал...

— Бакстер? — переспросила Таня. — Вот уж не думала, что Джерри Бакстер такими делами промышляет. С виду такой приличный...

— Да не Джерри Бакстер, другой. Бутч. Ты должна его помнить. Ну, когда ты только приехала, мы на выставку ходили, и он еще хотел тебе по морде дать...

— А, Иван Ужасный. Да, типчик удивительно приятный. И как тебя угораздило снова с ним связаться?

— Больше не к кому было. Ты ведь не дала бы?

— Нет.

— Вот видишь. А теперь мне совсем край. В Лондоне показаться не могу, ни в конуру свою сунуться, ни к тетке — никуда. Везде выследит. Выручай, а? Не дай погибнуть. Все для тебя сделаю...

Он сполз с кресла, бухнулся на колени, прижал к губам Танину руку.

— Встань, — сказала она, брезгливо отдернув руку. — Семь тысяч мне, конечно, не поднять, но чем могу помогу. Пока вот держи.

Он обалдело уставился на мятую двадцатку.

— Да ты!..

— Погуляй, зайди в паб, пивком расслабься. Приходи часика через четыре. К тому времени что-нибудь придумаю.

Она провела его за калитку и уселась на крылечко покурить.

— Я все слышала, — открыв дверь, сказала Соня. — Не вздумай пойти на поводу у этого типа. Он тебя в покое не оставит. С разводом я помогу.

Таня подняла удивленные глаза.

— Зачем развод? Долго, муторно, дорого...

Вечером она принимала мужа в гостиной, а рядом с ней сидел Джулиан. Дарлинг явился пьяненький, чувствовалось, что все силы прилагает, чтобы держаться прямо и хоть что-то соображать.

— Вот авиабилет на Салоники, — втолковывала Таня. — Вылет завтра, в восемнадцать тридцать. Имей в виду, рейс туристский, билет возврату не подлежит. Вот это чек в «Лионский кредит» в Салониках. Я тебе открыла счет на полторы тысячи фунтов. Больше, извини, не могла. Зато деньги будут твои, а не Бампера...

— Бакстера...

— Неважно. Вот здесь я написала адрес и телефон. Запомни, Ставрос Иоаннидис. Он тебе поможет. В Лондоне тебе делать нечего. Джулиан отвезет тебя прямо в Гэтвик, в гостинице переночуешь. Джулиан, выдашь ему там фунтов пятнадцать на еду.

— Слушаюсь, мэм, — с ухмылочкой ответил Джулиан.

— Ну все, катитесь. Джулиан, жду тебя завтра с утра. А тебя, дарлинг, не жду вообще. Никогда. Понял?

— Понял... — пробубнил Аполло Дарлинг и направился к выходу, подталкиваемый в спину Джулианом.

Проводив его взглядом, Таня направилась на кухню и извлекла из большого холодильника ведерко с недопитой бутылкой шампанского. Соня, сидевшая у окна с журнальчиком, из которого по просьбе Тани выписала координаты Ставроса Иоаннидиса, тур-агента, обещающего всяческое содействие британским туристам, прибывающим в Салоники, молча встала и сняла с полки два бокала.

— Когда прошлым летом я узнала, что Дарлинг продал меня за сто двадцать фунтов, я и представить не могла, что через пару лет отдам его не просто даром, а еще и приплатив двести. Времена меняются.

Таня разлила вино по бокалам.

— Двести? А те полторы тысячи, которые перевела в Грецию, забыла? — напомнила Соня.

— Не забыла. Через месяц получу обратно, как невостребованные. — Поймав недоуменный взгляд Сони, она спокойно пояснила: — Ребятишки Бакстера уже, поди, в Гэтвике дежурят. За билетом-то я Стива Дорки посылала, подстилку Бутчеву.

Соня побледнела.

IV

В телевизоре артист Калягин весьма убедительно изображал отходняк, а артист Щербаков доставал его — а заодно и Павла — исполнением «Полета шмеля» на баяне. В честь Старого Нового года давали «Старый новый год». В кресле полудремал Дмитрий Дормидонтович. Павел сидел за столом, невнимательно поглядывал на экран и прихлебывал кофе. Под неосыпавшейся еще елкой возилась Нюточка, перебирая яркие цветные фотографии.

— Пап, — сказала она, подняв голову, — а почему на Новый год подарки дарят, а на старый нет?

— Стыдись, тадзимырк. Кого сегодня дед в кукольный театр водил?

— Ну, меня, — призналась Нюточка.

— А кого мороженым кормили? Кто полторта умял? Кому разрешили до двенадцати не ложиться и завтра в садик не идти?

— Ну меня, ну я, ну мне, — потупившись пробормотала Нюточка.

— Так о каких еще подарках может идти речь?

— Пап, а давай тогда в «Где мама?» поиграем, — предложила Нюточка, с чисто девчоночьим лукавством меняя тему.

— А может, не надо? Каждый вечер играем... Кстати, ты почто в свитере сидишь? Холодно?

Этот свитерок — мохнатый, полосатенький, с блестками — Таня месяц назад переслала с Шеровым из Братиславы вместе с громадной коробкой шоколадного ассорти к новогоднему столу, толстым пакетом фотографий и короткой запиской, в которой сообщала, что у нее все прекрасно; что свитер высылает, услышав, что зима в Ленинграде выдалась холодная, и она беспокоится, не мерзнет ли Нюточка; что постеснялась обременять Вадима Ахметовича еще чем-либо, а вообще-то накуплено огромное множество всякого барахлишка, полезных и красивых вещиц, и все это пока хранится в кладовке, любезно предоставленной Даной Фиаловой, а вообще придется, видимо, отправлять контейнер, но с этим Иржи обещал помочь. Из бодро-делового тона послания выбивалась только приписка: «Ночами плохо. Особенно после легкого дня, когда не измотаешь себя до бесчувствия». Это был первый за четыре месяца разлуки намек на то, что у нее не все безоблачно.

И еще Шеров уже от себя передал Павлу несколько словацких и чешских газет и журнальных вырезок с упоминаниями о Тане и экземпляр «Пари-Суар» с большой статьей «Славянский десант», где прямо под заголовком была напечатана цветная фотография, с которой улыбались три очаровательные брюнетки: миниатюрная Дана Фиалова с огромными темными глазами на точеном треугольном личике, Эльжбета Птах, победоносно поднявшая голову с тугой копной африканских кудряшек, — и Таня, смотрящая прямо в объектив с задумчиво-загадочной улыбкой. Удачный фотопортрет Тани украшал обложку глянцевого таблоида «Синебокс», а всю третью полосу занимало интервью с ней, озаглавленное: «Зеленоглазая Лиз Тейлор из далекой России». Все фотографии Нюточка аккуратно вырезала и приклеила над своей кроваткой...

— А давай я сниму свитер, а ты за это со мной поиграешь, — высказалась предприимчивая Нюточка.

Павел вздохнул, а Нюточка пулей вылетела из гостиной, моментально вернулась уже в футболке, не прерывая движения, подобрала с ковра фотографии и плюхнула их на стол перед отцом.

— Ну, загадывай! — сказала она.

Павел привычным жестом поднял самую верхнюю фотографию и повернул к Нюточке.

— Это мама где? — спросил он.

Нюточка рассмеялась.

— Папа, ну какой ты глупый! Это же не мама, а тетя Дана и дядя Иржи на студии.

— Бывает, — сказал Павел и взял вторую. — А это?

— Это мама на Пратере... Это мама и тетя Элька у центра Помпиду... Это мама в магазине каком-то... Это мама в Праге, на Старом Мясте... Это мама, тетя Дана и дядя Серж в Версале... Это мама на лошадке скачет... А это «Но Пассаран».

Так Павел прозвал групповую фотографию на фоне замка Бродяны. Несколько человек, разбившихся попарно, застыли, задорно подняв вверх кулак, а свободной рукой обнимая соседа. На обратной стороне Таня написала: «Наша интербригада» — и присовокупила списочек, доказывающий, что это действительно интербригада: Дана Фиалова (Наталья Гончарова-Пушкина-Ланская — Словакия) и Иржи Биляк (режиссер — Словакия); Эльжбета Птах (Екатерина Гончарова-Дантес — Польша) и Серж Дювернуа (Жорж Дантес-Геккерн — Франция); Татьяна Ларина (Александра Гончарова-Фризенгоф — СССР, Россия) и Ян Шварценберг (композитор и аранжировщик — Чехия). Без пары стоял Уго Зоннтаг (Густав Фризенгоф — ГДР), тощий и высокий, с унылой длинноносой физиономией.

— Это мама с дядей Пьером Ришаром, — безошибочно продолжала Нюточка. — А это мама...

Раздался звонок в дверь и тут же — истошный лай Беломора с кухни.

— Кто бы это, в такой час? — озадаченно произнес Павел.

— Иди открывай, — отозвался из своего угла Дмитрий Дормидонтович. — Не иначе Марьянушка Осьмиглазова — за солью или с пирогами. Давно не видели.

Осьмиглазов из горисполкома въехал в соседнюю квартиру в октябре, уже после Таниного отъезда. Естественно, не один, а с семьей — толстой и раздражительной женой Надеждой Назаровной и еще более толстой, нескладной дочерью Марьяной, вечной студенткой лет двадцати пяти. Должно быть приметив холостое положение соседа, эта самая Марьяна зачастила к Черновым — то стакан муки попросит, то спички, то разобраться с барахлящим бра, то принесет какого-нибудь печива. Павел не знал, куда деваться от общительной соседки с томным взглядом заплывших глазок.

Он неохотно вышел в прихожую, споткнулся о выскочившего Беломора, сказал нарочито громко: «Кого это черти носят!», крутанул замок и открыл дверь.

Мимо остолбеневшего Павла, отчаянно вертя хвостом, пролетел Беломор, острым звериным чутьем гораздо быстрее человека постигший, что эта дама в пышной пестрой шубе и с большой красной сумкой через плечо — хозяйка, главное и любимое существо.

— Ну, хватит, зайчик, хватит, — сказала Таня, отстраняя Беломора, силящегося припасть передними лапами к ее груди, и обратилась к Павлу: — Это меня черти принесли.

— Ты... это... — пробормотал Павел и сжал Таню в объятиях, утопая пальцами в мягком меху.

А через прихожую уже неслась Нюточка, звонко вереща: «Мама! Мамочка!» — и, тесня Павла с Беломором, ловко, как мартышка, вскарабкалась Тане на шею.

Следом из гостиной вышел Дмитрий Дормидонтович, поглядел на образовавшуюся в дверях кучу-малу, кашлянул и сказал:

— Вы бы, может, дали матери в дом-то зайти?

Павел подхватил черный чемодан, стоящий у Таниных ног, и понес в прихожую. Нюточка вцепилась Тане в руку и стала тащить ее в дверь, словно боясь, что мама прямо сейчас снова исчезнет.

— Ишь какая модная стала, — заметил Дмитрий Дормидонтович, помогая Тане снять сначала сумку с плеча, потом шубу. — Тулупчиком богатым обзавелась.

— Норка, — сказала Таня. — Только не из цельных шкурок, а из лобиков — сама не знаю, что это такое. Греки шьют и в Париже по дешевке продают. На наши деньги рублей сто двадцать выходит.

— Поди ж ты. А такая шикарная вещь.

— Да что вы о шубах каких-то? — вмешался Павел. — Ты откуда?

— Я из Москвы, — ответила Таня, расстегивая молнию на высоких сапогах с меховой опушкой. — У меня был билет на «Стрелу», но не утерпела и рванула на самолете.

— Что ж не предупредила, что приезжаешь? Мы бы встретили.

— Да как-то неожиданно все получилось. Мы после Нового года почти не снимали, ждали, пока Бродяны отремонтируют — там был сельсовет. Ну, и выяснилось, что ремонт затягивается до весны. А нам остались только сцены в замке и летняя натура. Ну, Иржи всех в отпуск и отправил... Я хотела из Москвы позвонить, но потом решила, пусть лучше сюрприз вам будет. Рады?

— А то ты не видишь... Господи, как мы скучали по тебе! — воскликнул Павел и снова кинулся к Тане. Она мягко отстранила его.

— Погоди. Где мои тапочки?

Нюточка проворно нырнула между ног Павла, закопалась в глубокой полке для обуви и выпрямилась, с торжествующим видом держа в руках Танины тапки. Таня наклонилась и поцеловала девочку.

— И ты скучала? — спросила она.

— Ой, скучала, скучала! — запричитала Нюточка. — А крокодильчика привезла?

— Крокодильчик в чемодан не поместился, — сказала Таня, посмотрела на моментально погрустневшее личико Нюточки и добавила: — Но подарочек тебе прислал.

— Что ли сам? — недоверчиво спросила Нюточка.

— Сам. Со своим портретом.

— Где?

— Тадзимырк! — вмешался Павел якобы строго. — Не терзай маму! Она с дороги, устала...

— Еще как! — с благодарностью подтвердила Таня. — Об одном мечтаю — забраться с ногами на наш

211

большой диван и на вас смотреть, а вы бы вокруг меня на цырлах бегали, чай подносили... Только я сначала пойду сполоснусь. Халатик мой найди, а? — обратилась она к Павлу. — У меня там в сумке кой-какие вкусности достань...

— Я достану, — моментально вызвалась Нюточка.

Через полчаса взрослые сидели за столом и допивали по третьей чашке, заедая чай Таниными вкусностями. Нюточка в новеньком спортивном костюмчике от Лякоста — не обманул крокодильчик и вправду прислал подарок со своим портретом — устроилась на ковре под елкой и нянчила привезенную Таней белокурую Барби в золотистом газовом платье. Таня поначалу лишь отвечала на вопросы, коротко и не очень охотно, но постепенно разошлась и рассказывала, увлеченно, с юмором, о своем волшебном приключении: о съемках и их участниках, со многими из которых она успела за эти четыре месяца сдружиться, о Словакии и Чехии, о Вене, Париже и замках Луары — в одном из этих замков, «не сумев арендовать Версаль», Биляк снимал самые роскошные интерьерные сцены.

— Честно говоря, все это можно было ничуть не хуже снять и в самой Чехословакии, — говорила Таня. — Там есть прямо-таки сказочные дворцы, особенно в Праге. Но Иржи мужичок ушлый. Спасибо ему — и мир посмотрела, и валюты подзаработала.

Павел с некоторым страхом посмотрел на нее.

— Ты что, сюда привезла?

— Не все, но привезла.

— А разрешение у тебя есть? У нас с этим знаешь как строго! Особенно сейчас. За валюту и посадить могут.

— Господи, бред какой! Я уже и отвыкать начала... Да, какую-то бумажку мне выдали.

— Не потеряй, — сказал Дмитрий Дормидонтович.

После чаю он потянулся, зевнул и пошел спать. Павел пытался загнать в постель и Нюточку, но та так посмотрела на него, что он моментально оставил все поползновения и понес подогревать чайник. Потом Таня продолжила свой рассказ. Павлу пришлось подниматься еще дважды — выключать гнусно загудевший телевизор, завершивший вещание до утра, и в третий раз ставить чайник.

212

— Уф, — сказала Таня, откинувшись на спинку кресла. — Наелась-напилась на десять лет вперед... Знаешь, что-то спать совсем не тянет. Сюда ехала, думала, не утерплю, бухнусь в койку и придавлю часиков дцать. А вот отлетело. Но и подниматься нет сил. Слушай, давай прямо здесь покурим — никто ведь тут спать не будет.

— Только вот при Нюточке...

Оба дружно посмотрели на Нюточку. Та мирно спала, пристроив голову на поваленного ватного Деда Мороза и сжимая в руках Барби. Павел осторожно взял дочку на руки и отнес в детскую.

— С завтрашнего дня укладывать буду я, — сказала Таня, когда он вернулся в гостиную. — Знаешь, там мне ночами грезилось, как я ей колыбельную пою, лобик глажу... а потом иду к тебе, ныряю под одеяло, прижимаюсь и... Ты что куришь?

— «Опал», — сказал он.

— Давай. — Она махнула рукой. — У меня еще хуже, «Казино» называются, типа нашей «Примы». Я там хоть и избаловалась, ко многому хорошему привыкла, чего здесь нет, а вот от сигарет хороших отвыкла. Все лавки ими завалены, какими хочешь, но очень дорого, совестно покупать было... Ой, слушай, я ведь совсем про подарки забыла, у меня в чемодане — тебе, отцу, Нюточке, Беломору кое-что...

— Хорошо, что оные последние нас не слышат, — сказал Павел, пуская в потолок струйку дыма. — А мы и до утра дотерпим. Лениво как-то.

— Ох, не говори! — Таня сладко потянулась. — Мне теперь долго лениться можно. До двадцать пятого марта.

— А потом?

— А потом обратно к станку. Замок к тому времени починить должны. А если и не починят, Иржи будет натуру снимать. Там конец марта — уже полная весна, не то что здесь.

— Значит, на два месяца только?

— На два с половиной. Но к июлю должны закончить. Вернусь — и опять поедем к морю.

— Не поедем, — сказал Павел.

Таня обеспокоенно посмотрела на него, потом стукнула себя пальцем по лбу и улыбнулась.

— Что, неужели то самое?

— То самое, — подтвердил Павел. — Вчера получил от Лимонтьева копию приказа о моем зачислении с первого февраля, сегодня кинул нашему Ермолаю заявление по собственному желанию, а завтра... — Павел внезапно помрачнел. — Мне завтра в Москву ехать, согласовывать планы, знакомиться с лабораторией... Знаешь, давай я с утра позвоню Лимонтьеву и отбоярюсь как-нибудь. Скажу, что начальство не отпускает или еще что.

— Не надо, — твердо сказала Таня. — Не годится такое большое дело начинать с мелкого вранья. Это надолго?

— Предполагалось, что на неделю.

— Долгонько... Четыре месяца выдержала, потому что собралась, настроилась, а эту неделю не выдержу, настрой уже другой. Совсем другой. — Таня задумалась. — Мы вот что сделаем: я с тобой поеду.

— Но у меня только один билет.

— Второй на вокзале купим.

— А тадзимырк-то нас отпустит? — Павел показал в сторону детской.

— Мы и тадзимырка с собой возьмем.

— А тебе не тяжело будет? Только приехала — и опять в дорогу.

Таня улыбнулась.

— Так я привыкла. Четыре месяца в таком режиме... Иди сюда.

Первые дней десять своего заграничного вояжа она не спала вообще. Немного подремала в самолете — и все. Потом, пройдя паспортный контроль и чисто условную таможню, Таня с толпой других пассажиров вышла в просторный, светлый зал прибытия и среди встречающих увидела невысокую, совсем молоденькую шатенку с приколотым на груди листом бумаги, на котором большими красными русскими буквами было написано: «ТАТЬЯНА ЛАРИНА». Она подошла к девушке и сказала:

— Татьяна Ларина — это я. Здравствуйте.

И погрузилась в стремительный поток новых впечатлений, встреч, динамичной работы. В первый вечер она поднялась в свой номер после роскошного ужина, который закатили ей по случаю знакомства Иржи и Дана, с гудящей головой, не чуя под собой ног, рухнула на белоснежное покрывало и провалилась в забытье, продлившееся минуты две-три. Потом она лежала, сначала с закрытыми глазами, затем с открытыми — смотрела на перебегающие по потолку разноцветные отблески уличной рекламы. Потом встала, разделась, умылась, почистила зубы и легла уже под одеяло. Повалялась еще часок, встала, включила лампу и электрический чайник, покурила у открытой в теплую ночь форточки, высыпала в стакан кофе из миниатюрного пакетика, обнаруженного в плетеной корзиночке на столе, и уселась в который раз перечитывать сценарий. Рассвет застал ее у зеркала — она демонстрировала самой себе мимику и позы Александры Николаевны, какой она представлялась в воображении Тани.

В просторном, сверкающем хромом и пластиком гостиничном кафетерии Таня оказалась одной из первых. Отведав йогурта, шпикачек с цветной капустой, слабенького, но терпкого и очень сладкого кофе с корицей и булочку с маслом, она почувствовала, что засыпает прямо за столом, и громадным усилием воли заставила себя выйти в холл. Там она сидела, курила, листала журналы с непонятными словами, позевывала, поминутно взглядывала на часы и с ужасом думала, что если и не заснет посреди своего первого рабочего дня, то уж непременно проведет его в тупой сонной одури, и рассерженный Иржи (по его предложению они еще вчера перешли на имена) отправит ее обратно... Обратно... К Павлу, к Нюточке... Вообще хорошо бы...

Но ничего подобного не случилось. Таня первой заметила вчерашнюю шатенку, переводчицу Марженку, и первой поспешила ей навстречу. На черной студийной «шкоде» они проехали через весь город, и Таня со свежим любопытством смотрела через стекло. Автомобиль въехал в ворота студии и долго колесил между разных строений, сквериков, изгородей, пока не остановился у длинного трехэтажного здания красного кирпича.

— Павильон номер пять, — пояснила Марженка. — Мы идет туда.

— Идем, — автоматически поправила Таня.

В этот же день состоялась первая читка с экспликацией, которую прервали уже заполночь и продолжили на следующий день, поскольку большинство исполнителей чешским не владело, и Иржи вынужден был после каждой фразы делать паузы, чтобы переводчики, приставленные к каждому из иностранцев, могли донести до них ее смысл. Он очень неплохо владел и русским, и польским, и немецким, но сегодня решил пользоваться только чешским: в его интернациональной команде любой другой язык понял бы один, от силы два человека, а переводчики растерялись бы вконец. С читкой, естественно, тоже возникали проблемы и задержки, хотя каждый читал свои реплики на родном языке, а остальные вслушивались в интонации и водили пальцами по раскрытым страницам, отслеживая смысл сказанного. Несколько раз Иржи гонял ассистентов за лимонадом, кофе и пирожками. Под конец у всех стали заплетаться языки и путаться мысли, и пришлось распустить народ до утра. По домам их развозил автобус с мрачным шофером, который проторчал у подъезда пятого павильона с шести до полуночи. В гостинице измученная Таня опять сразу же повалилась на кровать, но уже через полтора часа, отчаявшись заснуть, глушила кофе и ковырялась в своих сегодняшних заметках, сделанных на полях сценария.

С третьего дня без раскачки начались примерки, репетиции, пробы. Иржи, этот улыбчивый лысый толстячок, в работе был беспощаден, как Симон Легри из «Хижины дяди Тома». Таня приезжала на студию с красными воспаленными глазами, а уезжала выжатая как лимон. Днем на щеках ее выступал лихорадочный румянец, руки дрожали, движения сделались отрывистыми, ей постоянно приходилось контролировать себя, иначе она начинала гнать свои сцены в ураганно-пулеметном темпе. Роскошные гостиничные завтраки и ужины Таня оставляла почти нетронутыми, подкрепляясь преимущественно кофе и сигаретами.

Ночами она лежала, глядя в расцвеченный потолок, ей казалось, что так глаза будут отдыхать лучше, ведь стоило их закрыть, на черноту под веками набегали мучительно яркие круги, пятна и стрелки. В голову сама собой лезла всякая дурь: отрывочные реплики из сценария, перемежаемые какими-то бессмысленными виршами, калейдоскоп картинок — из будущего фильма, из лиц и предметов ее новой реальности, из кусочков реальности прежней... Усилием воли пыталась вызвать милые, родные образы, которые только и могли успокоить ее: Павла, Нюточки, Лизаветы, хотя бы Беломора. Но на мгновение блеснув в ее сознании, они рассыпались ядовито-ослепительными искрами... Таня сбрасывала одеяло и устремлялась в сверкающую белую ванную, под обжигающе-холодный душ. Растеревшись докрасна, она набрасывала халат, включала чайник, курила и ждала рассвета. Когда небо светлело и гасли ночные фонари, она одевалась, гуляла по свежим, безлюдным ранне-утренним улицам, заставляя себя идти помедленнее и дышать ровнее. Время потихоньку подползало к семи — открытию кафетерия, а потом и к восьми пятнадцати, когда к стеклянным дверям гостиницы подкатывала черная «шкода» с румяной, выспавшейся Марженкой.

Ночь перед первым съемочным днем, десятая по счету, прошла для Тани на удивление спокойно. Казалось, нервы то ли устали бунтовать, то ли решили сжалиться над ней и, не дав ей сна, одарили подобием покоя. Она до самого приезда Марженки пролежала как деревянная колода, в таком же деревянном состоянии доехала до студии и отдала себя, словно манекен, гримеру и костюмерше.

Собственно, это были еще не съемки, а как бы продолжение проб, не столько актерских, сколько чисто технических. Все сегодняшние «потоки» будут особенно тщательно отсмотрены на предмет того, как смотрятся на пленке подсветка, декорации, костюмы и грим, хорош ли угол камеры в том или ином кадре и тому подобное, после чего почти наверняка угодят в корзину. Иржи даже предупредил актеров, что пока не будет требовать от них гениальной игры. Сегодняшняя сцена была не из трудных: Тане предстояло сидеть в бутафорской карете без колес, оборудованной обитой бархатом скамеечкой, с отсутствующим видом слушать барона Фризенгофа и несколько раз невпопад сказать: «Да, дорогой». В фильме этот эпизод дополнится видом кареты (уже другой, настоящей), едущей по живописной дороге — и размытой, почти психоделической врезкой с воспоминаниями о верховой прогулке с Пушкиным, которым предается Александра Николаевна в эти мгновения поездки супругов из России в Австрию.

Таня, тщательно загримированная, в темном дорожном платье тех времен и темном чепце с выбивающимися из-под него черными буклями, по команде Иржи заняла место на скамейке. Рядом с ней сел Зоннтаг-Фризенгоф с пышными накладными бакенбардами, одетый в длиннополый дорожный сюртук. Иржи махнул рукой, осветители навели на них юпитеры, ближе подъехала камера. Таня зажмурилась.

— Позор! — крикнул Иржи.

Таня прыснула, хоть и знала, что по-чешски это означает «внимание», и зашлась неудержимым смехом. Она чувствовала, что все недоуменно, а потом и встревоженно смотрят на нее, что по ее горячим щекам, портя грим, стекают слезы, что сотрясающий тело смех болью отдается в груди, но сделать с собой ничего не могла. Сжав руки в кулаки, она подняла голову и сквозь приступы смеха проговорила:

— Я... я сейчас...

И рухнула на дно кареты...

Очнулась она на кушетке в комнате с белыми стенами — то ли медкабинет, то ли, не дай Бог, больница. Над ней с встревоженными лицами склонились Иржи и Дана и с невозмутимым видом — крупная женщина в белом халате. Левый рукав старинного платья был засучен, в ямке локтевого сгиба лежала ватка. Слабо пахло спиртом и дезинфекцией.

— Простите, — смущенно сказала Таня, глядя в круглое лицо Иржи. — Сама не понимаю, что со мной...

— Нервы, нервы, — проговорил Иржи и что-то коротко сказал Дане. — У тебя так часто?

— Первый раз.

— Ты очень неспокойна с дня первого, — сказал Иржи. — Тебе плохо здесь?

— Нет, хорошо, только... я перевозбуждаюсь.

— Что это «перезбуждаюсь»?

— Это... как сказать?.. Много нового... Я совсем перестала спать.

— Спать? Сколько ночей?

— Да уж десять...

Иржи отвернулся и эмоционально заговорил с женщиной в белом халате. Та что-то говорила, видимо, не соглашаясь, потом пожала плечами и направилась к металлическому белому шкафчику у окна. Дана продолжала смотреть на Таню, ее темные глаза выражали сочувствие. Таня подмигнула ей и дотронулась до ее руки.

— Ничего, — сказала она. — Все нормально.

— Нит-чево, — повторила Дана, совсем не понимавшая по-русски, и погладила Танину руку.

Подошел Иржи и протянул Тане свернутую бумажку.

— Здесь две... два лекарства. Один съешь дома сразу с водом. Второй завтра на ночь. Будешь спать. В день после завтра принесу много.

— Спасибо, — сказала Таня, поднялась, пошатнулась и тут же присела на кушетку. — Голова кружится... Сейчас пройдет, и пойдем снимать дальше.

— Сегодня идешь домой спать, — заявил Иржи. — Я послал Марженку взять машину. И завтра домой спать. На студию — в день после завтра.

— Но я здорова, — возразила Таня.

— Ты здорова, а я босс, — сказал Иржи ничуть не шутливо. — Ты слушаешься или летишь в Союз?

Таня вздохнула.

— Мне еще переодеться надо.

— Жди Марженку. Она помогает.

Он вышел, вслед за ним вышла Дана, на прощание помахав Тане рукой. Женщина в халате села за стол и стала что-то писать, не обращая на Таню никакого внимания.

Поднявшись в номер, Таня выпила одну из двух зеленых продолговатых капсул, разделась и забралась под одеяло. В голове гудело, но как-то совсем иначе, чем в последние дни, умиротвореннее, что ли. Она привычно устремила взгляд в потолок и стала медленно, размеренно дышать.

— Я спокойна, — шептала она. — Я совершенно спокойна. Сейчас я буду спать.

Через несколько минут ее действительно охватил покой, какого она здесь еще не испытывала. Но сна не было.

— Фиг вам, — обреченно сказала она. — Не берет. Встать покурить, что ли?

Она сделала глубокий вдох, чуть выгнулась перед тем, как встать, зажмурила глаза... И открыла их двадцать один час спустя.

В окно стучал дождик. Таня с удовольствием провалялась в постели до самого ужина; сначала смотрела по телевизору детские мультики, не понимая ни слова — но все было понятно без слов, — потом какой-то футбол. Едва ли не в первый раз в жизни она досмотрела матч до конца, правда, так и не разобравшись, кто же у кого выиграл со счетом «четыре-один». «Наверное, наши», — подумала она, слушая захлебывающийся голос комментатора и восторженный гул стадиона. «Господи, какие еще наши?!»

Она спустилась к ужину, наполнила тарелку всякими салатами и колбасами со шведского стола, а управившись, сходила за добавкой. Вернувшись в номер, она снова включила телевизор, но по одной программе передавали новости, по второй кто-то о чем-то оживленно с кем-то беседовал. Таня выключила телевизор, постояла под душем и, поскольку делать было решительно нечего, приняла вторую капсулу и улеглась. Марженка, не встретив утром Таню в холле, поднялась к ней и разбудила. На площадке Иржи вручил ей пузырек с «зелененькими».

Со сном наладилось, но Таня стала просыпаться заторможенной и долго приходила в нормальное рабочее состояние, и никакие замечания, даже окрики Иржи, этот процесс ускорить не могли. Она входила в раж лишь к концу рабочего дня, и ей было даже обидно, что можно бы еще работать и работать, а день уже кончается. Во вторую неделю своего здесь пребывания она попросила Марженку вместо гостиницы отвезти ее в самый большой универмаг и долго блуждала там, заглядывая во все отделы, от мехов до сантехники...

Неизвестно, чем бы все кончилось, но в отделе дамской одежды она нос к носу столкнулась с Эльжбетой Птах, которая, хоть и не владела русским, сумела втолковать Тане, что в Чехословакии из одежды и обуви есть смысл покупать только детские вещи, потому что государство выделяет на них дотации и они дешевы. Раз уж они через какой-то месяц будут в Вене, а потом в Париже, то взрослое лучше покупать там. Выбор несравненно богаче, и хотя в средних магазинах цены выше здешних, но в Вене бывают потрясающие распродажи, а в Париже есть специально для бедных универмаг «Тати». Лично она, Эльжбета, а для друзей Элька, намеревается набить товарами из «Тати» два контейнера и малой скоростью направить их домой, в голодающую под Ярузельским Польшу. Как ни странно (а может, и вовсе не странно), Таня поняла решительно все, и они с Элькой направились к детским отделам, где Таня купила полосатый свитерок с блестками, вполне одобренный Элькой. Медленно подбирая слова, Таня рассказала Эльке про мучившую ее бессонницу, про чудодейственные зеленые пилюльки, про нынешние ее затруднения. Элька кивнула и со смехом заявила, что она сама уже лет восемь не слезает со снотворных, а чтобы не ходить весь день размазней, принимает их в комплексе с «пеп-таблетами». Таня не поняла, и Элька доходчиво и артистично изобразила, что такое «пеп-таблета» — таблетка, дающая запас бодрости на целый день. Завтра, сказала Элька, она принесет Тане несколько штучек на пробу.

На улице Элька предложила подбросить Таню до гостиницы на такси и остановила какую-то иномарку.

— Но ведь дорого будет, — шепнула Таня, когда автомобиль мягко тронулся с места.

— Эх, — Элька отчаянно махнула рукой. — Мам пеньондзы!

В дороге выяснилось: оказывается, Элька живет в одной гостинице с Таней, только в другом крыле, а потому пользуется другим входом и другим кафетерием. Более того, там же живут и Уве Зоннтаг, и Дьюла Татар, художник-постановщик из Венгрии, и вообще все приезжие участники фильма. И туда же в самое ближайшее время въедет тот, кого Элька особенно жаждет видеть: красавец-мужчина, душечка, настоящий француз и ее добрый знакомый Серж Дювернуа, по фильму Дантес.

«Пеп-таблеты» — американский дексамил — Таня получила в тот же вечер и на студию приехала бодрая, как жаворонок. К Новому году она принимала по три таблетки дексамила утром и по три пилюли секонала перед сном — меньшие дозы уже не действовали. Вернувшись в Ленинград на «каникулы», она боялась, что уже не сможет нормально жить, когда кончится запас таблеток, и что здесь, в Союзе, достать что-то подобное будет трудно.

221

Она беспокоилась зря. До самого возвращения в Братиславу у нее не было ни одной бессонной ночи, ни одного мутного, заторможенного дня. Теперь у нее было куда более приятное снотворное и куда более сильнодействующий тоник — присутствие рядом любимого человека.

В этот раз она улетала совсем в другом настроении. Расцеловавшись с Павлом в Шереметьево у регистрационной стойки — дальше ему нельзя было, — Таня бодро шагнула за барьерчик, обернулась, весело помахала ему рукой и крикнула:

— Теперь уже скоро!

Ответом ей были кивок и широкая, счастливая улыбка.

Глава третья
КАК ПЕРЕКЛИЧКА ВОРОНА И АРФЫ
(27 июня 1995)

Двери Рафаловичу открыла строгого вида женщина лет под пятьдесят, в очках, похожая на японку. Миссис Элизабет Амато, должно быть. Что-то смутно знакомое почудилось ему в ее облике.

— Проходите, — без акцента и без выражения сказала она. — Миссис Розен будет с минуты на минуту.

— Давненько не виделись, давненько. Значит, наша Танечка стала теперь миссис Розен? Да и вас, госпожа Амато, я определенно раньше видел.

Элизабет Амато молча распахнула перед ним двойные двери в гостиную.

— И все же, госпожа Амато, мы с вами явно встречались раньше, — настойчиво продолжил Рафалович, желая как можно лучше сориентироваться в предложенной ему игре.

— Не помню, — тем же непроницаемым голосом произнесла японка. — Пройдите, пожалуйста. Миссис Розен будет с минуты на минуту.

Он вошел, цепким взглядом окинув огромную гостиную, знакомую ему по нескольким переговорам и презентациям. Здесь уже томились те, кто и должен был явиться по приглашению. Точнее, томился только Ник Захаржевский, выступающий нынче под гнусным псевдонимчиком Люсьен Шоколадов в каком-то новомодном гей-клубе, а проще сказать — кабаке для педиков, а Ванька Ларин мирно спал в кресле у окошечка. На неухоженного, задрипанного Ларина он посмотрел с сочувствием — потом надо будет потолковать с мужиком, узнать, чем

223

дышит, помочь как-нибудь. А вот Захаржевский-Шоко-ладов вызывал только омерзение. Совсем скурвился дип-ломат. Кто бы мог подумать.

Ник явно не узнал его. Рафалович решил не представ-ляться и в серьезные разговоры не вступать. От этого деятеля он вряд ли узнает что-нибудь достойное внима-ния. Он сел в свободное кресло, потянулся, а краем глаза не забывал следить за дверью. В прихожей послышались оживленные голоса, и он прервал очередной насторожен-ный вопрос собеседника, заставив его замолчать.

Дверь широко распахнулась.

— Доктор и миссис Розен! — торжественно объяви-ла Элизабет Амато.

(1984—1988)

I

— Не, ну точно к нам, шеф, — подал голос снизу Шкарлатти. — Обычно-то их борта вон тем краешком сигают, а в этот раз видишь, где висит? Может, спустимся?

Павел опустил руку, которую козырьком держал над глазами, и рукавом штормовки смахнул пот с лица.

— Похоже, так, — согласился он. — Рановато немножко. Я с военными по рации связывался, обещали послезавтра нас перебросить. Правда, здесь мы уже все облазали. Последние дни ходим для очистки совести... Пошли, Левушка.

Военный «мишка» в черно-зеленом камуфляжном раскрасе завис чуть в стороне от лагеря метрах в пятнадцати над землей. Ветер от винта рябил тенты палаток и сдувал с голов шапки, надетые для защиты от солнца.

— Чего не садится-то? — спросила Кира, задрав рыжую голову.

— Да и не должон бы вроде сегодня-то, — заметил Герман Фомич. — Чернов говорил, на послезавтра вызывать будет.

Вертолетчики распахнули дверцу и скинули веревочный трап. По нему стал бодро спускаться какой-то человек в брезентовой геологической куртке с рюкзаком за плечами, за ним еще один — в джинсовом костюме и тоже с рюкзаком.

— Кто это? — спросил Кошкин с обычным своим удивленно-придурковатым видом.

— Сейчас узнаем... Мать не видать, да это ж Лимонтий собственной персоной! Кошкин, бегом туда, рюкзачок принять, до лагеря донести! Кирка, плитку раскочегарь, чайник ставь по-быстрому. Они с дороги чайку захотят. Толяныч, иди зови Чернова!

Спустив пассажиров, вертолетчики втянули трап. Машина развернулась и начала подъем.

— Он со Шкарлаттой в маршрут пошел, — лениво отозвался Толик Рыбин. — А Жаппар с Аликом образцы сортируют.

— Всех сюда! И чтобы перед начальством, значит, по струночке!

— Ну ты, Фомич, артист! Только кому тут тюльку гнать? Все свои вроде...

— Свои? А кто с Лимоном прилетел, ты знаешь? Я лично нет.

— Молчу, — поспешно сказал Толик и помчался к дальней палатке.

Вскоре обитатели лагеря стояли в некотором подобии шеренги, развернувшись лицами в ту сторону, откуда приближался Кошкин с двумя рюкзаками. Следом за ним вышагивал Лимонтьев, заботливо придерживая под ручку того, второго, в джинсовом костюме.

— Ну, Кирка, твоего полку прибыло, — заметил Герман Фомич, внимательно вглядевшись. — Лимон бабу привез.

— Иди ты! — воскликнул Толик Рыбин, потирая руки. — Ох, займемся!

— Я те займусь! — цыкнул на него Фомич и наставительно добавил: — Сначала поляну надыбай, сатирик.

Изобразив на лице радостное удивление, он семенящей рысью двинулся навстречу спустившимся с небес.

— Вячеслав Михайлович, что ж вы не предупредили, что прибываете?! — крикнул он шагов с десяти. — Мы бы все чин-чином подготовили, как в лучших домах!

— Здравствуйте, здравствуйте, Герман Фомич, — Лимонтьев приблизился к нему и подал руку. Фомич восторженно схватил ее и горячо пожал. — Знакомьтесь, пожалуйста. Татьяна Валентиновна, позвольте представить вам Германа Фомича Клязьмера, моего зама по АХЧ, в данный момент — завхоза экспедиции.

— Здравствуйте! — Искательно глядя Тане в глаза, Фомич бережно, как фарфоровую вазу, принял протянутую ею руку.

— Это, Герман Фомич, Татьяна Валентиновна Ларина, знаменитая киноактриса и супруга Павла Дмитриевича, — пояснил Лимонтьев.

На подвижном, как у обезьяны, лице Германа Фомича проступило благоговейное выражение.

— Не очень знаменитая, — с улыбкой уточнила Таня.

— Татьяна Валентиновна специально прилетела из Парижа, со съемок, чтобы повидаться с Павлом Дмитриевичем, — сказал Лимонтьев.

— Не преувеличивайте, Вячеслав Михайлович, не из Парижа, а из Братиславы.

Герман Фомич семенил рядом, приговаривая:

— Надо же, надо же, то-то порадуется Павел Дмитриевич.

— А вот и наша славная команда, — объявил Лимонтьев, когда они вышли к палаткам и остановились перед строем. — Здравствуйте, товарищи!

— Здравствуйте, Вячеслав Михайлович! — хором отозвалась «команда», при этом глядя не на него, а на Таню.

— А где Павел? — шепотом спросила она у Германа Фомича.

— Павел Дмитриевич в маршрут ушли, скоро будут.

Лимонтьев представил Тане участников экспедиции: двух крепких, накачанных парней — коллектора Толю Рыбина и рабочего Костю Кошкина — и рыжую до̔   ̔зую повариху Киру Кварт.

— А вот это наши растущие научные кадры, аспиранты Павла Дмитриевича, — сказал Лимонтьев, подойдя к краю шеренги. — Это Бейшимбаев Жаппар… извините, Жаппар, никак не запомню вашего отчества…

— Дюйшенбердыевич, — густым басом отозвался рослый, плосколицый Жаппар.

— Жаппар Джанбердыевич и Калачов Альберт Леонидович.

— Здравствуйте, — с легким поклоном произнес парикмахерский красавчик Калачов, раздевая Таню наглыми глазами.

Она чуть поежилась, и это моментально усек Герман Фомич. Приторно улыбаясь, он взял Таню за локоток и повел к самой большой палатке, перед которой стоял раскладной столик и несколько табуреток с алюминиевой крестовиной и брезентовым сиденьем.

— Чайку с дороги, Татьяна Валентиновна? Извините, никаких разносолов предложить не можем, на походном, так сказать, положении, и вашего прибытия не ожидали. Кирочка сейчас оладушками займется, а пока не угодно ли тушеночки с сухариками?

— Спасибо, я поела перед вылетом. А вот чаю с удовольствием выпью. А ребята не хотят?

— Они уже завтракали. А вот Вячеслава Михайловича мы обязательно напоим... Вячеслав Михайлович, идите к нам!

Из-за палатки вышла Кира с большим черным чайником и тремя жестяными кружками.

— Сахару, сгущенки, повидла? — спросила она, разливая чай по кружкам.

— Кирочка, мы тут с собой кой-каких гостинцев привезли, вы уж разберите, пожалуйста, — сказал подошедший Лимонтьев. — С прибытием, Татьяна Валентиновна.

— Чернов спускается! — крикнул на бегу запыхавшийся Кошкин.

— Не «Чернов», а «Павел Дмитриевич»! — грозно поправил его Герман Фомич. — Сколько тебя учить, деревня!

— Где? — спросила Таня, не дав Кошкину времени обидеться.

— А вон тама! — Кошкин показал на горный склон, где она разглядела две едва ли не микроскопические фигурки.

— Через ручей где перейти? — спросила Таня.

— Это выше, Татьяна Валентиновна, — опережая Кошкина, ответил Герман Фомич. — Кошкин, проводи. Только вы осторожнее, Татьяна Валентиновна, по камешкам ступайте. Горные ручьи — они коварные.

Таня не слышала слов Фомича. Она мчалась в указанном им направлении. Скорее, скорее... Вот сейчас, вот уже сейчас...

— Очень хорошо, Павел Дмитриевич, — сказал Лимонтьев. — Я доволен. Вы успели пройтись по всем намеченным участкам, кроме вот этого. — Он ткнул пальцем в карту, расстеленную на столе и прижатую по углам камнями, чтобы не трепал свежий горный ветер. — Первые партии образцов уже в Москве, спасибо Жаппару. Без вас, разумеется, никто к ним не притронется... Скажите, так, в предварительном порядке, какие-нибудь закономерности вырисовываются?

— Да, я даже предположить не мог — ведь тогда, в семьдесят шестом, специфика получалась совсем другая. Алмазы там россыпью залегали в мраморе хрусталеносной зоны, как лал, турмалин, шпинель... Мы и в этом году начали с того участка, взяли хорошие образцы, но теперь можно ответственно говорить, что там мы столкнулись со своего рода аномалией, что алмазы были туда просто вынесены из зоны генеза вследствие какого-то пока неустановленного процесса. А зародились они вот в таких лампроитовых дайках, и месторождения их следует искать, ориентируясь на наличие этих даек. По здешним месторождениям у меня все подробно расписано в дневниках, с замерами и рисунками, а систематизировать эти данные по другим регионам я рассчитываю осенью. Думаю поручить это Жаппару, пока мы с Аликом будем заниматься собственно минералами.

— Отлично, Павел Дмитриевич. Кстати, как вам ваши аспиранты?

— Честно говоря, я боялся, что будет хуже. Жаппар не знает самых элементарных вещей, да и соображает, честно говоря, туговато. Но трудолюбив, настойчив, терпелив. В групповой работе такому человеку нет цены. Если его правильно ориентировать, он перекопает гору материала и отберет все нужное, ничего не упустив. У Алика нет и десятой доли трудолюбия Жаппара, зато он все схватывает на лету, умеет вычленить главное и на нем сосредоточиться. Получается, что они вдвоем идеально меня дополняют.

— С таким расчетом и подбирали. А вы, помнится, еще сомневались.

— Был грех, не сразу разобрался. Первое впечатление было, прямо скажем, не очень благоприятное. Спасибо вам, Вячеслав Михайлович, огромное... Эх, мне бы таких помощников на семь лет пораньше, не пришлось бы сейчас догонять американцев.

— Да, — задумчиво согласился Лимонтьев. — Ну, а остальные работники? Жалоб нет?

— Какие жалобы, что вы? Исполнительны, неприхотливы, никаких эксцессов. А Герман Фомич так вообще золотой человек. Экспедиция за ним, как за каменной стеной. Вот кто настоящий начальник! А я так, зам по науке. И, знаете, меня это устраивает...

— Волосики на лысину зачесаны, усики как два слизняка на губе, глазки бегают, льстит, заискивает, в рот смотрит, — продолжил с усмешкой Лимонтьев. — Классический типаж завхоза-жулика. Фомич, кстати, этот образ десятилетиями оттачивал.

— Зачем? — недоуменно спросил Павел.

— Игра на стереотипах. Когда человек с вашими, допустим, внешними данными и манерами честно и профессионально выполняет свою работу, никого не обманывает, ничего не крадет, это в порядке вещей. Но когда то же самое делает — и не делает — такой вот Фомич, это уже событие, почти подвиг. А во-вторых, ему так проще общаться с другими хозяйственниками: он для них свой, видите ли.

Кира принесла чайник и миску со свежими лепешками и поставила на край стола, подальше от карты.

— Вячеслав Михайлович, Павел Дмитриевич, завтракать! — объявила она. — Я пойду остальных будить.

— Да пусть поспят, сегодня ведь маршрутов не будет, — сказал Павел, отводя взгляд. Он не любил смотреть на Киру: она слишком уж напоминала Таню-Первую. Впрочем, сходство ограничивалось внешностью.

— А лепешки остынут?

— Холодненьких поедят.

Кира ушла, а Павел, убрав карту в планшет, обратился к Лимонтьеву:

— И еще, Вячеслав Михайлович... Спасибо вам огромное, что привезли мне Таню... Знаете, мы так давно не виделись...

— Это случай. Проездом через Москву позвонила мне узнать, как вы, а я как раз сюда собирался. Ну и предложил такой вариант... Я, Павел Дмитриевич, вот что думаю... Вы этот участок уже отработали?

— Практически да. Завтра ждем вертолет.

— Вот и отлично. Экспедиция отправится на новый участок, а мы с Татьяной Валентиновной в Хорог и далее.

Павел печально кивнул. Что бы ему вертолет на пару деньков позже заказать? Эх, знал бы прикуп — жил бы в Сочи. И при этом не работал...

— Так вот, Павел Дмитриевич. Я предлагаю вам прокатиться с нами. Право на недельку отпуска вы заслужили с лихвой.

— Но... но... как же экспедиция?

— Какое-то время прекрасно справятся без вас. Оставьте за себя Калачова, он толковый, только сегодня проведите с ним и с Жаппаром подробный инструктаж. На карте маршруты укажите, место стоянки, поближе к тракту и к заставе, чтобы вы, когда возвращаться будете, смогли из Хорога на попутках добраться.

— Ой, я... я даже не знаю, как вас благодарить, Вячеслав Михайлович...

— Сочтемся, — сказал Лимонтьев и откусил кусок лепешки. — Ешьте, пока горяченькие.

В отличие от Хорога, напряженного, прифронтового, забитого военной техникой, пропахшего бензином и порохом, Душанбе за семь лет не изменился нисколько. На пути с площадки вертолетного полка — гражданские рейсы на Памир были отменены — Павел узнавал знакомые места, показывал Тане, рассказывал, обходя молчанием все, что было напрямую связано с Варей — той женщиной, которая шесть лет назад выхаживала его в здешней больнице после жуткой автокатастрофы и с которой была у него любовь — бурная, скоротечная, закончившаяся резко и очень неприятно. Давно уже это отболело, и вспоминать не хотелось — ан вспоминалось...

Город встретил их лютой августовской жарой. Пять дней они безвылазно провели в гостинице «Таджикистан», лежа в чем мама родила под кондиционером. Надышаться любовью не могли — все было мало им, мало, и любая минута, когда они не касались друг друга, была бесконечно долгой, пустой, напрасной...

Рано утром, «по холодку» они вместе выбирались на Зеленый базар и загружали сумки фруктами, помидорами, орехами, горячими лепешками. Все это великолепие поедалось в течение дня со зверским аппетитом и запивалось крепким чаем. Когда на город опускался желанный вечер и жара спадала, они поднимались, одевались, шли гулять по ярко освещенным улицам, любовались фонтанами с подсветкой, а потом ужинали в гостиничном ресторане и укладывались спать.

Настал день шестой. Таня с наслаждением затянулась сигаретой — Душанбе был завален финским «Мальборо» по полтора рубля, — посмотрела на Павла, лежащего рядом с ней на прохладном линолеуме, вздохнула и спросила:

— Проводишь меня в аэропорт к шести? Мой рейс в шестнадцать десять по Москве, значит в семь десять.

Павел встрепенулся:

— Как, уже?

— Да, ты просто забыл. И тебе завтра утром лететь.

— Точно, забыл. Про все забыл. Немудрено. — И со значением посмотрел на Таню. — Ну ничего, у меня здесь работы недели на две осталось. Ненадолго расстаемся.

— Не так уж и ненадолго, — она снова вздохнула.

— Да что такое?

— И про это забыл? Я же говорила тебе: мне через три дня нужно быть в Одессе.

— Ах да, красавица-графиня, — печально проговорил он. Ну почему, почему так быстро кончается все хорошее? В эти блаженные дни он открыл для себя Таню с новой, неожиданной стороны, хотя в чем именно заключалась эта новизна, сказать не мог. Должно быть, какие-то штрихи к ее личности добавило долгое пребывание за рубежом. Сам Павел никогда за пределы страны не выезжал и не мог выезжать, поскольку работал в закрытом институте, но во всех, побывавших *там*, подмечал некоторые перемены, подчас разительные. Как правило, эти перемены Павла немного раздражали, но в Тане каждая новая черточка была восхитительна. Да и могло ли быть иначе?

— Которую убивают на двадцатой минуте фильма... — подхватила между тем Таня. — Так что я быстро отстреляюсь. Пантюхин обещал отпустить через месяц... Знаешь, ты, пожалуйста, береги себя. Мне что-то тревожно...

— Да брось ты! Граница на замке, вертолеты как часы летают, горки на том участке не сильно крутые...

— Я не об этом... Помнишь, ты рассказывал мне про свои экспедиции — как по вечерам пели у костра под гитару, спирт глушили, спорили до хрипоты, собачились, кому посуду мыть, случалось, и морды друг другу били.

— Случалось, — подтвердил он. — Это ты к чему? Боишься, как бы мне тут напоследок чайник не начистили?..

— Погоди, не перебивай, я и сама-то не знаю, как точно передать. Понимаешь, там, в горах, меня не оставляло чувство, будто я снова попала на съемочную площадку. Только декорации и реквизит из одного фильма, реплики из другого, а типажи — из третьего.

— Что-то я не понял...

— Ну, про декорации понятно. Горы, палатки, спальники, рюкзаки, молотки. Природа. Тяжелая физическая работа — она ведь только для тебя и, может, для твоих аспирантов, немножечко умственная тоже, а для других... В таких обстоятельствах человек помимо воли становится грубее, что ли. Во всяком случае, не очень следит за хорошими манерами. А твои прямо из кожи вон лезут — все по имени-отчеству, да «пожалуйста», да «будьте любезны».

Павел усмехнулся.

— Так это они перед Лимонтьевым выделывались. Начальство как-никак.

— Фомича твоего я еще понимаю, — продолжила Таня, — он из тех, кто любому начальству попу лижет, на том и поднялся, наверное...

Павел вспомнил характеристику, данную Фомичу Лимотьевым, и вставил:

— Это он образ такой создает. В интересах дела. А так — золотой мужик.

— Может быть. А вот остальных я совсем не пойму. По рожам ведь видно, что в обычной жизни они совсем другие. Заметил, каким поставленным движением этот Рыбин банки с пивом открывал? Будто всю жизнь только баночным «Коффом» отпаивался, а его ведь в наших магазинах не больно-то продают. А Кира? Когда я консервированную спаржу вынула, даже не спросила, что это такое. И джинсы у нее настоящий «супер-райфл», а не польский, как у меня...

— Что ж ты хочешь — как-никак столичные ребята.

— Не просто столичные... Помнишь, мы мои чеки зимой отоваривали? Примерно такие ребята там и околачивались, купить-продать предлагали.

— Ну ты, мать, даешь! Тебе бы романы Юлиана Семенова писать! — весело отреагировал Павел. Но на сердце неприятно защемило.

— Просто я очень тревожусь за тебя, вот и напридумывала всякой чепухи, — виноватым голосом сказала Таня. — Ты только не сердись на меня, ладно?

— Ладно, — сказал Павел, прижал к себе и поцеловал. — А ты не бери в голову. Мне вообще-то плевать, чем они там занимаются в свободное от экспедиции время. А здесь к ним никаких претензий нет.

До самого прощания в аэропорту Таня уговаривала его не принимать ее болтовню всерьез. Но уж как-то слишком настойчиво уговаривала — видно, его хотела успокоить, а убедить себя в несообразности своих подозрений так и не сумела. В результате и Павла не убедила. Он всю ночь проворочался с боку на бок и в семь утра выписался из гостиницы невыспавшийся и помятый.

В противоположность ему приехавший отвезти его на летное поле капитан Мандрыка был свеж и бодр, всю дорогу потчевал его всякими армейскими прибаутками, лихо промчался на своем «уазике» через КПП и вырулил прямо на поле.

— Пойду машину готовить, груз принимать и всякое такое. Часа на полтора. Завтракал, Митрич?

— Не успел, — признался Павел.

— Вот и я гляжу, что ты не свой какой-то. Вон там барак кирпичный видишь? Дуй туда, там столовка офицерская, приличная вполне, подхарчись маненько.

В столовой было чисто, пусто — только за угловым столиком сидел какой-то толстый человек в камуфляже, в окне гудел кондиционер. Павел прошел через зал к стойке.

— Кушать что будем? — спросила внезапно появившаяся перед ним буфетчица с обвисшими щеками.

Павел взял сметаны, сосисок с горошком, яйцо, лепешку и стакан чаю и понес к ближайшему столику.

— Эй, прапор, ты чего по гражданке вырядился? — услышал он хриплый голос.

Павел удивленно огляделся — в зале не было никого, кроме него и сидящего у входа офицера.

— Тебе, тебе говорю, — сказал офицер, поймав его взгляд. Павел, держа в руках поднос, подошел поближе. — Обознался, блин! Очень ты на нашего Петрова похож... Ну, чего глаза разул?

— Капитан Серега? — не веря своим глазам, выдохнул Павел.

Связь с этим человеком, спасшим Павлу жизнь, прервалась шесть лет назад. После того памятного лета они обменялись парой писем, в отпуск Серега так в Питер и не приехал, хотя обещал, и память о нем постепенно стерлась. Теперь же Павел узнал его мгновенно, но чем больше смотрел, тем меньше сходства с бравым усачом-капитаном находил в этом обрюзгшем, краснорожем, мутноглазом хрипуне.

— Какой капитан, подполковник, мать твою!.. Стой! Поближе подойди! Чернов, что ли? Ну прям картина Репина «Не ждали». Это надо спрыснуть. Тинка, еще стакан сюда!

— Я, Серега, не буду. Мне лететь через час.

— Что значит не буду? Пей, кому говорю!

Серега плеснул зубровки в поспешно принесенный буфетчицей стакан, поднял свой и залпом осушил. Павел чуть пригубил мерзкой теплой жидкости и поставил стакан на стол. Серега подозрительно посмотрел на него красными глазами.

— Лететь, говоришь? Уж не с Мандрыкой ли в Хорог намылился?

— Именно так, — подтвердил Павел, в душе радуясь тому, что Серега не настаивает, чтобы он допил зубровку.

— Стоп, стоп, стоп, — вдруг залепетал Серега. — Ну да, конечно, как это я сразу не допер? С лета камушки те самые по цепочке к духам пошли, а тут сразу и ты объявился. Естественно, кто же кроме тебя знает, где их брать?..

— Эй, по какой цепочке, к каким духам, ты чего несешь?... — начал Павел, но Серега не дал ему продолжить:

— Хорош прикидываться! — рявкнул он, стукнув кулаком по столу. Бутылка на столе подпрыгнула и стала падать. Серега молниеносным движением на лету подхватил ее, поднес ко рту и засандалил прямо из горла. Павел смотрел на него, ничего не понимая. Серега подпер щеку рукой и уставился на Павла. Глаза его слезились. — Ты мне лучше вот что скажи, друг ситный, — умильно протянул он с характерной для пьяных людей быстрой сменой настроения. — Тебе-то чего в жизни недостает? Квартира в Питере, папаша в шишках, наверно, и дачка с машиной не из последних. Все есть, а все вам мало...

— Товарищ подполковник, штаб округа вызывает, — послышался четкий незнакомый голос. Павел посмотрел наверх и встретился глазами с ладным высоким прапорщиком. Взгляд прапорщика был колюч и холоден.

— А, Петров, ты, братец... — начал Серега.

— Разрешите, товарищ подполковник, — отчеканил прапорщик, без особых церемоний взял Серегу за локоть и рванул вверх. Подполковник нетвердо встал, и Петров поволок его из столовой.

— Это... вы куда его? — спросил Павел вслед.

— Простите, товарищ геолог, подполковнику немного освежиться надо, — не оборачиваясь, отчеканил прапорщик и исчез вместе с Серегой за дверями.

Павел вернулся было к своему столику, но после Серегиных непонятных и тревожных слов аппетит пропал совершенно. Он услышал какой-то шум в сенцах, громкий хлопок входной двери, встал и вышел из зала. За дверью, держась за щеку, стоял Серега. Выражения его лица в полутьме было не разглядеть. Павел решительно взял его за плечи.

— Что ты там плел — про духов, про камешки?

— Прости, братан, — сипло сказал Серега. — Сболтнул спьяну. Обознался я. Перепутал. Ничего не знаю.

— Кто этот прапорщик? Что тебе известно? Говори!

— Ничего мне не известно! — Подполковник зло стряхнул с плеч руки Павла и вышел.

Павел рванулся было за ним, но на крыльце его перехватил Мандрыка.

— Все, Митрич, борт подан, полетели.

— Этот что тут делает? — спросил Павел, показывая в спину поспешно удаляющегося Сереги.

— Никашин-то, погранец? Водку пьянствует после трудовой недели. Тот еще капельмейстер. Ты его знаешь?

— Встречались, — неопределенно сказал Павел и вслед за Мандрыкой направился к летному полю.

II

— ...Сначала Таня своим профессиональным глазом подметила фальшь в их игре, потом был этот странный, неприятный разговор с пьяным воякой. А дальше все покатилось, как снежный ком. Я еле дождался окончания поля и сразу, не заезжая домой, отправился в институт и потребовал показать мне материалы с обнажений в хрусталеносной зоне, я еще летом переправил их в институт. Видимо, лаборант был не из их компании — тут же открыл хранилище и запустил меня. Я пересмотрел все образцы, сверил с записями и обнаружил несоответствие. Исчезли пять самых крупных минералов и несколько образцов мрамора со значительными включениями. Я подумал, уж не те ли это камешки, которые, по словам Сереги, ушли к духам, иначе говоря, контрабандой в Афганистан. Рассказал о пропаже Лимонтьеву, которому тогда еще верил, убедил его, что никакой ошибки с моей стороны быть не может. Он страшно возмутился, при мне вызвал и допросил всех, кто мог соприкасаться с коллекцией в поле или в институте и кого удалось быстро разыскать. Никто, естественно, ничего не знал.

Правда, Кошкин, институтский слесарь, — он в моей экспедиции рабочим был — сказал, будто видел, как аспирант Жаппар на последней стоянке разговаривал с неизвестным военным и что-то ему передал. Правда, это было уже после отправки первой партии в Москву. А перевозил ее Жаппар, так что на него падает главное подозрение, а слова Кошкина это подозрение подтверждают. Но как раз Жаппара-то и не могли найти. В Москву со всеми он не полетел, сказал, что отправится прямо домой, в Алма-Ату. Позвонили его родителям. Но они сказали, что Жаппар там не появлялся, но звонил. Сказал, что застрял в Москве... Короче, мне ничего не оставалось, как опечатать оставшуюся коллекцию и отправиться в Ленинград. В институт я вернулся спустя три недели — и тут же, в вестибюле, наткнулся на свежий некролог. В горах Тянь-Шаня при восхождении на ледник Щуровского погиб аспирант Жаппар Бейшимбаев...

Рафалович присвистнул.

Разговор они вели в гостиной Черновых. Бледный, осунувшийся и небритый Павел с черными кругами под глазами расхаживал по комнате, безостановочно курил, иногда заходясь кашлем. Сперва речь его была сбивчивой, дерганой, но теперь, когда он немного успокоился, текла размеренно и складно. Леонид, сильно раздобревший за последние два года, сидел возле стола и время от времени прихлебывал остывший кофе из кружки.

— А если все же случайность, совпадение? — спросил он.

— Я хотел думать, что так. Совпадение, пусть даже и очень кому-то нужное. Но я никак не мог взять в толк, какого лешего он полез на Тянь-Шань.

— Ты ж сам с детства альпинист и должен понимать, какой леший людей в горы тянет.

— Но не тех, кто только что с этих самых гор спустился. Особенно если просидел там четыре месяца. Тут, знаешь ли, не о горах мечтаешь, а о горячей ванне и билетах в оперу. Нет, ему могли приказать. А потом убрали.

— Зачем?!

— Концы прятали. Он свалял дурака, засветился, и его хозяева испугались разоблачения...

— Чушь! Доказать, что украл именно он, практически невозможно. Подозревать — да, но не доказать. За руку не поймали, в карманах не нашли. Скажешь, что кроме него некому? А грузчики аэрофлотовские поинтересоваться не могли? А тот же институтский кладовщик? Да уж не сам ли ты камешки налево пустил, а на казаха бедного свалил?.. Нет уж, у кого хватило ума такой бизнес раскрутить, не станут по-глупому концы прятать.

— Возможен и другой вариант: Жаппар решил сработать на свой карман. Снюхался с нужными людьми, запустил лапу в наши образцы, и камни пошли в Афганистан и оттуда дальше — душманам-то они без надобности. Но все раскрылось, и его примерно наказали. Чтобы другим неповадно было.

— А КГБ не мог к этому руку приложить? — напряженным полушепотом спросил Рафалович.

— А им-то зачем?.. Слушай, а ведь это действительно странно... Я только сейчас сообразил.

— Что сообразил?

— Понимаешь, когда ведутся работы по такой тематике... ну там, стратегические ископаемые, новейшие технологии по оборонке, комитетчики вокруг табунами бродят. Режимность, допуски, подписки, описи всякие, промывание мозгов насчет бдительности. Я этого в родимом «четыре-двенадцать» налопался во! — Павел провел ребром ладони по горлу. — А тут их и за версту не было. Ни одного! Будто мы не сверхпроводимыми алмазами занимаемся, а какой-нибудь глиной огнеупорной. И это лишний раз подтверждает...

— Что?

— А то, что работа — не на Родину, а на хитрого дядю! Бизнес, как ты только что выразился. И я в нем повязан, как и все прочие. Даром что меня за болвана держали!

— Пожалуй что и так. — Леонид задумчиво постучал пальцами по столу.

— В общем я, как некролог этот прочитал, из института выскочил, как ошпаренный, до ночи по Москве шатался, а до утра — по номеру, версии разные строил, одна другой гаже... А утром написал заявление по собственному желанию, вложил в конверт и отнес Лимонтьеву в приемную. Самого не дождался, да и не готов был, честно говоря, с ним беседовать, а секретарше в папку положил. Потом на вокзал и домой.

— А дальше? Неужели так просто и отпустили?

— Представь себе. Лимонтьев, правда, звонил несколько раз, расспрашивал, уговаривал забрать заявление. Я ничего ему объяснять не стал, сказал, что семейные обстоятельства требуют, чтобы я безвылазно сидел в Ленинграде. Он особо не напирал — решил, видимо, что теперь они и без меня справятся. Я было подумал, что отвертелся, успокоился, работу подыскал — в «Недра» устроился, геологическую литературу редактировать и резюме по-английски сочинять. Месяца два они меня не трогали. Но как-то вызвал меня к себе директор издательства, в первый раз, заметь. Я прихожу — его самого в кабинете нет, зато целая делегация сидит: Лимонтьев, главный его подхрячник Клязьмер, Алик Калачов. И давай меня обрабатывать. Дескать, большинство минералов, хоть по физическим свойствам и химсоставу ничем от прежде собранных не отличаются, но никакой сверхпроводимости не демонстрируют. Никто не может понять, в чем дело, и вся надежда на меня.

Представляешь, сволочи какие, на сознательность давить стали, о долге советского ученого вспомнили! Прямо руки чесались им в морды гладкие заехать покрепче!

— Надеюсь, не заехал?

— Сдержался. Объяснил, что если уж сверхпроводимости нет, то я ее родить не в состоянии, даже если сам в баллон с жидким азотом залезу.

— А они что?

— Принялись охмурять с удвоенной силой. Оклад увеличить обещали, премии сулили, загранкомандировки по высшему разряду. А потом Лимонтьев ухмыльнулся так гаденько и говорит: «Зря вы, Павел Дмитриевич, так упорствуете. Как бы после не пожалеть». Я так и взвился. Что, спрашиваю, это угроза? Нет, отвечает, это я в том смысле, когда мы без вас справимся и впишем славную страницу в историю мировой науки, на вашу долю лавров не останется. На том наш разговор и закончился. Потом еще несколько раз звонили, спрашивали, не передумал ли, приглашение на какую-то конференцию прислали. На работе мне кислород перекрыли. Всякая бюрократическая фигня. А недавно эти гады совсем оборзели и... — Он резко выдохнул и закашлялся. — Наверное, Таня тебе уже все рассказала?

— Да, в общих чертах. Но хотелось бы выслушать твою версию.

В тот день Павел вернулся поздно: нужно было снять вопросы с иногородним автором, а поскольку автор этот оказался давним, еще студенческих времен, приятелем Павла, собеседование плавно перетекло из издательства в пивбар. У Павла не было особых оснований спешить домой: Таня уехала в Вильнюс на пробы к новому фильму, Нюточку из садика заберет отец. Он долго ждал трамвая, подмерз на остановке и к дому подходил, мечтая о чашке горячего чая с малиной.

Он отворил дверь — и застыл на пороге в полном шоке. В прихожей возле телефона стоял красный, невменяемый отец и выкрикивал в трубку матерные слова. Павел никогда не видел его таким. Он тихо снял пальто, и в этот момент отец в сердцах бросил трубку на рычаг.

— Это ты кого так? — осторожно поинтересовался Павел.

— Кого надо! Нютка пропала!
— Что?!
Павел без сил опустился на ящик для обуви.

Как обычно в половине шестого Дмитрий Дормидонтович зашел за внучкой в детский сад. Молоденькая, сомнамбулически заторможенная воспитательница поплелась за девочкой в группу и не нашла ее. Дети сказали, что Ниточки не было с обеда. Одна девочка видела, как она ушла с прогулки за ручку с тетей в желтой шубе. Дмитрий Дормидонтович растерялся, наорал на воспитательницу, вогнав ее в истерику, устроил скандал прибежавшей заведующей. Но что толку? На всякий случай он позвонил из кабинета заведующей домой — оставалась мизерная надежда, что вдруг это Таня прилетела из Литвы в новой желтой шубе, забрала девочку и, не заходя домой, отправилась с ней в многочасовую прогулку... Естественно, трубку никто не снял. И тогда позвонили в милицию...

В считанные часы Дмитрий Дормидонтович поставил на уши весь город — обком, управление внутренних дел, КГБ, прессу. На розыск пропавшего ребенка были брошены все силы. Спешно размноженную фотографию Ниточки уже вечером передали во все отделения милиции, больницы, посты ГАИ, вокзалы, аэропорт, показали в ночном выпуске теленовостей... Ничего кошмарнее этих трех дней Павлу переживать не приходилось. Он часами висел на телефоне, носился вместе с отцом по разным начальственным кабинетам, несколько раз выезжал на опознания в детский приемник-распределитель и два раза — в морг. Он испытывал неописуемую радость, когда под белой простыней, откинутой бестрепетной рукой прозектора, видел незнакомое мертвое личико — и сквозь сжатые зубы крыл себя за это последними словами, но ничего с собой поделать не мог. Несколько раз отвечал на дотошные вопросы двух следователей — от городской прокуратуры и от КГБ, — а потом с ними же разбирался в ворохе свидетельских показаний. Девочку видели одновременно в разных частях города — у соседки по коммунальной квартире на улице Марата, в толпе цыганок на станции метро «Елизаровская», на катке в Сосновском парке, в электричке на Петергоф, в Купчинском универсаме с безногим стариком...

Ужаснее всего было ночью. Дмитрий Дормидонтович, выжатый как лимон, молча отказывался от ужина, запирался в кабинете и до утра неподвижно сидел в кресле, глядя в одну точку. Павел мерил шагами кухню, осыпая пол пеплом бесчисленных сигарет, глушил кофе и с красной тоской ждал рассвета. Особенно мучительным было осознание, что виновник всего этого кошмара — именно он, что если бы он не был таким легковерным и глупым, ничего этого не было бы, Нюточка была бы рядом, целая и невредимая.

Нюточка нашлась на четвертый день. Рано утром кто-то позвонил в дверь приемного покоя парголовской больницы, разбудив дежурную медсестру. Кряхтя и чертыхаясь, она поднялась, наспех ополоснула заспанное лицо, нацепила белый халат и спустилась. На крыльце, привалившись спиной к стенке, находилась девочка в дорогой черной шубейке и красной шапочке. Она была без сознания. Медсестра внесла ребенка в дом, положила на кушетку и пошла будить дежурного врача. Врач определил, что девочка находится в состоянии наркотического опьянения. Никаких документов, никакой записки при ней не обнаружили. Во время экстренных очистительных процедур она ненадолго пришла в себя, назвала свое имя и адрес и попросила позвать папу...

Когда в больницу примчались Павел, Дмитрий Дормидонтович и оба следователя, Нюточка спала. Удостоверившись, что в палате действительно находится разыскиваемая Чернова Анна Павловна, 1977 года рождения, следователи ушли снимать показания с врача и медсестры, Дмитрий Дормидонтович, прямой как струна, застыл у дверей, а Павел сел на табуретку у изголовья и принялся осторожно поглаживать влажные черные кудри, разметавшиеся по подушке. Нюточка дышала глубоко и ровно, личико ее было безмятежным... Павел, не стесняясь, расплакался. Он даже не заметил, что отец вышел из палаты. Нюточка чмокнула губами во сне, и из-под серого одеяла выпросталась тоненькая белая ручка. Павел опустился на корточки и, не дыша, приложился к ней губами. Время остановилось. Он не сразу почувствовал, что кто-то мягко, но настойчиво трогает его за плечо. Поднял голову — и увидел пожилую медсестру со строгим лицом.

— Там... там отцу вашему плохо, — сказала она.

Дмитрий Дормидонтович, распростершись, лежал на высокой каталке в приемном покое. Грудь его судорожно вздымалась, на лице застыла странная улыбка, один глаз был закрыт, другой не мигая смотрел в потрескавшийся серый потолок. Над ним склонился врач, сжимая запястье больного, должно быть, прощупывая пульс.

— Да-с, плоховато, — сказал врач, поймав на себе дикий взгляд Павла. — Надо бы в интенсивную терапию... Ребята, — обратился он к следователям, показывая на каталку, — ну-ка взяли дружно!

За эти трое проклятых суток, полных нечеловеческого напряжения для них обоих, отец сжег себя дотла — и рухнул как раз тогда, когда отступил дьявольский морок и мир вновь стал почти нормальным, почти обыкновенным, почти как всегда.

Нюточка, проснувшись, рассказала Павлу и следователям, что во время дневной прогулки их группы они с подружкой катали друг друга в саночках и отъехали довольно далеко от воспитательницы и других детей. И тут откуда-то появилась тетя в красивой желтой шубе, окликнула ее по имени и сказала, что прилетела мама Таня, но домой заехать не смогла, потому что через три часа у нее другой самолет. Но она очень хочет видеть Нюточку и попросила свою знакомую — то есть ту самую тетю в шубе — забрать девочку из садика, отвезти в аэропорт, а потом обратно. Смышленая Нюточка никогда и никуда не пошла бы с незнакомым человеком, но ведь тетя в шубе назвала и ее имя, и мамино, знала, что мама должна прилететь на самолете... Тетя очень торопилась, и они, ничего не сказав воспитательнице, побежали через парк на улицу. Там их ждала серая машина, кажется «Волга», за рулем сидел такой дядя с усами. Как только они тронулись, тетя дала ей шоколадную конфетку со вкусной начинкой, и Нюточка почему-то заснула... Потом она запомнила только, что ее куда-то несли на руках... комнату с желтыми шевелящимися обоями и мягкий диван... Несколько раз приходила тетя, говорила, что мама сейчас придет, снова угощала конфетами... А потом она проснулась уже здесь...

Она не смогла описать внешность ни этой тети — у нее каждый раз было новое лицо! — ни усатого дяди, а вот комнату, пожалуй, узнала бы, если бы, конечно, снова оказалась в ней... Следствию это могло помочь не сильно. Оставалась надежда, что, может быть, кто-то видел того или тех, кто утром доставил девочку в больницу... Павел провел этот день, слоняясь от палаты с Нюточкой, которая вновь заснула, до палаты с Дмитрием Дормидонтовичем, вокруг которого хлопотали врачи и медсестры. Вечером его насилу уговорили вернуться домой.

Электричка, метро... Он еле доплелся до дому и в полном изнеможении повалился на диван. Через десять минут из аэропорта приехала Таня. Она еще ничего не знала...

А ночью раздался телефонный звонок.

— Тебя, — сказала Таня, воротившись на кухню, где они оба молча курили, не в силах ни говорить, ни заснуть.

— Кто?

— Какая-то женщина. Говорит, срочно. Голос интеллигентный.

Павел подошел к аппарату.

— Алло?

Раздавшийся в трубке голос не был ни женским, ни, тем более, интеллигентным:

— Чернов, ты намек понял? Считай последним предупреждением...

У Павла перехватило дыхание. Намек он понял.

— Э-п... э-п... Кто это?

Ответом ему были короткие гудки.

На кухню он вернулся с таким лицом, что Таня моментально взяла его за руку, усадила за стол, сама села рядом и, не выпуская его руки из своей, сказала коротко:

— Рассказывай.

И он рассказал ей все — что не рассказывал доселе никому. Ни отцу, которого с детства привык не посвящать в свои проблемы, ни следователям.

— Знаешь, я давно заметила, что у всех подлецов есть одна слабость, — сказала Таня, выслушав его.

— Какая?

— Они считают, что хитрость, изворотливость и жестокость — это то же самое, что ум. И нередко поступают глупо.

— Глупо?

— Да. Неужели они не понимают, что после всего этого они потеряли последнюю надежду заполучить тебя? Ведь ты же не станешь возвращаться к ним ни при каких обстоятельствах?

— Да уж лучше подохнуть!

— Но нам надо что-то делать. И быстро. Они ведь ни перед чем не остановятся. Завтра же забираю Нюточку и везу ее в Хмелицы, к Лизавете.

— Если врачи отпустят...

— И если не отпустят — тоже. Думаю, тебе надо ехать с нами.

— А как же отец?

— Я вернусь и буду при нем. Меня они не тронут.

— Если захотят — еще как тронут!.. Нет, вы езжайте, а я останусь здесь, на виду. Мне от них прятаться бесполезно: вон Жаппара на Тянь-Шане отыскали, что им какие-то Хмелицы?!

— Но они не оставят тебя в покое.

— А я в прокуратуру пойду или в КГБ к тому же Голубовскому. Зря я тогда отмолчался, когда он о возможных причинах похищения выспрашивал. Ничего, теперь все расскажу.

— Ой, я даже не знаю... Жил у нас в общежитии парень один, Генка, бетонщик. Непутевый, выпить любил, подраться, но вообще-то неплохой. Как-то после получки собрались они с приятелями, выпили на лавочке, купили еще, а тут дождь. Забрались они с бутылками своими в подвал. А там в углу — труп. Приятели говорят, пошли скорей отсюда, а Генка им — нет, надо заявить. Те ушли, а он в отделение. Там его, не разбираясь, скрутили и в клетку: пьяный, мол. А он им кричит: я про покойника заявить пришел. Ну, рассказал, где и что, выехали они. Смотрят — действительно покойник. Генка им говорит: что, убедились, что не вру? Теперь отпустите! А они говорят: теперь-то как раз и не отпустим, потому что ты и есть убийца! Убил, испугался и к нам прибежал, рассказывать, будто случайно нашел. Он на колени: да вы что, да какой я убийца!.. Год его потом в тюрьме продержали до суда, и там и вовсе бы засудили, да хорошо, что прокурор порядочный попался и разобраться не поленился. Труп-то в подвале три дня пролежал до того, как Генка нашел его, а Генка в то время на Бокситогорском комбинате в командировке был. Отпустили его, слава Богу, но жизнь все равно покалечили крепко.

— Я не боюсь, — угрюмо сказал Павел.

— Зато я боюсь... Давай-ка мы прежде того с надежным человеком посоветуемся, который в таких делах разбирается лучше нашего. Вот только с кем бы?

— Может быть, с Николаем Николаевичем? — подумав, предложил Павел.

— Это с каким Николаем Николаевичем?

— С адвокатом, бывшим тестем моим. Человек он знающий, ловкий. Помнишь, это же он осенью в две недели организовал и твой развод, и наш брак?

— А, седой такой? Я еще в толк не могла взять, что это ты так вдруг заспешил — жили же до того нерасписанные, и ничего. А это ты мое будущее обеспечивал. — Она горько усмехнулась.

— И Нюточкино, — не замечая усмешки, сказал Павел. — До свадьбы ты юридически была для нее посторонним лицом.

— А ты его хорошо знаешь, этого адвоката? Можно ему доверять?

— А если больше некому?

— Есть кому, — твердо сказала Таня...

— Вот, собственно, и все. Ну и что ты думаешь?

— Я скажу. Только сначала разреши мне задать один вопрос.

— Задавай.

Рафалович встал, резко отодвинув стул.

— Объясни мне, пожалуйста, почему, ну почему ты такой идиот? Кто тебя просил гнать волну, а? Да, допустим, весь навар с твоих разработок пойдет не в закрома Родины, а в карман какому-то хитрому дяде — ну и что? Что это меняет? Ты же взрослый человек, ты прекрасно понимаешь, что эта самая Родина, которая из нас сосет соки и выворачивает нам руки и карманы, — и есть сотня-другая таких вот хитрых дядей, которые окопались на теплых местечках и втихаря грызут друг дружку, норовя отхватить кусочек пожирнее. Так что с точки зрения твоей хваленой нравственности совершенно безразлично, вкалываешь

246

ты на одного дядю, на двух или на тысячу. А с рациональной точки зрения на одного-то еще и лучше — и плодами труда твоего с умом распорядится, и тебе даст, сколько ты стоишь, а не сколько полагается по штатному расписанию... Тебя же впервые оценили по достоинству, создали все условия, освободили от всякой херни — твори, дорогой, открывай, изобретай. Оборудование новое нужно? Ты только списочек составь. Зарплата маленькая? На тебе вдвое. Не хочешь каждый день на работу ходить? Ходи когда захочешь, только дело делай. Ведь так оно было?

— Так.

— Ну и какого рожна тебе? Ах, его бедного заманили, обманом вовлекли! А что им оставалось? Прийти и сказать: «Чувак, у нас тут левый бизнес намечается, хочешь в долю?» Они же хорошо подготовились и понимали, с кем имеют дело. Нет, я тебе так скажу: этой фирмой рулит парень головастый. Он же так все подстроил, чтобы тебя и заполучить, и подстраховать.

— Объясни.

— При таком раскладе, даже если бы они засыпались по полной, ты остался бы чистехонек. Занимался научной работой в солидном институте, про леваки не знал, в коммерцию не лез. И вот лимонтьевы с клизмерами, бяки нехорошие, гремят под фанфары, а честный, но обманутый советский ученый Чернов продолжает свою шибко полезную для страны деятельность.

— Погоди, но ведь Лимонтьев и есть главный организатор!

— Сомневаюсь. Он скорее зиц-председатель Фунт.

— Что-то я не пойму, к чему ты клонишь?

— К тому, что тебе не следовало вставать на дыбы. Продолжал бы себе спокойненько работать.

— Даже когда они прикончили Жаппара?

— Тогда тем более. Они показали, что умеют быстро и жестко защищать свои интересы, которые, кстати, совпадают с твоими.

— Что? Ты соображаешь, что говоришь? Гнать за границу ценнейшее стратегическое сырье — в *моих* интересах?!!

— Еще не факт, что они занимались или готовились заняться именно этим. А вот Жаппар — он как раз гнал. За что ими же и был наказан.

247

— И что, по-твоему, мне надо делать сейчас?

— Прекратить артачиться и возвращаться в институт. Павел задохнулся от возмущения.

— Офигел? После всего с Нюточкой?

— А что? Утрись, засунь свой праведный гнев куда подальше и возвращайся.

— По их милости отец лежит при смерти!

— Не заставляй меня напоминать тебе, что если бы ты не вел себя как самый идиотский идиот, ни с отцом твоим, ни с Нюточкой ничего бы не случилось.

Павел подскочил к Рафаловичу, схватил его за лацканы кожаного пиджака и прошипел ему в лицо:

— Не смей, слышишь!

Рафалович взметнул руки, освободился от захвата и отскочил на два шага.

— Что, Пашенька, правда глаза колет, а?

Павел закрыл глаза, сделал глубокий вдох, медленно сосчитал до десяти и выдохнул. Рафалович за это время встал так, чтобы обеденный стол оказался между ним и Павлом.

— Ты извини меня, Леня, — спокойно выговорил Павел.

— Это за что же? — спросил Рафалович недоверчиво.

— За то, что отнял у тебя время понапрасну. Я ведь чувствовал, что разговор наш закончится чем-то в этом роде, и не хотел обременять ни себя, ни тебя. Таня уговорила. Она отчего-то очень верит тебе... Так что забудь, пожалуйста, все, о чем мы тут говорили, и не поминай лихом.

— Ни фига себе, забудь! А ты снова какую-нибудь глупость выкинешь, и они тебя грохнут!

— Не грохнут. Я еще с одним умным человеком поговорю, он немного в курсе моих дел, может, другой выход присоветует.

— А какой может быть другой выход?

— Ну, например, работа за границей. Он же Таню в этот чешский фильм пристроил. Не исключено, что и мне поможет.

— И кто же это такой всемогущий?

— Да не знаешь. Есть в Москве такой Шеров Вадим Ахметович.

— Стой! — воскликнул Рафалович. — Повтори, как ты сказал?

— Шеров Вадим Ахметович.

— Так. — Рафалович грузно опустился на стул. — Быстро рассказывай, как и где ты с ним познакомился. И что значит, что он «немного в курсе твоих дел»? Постарайся ничего не упустить. Это очень важно.

Выслушав Павла, Рафалович положил локти на стол и прижал ладони к вискам.

— Я тебе говорил, что надо возвращаться в институт. Теперь скажу иначе: не просто возвращаться, а на коленях ползти, лоб об землю расшибить, чтобы назад приняли.

— Это еще почему?

— Потому что это шеровская комбинация, и очень масштабная. А те, кто встает ему поперек дороги, долго не живут.

— Готов рискнуть.

— Да пойми ты, идиот! Он же убьет тебя!

— Ты будешь смеяться, но есть вещи пострашнее смерти.

Рафалович замотал головой и застонал:

— Господи, ну какой урод!.. В последний раз спрашиваю: однозначно нет?

— Однозначно. И давай прекратим...

— Нет, погоди... Сходи-ка лучше завари кофейку. И если коньячок найдется...

— А ты?

— Я буду думать. Долго и скучно.

Через несколько минут Павел принес кофе в турке, початую бутылку «Праздничного» и хрустальную стопочку. Рафалович что-то чертил пальцами на бахромчатой скатерти и бормотал под нос. Он поднял голову и, начисто проигнорировав стопочку, плеснул коньяк прямо в кружку с остатками прошлой порции кофе. Залпом выпил, крякнул и сказал:

— Есть у меня дорожка. Экстренный путь отхода. Для себя готовил, но тебе, видать, нужнее... Но имей в виду, обратной дороги уже не будет. Тебе придется бросить все — дом, семью, собственное имя.

— Таню, Нюточку? — с тоской в голосе спросил Павел.

— Все... Возможно, потом, через пару-тройку лет, когда про тебя все забудут, вы сможете воссоединиться... где-нибудь подальше отсюда.

— В бега податься? Как злостный алиментщик?

— Тогда возвращайся к Шерову под крылышко. Других вариантов нет.

— Есть. Обратиться в органы. Есть же прокуратура, милиция...

— Тогда уж лучше прямо к Шерову обратись. Время сэкономишь, а результат будет тот же.

— Что ты мелешь? По-твоему, им куплены все?

— Не обязательно куплены и не обязательно им. Но это ничего не меняет.

— Но ведь есть же честные, порядочные...

— Согласен. Могу назвать несколько фамилий. Но даже над самым честным чиновником стоит начальство... Справедливость, милый мой, торжествует только в романах. Или на небесах.

— Я не представляю себе, как жить без Тани...

— А ты с ней посоветуйся. Убежден, она скажет тебе то же самое, что и я. В отличие от тебя она жизнь правильно понимает.

— Договорились. Я потолкую с ней и позвоню тебе.

— А вот звонить мне не надо. Я сам позвоню. Два раза. Первого звонка жди завтра в десять утра. Трубку возьмешь сам. Если решите действовать по моему сценарию, скажешь «Алло». Если надумаете что-то другое и даете отбой, скажешь «Я слушаю». Я тут же отключаюсь.

— Ну, а если позвонит кто-то другой? — ошарашенно спросил Павел.

— Господи, ну поговоришь!.. Слушай дальше. Если работаем мой вариант, дней через пять-семь будет второй звонок. Запоминай хорошенько. Я скажу: «Это такой-то цех? Ларионова!» Отвечаешь произвольно, в том смысле, что не туда попали. Это тебе сигнал. Номер цеха — это час, когда тебе в тот же день явиться по указанному адресу. Например, восемнадцатый — значит, в восемнадцать ноль-ноль и так далее...

— Прямо шпионские страсти! Зачем все это?

— Я, конечно, не уверен, что люди Шерова прослушивают твой телефон и ведут слежку, но и в обратном поручиться не могу.

— В голове не укладывается, что все это всерьез.

— На твоем месте я бы давно понял, что шутить эти господа не любят.

— Но ты же сам рискуешь. Зачем?

Рафалович улыбнулся.

— Ты будешь смеяться, но у меня тоже есть понятия о чести... Ладно-ладно, ближе к делу. Вот адрес.

Он достал из внутреннего кармана пиджака пухлый бумажник, раскрыл и положил перед Павлом визитную карточку.

На карточке было напечатано: «Кафе „Роза“. Соловейчик Лев Зиновьевич. Директор. Московский проспект, дом 115. Телефон: 293-45-07».

— Ничего не понимаю. При чем здесь кафе, Соловейчик какой-то?

— Левушка — мой должник. А я — твой. Так что все нормально... Между делом позвонишь своему Лимонтьеву, скажешь, что тщательно все обдумал и готов возвратиться в институт, но не раньше, чем через две-три недели, потому что... Можешь даже не объяснять, он определенно в курсе последних событий.

Павел вскинулся.

— А это еще зачем?

— Выиграешь время. После такого звонка они прекратят давить на тебя, а когда спохватятся, ты уже растворишься в тумане неизвестности.

— В тумане... — Павел призадумался. — Слушай, но ведь если я исчезну, они же не оставят в покое Таню, Нюточку, отца. Начнут искать меня через них.

— Что-нибудь придумаем. Комбинировать умеет не только Шеров.

«Танюша, милая!

Когда ты получишь это письмо, я буду уже далеко. Верь мне, мой внезапный уход никак не связан с нашими отношениями. Я люблю тебя по-прежнему, и в долгой нашей разлуке буду любить еще крепче.

Родная моя, я долго и мучительно думал, прежде чем принял это непростое решение. Окончательно меня подтолкнуло к нему то, что случилось с Нюточкой, с отцом. Я никому не сказал тогда, что послужило причиной этого ужаса, а теперь говорю тебе одной: причина во мне, и только во мне. И я ухожу потому, что не желаю, чтобы это повторилось или произошло что-нибудь еще более кошмарное.

Я невольно оказался втянут в очень неблаговидные дела, которые творились на моей новой работе, в институте Лимонтьева. Для твоей же безопасности я не стану рассказывать, в чем заключались эти дела, достаточно сказать, что из-за них был жестоко и хладнокровно убит человек. Обратиться к представителям власти я не мог, поскольку ничего не сумел бы доказать, и тогда я принял решение выйти из игры. Сначала они отпустили меня, но потом стали преследовать, вынуждая продолжить работу, и наконец пошли на преступление.

Мне очень больно расставаться с вами и очень тревожно за вас, но другого выхода у меня нет. Я не могу уступить им, потому что в таком случае потеряю право на звание человека и твою любовь, не могу и остаться, потому что они не прекратят своих преследований и, начав с похищения, кончат убийством. И их жертвой могу оказаться не только я.

Больнее всего то, что я вынужден оставить тебя, Нюточку и отца в их власти. Эти люди способны на все, они не знают ни совести, ни жалости, но они никогда не станут поступать нецелесообразно. Поэтому они отстанут от вас, если убедятся, что вы ни малейшего представления не имеете о том, где я и почему на самом деле вынужден был исчезнуть, и не имеете никаких способов связаться со мной. Всем, даже лучшим своим знакомым и подругам, говори одно: что мы с тобой очень крупно поссорились, я психанул и уехал из города неизвестно куда. Нюточке скажи, что папа на год отправился в антарктическую экспедицию. Отцу тоже скажи про Антарктиду. В теперешнем своем состоянии он не станет задумываться, так это или не так. У него сейчас совсем другие заботы. Пожалуйста, не бросай его, будь рядом, особенно когда ему разрешат вставать и выпишут домой: ему нужно помочь заново научиться ходить, хотя бы с костылями, и правильно говорить. Может быть, Лизавета согласилась бы переехать к нам и помочь тебе в уходе за ним и за Нюточкой? Было бы хорошо. Денег должно хватить надолго: мою сберкнижку я переоформил на тебя, а на отцовский вклад оформлена доверенность на твое имя. Продай машину: ее я тоже переписал на тебя, документы лежат в бюро. Из вещей смело продавай все, что сочтешь нужным, — в доме накопилась уйма лишнего. Ну все. Тысячу раз целую тебя и очень прошу: береги себя и своих. Будь стойка, мужественна и терпелива. А я... я буду помнить о тебе каждую минуту и верить, что все у нас будет хорошо.

Павел.

И знай — если ты не сможешь или не захочешь дожидаться меня, я пойму. Намеренно не добавляю „и прощу", потому что сам должен просить у тебя прощения. Прости меня».

Вадим Ахметович Шеров снял очки, бережно протер их квадратиком замши, сложил в футляр и через столик посмотрел на Таню.

— Да, — медленно проговорил он. — Печально. Очень печально.

Он поднялся с кресла, обошел столик и встал у Тани за спиной. Она почувствовала на плечах его руки и прикрыла глаза, заставляя себя дышать медленнее.

— Танечка, милая моя Танечка, что же вы раньше-то молчали? Стеснялись, боялись обременить? Но разве я не друг вам? Глядишь, вместе бы что-нибудь придумали.

— Но я... я ничего не знала до самого... до самого этого письма. Он уже с осени начал вести себя как-то странно. Ходил мрачный, издерганный, огрызался, не спал ночами, отказывался показаться врачу. Представляете, уволился, перешел работать в издательство, а мы с Дмитрием Дормидонтовичем узнали только через месяц. В загс меня потащил с бухты-барахты... — Таня всхлипнула и прикрыла лицо ладонями.

Шеров отошел, зашипел сифоном, вложил стакан с газировкой в безвольную Танину руку.

— Ну что вы, что вы, успокойтесь... Значит, он ничего не говорил вам о своей навязчивой идее насчет наших... насчет каких-то темных делишек в институте?

Танины пальцы сжали стакан. Она судорожно поднесла его ко рту и глотнула. Он случайно оговорился? Или проверяет, хочет подловить на неправильной реакции? Зато теперь не остается никаких сомнений.

— Ничего... совсем ничего. Только то, что не хочет там больше работать. И больше ничего. Он очень не любил вопросов на эту тему.

— Знаете, Танечка, после вашего вчерашнего звонка я встретился с Вячеславом Михайловичем и обстоятельно с ним поговорил. Должно быть, ваш муж тяжело воспринял пропажу части алмазов и гибель своего аспиранта и, говоря по-простому, сорвался. По-моему, руководство института могло бы проявить в этой ситуации побольше такта, но ведь, согласитесь, их тоже можно понять: человек взял на себя серьезные обязательства и вдруг отказался их выполнять... Как ни прискорбно, Павел оказался заложником собственных болезненных фантазий. А тут еще эта грязная история с похищением девочки, внезапная болезнь отца... Кстати, негодяев поймали?

— Нет. Обещают, но надежды мало. Ни улик, ни свидетелей.

— Жаль. Такое не должно оставаться безнаказанным...

— Они пичкали ее наркотиками, и ребенок не понимал, что происходит. Потом, уже в больнице, замкнулась... Я ее к сестре отправила в деревню.

— Это правильно. Подальше от всяких воспоминаний. А как свекор ваш?

— Дмитрий Дормидонтович? Пока неважно. Рука отнялась, нога правая, говорит тихо, через силу, и рот кривит как-то странно.

— Да... От такого любой человек может свихнуться, а Павел и до того напридумывал себе Бог знает чего. Ну вот и... Танечка, вы только не обижайтесь на мой вопрос: у него в роду случайно никаких отклонений не было? Вы не знаете?

— У него мать умерла от психического заболевания. Я ее совсем не знала. И сестра покончила с собой. Но вы не думайте, Павел никогда... — Таня дрожащими руками нащупала сумочку, достала сигареты.

— Ах, никто не застрахован... Да вы курите, курите, пожалуйста. — Шеров услужливо придвинул к ней хрустальную пепельницу и тяжелую настольную зажигалку — бронзового крокодила на задних лапах.

Вот бы его сейчас этим крокодилом — да по темечку!

— Да, хлебнули вы, — продолжал Шеров. — Если что-нибудь нужно, консультация самых лучших специалистов, лечение в Москве или даже за рубежом, импортные лекарства, санатории — вы говорите, не стесняйтесь. Мы же, надеюсь, друзья.

Таня вымученно улыбнулась и кивнула.

254

— Спасибо вам, Вадим Ахметович, вы и так уже столько для нас сделали... Я знаю, вы многое можете. Я... я умоляю вас — разыщите Павла, верните его домой! Он пропадет без меня... А я без него...

Она раздавила сигарету в пепельнице и устремила на Шерова исполненный мольбы взгляд. В ее зеленых глазах стояли слезы. Шеров кашлянул.

— Я постараюсь, конечно... Но мне нужны некоторые подробности.

— Расскажу все, что знаю.

Он подошел к большому эркерному окну, выходящему в парк, посмотрел на ровные ряды деревьев, протянувших к небу голые черные ветви, на рыхлый и ноздреватый весенний снег, немного помассировал ладонями лоб и затылок.

— Когда именно он уехал?

И пошел допрос. Хитрый, коварный, перемежаемый лестью, посулами и тонко завуалированными угрозами. Но Таня подготовилась хорошо...

— Разрешите хотя бы проводить вас.

Таня поднялась. Шеров галантно взял ее под руку и повел в прихожую. Вслед им со стены насмешливо улыбался портрет ослепительно прекрасной молодой дамы в старинном мужском костюме для верховой езды. Дама непринужденно восседала на вороном ахалтекинце, из-под круглой шапочки задорно выбивались густые темно-рыжие кудри.

Похоже, сцену эту, тщательно продуманную и отрепетированную, она отыграла неплохо. Ни разу не сфальшивила, не отклонилась от избранной линии поведения, не утратила контроль над ситуацией. В вагоне метро, и потом, у Милены, Данкиной сестры, работающей в ИМЛИ, отвлекаясь от насущных переживаний легкой беседой об искусстве и общих знакомых, и еще позже, в купе поезда на Ленинград, она все пыталась поставить себя на место Шерова, угадать, как тот воспринял такое явление давней своей протеже, жены того, кого он предназначил на заклание. Поверил ли он ей? Конечно, тут нелепо говорить о вере в безусловном смысле, такие как Шеров не верят никому и никогда, все проверяют и перепроверяют. Что ж, ни в чем, что можно проверить, она ему не соврала. Он, конечно же, будет следить за ней, за Нюточкой. Пусть следит — Нюточка знает только, что папа уехал в Антарктиду, а сама она не выведет Шерова на Павла даже по самой нелепой случайности. Не выведет хотя бы потому, что не имеет ни малейшего представления о том, где он сейчас.

Она с трудом удержала себя, чтобы не броситься вдогонку за Павлом, когда он уходил на конспиративную встречу с Рафаловичем в кафе «Роза», а она стояла на лестнице и смотрела ему вслед. С собой он уносил собственное письмо ей, которое они сочиняли вместе и которое надежный человек Рафаловича должен был опустить в почтовый ящик где-нибудь, где Павла заведомо не будет. И следующие три дня они молчали, и может быть, поэтому оба чувствовали себя скованными, напряженными, компенсировали свою зажатость нарочитыми ласками и избыточной предупредительностью.

И простились они как-то по-деревянному. Павел сидел пень пнем, механически поедал прощальный обед, а она смотрела на него, подперев щеку рукой и не чувствуя ничего, кроме тупого, безотчетного раздражения. Когда он поднялся, взглянул на часы, что-то буркнул и, сгорбившись по-стариковски, вышел в прихожую, где уже стояла собранная дорожная сумка, она кинулась за ним следом, повыла немного, обняла его и поцеловала крепко-крепко. Короче, попрощалась чин-чином — все же как-никак актриса! — а внутри вся обмирала от внезапно раскрывшейся под ногами пропасти бесчувствия. И только когда дверь за ним закрылась, она бросилась в спальню, ничком повалилась поперек широкой кровати и разрыдалась в подушку. В *его* подушку, родную его запахом.

Ее визит к Шерову преследовал несколько целей: убедить его, что она ничего не знает о местопребывании Павла (что есть правда) и не верит в то, о чем он написал ей в письме (что есть неправда), а потому готова принять версию об умопомрачении мужа и просит разыскать его, чтобы потом помочь ему (неправда и неправда). Ее просьба никак не могла повредить Павлу — Шеров так или иначе бросился бы на розыски, если уже не начал их. Второй целью было вручить Шерову письмо Павла и тем самым пустить его по ложному следу.

Оставалось лишь надеяться, что она выдержала этот экзамен по актерскому мастерству.

— Однако долгонько ты, братец, — с легкой укоризной заметил Шеров. — Я уж замерзать начал.

Он ничком лежал на том длинном журнальном столике, за которым час назад беседовал с Таней, прикрытый махровым полотенцем.

Мускулистый брюнет снял рубашку, обнажив сильно волосатый торс, и принялся натирать руки пахучей мазью.

— Сейчас согреешься, — пробасил он. — А что долго, я не виноват. Она до самого Конькова доехала и там еще минут пятнадцать пешком по Волгина до общаги.

— Вот как?

— Фиалова Милена, стажер, чешка.

— Словачка, — поправил Шеров. — Я ее знаю. Выходит, не соврала. Действительно поехала к подруге.

— И что с того?

— Проверка на вшивость. Соври в малом — и в большом веры нет.

— А так есть? — Брюнет подошел к лежащему Шерову и откинул полотенце.

— Фифти-фифти. Имеются кой-какие нестыковки. Определенно, она знает больше, чем говорит. Впрочем, этим отличаются все неглупые люди. А способ проверить ее искренность я найду.

Брюнет положил мощные ладони на спину Шерову и начал разминать.

— А может, попрессовать ее немного? Для уравнения? — задумчиво спросил он.

— Хватит, допрессовались уже. Но следить за каждым шагом, докладывать мне... Ой-й, ну на фига ж так сильно?!

— Терпи!.. Ну, найдешь ты Чернова, а дальше что?

— Убью... Что застыл? Приступ гуманизма?

— Нет, просто... Тебе же не велели.

Он покосился на портрет прекрасной всадницы. Шеров, поднявший голову, перехватил его взгляд.

— Она теперь далеко. Не узнает. А узнает — так не достанет.

— Ларик тоже так думал. Царство ему небесное. — Брюнет перекрестился. — Да и надо ли? Болтать он не станет, а если и станет, то кто ж ему поверит? Или из принципа?

— Не в принципах дело. — Шеров сел и набросил на плечи полотенце. — А в совокупности обстоятельств. Мы изначально прокололись в подборе кадров.

— С Черновым?

— Нет, пана профессора мы разработали идеально, и если бы все шло по плану, с ним не было бы никаких проблем. Прокололись мы с Жаппаром. Сакенова знаешь?

— Кто ж его не знает!

— Его дочка замужем за братом Жаппара... Вот-вот, и я понятия не имел... А этот гаденыш, хоть и тупой был, но про денежки хорошо понимал, да и Чернов, на свою голову, растолковал ему, что это за камешки такие. В общем, пришел наш Жаппар к своему родственничку, предложил дельце, но, естественно, умолчал, чей это бизнес: Сакенов ведь не дурак и мне перебегать дорогу не стал бы... А каналы через Афган у него хорошо отработаны, спасибо войне. Наркота, золотишко, ширпотреб туда-сюда. Я и сам пару раз пользовался, знаю. Короче, Сакенов через своих вышел на покупателя, столковался, дал Жаппару контакт с вояками на границе. Тот, значит, помаленьку приворовывал у экспедиции и им передавал. Три партии передать успел.

— Три?

— Выходит так. Первая — это те камни, которых пан профессор хватился и бучу поднял, на последней его дебил этот, Кошкин, застукал. Та за кордон так и не ушла. А вторая ушла. Но покупатель ее забраковал.

— Как забраковал?

— Не те оказались камешки. Те, да не те. Все то же самое, а не годятся. Жаппар этого не узнал уже, в пропасть, бедняжка, навернулся. — Шеров хмыкнул. — Третья партия повисла неликвидом у подполковника-погранца, который всем операциям прикрытие обеспечивал. Тот надумал распорядиться с пользой для себя, пришел к одному деловому человеку, но очень неудачно пришел. Того как раз комитетчики раскручивали. Не местные, заметь, варяги, но с полномочиями. Взяли нашего подполковника тепленьким, с камнями в мешочке. А он ненадежный человек оказался, алкоголик и дурак. Помариновали его в клоповнике пару дней, без водки без закуски. И начал он колоться по-крупному. У комитетчиков глаза на лоб: взяли человека с бросовыми камушками, — не было у них резона докапываться, что это за камушки — а тут такое открылось, такие имена замелькали, что они даже растерялись, стали с начальством согласовывать. Пока согласовывали, тамошние ребята успели зачистку провести. Предупредили кого надо, а подполковника прямо в камере удавили, якобы самоубийство. Касательно же камушков, успел подполковник назвать двоих: Жаппара и Чернова. Почему Чернова — не знаю. Должно быть, как начальника экспедиции, которая камни эти добывала. Жаппар на тот момент был покойник, а Чернов уволился — мы его не держали, строго говоря, он был уже не особенно и нужен. Он, конечно, после смерти Жаппара что-то заподозрил, потому и уволился, но ничего конкретного они бы от него не узнали. Даже если бы они полезли в институт. Там все схвачено железно... В общем, я дал команду и думать забыл. Других забот хватает.

— Да уж, — согласился брюнет.

— И кто мог подумать, что без нас этот болван Клязьмер захочет прогнуться? Киднэппингом, понимаешь, занялся, гангстер доморощенный! Мы еще чемоданы не распаковали, а он тут как тут. О трудовых успехах рапортовать явился. Вернул, дескать, профессора. Вернул! Уволю!

Брюнет поежился. Он знал, как следует понимать слова шефа, и сильно не завидовал Герману Фомичу.

— И выходит, что теперь все будут знать, что Чернов в бега ударился. Включая органы.

— И ты их хочешь опередить?

Шеров встал, накинул теплый узбекский халат, лежавший на кресле, и, сладко потянувшись, плюхнулся на диван. Архимед присел у него в ногах.

— На них-то мне в сущности плевать. А вот объяснять моим шановным инвесторам, что сбежавший товарищ — не саботажник, не двурушник, не иуда, купленный конкурентами, а безвредный советский лох с первомайского плаката, мне бы не хотелось. Поймут превратно. Вот и получается кто-то лишний — или он, или я. Предпочту, чтобы он.

Архимед вздохнул.

— Сходи-ка, душенька, чайник поставь, — распорядился Шеров. — А то что-то в горле пересохло.

Взгляд Шерова упал на портрет.

— Ты все слышала, — сказал он. — Извини, Танечка, я не мог поступить иначе.

Минула неделя как неделя. Только дом давил пустотой, и Таня старалась бывать там поменьше. Подолгу сидела у Дмитрия Дормидонтовича в палате, читая ему вслух книги и газеты, ходила в кино, гуляла, если было не очень слякотно. На люди не тянуло. Возвратившись вечером, ужинала снотворными таблетками и подолгу спала. Но сны были пустые — Павел в них еще не приходил.

Она выходила из «Юности» в жидкой толпе зрителей дневного сеанса, когда ее окликнул мужчина. Она оглянулась — представительный, средних лет, в очках, при седой бородке, хорошо одет. Незнаком. Подошел, пристроился совсем рядом.

— Таня, ты не узнала меня?

Она остановилась. Пригляделась. Узнала.

— Господи, Женя! Откуда ты?

Летучий сестринский поцелуй в колючую щеку. Женя взял ее под руку, повел небыстро.

— Ты не спешишь? Пойдем посидим где-нибудь, поговорим.

— Пойдем.

В «Околице» днем пусто, полумрачно. Редкими тенями проплывают официантки.

— Ты ничего не выбрала.

— Спасибо, я не голодна. Закажи для меня любой салат и чашку кофе...

— Расскажи, как ты живешь, как жила эти годы? Сколько же мы не виделись? Десять лет?

— Двенадцать.

— А ты все такая же. Только стала еще красивее. Я видел тебя в кино, на экране. Сначала даже не поверил. Татьяна Ларина. Помнишь, ты так представилась мне тогда?

— Помню.

Подогреваемая давними воспоминаниями, Таня разрумянилась, уступила настойчивым Жениным домогательствам и выпила бокал белого, чуть шипучего вина. За эти годы голос его не утратил завораживающей силы. Почти не отдавая себе отчета, она рассказала ему о своем неудачном браке с Иваном, о работе в кино, о втором браке, счастливом. Женя слушал внимательно, чуть склонив голову. Он выждал, пока официантка расставит на столике вазочки с десертом и кофейный прибор, и, с особой проникновенностью глядя Тане в глаза, спросил:

— Ты очень переживала, когда я ушел... тогда, двенадцать лет назад?

— При чем здесь это?

— При том. Я не хотел расставаться с тобой. Меня заставили. Узнали, что я хочу развестись с женой и жениться на тебе, вызвали на ковер и заставили написать заявление о переводе в другой город.

— Кто мог заставить тебя?

— Начальство. Ты, должно быть, тогда не догадывалась, где я работаю?

— В какой-то военной организации?

— В Комитете Государственной Безопасности.

Случайная встреча после долгой разлуки? Не слишком ли своевременно?

— Ах, вот как? — равнодушно обронила она.

Он накрыл ее ладонь своей. Если сейчас спросит про Павла...

— Таня, а почему он исчез из города?

Спокойно!

— Ты о ком?

— О твоем муже, Чернове Павле Дмитриевиче.

— Зачем тебе?

— Мне надо с ним встретиться.

— Зачем?

— Вообще-то не полагается рассказывать, но тебе я скажу. Видишь ли, теперь я служу в Новосибирске. У нас там производят такой искусственный минерал, называется фианит, красивый, похож на бриллиант...

— Я знаю, что такое фианит.

— С год назад вскрылись крупные злоупотребления по фианиту. Он стал в больших количествах всплывать на Западе. Подключили наше ведомство. Следы привели в Среднюю Азию, в Душанбе. И вот там в ходе разработки, совершенно случайно...

В общих чертах его рассказ совпадал с тем, что поведал Архимеду Шеров, но подробности и акценты, естественно, разнились. Дальше пошли вопросы. Таня давала *правильные* ответы и ждала. Нужно было убедиться...

— ...И писем из других городов не присылал? — Он многозначительно посмотрел на нее.

Этот взгляд сказал все, что ей нужно было знать. Таня схватила со стола сигареты, судорожно затянулась.

— Женечка, милый, найди его, умоляю тебя, спаси, помоги... Я все расскажу тебе, все-все.... Он и так-то был не в себе после этого кошмара с Нюточкой, с отцом... А тут какая-то сволочь набрехала ему, будто я на съемках с другим... ну это, ты понимаешь...

III

Из мужского туалета аэропорта Минводы, озираясь, вышел высокий молодой человек с черными усами подковой и сумкой через плечо. Одет он был в сверкающие высокие сапоги, короткую кожаную куртку с серым барашковым воротником и папаху в тон воротнику. На носу, закрывая пол-лица, красовались темные очки с наклейкой «New York» на краешке одной линзы. Молодой человек быстро пересек полупустой зал, вышел на подмороженную площадь, осмотрелся, подошел к стоящему невдалеке «газику», остановился и постучал в стекло. Дремавший за баранкой неправдоподобно тощий водитель не торопясь открыл дверцу.

— Мастер, до Пятигорска подбросишь?

Водитель степенно оглядел молодого человека с головы до ног, повел носом, похожим на ятаган, и лаконично произнес:

— Садысь.

Ни пассажир, ни водитель разговорчивостью не отличались, последний к тому же был нетверд в русском, одних вопросов не понимал, на другие отвечал так, что его не понимал пассажир. Проносящиеся за окошком пейзажи быстро утонули в сумерках, фары высвечивали только неровное полотно дороги. Пассажир привалился к дверце и задремал.

Уже на рассвете «газик», проехав вдоль высокой глинобитной стены, остановился у двустворчатых ворот и посигналил. Ворота отворились, впустили машину и закрылись вновь.

— Виходы, — сказал водитель.

Пассажир вышел, поставил на землю сумку, потянулся, подвигал ногами, разминая затекшие мышцы, спрятал в карман очки и осмотрелся. Он стоял на ровной площадке, с трех сторон замкнутой стеной. По внутреннему ее периметру густо росли деревья, черные и безлиственные в это время года. С четвертой стороны возвышался дом. Первый этаж дома выходил на площадку сплошными окнами застекленной веранды, обрамленными эффектными фигурными переплетами. С галереи второго этажа вниз вели выгнутые боковые лестницы, забирая фасад в клещи. Приехавший остановился взглядом на внушительной двери в самом центре веранды и стал ждать, задумчиво покручивая ус. Ненароком крутанул посильнее — и усы остались в пальцах. Молодой человек укоризненно посмотрел на них, вздохнул и положил в карман рядом с очками.

Из-за угла дома вслед за мальчиком, отворившим ворота, показался седой плотный мужчина, похожий на нестарого Жана Габена, в меховой жилетке, неспешной хозяйской походкой приблизился к молодому человеку и протянул ладонь, широкую как лопата.

— Все хорошо? — спросил он, стискивая руку гостя.

— Да, спасибо, Михаил... Михаил... — Отчества ему не сказали.

— Дядя Миша... А, Асланбек!

Дядя Миша обратился к вышедшему из «газика» водителю и веско, внушительно выговорил десятка полтора каркающих звуков. Водитель закивал головой и закаркал в ответ. Дядя Миша повернулся к молодому человеку.

— Паспорт давай, пожалуйста.

— А-а?... — начал тот, но осекся под взглядом дяди Миши, наклонился к сумке, расстегнул молнию на боковом отделении и, выпрямившись, вложил книжечку в черном футляре в протянутую ладонь.

— Без тебя поездит, страну посмотрит, другим человеком вернется, — хохотнул дядя Миша и передал паспорт водителю. Тот вернулся за руль, захлопнул дверцу и завел мотор. — Ну, бери свой мешок и пошли в дом. Тебя уже ждут.

— Так, понятно, — сказал щуплый, похожий на воробья человек, довольно бесцеремонно подергав Павла за нос. — Ломали когда-нибудь?

— Что ломал?

— Ну, нос, разумеется.

— Бывало. В детстве два раза.

— Это хорошо. Выправим. — Проворные пальцы побежали выше, к вискам. — Здесь и здесь подтяжки сделаем. Тут подкоротим.

— Совсем как новый будешь, — заметил дядя Миша. — Молодой, красивый.

— Зайду часиков в восемь, сразу после больницы. Подготовьте все. А вам — помыться, побриться хорошенько, виски убрать до сих пор, — заявил щуплый Павлу. — Ничего не есть.

— А пить можно?

— Вино нельзя, а вообще можно.

— Золотой человек, — сказал дядя Миша, проводив врача до ворот и вернувшись. — В Москве работал. Артисткам морды лепил, генеральшам. Ты не бойся, это не больно, противно только и заживает долго... Голодный, да?

— Но он же сказал ничего не есть...

— А, мы ему не скажем. Я разрешаю.

Поселили Павла в задней части дома, в маленькой каморочке, обогреваемой кирпичным дымоходом от кухонной печки. Обстановка была самая спартанская — раскладушка в углу, табуретка, больничная тумбочка, в стене — гвозди для одежки. Впрочем, сами хозяева ютились в таких же клетушках, а анфилада парадных комнат с дорогой полированной мебелью, коврами, хрустальными люстрами и блестящим наборным паркетом пустовала. Лишь изредка там принимали родственников, знакомых, соседей, а те, хоть и многократно видели это великолепие, да и сами, как правило, жили не хуже, всякий раз восхищенно закатывали глаза и говорили: «Вах!» Иначе нельзя — кровная обида.

Об этом, посмеиваясь, рассказал Павлу дядя Миша, сам же он подобных сцен наблюдать не мог — его скрывали от посторонних глаз. Поскольку в жилой части дома с утра до ночи крутился разный приходящий народ, Павел безвылазно сидел в своей каморке и писал длинные письма Тане и Нюточке; потом эти письма употреблялись на растопку. Круг его общения ограничивался круглолицей и языкастой женой дяди Миши Мадиной и младшим сыном Георгием, школьником, бледным узкоплечим заморышем, которому никто не давал его четырнадцати, и изредка — самим дядей Мишей, который в доме появлялся нечасто и ненадолго. Больше здесь никто не жил — старший сын давно уже обзавелся собственным хозяйством, средний учился в Москве. Раз в два-три дня появлялся коротышка доктор, менял повязки, снимал швы, осматривал Павла, что-то бурча под нос.

Поздно вечером Павел гулял во дворе, аккуратно перешагивая пятачки черной грязи, жирно поблескивающей в косом свете уличного фонаря, глядя на крупные южные звезды, на темный профиль соседской крыши. Он испытывал чувство какой-то пространственной дезориентации. Он знал, что этот дом и двор стоят на зажиточной окраине города и что город этот называется Майкоп, но все это оставалось для него пустым звуком. О белые стены, очертившие его мир, могли с тем же успехом колотиться волны Мирового океана. Он помогал Мадине по хозяйству, узнавая попутно много любопытных вещей — как пекут лаваш, как варят медовое пиво, как приготовляют прозрачный пряный суп с клецками, помидорами и грецкими орехами. У этого вкуснейшего супа было совершенно непроизносимое название. Потом они выкуривали по трубочке ароматного желтого самосада и болтали о всякой всячине. При всей словоохотливости хозяйки некоторые темы табуировались ею намертво. Павел не услышал от нее ни слова о делах мужа, а ему она ничего не дала сказать о причинах, приведших его сюда.

Как-то он посетовал на вынужденное безделье, и Мадина предложила ему позаниматься с Георгием — мальчик много болел и безнадежно отставал по всем предметам. На следующий день она вошла в комнатушку Павла, держа плетеный стул и подталкивая слабо упирающегося Георгия.

Начали с физики и математики. Невежество мальчишки было чудовищно, и приходилось на пальцах объяснять самые азы, но когда они с Павлом взяли первые барьеры, в нем зажегся интерес, заработал мозг — и выяснилось, что Георгий неглуп и способен многое схватывать на лету. Через неделю они совместно решили добавить к расписанию русский, английский, литературу и географию.

Так прошло чуть больше месяца. Хрящ в носу сросся и затвердел, шрамы, оставшиеся от швов, превратились в едва заметные белые полоски, отросла окладистая и неожиданно светлая борода. Вернувшись из недельной отлучки, дядя Миша придирчиво оглядел его и удовлетворенно хмыкнул, а вечером Мадина вытащила его на кухню и в большой лохани помыла ему голову с перекисью водорода. Высушив волосы у печки, он как чалмой подвязался длинным полотенцем и в таком виде отправился спать. Сон не шел. Он включил свет и стал перечитывать «Героя нашего времени», накануне принесенного Георгием. Далеко за полночь к нему постучалась Мадина, попросила одеться получше и спуститься. В одной из парадных комнат его ждал незнакомый и неприметный человек с поставленным на треногу фотоаппаратом. Павел послушно сел на стул возле шкафа, занавешенного белой простыней. Фотограф навел на него свет двух положенных набок настольных ламп, попросил смотреть прямо в объектив и сделал несколько снимков. Павлу во всех подробностях вспомнилась сцена в Коктебеле, когда таким же образом фотографировали Таню. Возвращаясь к себе, он задержался у зеркала и около минуты рассматривал себя. Светлый бородатый блондин с классическим прямым носом. «Красавец, — пробормотал он с интонациями Шукшина в „Калине красной“, — родная мама не узнает».

На следующий день Павел встал поздно, занимался с Георгием, в перерыве пообедал в своей каморке домашними чебуреками с аджикой. Вечером его снова позвали вниз. В шикарной гостиной за полированным столом, в центре которого на расшитой салфеточке стояла бутылка дорогого коньяка и коробка шоколадных конфет, его ждал дядя Миша. Перед ним лежали два пакета.

— Садись, Паша, — сказал он. — Коньячку хочешь?

И, не дожидаясь ответа, налил коньяка в хрустальные рюмочки.

— Я сделал, что Леня просил, — сказал дядя Миша и придвинул к Павлу один из пакетов. — Разверни, почитай.

В пакете оказался старый Павлов паспорт со вчерашней фотографией и некоторыми изменениями, внесенными с ювелирным мастерством. Из Павла Дмитриевича Чернова он стал Савелием Дмитриевичем Черноволом, город Ленинград превратился в поселок Ленинградский Кировской области. Женат гражданин Черновол был на гражданке И. В. Париной и с нею же в прошлом году разведен. Проживал до последнего времени в общежитии города Новокузнецка Кемеровской области. К паспорту прилагался листок убытия из Новокузнецка, новенький военный билет со штампом «Дубликат», удостоверяющий, что младший сержант запаса Черновол проходил действительную службу в Северо-Кавказском военном округе, и нераспечатанная пачка десятирублевок.

— Этих бумажек хватит, чтобы добраться до любой точки Союза и устроиться на любую простую работу, особенно в глубинке. Если жить тихо, без претензий, не высовываться, никто тебя вовеки не найдет. Это и просил сделать для тебя Леня.

— Что ж, дядя Миша, прямо не знаю, как вас и благодарить. Если бы не вы, то... Завтра же утром я уеду. Я и так уже доставил вам столько хлопот... За вас и вашу чудную семью! — Павел поднял рюмку, дотронулся ею до рюмки дяди Миши, выпил и встал. Дядя Миша не шелохнулся.

— Погоди, Паша, не спеши. Я еще кое-что сказать хочу.

Павел сел.

— Как ты понимаешь, ты не первый прошел через эту станцию. Разные до тебя люди были, сильно разные, попадалась и настоящая мразь... Ты другой, Паша, такие еще не приходили сюда, да и по жизни редко мне встречались. Это не ты меня, а я тебя благодарить должен.

Павел хотел что-то сказать, но дядя Миша остановил его, подняв руку.

— За Георгия благодарить... Поздний он у нас, Паша, последыш. Слабый родился, болел много, и всегда все говорили: не выживет, до года не дотянет, до трех не дотянет, до школы не дотянет. Ох, и дорого он нам с Мадиной достался! Потому и самый дорогой стал. Какой праздник был, когда в школу пошел! Но потом учителя жаловаться стали: отстает, не понимает, не успевает, пропускает много, дурачок твой младшенький, дядя Миша, в следующий класс переводим только, чтобы ты не огорчался... Я и сам уже привык думать, что глупый он у нас совсем, даже в пастухи не годится, овец пересчитать не сумеет. Но как ты начал учить его, совсем парнишка переменился: к знаниям потянулся, все понимать стал, в себя поверил, на уроках первый руку тянет. Даже физкультура намного лучше пошла. Хорошая мечта у него появилась, на ученого выучиться, чтобы таким, как ты, стать... Вот и получается: то, что я для тебя сделал, это многие могут сделать, а то, что ты для нас с Мадиной сделал, этого никто больше не сделает. Я не знаю, почему ты тут оказался, и не хочу знать, но хочу тебе от себя уже дать кое-что, что тебе может сильно пригодиться. Возьми.

И он протянул Павлу второй пакет, чуть побольше первого. В нем Павел обнаружил второй паспорт и военный билет, целую пачку купюр, но уже двадцатипятирублевых. А еще там лежал диплом красного цвета с рельефным гербом на твердой корочке, водительское удостоверение, выданное Главным Управлением ГАИ Каракалпакской АССР, простой почтовый конверт, запечатанный, но ненадписанный, и еще какое-то непонятное приспособление вроде маленькой и плоской кожаной папочки или портмоне на длинных лямках. Павел раскрыл паспорт, почитал и тут же озадаченно нахмурился.

— А это вот... Надо ли?

Он пододвинул паспорт дяде Мише, прижав пальцем вызвавшую сомнения графу. Дядя Миша усмехнулся.

— Ты, Паша, ученый, в своем деле специалист, и я никогда не скажу тебе, что у тебя там синус-косинус неправильный. А в этом деле специалист я... Этот комплект тебе запасной, на экстренный случай, а если уж такой экстренный случай у тебя возникнет, значит, уходить тебе надо будет далеко-далеко, а с такой отметочкой это будет проще. Я, конечно, мог бы попросить, чтобы вместо «еврей» тебе написали «грек», их тоже отпускают на историческую родину. Но согласись, евреи у нас бывают всякие, а за грека тебя даже слепой держать не станет. И еще — я не встречал ни одного грека, который не знает по-гречески, и почти ни одного еврея, который знает по-еврейски... Этот второй паспорт и другие бумаги, что при нем, ты в дороге на себе носи, не снимай, я тебе для них специальный набрюшник сделал, под рубашку пристегнешь. — Дядя Миша показал на папочку. — А как устроишься, спрячь в самом надежном месте. Письмо тоже в набрюшник положи.

— А что это за письмо?

— Какое надо письмо... Ты, Паша, слушай меня хорошо и запоминай. Завтра рано утром за тобой заедет Асланбек и отвезет в Тихорецкую — не надо, чтобы тебя в Майкопе видели. Там ты сядешь на поезд северного направления. Конечный пункт твой — город Клайпеда, есть такой на Балтийском море. Главное в этом городе — порт, а второй главный человек в порту — Костя Арцеулов. Обязательно встреться с ним, передай привет от дяди Миши, он поймет, и отдай ему письмо прямо в руки... Что я в нем пишу, тебе знать необязательно, сам ты не прочтешь его, по-нашему читать не умеешь... Костя тебя хорошо определит — табельщиком, экспедитором, диспетчером, что сам выберешь. Квартиру, может быть, сразу не получится, но отдельную комнату в лучшем общежитии получишь в тот же день.

— Дядя Миша, мне, честное слово, неудобно... И потом, мне не нужно столько денег, да я и отдать не смогу...

— Ай, замолчи, а! Кто говорит за отдать?!

— ...Его перемещения мы проследили. Как мы и предполагали, мурманский след оказался ложным. Из Ленинграда Чернов одиннадцатого марта вылетел в Минводы. Четырнадцатого марта вылетел оттуда на Омск. В Омск прибыл, оттуда рейсами Аэрофлота никуда не вылетал. Областное управление подключено. По фотографии ни в Минводах, ни в Омске никто Чернова не опознал. Поиск продолжаем.

— Да уж пожалуйста, Евгений Николаевич... Арик, голубчик, плесни-ка нам кваску на каменку!.. А что у нас по связям?

— Проверяем. Большинство абсолютно бесперспективно. Но некоторые заслуживают внимания. Особенно интересна одна фигура...

Ночка выдалась трудовая, но очень, очень продуктивная. С полуночи до пяти утра им с директором пришлось поработать грузчиками: перегружали три тонны грецких орехов с одной фуры на другую. Орехи пришли дальнобоем с тираспольской базы, а к ночи, как и было договорено, пришел транспорт от Гагика. Водитель, родной брат Гагика, стоял у раскрытых дверей своей машины с листочком бумаги и старательно отмечал каждый погруженный ящик, и каждый двадцатый отправлял для контроля на весы. Дальнобойщик мирно похрапывал в своей кабине, а Владимир Степанович, директор универсама, и его заместитель Рафалович, пыхтя и отдуваясь, таскали неудобные и тяжелые ящики из машины в машину.

Когда они загрузили последний ящик и, изнемогая от усталости, уселись прямо на ступеньки служебного входа, брат Гагика закрыл двери своей фуры, неторопливо достал из внутреннего кармана пиджака толстую пачку денег, перетянутую аптечной резинкой, и принялся отсчитывать. Всего причиталось получить три тысячи раз по три пятьдесят, итого десять тысяч пятьсот. Из них шесть тысяч шестьсот к завтрашнему утру окажутся на кассе универсама, а к вечеру — в банке в качестве дневной выручки. Это святое, ведь два двадцать — государственная цена за килограмм государственных орехов, и цену эту надо родному государству отдать, а оно за это в конце квартала, может быть, поощрит премией рублей в сто пятьдесят и переходящим вымпелом. И еще рублей семьдесят подкинуть дальнобойщику — за проявленное терпение и за молчание. Остальное будет поделено по-братски: по тысяче девятьсот пятнадцать рублей на брата. Годовой оклад заместителя директора за ночь физического труда. Нет, что ни говорите, а и при социализме, если с головой, можно себе жить очень даже неплохо! Орехи же все равно попадут на стол гражданам: утром хозяйки смогут запросто приобрести их на колхозном рынке всего по пять рубликов за кило. Или по шесть. Да здравствует плановая экономика! Слава КПСС!

Босс поехал домой отсыпаться после бурной ночи, а Рафалович прилег в своем крохотном кабинетике, пропахшем гастрономическим товаром: уже в восемь утра универсам откроется, и замдиректора должен будет заступить на трудовой пост. Он предвидел, что к вечеру станет ни жив, ни мертв, но Владимир Степанович проявил нехарактерный гуманизм: прибыв на работу к часу дня, отпустил своего утомленного праведным трудом заместителя отдыхать до понедельника. Обрадованный Рафалович приехал домой, добрал еще часика три здорового сна и проснулся свеженький, как огурчик. Насвистывая, он сделал один телефонный звоночек, принял душ, заварил себе крепенького кофе, облачился в серый смокинг французского пошива и вышел во двор, где в кирпичном гараже стояла зеленая «Волга». В кармане приятно похрустывали дензнаки.

Остановился он возле одного из самых импозантных домов на Кировском проспекте. Здесь жил замечательный человек Яша Поляков, старый холостяк и любитель изящного. По вечерам у Яши собиралась солидная, хорошо между собой знакомая публика, преимущественно мужская, и предавалась интеллигентному досугу: легкий фуршет, красивые напитки, ненавязчивая музыка, кофе с ликерами, сигары для желающих, а по вторникам и пятницам — большие карты. Рафалович был в этой компании самым младшим, как по возрасту, так и по положению, и был чрезвычайно горд тем, что допущен в этот дом. Сегодня как раз была пятница.

Яша встретил его как родного — обнял, расцеловал, проводил в гостиную, налил бокал легкого вина. Рафалович оказался единственным гостем.

— Надо понимать, Яшенька, что сегодня игры не будет? — спросил Рафалович, развалясь в вольтеровском кресле.

— Отнюдь, Ленечка, отнюдь. Не дале как за пять минут до тебя звонил Бенечка Накойкер и сообщил, что направляется сюда вместе с добрым своим другом, профессором из Москвы. В беседе со мной он упомянул заветное слово «покер» и очень обрадовался, узнав, что будешь ты. Так что... — Яша красиво развел руками.

Минут через десять подъехали Беня Накойкер из Ювелирторга и московский профессор, представившийся

Евгением Николаевичем Коваленко. Профессор производил внушительное впечатление — рост, осанка, красивое породистое лицо, очки в тонкой золотой оправе, аккуратная бородка, английский костюм-тройка, лакированные итальянские полуботинки, легкий запах хорошего одеколона. Яша предложил гостям испить по глотку токайского. Как бы из ниоткуда материализовалась нехитрая закуска: корзиночки с икрой, миниатюрные тосты с бужениной и швейцарским сыром, корнишоны размером с фалангу мизинца, прозрачные ломтики русской селедочки в экспортном исполнении, анжуйские виноградные улитки в мятном соусе, консервированные побеги молодого бамбука из далекого Гонконга. Завязалась светская беседа.

— А вы, Евгений Николаевич, каких наук профессор? — поинтересовался Рафалович.

— Я, Леонид Ефимович, занимаюсь проблемами прикладной социологии. Очень, знаете ли, перспективная сфера.

— А не скучновато ли?

— Ну что вы! В науке есть свой азарт, своя, если хотите, авантюрность. А если не хватает, добираем на стороне, — Коваленко тонко усмехнулся. — И пикантных историй предостаточно. Вот был, к примеру, у нас в Академии Наук несколько лет назад представительный симпозиум, и к каждому иногороднему академику был приставлен эскорт в виде очаровательной длинноногой девицы. И вот, представьте, собираются ученые мужи, да не где-нибудь, а во Дворце Съездов, все чин-чином, отгремели фанфары, на трибуну поднимается академик Александров, начинает зачитывать приветствие от Совмина, и в эту торжественную минуту раздается истошный женский визг: «Если вы расстегнете хоть одну пуговицу, я вам всю морду расцарапаю!» Всеобщее смятение, маститые головы возмущенно оборачиваются на возглас. И весь красный от стыда поднимается один академик из Сибири, не будем называть фамилию, и, запинаясь, объясняет: «Товарищи, я только предложил ей: хотите, девушка, я вам Келдыша покажу».

Все расхохотались, хотя Рафаловичу показалось, что Беня смеется несколько искусственно — должно быть, не понял, в чем соль, но не хочет показать виду.

272

— А что, господа, — подал голос Яша, — любопытно, кто из нас и кому какого келдыша покажет. Если нет возражений, то не приступить ли?

Он показал на заранее раздвинутый ломберный столик. Все дружно закивали головами и расселись вокруг столика на мягких стульях, обтянутых желтым сафьяном. Беня расположился слева от Рафаловича, Яша справа, Коваленко соответственно напротив. Яша раскрыл заветную коралловую шкатулочку и показал всем колоду карт.

— Прошу убедиться, господа, нераспечатанная. — Он щелчком раскрыл колоду. — Евгений Николаевич, вы у нас человек новый, если желаете, можете посмотреть карты, убедиться...

— Ну что вы, зачем?

— Правила обычные. Для начала предлагаю по десять рубликов за фишку.

Яша достал из той же шкатулки четыре разноцветных столбика пластмассовых фишек. Каждый из игроков выбрал свой цвет, взял по двадцать фишек и положил в шкатулку двести рублей. Система была проста и многократно проверена на опыте. Каждый играл своим цветом, чтобы не путались ставки, и по ходу игры мог обменять выигранные чужие фишки на свои проигранные или прикупить дополнительных. Игра считалась сделанной, когда все фишки скапливались у одного игрока. Но по общему согласию игру можно было прекратить в любой момент и поделить банк по числу имеющихся у каждого фишек. Можно было тут же начать вторую игру, третью, заново оговорив цену одной фишки.

Яша выбрал из колоды ненужные джокеры и пустышки, перетасовал. Коваленко снял, и игра началась.

Она текла скучновато, с переменным успехом. Несколько кругов все оставались примерно при своих, один Коваленко проиграл около половины чипов. Игрок он оказался неважный — карта ему шла получше, чем остальным, но он рано раскрывался на явно выигрышных комбинациях, не всегда пасовал вовремя, покупался на своевременный блеф партнеров. Яша, как всегда, осторожничал. Беня, наоборот, осмелел и начал потихонечку зарываться. Рафалович выжидал. Запасовавшие игроки отходили от стола, наливали себе вина, закусывали, закуривали.

Сдавал Беня. Коваленко сбросил три карты, Яша одну. Рафалович поднял свои, посмотрел. Три короля, туз и тройка червей. Сбросил тройку и туза. Медленно протянул руку за прикупленной парой. Посмотрел верхнюю — восьмерка пик. С непроницаемым лицом раскрыл вторую... Его могло выдать только сердце, приготовившееся выскочить из груди. Четвертый король.

Коваленко поставил три фишки. Яша вздохнул и бросил карты. Рафалович сравнял и дал пять сверху. Беня сравнял и поставил еще две. Коваленко достал из кармана толстый бумажник и вытащил сотенную.

— На все, пожалуйста.

Получил десять фишек, сравнял и выкинул восемь сверху. Рафалович выложил все, что у него осталось. Получилось шесть сверху. Беня сравнял. Коваленко купил еще десяток и бросил на кон все. Рафалович вытащил три сотни и придвинул их к груде фишек, даже не обменяв. Беня ойкнул и сказал «пас».

— Насколько я понимаю, господа, игра пошла на живые деньги, — сказал Коваленко. — У Леонида Ефимовича двести двадцать сверху, так? — Яша и Беня дружно кивнули. — Что ж, выравниваю и четыреста сверху.

Беня закрыл голову руками. Яша отошел и нервно закурил. Пунцовый Рафалович судорожно шарил по карманам, вытаскивал деньги, выкладывал их перед собой. Пересчитал и швырнул на кон все.

— Пятьсот пятьдесят сверху! — крикнул он.

Коваленко перебрал купюры в своем бумажнике, отсчитал двенадцать сотенных.

— Шестьсот пятьдесят сверху.

Беня отвернулся. Рафалович шумно выдохнул, вытер пот рукавом и прохрипел:

— Яша, одолжи две тысячи...

— С-сейчас. — Яша на негнущихся ногах вышел из гостиной. Рафалович стопочкой сложил свои карты на край стола, прикрыл пепельницей, пошатываясь, встал, налил себе полный стакан коньяка и залпом выпил. Беня сидел, не шелохнувшись. Коваленко откинулся на стуле, зажав в зубах сигарету, и щелкнул зажигалкой.

Вошел Яша и молча вручил Рафаловичу деньги. Тот, не считая, принял их и направился к столу.

— Господа, — сказал Коваленко, выпустив струйку дыма. — Коль скоро Леонид Ефимович уже начал играть на чужие деньги, то вынужден предупредить вас, что у меня при себе осталось всего триста рублей с мелочью. Я не рассчитывал на столь крупную игру. Полагаю, что как порядочный человек Леонид Ефимович либо ограничит следующую ставку вышеозначенной суммой, либо разрешит мне играть в долг, по записи. Надеюсь, что Вениамин Маркович не откажется выступить моим поручителем.

— Да-да, — пролепетал Беня. — Евгений Николаевич, он... он лауреат. Я ручаюсь...

— По записи! — проревел багровый Рафалович. — Яша, ручку, бумагу!

Яша вновь исчез и тотчас вернулся с листочком бумаги и авторучкой, положил их перед Коваленко. Рафалович метнул на стол все деньги.

— Полторы сверху!

Коваленко поднял глаза.

— Извините, Леонид Ефимович, но если сейчас вы положили две тысячи, то сверху может быть не полторы тысячи, а только тысяча триста пятьдесят рублей.

— Да, Леня, ты это того... — промямлил Яша.

— Тысяча триста пятьдесят! — подтвердил Рафалович.

— Что ж, в таком случае... — Коваленко задумался. — Закрываю и даю тысячу шестьсот пятьдесят сверху. Для ровного счета. — Он размашисто начертил на листочке двойку с тремя нулями и показал Рафаловичу. — Впрочем, если вы, господа, не можете поручиться, я готов...

— Можем! — тут же пискнул Беня.

— Яша, и мне бумаги! — крикнул Рафалович.

Яша принес еще листок и черный фломастер.

— Закрываю и три тысячи сверху! — Рафалович ткнул фломастером в бумагу.

— Янислав Александрович, проверьте цифру, будьте добры, — попросил Коваленко.

Яша кивнул. Беня звонко хлопнул себя по лбу и вытащил из пиджака плоский японский калькулятор.

— Яша, так проще будет.

— Закрываю и полторы сверху, — сказал Коваленко.

— Закрываю и три!

— Закрываю и полторы.

— Закрываю и пять!

— И две.

— И пять!

— И две.

— И десять!

— И две.

— И десять!

— Открываю, — сказал Коваленко и бросил карты на стол.

— И десять! — продолжал бушевать Рафалович.

— Вы, должно быть, не поняли, Леонид Ефимович. Я сравниваю и открываю карты. Больше ставок нет.

— Как нет?! — Рафалович безумным взором обвел комнату.

— Нет, Леня, — шепотом подтвердил Яша. — Открывайся.

— Х-ха! — Рафалович веером выплеснул свои пять карт на стол. Остальные сдвинули головы, внимательно их рассматривая. Первым поднял голову Коваленко.

— Янислав Александрович, поправьте меня, если я не прав. В настоящий момент в банке, помимо фишек и наличных денег, находится девяносто тысяч рублей по записи, то есть по сорок пять тысяч с каждой стороны?

Яша заглянул в каракули Рафаловича, который вновь отошел от стола к буфету, в листок с цифрами, лежащий перед Коваленко, несколько раз нажал на кнопку калькулятора и выдавил еле слышно:

— Да.

— Леонид Ефимович, Вениамин Маркович, не возражаете?

— Нет, — проблеял Беня.

Рафалович нетерпеливо кивнул, не слыша вопроса.

— Что ж, в таком случае... — Коваленко одну за одной уложил в рядочек пять карт. — Прошу убедиться. Покер тузов. Или, ежели угодно, каре. — Он подгреб к себе груду банкнот и фишек и углубился в подсчеты.

— Леня... ты проиграл, — мертвым голосом сказал Яша.

Беня вздрогнул. Рафалович посмотрел на Яшу с бессмысленной улыбкой.

— Ты проиграл, — повторил тот.

— Я... что?!

Он рванулся к столу, своротив некстати подвернувшийся стул, навалился на него грудью и чуть не уткнулся носом в аккуратно разложенные карты. Пятерка бубен. И четыре туза. Он взял червонного туза, повертел в непослушных пальцах, зачем-то перевернул, посмотрел на рубашку, потер, понюхал...

— Но я же... Я же сам снес этого туза, — сказал он, показывая карту.

— Может быть, показалось? — участливо спросил Коваленко.

— Нет... нет.

Рафалович перевернул весь снос и перещупал каждую карту. Тройка червей... Вот она. Где туз? Где туз?! Вот же он, по-прежнему у него в руке... Но он взял его не отсюда. А откуда?

— Подменил! — заверещал он. — Товарищи, это шулер! Подменил, когда мы отходили!

— Выбирайте выражения, Леонид Ефимович! — с надменной миной проговорил Коваленко. — А во-вторых, я не мог этого сделать, даже если бы хотел. Я ни на секунду не оставался за столом один.

— А когда... когда я к буфету ходил, а Яша за деньгами? Тогда только вы с Беней...

— Пойду я, пожалуй, а то поздно что-то... — пролепетал Беня и стал бочком пробираться на выход.

Рафалович перехватил его и рванул за лацканы.

— Кого ты привел сюда, сука?! Урою!

Беня вырвался и отпрыгнул к самой двери.

— А пошел бы ты, Ленечка, на три буквы, — болезненно морщась, сказал он. — Мне через три дня в Штаты улетать на постоянное жительство. Так что лучше мне с тобой поссориться, чем с компетентными органами.

Он проворно юркнул в прихожую. Рафалович остолбенел посреди комнаты. Из ступора его вывел спокойный голос Коваленко:

— Так что же, Леонид Ефимович? Когда прикажете получить?

Рафалович медленно развернулся и в обход стола двинулся на профессора.

— Что получить, что получить, падла?! Щас ты у меня за все получишь! — Он занес мощный кулак...

…и очнулся на полу. Возле него на коленях стоял белый как полотно Яша, а из кресла в углу сочувственно и насмешливо смотрел Коваленко.

— Что же вы, Леонид Ефимович, так разволновались. Понимаю, сорок пять тысяч — сумма значительная даже для вас. Значительная, но не смертельная. И даже не разорительная…

Рафалович застонал.

— Яша, Яша, ну скажи ему, скажи!..

— А что говорить, Леня, тут уж ничего не поделаешь, — чуть слышно, но твердо произнес Яша. — Проиграл — плати.

— Янислав Александрович исключительно прав, — заметил Коваленко. — Надеюсь, недели вам хватит, чтобы набрать нужную сумму? Кое-что из вашего имущества можно очень быстро перевести в наличность. Например, автомобиль «Волга-ГАЗ-24» прошлого года выпуска, записанный на имя жены. Норковую шубу, приобретенную за пятнадцать тысяч рублей в магазине Ленкомиссионторга. Брошь-браслет белого золота, государственная цена двадцать четыре тысячи рублей. Финский мебельный гарнитур, государственная цена восемь тысяч триста рублей. Наконец, двухэтажную зимнюю дачу на Рощинском направлении, записанную на имя вашей мамы. Кстати, в настоящий момент там находится ваша жена, Рафалович Лилия Теодоровна, и двое сыновей, Григорий и Михаил…

Рафалович ткнулся носом в пол и завыл.

— Янислав Александрович, с вашего позволения, мне хотелось бы отрегулировать этот вопрос с Леонидом Ефимовичем с глазу на глаз, — сказал Коваленко.

Яша кивнул и, не оборачиваясь, вышел. Коваленко подошел к лежащему Рафаловичу, наклонился и потянул вверх за плечо.

— Вставай, горе луковое. Погоди оплакивать твои шубки-коврики. На твое счастье, есть один добрый дядя, который готов помочь тебе. Возможно, на всю сумму. Если будешь паинькой.

Рафалович приподнялся на четвереньки и мутно посмотрел на профессора. Тот опустил руку в жилетный карманчик и извлек оттуда маленькую плотную карточку, которую вложил Рафаловичу в зубы.

— Только смотри, не съешь ненароком. Тут имя и телефон. Позвонишь, честно ответишь на один вопросик — и считай, что ты никому ничего не должен. Но если ответишь нечестно — смотри у меня! Имей в виду, он будет ждать три дня. Успокойся, подумай... Янислав Александрович! Благодарю! У вас было очень мило. Я вам тут кое-что на столике оставил. В компенсацию за моральный ущерб.

Мягкий вагон поезда «Адлер—Минск» оказался почти пустым: сезон массовых отпускных миграций еще не начинался, и проезжий народ, имея свободу выбора, предпочитал места подешевле. Павел, сдав билет лахудристой проводнице в шлепанцах, вошел в пустое купе, закинул сумку на верхнюю полку, а потом перебрался туда и сам. Мерно постукивали колеса, мутное окно было сплошь исполосовано диагональными потеками дождя, и незаметно для себя Павел задремал.

Проснулся он от звука оживленных мужских голосов. Пока он спал, в купе подсели двое и теперь резались в карты, добродушно переругиваясь. Один из новых пассажиров поднял голову.

— Что, землячок, разбудили? Слезай, сыграем!

— Да я как-то...

— Брось, мы ж не на деньги. Так, в дурачка время коротаем.

Павел слез с полки и включился в игру. Примерно через часик оба его попутчика, не сговариваясь, бросили карты.

— Надоело, землячок, — сказал первый, бровастый и широколицый. — Генерал, доставай!

Второй, поджарый и небритый, без слова нырнул под стол, в длинную сумку.

— Генерал? — Павел вопросительно посмотрел на бровастого.

Тот смутился на долю секунды, а потом бойко пояснил:

— Военная косточка. Наш Вова-Генерал пятнадцать лет в героических рядах оттарабанил. До больших чинов дослужился.

— Вобла, кончай, — нахмурившись, бросил Генерал.

— Вобла — это вы? Что-то не очень на воблу похожи, — заметил Павел, имея в виду сильно упитанную фигуру собеседника.

— Дурацкое детское прозвище. Мы с Генералом в одном дворе выросли, — сказал он и протянул руку. — Сергей Комаринцев.

— Савелий, — представился Павел, обкатывая на языке новое имя. — Савелий Черновол.

— Владимир Петров, — четко произнес Генерал.

В памяти Павла что-то резко вспыхнуло, и как-то само собой выскочил вопрос:

— Скажите, Владимир, вы в Таджикистане не служили?

— Не приходилось, — отрезал тот.

— Ну что, со знакомством? — Комаринцев проворно скрутил крышку с вынутой Петровым бутылки «Кубанской».

— Вобла, не гони, — сказал Генерал. — Дай-кось я хотя бы колбаски настрогаю, помидорчиков. Человек, может, без закуски не хочет. Да и мне тоже больше нравится по-культурному, из стаканов...

Комаринцев хлопнул себя по лбу.

— Вот ведь голова садовая! — со смехом сказал он. — Про стаканы-то и забыл. Пойду проводницу охмурять.

— Из отпуска или как? — спросил Петров, оставшись с Павлом вдвоем.

— Можно сказать... Из санатория. А вы?

— Из командировки. Выездная ремонтная бригада при Минском тракторостроительном. Тоже минчанин?

Он пристально и выжидательно смотрел на Павла. Тот смутился.

— Нет, я так... К тетке заехать надумал... В Гродно. А вообще-то я из Кировской области...

— Вятский — народ хватский! — весело откомментировал Комаринцев, входя в купе с тремя стаканами.

— Гродно? — переспросил Петров. — Так в Гродно короче через Львов ехать. Или напрямки, вильнюсским.

— Ладно тебе, — вмешался Комаринцев. — Давай разливай лучше. Душа горит.

— Я не буду, — сказал Павел, страшно сердясь на себя. При первой же беседе сбился, заврался, напутал.

— Почему? — Комаринцев посмотрел с обидой.

— Подшитый, — привел Павел самый железный в подобной ситуации аргумент.

— Что, хорошо зашибал? — сочувственно спросил Комаринцев. — Может, все-таки по чуть-чуть...

— Отвяжись от человека, — сказал Петров, пряча нож, которым нарезал колбасу и хлеб. — Слышь, Савелий, тогда давай компотику, а? Хороший компотик, сливовый. — Он во второй раз нырнул под стол.

— Напрасно вы. Вам самим пригодится... — начал Павел, но ему уже налили стакан густого, сладко пахнущего компота. Его попутчики подняли стаканы.

— Со знакомством! — во второй раз провозгласил Комаринцев.

— Твое здоровье, Савелий Черновол, — произнес Петров, оба залпом осушили стаканы, дружно крякнули и зажевали колбасой. — Ты давай, компотик-то пей, закусывай.

— Спасибо, я пью, закусываю, — Павел сделал хороший глоток и надкусил половинку помидора.

Его спутники приговорили остатки, оживились, стали травить анекдоты, рассказывать всякие случаи из жизни. Поначалу Павел старался поддержать разговор, но потом затих. Его как-то странно разморило, язык словно отнялся, в голове загудело, очертания купе и лица попутчиков затуманились и поплыли... Он прикрыл глаза, но от этого стало еще хуже...

Кто-то тронул его за плечо.

— Эй, пойдем перекурим.

— Н-не, вы ид-дите, а я...

Он не договорил: сил не осталось.

— Ну, отдыхай в таком разе.

Павел остался один и попытался прилечь. Тут же навалилась дурнота, прошиб пот, сделалось нестерпимо душно и маятно. Задыхаясь, Павел заставил себя встать, не сразу нащупал дверь, рванул, выкатился в коридор и, перебирая руками по стенке, двинулся вдоль вагона. Воздуху, хоть глоточек свежего воздуху!..

В тамбуре стояли Петров с Комаринцевым.

— Что, землячок, тоже покурить надумал? — спросил Комаринцев.

— Душно мне, — пробормотал Павел.

— Подыши, — сказал Петров, открывая дверь вагона. Стук колес сразу сделался громче. В тамбур ворвался свежий ночной ветер. Павел судорожно вдохнул, приблизился к открытой двери. — Только осторожно, не вывались смотри.

— Я держусь, — прошептал Павел.

И тотчас сильная рука оторвала его пальцы от поручня, а другая подтолкнула вперед, в свистящую темноту. Павел взмахнул руками.

«Все повторяется, — успел подумать он. — Таня...»

Завтра начинались съемки. Измученная жарой, долгим переездом и тяжелыми мыслями, Таня с облегчением вошла в тенистый вестибюль уютной гостиницы в местечке Трокай, выбранном режиссером Мицкявичусом для всех «западных» эпизодов будущего фильма. Таня подошла к обшитой сосной стойке администратора, грезя о холодном душе, и положила на нее раскрытый паспорт.

— Здравствуйте. Чернова из Ленинграда. Мне забронировано.

— Здравствуйте, — с широкой улыбкой и почти без акцента сказала женщина-администратор. — Добро пожаловать. Ваш номер тринадцатый, это на втором этаже, налево... Римас, отнеси чемодан...

Таня протянула руку за ключами.

— Вам телеграмма, — сказала администратор и передала Тане сложенный пополам листок. — Обогнала вас.

Таня разорвала бумажную полоску, разогнула листок, начала читать, вскрикнула и закрыла лицо руками.

— Вам плохо? — озабоченно спросила администратор.

— Мне нужно в Ленинград, — прошептала Таня.

Иван был и на похоронах и на поминках, плакал, выпил много теплой водки, так что друзьям Павла пришлось уводить его под руки. Ник Захаржевский на похороны пришел, но к Тане подходить не стал, а она его не заметила — не до того. Рафалович не явился вовсе, хотя и был извещен.

Среди звонков и телеграмм с соболезнованиями была и телеграмма от Вадима Ахметовича Шерова. Таня порвала ее в мелкие клочки, жалея, что не может поступить так же и с ее автором. Не было ни малейших оснований считать его виновником гибели Павла, но Таня ни секунды не сомневалась, что без него не обошлось. У нее даже возникла мысль отомстить «другу и благодетелю», но это было бы безответственно. Она не могла позволить себе разменять жизнь этого негодяя на свою, пусть даже потерявшую лично для нее всякую ценность. Но были еще Нюточка, Дмитрий Дормидонтович — и ради них она обязана была продолжать жить. Лизавета еще весной продала дом и хозяйство и насовсем переехала к Черновым, главным образом, чтобы неотступно быть при Дмитрии Дормидонтовиче, который совсем не вставал с инвалидного кресла.

Весть о смерти сына он воспринял отрешенно, здорово тем самым встревожив Таню. Страшно скривив губы, он просипел: «На все Божья воля» — и потом, казалось бы, забыл обо всем. Только через две недели после похорон он попросил Лизавету повесить над его столом большой фотографический портрет Павла, а в углу — икону Спаса Нерукотворного, и заодно вынести в кладовку или на помойку труды классиков марксизма-ленинизма, роскошно изданную трилогию Брежнева, лично подписанную именитым автором, и прочую партийную литературу. У него были свои представления о том, кто лишил его сына.

От участия в съемках Таня отказалась. Ее поняли и настаивать не стали. Она твердо решила не возвращаться в кинематограф и осенью пришла в плановый отдел старого своего стройтреста. Осенью же Нюточка поступила в первый класс.

IV

— В корзину! — отчеканила Таня.

Дерек Уайт обиженно приподнял бровь. Соня Миллер прищурилась. Стив Дорки испуганно прикрыл рот рукой. В малом подземном конференц-зале Бьюфорт-Хаус воцарилась напряженная тишина.

— Мистер Уайт, боюсь, что мы впустую потратили время и деньги. Я расторгаю контракт. Деньги по неустойке будут вам перечислены в течение недели.

Уайт поджал губы, пробурчал: «Это неслыханно!» — и устремился из зала вон. Видно, очень хотел хлопнуть дверью, но та была снабжена пневматическим амортизатором и хлопнуть не получилось. В отместку великий режиссер пнул ее уже из коридора и, судя по донесшимся оттуда ругательствам, ушиб ногу.

— Таня, но как же так? — взмолился, обретя дар речи, Стив Дорки. — Теперь нам его не вернуть.

— И не надо.

— Но это же Маэстро, крупнейший мастер изысканного эротизма...

— Стив, мне остое... я устала объяснять, что мне не нужен изысканный эротизм. Не нужна Золотая ветвь Каннского фестиваля, не нужны аплодисменты эстетов и восторженные вопли критиков.

— Тогда надо было соглашаться на Стирпайка.

— Порнуха класса Х не нужна тем более. Мне нужен такой фильм, который крутили бы по всем программам, причем не в три часа ночи по субботам, а по будням в самый «прайм-тайм». Такой, чтобы рядовая английская мамаша, выросшая на «Коронейшн-стрит» и воскресных проповедях, смотрела бы его, затаив дыхание, без отвращения, стыда и скуки, а досмотрев, полезла бы в семейную кубышку и выдала своему прыщавому отпрыску десяток-другой квидов и отправила в наше заведение набираться уму-разуму. Хорошо бы и муженька послала следом, чтоб учился, засранец, как это делается. Такой, чтобы Комитет по образованию рекомендовал для просмотра на уроках по сексуальному воспитанию, а учителя водили бы школяров к нам на практические занятия. Такой, чтобы каждая девка мечтала хоть с недельку поработать на «Зарину»...

Ее речь прервал писк мобильного телефона. Таня вынула из жакетного кармана плоскую трубку, послушала, сказала «так» и отключилась.

— Таня, ты хочешь невозможного, — заметила доселе молчавшая Соня.

— Может быть. Но, как ты знаешь, я умею добиваться и невозможного.

Соня притихла, а Таня вновь обратилась к Стиву Дорки. Голос ее звучал ласково:

— Постарайся, милый, я тебя очень прошу...

Стив кивнул, отвернулся и неожиданно громко, в голос, разрыдался.

— Нервы, — констатировала Таня. — Что, Соня, отправим его в твой Хландино на недельку до второго? За счет заведения.

— Можно, — согласилась Соня.

Стив всхлипнул и опрометью выскочил из зала.

— Ты, кстати, тоже могла бы этим вопросом озадачиться. Бобу Максуэллу позвони, скажешь, за консультацию хорошо заплатим... Материалы, что тантристы с Гавайев прислали, отсмотрела?

— Да. Барахло. Один, правда, ничего, с гуру филиппинским. Забавный, и подходы нестандартные. Поглядишь?

— Не сейчас, я занята.

Приватный лифт вознес Таню в пентхаус, где располагался головной офис «Зарины» — сердце и средоточие маленькой империи, опутавшей город разветвленной, пока еще тонкой и реденькой паутиной «домов досуга», кабаре, косметических салонов и магазинчиков, бистро и художественных салонов. Номинально все эти учреждения принадлежали десятку небольших фирм и фирмочек. Сюда Таня заезжала едва ли чаще раза в неделю. Вполне овладев хитрым искусством делегирования обязанностей, она могла себе позволить не заниматься каждодневными тактическими вопросами, коих так или иначе было неподъемное множество. Это за нее делал отменно вышколенный штат, дорожащий не только завидным жалованьем, но и ощущением собственной значимости, порожденным таким доверием руководства. Доверие они оправдывали в том числе и тем, что беззаветно стучали друг на друга, пресекая тем самым малейшую возможность сколько-нибудь организованной, серьезной подлянки. Сюда, на крышу элитарной высотки, расположенной напротив Кенсингтонского дворца, обители «народной» принцессы Ди, стекались дела только самые важные, самые срочные — и самые конфиденциальные.

Сейчас три кабинета, в которых обычно располагались сотрудники, пустовали по причине окончания рабочего дня. Только в просторной, залитой вечерним солнцем приемной — царстве Эмили, секретаря по жизни, способной без малейшего напряжения одновременно разговаривать по телефону, барабанить по клавишам компьютера и сражать посетителя улыбкой мегатонн на сорок, — находился, помимо самой Эмили, еще один человек, вольготно развалившийся в кожаном кресле. Впрочем, при виде Тани он моментально вскочил и замер, втянув живот. Таня ограничилась вежливым, исполненным достоинства кивком, стараясь не рассмеяться Джулиану в лицо. Институциональные законы в действии. Хоть ты и четвертое лицо в компании, технический директор и член правления, а все же знай, кто здесь босс. И характерно, как легко врос экс-вышибала в этот дебильный официоз, для самой Тани бывший своего рода затянувшейся игрой, иногда забавной, а иногда скучной и утомительной. Будто так и родился в белой отутюженной рубашке с идиотским галстуком на резиночке, с твердой пластмассовой папочкой в руках. Словно с ростом их бизнеса от веселого домика на улице Благодати до этого вот черно-белого обтекаемо-функционального супер-офиса супер-корпорации в супер-пентхаусе (тьфу, будто картона наелась!) слетала с главпомощничка многослойная обертка, пока не обнаружился натуральный корпоративный гамбургер, разве что пережаренный малость. Захотелось поддеть, тем более что разговор предстоял весьма фертикультяпистый.

— Джулиан, лапушка, спасибо, что зашел, — пропела Таня нежнейшим голоском, прикрыв за ним дверь в офис, и, к его несказанному удивлению, клюнула алыми губами в благоухающую «Уилкинсоном» черную щеку. — Садись, садись. Коньячку, сигару?

— Я же не курю.

— Тогда, значит, коньячку.

Она нажала кнопочку дистанционного управления, черная полочка с толстыми папками ушла в стену, а на ее место неспешно выплыл застекленный бар с разнокалиберными бутылками. Таня выбрала большой коньячный бокал, в который полагается плескать несколько капель на донышко, до половины заполнила «Реми-Мартеном» и пододвинула к нему через полированный стол. После секундного замешательства он взял бокал, сделал символический глоток и решительно поставил на стол. Вспомнил, должно быть, что он не только подчиненный, обязанный исполнять любую прихоть босса, но и нехилый акционер, с которым здесь обязаны считаться.

— Я слушаю, — с суховатой почтительностью сказал он.

— Вчера мне был очень интересный телефонный звонок, — столь же непринужденно, будто в продолжение светской прелюдии, заявила Таня. — От Колина Фитцсиммонса.

Джулиан понимающе наклонил голову. Колин Фитцсиммонс был знаменитостью международной. Звезда его стремительно взошла три года назад, когда этого добротного профессионала средних лет, известного преимущественно по полицейским телесериалам, неожиданно пригласили на роль легендарного злодея Оуэна Глендауэра в исторической кинодраме из жизни средневекового Уэльса. Эту сильную, противоречивую личность Фитцсиммонс сыграл столь выразительно и страстно, что через каких-то три месяца после выхода фильма в прокат получил приглашение в Голливуд, где с тех пор успел сняться в трех эпических блокбастерах, получить «Оскара» и заключить прямо-таки фантастический контракт на пять лет. С Таней он познакомился, будучи еще относительно безвестным, скромным и молчаливым крепышом с обаятельной улыбкой и незадавшейся семейной жизнью. Жил он тогда в Хэмпстеде и нередко заглядывал на огонек в новый «центр досуга». Добившись успеха, он не забыл дома, где ему было так хорошо, всякий раз, бывая в Лондоне, находил время зайти, и в зале висела огромная фотография кинозвезды с теплым посвящением «царице Тане».

— И что Фитц? — поинтересовался Джулиан.

Такой поворот, похоже, вернул ему спокойствие, несколько поколебленное странным началом аудиенции.

— Лучше всех. Только по дому скучает. Но оттуда ему не вырваться, а потому решил обзавестись кусочком дома прямо у себя, на Лавровом Каньоне. У его менеджера есть на этот счет парочка идей, довольно заманчивых. Надо бы слетать туда, разобраться на месте, переговорить... У меня дел под завязочку, ты не мог бы?..

Немного дернулось веко и пальцы сжали подлокотник — только и всего, но от Таниного внимания это не укрылось. Джулиан широко улыбнулся:

— Но, дарлинг, ты же знаешь, что мне лучше страну не покидать.

— Брось. Ты ж уважаемый бизнесмен, полезный член общества. Все бумаги в момент оформят и еще за честь почтут. К тому же, если бы у них на этого Джулиана Д'Обюссона что-нибудь было, давно бы тебя прихватили. Верно, Франсуа?

Он вздрогнул.

— Не бойся, «жучки» здесь не водятся... Между прочим, я беседовала о твоей ситуации с одним грамотным барристером — без имен, естественно, — так он говорит, что у тебя очень хороший шанс легализоваться вчистую. Все же прекрасно помнят, какие ужасы творились на вашем Гаити при Папе Доке. И историю твоего отца поднять несложно. А что столько жил по подложным документам — так ведь опасался преследований злых тонтон-макутов и их агентов. Но главное, человек ты зажиточный, не шантрапа какая, налоги платишь исправно... Отличный повод для англичан блеснуть хваленым гуманизмом, а? Как тебе такой вариант?

Джулиан молчал.

— Думаешь, начнут всякие вопросы задавать, подтверждений требовать? А мы им подтверждения предоставим, свидетелей кучу найдем. Профессоров сорбоннских, сокурсников. Вот этих, например.

Таня придвинула к нему фотографию — улыбающийся, бородатый Джулиан в академической мантии и шапочке среди десятка молодых людей, одетых аналогично. Он взглянул на фотографию и тут же бросил. Руки его дрожали, взгляд заметался.

— Никто не откажется подтвердить, что ты — это ты. Это ведь, знаешь ли, миф, что для белых все черные на одно лицо. Могут, правда, спросить, куда ты настоящего Франсуа Гайона дел — сам грохнул или шакалам гаитянским сдал, как папашу, — беспощадно продолжала Таня. — Только, пожалуйста, не стреляй глазками в поисках тяжелого предмета. Иначе придется лишить тебя жизни, а она мне еще пригодится. Тебе, надеюсь, тоже.

На лбу Джулиана вздулись жилы. Он схватил едва тронутый коньяк и залпом выпил. Хрустальный стебелек треснул в его пальцах, и пустой шар бокала покатился по ковру. Таня до краев наполнила новый бокал и метнула по полированной поверхности в направлении Джулиана.

— Угощайся, не стесняйся. А я тебе пока сказочку расскажу... Жил да был на белом свете один черный мальчик. Жил, обрати внимание, не в бедности и горе, а совсем наоборот. Папа у мальчика был преуспевающий адвокат, дедушка по маминой линии производил лосьон, который сильно курчавые волосы распрямляет, и на этом разбогател. А мальчику нашему хотелось жить еще богаче, много богаче. В школе и дома ему внушали, что для этого надо усердно учиться и прилежно работать. Поверил мальчик, школу закончил лучшим в классе, в колледж поступил, науки успешно грыз, в бейсболе блистал, с девочками тоже отличался. В общем, не мальчик, а прям американская мечта. И вот приметили мальчика добрые дяди, послали доучиваться аж в Париж, в саму Сорбонну. А как доучился мальчик, взяли в свою фирму, во французское ее представительство. Платили ему щедро, по службе продвигали. Только мальчику этого мало было, джекпот ему, болезному, грезился, спать не давал. И вот году в семьдесят втором объявился наш герой в солнечной Калифорнии... Ну, а про дальнейшее во всех газетах писали, по телевизору трубили. Ты позволь, я зачитаю небольшую выкладку.

Не дожидаясь ответа, Таня нацепила очки в черепаховой оправе. В них она походила не на директора школы, а на американскую актрису Ким Бэссинджер, хоть та вроде и без очков. Открыла бархатную папочку и извлекла розовый листочек.

— А. О. «Бонанза-Калифорния», прежде, кстати, совершенно неизвестное, занималось привлечением средств инвесторов для разработки нефтяных скважин в Калифорнии. Дивиденды, выплачиваемые по акциям компании, достигали небывалого уровня. Первые вкладчики, в числе которых было немало знаменитых деятелей кино, политиков, журналистов, получили за шесть месяцев по доллару и шестьдесят центов на каждый вложенный доллар. Деятельность «Бонанзы» сопровождалась агрессивной рекламой, что создало беспрецедентный ажиотаж... По просьбе отдельных вкладчиков «Бонанза» организовала поездки в пустыню, где желающим показывали нефтепровод. Позже следствие установило, что за нефтепровод выдавались ирригационные трубы с надлежащей окраской и маркировкой... Деятельность «Бонанзы» вызвала интерес комиссии сената штата по экономической политике, но еще до вынесения постановления о ревизии все руководство фирмы бесследно исчезло. Вместе с ними исчезло более ста миллионов долларов из тех ста тридцати, которые доверили «Бонанзе» акционеры... Непосредственно с клиентами работал молодой темнокожий юрист, выпускник Сорбонны Дуэйн Мак-Ферлин.

— У меня тоже кое-что на тебя найдется, леди-босс, — замороженным голосом произнес Джулиан-Франсуа-Дуэйн.

Таня трижды свела и развела ладони, обозначив иронические аплодисменты.

— Браво. Далее по сценарию нам полагается, брызгая слюной, рычать страшные угрозы, а потом, успокоившись, ты начнешь разъяснять мне, что эти уворованные у честных заокеанских налогоплательщиков миллионы — суть финансовая основа нашего процветающего предприятия, которое со страшным треском рухнет в тот самый миг, когда кто-нибудь встанет на их след. А я должна, хлопая глазами и ушами, делать вид, будто верю каждому твоему слову.

Джулиан остолбенел.

— Но это правда.

— Это неправда, бледнолицый брат мой, и ты прекрасно это знаешь. Вы же, голубчики, уже в самом начале нашей затеи с Хэмпстедом не могли не понимать, что я не сильно поверю в мудозвона полковника, которому вдруг взбрендило вложить сотни тысяч в предприятие, мягко говоря, рискованное, и тем более не удовлетворюсь той пургой, которую гнал мне Бенни насчет дополнительных источников финансирования, и начну интересоваться, что да как. И тогда Соне Миллер сливается горячая информация, которую она, падкая на сенсации, как любой журналист, начинает с энтузиазмом разрабатывать. Про Бенни вам ничего особенного и придумывать не надо было — банковский клерк, осужденный за растрату и после отсидки обосновавшийся в хозяйстве мамаши Поппи и потихонечку, на пару с тобой, прибравший его к рукам. То, что номинальной хозяйкой оставалась эта пропитая блядь, тоже вполне объяснимо: бордель, принадлежащий парочке бывших зэков, привлек бы излишнее и неблагосклонное внимание полиции.

— Парочке? Ты не оговорилась? — спросил Джулиан сквозь стиснутые зубы.

— Парочке, дорогой мой, парочке. Бедная Соня настолько увлеклась эффектной историей юриста-жулика, который нагрел клиентов на миллионы и теперь выдает себя за сына гаитянского министра, вынужденного жить по подложным документам, что даже не озаботилась заняться менее романтической версией твоей биографии. Зато это сделал по моей просьбе Эрвин, к тому же имеющий, как бывший полицейский, неофициальный доступ к информации, недоступной даже пронырливой Соне. Так вот, голубчик, отпечатки твоих пальчиков ни капельки не похожи на разосланные Интерполом отпечатки пальцев Дуэйна Мак-Ферлина, действительно очень на тебя похожего, зато полностью идентичны пальчикам некоего Джулиана Бишопа, манчестерского сутенера, осужденного в семьдесят втором на шесть месяцев за сводничество. Откинувшись, мистер Бишоп переехал в Лондон, женился на Глории д'Обюссон, родом как раз с Гаити, взял фамилию жены, через год развелся, и так далее. Срок свой смешной мотал, кстати, в одной тюрьме с мистером Бенни. Так что тысячи три на откуп бардака тети Поппи ты еще худо-бедно наскрести мог, но уж никак не восемь миллионов, с твоей подачи прокрученных через «Зарину» за пять с половиной лет ее существования... Э, да ты так взмок, что смотреть жалко...

Таня нажала на другую кнопочку. Тихо загудел кондиционер.

— Сгубило киску любопытство, — пробормотал Джулиан.

— Ты что-то сказал или мне послышалось?

— Я сказал, что не рекомендую углубляться в эту тему. Тебе дали подняться, ничего взамен не требуют, условий не ставят. Живи и радуйся.

— Видишь ли, твой совет чуть-чуть запоздал. Ровно на сутки.

— Что ты имеешь в виду?

— Со сказочками мы уже разобрались. Теперь кино смотреть будем...

От нажатия очередной кнопочки засветился большой экран видеомагнитофона.

— Ты разверни кресло-то, чтобы обзор получше был, — предложила Таня, но сама собственному совету следовать не спешила: это, в своем роде, произведение искусства она уже видела, а наблюдать за реакцией Джулиана не в пример интереснее.

В техническом отношении фильмец был ниже среднего. Стационарная, словно на заре кинематографа, камера страдала к тому же астигматизмом: некоторые участки расплывались, в других изображение искажалось, как будто съемка велась под несколько иным углом. В отличие от оператора художник-постановщик явно радел об эстетическом эффекте: площадка являла собой богатую, роскошно оформленную католическую часовню со всеми атрибутами — сводчатыми расписными потолками, нижняя граница которых попадала в поле обзора камеры, большим витражным окном, с которого благосклонно взирают лики неведомых зрителям святых, фигурка Мадонны в парче и жемчугах, резной алтарь, украшенный, как водится, барельефом Тайной вечери. На возвышении перед алтарем, между четырех длинных и толстых свечей на высоких резных подставках стоял, сверкая медными ручками, открытый полированный гроб. В гробу, утопая в цветах, покоилось нечто, напоминающее мастерски исполненную куклу в человеческий рост, обряженную в пышное белое платье. В течение минут полутора не происходило ничего, потом откуда-то сзади вынырнула черная спина, на мгновение закрывшая обзор. Спина потихонечку, кошачьим шагом, удалялась от камеры, и стало видно, что принадлежит она мужчине, крупному во всех измерениях, облаченному в черный фрак, наискось перевязанный атласной голубой лентой. Поверх плеча мужчины виднелась верхушка громадной корзины с крупными, кажется махровыми, белыми гладиолусами. Подойдя к возвышению, мужчина поставил цветы у изножья гроба и с некоторым трудом опустился на колени. С этой точки было не видно, чем он в этой позе занимается, но, судя по склоненной голове, человек молился.

— Это довольно долго продлится, — сказала Таня и открутила пленку вперед.

В ускоренном режиме мужчина смешно подпрыгнул, показал профиль в черной маске, поверх которой блеснули очки, перебирая ножками, убежал вбок, за пределы досягаемости камеры, и тут же появился вновь. Таня поспешно переключила видик на воспроизведение.

Мужчина был совершенно гол, и нагота этого абсолютно безволосого тучного тела уже сама по себе казалась запредельно непристойной. В таком виде он походил не на человека, даже не на млекопитающего зверя, а на отъевшегося мучного червя. Пританцовывая и колыхая телесами, существо вновь приблизилось к возвышению и принялось обходить гроб против часовой стрелки. Впервые зритель получил возможность увидеть героя в лицо. Лицо, как и следовало ожидать, было толстое, круглое. Даже в этой своеобразной обстановке черты этого лица невольно ассоциировались с простотой, добродушием, некоторой рассеянностью в сочетании с мудрым лукавством. Этакий круглоносенький, очкастенький мистер Пиквик.

— Узнаешь? — Вопрос Тани был сугубо риторическим.

— Откуда это... у тебя? — надтреснутым голосом выговорил Джулиан.

Таня развела руками.

— Интуиция. Ну, несимпатична мне была эта телекамера в левом притворе. Нацелена в голый угол, в тупик с пожарным шлангом, на монитор в дежурке не выводится. Лишняя, бесполезная. Но согласись, совсем уж бесполезных технических устройств не бывает — не люди, чай. Вот я, стало быть, и попросила установить напротив этой камеры другую, такую миниатюрную...

Джулиан заскрипел зубами.

— Вчера днем тебя в том углу засекли, со мной по горячей линии связались — и вот вам результат. Ты, дружок, нам и показал, как оно работает. Преломление лазерного луча, значит? Можно, значит, не просто из-за угла снимать, а из-за трех углов, лишь бы в каждой узловой точке ма-аленький такой, незаметный отражатель поставить?

На экране тем временем набирало обороты зрелище, исключительное по своей мерзопакостности. Нетерпеливо суча ножками по сброшенным на пол цветам, толстячок-добрячок брюхом навалился на гроб. Пальцы его елозили по платью куклы. Вот отдернул руку, затряс кистью в воздухе, — должно быть, на булавку какую-нибудь напоролся. Вот снова приложился, рванул с силой за укутанные кружевами плечи... По тому, как объект поддавался приложенной силе, как завалилась подкинутая толчком

293

белокурая головка и упала рука, скинутая с груди, стало понятно, что в гроб положена не совсем кукла...

— Выруби, — прошептал Джулиан. — Меня сейчас вырвет.

— Сиди! — рявкнула Таня и вновь надавила на дистанционник. Что-то свистнуло, и Джулиан оказался пришпиленным к креслу неизвестно откуда выскочившими плотными пластмассовыми захватами. — Ты что ж, мразь, всех нас похоронить решил, а? Неужели ты не понимаешь, во что впутался? «Зарину» попросту раздавят, как клопа, даже не прилагая особых усилий, а наши с тобой бренные останки даже не выловят в верховьях Темзы с чулком на шее, если этот только Пиквик...

— Какой Пиквик? — удивился Джулиан, гимназиев не кончавший. — Пиквик — это такой чай, а он...

— Да знаю я, кто он, — Таня покосилась на экран, где предмет их разговора воодушевленно полосовал длинным ножиком содранное таки с «куклы» платье, натянув на голову черные кружевные трусики, добытые там же. — Значит, тебе, дураку, сказали, что он загорится желанием приобрести эксклюзивные права на этот кинематографический шедевр с собой в главной роли и расплатится не только большими денежками, но и гарантиями безопасности для творческой группы? Дескать, если господин глава дружественной державы захочет бяку сделать, то и господину главе бяка будет не меньшая. Так?

Джулиан молчал. Таня обошла стол, склонилась над ним. В левое нижнее веко уперлось острое золотое перо «Картье».

— Говори, а то без глаза останешься. Для начала...

Таня слегка надавила на авторучку. Джулиан взвизгнул.

— Говори, — устало повторила Таня.

— Ну, Солидняк сказал, что дело чистое... — забормотал Джулиан.

— Погоди, что еще за Солидняк?

— Ну, который под полковника косит. Аферист знатный...

— Полковник Паунд?

Таня опустила ручку и расхохоталась.

— Ты чего? — недоуменно спросил Джулиан.

— Господи, ну какой же ты идиот!.. Солидняк... Вы что, даже не удосужились проверить, что это за птица, прежде чем с ним в дело входить?

— А как?

— Да хотя бы в юбилейный буклет заглянули. «Восемьдесят лет Британским бронетанкам» или что-то вроде, сейчас не припомню. На сорок пятой странице групповой портретик старших офицеров Ее величества Девятого, и Паунд наш в обнимочку с командиром, в полный рост. Полковник-то настоящий! И непростой к тому же. Военная контрразведка. А если учесть, что Девятый в Западной Германии расквартирован, такой дядя там сидел не просто для отчетности.

— Про это что, тоже в буклете написано?

— Он еще иронизирует... Нет, конечно. Но иногда полезно бывает пивка попить с ветеранами... Так что не будет ни угроз, ни наездов, а будет милая конфиденциальная беседа на высшем уровне, и в качестве ответной любезности за небольшие уступки политического и экономического свойства высокому зарубежному гостю будут вместе с пленкой сданы все, кто имел или мог иметь к ней какое-либо касательство — ты, я, весь персонал «Наннери», а может быть, и господин полковник. Он-то хоть за идею погибнет... Нет, я ошиблась...

Джулиан резко поднял голову. Таня подбородком показала на экран. «Пиквик», покончив с платьем, принялся кромсать ничком лежащее у гроба тело.

— Уступки будут крупными. Легко этот прозектор-любитель не отделается, не дадут. Хотелось бы, конечно, надеяться, что спецслужба не даст ходу этому убойному во всех отношениях материальчику и позволит нам пожить до следующего подобного раза, но, согласись, надежды мало. «Наннери», скорей всего, уцелеет — слишком уж ценная задумка, еще не раз пригодится, а вот смена караула будет полной... Эх, сколько учили, что для некрофилов есть Эстер, ну, Зулейка для разнообразия. Тогда еще был бы шанс отмазаться. Так ведь нет же, натуральную жмуру раздобыл...

— Двадцать тысяч квидов... — пробубнил Джулиан.

На него было жалко смотреть.

— Очень они тебе на том свете пригодятся!

От хлесткой пощечины голова Джулиана дернулась вбок. Он сплюнул кровавую слюну на ковер.

— Ну ладно, концерт окончен. — Таня повысила голос: — Эмили, два кофе, пожалуйста!

Дверь в приемную отворилась, но вместо Эмили вошел, озираясь, полковник Паунд, а в руках у него был не поднос с кофе, а никелированный пистолет, глядящий Тане прямо в лоб.

— Ай, да бросьте пушку, полковник, — спокойно сказала Таня. — Вам же не давали указания меня погасить.

Полковник пожал плечами и отвел пистолет в сторону.

— Вас — нет. — Он выразительно глянул на съежившегося в кресле Джулиана.

— А, этот... Он никуда не денется.

— Согласен. — Полковник отогнул полу пиджака и спрятал оружие. — Пленочку позвольте?

Он сделал шаг к потухшему экрану.

— Милости прошу. Цените — я ведь могла ее уничтожить... Вы, насколько я понимаю, получили мою записку?

— Обе, — отвечал полковник, занятый извлечением мини-кассеты из магнитофона. — Хитрая вы бестия, мэм, вот что я скажу. И чертовски рисковая.

— К вашим услугам... «Джонни Уокер», «Лафрейг», ирландское?

— Благодарю, у нас мало времени.

— Мне бы не хотелось оставлять его здесь...

— О нем позаботятся... А что это?

— Меня утомили длинные монологи, которые пришлось здесь произносить. Вот, чтобы не повторяться, я их записала.

Полковник хмыкнул.

— Думаю, это лишнее. Но все равно давайте. — Он положил Танину кассету в карман. — Вы уверены, что больше записей вашей беседы не имеется?

Она ответила обезоруживающей улыбкой.

— В чем нынче можно быть уверенным? Во всяком случае, я их не делала...

Очнулась она, вероятно, ночью, долго и тупо разглядывала полумрак совершенно незнакомой ей комнаты, потом приметила по правую руку прикроватный столик с лампой, потянулась к шнурку, дернула. Не работает. Таня протерла глаза. Слабый свет исходил откуда-то снизу, со стороны, противоположной темному, занавешенному окну. В принципе, и его хватало, чтобы в общих чертах рассмотреть помещение. Пузатый комод напротив кровати, над ним — зеркало во всю стену. Около окошка — бюро, на пустой поверхности которого белеет какой-то листочек. Большое кресло в углу. Безликим комфортом комната напоминала ту, в гнездышке тети Поппи, где Тане довелось прожить первые месяцы своего британского периода. Чуть повыше классом, зато не хватает некоторых мелочей — телевизора, будильника, пепельницы, телефона...

Таня сбросила ноги на пол, встала. Ее тут же повело, закружилась голова. Пошатнулась, но устояла. Дурная слабость во всем теле, прикрытом белой ночной рубашкой до пят, тупо ноет затылок и очень хочется пить. Состояние не блестящее, но терпимое. Подойдя к окну, Таня отдернула тяжелые шторы, посмотрела на подсвеченную далекими фонарями зелень, на край блестящей от недавнего дождя асфальтовой дорожки. Взялась за ручку на оконной раме, потянула вверх. Хлынул густой, влажный, свежий воздух. Мелкая стальная сетка, одновременно от комаров и от... Если приналечь, возможно, удастся выдавить... Но стоит ли торопиться?

Одна дверь вела в ванную. Здесь выключатель работал, и в ярком свете видно было хорошо. Но особенно смотреть было не на что. Все обычно, практично, гигиенично. На полке над раковиной и в шкафчике за зеркалом — всякие необходимые принадлежности, на вешалке — три махровых полотенца одного цвета, но разных размеров. Любопытно, пожалуй, лишь то, что рядом с полотенцами — ее купальный халат, а в шкафчике — ее соли для ванны, пенки, притирания. Да еще красочная табличка с правилами мытья рук. Листочек, взятый с бюро, чтобы прочесть при свете, был украшен голубовато-золотым логотипом — неразборчивые затейливые руны в цветочной виньетке. Ниже текст: «Дорогой гость! Прачечная служба „Элвендейла" работает по вторникам и пятницам. Вам достаточно лишь сложить ваше белье в специальный пластиковый мешок...» Мерси вам за заботу!

В тамбуре, за дверцами встроенного шкафа Таня нашла часть своей одежды, аккуратно развешанной по плечикам и разложенной по полкам. Внизу стоял новенький чемоданчик с ее монограммой. Как оно сюда попало? В Саррей, что ли, заезжали? Ни черта не вспомнить — вырубили, сунули, как чурку... в самолет и на Третью улицу Строителей, и скоро явится Ипполит...

К удивлению Тани, дверь в коридор оказалась незапертой. Более того, замка вообще не было. Что ж, есть разные способы гарантировать полную госбезопасность проживающих... Наспех одевшись, она выскользнула в коридор. Нормальный пустой гостиничный коридор, желтый ковер, лампы в круглых плафонах, даже кадки с фикусами и зеркало на повороте. А за поворотом — закрытое окошечко в стене, а над окошечком надпись: «Дежурная медсестра». Если и стало понятней, то ненамного.

Коридор закончился просторным холлом. Мягкие кресла вокруг столиков, декоративный камин, чьи-то портреты на стенах. «Дар сэра Арчибальда Нахмансона, баронета». «Сия доска увековечивает щедрость леди Витцли-Путцли». «В память моего мужа, авиации генерала Корнелиуса ван дер Хер». А за холлом сквозь витринные стекла видны круглые столы с номерами. Таня огляделась, прошмыгнула в столовую, увидела выстроившийся вдоль стены сверкающий ряд автоматов. Газировка, соки, печенье, мороженое. И все бесплатно, как при коммунизме. Только старый сигаретный автомат нахально требовал денег. Таня немножко пошебуршала в раздолбанной щелке кстати подвернувшейся ложечкой, подергала за рычажки — и была вознаграждена пачкой мятных «Пикадилли». Не лучший вариант, но выбирать не приходится.

Утолив жажду двумя стаканами ананасового сока, Таня возвратилась в пустынный холл и вышла через него в другой холл, побольше, с выходом на улицу и консьержкой за высокой стойкой — первым человеком, встреченным в этом непонятном месте. Таня приблизилась.

— Привет! — с улыбкой прощебетала молодая, простоватая на вид консьержка. — Не спится, да?

— Ага, — дублируя улыбку, ответила Таня. — Огонечку не найдется?

— Не-а. Слева от столовой курилка, там спички есть... Новенькая, да? Сменщица говорила, вечером привезли одну, в нуль удолбанную. Это ты, что ли, она и есть? Быстро оклемалась... Сильно ломает?

— Да так, — неопределенно ответила Таня. — А что, «Элвендейл» — это очень круто?

— А то! Очередь на три месяца... Правильное место, подруга.

— Дарлин! — окликнули сзади с ударением на последний слог, и Таня, не сразу поняв, что обращаются к ней, удивленно повернулась и посмотрела на высокую желтолицую женщину в белом сестринском костюме, шутливо грозящую ей пальцем. — Ай-яй, нехорошая девочка! Ночью бай-бай надо, а не гулять по корпусу. Ну-ка пойдем в кроватку.

— Это обязательно? — осторожно осведомилась Таня.

— Подъем в шесть ноль-ноль, а днем спать запрещается, — совсем другим тоном сказала медсестра. — Если испытываете нарушения сна, на период острой абстиненции можете получать препараты, но не чаще одного раза в четыре часа.

— Простите, какие именно препараты?

— Валиум и фенобарбитал. Апоморфин или метадон — только по предписанию врача...

— Скажите, а без препаратов нельзя?

Медсестра неожиданно улыбнулась.

— Можно, разумеется. Скорейший отказ от замещающей терапии только приветствуется. А ночку не поспать — ничего страшного, от этого никто не умирал.

— Извините, а если не хочется лежать?..

— После отбоя не разрешается шуметь, громко разговаривать и заходить в комнаты других гостей. В вашем распоряжении курительный салон, библиотека, столовая. И еще, администрация просит до восхода солнца не выходить из помещения — это затрудняет их работу... Да, а где ваша бирка?

— Какая бирка? У меня нет никакой бирки.

— Ой, простите, мы не думали, что вы так скоро подниметесь. Пройдемте со мной, пожалуйста.

Медсестра выдала Тане через окошечко прямоугольный кусочек пластика, снабженный сзади булавкой, а спереди — красиво напечатанным именем «Darlene T.», и строго

299

предупредила, что находиться без бирки разрешается только в своей комнате и при посещении плавательного бассейна.

До рассвета Таня знакомилась с небогатым и специфическим ассортиментом здешней библиотеки, а потом отправилась на рекогносцировку местности.

Двухэтажный «Элвендейл-хаус» стоял на холме, развернувшись тылом к тихой реке, берега которой поросли густым кустарником. Фасад его выходил на обширное ровное поле, окаймленное ухоженными цветочными клумбами. В обе стороны от поля отходили присыпанные желтым песочком липовые аллеи. Левая упиралась в ограду теннисного корта, правая вела к современного вида сооружению, стеклянные стены которого наводили на мысль об аквариуме. «Бассейн», — решила Таня и направилась туда. У бассейна аллея резко сворачивала влево и обрывалась возле серых хозяйственных построек. Дальше начиналась рощица. Таня вошла в нее, тихо ступая по сухой осыпавшейся хвое. Безлюдье, покой, безмятежность, розовое солнышко подсвечивает верхушки сосенок. Шагах в трех от Тани деловито грызет шишку большая серая белка. Таня подошла к непуганому зверьку, опустилась на корточки.

— Ну что, хвостатая, ты что-нибудь понимаешь? Я — нет.

Белка посмотрела на нее круглым глазом и, ничего не ответив, вернулась к прежнему занятию.

— Доброе утро!

Таня резко поднялась. На нее, приветливо улыбаясь, смотрел длиннолицый и лысый молодой человек в синем пиджаке.

— Я Терри, администратор. А вы — Дарлин, наша новенькая?

Таня наклонила голову в подтверждение.

— Гуляете? — участливо осведомился он. — Я только попрошу вас за ворота не выходить и вправо от променада не уклоняться. Там, видите ли, чужие владения, хозяева будут недовольны.

— Спасибо, Терри. А то я здесь ничего еще не знаю.

Она исподволь оглядывала администратора. Впечатления сильного рукопашного бойца не производит, хотя как знать. Из вооружения — только уоки-токи на ремешке. Лицо незамысловатое.

— Завтрак у нас в семь пятнадцать. Постарайтесь не опаздывать.

Она посмотрела ему в спину и двинулась дальше.

Ворота представляли собой два красиво сложенных из камня столбика по обеим сторонам дорожки. Один из столбиков украшала мраморная доска со словами: «Элвендейл. Частная собственность. Въезд по пропускам». Никаких шлагбаумов, никакой охраны, только из кустов поблескивают красные пятачки датчиков. За ворота Таня выходить не стала, свернула налево. Минут через сорок дорожка, описав круг мимо лужаек и рощиц, привела ее обратно в Элвендейл-хаус. У входа ее уже встречал улыбающийся Терри, препроводивший ее в столовую и показавший место за женским столиком. Соседок оказалось трое: пожилая толстушка с голубой челкой, чуть-чуть не дотягивающая до типажа «достойной старой дамы», высушенная карга неопределенного возраста и совсем молодая девица, заторможенная, с остановившимся туманным взором и сальными волосами, уложенными в замысловатую прическу. Остальные столики были заняты мужчинами всевозможных образцов и типов. Там громко смеялись, перекидывались непонятными Тане шуточками, нередко кидали на нее взгляды, один даже подмигнул.

— Добро пожаловать в «Элвендейл», душечка, — приветливо сказала толстушка. — Я — Бекки, застольный капитан, а это — Ширли и Джейн. Это твоя первая лечебница, да?

— Угу, — коротко отозвалась Таня, ковыряя вилкой в салате с лососем.

— Считай, повезло. «Элвендейл» — местечко особенное, прямо райский уголок, а доктор Хундбеграбен — такая душка. Я здесь четвертый раз — и все добровольно.... А тебя, милочка, что сюда привело?

— Да так... — повторила Таня уклончивую формулировку.

— Я понимаю, лапушка. Ну, ничего, скоро ты поймешь, что у всех нас тут одинаковые проблемы, и только полная открытость поможет нам обрести исцеление.

— Открытость, честность и искренняя готовность, — встрепенувшись, высказалась заторможенная Джейн и вновь впала в ступор.

После завтрака все отправились на утреннее богослужение, а Таню пригласили на беседу к директору. «Ну вот, начинается», — подумала она на пороге кабинета, больше похожего на выставку дипломов и кубков. Беседа, однако, получилась совсем не такая, на которую рассчитывала Таня. Представительный седовласый мужчина осыпал ее любезностями, выразил робкую надежду, что дорогая гостья не слишком остро переживает неудобства, сопряженные с некоторыми ограничениями, вызванными, поверьте, исключительно заботой о благе гостей.

— Внешний мир должен остаться за воротами «Элвендейла», ибо для всех, кто пришел сюда обрести спасение, все люди, места и вещи внешнего мира окрашены в мрачный цвет химической зависимости, подчинившей себе все естество, — вкрадчиво говорил директор, накрыв Танину ладонь своей. — И лишь очистив свое сознание, тело и душу, полностью обновившись, познав радость истинного человеческого общения, высокую духовность, веру и силу противостоять пагубному пристрастию, возвратитесь вы в мир, искрящийся новыми гранями... Газеты, радио, телевидение, телефон и другие средства связи — в «Элвендейле» не знают, что это такое. Книги и музыка — только из рекомендованного списка. Свидания исключены. Письма, не более одного, каждую среду подаются в незапечатанном конверте администратору Мэри-Лу Эйч. У нее же по вторникам можно получить двадцать пять фунтов на карманные расходы. Если возникнут какие-либо проблемы или вопросы — милости прошу ко мне. Я принимаю каждый второй четверг с трех до пяти.

— Скажите, доктор Хундбеграбен...

— Просто Адольф, дорогая. Мы все здесь одна семья.

— Извините, Адольф, я... для меня все это так неожиданно... Я даже не помню, как попала сюда...

— Неудивительно. Вас привезла карета «скорой помощи».

— Но мои документы, чековая книжка... Здесь ведь, как я понимаю, частная клиника...

Директор поморщился.

— Прошу вас, Дарлин, не употребляйте слова «клиника». «Элвендейл» — это прибежище. Прибежище для усталых душ.

— Но...

— Счастлив был побеседовать с вами, Дарлин. Не бойтесь, все будет хорошо.

А вот за это еще предстоит побороться...

Вычислив полковника Паунда еще до завершения хэмпстедского проекта, она заняла позицию осторожного ожидания. В принципе, нетрудно было догадаться, что, коль скоро за ее раскрутку взялись спецслужбы, то рано или поздно встанет вопрос о сборе компромата на высокопоставленных лиц — для чего же еще нужны бордели, курируемые разведкой или контрразведкой? Она все ждала, когда партнер приоткроет карты, готовилась к блефу, к крутой торговле. Когда рано утром юный посыльный из «Наннери» вручил Тане кассету с ночными экзерсисами высокого зарубежного гостя — осталось загадкой, как мальчишку не притормозили люди Паунда, должно быть, просто не учли такого варианта, — и она просмотрела отснятый материал, пришлось срочно перекраивать сценарий и переходить к бурной импровизации. Выход из игры был уже невозможен, а ставки взлетели столь стремительно, что оставалось лишь бросить на кон собственную жизнь. Покидая «Бьюфорт-Хаус» под ручку с полковником, Таня понимала, что выиграла как минимум отсрочку, и готовила себя к разным схемам дальнейшего развития игры, которую начала не она. Скорее всего, предстояла вербовка — с разными иезуитскими проверочками, провокациями, выкручиванием рук (возможно, и в прямом смысле), с шантажом. Совершенно не исключено, что всплывет история с безвременной кончиной мужа, с исчезновением мистера О'Брайана, даже что-то из доанглийского периода в ее красочной биографии — кто поручится, что у англичан нет ни единой ниточки к тому же Шерову. Но такого поворота не могла предположить и самая богатая фантазия. Дарлин Т., пациентка бредового «Элвендейла», возглавляемого аж Адольфом Хундбеграбеном. Зарывшим собаку... Зарытым собакой...

— Всех гостей просим срочно прибыть в столовую. Повторяю, всех гостей просим срочно прибыть в столовую. Начало лекции через две минуты...

На центральном столике выросла небольшая кафедра, а позади него — зеленая школьная доска. После минутного ожидания из боковой двери к ней бодренько прошествовал цыганистый толстячок с тараканьими усами. Встретили его аплодисментами и оживленными возгласами.

— Здорово, красавчики! — бросил он в аудиторию и первым захохотал, подавая пример остальным. — Меня по-прежнему зовут Руди, и я все еще наркоман, алкоголик и импульсивный курощуп!

Мощный взрыв смеха. Метнув взор масляных карих глазок в направлении стола, за которым расположились женщины, он театрально подмигнул и облизнул пухлые губы.

— Увы, курочки, я на работе!

И вновь все расхохотались, а толстушка Бекки так зашлась, что чуть не свалилась со стула.

— Но сегодня, леди и джентльмены, я не стану потешать вас байками о своем героическом пути...

Разочарованный гул.

— Сегодня у нас серьезная лекция, так что приготовьте тетрадочки и авторучки.

Все зашевелились, раскрывая тетрадки, украшенные логотипом «Элвендейла». К Тане бесшумно подошел Терри и положил перед ней такую же тетрадь и синюю шариковую ручку.

— Но прежде чем предоставить слово нашему ученому профессору, я хочу сделать важное сообщение. — Руди сделал серьезное лицо, и все моментально стихли. — Родненькие мои, в нашей дружной семье — пополнение! Давайте поприветствуем очаровательную Дарлин Ти!

Хлопки, улюлюканье, крики «Ура!», «Браво!», «Хэлло, сестренка!». Бекки, сделав страшные глаза, подтолкнула Таню в бок — дескать, вставай.

Таня нехотя поднялась.

— И откуда ты, прелестное дитя? — ласково осведомился Руди.

— Из Лондона, — тихо ответила Таня.

Руди всплеснул руками и, вытаращившись на Таню, словно на привидение, хриплым от волнения голосом спросил:

— Боже мой, неужели гнусный крэк добрался и до нашего тихого, благопристойного Лондиниума?

— Наверное. Я не в курсе, — не поднимая взгляда, сказала Таня.

— О, ну да, конечно, настоящие леди крэка не крэкают. Дружный смех.

— Но что же в таком случае? Кислота, снежок, перчик, спид, экстаз?

Он заговорщически подмигнул. Таня упорно молчала.

— О, разумеется, никаких проблем у нас нет, и путевкой в «Элвендейл» нас премировали за хорошее поведение.

Уставшая смеяться публика просто выла. Таня медленно подняла голову. Руди, краем глаза поймавший ее взгляд, вздрогнул и отвернулся.

— Но давайте, господа, явим снисхождение. Нашей Дарлин еще только предстоит сделать первый, самый трудный шаг, признать свое полное бессилие перед недугом и довериться высшей силе в нашем с вами лице. Осознать, что исцеление возможно лишь тогда, когда есть честность, открытость и...

Он по-дирижерски взмахнул руками, и все хором подхватили:

— И искренняя готовность!

Потом за кафедру встал долговязый, бородатый интеллектуал и скучным голосом начал:

— Особенно тяжелые нарушения мозговой деятельности вызываются так называемой множественной зависимостью, то есть параллельным привыканием, например, к веществам амфетаминового ряда и тяжелым седативам...

Глядя на усердно наклоненные над тетрадками головы, слыша скрип ручек, Таня думала: «Сбегу на фиг — и будь что будет!»

Кое-как досидев до перерыва, Таня рванула на боковое крыльцо покурить и собраться с мыслями. Уходить нужно ночью, применив детскую, еще по пионерлагерю знакомую хитрость — взбить одеяло, прикрыть покрывалом, чтобы со стороны казалось, будто в кровати кто-то спит. Для «прибежища усталых душ» этого должно быть более чем достаточно. Ну хоть убейте, не тянет «Элвендейл» на загородную «ферму» МИ-5 или другой аналогичной организации. Психушник натуральный, даже, можно сказать, онтологический. Так ведь до сих пор и непонятно, как она сюда попала. Уж не лопухнулись ли часом держиморды соединеннокоролевские?.. Таня даже хихикнула, в образах представив себе ситуацию — вот ее выключили хлороформом, укольчиком усугубили, сгрузили в участке для последующей транспортировки под бочок какой-нибудь обторчанной шалашовке, а потом в накладных запутались и пустили грузы не по назначению. И вот она здесь, ставит мозги под компост, а наркоша бедная парится в подвале на Лубянке... Херня, конечно, полная, но какие есть другие объяснения? Предварительное промывание мозгов, начальный этап зомбирования? Почуяли, суки, что орешек крепковат, решили размягчить маленько. Сбить с панталыку, поставить в абсурдную ситуацию, отследить реакцию, выждать, пока не дойдет до кондиции, а там брать голыми руками. Само-то кукушкино гнездо определенно настоящее, но не без засланного же казачка... Значит, побег отменяется?..

— Дарлин Ти, пожалуйста, подойдите к стойке консьержки. Повторяю, Дарлин Ти, пожалуйста, подойдите к стойке консьержки...

Ну, раз вы так просите...

У стойки ее с озабоченным и хмурым видом ждала незнакомая медсестра, сжимая в руках пластмассовую дощечку с прикрепленным к ней листком.

— Дарлин, вы... вы только не волнуйтесь, пожалуйста, возможно, здесь техническая ошибка... Мы получили данные ваших анализов и... у вас нехорошая кровь... очень нехорошая. Мы вынуждены срочно отправить вас в больницу на обследование... Машина уже здесь.

Этого еще не хватало! Когда с таким лицом говорят «очень плохая кровь», это может значить только одно... Ну, разве что еще лейкемию. Хрен редьки слаще? Превозмогая внезапную противность в ногах, в низу живота, опираясь на руку высокого санитара, доковыляла кое-как до машины и... Кому бы рассказать, какую радость способна вызвать в отдельных случаях даже протокольная физиономия полковника Паунда, поджидавшего ее в салоне «скорой» в белом халате.

— Доктор, я буду жить?

Он, естественно, даже не улыбнулся в ответ.

— Ситуация изменилась, мэм. С вами хотят говорить.

Санитар деловито закачивал шприц из розовой ампулы.

— А нельзя ли без этого, полковник? Я еще от прошлого раза не отошла. Обещаю смотреть только в потолок и согласна даже на завязанные глаза.

Санитар вопросительно посмотрел на полковника.

— Ладно, — сказал наконец Паунд. — Можете смотреть, куда хотите.

Дорога оказалась на удивление короткой. Уже через час они въехали в Лондон со стороны Хендона и еще минут через двадцать остановились у пузатенького особняка на прекрасно знакомой Тане Камберлэнд-Террас, не доехав всего полквартала до одного из предприятий «Зарины» — кабаре «Сикрет-Сервис», выдержанном в стилистике «плаща и кинжала». Даже официантки расхаживают в черных масках. Выходя из автомобиля, Таня не могла не улыбнуться непреднамеренной иронии судьбы. Впрочем, такой ли уж непреднамеренной? Полковник отметил несерьезное выражение ее лица, нахмурился, решительно взял под руку и в бодром темпе повел ко входу.

Выпустил ее руку только на втором этаже, в комнате, служащей то ли большим кабинетом, то ли библиотекой — стеллажи до потолка, уставленные внушительного вида томами, неизменный камин, монументальный письменный стол в дальнем конце комнаты, в симметричных альковах — два стола поменьше, крытые зеленым сукном, при них кресла. В одно из кресел полковник усадил Таню и молча вышел.

Текли минуты. Таня потянулась, встала, чтобы размять ноги, прошлась до стеллажа, сняла с полки первый попавшийся том, раскрыла наугад.

«Фамильный герб рода Морвенов (XV век) представляет собой белый мальтийский крест на белом поле…» Пятьсот лет конспирации — круто!

— Я не помешал?

Таня резко обернулась. Книга выпала из враз ослабевших рук, стукнулась о паркет…

— Ты?!

Ее накрыло волной… нет, не памяти даже, ибо это осталось вне памяти, вообще не отфиксировалось сознанием, сразу ухнув в темную глубину, неподконтрольную разуму и только в узловые мгновения жизни озаряемую магической вспышкой. Тогда то, что казалось небывшим, становится бывшим...

...Ее первая лондонская ночь. Оживший Винни-Пух на обоях. Луна в незашторенном окошке. И двое на волнах...

Не вором, но банкиром оказалось сознание, и пережитое возвращалось с процентами, накопленными за шесть лет...

А потом они просто валялись, смеясь ни о чем. Притормозившее время не спешило переходить на обыденный аллюр. Ее ладонь тихо гладила безволосую голову, лежащую у нее на груди...

— ...а мне еще привиделось, что ты светишься. А это луна через окошко в твоей лысине отражалась.

— А ты вправду светилась. Изнутри.

— Это потому, что обрела то, чего мне недоставало. Но не поняла, что именно, и теперь не понимаю...

— Обязательно ли понимать?..

— А потом это что-то ушло, и я даже не заметила потери... Но теперь — навсегда...

— Навсегда — ответственное слово...

— А помнишь, ты говорил о мужчине, живущем во мне...

Он приподнялся на локте, посмотрел на нее блестящими глазами.

— Ты вспомнила?

— Вспомнила... Расскажи мне о нем.

— Видишь ли, инь и янь, мужское и женское — это принципы, не феномены. А в каждом феномене мужского и женского начал заложено почти поровну. «Почти» — потому что для движения нужна разность потенциалов, а «поровну» — потому что для существования необходимо равновесие и внутри феномена, и вне его. Такое почти равновесие есть и в человеке — на генетическом уровне, на гормональном, на духовном. Каждая женщина — это процентов на сорок восемь мужчина, а каждый мужчина — это на столько же женщина. Многое в нас определяется этим живущим в нас существом противоположного пола. Еще до нашей с тобой встречи моя внутренняя женщина — натура тихая, созерцательная, немного вещунья — возжаждала твоего внутреннего мужчины, бесстрашного и безжалостного, дьявольски умного, жестокого, беспощадно справедливого и невероятно сильного. И твой мужчина откликнулся — и отдал твою женщину моему мужчине...

Она слушала его, загадочно улыбаясь.

— И вот теперь...

— А теперь мой мужчина будет любить твою женщину.

Она соскользнула пониже и, возбудив его пальцами, слегка надавила на головку. На самом кончике открылась щель. Раскрывшись до предела, она осторожно ввела в эту щель клитор и начала сокращать мышцы...

Он проснулся, почувствовав прикосновение к уху ее зубов. Еще не больно, но уже чувствительно.

— Эй! — позвал он. — Отпусти!

К уху прижались мягкие губы, зашептали:

— Ты говорил, что твоя женщина хотела меня еще до встречи со мной. Как так? Что ты знал обо мне? Откуда? Почему ты в ту ночь оказался там?

Лорд Эндрю Морвен протер продолговатые, неуловимо монголоидные глаза, улыбнулся, напружинил некрупное крепкое тело и мячиком выпрыгнул из кровати.

— Пойдем, — сказал он. — Я покажу тебе кое-что.

— Что у тебя там? — спросила она, глядя, как он старинным ключом открывает окованную железом дверь в подвал. — Камера пыток? Скелеты умученных жен и врагов? Бочонки амонтильядо?

— Свидетельства тайного порока... Погоди, я включу электричество...

Со сводчатого потолка тек мягкий свет, с голых белых стен глядели цветные прямоугольники картин.

Никакого сравнения с собранием покойного Родиона Кирилловича Мурина эта коллекция не выдерживала. Штук пятнадцать полотен, разные эпохи, страны, школы, причем кое-что Таня явно уже видела — в музеях, в художественных альбомах. Если это копии...

— Ну разумеется, копии, — словно читая ее мысли, сказал Морвен. — Единственный оригинал — вот.

Он ткнул в довольно посредственный, по мнению Тани, альпийский пейзажик.

— Но... но зачем?

— Видишь ли, эта скромная коллекция по-своему уникальна, и я знаю двух-трех знатоков, которые готовы были бы отдать за нее пару дюжин весьма известных и несомненно оригинальных полотен, не говоря уж о денежном эквиваленте. Но рыночная ценность не имеет для меня никакого значения — я предпочитаю другие способы размещения капитала, а это исключительно для души... Все работы, которые ты здесь видишь, принадлежат кисти одного человека — Ксавье Гризома, признанного мастера подделок. Великий был специалист, не только художник, но и замечательный химик. Состав краски, лак, грунтовка, кракелюр, даже волоски на кисточках — все было безупречно. В своих признаниях, посмертно опубликованных в Париже в начале века, он привел подробный список своих профессиональных хитростей и произведений, оставленных озадаченному потомству. Скандал был неописуемый. Но Гризом не был бы Гризомом, не оставив за собой права на последнюю шутку — больше половины работ, приведенных в его записках, никогда им не подделывались. И наоборот. Например, никто не знал, что в число его подделок входит вот эта.

Он эффектным движением сдвинул бархатную занавесочку. Золотистый фон, темные одежды, пылающие черные глаза, одухотворенный младенец...

— Ах, вот так, значит... И ты вполне уверен, что тебе не подсунули оригинал?

— Милая моя, мне ли не знать руку Гризома? Я же самолично проводил экспертизу в Москве. И сам привез этот холст сюда, имея на руках абсолютно честное разрешение на вывоз из страны, выданное вашим министерством культуры. Работа неизвестного художника второй половины девятнадцатого века, выполненная в манере Эль-Греко... А оригинал, как и сказано в любом справочнике, сгорел вместе с виллой Дель-Пьетро в тысяча восемьсот девяносто втором году.

— Любопытно... А Шеров знал, что я добываю для тебя подделку?

— Нет, разумеется. Я не хотел вдаваться в лишние разъяснения.

— Ясно. Мой брак с Дарлингом — твоих рук дело?

— Не совсем. Но я своевременно подключился.

— Да уж... И это по твоей милости меня кинули с векселями «Икаруса»? Чтобы не выскользнула из-под вашей конторы?

В глазах Морвена появилась обида. Похоже, неподдельная.

— Я такими вещами не занимаюсь. Подозреваю, это штучки Вадима. Если хочешь знать, узнав об этой неприятной истории, я тут же выкупил векселя через Пойзонби, одного из моих маклеров. Извини, что не за полную цену, но это было бы слишком подозрительно.

Теперь Морвен был ей понятней и ближе. Родственный ум, родственная душа. Но экстаз единения, пережитый в его уютной холостяцкой спальне, вряд ли повторится.

— У меня есть такое предложение: давай сменим наши простынные тоги на более пристойное одеяние и сходим куда-нибудь, в тот же «Сикрет-сервис», например. Возьмем отдельный кабинетик, выпьем, закусим, о делах наших скорбных покалякаем...

Цитаты он, ясное дело, не понял, только выразительно посмотрел на нее.

— Ах да, извини, забыла, что я здесь на нелегальном положении. Тогда корми меня. Пора обсудить создавшееся положение, а на голодный желудок я соображаю туго.

Эндрю Морвен усмехнулся и подал ей руку.

— Прошу в столовую, сударыня.

Оставив ее подогреваться аперитивом и орешками, он принялся колдовать на кухне — большой, сверкающей, суперсовременной. Большая, кстати, редкость в богатых городских домах: многие даже завтракать предпочитают в ресторанах. Должно быть, внутренняя женщина лорда Морвена отличается нетипичной домовитостью.

И незаурядными кулинарными способностями. Креветочный коктейль выгодно отличался от покупного, а фрикасе было вообще выше всяких похвал.

— Ну-с, — сказала Таня, отодвигая тарелку. — Итак, что побудило тебя возобновить наше знакомство именно сегодня, извини, уже вчера? Полковник Паунд обмолвился о каких-то изменениях в ситуации.

— А десерт?

— А десерт, если можно, потом.

— Можно. — Морвен вздохнул. — Операция благополучно провалена. Клоун застрелился.

— Какой еще клоун?

— Тот, которого ты окрестила Пиквиком. Обстоятельства нам пока неизвестны, но то, что самоубийство связано с нашим... материалом, сомнений не вызывает.

— Выходит, я могу возвращаться в «Зарину»?

— Собственно, так я и предполагал, когда отдал распоряжение привезти тебя сюда.

— Но...

— Но с тех пор произошли некоторые изменения. Где-то произошла утечка информации. Источник этой утечки мы, конечно, установим, меры примем, но сделанного не воротишь. Начато конфиденциальное расследование. Разумеется, мы его проведем с блеском, доложим о результатах. Однако, как ты понимаешь, некоторые ключевые фигуранты должны сойти со сцены.

— В том числе и Таня Дарлинг.

— Увы. Но пусть тебя это не волнует. Мы просто вернемся к первоначальному плану, разработанному в расчете на успех операции «Клоун».

— А именно?

Он поднялся, извлек из ящика чиппендейловского комода тонкую зеленую папку, раскрыл ее.

— Неустановленное лицо женского пола, — прочитал он. — Около двадцати пяти лет. Подобрана дежурной бригадой в районе Кинг-Кросс. Скончалась в госпитале Святого Клемента, не приходя в сознание. Причина смерти — передозировка наркотиками. Предана земле на Тауэр-Хэмлетс, участок 176097.

— Это про меня?

— Не совсем. В нашем распоряжении имеются метрика и Ю-Би-40 * этого «неустановленного лица». Дарлин Теннисон, тысяча девятьсот шестьдесят второго года рождения, место рождения — город Белфаст, близких родственников не имеет, не участвовала, не привлекалась...

— Ну, это точно про меня. — Таня показала на бирку «Дарлин Т.», снять которую так и позабыла. — А где, в таком случае, Таня Дарлинг? Спит в безымянной могиле на участке семнадцать-сколько-то еще? Номер не пройдет, миссис Дарлинг — фигура известная, в народе уважаемая...

— В безымянной могиле пока еще не спит никто. Так уж вышло, что тело Дарлин Теннисон было ночью позаимствовано из морга и переправлено в «Наннери»...

---

* Удостоверение безработного.

— ...где и удостоилось чести быть представленным высокому иностранному гостю. Правда, после столь лестного знакомства от тела остались не подлежащие восстановлению фрагменты...

— ...ныне пребывающие в нескольких чемоданах в камере хранения Пэддингтонского вокзала... — подхватил лорд Морвен. — ...куда были сданы темнокожим джентльменом в весьма возбужденном состоянии...

— ...каковой джентльмен, придя в ужас от совершенного им зверского и немотивированного убийства непосредственной начальницы, наложил на себя руки...

— Отчего ж немотивированного — очень даже мотивированного. Непосредственная начальница изобличила оного джентльмена в преступных махинациях на астрономические суммы, которые он затем отмывал через их предприятие. О чем осталась магнитофонная запись...

— Запись? Это которую я сделала... то есть покойная миссис Дарлинг?

— Обрывающаяся, увы, сразу после увлекательной сказочки про калифорнийскую нефть...

— Мило! Но тогда придется доказывать, что Джулиан и Дуэйн Мак-Ферлин — одно лицо?

— А он и есть одно лицо.

— То есть как? Но отпечатки...

— А тебе не приходило в голову, что Эрвин Брикстон — наш человек, а никакого Джулиана Бишопа в природе нет и не было. Дуэйн, милочка, был жалкий адвокатишка, которого сначала подманили, сыграв на его непомерной жадности, потом подставили, а потом помогли унести ноги и легализоваться на новой родине. В обмен на некоторые услуги. Ведь это он впустил меня в ту ночь в твою комнату...

Таня прижала ладонь к виску.

— Стоп-стоп, тогда выходит, что «Бонанза»...

— Ты переживаешь за зажравшихся янки?

— Однако! И что теперь?

— А что теперь? Бренные останки миссис Дарлинг будут извлечены из чемоданов и преданы земле в закрытом гробу и торжественной обстановке, извини за неуклюжую игру слов. А агент Теннисон по завершению восстановительного курса в «Элвендейле» направляется в Корнуолл на специальную учебную базу.

— Не пойдет.

— Что, неужели не понравилось в «Элвендейле»? Для тебя же, между прочим, старались — упрятать понадежнее, пока тут шум не поутихнет маленько. Согласись, кому бы пришло в голову искать тебя в подобном месте?

— И заодно посмотреть, как я буду реагировать на такую шизуху.

— Ну, не без этого. В нашем деле надо быть готовым ко всяким поворотам. И, кстати, справлялась ты безупречно... А теперь, когда ты все знаешь, тебе там хорошо будет. Отдохнешь, нервишки подлечишь. На базе, честно говоря, отдыхать не дадут.

— Дело не в этом. Против «Элвендейла» я ничего особенно не имею, такая дурь, что даже забавно. Просто я не хочу работать на вашу контору.

— Так. — Морвен постучал пальцами по столу. — Ты не вполне представляешь себе, от чего пытаешься отказаться. Ты же буквально создана для такой работы, а она — для тебя. Со временем откроются головокружительные перспективы.

— Если дадите дожить.

— О чем ты говоришь? Как ты уже успела убедиться, мы дорожим талантливыми людьми.

— Если бы задачей органов была забота о талантах, то это было бы уже министерство культуры. Вы, голубчики, призваны не дорожить людьми, а использовать людей, манипулировать ими и безжалостно от них избавляться, когда они окажутся ненужными или хотя бы потенциально вредными. А ненужными и вредными они становятся не только в силу ошибки или собственного злого умысла, а чисто ситуативно. Причем ситуация чаще всего возникает по вашей же милости.

— Помилуй, мы же порядочные люди...

— Эти аргументы прибереги для других. Когда спецслужба руководствуется соображениями порядочности, а не целесообразности, грош цена такой спецслужбе. Но от твоего предложения я отказываюсь совсем не из моральных принципов.

— Почему же?

— Потому что хочу быть свободна в своих решениях. Хочу не только решать задачи, но и сама их ставить, взвешивать риск, определять альтернативы, иметь право отказаться от того, что считаю неумным, несвоевременным, нецелесообразным. Иными словами, не желаю быть винтиком, даже золотым, вроде мифического Джеймса Бонда или вполне реального Эндрю Морвена.

— Это я-то винтик? — Морвен откинулся на спинку стула и расхохотался.

— А кто? Ведь ты самостоятельно не можешь решить даже, что теперь делать со мной — обрабатывать дальше, ликвидировать или отпустить на все четыре стороны.

— Это как сказать...

Морвен замолчал, с интересом поглядывая на Таню. Молчала и она.

Он заговорил первым:

— Пока что ты убедила меня лишь в том, что работать на нас не хочешь и не будешь, но никак не в том, что отпустить тебя будет целесообразно. Пока что я в этом отнюдь не уверен. Ты чересчур много знаешь, слишком непредсказуема и независима, уговоры на тебя не действуют, более решительные меры дадут результат, обратный желаемому... Обидно, конечно, терять такой превосходный материал, а что делать? Раз не получается использовать, остается только ликвидировать. Моя внутренняя женщина будет, конечно, безутешна до конца дней своих, да и мужчине будет очень, очень грустно, но... Грош мне цена, как золотому винтику в конторе, если не смогу переступить через собственные чувства... Ну что, жду твоих аргументов.

— У меня их нет. Зато есть кое-что другое.

— Что же? — Интерес его был неподдельным.

— Для этого мне нужно съездить в Саррей.

— Это исключено.

— Боишься, что сбегу? Напрасно. Впрочем, можем поехать вместе. Сейчас глубокая ночь, там все спят, никто нас не увидит. Или дай мне охрану из самых надежных твоих соколиков. Ручаюсь, не пожалеешь.

Морвен задумался.

— Говори, что именно нужно взять.

— Скажу. Только, ты же понимаешь, если это сюда не доедет, будет очень некрасиво.

315

— Доедет.

...Через час лорд Морвен высыпал на стол содержимое старенького черного чемодана.

— Ну, и что ты мне хотела показать? Старые перчатки или, может быть, запасную занавеску для ванной?

Голос его звучал раздраженно, видимо, давала себя знать вынужденная бессонница.

— Позволь.

Таня взяла у него раскрытый пустой чемодан, слегка нажала на заклепки на задней стенке... В потайном отделении между первым и вторым дном лежал большой лоскут серой ткани. Таня приподняла его...

Морвен, довольно резко отстранив ее, осторожно достал то, что лежало под лоскутом, разложил на столе, вгляделся, затаив дыхание...

— Чтоб мне провалиться! — заорал он, вдоволь наглядевшись. — Ты ведьма! Натуральная ведьма! Откуда? Оно же сгорело сто лет назад!

— Оттуда же, откуда и творение Гризома, — спокойно ответила Таня. — Понимаешь, я там нашла двух Мадонн, обеих и прихватила. В живописи я разбираюсь плохо, глазами никогда не различила бы, где оригинал, где копия. Но энергетика у картин была совершенно разная, точнее, ты уж извини, у твоего любимого Гризома она никакая, а у Эль-Греко — ого-го-го! Даже с фотографии шибает. В общем, я немного поразмыслила — и решила сдать Шерову копию. Не то чтобы обмануть кого хотела, просто чуяла что-то. В конце концов, я свое дело сделала, картину добыла, какую заказывали, а уж что это такое — копия, оригинал, дедовы подштанники — меня не касается... Признаться, я удивилась тогда, что специалист заграничный — ты сам, как я теперь знаю, — спокойно принял подделку, на которой даже я не обманулась... А саму картину упаковала понадежней, в этот самый чемодан, да сюда и привезла. На черный день. Вот он и настал... Ну что, удалось мне тебя подкупить?

Морвен вздохнул.

— Отпуск ты себе купила...

— Только отпуск? Надолго?

— Это ты определишь сама.

V

Мы жили по соседству.

В тот год жизненные силы мои были на нижнем пределе. В уголке гукал в кроватке третий ребенок (наконец-то мальчишка!); в другом стопкой до потолка громоздилось полтиража монографии, сулившей прорыв в избранной мною отрасли человеческих знаний; руководство хлопало по плечу, намекало, что очень скоро будет обновлять свои ряды за счет перспективных растущих кадров, а покамест явочным порядком установило вашему покорному слуге должность «исполняющего обязанности» с астрономическим окладом в триста двадцать рублей, самые дальновидные из нынешних коллег усиленно готовились в завтрашние подчиненные. Но все сие было результатом вчерашних усилий, а сегодня... Сегодня трепет тусклого вожделения пробуждали лишь окна верхних этажей, платформы снотворных таблеток, бельевая веревочка да стук выбегающих на станцию колес метрополитенного состава. Этот выход манил простотой, но отталкивал полной бессмысленностью — коль скоро радужное покрывало Майи оборачивается серой, пористой изнанкой сейчас, то можно лишь догадываться, каким кромешным светом отзовется оно неизбывшему кармы потом, до и после следующего воплощения. Негоже ветерану сумеречного пограничья в ошибках своих уподобляться истеричной барышне, не перемогающей несчастной любви... Но какая вместе с тем мука эта извращенная Нирвана, угасание красок, вкусов, запахов, низведение всех ощущений до непрекращающейся тупой боли, вызванной принудительным проволакиванием через клоаку жизни! Впрочем, меня поймет лишь тот, кому доводилось не спать двадцать суток подряд...

Нужно было срочно искать другой выход, в первую очередь рвать опостылевшую ткань жизни, размыкать круг, силой сумерек ставший принудительным, а силой принудительности — невыносимым... Я оформил себе повышение квалификации в другом институте, где приятель мой, тамошний большой начальник, единым росчерком пера подарил мне полугодичную свободу, подыскал себе недорогую квартирку на далекой окраине, собрал бельишко, кое-какие книги и магнитофон, сухо простился с недоуменно-обиженной женой, убежденной, должно быть, что я ухожу к другой, но «ради детей» заставившей себя удержаться от скандала, и всецело посвятил себя философии. Философии, уточню, в сократовском ее понимании — то есть упражнениям в искусстве умирания.

Район, в котором я поселился, дом и квартира как нельзя лучше отвечали подобному занятию: район был грязно-новостроечный, дом серо-многоэтажный, квартира безлико-недоделанная, с минимумом бросовой мебели, свезенной неживущими здесь хозяевами. Первые три дня я старинным народным способом перегонял свою депрессию в другую ипостась, теша себя иллюзией инобытия, следующие четыре — расплачивался за это лютыми муками неподъемного похмелья, на восьмой день поднялся, прибрался, побрился, сложил в авоську пустые бутылки и сделал вылазку в местный универсам, расположенный за два квартала, посреди унылого пустыря, круглый год покрытого черными лужами. Возвращался я, волоча ноги и сетку с незамысловатым хлебом, добродетельным кефиром, унылыми макаронами и целлюлозной колбасой. Дошлепал до лифта, ничего вокруг не замечая, нажал на кнопку, вошел — и только тут заметил, что в кабине я не один.

— Мне восьмой, пожалуйста, — сказала она, и этот низкий бархатный голос перетряхнул мою заплесневелую душу.

— Мне тоже, — зачем-то сказал я, краснея ушами, словно прыщавый гимназист.

Лифт тряско покатил в гору. Я смущался смотреть на свою нежданную соседку и упер взгляд в коряво нацарапанное на стенке слово. Я не разглядел ее лица, лишь самым краешком глаза замечал, что она высока ростом и одета в неброское и недорогое пальто. И еще мне показалось, что она улыбается, но наверняка сказать было нельзя. Мы молча доехали до восьмого, я пропустил ее вперед и замешкался у лифта, делая вид, что занят розысками ключей, а сам взглядом поедал ее со спины. Свободное сероватое пальто скрадывало ее походку и очертания фигуры, но неявленное только пуще влекло к себе. Я видел, как она подошла к дверям соседней, двадцать седьмой квартиры, поправила сумку на плече, вынула из кармана ключ, отворила... На пороге она вдруг обернулась и с улыбкой произнесла:

318

— До свидания, сосед.

— Всего доброго, — сдавленно проговорил я, не в силах сдвинуться с места.

Дверь затворилась. Я столбом стоял на площадке, стиснув сетку с простой советскою едой.

Учитывая общее состояние души моей и вполне созвучный этому состоянию фон новоэтажных многостроек, происходящее со мной представлялось решительно невозможным: вычленить в омуте бурой энтропии яркое пятнышко и, более того, силой собственного сознания переродить это пятнышко в путеводную звезду — да возможно ли?

Но тем не менее так оно и было. Войдя в свою временную обитель и суча ногами от нетерпения, я швырнул авоську на кухонный стул, вставил в верный магнитофон первую попавшуюся кассету с роком и принялся прямо в грязных уличных ботинках козлом скакать по комнате, приговаривая: «Врете, врете, жизнь не кончена в тридцать пять лет!» И это я, и. о. замзава, рыцарь мрака — душераздирающее зрелище! Помнится, что-то подобное говорил у Толстого князь Андрей, наведенный на эту смехотворную мысль видом молодой листвы на старом, полумертвом дубе. Мою же листву толкнула к солнышку бездонная зелень соседкиных глаз.

Наутро я позвонил своему приятелю, давно предлагавшему мне взяться за перевод книжечки Брукса, известного американского культуртрегера — срочно требовалось лекарство от всколыхнувшихся пульсов.

Свободное от работы время я проводил, глядя в окно, и светел становился день, когда мне удавалось высмотреть прекрасную, до боли знакомую незнакомку. Она появлялась из-за угла высоченного первого корпуса, выходящего на проспект, осторожно переступала по деревянным мосткам, проложенным поверх непролазной грязи просторного двора с голыми отсыревшими палками многолетних саженцев, и, приближаясь, исчезала за нижним краем окошка. До чего же хотелось, рассчитав время, как бы невзначай высунуться на площадку, увидеть, как раскрываются створки лифта, заглянуть в эти неповторимые глаза... тихо сказать: «Здравствуй, это я!» Однако, я знал, что не сделаю этого никогда, и, не уверенный в том, как поведу себя, вновь встретившись с ней лицом к лицу, старался подобных ситуаций избегать — и избегал, исподволь изучив ее довольно педантичный график.

Почти всегда она возвращалась в один и тот же час, около половины седьмого, чаще одна, иногда с девочкой лет десяти-двенадцати, определенно дочерью — их поразительное сходство было заметно даже на таком расстоянии. Но ни разу я не видел ее с мужчиной... По счастью, близилась весна, дни теплели и прибывали, седьмой час стал постепенно светлым — и это давало мне возможность все отчетливей видеть мою незнакомку. Открылись густые черные волосы, скрывавшиеся доселе под высокой зимней шапкой, бесформенное пальто, которое я постепенно начал ненавидеть, наконец сменилось строгим светло-серым плащиком... Но милостей природы мне было мало. Под каким-то нелепым предлогом я заглянул домой, и хотя визит этот был крайне неприятен и обошелся мне в пятьдесят рублей — именно столько пришлось оставить семье на пропитание, — цели своей он достиг: улучив момент, я подобрался к жениному секретеру и стащил оттуда театральный бинокль. Свой неприглядный поступок я оправдывал только тем, что жена все равно не ходит в театры и биноклем, следовательно, не пользуется. Этот приборчик в красном чехле я пристроил на подоконнике, чтобы всегда иметь его под рукой... Только умоляю, господа, не поймите меня превратно — банальный вуайеризм мне чужд напрочь. Ее окна, давно уже вычисленные мной, не манили мой взгляд, и я был бесконечно далек от нездорового стремления подловить мою незнакомку в каком-нибудь пикантном неглиже или вовсе без оного... Да и к чему все это человеку, наделенному воображением? Тем более что ее окна выходили туда же, куда и мои, и заглянуть в них из квартиры было невозможно даже теоретически.

Так я жил, деля свое время и внимание между культуртрегером Бруксом и моей таинственной прелестницей, имени которой я не знал, да и не чаял узнать. Никого иного вокруг себя я не замечал и несказанно удивился, когда, возвращаясь с делового визита, был остановлен возле лифта простоватого вида невысокой женщиной средних лет.

— Молодой человек, ты, как я вижу, налегке. Узлы дотащить не поможешь?

Я осмотрелся. У ног ее лежали три довольно объемистых полосатых узла.

— А на лифте проще не будет? — не без усмешки осведомился я.

— Может, и проще, — согласилась она. — Да только он не работает.

Я подошел к дверце и прочел приклеенное на ней объявление: «В связи с утечкой газа лифт не работает. Администрация».

Я покосился на тюки. Вид их как-то не располагал. С тяжким вздохом я нагнулся и в порядке эксперимента потянул один. Он оказался неожиданно легким, я взвалил его на плечо, на второе взгромоздил второй. Так как третьего плеча в наличии не было, третий узел пришлось взять женщине. Мы направились на лестницу, по прихоти архитектора отнесенную от лифта на значительное расстояние.

Физический труд заметно упрощает нравы, и уже на втором этаже я с некоторой натугой проговорил:

— Слава Богу, не картошка. Белье, что ли, из прачечной?

— Ага, — коротко отозвалась женщина. Видимо, ей тяжело было говорить.

— Только я, тетка, высоко не потащу. До восьмого — а потом сама. В три приема.

Она бухнула свой мешок на ступеньку, выпрямилась и удивленно посмотрела на меня. Я тоже остановился.

— Так мне выше и не надо, — сказала она. — Я ведь тоже на восьмом. Не знал, что ли?

— Да так как-то... — пробормотал я. — Не примечал.

— То-то. Четвертый месяц дверь в дверь с нами живешь, а все — не примечал. Странные вы люди, городские.

— Какие есть...

К восьмому этажу я взмок, обессилел и обозлел. Какого, спрашивается, помидора эта баба меня столь беспардонно эксплуатирует?! Облегченно бухнув поклажу возле указанной двери, я повернулся к ней и довольно грубо сказал:

— Ну, тетка, с тебя причитается.

— Да уж понимаю. — Она вздохнула. — Что ж, заходи, налью стаканчик.

Алкоголь я потребляю исключительно как заменитель яда, и действует он соответственно. С тех пор как в мою жизнь односторонним порядком вошла незнакомка, я не испытывал потребности в малой смерти, а потому от предложения отказался.

— И правильно, — сказала тетка. — Тогда я тебя борщом домашним покормлю, наваристым. Не все ж тебе, холостому-неженатому, по столовкам-то здоровье гробить.

Хоть я и не совсем неженатый, по столовкам не хожу, предпочитая одинокие гастрономические эксперименты по части консервов и яичницы, но спорить не стал: мысль насчет борща показалась мне убедительной. Она распахнула передо мной дверь, и только тут я понял, что вхожу в ту самую квартиру, в которую в день нашей первой встречи входила моя незнакомка. У меня подкосились коленки. «Однако хватит психозов!» — рявкнул я сам на себя и решительно вошел...

На чистенькой, с умом и любовью оборудованной кухне я отведал борща, оказавшегося настолько мировым, что отказаться от второй тарелочки было просто невозможно. Потом мы пили чай с пирогами и клюквенным вареньем.

— Прежде-то у меня с вареньями побогаче было, — пояснила чуть разомлевшая от еды соседка. Я сонно кивнул. — И вишневое, и крыжовенное, и грушовое со своего сада флягами заготовляла. А как домик с хозяйством продала и в город к сестре перебралась, оно уже не то пошло. Правда, осталась за свекром покойным дача с участком, но это так, название одно. Восемь соток всего, да и землица худая. Деревца не принимаются, кусты чахнут, одни, прости Господи, цветки наливаются. Уж я воевала-воевала, а толку? Вон, в прошлом годе смороды с шести кустов всего пятнадцать литров собрала. Разве дело?

— Не дело, — лицемерно согласился я. — Так ты, Лизавета, тут с сестрой живешь? — Представиться друг другу мы успели за борщом.

Она кивнула.

— Ага, бабьим колхозом. С ей самой и с дочкой ее приемной.

— Как приемной? — вырвалось у меня.

Лизавета хитро посмотрела на меня.

— Неприметливый, а приметил, да? И Татьяну мою, и Нюточку... Да ты не красней, касатик. Такие уж они обе-две... приметные.

— Но ведь они совсем на одно лицо!

— Не ты один удивляешься. И похожи, как две капельки, и жить друг без дружки не могут, а не родня. Нюточка — это Павла, мужа Татьянина, дочь. От первого брака.

— А что с отцом не живет?

Лизавета отвернулась и очень тихо проговорила:

— Погиб отец-то.

— Извини... — Я помолчал, потом спросил: — Давно?

— Да уж четыре года скоро... Умный был, добрый, Татьяну любил без памяти, а она его. Я, правда, сама его мало знала... Пойдем-ка в горницу.

Я поднялся и вслед за ней прошел в «горницу» — гостиную типовой трехкомнатной квартиры. Комната поразила меня уютом и неожиданно богатой обстановкой: добротная «сталинская» мебель хорошего дерева, дорогой, явно штучный хрусталь, импортный телевизор, старинные сервизы на застекленной полке дубового буфета, а на мраморной крышке — бронзовые часы. Лизавета заметила мое удивление и, показывая на стену, произнесла:

— Это все от них, от Черновых. Прямее нас наследников не осталось...

Я посмотрел туда, куда указывала ее рука. Над сервантом в широких резных рамах висели два фотографических портрета. На одном — пожилой мужчина с властным и волевым, несколько квадратным лицом. Чувствовалось, что изображенный на фотографии человек отличался упорством и умел повелевать. Из другой рамки смотрело молодое мужское лицо, по сравнению с первым более тонкое и одухотворенное, но выдававшее натуру, склонную к сомнениям, менее сильную, чем на соседнем портрете. Семейное сходство между этими людьми было несомненным. Мне показалось, что второго, молодого, я где-то видел.

— Это вот свекор, Дмитрий Дормидонтович, тезка твой, стало быть. Прежде был большой партийный начальник, человек правильный, справедливый. Я-то его уже слабым, больным застала. Выхаживать помогала. Да вот не выходила...

Лизавета вздохнула и перевела взгляд на другой портрет.

— А это Павел, муж ее. Сгорел заживо. Головешки одни остались. Только по документам и опознали. Старик

всего месяца на три сына пережил. А потом нас с квартиры их барской поперли на эти... выселки.

Она показала на унылый пейзаж за окном.

— И что, она все четыре года вот так одна и живет? —
собравшись с духом, спросил я.

— Как это одна? — тут же вскинулась Лизавета. —
А мы с Нютой? — Она замолчала, потом прищурила и
без того узкие глазки. — А-а, это ты в том смысле, что
без мужика?

Я с писком сглотнул и кивнул.

— Да, так и живет, представь себе. И до березки так
жить будет...

Она вздохнула и устремила взгляд на портрет Павла.
Я посмотрел туда же. Покойный муж моей воскреситель-
ницы глядел на меня с легкой ироничной улыбкой. Вновь
возникло ощущение, что я когда-то встречал этого человека.

— Крепкая, наверное, была любовь, — прошептал я.

— Да уж крепкая... И лучше него для нее никого не
было на свете и не будет.

Я отвернулся и стал изучать узор на створке книжного
шкафа... Жить прошлым, хранить верность памяти... Да,
наверное, иногда это правильно — если лучшего уже не
будет и не может быть... Отчего-то я вспомнил себя во-
семнадцатилетним и зажмурился. Но как грустно!

— Поначалу-то от кавалеров отбою не было, — моно-
тонно, словно разговаривая сама с собой, произнесла за
моей спиной Лизавета. — И все не простые кавалеры, куда
там! Тот шишкарь обкомовский, что квартиру пришел от-
бирать, когда Дмитрия Дормидонтовича не стало, уж так и
стелился. И хоромы обещался оставить, и дачу в Крыму
сулил двухэтажную, словом, горы золотые. А потом артист
этот иностранный специально из заграницы своей приезжал, сватался чин-чином... И из треста начальство...

— Хранить верность памяти... — повторил я уже вслух.

— Да в памяти ли одной дело?! — сказала Лизавета с такой горечью, что я невольно повернулся к ней. — Тут ведь
еще такое... Сглаз на ней. Подшутил нехороший кто-то.

— Это как? — не понял я.

— А так. Аккурат на девятый день по Дмитрию Дормидонтовичу пришли мы, как водится, на кладбище. Могил-

ка-то свежая, без памятника еще, а на ней — букет роз здоровущий, а в букете том — один стебель полынный. А рядышком, на Павловой могилке — пук полыни, белой ленточкой перевязанный, а посередине — одна роза. Таня сначала просто удивилась, а как домой пришли, бросилась к себе в комнату и ну рыдать. Я поначалу входить постеснялась, пусть, думаю, выплачется, потом не удержалась, зашла. А она лежит на тахте, в подушку ткнувшись, и трясется вся. Я к ней — не убивайся, мол, чего уж. Она голову-то подняла, вижу — смеется. Что с тобой, говорю, может, лекарства какого дать? Ах, говорит, Лизавета, я поняла, поняла теперь! Что ты поняла, спрашиваю. Она опять смеется. Это Павлик мой тайный знак мне подает, что жив он. Какой такой знак? А такой, говорит — как наши бабки большую полынь называют? Мне и не вспомнить сразу-то, а она подсказывает: чернобыльник. Понимаешь, говорит, чернобыльник, то есть «Чернов» и «быль». Есть он, значит, живет, а похоронили другого кого-то. А тайный этот знак потому, чтобы не прознали те, кому этого знать не надо...

М-да. Воистину Чернобыль! Такой сдвиг сильно отдавал паранойей, следовательно, моя целительная нимфа уплывала от меня безвозвратно: с таким запредельем мое пограничье не граничит.

— А кому-то не надо было знать? — в смятении спросил я.

— Да, — неожиданно ответила Лизавета. — Тут она ничего не придумала. Были такие люди, важные, большие люди, которые погибели его хотели. Из-за них он скрывался, из-за них и смерть принял... Или от них.

— Какие люди?

— Этого не знаю, не велено мне знать, и тебе врать не буду. Только были они, это точно. И посейчас есть... Словом, с того дня как подменили ее: повеселела, перестала вдовой себя считать, платье черное сняла. Но на могилку ходить продолжает — как бы для отвода глаз, и из бухгалтерии своей не уходит, к прежнему ремеслу не возвращается, а то, говорит, _эти_ все поймут и житья не дадут...

— К прежнему ремеслу? — переспросил я.

— Она ж в кино снималась, артисткой известной была. Татьяна Ларина, помнишь?

Татьяна Ла...

Громко стукнула входная дверь, по прихожей простучали легкие шаги, и в гостиную, как порыв свежего ветра, влетела разлохмаченная чернокудрая девчоночка. Не обратив на меня никакого внимания, она подбежала к Лизавете и, привстав на цыпочки, чмокнула ее в желтую щеку.

— Что так рано, егоза? — спросила просиявшая Лизавета.

— Танцы сачканула... А что Эрна меня все время с Колобковым в пару ставит? Он воняет, — заранее оправдываясь, затараторила девочка.

— Нюта, ну что ты такое говоришь? — сказала Лизавета, сделав строгое лицо.

Нюточка повернула голову. Ее черные глазки изумленно округлились: она увидела меня.

— Это дядя Дима, наш сосед, — пояснила Лизавета. — Он помог мне белье донести и остался пообедать.

— Здравствуй, Нюточка, — сказал я.

— Здравствуйте. — Она спряталась за Лизавету и оттуда лукаво поглядывала на меня. — Это вы теперь в захаренковской квартире живете и музыку по вечерам крутите?

— Да. Если мешает, то... — Я растерянно посмотрел на Лизавету.

— А книжки интересные у вас есть? У папы большая библиотека, только я уже все прочитала, кроме геологических. Они скучные и непонятные.

— Нюта, как не стыдно... — начала Лизавета.

— Есть, правда немного, — сказал я. — Вообще-то книги я держу в другом месте. Но если хочешь, я принесу.

— Хочу, — заявила Нюточка. — А можно я посмотрю какие есть?

— Можно, — поспешно сказал я, опасаясь, что Лизавета опять начнет стыдить эту очаровательную и бойкую девчонку. Но та лишь пожала плечами и сказала:

— Только сначала руки помой и поешь.

Нюточка сквасила рожицу, но послушно вышла из комнаты.

— Ты уж не серчай на нее, — сказала мне Лизавета. — Очень она у нас до книг охочая. От дела не сильно оторвет, если зайдет поглядит?

— Нисколько, — искренне сказал я. — От одиночества тоже устаешь.

Она как-то странно посмотрела на меня и дотронулась до моего локтя.

— Я ж тоже вроде как одна получаюсь. О наболевшем-то и словом не с кем перекинуться. Вот и распустила язык, дура старая... Так что извини, коли что. Ты только Татьяне про наш разговор не рассказывай. Не любит она, когда про нее... И главное, не убеждай ее, что Павел... что нет его. Убедить не убедишь, а только расстроишь. Пусть и неправда, будто живой он, да только одной этой неправдой она и живет.

— Понимаю, — сказал я. — Ничего не скажу. Еще неизвестно, получится ли вообще поговорить с ней.

— Получится, — убежденно сказала Лизавета. — Теперь получится.

Воротясь в свою берлогу, я начал интенсивно наводить уют — уборка, проведенная утром, была, так сказать, для внутреннего потребления и на прием гостей не рассчитывалась. Убирая в шкаф выходные брюки, пристроившиеся на рабочем столе, оттирая от месячной накипи чайную чашку — а вдруг Нюточка захочет чайку? — раскладывая стопочками книги и рукописи, я непрестанно думал, думал... И постепенно стала складываться некая картина.

Татьяна Ларина... Вот почему прекрасная соседка сразу показалась мне такой знакомой.

Я никогда не был большим любителем кино, а уж советские массовые фильмы не смотрел даже по телевизору, предпочитая отстоять очередь, но увидеть «нетленку» — Феллини, Тарковского, Висконти. Или уж какой-нибудь крутой боевик из тех, что изредка, раз в три года, доползали до отечественного зрителя. Естественно, фильмы с Лариной прошли бы мимо моего внимания, если бы не одно обстоятельство.

Когда-то я был близок к группе ленинградских художников — молодых, неофициальных и, конечно же, крепко пьющих. Мы нередко собирались у кого-то из них дома или в мастерской и начинали гулянку, которая при благоприятном раскладе плавно переходила в многодневный запой. Группа состояла из нескольких молодых людей разной степени бородатости и девушки — удивительно милого, обаятельного и разносторонне одаренного создания. Она рисовала, лепила, работала по ткани, дереву, железу, создавая оригинальнейшие композиции, успешно занималась мультипликацией, писала потрясающие стихи, пела под гитару. (Впрочем, все это она не без успеха делает и сейчас. Оленька, сестренка, ау! Привет тебе!) На наших сборищах, где-то после третьего стакана, мы частенько пели, хором и поодиночке. Неизменным успехом пользовался один романс, исполняемый Оленькой столь проникновенно, что даже вечно пьяный и неизменно громогласный Митя Ш. (ныне оголтелый трезвенник) замолкал, подпирал голову мощною рукою и слушал, роняя скупую мужскую слезу. Однажды я припозднился, прослушал Оленькин романс на относительно трезвую голову и сподвигнулся на комментарий:

— Ой, сестренка, какая улетная вещица! Слова чьи, Дениса Давыдова?

— Ты каждый раз спрашиваешь, — без особой радости отвечала Оленька. (Вот те раз! Ничего не помню!) — А я каждый раз отвечаю: слова мои, музыка тоже моя.

Свой восторг я выразил принятым в этом кругу образом: завопил «А-а-а!», закатил глаза и медленно сполз со стула на пол.

— Я эту песню еще в десятом классе сочинила, — продолжала Оленька. — Ее даже в кино пели, и в титрах моя фамилия значилась.

— Оппаньки! — воскликнул я. — А что за кино?

— Тебе, браток, точно лечиться надо, — вмешался Шура, Оленькин муж. — Мы ж его всей командой у Вильки Шпета смотрели, на День Милиции. Ты еще потом все Анечку доставал, чтобы с Лариной тебя познакомила.

— Какого Вильки? — голосом умирающего больного спросил я. — Какую Анечку? С какой Лариной?

— Вилька Шпет — это скульптор. Анечка — артистка, его жена. Ларина — тоже артистка, которая в этом фильме играет и Оленькину песню поет, — пояснил невозмутимый и обстоятельный Шура.

Что-то с памятью моей стало! Надо меньше пить!

— А фильм-то хоть как называется? — задал я последний вопрос.

— «Особое задание», — ответил Шура. — Между нами, мандула редкостная. Но песня хорошая.

Оленька улыбнулась и погладила его по макушке.

Вскоре после этого явились возмущенные соседи и пообещали вызвать милицию. К тому же выяснилось, что все выпито, а денег ни у кого не осталось. Так что пришлось расходиться вполпьяна, я даже на метро успел. А потому содержание этого разговора я запомнил крепко и на следующий же день принялся изучать репертуар кинотеатров и программу телевидения на предмет «Особого задания» — хотелось все же услышать Оленькину песню, увидеть в титрах ее фамилию и посмотреть, наконец, на столь взволновавшую меня Ларину.

Искомое я нашел на третий день: «Особое задание» шло на дневном сеансе в «Свете», маленьком кинотеатрике на Большом, где крутят старые и документальные фильмы. Под каким-то предлогом я отпустил остохреневших студентов, вскочил в троллейбус и успел к самому началу сеанса. В зале сидели десяток старушек и парочка хулиганистых школьников, явных прогульщиков. Фильм полностью оправдал Шуркину оценку. Революционно-патетическая мура, содержание которой я начисто забыл, не успев даже выйти из зала. В памяти осталась только Татьяна Ларина. Ее внешность, голос, движения потрясли меня. Она воплощала в себе все то, что было недодано мне в этой жизни. Я же в свою очередь потряс жену, явившись домой с букетом пышных гвоздик. Она подозрительно принюхалась, не пахнет ли от меня спиртным или чужими духами — а мне просто хотелось праздника. Но праздник упорно не начинался, и через месяц я забыл и про Ларину, и про свои глупые грезы.

Вспомнил я о ней и о них года через два, прочитав заметку о том, что чехословацкий фильм «Вальс разлук», одну из главных ролей в котором сыграла советская актриса Татьяна Ларина, получил на Каннском фестивале приз за лучшую операторскую работу. Я дал себе слово непременно посмотреть этот фильм, но в нашем прокате он так и не появился, и я снова забыл...

Мои воспоминания прервал резкий звонок. Я снял трубку телефона, но услышал там лишь долгий, непрерывный гудок. Звонок повторился, и только тогда я сообразил, что звонят в дверь — впервые за все пять месяцев моего пребывания в этой квартире.

— Нюточка! — вспомнил я и помчался открывать.

Она вошла, с любопытством осмотрела прихожую, ничем не заслуживавшую такого внимания, заглянула на кухню и только потом спросила:

— Можно войти?

— Вошла уже, — рассмеялся я. — Книжки смотреть?

— Ага. Где они у вас?

Я провел ее в комнату, показал полку и стопку книг на столе. Она затихла и принялась снимать книги с полки, разглядывать, ставить на место. Я молча следил за ней.

— Это что? — Она показала мне черную книжечку.

— Это «Дхаммапада», буддийская книга.

— А-а... — Она уважительно потерла книгу ладошкой, поставила на место и взяла другую. — А это?

— Это Марк Аврелий. Был такой римский император.

— А это? — В руках у нее был толстый том в криповатом кустарном переплете.

— Это философ Лев Шестов.

— Хороший? — серьезно спросила она.

— Хороший, — столь же серьезно ответил я.

— Тогда почему так плохо напечатано? — Она ткнула пальчиком в блеклые, расплывшиеся машинописные строчки.

— Это называется самиздат, — объяснил я. — Раньше за такую книгу могли здорово наказать.

— А сейчас?

— Сейчас тоже могут.

— Понятно. — Она опасливо положила книгу и потянулась за следующей. — Какое название смешное, почти как «Винни-Пух»!

— Ну, это не совсем «Винни-Пух», — пробормотал я, покрываясь испариной: эта маленькая чертовка безошибочно выбрала четыре любимейших моих книги.

Нюточка раскрыла «Пополь-Вух» и, наморщив лобик, стала громко читать:

— Это — рассказ о том, как все было в состоянии неизвестности, все холодное, все в молчании; все бездвижное, тихое; в пространстве неба было пусто... Это —

первый рассказ, первое повествование. Не было ни человека, ни животного, ни птиц, крабов, деревьев, камней, пещер, ущелий, трав, не было лесов; существовало только небо... Поверхность земли тогда еще не появилась. Было только холодное море и великое пространство небес... Не было еще ничего соединенного, ничто не могло произвести шума, не было ничего, что могло бы двигаться или дрожать или шуметь в небе... Не было ничего, что существовало бы, что могло бы иметь существование; была только лишь холодная вода, спокойное море, одинокое и тихое. Не существовало ничего... В темноте, в ночи была только лишь неподвижность, только молчание...

— А? — каркнул я, выныривая из оцепенения, в которое погрузил меня голос девочки. — Ты что-то спросила?

— Можно взять почитать?

К груди она прижимала «Пополь-Вух».

— Что? Да-да, конечно можно... Еще посмотреть хочешь?

— Хочу.

— Тогда поройся, а я пойду чайник поставлю.

В прихожей, прислонясь к косяку, стояла Татьяна Ларина.

— Здравствуйте, — произнесла она своим чарующим контральто. — Было открыто, и я вошла. Вы так хорошо сидели, я не хотела вам мешать.

— Ну что вы, нисколько... Вы нисколько... Я хотел сказать... Чайку вот...

Я окончательно и позорно запутался.

— Нюточка, должно быть, совсем вас утомила, — сказала Татьяна Ларина. — Я заберу ее.

— Нет-нет! — вскрикнул я и почувствовал, что немного прихожу в себя. — Лучше вы оставайтесь. У меня есть кофе, хороший, арабика, из Москвы привезли, а девочку напоим чаем...

Татьяна Ларина улыбнулась, и пол поехал у меня из-под ног.

— Вот что, сосед. Давайте лучше сделаем так: берите ваш кофе и приходите к нам. Лизавета пирог испекла, с брусникой.

— Спасибо, я, конечно...

— Ах да, простите, я не представилась. — Татьяна Ларина протянула руку, и я дрожащими пальцами взял ее. — Татьяна Чернова, можно просто Таня.

— Таня... — Но почему Чернова? Ах да, конечно...

О себе она почти не говорила, и все, что я знаю, было по крупицам собрано из разговоров с Лизаветой и немного с Нюточкой, из ее случайных реплик в ходе беседы на совсем другую тему. Эти сведения осели в моей памяти, и лишь годы спустя я доверил их бумаге, выковав недостающие звенья из летучего металла воображения.

Я узнал, почему не только ее лицо, но и лицо ее покойного мужа сразу показалось мне знакомым. Я встречался с ним, хотя и было это давно, у моего сокурсника Ванечки Ларина, безвредного малого и славного выпивохи, который был мне, честно говоря, малоинтересен. Даже в самом диком бреду я не мог увязать это достаточно заурядное существо с моей доброй феей и был безмерно и неприятно удивлен, узнав, что Ларина — это не ее девичья фамилия и не экранный псевдоним, а фамилия ее первого мужа, того самого Ванечки.

В гостях у него я был один-единственный раз, на первом курсе; потом пути наши разошлись. Он отмечал день рождения, и, за исключением нескольких факультетских и недавнего моего одноклассника Андрея Житника, гости — довольно пестрая, сколько помнится, компания — были мне незнакомы. Никого из них я не узнал бы уже на другой день. Кроме одного. Имени его я тогда не запомнил. Он был старше и взрослее прочих (это совсем не одно и то же), держался ровно и с достоинством, не опуская себя до уровня резвящихся малолеток, вчерашних школяров. Юности свойственно творить себе кумиров и наделять окружающих мифологическими свойствами. В тот вечер он был моим богом. Мне до боли желалось преобразиться в его подобие, обладать его взглядом, плечами, осанкой, его джинсовой курточкой, так ладно облегающей худощавую спортивную фигуру, его манерой разговаривать, держать сигарету, вилку, стакан; уметь так же здорово играть на гитаре, читать стихи, рассказывать об экспедициях и альпинистских походах. Для начала я назавтра же купил самоучитель игры на гитаре и неделю терзал несчастный родительский инструмент, дойдя до упражнения номер шесть (русская народная песня «Ходит Васька серенький, хвост у Васьки беленький»). До секции скалолазания я так и не дошел, и постепенно черты моего однодневного кумира стерлись, и я забыл о нем годков эдак на семнадцать, чтобы в один прекрасный день, все сложив и сопоставив, вспомнить и уже не забывать никогда.

Его звали Павел Чернов.

Только такой человек мог быть достоин моей зеленоглазой ундины. Их союз был столь же естественным, сколь противоестественным представлялся союз любого из них с кем-то еще. Оставалось снять шляпу перед неизбежным.

В «бабьем колхозе» я отогревал душу и бередил ее. Я чаевничал с Лизаветой — она работала вечерней уборщицей в трех учреждениях одновременно и днями была свободна. По вечерам кофейничал с Таней при неизменном присутствии Нюточки, которое нисколько нас не смущало: отношения наши были светлы и целомудренны, и ничего, не подобающего детскому взгляду, в них не было. По выходным мы втроем — Таня, Нюточка и я — выбирались на острова, в зоопарк, в городок аттракционов. Нас нередко принимали за семью, и это несказанно льстило мне. Но и ранило тоже.

В конце мая мне позвонила жена.

— Тебя видели с женщиной, — с мазохистским кайфом заявила она.

— Увы, это совсем не то, о чем ты подумала. Впрочем, на развод я согласен. Квартиру и имущество оставляю тебе, обязуюсь отдавать не треть, а половину зарплаты.

В трубке послышался мокрый всхлип.

— Ты изверг и эгоист. Детям нужен отец. Для кого я их рожала, спрашивается?

— Не знаю.

— Девочкам нечего надеть. Малышу необходим манежик и детское питание. Скоро лето, надо ехать к бабушке в деревню, а у нас не хватает даже на билеты. Я во всем себе отказываю…

— У меня есть двести рублей. Больше пока не могу.

Двухсот рублей у меня не было. Я одолжился у знакомого под гарантию с гонорара за Брукса, отнес в ломбард последний приличный свитер и продал на толчке кое-какие книги. Впрочем, жена очень верно подметила:

скоро лето. Стало быть, косяком пойдет абитура. Скрепя сердце, я позвонил шефу (он же председатель приемной комиссии) и напомнил о своем существовании. В тот же вечер начались звонки.

Я встал на пашню. Времена суток сделались неразличимыми, но денежные переводы на деревню бабушке поступали исправно. Как-то незаметно милые мои соседки откочевали на дачу. Прошел июль. В августе я работал на приеме, а в сентябре, вконец измочаленный, я подрядился ехать со студентами в колхоз: поскрипывающий организм требовал срочного окисления. Из соображений экономии квартиру на этот месяц пришлось пересдать коллеге, недавно оформившему развод.

Возвратившись, я узнал, что этот коллега, сволочь первостепенная, в мое отсутствие вступил в преступный сговор с хозяевами и сделался теперь официально признанным жильцом и плательщиком. Мои вещи, коих, по счастью, было немного, в собранном виде стояли и лежали в стенном шкафу. Новый жилец был явно настроен на скандальное разбирательство, но у меня просто не было сил.

Выручила Таня. Она куда-то позвонила, и уже через день я въехал в узкую и длинную комнату в полупустой служебной коммуналке на последнем этаже страхолюдного дома на улице Шкапина. Обстановка была вполне пещерной; соседи, семейство дворников, напоминали троглодитов; удобства отличались скудостью, телефона не существовало вовсе. Но свобода стоила этих жертв.

В моей конторе занятия пошли в полную силу. Деканат, не забыв то, что я весь предыдущий семестр прохлаждался, якобы повышая квалификацию, нарисовал мне усиленную нагрузочку, изобилующую многочасовыми окнами и перебежками из корпуса в корпус. Редкие часы, остающиеся от службы и дороги туда-обратно, я корпел над культуртрегером Бруксом, с которым запаздывал почти безнадежно. Наведаться в далекий спальный район, подаривший мне столько горького счастья, было физически невозможно.

Под конец семестра мне сделали еще один подарочек, командировав в полярную ночь — читать лекции и принимать экзамены в нашем архангельском филиале. Перевод я успел сдать в день вылета. Маясь бессонницей в шикарном, но адски холодном номере гостиницы, я дал себе слово немедленно по возвращении объясниться с Таней, сказать ей наконец все заветные слова, мучительно распирающие мозг. И пусть она раз и навсегда решит мою судьбу.

Я поехал к ней прямо из аэропорта, невыспанный, с чемоданом и сумкой через плечо. Была суббота, и я от души надеялся, что застану ее дома. Мной овладела лихорадочная, нетерпеливая решимость. Не помню, как я добрался до ее дома. Кажется, даже брал такси. Не помню. Лифт целую вечность полз до восьмого этажа, и мне казалось, что я до дыр зачитал и короткое неприличное слово на его щербатой стенке, и недавно появившуюся чуть ниже надпись «Хай живе перестройка!». Наконец я выскочил из лифта — и в недоумении остановился перед открытой дверью ее квартиры. Я позвонил, но никто ко мне не вышел. Тогда я распахнул дверь пошире и вошел сам. В прихожей было пусто, совсем пусто, исчезла даже тумбочка из-под телефона, а сам аппарат сиротливо стоял на полу. Я заглянул в гостиную. Посередине комнаты плотной кучей стояли чемоданы, ящики, коробки. Вся обстановка исчезла, лишь у голой стены притулилась одинокая раскладушка. На стене, в том месте, где висели портреты отца и сына, остались лишь два темных квадрата невыцветших обоев. Я пересек гостиную и распахнул дверь спальни. Моему взору предстали матрасы на голом полу.

— Таня! — срывающимся голосом позвал я.

В глубине квартиры зашипел туалетный бачок. Я выбежал в прихожую.

— Таня?

На меня, потирая руки и ослепительно улыбаясь, надвигался огромный, пузатый и усатый негр в пышной меховой шапке.

— К-как... — выдавил я. — А Таня?..

— Танья... — озадаченно повторил он и остановился. — О, Танья! Он пошел на суперинтендант...

Я не понял, а потому перешел на английский и четко и медленно задал три вопроса: где женщины, которые живут в этой квартире, кто он такой и какого черта здесь делает. Он кивнул и, старательно выговаривая каждый слог, начал отвечать в обратном порядке:

— Я сторожу вещи. Меня зовут Джошуа. Моя жена, ее сестра и девочка пошли к управляющему домом получить документ, удостоверяющий, что они здесь больше не живут.

У меня потемнело в глазах. Мир рушился. Как... как она могла?! А как же якобы живой муж, которого она так любила?

Ударившись локтем о предательски высунувшийся косяк, я выскочил на площадку и чуть не сбил с ног Лизавету. Инстинктивно мотнув головой, я заметил, как из лифта выходят Таня с Нюточкой, и замер.

— Ой, Ди-има! — взвизгнула Лизавета. — А мы уж и не чаяли... Сыскался наконец! Сосед, поди, передал?

Я тупо посмотрел на нее.

— Мы уж, почитай, второй месяц тебя ловим. На квартиру к тебе ходили, записку оставили...

— Ходили? З-зачем? — выдохнул я.

— А как же? Сначала на свадьбу пригласить хотели, потом на проводы.

Я молча моргал и пыхтел, не в силах произнести ни слова. На свадьбу?! Боже, какое бесчувствие, какой цинизм! А я-то вообразил себе... Нюточка с Таней подошли к Лизавете и с сатанинским любопытством наблюдали за мной.

— В самый последний денечек нас здесь застал, и слава Богу, — безжалостно продолжала Лизавета. — С муженьком-то моим познакомиться успел?

Я остолбенел и лишь через несколько секунд смог вымолвить:

— С... твоим?? Как с твоим?!

Лизавета широко улыбнулась.

— А что я, не женщина, по-твоему? Молодая, свободная. Вот и отыскала себе дружка верного, суженого-ряженого...

— Постой, а... А Таня?

— А Таня — вот она, вся здесь... Давай-ка в дом зайдем, поговорим ладком.

Мы сидели в пустой гостиной на ящиках и на раскладушке, пили шампанское из бумажных стаканчиков и закусывали магазинной кулебякой. Я все силился постичь непостижимое, но не мог — на то оно и непостижимое.

Этот брак был невозможен, невероятен. Холеный двадцатипятилетний кениец, второй сын многодетного вождя могущественного племени с непроизносимым названием, с отличием закончивший Гарвард, приехавший сюда на стажировку, почти не владеющий русским. И сорокалетняя русская крестьянка, похожая на калмычку, славная, но совсем не образованная и уж никак не красавица. Люди двух разных миров. Как они могли так стремительно сойтись, понять друг друга, соединить себя брачными отношениями? Промежутки между знакомством и свадьбой, между свадьбой и отъездом были ничтожно малы. Как же им удалось за такое короткое время преодолеть бесчисленные бюрократические, да и чисто бытовые препоны, неизбежно возникающие в подобных ситуациях?

Ну хорошо, как ни маловероятно такое стечение обстоятельств, но получилось так, как оно получилось. Но как же тогда прикажете понять Таню, которая вдруг очертя голову вслед за сестрой бросается в неведомый омут совершенно чуждой жизни и тянет за собой ребенка, причем ребенка любимого? В одночасье обрубив все концы. Бросив все.

Я наклонился к ней и прошептал:

— Таня?

Она обернулась, и в ее огромных глазах я увидел легкую грусть, но ни тени сожаления или сомнения. Я быстро осмотрелся. Джош, перемежая английские и русские слова и помогая себе жестами, увлеченно рассказывал Лизавете и Нюточке о богатейших земельных угодьях, принадлежащих его семье, о тамошних чудесах природы. Обе зачарованно слушали его, не обращая на нас никакого внимания.

— Таня, ну зачем, зачем это все?

— Молчи, — тихо приказала она. — Так надо. Когда-нибудь ты все узнаешь и поймешь.

Ой, вряд ли. Пока, во всяком случае, я не понимал решительно ничего. А Таня, судя по всему, была не настроена объяснять что-либо.

— Когда уезжаете? — громко спросил я.

— Завтра утречком в Москву, а еще через неделю в Найроби. Джош все устроил, — с гордостью ответила Лизавета.

— А мне Джош подарит целую рощу бананов и живого слоненка! — похвасталась Нюточка.

— А учеба? — спросил я.

— Найроби — очень цивилизованный город, — заявил Джош по-английски. — Там есть хорошие европейские школы. Но Ньюта будет учиться в Англии, в частной школе для девочек. Или в Америке.

— Во сколько поезд? — нарушил я всеобщее молчание. — Я приду провожать.

— Не надо, — сказала Таня. — Попрощаемся здесь.

Я поднялся.

— Мне пора, — не глядя ни на кого, сказал я.

Тут же встала Лизавета, подошла ко мне и заключила в объятия.

— Прощай, соседушка. Как знать, свидимся ли еще?

— Свидитесь, — отчетливо проговорила Таня. — Это я вам обещаю.

Лизавета смахнула слезу, поцеловала меня и перекрестила. И тут же мне на шею бросилась Нюточка. Щекоча кудерьками мою щеку, она шепнула:

— Пополь-Вух!

— Что-что? — не понял я.

— Я привезу тебе папу! — сказала она погромче.

— Тадзимырк! — непонятно прикрикнула Таня.

Нюточка слезла с меня и отбежала в сторонку.

Подошел Джош и обхватил мою ладонь своей черной лапищей.

— Эй, голубчик, — сказал он по-русски. — Жить можно, да?

Мне оставалось лишь вяло улыбнуться и кивнуть.

— Можно.

Таня проводила меня до дверей.

— Ты хорошо подумала? — спросил я ее в прихожей.

— Хорошо. И не надо больше об этом.

— Оставь хотя бы адрес, — попросил я, немного помолчав. — Я напишу тебе.

— Я не знаю адреса, — сказала она. — Я сама напишу.

— Я тоже не знаю адреса.

— Я найду тебя.

Она судорожно вздохнула, подалась ко мне, обвила руками мою шею и прижалась губами к моим губам...

Господи, останови Землю. Или хотя бы сделай стоп-кадр...

Таня легонько оттолкнула меня и сказала:

— Ну все, родной мой. Тебе пора. Обещай дождаться меня.

— Обещаю, — пролепетал я мгновенно помертвевшими губами.

— Иди.

Я остался стоять. Она резко развернулась и ушла в гостиную, прикрыв за собой дверь.

Наутро я получил расчет за командировку и зарплату за полтора месяца. Потом собрал в свободной аудитории старост всех групп, которые в этом семестре у меня обучались, и сделал следующее заявление:

— Сейчас каждый из вас сходит в деканат и возьмет ведомость. Потом вы возвратитесь сюда, заполните ведомости, проставив в них те оценки, которые сочтете нужными, и подадите мне на подпись. На все вам дается пятнадцать минут. И не рекомендую разглашать данную информацию. Это не в ваших интересах.

Не веря своему счастью, старосты рванули в деканат.

Оставшуюся часть дня я провел в дурнопахнущих очередях, нудно костерящих Горбачева с его этиловой революцией. Времяпрепровождение не из самых приятных, согласен, зато к вечеру мой предусмотрительно захваченный рюкзак был полон. Я с великим трудом втащил его на последний этаж, расставил содержимое в углу прямо на пол, немного передохнул и спустился на второй заход. В этот раз я решил идти до конца, и на последствия мне было начихать.

До Нового года оставалось четыре дня.

...Когда я разлепил глаза, было темно. Я лежал одетый в заветном углу, и мне не было нужды куда-то ползти. Я пошарил вокруг, но нащупал только пыль и пустоту. Безумно хотелось умереть.

Вспыхнувшая лампочка на мгновение ослепила меня. Я прикрылся рукой и завизжал:

— Нет меня!

Надо мной склонилась мерцающая дебильная харя.

— Ты че, братан, я ж Петухов, сосед твой. С Новым годом!

— Водки тоже нет! — хрюкнул я тоном ниже.

— Да я не за этим, у самих имеется... Слышь, братан, наша мымра сказала, чтобы ты в три дня съезжал.

— Погоди, погоди, что-то я не того...

Петухов заботливо приподнял меня, прислонил к стеночке и влил в рот нечто омерзительное. Я закашлялся, но в себе удержал, и через минуту немножечко разъяснелось.

— А почему съезжать? Я что-нибудь не то сделал?

— Да нет, нас всех расселяют. Дом на капиталку становят.

— А-а... Тогда наливай.

Я встал и подошел к столу.

Дойти до конца опять не получилось, и я постепенно вернулся домой. Теперь я твердо знал, по какому адресу мне предстоит доквакивать свою полную мнимостей жизнь. Название страны, города, улицы, номер дома и квартиры могут меняться, но самые главные параметры останутся неизменными: «Гнилая Тягомотина, Большая Задница, Мне».

Впрочем, по такому адресу доходят послания только определенного типа. Но других я тогда не ждал.

Таня отыскала меня через шесть с половиной лет. Я явился на ее зов. Мы проговорили до трех часов утра. Я понял. Она поступила правильно. Потом я отправил ее спать: завтра у нее трудный день — с утра важная деловая встреча, а в двенадцать придут гости.

Она предложила вызвать для меня гостиничное такси, но я отказался и потопал через весь город пешком.

Глава четвертая
МАЛАЯ КНИГА ПЕРЕМЕН

I
(27 июня 1995)

В просторную гостиную вошли двое: статная, сияющая яркой зрелой красотой женщина в алом платье, а позади на полшага — высокий, элегантный блондин в окладистой бороде. Женщина непонятно улыбалась, выражения глаз мужчины было не разглядеть за дымчатыми стеклами очков. Бросив настороженный взгляд на женщину, Люсьен громко взвизгнул. Возле окна вздрогнул и подскочил дремавший доселе Иван. Рафалович застыл, стиснув кулаки.

— А-а-а! — кричал Люсьен, уставя в женщину тощий палец. — Вот, значит, что за миссис Розен, вот кто нас сюда высвистал? Только зачем, а? Покайфовать над тем, в каком мы дерьме прозябаем, импортным хахалем выхвалиться?

— Действительно, Таня, зачем ты?.. — с упреком проговорил Иван, протирая глаза.

— И еще в алое вырядилась! — продолжал визжать Люсьен. — Блудница ва... а-х!

Он сложился пополам, судорожно глотая воздух. Литой локоть Рафаловича пришелся точнехонько в солнечное сплетение.

— Тихо, мразь, — прошептал Рафалович и шагнул навстречу вошедшим, оказавшись между мужчиной и женщиной. — Сними очки, — коротко приказал он.

Светловолосый бородач пожал плечами и сдернул с лица очки.

— Ты... — выдохнул Рафалович. — Но ведь ты... ты...

— Воскрес, как видишь. А ты неплохой актер, Рафалович. Неужели жена ничего тебе не сообщила?

— Какая жена?.. У меня нет жены... Мы два года как в разводе, — залепетал Рафалович.

Павел обернулся к Тане.

— Ну что, я же говорил, что зря мы это все устроили...

— Да это же Поль! — прервал его слова визг Ника-Люсьена. — Живехонький!

Он оттолкнул Рафаловича и кинулся обнимать Павла. Тот в первую секунду попытался высвободиться, но потом положил руку на тощее плечо Ника и сжал его.

— Танька, ты прости меня! Я ж не знал ничего! — кричал Ник. — Эй, Вано, ты что, не врубился? Это же Поль!

Иван, только сейчас сообразивший, кто есть кто, подпрыгнул, пробежал через всю гостиную и, широко расставив руки, спикировал на Павла с Ником.

— Ребята! Ребята! — гудел он. — Это надо же, а? Ребята!.. Ленька, а ты что как не свой?! Иди сюда!

Рафалович растерянно стрельнул глазами на Таню. Та усмехнулась и подмигнула — иди, мол.

Он нерешительно сделал шаг и оказался прямо напротив Павла. Ник с Иваном расступились, мгновенно почувствовав какую-то перемену в атмосфере. Павел стоял как вкопанный. Лицо его не выражало ничего.

— Ты... ты прости меня, — пробормотал Рафалович.

Павел чуть наклонил голову вбок и ждал.

— Я тогда... Они же никого, никого не пощадили бы — ни Лильку, ни детей! Ты поставь себя на мое место!

— Я попытался, — спокойно сказал Павел. — Попытался — и тогда понял, что простил тебя.

Он протянул руку. Рафалович всхлипнул, мотнул головой и уткнулся Павлу лицом в плечо. Его собственные плечи дрожали. Иван и Ник смотрели на них и ничего не понимали.

— Вот и славно! — громко сказала Таня. — Давайте-ка лучше присядем...

Расспросам не было конца. Павел отвечал коротко, рассеянно, а потом и вовсе уступил это право Тане, которая рассказывала за двоих, изредка обращаясь к нему за уточнениями. Он же молча курил, иногда прикладывался к холодному пиву, заново переживая все.

II
(1984—1988)

Его полет остановила мягкая раскисшая насыпь. Он кубарем скатился по ней, проскользил немного и остановился, завязнув в липкой грязи свежевспаханного поля. Несколько минут он неподвижно пролежал на спине, вбирая густой запах земли, с изумлением сознавая, что не только жив, но, похоже, и цел. Для проверки пошевелил пальцами ног... рук... Осторожно поднял руку, потом вторую, перевернулся на бок, пощупал живот, бока. Попробовал встать. Получилось с четвертой попытки — сырая земля держала, не хотела отпускать.

Он взял направление на насыпь, черной глыбой выделявшуюся в окружающей черноте. Каждый шаг давался с невероятным трудом — ноги утопали в земле по середину икр. Через пять мучительных шагов Павел вывалился на тропинку, тянущуюся вдоль насыпи, оставив оба ботинка на память полю. Отлежался, ловя сырой воздух распяленным ртом. Подняться уже не было сил. Он пополз на четвереньках, отдыхая через каждые несколько метров. Когда и ползти стало невмоготу, он на руках подтянулся к растущему у тропинки деревцу и клубочком свернулся под тоненькими ветвями...

На рассвете, громко переговариваясь, показались мальчишки с длинными удочками. Они прошли совсем рядом с Павлом и не заметили его, приняв за обыкновенный серый булыган — который вдруг зашевелился и застонал. Мальчишки сбились в стайку, зашептались между собой, потом самый смелый осторожно ткнул Павла концом удочки. Тот поднял страшную руку, серую и осклизлую. Мальчишка взвизгнул и отбежал, бросив удочку. Павел схватился за ее конец.

— Чего ты?! — заверещал мальчишка. — Отдай!

— У-э-э-э... — ответил Павел.

Осмелев, подтянулись и другие.

— Ты кто?

— Я с... я с поезда выпал, — простонал Павел...

Три дня он отлеживался в станице, излечиваясь не от травм, вызванных падением, — их практически не было, — а от потрясения, от дикой нервной и физической усталости. Петр и Лукерья, пожилая казачья пара, приютившая его,

343

прежде всего стащили с него всю одежду и выбросили с глаз долой, потом отмыли в корыте, досыта накормили картошкой с салом и парным молоком и уложили в горнице на широкой кровати. Захмелев от еды и тепла, Павел спал сутки, а когда проснулся, Лукерья принесла ему кожаный набрюшник, в котором, заваренные в плотный полиэтилен, лежали его вторые документы и пачка денег, выданная дядей Мишей «от себя». Павел только сейчас о них и вспомнил. И тут же попросил Лукерью купить ему в магазине какую-нибудь одежду, белье и обувку. Дорожную сумку, зубную щетку и бритву он на следующий день купил уже сам. Накануне отъезда он подарил добрым старикам сто рублей. Они долго отнекивались, но деньги все-таки взяли и, чувствуется, были рады. На дорожку Лукерья собрала ему огромный куль всякой снеди, не забыв и плетеную бутыль с домашним виноградным вином. Рано утром Петр запряг телегу и отвез его на станцию к местному поезду на Ростов — поезда дальнего следования поблизости не останавливались.

Недолговечный Савелий Дмитриевич Черновол остался в поле у железнодорожного полотна. Навстречу новой жизни ехал Павел Эмильевич Розен.

— Зря ты его перышком не чкнул. Для подстраховки. А то вдруг оклемается, заяву сделает, и нас на первой же станции под белы рученьки да в черный воронок.

Петров, не переставая рыться в сумке Павла, с убеждением сказал:

— Не бзди. Этот не заявит.

— Это ж почему? — усмехаясь, спросил Комаринцев.

— Узнал я его. Как он меня про Таджикистан спросил, так и узнал, хоть он и масть сменил. Рожа новая, имечко новое. Никакой это не Черновол, а Чернов, геолог. Я так понимаю, что в бегах он, по тому же делу, что и я. Пусть и дальше бегает.

— Бывает в жизни всякое... — философски заметил Комаринцев. — Есть что интересное?

— Только в ксивнике. Чириков почти целая пачка и набор черно-белых на все случаи жизни. Везуха, брат Вобла. Решаем так — бабки тебе, ксивы мне. Согласен?

— А барахло?

— Оно и есть барахло. Хочешь — забирай, а не то — за борт. В Ростове разбегаемся.

— Но ты ж вроде хотел...

— Перехотел. Отвык я, Воблушка, по малинам ховаться, от ментовских бегать. Мыслю так: раз прапор Петров кончился, пусть теперь начнется Черновол — вольный человечек. Сыщу тихий уголок потеплее, обживусь, присмотрюсь, где там что плохо лежит. Опять же и фотку переклеивать не надо. Волосню перекрашу, бороду отращу — самое то...

— Всплыл! Черновол Савелий Дмитриевич, Кемский охотничий заказник. Три недели назад принят егерем. Даем команду?

— Не торопись. Пусть там, на месте проверят, точно ли он. Переправь им фотографию Чернова, словесный портрет. Не забудь предупредить, что он сделал пластическую операцию. Если подтвердится — пусть действуют.

Нового егеря хватились не сразу, только когда лошадь его пришла в поселок с перекушенной уздечкой и без седока. Заказник был обширен, и егеря нередко оставались на ночь, а то и на несколько, на дальних кордонах, где для этих нужд стояли вагончики или избушки. На месте одной из таких избушек, стоявшей в самой глуши, поисковая группа обнаружила черное месиво из разбухших от надолго зарядившего дождя углей и мокрой сажи и торчащий в небо почерневший обломок печной трубы. В самой середине пожарища были найдены человеческие останки, обгоревшие до неузнаваемости. Незамеченным пожар остался лишь потому, что начавшиеся дожди не дали ему распространиться на лесной массив. Никаких следов чьего-либо пребывания здесь до прихода группы следствие не нашло, только на ветке отыскался обрывок уздечки. Методом исключения следствие пришло к выводу, что погибший является егерем заказника Черноволом Савелием Дмитриевичем, а причиной гибели послужил пожар, возникший вследствие либо самовозгорания, либо неосторожного обращения с огнем. Закрытое было дело неожиданно затребовали в Петрозаводск, в республиканскую прокуратуру, где в ходе дослования было установлено, что по поддельным документам на имя Черновола в действительности проживал Чернов Павел Дмитриевич, кандидат геолого-минералогических наук, пропавший без вести в марте сего года.

Сначала он дал себе сроку год: страсти поулягутся, шеровские ищейки перестанут вынюхивать его, о нем забудут, и тогда он вернется к Тане, обнимет Нюточку, и они будут жить долго и счастливо. Но чем больше он размышлял о будущем, тем проблематичнее представлялся такой быстрый и упрощенный вариант. К прошлому, даже к самому прекрасному, возврата уже не было.

В Клайпеде его окружила совершенно новая, непривычная жизнь. Письмо дяди Миши подействовало волшебным образом: Арцеулов, заместитель начальника порта, принял его как родного, отвез к себе на квартиру, по кавказскому обычаю угостил шашлыками, приготовленными в электромангале прямо на лоджии, и домашним вином, не отказавшись и от вина, привезенного Павлом. На другой день по его распоряжению хорошенькая секретарша провела с Павлом обстоятельную экскурсию по порту, закончившуюся обедом в чрезвычайно милом кафе на набережной. Вечером того же дня Павел уже втащил свою сумку в отдельную комнату чистенького современного общежития. А на выходные Арцеулов повез его на дачу — скромный двухэтажный особнячок с крутой черепичной крышей в немецком стиле, утопающий в зелени сосен и корабельной лиственницы. Константин Заурович с гордостью демонстрировал дорогому гостю просторные комнаты, заграничную мебель, ковры, камины, коллекцию охотничьих трофеев и холодного оружия, красавицу жену на суперсовременной кухне, пышные клумбы, фонтан в виде пухлого позолоченного младенца, пускавшего струйку оттуда, откуда и полагается по анатомии. Павел вежливо рассматривал всю эту роскошь и все больше грустнел. Арцеулов, по-своему истолковавший причину пасмурного настроения гостя, покровительственно похлопал его по плечу и сказал:

— Ничего, Паша, будешь умным — лет через пять у тебя не хуже будет. Пошли сациви кушать.

Павел грустно улыбнулся. Все шло по кругу. Именно нежелание быть умным по-арцеуловски, по-рафаловичевски, по-шеровски и привело его сюда, а здесь все начинается заново.

Должно быть, умный дядя Миша все-таки написал своему другу и земляку о том, какого рода человека препоручает его заботам, потому что Арцеулов, к величайшему облегчению Павла, больше к разговорам такого рода не возвращался. После обеда, когда они, развалясь в шезлонгах, пили кофе под журчание шаловливой струйки, он вполне по-деловому стал излагать возможности трудоустройства Павла, выяснять, на какую конкретно работу тот может и хочет рассчитывать, и даже не очень сильно удивился, когда Павел не назвал ни одного из самых лакомых вариантов.

— Как у тебя, Паша, с образованием? — спросил Арцеулов.

Павел чуть не ляпнул про геофак Ленинградского университета, но вовремя прикусил язык.

— Среднее экономическое. Аральский индустриальный техникум.

— Такой город загубили! — зло сказал Арцеулов. — Убили море, а город сам умер. Без моря жить не мог.

— Да, — лаконично согласился Павел, ни разу не бывавший на Арале. «Ай да дядя Миша, все предусмотрел. Диплом из мертвого города — кто проверять будет?»

— Экономическое, говоришь? Баланс знаешь? Дебит-кредит знаешь?

— Забыл все. По специальности-то не работал.

— А что работал? — чуть настороженно спросил Арцеулов.

— Да разное. — Павел постарался максимально приблизить свой ответ к действительности. — Лаборантом в институте. В приборах немного кумекаю — оптика, электроника. Инструктором по горному туризму. В экспедиции много ездил, с геологами, с нефтяниками. Статьи технические переводил, английский у меня хороший. Математику преподавал, — вспомнил он свои занятия с Георгием. — Шофером работал.

— На грузовой? — заинтересовался Арцеулов.

— На легковой. Председателя колхоза возил.

— Председателя? Меня возить будешь?

— Но у вас, наверное, есть шофер?

— Мой Егор давно на повышение просится. На рефрижератор.

— А это разве повышение? — удивленно спросил Павел.

— Конечно. Рефрижератор — это ведь что? Холодильник на колесах. А в холодильнике что главное? Лед. А лед — это что? Это вода замерзшая. А на такой воде какие деньги делают, знаешь? Большие деньги делают.

— Как?

— А так. Рыбу сухую заморозить — один вес, с водой — совсем другой вес. Больше сдашь — больше получишь. Больше получишь — лучше жить будешь. Нравится?

— Не очень.

Арцеулов хмыкнул, но промолчал.

Уже во вторник Павел сел за баранку новехонькой черной «Волги». Рабочие его дни были ненормированы и неравномерны. То Арцеулов с утра до ночи носился по объектам и мероприятиям, возил с собой разный народ, в том числе и иностранцев — в таких случаях Павел выступал еще и в роли переводчика. То наоборот, с самого утра заседал в кабинете, отпускал Павла до вечера и страшно удивлялся, что Павел в такие дни не выезжал на отхожий промысел, а сидел себе где-нибудь в уголочке, а то и прямо в машине и спокойно читал книжку.

— Странный ты все-таки, — говорил он с легкой примесью уважения. — А еще Розен.

Иногда приходилось работать ночами, загружать из пакгаузов какие-то тюки, коробки, отвозить к Арцеулову на дачу, что-то забирать оттуда. В такие ночи Павел старался внушать себе, что все это происходит не с ним, но потом на душе долго оставался грязный осадок. Несколько раз он находил в машине конверты с деньгами — от ста до двухсот рублей — и всякий раз пытался возвратить их Арцеулову, но тот отнекивался и говорил, что деньги не его.

После одной такой ночи Павел не выдержал:

— Константин Заурович, не могу я так больше. Отпустите.

Арцеулов прекрасно понял, о каком «так» говорит Павел, нахмурился:

— Не пойму я тебя, Паша. Почему не хочешь жить, как все? Газет, наверное, много читаешь?

Газет Павел как раз не читал вообще, разве что прогноз погоды и изредка программу телепередач. Бессмысленные передовицы, трескотня победных реляций с трудовых фронтов, маниакально-монотонные обличения загнивающего капитализма — это все было ему нестерпимо скучно и казалось бесконечно далеким от реальной жизни. Но теперь, впервые поварившись на «народнохозяйственном объекте», он начал понимать, что вся газетная и прочая демагогия, наоборот, неотрывна от жизни, как неотрывны друг от друга две стороны медали. В ситуации тотальной лжи патетические бичевания «отдельных пережитков» и филиппики в адрес несунов, расхитителей и спекулянтов оборачивались идеологическим обеспечением тотального воровства, а тотальное воровство, существующее как бы вопреки официальным доктринам, обеспечивало этим доктринам реальную экономическую основу. А вместе они выстраивались в систему координат, в которой ему, Павлу Чернову, ныне Розену, не было места.

В феврале он сдал казенную «Волгу» упитанному юноше с вороватыми глазками и устроился преподавать физику на курсах штурманов. А в апреле под откровенно фальшивые завывания идеологических баньши скончался очередной генсек и последний «руководитель ленинского типа», не уважаемый даже самыми твердолобыми ортодоксами, и у всего соцлагеря объявился новый начальник, ошеломивший всех молодостью, хрущевской манерой поддерживать шляпу ушами и умением долго и складно говорить без бумажки. Некоторое время население оторопело наблюдало, как новый лидер запросто, словно гоголевский квартальный, «деспотирует с народом дезабилье», и вслушивалось в каждое слово, слетевшее с высочайших уст, но потом быстро смекнуло, что слова эти хоть и свиваются в законченные фразы, но смысла никакого не несут, а стало быть, можно спокойно отправляться доворовывать то, что еще не успели.

В этот-то оторопелый промежуток Павел и начал время от времени заглядывать в газеты.

Павел сидел в крохотном читальном зальчике и перелистывал подшивку «Ленинградской правды» — газеты в библиотеку поступали из разных точек Союза, хотя и с опозданием. Он коротал время, ожидая, пока библиотекарша, высокая сухопарая старуха с пронзительными черными глазами, наберет по его списку необходимые справочники и пособия. Через неделю начинались занятия с летними, ускоренными группами, и нужно было внести кое-какие изменения в курс.

Глаза его скользили по полосам, выхватывая то фотографии знакомых мест, то фамилии, памятные по прошлой жизни. Исаакиевский собор в ограде лесов, Стрелка с птичьего полета, на симпозиуме выступил член-корреспондент АН СССР А. Ю. Кухаренко, Ленинградский областной комитет КПСС с глубоким прискорбием сообщает...

На 69-м году жизни, после тяжелой, продолжительной болезни...

Павел резко встал, опрокинув стул.

Он опоздал на тридцать семь дней. Но на сорок не опоздает.

У Лилии Теодоровны Рафалович день упал на минус с самого утра. Это ж мало того, что пришлось впустую прокатиться на СТО, где эти пропойцы так и не отрегулировали задний мост, и она была вынуждена в метро трястись через весь город в ателье, а там битый час объяснять, что нечего валить на «нестандартную фигуру», если у самих руки не из того места растут. Так еще и в молочном опять не было ряженки, а в булочной ее нагло обсчитали на тридцать копеек, а когда она тактично, но твердо на это указала, так ее же еще и обхамили! А дома что — если вы думаете, что лучше, так нет. В почтовом ящике очередное письмо от мамаши, якобы из Харькова, а на самом деле из Хайфы, и опять одни слезы: и жарко, и ноги болят, и Беллочкина родня ее не уважает, за приживалку держит, и картошка дороже апельсинов, и домой-то тянет, и березки в снегу снятся. А вонючий лагерный хозблок не снится? А коечка в грязном бараке, где тоже не духами пахнет, не снится? А не снится, сколько стоило ее оттуда вытащить и отфутболить на историческую родину?.. Только чуть отошла от письма, откупорила баночку пива из холодильника — так нате вам, звонит вторая мамаша, Ленькина тетя Рива, и очень интересно рассказывает про свои болячки ровно сорок три минуты по швейцарским часам. Так и это еще не все. Только повесила трубку, приходит Леня, злой как черт, говорит приятную новость, что в торге лютует ОБХСС и многих уже таскали к следователю, и от расстройства ложится спать среди бела дня. Короче, когда снова зазвонил телефон, Лилия Теодоровна сняла трубку не в самом милом расположении духа.

Подозрительно взволнованный голос сказал:

— Леонида Рафаловича, пожалуйста.

— Он отдыхает, — резко ответила Лилия Теодоровна.

— Это очень срочно.

— А кто его спрашивает?

— Это... это его друг детства. Вы только скажите ему, что... что произошла ошибка, Чернов жив, а погиб другой, и передайте...

У Лилии Теодоровны потемнело в глазах. Она хрипло вдохнула.

— Нет, это вы передайте, передайте вашему пахану, чтобы перестал нас преследовать! Если вы не того угрохали, это ваши проблемы! Мы вам его честно сдали! — провизжала она в трубку, и в ее визге мешались животный страх и лютая ненависть.

— Погодите, я...

Но она уже припечатала рычаг кулаком.

— Лиля! — прокричал из спальни Рафалович. — Кто звонил?

Она ответила не сразу.

— Какой-то пьяный идиот. Не туда попал и стал права качать.

Павел толкнул застекленную дверь и вошел.

— Хэлло, Пол! — Бенджи Олпорт, инспектор Иммиграционной службы, показал в улыбке все шестьдесят четыре зуба и, не вставая, протянул руку через стол. — Присаживайтесь. Есть для вас новости, уж не знаю, хорошие или плохие. Еще перед Рождеством я на всякий случай закинул вашу анкету в Муниципальную комиссию по благоустройству. Есть ответ. Положительный. Вы им подходите. Постоянное место в...

— В полиции нравов? — искренне изумился Павел.

Олпорт расхохотался.

— Не смущайтесь. Девяносто пять процентов американцев сделали бы ту же ошибку. Все знают, что такое «vice squad», но «lice squad» — это шуточка только для служебного пользования. «Вшивая команда», а официально выражаясь, бригада эпидемнадзора. Приличное жалование, и занятие как раз для такого романтика, как вы. Будете ходить в почти космическом скафандре и истреблять врагов человечества струей из большого серебристого баллона. Как в «Звездных войнах». — Отхохотав минуты полторы, Олпорт опустился в кресло в полном изнеможении. — И будьте спокойны, место надежное. Пока в городе есть кварталы, где проживают полноправные граждане, страдающие избытком меланина и недостатком серого вещества, вшивой команде безработица не грозит. Ха-ха-ха! Ну не любят наши черные братья чистоту, и все тут. Только не считайте меня расистом, некоторые из афров — мои лучшие друзья... Ха-ха-ха, хорошая шутка, верно? Ну что, старина, с вас пиво и чипсы!

— Спасибо, Бенджи, непременно... Я, собственно, зашел поставить вас в известность, что тоже получил положительный ответ на резюме, которое послал в Управление Национальных Парков. Меня приглашают на собеседование в Денвер, Колорадо.

— О-о, значит, романтике космоса вы предпочли романтику дикой природы? Суровые скалы, островерхие ели, медовые росы, форель играет в хрустальных ручьях, прекрасные альпинистки срываются в пропасть, а отважные рейнджеры их оттуда извлекают... Но если серьезно, Пол, романтика быстро приедается, а работа там довольно сволочная. Торчать в беспросветной глуши за двадцать миль отвратительной дороги до ближайшего бара с кегельбаном, патрулировать и в дождь и в снег, снимать со скалы обкурившихся тинэйджеров, лезть под дуло браконьера, развлекать досужих туристов, расчищать дорожки, как дворник, — и все это за гроши... К тому же, если вы возьмете работу в другом штате, потеряете право на пособие.

— Готов рискнуть, Бенджи. Что я теряю, если не подойду им и сразу же вернусь?

— Только деньги на авиабилеты. Но это ваши деньги. Ха-ха-ха!

— Хай, рейнджер! — приветливо сказала молодая женщина, сидящая у костра. — Мы что-то нарушили?

— Темнеет, мэм, вам пора спускаться, если не хотите ночевать на скале, — сказал Павел.

— А если мы именно этого и хотим? — с озорной улыбкой спросила женщина.

— В таком случае, мэм, правила обязывают выписать вам счет в пятьдесят долларов за суточное пребывание на территории национального парка и зачитать вам инструкцию по правилам поведения в национальном парке в ночное время.

— О'кэй! — Женщина вздохнула, отвернулась и крикнула куда-то за спину на почти безупречном русском языке: — Эй, Алекс, иди сюда, это интересно! Этот олух собирается читать нам инструкцию!

Павел так и сел, раскрыв рот от изумления. Но его рот раскрылся значительно шире, когда из-за кустов показался все такой же взъерошенный и рыжий Шурка Неприятных в необъятных цветастых шортах до колен.

— Miranda Writ? — недовольно спросил Шурка с жутким акцентом, видимо, не зная, как передать это сугубо американское понятие по-русски. — Он будет нас инструктировать о наших правах? Спроси, за что нас арестовывают?

— За непроходимый и клинический идиотизм, — брякнул по-русски несколько пришедший в себя Павел.

Тут уже женщина раскрыла рот, а Шурка, сразу не врубившись, что рейнджер-то заговорил на его родном языке, набычился и сжал кулаки.

— Да кто ты такой... ой!

— Незримый герой... ой-ой! — передразнил Павел. — А ты, Шурка, все такой же.

И никакой Гоголь не описал бы последовавшую за этими словами Немую Сцену.

Так в жизни Павла сверкнула очередная судьбоносная встреча. Причем судьбоносная применительно не только к будущему: Аланна — так звали эту женщину, Шуркину американскую жену, — невольно прочертила для Павла значительный кусок его прошлого.

Ее история заслуживает отдельного рассказа, если не целого романа. Ее мать, Инга, родилась в семье инженера-горняка в украинском городе Краснодоне, жила в одном дворе с впоследствии легендарным Олегом Кошевым, училась в одном классе с Любой Шевцовой. Когда город заняли немцы, Инга бесстрашно и безрассудно включилась

в подпольную борьбу, по ночам расклеивала антифашист-
ские листовки, что-то химичила в сарае с зажигательны-
ми смесями и избежала страшной участи молодогвардейцев
лишь потому, что была угнана на работы в Германию. Она
попала в лагерь на востоке Франции. В октябре сорок чет-
вертого лагерь был освобожден наступающим корпусом генерала Паттона и незамедлительно передан в ведение управления тыла. Ротой, под чьим началом оказался лагерь,
командовал отпрыск семейства из «Светского Альманаха».
Он был настолько импозантен в своей лейтенантской форме, сшитой на заказ у самих братьев Мосс, что больше уже
ни на что не годился, и фактически ротой командовал мас-
тер-сержант Алан Кайф, разбитной и оборотистый ирлан-
дец из Денвера, до войны служивший простым клерком в
единственном городском супермаркете. Первым делом мас-
тер-сержант Кайф распорядился помыть заключенных, пе-
реодеть в рабочие униформы со склада и накормить. Только после этого он скомандовал общее построение и пере-
кличку — и был сражен наповал внезапно открывшейся
миру русалочьей красотой русской девушки Инги с непро-
износимой фамилией Котляревская. Пока дальнейшая
судьба «контингента» долго и нудно решалась в различных
советских и американских инстанциях, бравый сержант
сумел добиться ответного расположения Инги, и когда наспех переоборудованные товарные эшелоны увозили бывших невольников на Восток, в СССР, она одна осталась
рыдать на перроне в окружении светло-серых «джи-ай».
В эту минуту Инга всем сердцем рвалась туда, на далекую
и милую Родину, — но не могла, поскольку была уже миссис Кайф. Она знала, что дома никто не ждет ее: земляки,
попавшие в лагерь после нее, рассказали, что отца немцы
расстреляли за саботаж, а мать нелепо погибла во время
облавы. Но ей и в страшном сне не могло присниться, что
чуть ли не все ее друзья и подруги по фашистской неволе,
так радостно махавшие ей из открытых дверей вагонов шап-
ками и платочками, из гитлеровских лагерей почти прямиком попадут в лагеря сталинские, без всякого суда и след-
ствия. Об этом она узнала много позже и потом уже на
родину не стремилась.

Аланна была у Алана и Инги третьим ребенком и, по
всеобщему мнению, самым удачным. От матери она уна-

следовала внешность и ум, от отца — напористость и авантюрность. С отличием закончив школу, Аланна Кайф сразу же получила стипендию на физическом факультете престижного колледжа Брин-Мор, а по окончании вернулась домой и поступила в докторантуру к старому и чудаковатому профессору Джорджу Вилаи, выходцу из Венгрии, участнику пресловутого проекта «Манхэттен». Когда проект был успешно апробирован в Хиросиме и Нагасаки, профессор, тогда еще молодой, год лечился в швейцарском санатории, а вылечившись, с жаром взялся за новую тему. Он был из породы бегущих за горизонт, и его философским камнем, его вечным двигателем на долгие годы стала сверхпроводимость. Вилаи без устали экспериментировал с самыми разными материалами, терпел неудачу за неудачей, начинал снова. Правительство, признавая прошлые заслуги ученого и, видимо, ощущая перед ним некоторую вину, щедро финансировало его работы. Своим фанатическим упорством он заразил новую ученицу. Аланна неделями не вылезала из его лаборатории, а старик кричал на нее, топал ногами, драл три шкуры, но души в ней не чаял. И именно Аланна, с пеленок знавшая русский, обратила внимание профессора на краткую статью о сверхпроводимости в «Вестнике Академии Наук СССР» трехлетней давности. Автором этой во всех отношениях революционной статьи был некий П. Д. Чернов, и оставалось непонятным, почему мировому научному сообществу это имя совершенно неизвестно и почему никто не обратил внимания на однозначные практические выводы, вытекающие из этой статьи. Конечно, оставалась вероятность, что статья эта — просто надувательство, но Вилаи слабо в это верил: он привык доверять престижу советской физической школы. Профессор немедленно связался с минералогом, старым своим другом профессором Кепке, получил первые образцы, провел первые опыты, опубликовал первые, весьма обнадеживающие, результаты. Эти публикации вызвали фурор не только среди ученых, но и среди промышленников, почувствовавших феноменальные экономические перспективы открытия профессора Вилаи. Хотя сам он неоднократно ссылался на статью неведомого Чернова, никто на это не обратил внимания. Вот тогда и началась та гонка за голубыми алмазами, о которой прочел в научпоповском журнале Павел.

И сама Аланна не преминула принять участие в одной из экспедиций в Заир, откуда еле-еле унесла ноги после серии перестрелок и погонь.

Следующая ее экспедиция носила, на сторонний взгляд, куда более мирный характер. Аланна решила использовать свое право на «саббатикал» — годичный творческий отпуск для самостоятельной научной работы — и треть его провести в Москве, в Институте Геофизики. Ведь именно под грифом этого прославленного учреждения была когда-то опубликована статья Чернова, с которой все и началось. Алмазная тема была тогда на подъеме, имя Аланны Кайф было известно многим так или иначе причастным к ней людям, так что мгновенно нашлись влиятельные спонсоры, выразившие готовность весьма щедро оплатить Аланнину командировку. С другой стороны, Советский Союз, оказавшийся в начале восьмидесятых годов в политической изоляции из-за афганской войны, не мог себе позволить прежнюю капризность в отношении лиц, желающих посетить страну не просто в качестве туристов, и всем консульским отделам МИДа на Западе было дано негласное указание не чинить препонов иностранцам, запросившим въездную визу в СССР с деловой целью. Тем более американцам. Московские власти охотно пошли навстречу всем пожеланиям доктора Кайф. Провожая дочь, стареющая, но не утратившая привлекательности Инга перекрестила ее православным крестом, всплакнула и попросила привезти горсть родной земли и всячески оберегать себя от козней НКВД. Отец пожелал ей привезти домой огромного и волосатого русского мужа.

В Шереметьево Аланну встретил довольно стильный юноша, на ужасном английском языке представившийся Альбертом. На свою беду Аланна предложила перейти на русский, и всю дорогу до гостиницы Альберт приставал к ней со всякими сальностями, попытался подняться вместе с ней в ее номер. Аланна жестко попросила его подождать в вестибюле, пока она приведет себя в порядок с дороги. Он надулся и всю дорогу до института обиженно молчал. Один из руководителей института, доктор Лимонтьев принял ее со всей предупредительностью, лично показал отделы и лаборатории, познакомил с сотрудниками, обещал всякое содействие в изысканиях. Под конец встречи Аланна достала из сумочки несколько привезенных с собой минералов, показала Лимонтьеву и попросила разрешения поговорить с доктором Черновым, который занимается, или некоторое время назад занимался такими минералами. Лимонтьев озадаченно наморщил лоб: ни об алмазах такого типа, ни о докторе Чернове он не имел ни малейшего представления. Подумав, он пригласил Аланну на ланч, чтобы в неофициальной обстановке потолковать более обстоятельно. Возвратившись в институт, он распорядился немедленно принести ему в кабинет журнал со статьей Чернова. Лимонтьев внимательнейшим образом прочитал статью и погрузился в раздумья. При грамотном подходе это дело могло принести прямо-таки головокружительные дивиденды. А такой подход мог обеспечить только один человек.

С Вадимом Ахметовичем Шеровым Лимонтьев познакомился, когда руководил хоздоговорными работами для малоизвестной, но вполне платежеспособной организации, служившей ширмой для реального заказчика, каковым и был Шеров. Они встретились, поняли друг друга с полуслова, и с этого началось восхождение Лимонтьева — посредственного кандидата наук, которого терпели в институте только благодаря организаторским талантам и пробивной силе.

Через неделю после встречи с Аланной Лимонтьев сидел за длинным журнальным столиком в элегантной гостиной Вадима Ахметовича, положив перед собой фирменную кожаную папочку. В этой папочке были все сведения по голубым алмазам, которые можно было собрать за такой короткий срок. Лимонтьев доставал листок за листком, протягивал Шерову, объяснял, доказывал. Тот слушал, изредка задавал вопросы, время от времени обмениваясь короткими репликами и жестами с третьим участником беседы. Точнее, участницей: рядом с Шеровым сидела его роскошная молодая любовница, которая по странной прихоти Вадима Ахметовича часто присутствовала даже на самых конфиденциальных встречах.

Выслушав Лимонтьева, Шеров в очередной раз взглянул на нее.

— Оно?

Красавица кивнула.

— Покажи.

— А надо ли?

— Надо.

Она пожала плечами, дотронулась до золотого кулончика на шее, слегка нажала. На ладонь что-то выпало. Она протянула руку Лимонтьеву. На руке лежал крупный голубой алмаз.

— В пятницу вечером у меня скромный прием. Я была бы рада видеть вас, Вячеслав Михайлович, и непременно с вашей американской гостьей.

От ее улыбки у Лимонтьева закружилась голова.

Аланна Кайф недаром была дочерью Алана Кайфа. При внешности и манерах типичной юной интеллектуалки не от мира сего она обладала отличным чутьем на хороший бизнес и железной хваткой. Через день после весьма интересной беседы с очаровательной хозяйкой изысканной квартиры на Кутузовском проспекте, куда пригласил ее Лимонтьев, и ее солидным «бойфрэндом», господином Шеровым из Министерства внешней торговли, она встретилась с сотрудником посольства мистером Майерсом — и еще через два дня получила от спонсоров все полномочия на ведение предварительных переговоров. Она слабо разбиралась в местной специфике и юридических нюансах; сам факт участия в переговорах двух официальных лиц казался ей достаточным подтверждением полной законности готовящейся сделки. Доктором Черновым она больше не интересовалась — ей сказали, что он работает в другом городе и давно бросил алмазную тему.

Пожив дней десять в дорогой и неуютной гостинице с крайне ненавязчивым сервисом, Аланна перебралась в аспирантское общежитие Академии наук. Ее поселили в двухкомнатном квартирном блоке. Вторую комнату занимала веселая и общительная русская девушка Диана. По первому же разговору Аланна поняла, что ее соседка работает на КГБ, но виду не подала, понимая, что на что-то иное рассчитывать было бы наивно. Диана часто приводила к себе молодых людей, закатывала вечеринки с вином и танцами и всякий раз зазывала Аланну. Иногда та приходила.

Аланна не была ни дурнушкой, ни дурой и всегда пользовалась успехом у парней. Некоторые из ее романов длились по несколько месяцев, но ничем более серьезным не оборачивались. Во многом причиной тому была сама Аланна: личные отношения, любовь, секс были для нее чем-то третьестепенным, она брала то, что само катилось в руки, и ничего не старалась удержать.

Поначалу она была и польщена, и обескуражена тем убойным впечатлением, которое производила на здешних молодых людей. На ее появление они реагировали так, будто взорам их предстала не малоприметная девушка с прямыми распущенными волосами и миловидным личиком без намека на косметику, в очках и потертых джинсах, а сама богиня Афродита или, как минимум, голливудская секс-бомба. Кое-кто начинал краснеть и заикаться, большинство же немедленно принималось за примитивный кобеляж. Довольно быстро Аланна разобралась, что ухажеры и воздыхатели видят в ней не столько женщину, сколько средство передвижения на вожделенный Запад, или материал для отчетов в КГБ, или и то и другое одновременно.

Как-то утром она вышла на кухню приготовить себе завтрак и увидела там незнакомого бородатого парня. Парень сидел прямо на полу, облапив рыжую голову, раскачивался из стороны в сторону и жалобно стонал. Аланна, будучи наполовину ирландкой, а на другую — русской, на генетическом уровне знала, как надо поступать в таких случаях. Она разбила яйцо и вылила желток в стакан, добавила туда вустерского соуса из «Березки», плеснула джина, приобретенного там же, присыпала солью и перцем и дала парню выпить. Тот хлебнул, вылупил красные глаза, сказал непонятное слово «Умат!», запрокинул голову и влил в себя остаток.

После трех «луговых устриц» и трех чашек крепкого кофе он ожил, стал извиняться, объяснил, что накануне зашел с приятелем к другому приятелю, там немного перебрал, ошибся дверью и… Потом воодушевился и принялся, расхаживая по кухне, произносить проникновенный монолог… о компьютерах. Говорил он страстно, увлеченно, со знанием дела, и Аланна, тоже знающая толк в этих умных машинках, невольно подхватила тему. Проговорили они часа три, потом Аланна спохватилась, заторопилась в институт, он вызвался проводить ее, и всю дорогу они продолжали начатый разговор. Вечером он встретил ее, потащил в довольно задрипанное кафе, где, однако же, варили лучший в Москве кофе, потом с гордым видом извлек из недр куцего пальтишка мятые билеты в «Современник». После спектакля, провожая ее до общежития, он вновь оседлал любимого конька, принялся размахивать руками, чертить в воздухе схемы... Когда она попрощалась с ним у дверей, он состроил настолько уморительную удивленно-огорченную физиономию, что она усмехнулась и пригласила его подняться на чашечку кофе.

Он был совсем не похож на других русских мальчиков, с которыми она познакомилась здесь — чистеньких, ухоженных, хамоватых друг с другом и заискивающих перед нею. Они заболтались далеко за полночь, и Аланне пришлось извлечь легкий спальный мешок, который она всегда брала с собой в дорогу, и уложить парня спать на кухне. Она долго не могла уснуть, слышала, как он сопит и возится за стеной, кряхтит, шлепает по полу босыми ногами. Аланна накинула халат, вышла на кухню, включила свет и сказала:

— Пойдем в комнату. А то соседку разбудишь.

Утром они наконец-то сообразили представиться друг другу. Услышав ее фамилию, он на секунду застыл, а потом брякнул:

— Выходи за меня замуж. Я возьму твою фамилию. Был Неприятных — стану Кайф. Вот был бы кайф!

Аланна прекрасно знала это жаргонное русское словечко: здесь, в Москве, ее фамилия всякий раз вызывала оживление.

— Я бы согласилась, — с усмешкой сказала она. — Да только есть некоторые трудности. Во-первых, ты еще не признался мне в любви...

Он хлопнул себя по лбу.

— Ой, точно! Слушай, я люблю тебя. Ты классная девчонка, так сечешь в компьютерах...

Аланна расхохоталась, а Шура стоял красный как рак и искренне не понимал, чему она смеется.

— А во-вторых, могут быть сложности с регистрацией, — уже серьезно сказала она.

Он насупился.

— Ты, что ли, замужем?

— Нет, но брак с иностранным гражданином...

— Да ты чего, мать?! Я ж наш, из Питера.

— Зато я из Денвера, штат Колорадо, США.

— Ты что, серьезно?! А я думал — эстонка...

Через мистера Майерса американская сторона сообщила о полном одобрении протокола о намерениях, составленного в Москве, и известила, что в ближайшее время высылает официального представителя для выработки окончательного соглашения. В честь этого события в квартире на Кутузовском был организован скромный банкет на четыре лица.

— Второй тост я хотел бы поднять за госпожу Кайф, — торжественно произнес Шеров. — Только благодаря ей стало возможным то, начало чему мы здесь отмечаем. Ваше здоровье, дорогая Аланна Алановна!

И они звонко соприкоснулись бокалами с коллекционным «Дом-Периньоном».

— Ваш вклад в наше общее дело бесценен, — продолжал Шеров, подцепив вилкой кусочек осетрины. — Если есть что-нибудь, чем мы с Вячеславом Михайловичем могли бы быть вам полезны...

— Есть, — *без всяких экивоков* сказала Аланна. — Мне нужно до отъезда зарегистрировать брак.

Так у Алана Кайфа появился волосатый русский зять, а у Колорадского университета — новый программист.

— Ну ты даешь, а! — орал Шурка, приговорив примерно десятую бутылочку «Дос-Эквиса». — Рейнджер! Смотритель национального парка! Это с твоими-то мозгами?! Выходит, науку теперь совсем побоку?

— Ты, Шурка, не забывай, что доктора Чернова уже нет. Я теперь Розен, Павел Эмильевич Розен, выпускник Аральского индустриального техникума, которого, наверное, и в природе-то не существовало. Думаешь, ваши бюрократы с таким дипломом меня к науке подпустят?

Павел описал плавную дугу обглоданной куриной ножкой.

— Суки! — убежденно заявил Шурка и хлопнул кулаком по столу.

Блюдо с соленым арахисом подпрыгнуло, высыпалось несколько орешков.

— Ребята, надо идти к Джор... Джорджу, — запинающимся языком, проговорила Аланна. — И все рассказать. В-во такой мужик! — Известным римским жестом она показала, какой именно. — Для начала возьмет лаборантом, а дальше все в наших руках. Железно!

— Алька, дай я тебя поцелую! — не сговариваясь, откликнулись Шурка и Павел.

Ажиотаж вокруг голубых алмазов вскоре спал примерно по той же причине, по какой несколько раньше лопнул шеровский алмазный бизнес. Методом проб и ошибок было установлено, что голубизна, обусловленная наличием микроскопических примесей бора, отнюдь не гарантирует сверхпроводимости. Порядка восьмидесяти пяти процентов найденных алмазов обладали проводимостью не выше средней, причем процент этот постепенно нарастал, поскольку, естественно, те месторождения, где обнаружились сверхпроводимые алмазы, были разработаны первыми и уже истощились. Никаких закономерностей, кроме того, что алмазы, добытые в одних местах, сверхпроводимы, а в других — нет, выявить не удалось. В конечном счете вся затея была признана нерентабельной. Неугомонный профессор Вилаи добился прекрасных результатов с окислами железа и меди. Он разработал так называемые «сквиды» — разомкнутые колечки. Когда при определенных условиях по этим колечкам подавался слабый ток, на дуге между кончиками возникал эффект сверхпроводимости. Разработки Вилаи были мгновенно запатентованы, и на основе этих патентов возникла проектно-конструкторская группа, административным директором которой стал сын Вилаи, Кристиан, напористый молодой бизнесмен, словно сошедший со страниц Карнеги. В течение неполного года группа, куда в числе прочих включили физика Аланну Кайф, программиста Алекса Кайфа и эксперта Поля Розена, стала коммерчески независимой, преобразовалась в частную компанию, а потом в акционерное общество «Информед». С расширением рынка у компании появились свои производства за рубежом. Акции «Информеда» росли как на дрожжах. По итогам двух лет учредители стали миллионерами.

Это приятное известие застало Павла в далекой знойной Кении. Получилось это так. Несмотря на столь внушительный успех со сквидами, Вилаи-старший, Аланна и Павел на достигнутом не остановились и снова занялись углеродной сверхпроводимостью. Финансовые успехи «Информеда» позволяли теперь не стесняться в средствах. Эксперименты с углеродными материалами выявили некоторые закономерности кристаллического строения — наличие микроскопических кластеров с особой структурой. Чем больше таких кластеров оказывалось в материале, тем более выраженной сверхпроводимостью он обладал. Такие кластеры получили название «фуллеренов». Наибольшей частотой фуллеренов отличались кенийские шунгиты. Павел, озверевший от непрерывного сидения в лабораториях, с удовольствием согласился возглавить экспедицию на шунгитовые разработки.

Земля, на которой эти разработки проводились, принадлежала могущественному племени, и все вопросы решались не только правительственными чиновниками, но и местной родовой знатью. Интересы племени, как сообщили Павлу, будет защищать некий Джошуа Амато, второй сын вождя. Павел, день назад прилетевший в Найроби, ожидал увидеть чуть ли не дикаря в набедренной повязке, но мистер Амато оказался вполне цивилизованным необъятных размеров молодым джентльменом в белом костюме, выпускником юридического факультета Гарварда. К тому времени английский язык Павла стал безупречен, но из разговора мистера Амато со вторым юрисконсультом «Информеда» он сумел понять лишь отдельные слова. И неудивительно — беседа велась на густейшем юридическом воляпюке. Выработка соглашения заняла почти неделю. Павел, изнывавший от безделья, про себя крыл въедливого черножопого крючкотвора. Спустя месяц он теми же словами поносил африканскую жару, назойливых мух, одиночество, теплую дистиллированную воду, тупость местных рабочих — и единственную отраду находил в обществе того же Джошуа Амато или попросту Джоша, который нередко залетал на разрезы на собственном вертолете, привозил свежие журналы и новости, а раза два в месяц забирал его с собой в свой особнячок, похожий на герцогский дворец и утопавший в зелени прямо-таки райских садов. Именно Джош и сообщил Павлу об изменении его имущественного положения.

Первой реакцией Павла была мысль, острая как бритва: «Вот теперь пора вытаскивать Таню!» Собственно, с этой мыслью он жил постоянно, и даже придумал варианты действий; теперь появлялась возможность эти действия осуществить.

— Спасибо, Джош, хватит, — сказал он, с трудом высвобождаясь из объятий черного гиганта. — Лучше скажи мне, у тебя случайно нет знакомого, надежного человека, который учился бы в Союзе?

— А тебе зачем? — недоуменно спросил Джош.

Павел объяснил.

— Стоит ли доверять такое деликатное дело посторонему лицу? Я сам давно мечтал побывать в России, посмотреть Москву, Ленинград...

III
(1990)

Начало сводить бедро, и Таня, перенеся вес тела, медленно вытянула ногу в сторону и принялась одной рукой массировать затекшую мышцу. Вторая рука придерживала пристроенную на камне снайперскую винтовку, а глаза через редеющий туман пристально вглядывались в пока еще смутные очертания двухэтажного дома-башни, притулившегося на крутом горном склоне по ту сторону тихого фьорда. Теперь уже скоро. Главное — чтобы напарник не подкачал, не начал свой фейерверк до того, как можно будет уже разглядеть лица... Таня навела фокус оптики. В прицеле плавала декоративная железная ограда, «мерседес», пристроившийся у самых воротец, ряд голубых сосенок на газоне, тянущемся вдоль фасада. Черная входная дверь под козырьком, подковообразные окна первого этажа, на втором — сплошное стекло, забранное в чуть заметные отсюда переплеты, темно-зеленые шторы, закрывающие вид вовнутрь. Широкий балкон, на нем — садовый столик со стульями. Детали пока немного расплываются, слева от двери видно овальное углубление, а дверного молоточка пока не видно, о наличии букв на бронзовой табличке можно только догадываться. Ну, еще чуть-чуть...

Интересно, а что бы подумали доктор Барроха, художник Роман Астрай, его пухлая супруга Винсента или другие завсегдатаи «Эскауди-клуба», увидев свою соседку по фешенебельному горному предместью Сан-Себастьяна, эксцентричную, суховатую в общении англичаночку в шелковых красных шароварах и с неизменной сигарой в зубах, нигде не показывающуюся без пожилого усатого слуги-соотечественника, здесь, на другом краю Европы, да еще в таком умопомрачительном виде? Черно-серый пятнистый камуфляж, в котором она почти сливается со здоровенной каменюкой, сплошь поросшей лишайником, физиономия размалевана сажей, как у трубочиста, в руках — вполне серьезное и современное орудие убийства... Теннис, поло, уроки испанского, по вечерам каналаста с дамами или покер с мужчинами, изредка — стаканчик легкого вина к традиционной баскской «пиль-пиль», которую непревзойденно готовит дон Хоакин, клубный шеф, а в начале одиннадцатого — безмолвного слугу под ручку и в уединенный домик, окруженный лимонными деревьями. Буэнос ночес, милостивые государыни и милостивые государи, завтра встретимся вновь! Такое вот размеренное, тихое, благопристойное существование, от которого ночами хотелось выть...

Фразу, которой Морвен закончил тот принципиальный разговор, Таня поначалу всерьез не приняла, более того, посчитала бессмысленной. Чтоб самой обратно запроситься — в шестерки к легавым, даже самым хитромудрым?! А хо-хо не хо-хо, как кто-то в какой-то книжке говорил? Тогда ей казалось, что главное — выйти из смертельного клинча, отторговать время, минимум свободы, а дальше как карта ляжет, мир большой... И внешне вроде все неплохо вытанцевалось: уютный домик с видом на Бискайский залив из мансардного окна, очень приличное денежное содержание (компенсация, надо полагать, за загубленный бизнес, с которого, кстати, и сами псы позорные поживились неплохо — как-никак главные инвесторы, хоть и закулисные). Мадам рантье — не жизнь, а мечта идиота. И пригляд самый нехитрый — старый приятель Эрвин, по совместительству шофер и домашний мастер, и Флора, женушка его, по совместительству экономка. Modus operandi — вести себя смирно, номеров не откалывать и держать рот на замке. И все. Получив такие условия, Таня нисколько не сомневалась, что через месяц-другой, когда разберется в обстановке и притупит примерным поведением бдительность стражей, сбежит непременно — и организует себе самую блистательную «перемену участи».

Но что-то сломалось в ней, будто заклятие навели. Пробили энергетической стрелой. Сорок восемь Таниных мужских процентов, неукротимые и отважные, тщетно бились в невидимых цепях, которыми обвила их внутренняя женщина Морвена, а явленная миру женщина Таня — мисс

Дарлин Теннисон — не находила себе места от внутренней пустоты, все настойчивей требующей заполнения. Она прилагала все силы, чтобы не поддаваться этой пустоте, до изнеможения забивая день всякими внешними делами. Жесткий, расписанный по минутам режим: утренние вылазки на базар в компании Флоры и Эухении, прислуги из местных, спорт и светское общение в клубе, походы в горы, в пещеры, на дальние пляжи. К урокам испанского прибавились занятия другими языками — итальянским, немецким... Вскоре в доме появился кабинетный рояль. Через клуб втянулась в благотворительность, в сопровождении неизменного Эрвина разъезжала с пакетами дешевой еды, одежки, лекарств по бедным предместьям, по деревням, посещала больницы. На чаи и душеспасительные беседы в дамский клуб ее сопровождала Флора. И еще были книги — как отдых, как работа, даже как аверсионная терапия: по часу в день заставляла себя читать Жан-Жака Руссо в оригинале, со словарем, естественно. Более мерзкое занятие было трудно вообразить, зато потом как хорошо!.. Не спилась, не удавилась, не сошла с ума, не кинулась в ножки Эрвину, чтобы поскорее отрапортовал шефам о ее капитуляции. И это было настоящее чудо.

А весной, через полтора года этой ракушечной жизни, начались многозначительные перемены. Как-то подозрительно резко отбыл на родину Эрвин лечить за казенный счет простатит, хотя никогда прежде на здоровье не жаловался. Таня вся ждала, когда же пришлют сменщика. Так и не прислали, а через неделю засобиралась и Флора.

— Когда ждать обратно? — поинтересовалась Таня.

— Может скоро, а может и никогда, — ответила Флора. — Это как прикажут. Вы ведь и без нас не пропадете.

Это, конечно, верно, но все-таки очень хотелось знать, что означает этот ход Морвена. То ли хочет, внушив ложное чувство свободы, спровоцировать на необдуманные действия, то ли еще какую-нибудь пакость задумал. Например, «зачистку», предварительно выведя из-под удара своих людей... А может, деликатно, не теряя лица, намекает, что «карантин» закончен и катись, милая, куда хошь...

Еще до отъезда Флоры доктор Барроха полюбопытствовал за коктейлем, куда же сеньорита Теннисон подевала своего верного Брикстона, и, узнав, что она оказалась вынуждена с ним расстаться, порекомендовал своего Пако, который все равно занят у доктора неполную неделю и будет только рад подзаработать сотню-другую песет. Таня съездила в банк, где узнала, что причитающаяся ей на этот год сумма переведена полностью, потом смоталась с ночевкой в соседнюю Кантабрию. Ничего подозрительного она не заметила, никакого «хвоста» не засекла. И тогда она решила прокатиться по хемингуэевским местам — в Памплону, на знаменитую корриду. Утречком, стоя на балконе гостиницы с чашечкой кофию, сподобилась лицезреть, как кучка местных идиотов, одетых как совковые пионервожатые на торжественную линейку, состязалась в беге с плотным табунчиком диких боевых быков, перегоняемых из загона на арену. Выдерживали, естественно, не более десятка метров гонки, а потом сигали через заградительные щиты, выставленные вдоль всей улочки. Но повезло не всем. Одного красногалстучного красавца на глазах у Тани размесили в фарш бычьи копыта. Machismo* требует жертв... После этого сама тавромахия показалась пресноватой, несмотря на по-южному густую сексуальную ауру, источаемую зрелищем. Подкачали бычки, не насадили на рога ни одного из тех разряженных пижонов, что на все лады — конными и пешими, с пиками, тряпочками и шпагами — выделывались перед ревущей публикой.

Дома Эухения передала ей сложенную пополам записку.

— Это от одного сеньора, — пояснила она. — Иностранец. Он просил передать вам, как только вы приедете.

Удивленно пожав плечами, Таня развернула записку. И увидела две строчки из русских букв:

«Рыжая! Нужна встреча. Завтра. 8 p.m. Где варят как я кофе соотечественники». Число и вместо подписи — «Веселый Роджер». Такие послания оставлял когда-то Фахри, изображая из них в шутку «черную метку». Да и какой еще пират мог обращаться к ней не иначе как к «Рыжей»? Место встречи она вычислила почти мгновенно. Жгуче пережаренный, с кардамоном, тягучий кофе могут варить только его соотечественники-арабы, с детства привыкшие к особому горькому вкусу. Она знала всего два заведения — в одном хозяйничали марокканцы, в другом — выходцы из

---

* Мужественность (*исп.*).

Сирии. Последние и были его земляками. Да и местечко — в самый раз, в меру людное, относительно спокойное. Незатейливое, если не считать увитых дикой лозой беседок и отгороженных друг от друга жасмином столиков.

Таня едва дождалась следующего дня. Ее била нервная дрожь. Отчасти виной тому было впечатление после корриды. Запал той энергии, которой она была насквозь пропитана с ревом толпы, так и не нашел своего выхода. Таня поймала себя на мысли, что в таких случаях жажда крови требует утоления. Ожидание предстоящей встречи только усилило ее напряжение. Просто так, неведомо по каким каналам, Фахри не вышел бы на нее.

Но у женщины всегда есть безотказный способ взять себя в руки: сесть перед зеркалом и заняться тщательным вылизыванием шерстки.

Оделась она неброско, но с шармом. Облегающий с глубоким декольте костюм тонкого светлого джерси, того же зеленого цвета глухо повязанная косынка. Вся ее рыжесть была укрыта, а европейская элегантность светилась открытой грудью и круглыми коленями. Поправив резинку чулка, Таня одернула юбку, потопала мягкой лодочкой на скошенном низком каблучке, оставшись довольной, брызнула на себя из пульвы «Mystére de Rochas», надела темные очки в удлиненной оправе и неторопливо двинулась к машине.

Фахри уже ждал, разговаривая по-арабски с хозяином заведения, судя по переднику и шапочке. Здоровяк попеременно вытирал то одну, то другую руку о фартук, размахивал ими, что-то доказывая Фахри. Наблус, как в былые времена, взрывался хохотом, кидал реплики. Тогда сириец, сидя на явно маленьком для него стульчике, широко расставив ноги — из-за такого живота иначе и невозможно, — громко хлопал ладонями себя по коленям и закатывался громоподобным смехом, запрокидывая вверх мясистое рябое лицо. При этом верхняя губа обнажала белозубый рот и розовые, на смуглом фоне, десны и прилипала к непомерному шнобелю. Боковым зрением, не поворачивая головы, Фахри заметил приближающуюся Таню, кинул несколько слов собеседнику. Тот встал, галантно отодвинул перед ней стул и удалился.

— Как ты? Как дела? Как жизнь? Какие проблемы?

— Давай обойдемся без увертюры к рыцарскому турниру.
Таня сняла очки и улыбнулась. Фахри закатился.

— Вижу, Рыжая, все харашо с тобой.

— Я тебя тоже люблю.

Он снова рассмеялся.

— Поведай, светило-пиротехник, что привело и как.

— Как — это дело техники, правильно сказал?

«Опять начал урок русского языка», — подумала Таня.
Это всегда было удобной для него линией беседы. Если
что не так, извини, мол, чай не русский.

— Наверное, правильно, если не хочешь государствен-
ные тайны раскрывать. Хотя государства еще пока нет?

Таня намеренно пнула его в больное место, возможно
единственное у него, чтобы ввести общение в рамки взаи-
мовыгодного сотрудничества. Глаза Фахри сделались жест-
кими, улыбка слетела, как московский тополиный пух.

— Чем занимаешься? — сдержанно спросил Наблус.

— Пишу последний параграф диссертации.

Это должно было согнать его настроение со злой волны. И он, просветлев, вдруг ляпнул:

— Ты на мой сапог — пара.

— Сам ты сапог!

Таню вдруг охватила нежность к старому другу, она
знала, несмотря на все границы государств и судеб —
другу. И положила руку на его крепкую смуглую ладонь.
Наблус смутился и, чтобы не выказать случайной слабос-
ти, вдруг ткнул пальцем в сторону тротуара:

— Ой, смотри, бауабики!

— Кто?

Оглянулась и ничего не поняла. Кроме двух кобелей,
увязавшихся за течкующей сукой, там никого не было. До
нее дошло: собаки. Он попросту по-арабски образовал мно-
жественное число от слова «бобик».

Вконец развеселил хозяин, самолично накрыв стол ды-
мящимися «баданчанами» с мидиями, украшенными ба-
мией и оливками.

Уже когда принесли сладкое, Фахри достал из нагрудного кармана конверт «Par Avion», и у Тани дрогнуло сердце.

— От матери? — догадалась она.

Наблус кивнул, извинился, вышел из-за стола, оставив
ее наедине с письмом Адочки.

«Танюшка, сладкая моя донюшка! Уж и не знаю, как Господа благодарить, кровинушка ты моя! Я уж думала, все слезы выплакала, а вот пишу тебе и от радости реву как белуга. Мы ведь тебя давно похоронили. Все гадала, как буду могилку твою искать, тем и жила, родная ты моя! Оказывается, ничего искать-то не надо. Мне твой друг так и сказал, не ищи, мол. Я сначала все не понимала, как можно. А когда он сказал, что нет могилы, что-то зашевелилось внутри, ёкнуло. Сердце не обманывает, догадалась, что жива ты, счастие мое рыжее. Дотронуться б до тебя хоть пальчиком. Ну да я все понимаю, видать, пока нельзя. А как Фахри мне посоветовал, вроде как наказал, письмо тебе написать, а он вроде бы найдет, как к тебе его отправить, так думала — дышать разучилась. Вдруг у тебя будет какая оказия, так ты пришли весточку. А то ну впрямь как бабка твоя — уехала и ни словечка, ничего. Я ж все-таки мать. Сердце мое за вас рвется. Какие-то непутевые. Столько бед на ваши головы сыпется, не дай Бог! Павлушу мы похоронили в 84-м. Уж и не знаю, правильно ли делаю, что пишу тебе об этом, но коли не знаешь, так, наверное, обязательно тебе знать следует. Мало ли что. Скрывался он, оказывается. Жил в Кемском районе в лесхозе под чужой фамилией, кажется, Черноволом Савелием звался. Охотничал или, наоборот, егерем был. Как-то все-таки непонятно, почему так. Избушку, точнее, что от нее осталось, нашли. На пожарище обугленное тело Павлуши-то и отыскалось. Прокуратура долго копалась. Вроде зацепок никаких не нашли. Могло быть и самовозгорание. На том дело и закрыли. Никитушка сразу махнул рукой, что от этих работничков толку не жди. Ну да кому до истины-то докапываться? Времена такие наступили, что человеческая жизнь уж и полтинника не стоит. При Сталине все-таки порядка больше было. А сейчас старики пенсию по полгода получить не могут. Может, вот Жириновский Владимир Вольфович выйдет в президенты, как-то этих коррупционеров пришерстит. Благо ты подальше от этого бардака. Не вздумай возвращаться. Разве в гости? Буду ждать.

Твоя старенькая мама.

Целую тебя, хоть ты этого не любишь. Скучаю по тебе. И целую».

Информация, которую передал ей Наблус с этим письмом, больно хлестанула Таню. В какой-то момент ей показалось, что сама задыхается. Несомненно, Павел был убит. В ее голове мгновенно вспыхнул разговор с Шеровым. Ошибки быть не может, и дело не в том, что подсказывает чутье. Тут и особого анализа не надо, чтобы все концы свелись к тому, кому нужна была его смерть.

Появился Фахри. Таня мутно молчала. Словно отвечая ее размышлениям по теме, Наблус проронил:

— А как я с машиной твоей ковырялся, помнишь?

Он не улыбался. Взгляд был твердым, без намека на ностальгические воспоминания о приключениях прошлых лет. Нет. Вопрос — как указательная стрелка «Alarm».

— Что ты знаешь о его смерти? — спросила Таня.

— Что он не лесник и вряд ли такой ишак, чтобы самовозгореться.

— Кто за этим стоит, что думаешь? Или знаешь?

— Думаю, что и ты.

Таню насторожил его вкрадчивый тон. Ему-то Шеров зачем?

— Ладно, сквитаемся, — тяжело выдохнула она.

— Он сейчас в Норвегии, контракты какие-то заключает.

Таня вскинула бровь на подобную осведомленность.

— Послушай, зануда! Шеров — не Анна Каренина, а я — не тупее паровоза. — Этот литературный пример ему был понятен еще с подфака МГУ. — Надо будет — всему свое время.

— Когда шеровское придет, мне как брату скажешь? — хитрил Наблус.

— Тебя-то что теребит? Мое долевое участие?

— В нем ты и я — между-между.

— Так и говори между где. И с какого боку твой интерес?

— Мне тоже приятно трупчик нашего друга иметь.

— Некрофилия или терроризм?

Наблус расхохотался:

— Один мертвец много жизни спасает.

— Он что, продает Израилю разворованное советское вооружение?

Фахри дернул головой. Похоже, попала близко.

— Через его каналы большие еврейские деньги уходят.

— А значит, остальное можно купить на месте?

Он помолчал и, обезоруживающе улыбнувшись, будто предлагая вылазку в зону отдыха на Борисовские пруды, заявил:

— Мы его уберем. Ты и я. Я перекрою чуть-чуть кислород, который поступает на другой берег Иордана, а ты успокоишь сердце. Нельзя в себе боль и злобу копить, правда, Рыжая?

— Ну что ж, я давно твоя должница за акцию по ликвидации Ларика. — Сказала так, будто только это ею и двигало, на том и согласилась, наконец: — Тогда лады. Когда наш рейс в Осло?

Наблус протянул ей билеты.

Полыхнуло неожиданно. Из-за крыши вырвался язык пламени, Таня увидела, как в одной из комнат второго этажа занялась огнем занавеска, из открытой форточки повалил дым. Она прильнула к окуляру, навела на входную дверь. Из нее выбегали люди — двое, трое, пятеро. Она отчетливо видела выражение незнакомых лиц — растерянное, испуганное. У одного, высокого, полностью одетого, лицо было злое и решительное. Губы и руки шевелились, он явно отдавал какие-то распоряжения. В руках у второго появился автомат. Еще двое бросились, пригибаясь, вдоль фасада, один побежал к «мерседесу». Наблюдая за ними, Таня едва не упустила Шерова. По наитию повела линию прицела чуть выше и засекла его на балконе. Он перегнулся через перила и кричал что-то вниз. Она поймала в перекрестье его лысую макушку. Надо же, какой плюгавый...

— И тогда я сказала...

Почти бесшумно передернулся автоматический затвор.

— Послушайте, маленький...

Палец замер на спусковом крючке.

— Можно мне вас немножко...

Плавный неспешный выдох.

— Убить.

Как плевочек просвистел. Красным цветком распустилась на темечке седьмая чакра. Вадим Ахметович перевалился через перила и нелепой куклой шлепнулся на козырек, выступающий над черной дверью.

С другой стороны фьорда в тихие воды полетела ненужная более винтовка.

Таня поднялась. Происходящее на том берегу ее больше не трогало. Она нырнула в густой сосняк, вышла по нему за гребень, скинула маскировочную куртку, кепи, перчатки, стянула заляпанные грязью штаны, под которыми оказались вполне пристойные и ничуть не промокшие серые слаксы, переобулась, сменив мягкие пластиковые сапожки на кроссовки, сложила все хозяйство в заранее заготовленную ямку, обтерла лицо гигиенической салфеткой, которую отправила туда же, вылила сверху содержимое металлической фляжки, привалила камнем. Когда доберутся до тайничка, найдут в нем лишь расползающиеся ошметки, никакой идентификации не подлежащие.

На дорогу она вышла через час. В это раннее утро на дороге было пусто, но Таня решила не рисковать и до нужного места добиралась лесочком. Вскоре показался заброшенный каменный амбар без крыши. Озираясь по сторонам, она приблизилась, обошла строение кругом. За амбаром, не видный с дороги, стоял видавший виды черный «джип». Мотор работал на холостом ходу, на водительском месте — фигура в знакомой клетчатой кепочке и черной кожаной куртке. Уже не таясь, она пересекла несколько метров, отделяющих автомобиль от стены амбара, открыла дверцу, плюхнулась на переднее сиденье.

— Трогай, Фахри.

В затылок уперлось что-то холодное, металлическое. В окошке мелькнула ухмыляющаяся рожа в синей фуражке, красноречиво выставилось короткое автоматное дуло. Фахри повернул голову — только это был не Фахри.

— Спокойно, мадам. Королевская криминальная полиция. Вы арестованы.

На ее застывшем лице проступила жуткая, леденящая улыбка.

— За неправильную парковку?

Незнакомец в одежде Фахри испустил усталый вздох.

— Фрёкен Теннисон, вы обвиняетесь в убийстве иностранного гражданина Вадима Шерова... Руки, пожалуйста.

На запястьях защелкнулись никелированные браслеты.

IV
(27 июня 1995)

— Павел встречал нас в аэропорту. Через три дня мы с Лизаветой получили кенийские паспорта, а еще через две недели Джош преподнес нам потрясающий подарок — кругосветное путешествие на пятерых, две пары молодоженов и Нюточка. Кувейт, Индия, Гонконг, Сингапур, потом Япония, Австралия, Новая Зеландия, Таити... Мы с Павлом венчались в Кито, в православной казачьей церкви. Наши казачки после революции осели в Эквадоре, и теперь из них состоит вся президентская охрана. Так здорово было, красиво, торжественно. Лизавета с Джошем тоже захотели венчаться по-православному. И обвенчались через три дня. Брак-то у них только замышлялся как фиктивный, а получился самый что ни на есть настоящий. Дня друг без дружки прожить не могут. И папаша-вождь выбор сына очень одобрил, сказал, что Лизавета на их местную богиню плодородия похожа. Ну, не знаю, я этой богини не видела... Так вот, по такому исключительному случаю казачки неделю нас не отпускали, пировали, пили наше здоровье, плясали... Потом мы были на карнавале в Рио-де-Жанейро, потом Нассау, Бермуды, Канары, Европа. Для меня были закрыты только две страны. В Союз меня не пустили бы, как жену эмигранта последней волны, а в Штаты — как жену человека, получившего вид на жительство, но еще не имеющего гражданства. Идиотские порядки!.. В Швейцарии мы разбежались.

— Как разбежались? Куда? — встрепенувшись, спросил Иван, совсем заслушавшийся Таниным рассказом.

— Джош с Нюточкой и Лизаветой вернулись в Найроби. Павел через три дня вылетел в Штаты, а я осталась в клинике.

— В какой клинике?

— Заболела?

Ник и Иван задали вопрос, не сговариваясь.

— На операцию. Там лучшие специалисты, а мне, видишь ли, очень хотелось иметь детей. — Она метнула взгляд на Ника.

Последняя реплика определенно адресовалась ему. Он убрал голову в плечи и отвернулся.

— И что, получилось? — спросил Рафалович.

— Да, вполне успешно. Теперь у Нюточки двое братиков. Митька и Алешка.

— Митька — это понятно. В память деда, — сказал Иван. — А почему Алешка?

— В память другого деда. Вы его не знали.

— А фотографии привезла? Взглянуть бы.

— Конечно. В спальне лежат, потом покажу.

— А как Нюточка? — спросил Рафалович. — Большая? И все так же похожа на тебя? Вас, наверное, путают?

— Редко. Фигуры разные. — Таня развела руки в стороны. — Она поступила в Кэл-Юн, это Калифорнийский университет, учится на этнографа, летом разъезжает по резервациям, собирает индейский фольклор. Вся в отца, совсем на своей науке сдвинулась.

— А ты-то сама не работаешь?

— Куда там, с двумя-то малявками! Меня и сюда переводчицей оформили, чтобы с визами лишних хлопот не было. Так, иногда, чтобы переключиться, поем в нашем загородном клубе попеременно с Аланной. А Павел подыгрывает. Ничего, народу вроде нравится, хотя ни слова не понимают.

— Или просто хотят подольститься к жене босса, — вставил Ник.

— Нет, — серьезно ответила Таня. — Таких в нашей фирме не держат.

— Завидую, — сказал Рафалович. — И вообще хорошая фирма, классно поднялись. Вы только с Готей Васильевым на насадки подписались?

— И все-то ты знаешь, — сказал доселе молчавший Павел. — Нет, не только... Перейдем к окошечку, другим мешать не будем.

Они встали и отошли к тому столику, за которым три часа назад дремал Иван.

Сейчас он очень даже бодрствовал. Жадно ел, курил, пил лимонад и блестящими глазами смотрел на Таню.

— А скажи, только честно, после такой-то благодати домой, наверное, и не тянет? — осторожно спросил он.

— Поначалу не тянуло. Долго не могла насытиться Павлом, новой жизнью, новыми впечатлениями. А как все понемногу устаканилось, временами стало забирать. Тоска, ничего вокруг не мило, запрусь и реву в подушку...

— Так вы квартирку здесь купите или даже дом, теперь это просто, были бы деньги. Будете приезжать раз или два в год на недельку, на месяц. Сейчас многие так делают.

— А мы теперь и так будем приезжать. Есть много предложений по работе, вон через месяц в Москву летим с Минздравом соглашение подписывать. А Павел еще хочет по Сибири полазать, по Северу...

— Ага, — сказал Ник. — Вам теперь никакой Шеров не страшен.

— Шеров? — переспросила Таня. — Кто такой Шеров?.. Ах, да... Слушай, а ты-то откуда знаешь про Шерова?

— Добрые люди рассказали. — Ник поморщился, как от зубной боли. — Только нет теперь Шерова. Пять лет как грохнули.

— Грохнули?

— Ну, замочили, прикончили. Поехал за бугор проветриться, а там его и... Не дожил, а то сейчас высоко бы парил. Ночным президентом, не иначе.

— Это как?

— Днем Ельцин, а он ночью. Когда все кошки серы.

— Ну и черт с ним! — подвела черту Таня. — Иван, кинь мне сигаретку.

Он подождал, пока она закурит, и сказал:

— Слушай, Танька, ты молодчина, что всех нас собрала, Павла привезла. Представляешь, мы не то чтобы встречаться, а даже здесь друг друга не узнали, пока ты не вошла. А ведь когда-то такие друзья были... Только скажи, а почему ты все так странно устроила? Карточки эти, «доктор и миссис Розен просят пожаловать...» Неужели нельзя было по-простому, позвонить, сказать?

— Драматургия, брат Вано, эффектная концовка, — высказался Ник. — Таня все же актриса, хоть и бывшая.

— Не только. Иначе я бы вряд ли вас всех собрала. Да и объясняться по отдельности не хотелось.

— Ты им про Алиссию расскажи, — подал голос Павел.

Остальные недоуменно переглянулись.

— Про какую еще Алиссию? — спросил Иван.

— Это книжка такая есть, и фильм тоже. Когда в девяносто первом Павел получил гражданство и мы с Митькой смогли к нему в Денвер переехать, меня Аланна крепко под крылышко взяла. Про страну объясняла, язык учить заставляла, записала на специальные курсы для иммигрантов. А по вечерам мы друг к дружке ходили, чай пили, разговаривали, она все требовала, чтобы по-английски. Потихоньку я ей про всю жизнь мою рассказала. А она говорит: «А ты знаешь, что есть книжка про тебя?» Я удивилась. Какая, спрашиваю, расскажи. Она книжку из кабинета вынесла, мне дала, а рассказывать ничего не стала. Сама, говорит, прочтешь, а слова непонятные, которых в словаре не найдешь, я, так и быть, подскажу. Я взяла, раскрыла, книжка толстая, непонятная, но я стараюсь, читаю — любопытно все-таки, что там про меня написано. Сначала через пень-колоду понимала, потом ничего, вчиталась. И поняла: как есть про меня. Там главная героиня — киноактриса, Алиссия. Тоже в деревне росла, только в лютой бедности, тоже сиротой, как и я, и тоже старшая сестра была вместо матери; и в город сбежала, потому что сестрин муж проходу не давал. В городе в прислуги нанялась, а потом парня встретила, точь-в-точь как ты, Иван, тоже писателем мечтал стать и выпить любил, и поженились они тайком от его родителей, а родители узнали и попросили одного родственника, большого босса, чтобы разлучил их, тот пришел и деньги ей предлагал и грозился, как тогда Дмитрий Дормидонтович, а потом в кино ее устроил, чтобы, значит, семья не стыдилась, что жена племянника — прислуга... Ну, да это совсем не так, как у меня было. А у этого босса сын был, прямо как Павел...

— Это ты погорячилась, — прервал ее Павел. — Тот был герой, рыцарь, а я обыкновенный.

— Не перебивай... Она того парня полюбила, а с писателем у них все наперекосяк пошло. Тогда дядя их во Францию отправил, от греха подальше, а ей нашел роль хорошую. И вот живут они себе во Франции, а тут к ним является еще один родственник с приятелем, совсем как ты, Никита, к нам в деревню с Огневым приехал. И точно так же писатель на этого родственника с кулаками полез, когда тот тайком его рукопись читал, а он стал этого писателя расхваливать и в кино зазывать, сценарии писать. И вообще тот парень, его в книжке Максимом звали, вылитый ты — такая же язва и с теми же, извини, половыми наклонностями.

— Читал я эту книжку, — пробурчал Ник. — У нас ее переводили. Слезливый дамский романчик. Но похожие моменты есть, согласен, я раньше как-то не задумывался. И этот приятель Максима тоже с собой покончил, как... как Юра, и положительного героя гангстеры якобы убили в Африке, а потом оказалось, что не его. И действительно, в финале героиня всех в одном месте собирает и предъявляет им героя, живого и здорового. Кстати, даже Кения там фигурирует... Только вот одной персоны, по-моему, очень важной, в книге нет, а многим из нас она по жизни как танком проехалась...

— Ты про кого? — спросил Иван.

Павел пожал плечами. Рафалович поднялся и подошел поближе.

— А про сестрицу мою лучезарную, а твою, Поль, бывшую благоверную.

— Это про Таню, что ли? — спросил Иван. — Так при чем здесь она?

— Я от нее никакого зла не видел и до сих пор считаю ее достойной и очень несчастной женщиной, — твердо сказал Павел. — И до конца жизни буду ей благодарен за Нюточку.

Рафалович угрюмо промолчал.

— Кстати, кто знает, что с ней теперь? — спросил Иван. — Я ее не видел... страшно подумать, пятнадцать лет.

— Я тоже, — помолчав, сказал Павел. — А последний раз, когда она лежала в коме.

— Я видел чуть после того, — сказал Ник, — хотя и не жаждал. Она жила в Москве, вышла замуж за какого-то англичанина и уехала с ним. Меня на свадьбу не пригласили. Думаю, у нее все в порядке.

— Два года назад точно все было в порядке, — с внезапным остервенением сказал Рафалович. — Цвела и пахла. Я встречал ее на Ривьере.

Он замолчал. Все тоже притихли как-то разом.

— А я так вообще ни разу ее не видела, — сказала Таня. — Так что для меня она точно не очень важный персонаж... Не знаю, кто как, а я за разговорами изрядно проголодалась. Так что предлагаю спуститься в ресторан и пообедать. По дороге прихватим Кристи, Алекса и Джоша с Лизаветой...

— Как, и Лизавета здесь? — изумленно воскликнул Иван.

— Конечно здесь, и все вы ее видели, — с легким злорадством сказала Таня.

— Что, неужели та японская бизнес-дама, которая нас впускала?! — воскликнул Ник. — Ну Лизавета Валентиновна, ну всех нас обула...

— То-то она мне знакомой показалась, — сказал Рафалович.

— Ну прям не жизнь, а книга перемен, — философски заметил Иван.

И, не прекращая переговариваться, все двинулись к выходу.

IV
(27 июня 1995)

В проеме распахнувшейся двери стоял весьма внушительный, несмотря на малый рост, усач, видно, в немалом чине. Сделав два решительных шага вперед, он остановился и уже отнюдь не решительно произнес срывающимся голосом:

— С-сидите.

— Сижу, — подтвердила она, с любопытством глядя на незнакомца.

Он набрал в легкие воздуха, сдвинул на затылок фуражку, поднял перед собой руку с зажатым в ней листком, откашлялся и начал читать:

— «С сожалением уведомляю Вас, что Ваше ходатайство о помиловании рассмотрено Господином Президентом Республики и...»

— Отклонено, — подсказала она. — Мерси, я уже догадалась — шампанское, омары, цыпленок по-амстердамски... Да и радио не молчит...

— «Принимая во внимание, что апелляционные суды трех инстанций не сочли возможным...» — хрипло продолжал он.

— Да не утруждайте вы себя, господин надзиратель. Все ясно. Когда?

— В четырнадцать тридцать, — опустив глаза, как мальчишка, прохрипел он. — Вообще-то я не надзиратель, а старший судебный исполнитель...

— Простите, господин старший судебный исполнитель, — сказала она и задорно добавила: — В следующий раз не ошибусь.

— Вы... вы... вы... — совсем уже сбился он. — Понимаете... понимаете... Пять полностью доказанных умышленных убийств с отягчающими. А не полностью? Заговоры, перевороты, политический и промышленный шпионаж?.. Может быть, хотите еще вина? Коньяку? Писчей бумаги? Транквилизаторов?

— По-моему, — участливо сказала она, — транквилизаторы нужнее вам.

— Само собой, священника... Он уже ждет.

— Священника не надо, — твердо сказала она.

— Но... но вы подумайте... Может быть, все-таки... Или желаете раввина, ламу, православного... У нас есть приходы...

— Никакого, — повторила она.

— Тогда, может быть, какой-нибудь любимый фильм, книгу, музыку? Или... — он перешел на еле слышный шепот, — марихуаны... Вообще-то запрещено, но можно и укольчик... А? Что?

— Мужчину.

— Что-что? — переспросил он, мгновенно покрываясь потом.

— Я, кажется, ясно сказала — мужчину.

— Но... но... То есть, в каком смысле?.. — Он попятился, словно увидел черта. Сейчас, того и гляди, перекрестится.

— Неужели непонятно — в каком смысле? Или никто из ваших коллег не захочет близости с самой знаменитой женщиной десятилетия? Да еще в подобных обстоятельствах?

Он судорожно вытащил платок и принялся утирать пот с багрового лица.

— Например, вы? Будет о чем рассказать внукам... — И впервые пристально посмотрела ему в глаза.

Судебный исполнитель резко выпрямился и замер. На лице его легко читалась вся гамма сильнейших чувств. Ужас, восхищение — и, конечно же, беспредельно алчное вожделение... Что ж, такое предложение разбудит мужчину и в безнадежном паралитике.

Он, пятясь и не сводя с нее глаз, подобрался к дверям, развернулся, что-то резко выкрикнул в коридор. Потом развернулся обратно и шагнул внутрь камеры, захлопнув за собою тяжелую дверь. На лице его было новое, сосредоточенное выражение. Он сделал еще один шаг. Пальцы теребили пуговицу форменной тужурки.

— Ну, иди ко мне, моя последняя любовь!

Он сделал еще шаг и вдруг остановился, опустив руки.

— Ну что? Не желаете ли вызвать подчиненного подержать ваш драгоценный?

— Я читал про вас все, — четко и медленно проговорил он. — Книгу, статьи, все материалы дела. Видел фильм, присутствовал в зале суда. И понимаю, что вы обязательно попытаетесь задушить меня, переодеться в мою форму и бежать отсюда. Или что-то в этом роде. Только у вас ничего не получится.

Она усмехнулась.

— Не доверяете?

— Вам?! Я пока еще не сошел с ума...

— Я тоже... Вам ли не знать, что мой... номер оборудован по последнему слову техники... «Жучки», телекамеры.. Смелее же, господин исполнитель, смелее! Я вас не съем, а вы напишете об этих минутах толстый мемуар и, уверена, станете миллионером, мировой знаменитостью.

Он нервно сопел. Усатое лицо налилось краской.

— Я... я не...

— Не смущайтесь...

Рука его боролась с пуговицей.

— Впрочем, я пошутила.

Стрекот дикторской скороговорки из белого приемничка над изголовьем сменился сладкой музыкой. Она протянула руку и прибавила звук. Испанский душка-тенор...

— Что ж ты, Иглесиас? — с усмешкой пробормотала она. По-русски.

— А? — Господин судебный исполнитель решил, должно быть, что она обращается к нему.

— Бэ... Белое танго. Дамы приглашают кавалеров. Не откажите в любезности.

Она ловко спрыгнула со стула и притянула усача к себе. В приемнике соловьем разливался Что-ж-ты:

— Натали-и...

Он водрузил дрожащую руку на ее тонкую талию и, застонав, повалил ее на кровать...

Потом они молча курили. Потом она угостила его шампанским из своего стаканчика и выпила сама. Потом они повторили еще раз, и он был как пылкий и нежный Ромео, как тигр, как молодой полубог, а она — как трепетная лань, как пылкая пантера, как кроткая голубица...

Чиновник вновь прильнул к ней, но она отстранила его:

— Довольно. Вы исполнили свой долг, служебный и человеческий. Теперь ступайте. Вас давно уже разыскивает начальство.

Он попятился и опустился на стул. Глаза его светились безумием.

— Я... я... у меня есть верные люди в охране... деньги... оружие... я подкуплю... подгоню фургон... устрою аварию, взрыв. Я отравлю, перестреляю... Мы бежим отсюда... Я спрячу вас... в горах... Я знаю местечко.

Она, не поднимаясь, холодно смотрела на него сквозь дым сигариллы.

— Господин исполнитель, не пыхтите под киноглазом. У вас и без того могут быть неприятности... Спасибо вам, конечно, но это чистое ребячество. Вы и сами прекрасно понимаете абсурдность ваших слов. Лучше успокойтесь, приведите себя в порядок, выпейте водички и отправляйтесь исполнять дальше.

Он уронил голову на стол и громко зарыдал.

— Господи, ну почему... почему? — лепетал он. — Раньше я верил тебе, Господи... Теперь больше не верю... Если в мире, сотворенном тобой, возможно такое.... такое, тогда ты — дьявол! Лживый, премерзкий дьявол! Враг! Враг!..

Она решительно встала, прошла мимо него в закуток за белой ширмой, налила в пластиковый стаканчик воды и склонилась над плачущим мужчиной, свободной рукой поднимая его голову за подбородок.

— Ну все, ну все, мой хороший, не надо, — ласково приговаривала она, отпаивая его, как малого ребенка. — Не надо ругать Боженьку. Он хороший. И он здесь совсем, совсем ни при чем... Пей, милый.

Он пил, все дальше запрокидывая голову. На толстой шее дергался кадык.

— Все? — спросила она, отходя от него.

— Да...

— И прекрасно. Теперь наденьте брюки, застегнитесь, сходите умойте лицо. Причешитесь, примите бравый вид и идите.

— Но я...

— И позвольте напомнить вам, что ваш визит несколько затянулся. Видите ли, сегодня у меня важное деловое свидание, к которому надо немного подготовиться. Так что извините, но...

Ее слова мгновенно отрезвили его. Он вскочил.

— Да-да, простите, конечно, разумеется, — он поспешно натягивал форменные брюки. — Я готов.

— Не забудьте привести свой лик в порядок. А то вас не узнают.

Сгорбившись, на деревянных ногах, он пошел в закуток и почти тотчас вышел, вытирая лицо ее бумажным полотенцем.

— Я готов, — повторил он.

Она щелкнула пальцами, как дрессировщик кнутом.

— И распорядитесь, пожалуйста, чтобы мне прислали еще мерзавчик шампанского и пачку «Локс». Больше ничего не надо.

— Да, да-да, конечно.

Он повернулся к дверям, но тут же развернулся, подбежал к ней, крепко обнял и поцеловал в губы. Потом так же стремительно побежал прочь. У самых дверей камеры он еще раз развернулся и крикнул:

— Меня зовут Лео Крюгер! Лео Крюгер, старший... нет, бывший старший судебный исполнитель! Прощай! Я люблю тебя...

И, с силой распахнув двери, он выбежал в коридор.

— Про вино и сигариллы не забудьте! — крикнула она ему вслед и услышала в ответ затихающее:

— Не забуду-у-у...

Она взяла со столика бутылку, прямо из горлышка допила остатки. Потом закурила и, не одеваясь, легла на кровать. Ее блуждающий взгляд упал на круглые электронные часы, вделанные в стену прямо над дверью, и остановился на них.

Если часы не врут и если *они* будут вежливы, как короли, ходочка закончится через два часа шестнадцать минут. Говорят, эти часы полагается посвятить воспоминаниям... Ну что ж... Тем более есть что вспомнить....

V
(27 июня 1995)

В казино морили тараканов. Леху, естественно, предупредить забыли, и, явившись, как положено, на смену, он долго и недоуменно дергал бронзовую навороченную ручку, стучал в дубовую дверь молоточком. Ему так и не открыли, только за армированным стеклом сверкнул перебитой рожей Старшой и волосатой лапой показал: чеши, мол, отсюда, до завтра свободен.

— Суки! — сплюнув, пробормотал Леха. — Хоть бы позвонили, так я бы с утречка на дачу смотался. А так день, считай, пропал.

Домой, в гегемонский отстойник на проспект Большевиков, не хотелось совершенно, и как-то само собой вспомнилось, что совсем неподалеку, в «Прибалтийской», работает армейский еще дружок Стас, тоже после дембеля пошедший по части секьюрити. Стас давно уже зазывал Леху в свое заведение закусить, расслабиться, да не получалось как-то. Все недосуг было. А вот и досуг нежданно образовался. Только бы Стас на месте оказался.

Стас оказался на месте. Более того, он как раз сдавал смену и другу обрадовался несказанно. По-быстрому переодевшись в «гражданское», т. е. в джинсы и розовый пиджачок, он уволок Леху в ресторанный зал. Для разгону взяли литруху всамделишного «Абсолюта» (своих не дурят!), белужины с черемшой и хреном, расстегаев. Разговор развивался предсказуемо — вспоминали былое, товарищей по оружию. После второй разговор плавно перетек в настоящее: семья, работа. Невольно начали сопоставлять, делиться опытом.

— Главное ведь в нашем деле что? — вопрошал Стас, постукивая пальцем по столу. — Главное — это фейс-контроль, а по-нашему говоря, мордальный. Чтобы, значит, нежелательный элемент не допустить, а желательный, наоборот, лишними придирками не обидеть.

— Это верно, — поддакнул Леха. — У нас, как у саперов, права на ошибку нет. Хоть в ту, хоть в другую сторону ошибешься — со службы в три шеи, а тогда хоть в грузчики иди.

— В грузчики оно тоже того, — авторитетно заявил Стас, окинув красноречивым взглядом тщедушную Лехину фигуру. — Не всякого возьмут. Опять же, сокращения везде, заводы закрываются, части военные расфасовывают.

— Расфор.. расформировывают, — поправил Леха.

— И это тоже, — не утрачивая солидности, кивнул Стас. — В общем, без фейс-контроля никуда. За считанные секунды сумей любого кадра прочитать.

— Ага. Вот этих, например, я бы не пустил, пока лимон не предъявят. — Леха показал на компанию краснорожих мужичков, гомонящих в дальнем конце зала.

Стас иронически фыркнул.

— Ты чего? — обиженно спросил Леха.

— А того. Учиться тебе, дорогой товарищ, и учиться. Это же железнодорожники контракт с ирландцами обмывают. У них у каждого лимоны из ушей торчат, да не деревянные, а настоящие, зеленые.

— Откуда? — недоверчиво спросил Леха. — Дороги ведь убыточные.

— Потому-то и торчат. Дотациями государственными с умом распоряжаются.

— А у этих тоже лимоны из ушей? — язвительно спросил Леха, показывая на двух пожилых, скромно одетых теток, чинно вкушающих фаршированный авокадо.

— У самих — не знаю, а у конторы их точно, — заверил Стас. — Евангелисты какие-то. Третий месяц два люкса держат, чуть не по тонне баксов каждый день выкладывают.

Леха присвистнул и обвел глазами зал, намереваясь хоть на ком-то отыграться перед Стасом. Но в этот час в ресторане было почти пусто: время деловых ланчей кончилось, вечерняя публика еще не подвалила.

— Про этих что скажешь? — спросил Леха, показывая Стасу за спину.

— Про кого? — недоуменно спросил Стас. — А, про этих... Дай-ка пересяду, так плохо видно.

Недалеко от них за сдвоенным столиком у окна сидела на удивление разношерстная компания, судя по всему, уже заканчивающая трапезу. Во главе стола восседал весьма холеный и солидный, несмотря на молодость, джентльмен с квадратной челюстью, по виду — типичный янки. Рядом с ним, спиной к Лехе со Стасом, разместился не менее солидный дядя в черном смокинге, несколько старше американца, если судить по лысой макушке и складкам на шее.

Они о чем-то оживленно переговаривались по-английски, причем лысоватый говорил неуверенно, с сильным русским акцентом, часто останавливался, и тогда в беседу вступал третий, повернутый к друзьям лицом — бородатый блондин в темных очках. Он разговаривал негромко, и даже наметанный Стасов глаз не мог определить, по-русски он говорит или по-английски. Блондин был одет в простую бежевую безрукавку-«поло», но было совершенно понятно, что он, как и оба собеседника, относится к категории персон бизнес-класса, а то и «ви-ай-пи». К этой же категории Стас без колебаний отнес и сидящую рядом с бородачом роскошную брюнетку в алом платье. На привычный «эскорт» при иностранном госте она не походила нисколько, ни возрастом, ни статью, ни манерами. Вид у брюнетки был несколько утомленный и ненаигранно отрешенный. В разговоре она не участвовала, только молча дымила длинной коричневой сигаретой. «Член делегации, а скорее всего — жена этого бородатого, — решил Стас. — Везет же некоторым!» Глядя на нее, он готов был биться об заклад, что и фигура у этой дамы — из грез сексуального маньяка, иначе ни за что не решилась бы облачиться в столь дерзкий наряд.

По внешним атрибутам в тот же разряд попадала и сидящая по левую руку от брюнетки очкастая кореянка средних лет в строгом кремовом костюме. Но вела она себя совсем иначе — визгливо смеялась чему-то, что шептал ей, щекоча ухо усищами, громадный бритый негр. Тот отпал от соседкиного уха, громко расхохотался, наполнил рюмки из высокой бутыли, опрокинул свою в белозубый рот и вновь припал к ее щеке.

— Пара странная-иностранная, — промурлыкал Стас себе под нос.

— Чего? — удивленно переспросил Леха.

— Ничего. Интересная команда. Не место им за одним столом, по-моему.

И действительно, если кореянка с негром еще как-то вписывались в ряд с солидной троицей мужиков и шикарной теткой, то остальная часть компании была совсем уж из другой оперы. В торце, напротив скуластого американца, уткнулся мордой в тарелку тощий и волосатый субъект в засаленном пиджачишке, расшитом голубыми бабочками. Двух остальных Стас видел только со спины, но спины эти и вовсе доверия не внушали. Одна, облаченная в потертую джинсовую куртку, венчалась рыжей головой с убранными в пучок волосами. Другая спина была прикрыта вовсе неприличной застиранной футболочкой, голова над ней была седовато-пегой, всклокоченной. Рыжий и пегий сидели, обняв друг друга за плечи, ритмично раскачивались и немузыкально горланили:

— А в городе том сад, все травы да цветы...

— Джош, плесни-ка еще за встречу! — нетвердо произнес рыжий уже соло и придвинул к негру стакан. — Ванька, может, все-таки остаканишься по такому случаю?

Пегий что-то неразборчиво пробормотал, зато кореянка, к полному изумлению Стаса с Лехой, произнесла громко и четко:

— Шурка, побойся ты Бога! Опять нарезался, как сапожник. Алька твоя что нам с Танькой скажут, а? Увозили, дескать, мужика тверезого, а вернули запьянцованного...

— What? — встрепенулся негр. Кореянка наклонилась к нему и зашептала. Негр оглушительно рассмеялся и, протянув здоровенную ручищу через стол, похлопал рыжего по плечу.

— А я, между прочим, тут не самый пьяный, — с обидой произнес рыжий и ткнул пальцем в голубую бабочку на рукаве прикорнувшего гражданина.

— За этого, прости Господи, мы не ответчики. Пусть хоть вообще сопьется. А Альке мы слово дали, — отрезала кореянка. — Тань, я скажу им, чтоб кофе подавали.

Роскошная брюнетка рассеянно кивнула, а пегий хрипло и поспешно добавил:

— И мороженого...

— Занятно, — резюмировал Стас. — Это правильно, Леха, что мы с тобой литр взяли. Давай-ка не гнать лошадей. Очень хочется досмотреть этот стремный спектакль. Только не пялься ты так откровенно...

Но за длинным столом вскоре замолчали, сосредоточившись на десерте, и друзья как-то незаметно приговорили «Абсолютовку», заказали вторую, а к ней по шашлыку, постепенно утратили интерес к происходящему в зале и даже не заметили, что компанию, привлекшую их внимание, давно уже сменили за столом подгулявшие не то эстонцы, не то финны.

— Ай уоз вери... вери мач хиппи ту, это самое, мит ю, — запинаясь, проговорил Рафалович и оглянулся на Павла. — Ты переведи ему, что, по-моему, мы в принципе договорились. Свои окончательные предложения я вышлю по факсу, и пусть готовит договор.

Павел усмехнулся в бороду и негромко перевел.

— Oh yeah, sure thing, mister Raffle-Ovitch, — широко улыбнувшись, произнес Кристиан Вилаи. — I'll call you from Moscow. Take care.

— Это он что сказал? — спросил Рафалович.

— Сказал, что из Москвы тебе позвонит, и попрощался.

— Ага. Ну, гуд-бай, мистер Вилаи, — Рафалович крепко сжал руку американца.

— Я тоже пойду, — сказал Павел. — А то боюсь, нашим дамам одним с Шуркой не управиться, а от Джоша проку мало — сам тоже нализался.

— Пашка... — начал Рафалович и вдруг, раздвинув руки, заключил Павла в объятия.

Тот несколько секунд постоял, не сопротивляясь, потом легонько оттолкнул Рафаловича.

— Будь здоров, Леня, — ровным голосом сказал он. — И вот еще что...

— Что? — встрепенулся Рафалович и поглядел на Павла, как показалось, с затаенной мольбой.

— Никиту не забудь до дому довезти. А то он совсем расклеенный, сам не доберется.

— А как же. — Рафалович с некоторой брезгливостью посмотрел на кресло в углу вестибюля, где развалился, громко храпя и неаппетитно орошая слюнями коричневый в голубых бабочках пиджак, Никита Захаржевский, ныне более известный как Люсьен Шоколадов. В соседнем кресле, ссутулившись, сидел Иван Ларин, потерянный и как-то особенно неуместный здесь в своих латаных брючках и нелепой майке с надписью «Инрыбпром». — Иван, может, и тебя заодно подбросить?

— Спасибо, Леня, я сам. Пройтись хочу. Да и плащик в номере забрать надо. Я поднимусь, ты не жди меня.

— Ты позвони непременно, — сказал Рафалович, пожимая Ивану руку. — Визитку мою не потерял?

— Нет вроде.

— Ну, возьми еще одну. Запомнил, что я про наше рекламное бюро рассказывал?

Иван кивнул.

— Предложение вполне реальное. Ты особо-то не затягивай. Денька через два-три позвони, не позже.

— Спасибо, Леня, — пробормотал Иван и поспешно зашагал в направлении лифта. За поворотом послышался его задрожавший голос: — Поль, погоди, я с тобой. Плащик забрать...

Проводив Ивана взглядом, Рафалович чуть заметно кивнул. Из темного уголка вестибюля шагнул доселе незаметный детина в камуфляжной безрукавке. Рафалович подбородком указал на кресло, где пребывал в алкогольной прострации Захаржевский.

— Ну что, Витюня, — со вздохом сказал Рафалович. — Забирай это сокровище, раз уж людям обещали. Сядешь с ним рядом на заднее сиденье и следи, чтоб салон не заблевал.

— Есть, Леонид Ефимович! — отрапортовал Витюня, наклонился, подхватил Захаржевского под мышки, рывком поднял и без особых церемоний потащил к выходу.

...Кони резво рванулись врассыпную, и от злой мачехи остались кровавые клочки. Юный Дроссельмайер жизнерадостно отщелкивал бошки Мышиному Королю. Задрав к небу острые рыжие морды, скорбно выли Анна с Марианной, навек превращенные в дворняжек. Забившись в самый дальний закуток Лабиринта, истекал черной кровью смертельно раненный Минотавр... От тотального торжества добра Никитушка заплакал и проснулся. Было темно и страшно, и только в дверную щелку полоской лился свет. Никитушка, дрожа, встал, одернул мокрую рубашонку и пошел на свет.

За свет он принял полумрак — синевато мерцал ночник над входной дверью, да на полу возле бабушкиной комнаты подрагивал красноватый ромбик. Там скрипело, и тихо поскуливал кто-то маленький.

— Собачка, — прошептал Никитушка.

В доме не было собачки. Зато появился новый ребенок — маме в больнице выдали. А Никитушке сказали, что теперь у него есть сестричка. В бабушкиной комнате вякнуло; он толкнул дверь...

Неровный багровый свет — и черный силуэт, сгорбленный над столом.

— Бабуска, бабуска, бабуска... — зачастил Никита, пятясь.

Бабушка выпрямилась, обернула к нему чужое, страшное лицо. Никитушка заплакал.

— Иди к себе, — чуть нараспев сказала бабушка. — Нечего тебе тут...

— Сестъичка... — пролепетал малыш сквозь слезы.

— Иди, иди, — повторила бабушка. — Не сестричка она тебе.

Никита закричал...

— Эй, чего развопился? — прогудел незнакомый голос, и чья-то рука сильно тряхнула Люсьена за плечо. Он вздрогнул и открыл глаза. На мгновение пробила жуть, но, увидев впереди затылок Рафаловича, Люсьен моментально все сообразил и успокоился.

— Надо же, как набрался, — произнес он, искательно и игриво заглядывая в лицо сидящего рядом верзилы в безрукавке.

Верзила буркнул что-то неразборчивое и отвернулся.

— Это вы меня домой везете, что ли? — спросил Люсьен в затылок Рафаловича и, не дождавшись ответа, продолжил: — Классная у тебя тачка!

— Какая есть, — не оборачиваясь, бросил Рафалович.

— А я вот свою у гостиницы оставил. Как бы не случилось чего...

— Проспишься — заберешь. Ничего с ней не случится.

— Адрес-то мой как узнали? Я сказал?

— Татьяна дала.

— Татьяна? А откуда... Впрочем, да, она же мне открытку... Нет, все-таки молодец Танька, собрала всех, через столько-то лет. Теперь надо бы почаще встречаться...

Рафалович неопределенно хмыкнул.

— А славно посидели, да? Я как Поля увидел, живого, так прямо обомлел.

Рафалович промолчал. Люсьен вздохнул, зажмурился и выпалил:

— Слушай, Ленька, выручи, а? По старой дружбе? У меня, понимаешь, деньги украли. Я отдам, честное слово.

Мне скоро заплатят, я сразу… Это ж для тебя не сумма, а? Тысячу баксов?

Рафалович молчал. «Понтиак» плавно и тихо полз по Николаевскому мосту.

— Ваньке-то ты сам предложил, — с обидой продолжил Люсьен. — А он книжки публикует, квартира у него своя есть…

— Сережа, — не дослушав, обратился Рафалович к шоферу. — Завезешь меня в офис на Конногвардейском, подъедешь ровно в восемь. Потом подкинешь этого фрукта на Галерную. Витюня, а ты до дверей его проводишь и выдашь пятьдесят долларов из моих.

— Ясно, Леонид Ефимович, — отозвался гигант в безрукавке.

— Как это пятьдесят?.. — начал Люсьен, но Витюня так больно сдавил ему локоть своей железной клешней, что он охнул и замолчал…

— Спасибо, Таня, — со вздохом проговорил Иван, перебросив через руку плащ. — Пора мне. Спасибо за все. Будьте счастливы и нас не забывайте.

— И тебе всяческого счастья, — сказала Таня и подставила щеку для поцелуя.

Иван приложился сухими губами, тут же отвел побитую сединой голову.

— Лучше пожелай мне покоя и довольства, — еле слышно пробормотал он. — А счастье свое я упустил. Давно уже.

— Ну что ты! — поспешно возразила Таня, но при этом совсем непроизвольно кивнула головой: упустил, годы протранжирил.

Он отвернулся, сгорбился, вышел, не оглядываясь. А Таня воротилась в гостиную. Павел сидел у окна и курил. Она подошла, опустилась в соседнее кресло. Павел поднял голову.

— Ну что?

— Устала… Ты оказался прав. Ни к чему все это было затевать. Такие все чужие, и нам, и друг другу. А уж как старались, себе и другим внушали, будто по-настоящему рады встрече. Даже когда тебя увидели, живого и здорового, обалдели, конечно, но так ли уж обрадовались?.. Знаешь, такое чувство, будто захотела второй раз войти в ту же реку, а реки уже нет, одна старица застойная. Окунулась — и вся в грязи, в ряске, не отмоешься...

— Ты действительно устала. Слишком много впечатлений навалилось разом, а теперь отхлынуло. Я бы на твоем месте прилег немного.

— А ты?

— Не хочется.

— Думы одолели?

— Одолели. Не помню, рассказывал тебе или нет, только в этот самый день ровно двадцать четыре года назад мы начало новой жизни отмечали.

— Как это — новой жизни?

— Окончание школы. Их класс только-только выпускные сдал.

— Их класс? — недоуменно переспросила Таня.

— Ну да. Они ведь все в одном классе учились — и Ванька, и Леня, и Ник... и Елка тоже... Таким составом на озера и рванули, на велосипедах. Молодые были, у каждого все впереди. А теперь вот встретились... те же, но без Елки...

— Прости, я не знала...

— Не извиняйся. Ты правильно поступила. Нужно было взглянуть в глаза друг другу еще раз — наверное, последний. Я за сегодня много пережил и, кажется, многое понял.

— Что ты понял?

— Пока не знаю. Точнее, знаю, только в слова не ложится. Что ничего не бывает случайно, что ли.

Павел замолчал. Таня подошла к его креслу, обняла мужа сзади, прижалась лбом к затылку.

— Люблю тебя, — прошептала она. — Так люблю тебя...

— Моя единственная... — Павел внезапно вздрогнул. От этого неожиданного движения вздрогнула и Таня.

— Что? — встревоженно спросила она. — Что это было?

— Так, ничего... Почудилось. — Он помолчал. — Ты иди. Я докурю и тоже поднимусь. Надо бы вздремнуть немного перед ночной прогулкой. Не передумала еще белыми ночами полюбоваться?

— Нет, что ты...

Она расцеловала его и отправилась в спальню. Павел потушил сигарету, встал, в окно поглядел на залив.

И вновь из пустоты отчетливо шепнул голос, который он не мог не узнать:

— А как же я?

Иван перешел широкий мостик через Смоленку и нырнул в метро. На эскалаторе ехал, прикрыв глаза — не хотелось видеть чужих лиц, чужие затылки тоже раздражали. Вот так, казалось, уже ничем не проймешь заиндевелую душу, ан нет. Сегодняшняя встреча потрясла, ошеломила — и раздавила, что он понял только сейчас, оставшись один. Ошеломил вид воскресшего Павла, метаморфозы, происшедшие с друзьями юности, которых в иных обстоятельствах и не узнал бы — а узнал, прошел бы равнодушно мимо. А раздавили счастье и любовь, вспыхивавшие в бездонных зеленых глазах бывшей жены всякий раз, когда взгляд их падал на Павла, ее нестерпимая, почти нечеловеческая красота, лишь усиленная годами. Вновь, как двадцать лет назад, он был влюблен, но на этот раз совершенно безнадежно. Какой идиот, ну какой же идиот, сам соскочил с поезда счастья, и поезд тот давно ушел без него, и теперь не догонишь...

«Приморская» — станция конечная, вагоны на посадку подают пустые, всегда можно занять свободное местечко, присесть тихонечко, снова закрыть глаза, постараться вызвать в памяти любимый образ и, притворившись спящим, всласть пострадать.

И вот в темноту сомкнутых глаз улыбкой чеширского кота вплыли алые губы, раздвинулись, открыв жемчуг мелких, острых зубов.

— Ты? — выдохнул Иван. — Откуда?

...Подвел его тогда автопилот, крепко подвел, убил второй — и последний — шанс, данный ему судьбою... Не поперло с самого начала, в обоих гастрономах было только кислое шампанское, да еще аперитив «Степной», бродяжья радость. И потащила нелегкая в подвальную разливуху, а там случился кто-то знакомый и херес молдавский. Понеслась арба по кочкам... Очнулся в кровати, а в какой — не понял сначала, втек в ситуацию только когда явилась матушка родная со скорбным фейсом, волоча на буксире кого-то в белом халате. Укол, беспамятство, потом капельница, палата с голыми стенами и замком, запертым снаружи...

Ужас! Как рвался тогда обратно, к ней, к любимой, с нежными руками, смелой, доброй, несчастной, такой беззащитной и одинокой... Боже, до чего одинокой! Как ни пытался, так ведь ни разу за все эти угарно-счастливые месяцы не сумел развеселить Таню, нередко готов был сам ширануть ее, лишь бы увидеть золотое сияние глаз. Но ручки, как у всякого пьянчужки, трясло, да и жалко было иголкой колоть эту дивную прозрачную кожу. Хоть и приучился постепенно догоняться после бухалова колесами или травкой, которую, щеголяя эрудицией, называл английским словом «хэмп», да и опия, ежели дадут, не прочь был вогнать через клизму, но иглы боялся как огня. Всякий раз при виде шприца в Таниных руках душа кричала о беззащитности любимой, ее уязвимости, но как и от кого защитить эту красоту — не знал, и счастлив был от того, что его принимают таким, какой он есть, не теребя и ничего не требуя... А потом ему сообщили, что она тоже здесь, в глубокой коме, считай, при смерти, и неизвестно, выкарабкается ли. Передозировка. А нашел ее Павел, бывший муж, бывший друг... К ней так и не пустили. Несколько дней подряд приходил неприятный следователь, все что-то выспрашивал, выведывал, сам ничего не рассказывал. Потом следователь пропал, а через день исчезла и она. С концами, как в омут канула, оставшись лишь воспоминанием, мучительным, сладким и горьким одновременно, уходящим...

— Таня, — простонал Иван и рванулся к закрывающимся дверям вагона. Чуть свою станцию не проехал.

— ...и что они знают, сколько реально меди уходит в Прибалтику через Ленечкину фирму, представляешь? Ну, я, конечно, делаю лицо и мило так спрашиваю: «А вы какую, собственно, криминальную структуру представляете? Тамбовскую, казанскую?» А тот козел прихлебывает пиво и спокойненько так отвечает: «Я, собственно, из РУОПа». Слушай, а что такое этот РУОП?.. Ой!

Рафалович неожиданно вынырнул из-за Аллочкиной спины и прихлопнул рычаг перламутрового телефона. Аллочка скорчила недовольную рожицу.

— Как ты меня напугал...

— Сколько раз я просил тебя не болтать о моих делах с посторонними?!

— То посторонние. А это Бамся, ну ты помнишь, из агентства. — Аллочка поймала ладонь Рафаловича и провела по ней шелковистой щечкой. — Ленечка, а по телеку сегодня опять Австралию показывали. Слетаем, а? Мне это Средиземное уже во!

Рафалович резко вырвал руку.

— Сначала грибок вылечи. А то в промежность перекинется — и будет тебе КВД вместо Австралии.

Аллочка распустила губки и зарыдала. Хлопнув дверью, Рафалович вышел в кабинет.

Зачем, спрашивается, обидел девочку? Что она ему сделала? Старается, скрашивает будни, украшает праздники, ножки до подбородка, даром что грибок между пальцами, глаза как блюдца, от попсы тащится... Все как надо, и лучшего ему уже не видать. С Лилькой не склеилось, с Таней склеиться и не могло... Просто день такой. Увидел, как Таня с Павлом смотрят друг на друга, ну и всколыхнулось... И ведь сам же, можно сказать, их друг другу в объятия толкнул, потом... Да что потом, что толку вспоминать... Но воспоминания воле не подчинялись, так и лезли, наплывая одно на другое...

Очень уж интересен оказался контакт с мсье Жоресом, вот и засиделись в «Экономическом совете» за кофе, увлеклись, калькуляторы подоставали. Когда спохватился, зарулил за Лилькой в казино, но ее там уже не было. Конец света, не иначе! Захотелось воспользоваться передышкой, окунуться наконец в ласковое море, заехал в отель за плавками и полотенцем, поднялся в номер...

Потому, наверное, так и наехал сегодня на Аллочку, что больно живо напомнила сегодняшняя сцена ту давнишнюю. Тоже вошел неслышно и тоже влетел в середину монолога о себе самом:

— ...все равно эта вибрация вибрирует себе совершенно даром и даже портит экологическую среду. И кому с того было б хуже, спрашивается? Матросики кушали бы витамины и защищали себе родину, как молодые львы, и начальство бы имело свой интерес. А так пошли доносы, скандалы, вмешалась военная прокуратура. Этому мелкому гению Финкельштейну предложили убраться в свой Житомир, дядю ушли на заслуженный отдых, а Ленечку заставили написать рапорт и отправили на дембель без выходного пособия. Теперь-то я понимаю, что за это надо Бога благодарить, но тогда было очень обидно...

Леня кашлянул за дверью, шаркнул ногой. Лилин голос на секунду смолк, но тут же зазвучал снова:

— А вот, кстати, и он сам. Помнишь его?

— Смутно...

Есть такие голоса, которые прошибают с первого слова. Или просто настроение такое было тогда. Ведь впервые тогда, крепко встав на ноги, выбрались в толковый зарубеж — не в Турцию какую-нибудь за очередной партией шмотья, не в Болгарию пузо греть, а прямехонько на Лазурный берег, Ривьеру, блин, французскую! Лилька уж два года, как только на Руси новая жизнь поперла, плешь грызла — съездим да съездим, вон все катаются. И самому, признаться, хотелось, да все недосуг было, приращение капитала — штука тонкая, постоянного пригляда требует. Зато уж как выехали — любо-дорого, по самому наивысшему разряду. «Эр-Франс», бизнес-классом, персональный вертолет из аэропорта Ниццы, двухкомнатный номер, да не где-нибудь, а в самом «Отель де Пари»!

Не успели распаковаться, а Лилька, переодевшись в самое сногсшибательное одеяние из черного газа и люрекса, в котором, откровенно говоря, походила на шарообразную грозовую тучу, утыканную микроскопическими молниями, потащила его по всяким бутикам и лавочкам, которых в Монако водится великое множество. Все перетрогала, перещупала, на непонятном языке торговалась с небритым итальянцем из-за какой-то статуэтки, которую так и не купила, — оба махали руками, как два психа, прохожие, глядя на них, улыбались, а Рафаловичу было не очень весело. Попили кофейку у княжеского дворца, по Порт-Неф потихонечку спустились в Кондамин, прогулялись по приморскому променаду и неожиданно оказались в Монте-Карло. При виде знаменитого на весь мир казино Лилька аж завизжала и пребольно впилась когтями Рафаловичу в локоть. Пришлось зайти.

Уж много лет прошло с того злосчастного дня, когда купленный Шеровым кэгэбэшник подловил его за азартной игрой и вынудил сдать Павла Чернова, друга, да что там друга — кумира всей молодости. А потом шеровские подручные выследили Павла и... Конечно, тот сам виноват. Раз уж попал в такие деловые лапы, так сиди и не рыпайся. И, строго говоря, игра тут ни при чем, они бы другие способы моментально изыскали... В общем, после недолгого поединка рассудок, как всегда, победил совесть. Но к картам с тех пор Леонид Ефимович ничего, кроме отвращения, не испытывал. В преферанс и то не садился. Отвращение распространялось на рулетку, тотализатор, игровые автоматы, и даже когда ребята закупили для нового офиса бильярд, он наложил категорическое вето.

Но жена — это вам не подчиненные. Пришлось сидеть с ней рядом, объяснять правила французской рулетки, опуская непонятные самому «сесэны» и «трансверсали», с грехом пополам переводить выкрики крупье. В первый вечер она совсем его от себя не отпускала. Выволок ее оттуда уже заполночь, обедневшую аж на двести пятьдесят франков. На другой день, позабыв и про пляжи, и — о чудо! — про магазины, сразу после завтрака потащила мужа на автобус, бесплатно доставляющий гостей отеля аккурат до казино. Часа через два беспросветной тоски соизволила-таки супружница милостиво отпустить его в «Консель Икономик» на Луи-Нотари, куда было у него рекомендательное письмо от московского представителя «Томсона» и где, кстати, его ждали — имелась такая предварительная договоренность. А там задержался — и вот.

— И вот тебе, Танечка, мой супружник во всей красе. Теперь узнаешь?

— Без твоих уведомлений никогда не узнала бы... Ты изменился, Леня.

Узкая холеная ладошка, которую протянула, не вставая. Спокойная, ленивая улыбка на алых губах, недлинная рыжая стрижка, золотистые глаза. Сестра Ника. Спокойнее, Рафалович!

— Как же, как же! — Этак покровительственно. Неплохо получилось, хотя сам он почувствовал, как на затылке взмокли остатки волос. — Годы, знаешь ли. А ты ничуть. Все такая же. Каким ветром сюда занесло?

— Да вот, шла мимо, забежала в казино пописать и прямо возле сортира на Лилечку напоролась.

Если есть такие люди, которые запросто забегают в казино Монте-Карло пописать и тамошние феерические рест-румы сортиром называют...

— Нет, я в смысле — каким ветром в эти края?

— А-а. Принц Ренье на открытие регаты пригласил.

Леонид Ефимович чуть не присвистнул от восхищения. Вот это класс! Заведомый звездеж, а как сказано — спокойно, с улыбочкой ленивой, ни тени наигранности, будь то восторг или пресыщенность. Кто угодно за чистую монету примет. Но так же не бывает. Он же с братом ее за одной партой сидел, саму вон в пионерском галстуке помнит, а тут — принц! Эх, на фирму бы такого зама, переговоры вести. Штуки баксов не пожалел бы...

— Ты, что ли, правда с принцем хорошо знакома? — как-то настороженно спросила Лилька.

Таня покачала головой.

— Совсем не знакома. Просто в регате участвуют две яхты, принадлежащие моему мужу, вот я за него и представительствую. Он занят сейчас.

— А твой муж — он кто? — осторожно спросил Рафалович.

— Бизнесмен, — коротко ответила Таня.

— А какой у него бизнес? — настаивал Леонид.

— Ты что пристал к человеку? — взбеленилась Лилька. — Только и знает, что бизнес да бизнес, заколебал, честное слово. Иди вон лучше изобрази нам с Таней чего-нибудь похолоднее. Виску пьешь?

— Виску? — Таня улыбнулась. — Разве что с тобой за компанию. Пару капель в стаканчик со льдом.

— Слушай, а как бы хоть одним глазком на эту самую регату поглядеть, на принца?

— Да сколько угодно. Входной билет двести франков. А если дорого, то в отеле всегда по таким случаям телескопы на галерею возле солярия вытаскивают. Плати двадцать франков и любуйся хоть все пять минут. Принца, правда, отсюда не разглядишь.

— Рафалович, мы идем на регату! — безапелляционно заявила Лилька.

— Ну уж нет, вы как хотите, а я дальше не пойду! — столь же безапелляционно заявила она, выпивая третий по счету стакан легкого розового вина. — Я вам горная козлиха? Вы себе своих улиток кушаете, фигаду всякую...

— Эстофикаду, — тихо поправила Таня, но Лилька, не слушая, продолжала:

— А мне кусок в горло не лезет, ноги натерла, шорты вон лопнули. Я сюда отдыхать приехала или где? Да видала я вашу Долину чудес в белых тапочках!

— Лиленька, но ведь один переход остался. Осилим как-нибудь, — попытался ободрить жену Рафалович.

— А обратно? — со всей возможной язвительностью спросила она. — Обратно ты нам дирижабль закажешь?

— Вообще-то на этом постоялом дворе можно нанять мулов до Пеона, — задумчиво сказала Таня.

— Мулы! — фыркнула Лиля. — Постоялый двор, пеоны какие-то! Средневековье. Мы ехали отдыхать в цивилизованное место...

Таня пожала плечами.

— Я так или иначе пойду в Долину. Второй такой случай у меня будет не скоро. А вы как хотите.

— Я с тобой, — решительно сказал Рафалович. — Мы ведь к ночи вернемся?

Таня молча кивнула.

— Вот видишь, — обратился он к Лиле. — Ты передохни пока, полежи, простокваши попей, а утречком обратно двинем.

Видимо, Лиля и впрямь изнемогла, расслабла от вина, выпитого натощак. Привычная вздорность и настороженная ревность улетучились куда-то. Она с несказанным облегчением согласилась на это коварное предложение. Таня и Леонид помогли ей встать и, поддерживая под руки, отвели в комнатку, снятую ими вчера.

Горная тропа вилась по сказочным местам. Рощи каменного дуба и диких фисташковых деревьев чередовались с пустошами, благоухающими тимьяном. Миновав суровое озерцо в каменистых берегах, тропа нырнула в ущелье, словно высеченное рукой неведомого мастера в бордовом камне. Таня шла быстро, уверенно, поджидая запыхавшегося Рафаловича, по его просьбе делая привалы, благо комфортных и живописных мест было предостаточно. Отдышавшись, Леня не спешил двигаться дальше, лежал, насыщая зрение волшебными видами, не последней деталью которых была его прекрасная спутница... Только сейчас он сообразил, что на ней такой же внешне неброский, но жутко дорогой туристический комплект от «Виверры» — светло-серая курточка с коротким рукавом и широкие шорты, — какой напялила

Лилька, собираясь в этот маршрут (еще в Питере выложила за него девять лимонов не ею заработанных денег). На Лильке костюмчик смотрелся, как чепрак на корове, будто специально подчеркивал короткие, толстые ноги, выпирающий живот и бочковатые ребра. А Таня... Рафалович зажмурился, пытаясь подобрать правильное сравнение... Как современная царица амазонок, непобедимая и гордая, готовая схватиться хоть со всем миром — и победить. И легкий альпеншток, мирно лежащий сейчас на мягкой траве, в любую секунду обернется смертоносным мечом... или автоматической винтовкой, изрыгающей светлое, беспощадное пламя. «Обладая валькирией, ты не сумел удержать ее, а я...» — неожиданно для самого себя прошептал он и поспешил проглотить конец фразы, вовремя поняв, кому она адресована.

Таня, будто услышав его слова, хотя такого не могло быть, обожгла его взглядом, легко поднялась, накинула на плечи рюкзачок.

— Пойдем, Фаллос, надо засветло обернуться.

Он вскочил, словно ошпаренный. Черт, откуда... да это ж его школьная кликуха! В ее устах она прозвучала не обидно, а как-то многозначительно, с легким, хотелось бы надеяться, оттенком обещания.

Вскоре спустились в ложбинку, с трех сторон окруженную отвесными скалами.

— Пришли, — сказала Таня.

Рафалович огляделся с некоторым недоумением.

— Где ж тут чудеса?

— Иди сюда, — позвала она и исчезла за скальным выступом.

Леня с трудом протиснулся в узкий лаз.

— Осторожно, — донесся из темноты Танин голос. — Садись и съезжай на пятой точке.

— Далеко?

— Не промахнешься.

Не промахнулся — метров через пятнадцать вдруг ощутил под собой пустоту, но тут же шлепнулся на что-то мягкое. От неожиданности затряс головой, придя же в себя, подал голос:

— Эй!

Впереди мигнул фонарик, и Рафалович пошел на свет. Но через десяток шагов он внезапно оказался в полной темноте.

— Ты где? — крикнул он, чувствуя, как от стыда заполыхали уши: столько страха было в его крике.

— Нащупай правую стенку и иди на голос. Здесь поворот будет.

Так он и поступил — и через две минуты замер в полном обалдении на краю сталактитовой пещеры, нескончаемо уходящей вперед и вверх. Свет Таниного фонарика искрил и переливался в прозрачных гранях колонн.

— Ух ты! — Других слов он подобрать не мог, да и не пытался.

— Смотри сюда.

Фонарик заскользил по ноздреватым, неровным стенам, выхватывая стилизованные наскальные изображения — людей, не всегда узнаваемых животных, геометрические фигуры, узоры.

— Что это? — прошептал Рафалович.

Таня молча шла дальше, светя вдоль стен.

— Вот, — сказала она, остановившись. — Моя приватная часовня.

Он не заметил, откуда в ее руках взялась темная тонкая свеча. Таня выключила фонарик и чиркнула зажигалкой. Неровное пламя свечи оживило участок мертвой стены и выведенную на ней фигуру — человечка с непомерно большой головой, украшенной рогами. Таня застыла, зашептала что-то. Рафаловичу стало холодно, горло сдавил безотчетный ужас.

— Ты... ты поклоняешься дьяволу? — прохрипел он.

— А? — переспросила Таня, и ледяной ужас моментально отпустил его. — Какому дьяволу? Этот рисунок появился в бронзовом веке, когда никакого дьявола не существовало, не было даже развеселого греческого бога Пана, по образу и подобию которого мрачные христиане, ненавидящие жизнь, создали дьявола, чтобы пугать им друг друга. А это... таким древние представляли себе Отца всего сущего — людей и зверей, камней, травы и моря...

Голос Тани под сводами гудел низко, чуть насмешливо, обволакивал. Ленечка не отрываясь смотрел на ее обтянутую грудь, не в силах отвести взгляд. Усилием воли он все же перевел его, но уткнулся в проглядывающий под короткой маечкой гладкий, чуть выпуклый в мягкой окружности живота пупок.

— Ом-м, — тяжело выдохнул Рафалович.

— Он самый, Фаллос, — рассмеялась Таня.

Не поняв, о чем это она, он поднял голову и совсем потерялся. Таня улыбалась, а глаза светились, как эти сосульки грота, изнутри, холодно и жестко. Лицо, как серебряная маска. Жутко и томно стало Рафаловичу. Дотронуться бы только... «А чё только дотронуться?!» — взыграло ретивое.

— Я хочу тебя, — неожиданно для самого себя выпалил Рафалович.

Он приблизился к ней, обнял сзади за плечи. Таня вывернулась, ушла из-под руки.

— Погоди, — сказала она.

Пещеру залил молочный, ровный свет, падающий сверху. Рафалович заморгал.

— Плюс электрификация всей страны. Минус, естественно, советская власть, — пояснила Таня. — Мы с тобой, Фаллос, забрались в знаменитый Сталактитовый грот. Ну что, двинули в центр экспозиции?

Он не шелохнулся.

— Ах да, ты, кажется, что-то говорил.

— Я... — он запнулся.

Отточенные за два десятилетия навыки бабсклея улетучились напрочь. Но горящие глаза были красноречивее любых слов и жестов.

— Ты действительно этого хочешь? — негромко и серьезно спросила она.

— Да. Да!

— Ты хорошо подумал?

Он кивнул. Она повторила его жест, показывая, что поняла, повернулась и пошла в глубь пещеры.

— Куда ты?

— А ты хочешь прямо здесь, «в греческом зале»? Не поймут.

В дальнем конце послышались оживленные голоса, топот туристских ботинок.

— Здесь километрах в трех есть кемпинг. Думаю, комнатку получим без проблем.

Группа экскурсантов подошла совсем близко. Возглавляющий ее лысый француз в зеленой ливрее с серебряными пуговицами начал что-то выговаривать Тане, экспансивно размахивая руками. Она пожала плечами, достала из нагрудного кармана кошелек, отсчитала несколько купюр. Француз принял их, хмыкнул, отошел.

— Что это он? — спросил Рафалович.

— Вошли с черного хода, электричество без спросу включили... Пришлось платить штраф за самоуправство.

Они вышли наружу, в узкую долину, поджатую каменными террасами. По карнизам сновали туристы, щелкали фотоаппаратами, запечатлевая друг друга, причудливые скульптуры, созданные ветрами и эрозией, наскальные изображения. Горловина долины перекрывалась невысоким турникетом, возле которой примостилась будка.

Таня усадила спутника в тенечке на белую пластмассовую скамейку, поговорила о чем-то с высунувшимся из будки усатым билетером.

— Через десять минут будет электрокар до кемпинга, — сказала она, вернувшись.

— Буйабесс здесь не может быть приличным по определению, ниццкий салат — тем более, — говорила Таня, отобрав меню у Рафаловича. — Можно рискнуть на седло барашка в чесночном соусе и зелень. Вино?

— Вот это, я думаю. — Леня с видом истинного гурмэ ткнул пальцем в красивое изображение длинной бутылки со знакомой этикеткой «шато-лафит». Таня фыркнула.

— Не выябывайся.

Он обиженно вскинул брови.

— Лафит забьет вкус барашка, мясо забьет вкус вина. — Она что-то коротко сказала небритому гарсону в длинном вязаном жилете, и тот, почтительно наклонив голову, отошел. — Будем пить местное молодое винишко. Типа божоле, только лучше... Кстати, ты ручки помыть не забыл? В горах, конечно, и грязь чистая, но за полную стерильность не поручусь.

Барашек таял во рту, а терпкое молодое вино, немного похожее на грузинское маджари, ударило в голову. На глаза наплыла розовая дымка, мир стал ленив, заторможен и чрезвычайно приятен, а Таня сделалась нестерпимо желанной. Рафалович не сразу сообразил, что теребит ее за локоть и в десятый раз повторяет:

— Ну пойдем же, пойдем...

Она царственно улыбалась.

...Когда он открыл глаза, за окнами было черно. Неярко светил красноватый ночник. Она сидела в кресле, закутанная в простыню, и курила, глядя в пространство. Он перевернулся на живот.

— Который час?

— Проснулся? — Она обернулась, окинула его непонятным в темноте взглядом, и ему на мгновение показалось, что глаза ее светятся. — Не жалеешь?

— Ну что ты? Только вот Лилька...

Он осекся, боясь обидеть ее. Она хмыкнула.

— Соврем чего-нибудь. Обвал, цунами, нелетная погода... Да ты не дергайся, все равно до утра идти нам некуда. Проголодался?

— Нет, но... — Он облизал пересохшие губы. — Вина бы выпил.

— Не проблема. Я из харчевни бутылочку прихватила.

Выпили по стакану, и руки сами собой потянулись сдернуть с нее простынку...

Он опять лежал на животе, мокрый, блаженно томный, а Таня, оседлав его, крепкими пальцами массировала ему спину. Рафалович похрюкивал от удовольствия.

— Хорошо?

— Да-а.

— Ну, извини, — неожиданно произнесла она. Пальцы резко надавили на точки у основания шеи, и он провалился в черную яму...

Очнулся он в незнакомой комнате — большой, чистой, с полукруглым окном во всю стену — на широкой белой кровати. Немилосердно болела голова, ныла спина, в глазах, как у Бориса Годунова, плыли кровавые мальчики. Он приподнялся на локте и застонал.

Дверь отворилась, и вошла Таня в строгом и прямом белом платье, отдаленно напоминающем докторский халат.

— Очухался? — не слишком нежно спросила она. — Вот и славно.

— Где я? — пробормотал он.

— У хороших людей.

— А точнее?

— Вилла Розальба, окрестности небезызвестного городка Сан-Ремо.

— Погоди, погоди… — Он сморщился, от попыток сосредоточиться вспыхивала с новой силой головная боль. — Сан-Ремо. Как же Сан-Ремо? Это что же, Италия?

— Выходит так.

Он резко сел, обхватил голову руками и принялся раскачиваться из стороны в сторону, приговаривая:

— Италия… Без визы, без паспорта, без денег… Лилька… Ты! Ведьма! Это же похищение! Я пойду в полицию…

— Прекрати истерику! — жестко приказала Таня. — Никто тебя здесь силой не держит. Хочешь в полицию — пожалуйста. Только тебя там и слушать не станут, а без разговоров запакуют в кутузку. Кто ты для них — безымянный бродяга, нелегально пересекший границу и вторгшийся в чужие владения, беспаспортный и, извини, беспорточный — на яхте ты так заблевал свои брюки, что пришлось их выбросить за борт.

— На яхте? На какой еще яхте?

— Моторной. Типа «картуш». Фирмы «Эшби и Гомер». Порт приписки — Рапалло. Владелец — синьор Джанкарло Леоне. Что еще тебя интересует?

— Кто тебя нанял, сука? Бернштейн, чеченцы или… или местная мафия?

— Не понимаю, о чем ты говоришь.

Рафалович устало опустил голову.

— Сколько? — чуть слышно прошептал он.

— Что «сколько»?

— Ну, выкуп. Сколько вы хотите?

Она презрительно хмыкнула.

— Ты ж так хотел меня, Фаллос. Хотел и своего добился. А за удовольствие надо платить. Только денег твоих мне не нужно.

— А что, что тебе нужно?

— Ты влип, Фаллос, влип крепко, и вытащить тебя из этой истории могу только я. А это значит, что ты должен делать то, что я скажу, причем беспрекословно. Тогда завтра же будешь в «Отель де Пари» обнимать жену свою за широку талию, и в кармане у тебя будет лежать несколько лишних монет. А если выкинешь какой-нибудь номер — вон в том пышном саду и закопаем. — По ее глазам он понял, что она не шутит. — Понял?

— Понял…

Он опустил глаза.

— Ну и умница. Тед!

Вошел жилистый мужчина среднего роста и неопределенного возраста с неприметным, словно чуть затертым ластиком лицом. Таня что-то отрывисто сказала ему по-английски — Рафалович разобрал только «half an hour» — и вышла из комнаты.

Мужчина вплотную подошел к Рафаловичу, ткнул ему в лицо стакан с мутной жидкостью и пролаял:

— Drink!

Полчаса спустя выбритый, присыпанный тальком и одетый в дорогой светло-серый костюм Рафалович сидел на неудобном высоком стуле в строгой и темной гостиной, обшитой темным деревом. Расположившаяся напротив него Таня что-то щебетала невысокому костлявому старику с хищным носом и густыми сросшимися бровями. Старик глядел на Рафаловича и зловеще хмурился, а потом разулыбался, и улыбка эта была намного противней и страшней прежней хмурой гримасы. Подошел к Рафаловичу, похлопал тощей лапкой по плечу, вышел.

— Что он сказал? — дрожащим голосом спросил Рафалович.

— Ждет тебя в саду, возле фонтана, на правой скамейке. Только очки придется надеть, а то глаза у тебя не те.

— Очки так очки.

Рафалович покорно нацепил на нос очки с круглыми стеклами и встал, подслеповато щурясь.

— Пройдись-ка, — распорядилась Таня.

Он сделал несколько неуверенных шагов, налетел на отодвинутый стул и остановился, потирая ушибленную коленку.

— Сними пока, — разрешила Таня. — Наденешь возле скамейки. Все запомнил? Повтори.

— Подхожу, осматриваюсь, сажусь, пожимаю руку, беру сверток, ухожу. Только зачем весь этот маскарад?

— Не твое дело. Поехали. И не забудь, никакой самодеятельности, иначе пеняй на себя.

После этого непонятного рандеву в роскошном приморском парке Рафаловича привезли назад, заставили принять душ, прыснули в рот какой-то мятной дряни, выдали другие очки, с простыми стеклами, переодели в вечерний костюм и опять повезли куда-то, на сей раз в закрытом черном «порше». К автомобилю вел его Тед, тоже нацепивший черный смокинг и очки, только темные, жестом показал, чтобы садился назад, к незнакомой черноволосой женщине в темно-синем деловом костюме, сам забрался рядом и захлопнул дверь. Водитель завел мотор.

— Лисен, — обратился Рафалович к Теду. — Веар ви гоинг?

— Куда надо, туда и «гоинг», — неожиданно сказала брюнетка, в которой Рафалович с удивлением и досадой узнал Таню. — Сейчас будет самое главное. Театр одного зрителя. Запомни, ты — очень важная персона. Неси себя гордо, с пафосом. Как войдем в залу, легонько кивнешь головой, — не вздумай никому руку протягивать, тем паче кланяться! — сразу иди во главу стола, садись в кресло. Сиди и молчи, надув щеки. Я подскажу, когда головой кивать, когда улыбнуться, когда говорить...

— Что говорить-то? — тоскливо спросил Рафалович.

— Что я велю. Кстати, я — твой переводчик, звать меня мисс Софи. Имей в виду, я буду рядом и глаз с тебя не спущу. А с другого боку будет Тед.

Услышав свое имя, Тед улыбнулся и красноречиво похлопал себя по боку, где, как знал Рафалович, под пиджаком таилась кобура с автоматическим пистолетом.

Он закрыл глаза. Почти не оставалось сомнений, что когда закончится это необъяснимое, нелепое и зловещее действо, закончится и его жизнь. Обидно, глупо... Но если не послушается этой твари, что упирается ему в бок острым локтем, сорвет намеченный спектакль, жизнь закончится намного раньше. И без всяких «почти».

Не испытывая уже никаких чувств, он отметил, как свернули с автострады и проехали немного по темной аллее, остановились перед ажурными чугунными воротами, которые мгновенно отворились, как почтительно взял под козырек лакей-привратник, как плавно и бесшумно катили колеса по ровнейшей подъездной дорожке, обрамленной сплошной стеной цветущего жасмина, как переливался разноцветными огнями тонко подсвеченный фонтан-колокол, низвергающийся в круглую беломраморную чашу бассейна. «Порше» остановился у широкой лестницы позади фонтана. Тед проворно выскочил из машины и застыл в поясном поклоне у раскрытой дверцы.

— Вылезай! — зашипела Таня. — И лицо сделай значительное.

Она выпорхнула следом за ним и со сладкой, чуть застывшей улыбкой взяла его под локоток. На лестнице улыбались и кивали какие-то прилизанные господа.

— Руку поднял, опустил, кивнул, улыбку убрал, в темпе, в темпе, — шепотом командовала Таня, увлекая его вверх по лестнице. — В холле не задерживаться, сразу взял налево, вон в ту дверь с матовыми стеклами.

Три человека, сидевшие за длинным столом, поспешно встали и приветствовали их наклоном головы. Одного из них он узнал — тот самый бровастый старик с хищным носом. Двух других он видел впервые. Таня ослепительно улыбнулась, незаметно ткнула Рафаловича в бок и прошептала:

— Повторяй за мной: «Гуд ивнинг, джентльмен...»

— ...Гуд ивнинг, джентльмен!

— И быстрым шагом в дальний конец, в кресло.

— И быстрым шагом...

— Заткнись, идиот!..

Она повернулась к остальным и защебетала на ходу. Рафалович разобрал слова «синьор Финнелихт» и что-то вроде «инкогнито».

Все расселись вокруг стола. Внушительного вида толстяк с висячими усами обернулся к бровастому старику, что-то тихо спросил. Тот кивнул, толстяк откашлялся и, глядя на Рафаловича, заговорил густым хриплым басом. Таня деловито раскрыла блокнот и принялась там царапать. Рафалович заглянул в блокнот и увидел на чистой странице весьма приблизительное изображение черепа и костей. Толстяк продолжал говорить, помогая себе руками.

— Что это он? — не выдержав, спросил Рафалович.

Таня подняла голову и заговорила негромко, но энергично:

— Синьор Скалли мой дядя самых честных правил. Когда не в шутку. Занемог он уважать, синьор Скалли, себя заставил и лучше. Выдумать не мог его пример...

— Что за бред!

— Ничего не бред. Важно наклони голову, покажи, что понимаешь. Ну?!

Рафалович медленно, с достоинством кивнул.

— Не на меня смотри, на него, на толстяка. И отвечай мне.

— Что отвечать-то?

— То же самое. Его пример — другим наука, но...

— Боже мой, какая скука...

— Весомей, не части, не блей. И паузы делай посреди строки.

Она чувствительно придавила ему носок ботинка острым каблуком. Он вздрогнул и громко, недовольно произнес:

— С больным сидеть и день, и ночь... Э-э, не отходя, так сказать...

— Умница! Еще чего-нибудь, но обязательно вставь «синьор Скалли».

— Мы, э-э, достигнем взаимопонимания, безусловно, синьор Скалли. А не хрена ли? Чем меньше женщину мы любим.... Мсье, жё не манж па сис жур!

Брови толстяка изумленно поползли вверх. Тощий старик нахмурился. Третий, молодой и смазливый, хранил невозмутимую рожу. Таня метнула на Рафаловича испепеляющий взгляд, но тут же звонко рассмеялась и вновь залопотала что-то на непонятном языке. Трое иностранцев переглянулись и, не сговариваясь, расхохотались. Хохотали долго, шлепали ладонями по столу, по спинам друг друга. Молодой залез под стол, извлек черный дипломат с никелированными застежками, придвинул толстяку, тот кивнул и двинул дипломат обратно. Молодой взялся за ручку, встал, подошел к Рафаловичу и с поклоном положил портфель перед ним.

— Открой, — тихо сказала Таня.

Он послушно щелкнул замочками и откинул крышку. Доллары. Тугие пачки сотенных в банковских упаковках.

— Пересчитай, — сказала она. — Должно быть ровно двадцать пять пачек. Четверть миллиона.

— Да уж знаю, не учи ученого! — неожиданно для самого себя огрызнулся он. Вид больших денег придал сил, даже глаза заблестели.

Таня пожала плечами и снова обратилась к присутствующим в зале. Те закивали головами, молодой отошел к дверям, что-то сказал, и тут же вошла длинноногая кудрявая девица в красном мини-платье с серебряным подносом в руках. На подносе стояли пять высоких бокалов с шампанским. Девица принялась обходить стол.

— Сложи деньги, закрой портфель, — сказала Таня Рафаловичу. — Потом возьми бокал, скажи что-нибудь торжественное. Обязательно вставь «синьор Скалли», «синьор Доменгини» и «Оберску лимитед». Запомнил? Тогда вперед.

Рафалович откашлялся.

— Я... это самое... Союз нерушимый, товарищи, республик свободных, синьор Скалли, навеки сплотила, синьор Доменгини, великая Русь и Оберску лимитед! Ура, господа!

— Си, си, Оберску лимитед! — радостно подхватил толстяк.

— Теперь отхлебни два-три глотка, поставь бокал, возьми портфель и на выход! — скомандовала Таня. — И никаких улыбок, никаких рукопожатий, понял!

Она что-то сказала иностранцам, подхватила Рафаловича и повлекла его к дверям. На выходе он обернулся. И увидел, что старик, хищно ощерившись, явственно ему подмигнул.

До машины добрались без приключений. Тед почтительно распахнул дверцу, принял из его рук дипломат с деньгами, передал Тане, которая на этот раз села рядом с шофером.

— Получилось, — не оборачиваясь, сказала она. — Спасибо, Фаллос.

— Я... я тебя ненавижу! — неожиданно выкрикнул он.

— Это твое право...

Дальнейший путь проделали в молчании. Под конвоем Теда Рафалович поднялся в отведенную ему комнату и сразу рухнул на кровать. В дверях щелкнул замок. Минут через десять щелкнул снова... Невидимая рука поставила на пол прикрытый салфеткой поднос, и дверь вновь закрылась. «Не подойду», — решил Леонид — и тут же спрыгнул с кровати, подошел, сдернул салфетку. Три розовых бархатистых персика, длинный сэндвич — половина французского батона, масло, черная белужья икра. Бутылка. «Шато-лафит», — прочел он на этикетке. Небольшая серебряная салатница, прикрытая крышечкой. Рафалович хмыкнул, приподнял крышку. На дне салатницы лежала, скорее всего, одна из тех пачек, которыми был набит черный дипломат.

— Тьфу на вас! — пробормотал Рафалович. — В доме врага...

Но жрать хочется. И перед кем держать принципы, в пустой-то комнате? Пачка перекочевала во внутренний карман, в одной руке оказался батон, в другой — стакан с лафитом. Надо же, суки, как его вкусы угадали! За стеной заиграл Моцарт...

— Ты спал? Извини...

— Какое там спал!

— Если хочешь, спускайся вниз. Выпьем. Я одна.

Собственно, одну бутылку он уже уговорил. Почему бы не вторую? Тем более что даже не знаешь, придется ли еще когда-нибудь...

— Вот и все. В четыре заедет Тед, отвезет тебя на летное поле. Утречком будешь в своем Монако. А через месяц-другой забудешь наше маленькое приключение, как дурной сон.

Таня лениво потянулась к фигурной бутылочке «Луи-Трез», стоящей между ними на низком столике, плеснула себе на донышко бокала.

— Дурной сон, — повторил Рафалович. — А что я Лильке скажу?

— Объясни, что неожиданно подвернулся быстрый и выгодный гешефт. Тем более что для тебя так оно и было. Как бы ты ни был крут у себя там, в Союзе...

— В России, — автоматически поправил он.

— Ну да, в России, конечно. Двадцать тысяч гринов за день работы...

— Десять, — снова перебил он.

— Извини. Вон там, на каминной полке. Потом возьмешь.

Рафалович посмотрел на Таню и с горечью спросил:

— Так зачем надо было ломать всю эту комедию? Чувства изображать, в горы меня тащить, дурью накачивать... — Он скривился, будто лимон проглотил. — Я бы и в зрячую тебе подыграл, за такие-то гонорары.

— Подыграл бы, говоришь? А в какой, по-твоему, игре?

— Ну, я не знаю... Афера. Масштабная грамотная афера. Вы со старичком красиво кинули этого жирного лоха...

— Скалли-то? Это так, побочный сюжет.

— Ни фига ж себе побочный! На четверть лимона... — Рафалович рывком встал, заходил по просторной комнате, без надобности трогая разные предметы. — Это же огромная сумма! Думаешь, он смирится с такой потерей, не будет искать вас?..

— Нас?

— Ну, тебя, старика этого, меня...

— Сядь и успокойся. Этот идиот никого уже искать не будет.

— Уже? — выдохнул Рафалович. — Так его что, того?..

— Эк ты, болезный, разволновался-то, а еще говоришь — в зрячую подыграл бы.

— Ну я ж не знал, что мокрое...

— А что ты вообще знаешь? — Таня смотрела на него с откровенной издевкой. — Ладно, не бзди, Маруся, дело чистое, концов не найдут. А на тебя и подавно не выйдут, если, конечно, язык распускать не станешь.

— Я? Язык распускать?

— Вижу, понял. Ну и ладненько. — Она сладко потянулась. — Ты посиди еще, а мне пора на боковую. Простишь, если провожать не выйду?

— Но для чего... для чего?! — не слушая ее, воскликнул Рафалович. — И почему я?

Таня небрежно махнула рукой.

— Так уж вышло. Просто ты, золотой мой, до головокружения похож на одного человечка. Большого человечка из маленькой, но зело богатой страны. Впрочем, большим ему теперь уж не бывать.

— Подставили?

— Как кролика Роджера. Тебя же, дружочек, скрытой камерой снимали, и утром, в парке, и на вилле у папы Карло. Отсюда и очки, и маскарад мой вечерний. Так что не парься понапрасну. А Лилечке твоей, чтобы любознательность погасить, ты, пожалуй, лучше скажи, что два дня и три ночи со мной кувыркался, а потом опомнился и к законной прибежал. Купи что-нибудь хорошее. Бабы, они такие покаяния любят...

Но объяснять Лиле ничего не пришлось. Портье в «Отель де Пари» с сочувственным видом передал ему его краснокожую паспортину, чемодан и гневную прощальную записку с множеством орфографических ошибок.

Жена так и не простила ему ни измены с ее лучшей школьной подругой, ни того идиотского положения, в которое он невольно поставил ее саму. После шумного и скандального развода она с мальчишками укатила к маме в Хайфу, куда он ежемесячно переправлял по тысяче долларов содержания...

— Эй, иди сюда! — крикнул Рафалович в раскрытую дверь, а когда, по-прежнему надувшись, вошла Аллочка, прихлопнул ее по попке и ворчливо спросил: — Ну, и что стоит твоя Австралия?

Аллочка завизжала и бросилась ему на шею.

— А?! Что?!

Таня встрепенулась, резко оторвала голову от подушки, села.

— Ты кричала, — хрипловатым со сна голосом сказал Павел.

— Сон...

— Опять во дворце летала?

— Если бы... — Она успокоилась, только дышала часто. — Такое привиделось... Жуткое, непонятное. Двойное какое-то.

— Двойное?

— Ну, будто я там — и не я в то же время. Словно на себя со стороны смотрю, как в кино. Только это не кино, и я в нем — совсем не я. Стройная, подтянутая, кудри рыжие по плечам...

— Рыжие? — Павел непроизвольно вздрогнул.

— И очень красивая, только красота такая... снежная, нечеловеческая даже. Недобрая красота... И будто ведет меня — и не меня — кто-то по коридору, длинному-предлинному, и пол в коридоре том каменный, холодный, а я босая. На глазах повязка, но я все вижу, только не сама, а та я, которая со стороны... Ну вот, совсем запуталась...

— Нет-нет, я все понимаю.

— И вот отворяют передо мной комнату, большую вроде, но пустую, только посередине кресло высокое, а к нему провода тянутся. И тут я понимаю, что меня — то есть ту, которая во сне, — сейчас в этом кресле казнить будут. Сердце так в пятки и ухнуло... Будто падаю. И проснулась.

— Да уж... Это знаешь как называется?

— Как?

— Перевозбуждение, вот как. Которую ночь уже не спала толком, землю родную через столько лет увидела, новые впечатления, новые знакомства... и старые тоже. Сегодня вон до половины пятого по городу гуляли. Вот дурь всякая и мерещится. Постарайся заснуть, а? Таблетку дать? — Он бережно дотронулся до ее черных волос, откинул со лба упавшую прядь.

— Да ну ее! И так глаза в кучку... — Таня сладко зевнула. — Привидится же такое, честное слово...

Павел полежал немного, закинув руки за голову, потом осторожно, чтобы не потревожить жену, выбрался из постели, подошел к окну, закурил. Замер в той же позе, что и сутки назад, задумчиво глядя в окно.

Он знал, какая женщина явилась Тане. Сегодня днем слышал голос, а теперь этот странный, леденящий сердце сон... А ведь говорят, в последние мгновения жизни сознание, а может быть душа, испускает такой мощный энергетический импульс, что его способны уловить другие — одаренные особой чувствительностью или состоящие в особых отношениях с умирающим. Так что же, получается, что... Павел прикрыл глаза, стараясь вызвать образ первой своей Татьяны, но увидел только черную пустоту... Но если так, то это произошло тогда, вечером, когда он услышал ее голос. А что сейчас? Не весть ли, которую она посылает уже оттуда, из-за черты?.. Посылает через ту, с которой при жизни не была даже знакома, адресуя послание ему? Послание о чем? О том, как перешла туда?.. Дикость, невозможная, чудовищная дикость... В наше время, в цивилизованной стране — в нецивилизованных ведь нет электрического стула... Это что же такое должна совершить женщина, чтобы... Нет, невозможно. Не верю, Таня, Танечка, не верю!

— Это твое право, Большой Брат...

Павел вздрогнул, тряхнул головой, отгоняя наваждение. Бред, фантасмагория, чушь! Конечно же, все не так, так ведь не бывает...

Он обернулся, посмотрел на жену. Та безмятежно спала, совсем по-детски причмокивая губами. От накатившей волны нежности перехватило дух.

За окном, под бледно-голубым северным небом, расстилались серые воды Финского залива...

VI

Короткопалая мужская рука потянулась к рубильнику, опустила рычаг. Тело, мгновение назад содрогавшееся в сильнейших пароксизмах, замерло, руки, только что судорожно сжимавшие подлокотники, лежали расслабленно и, если бы не ремни, вовсе упали бы с кресла. Голова с черной повязкой на глазах запрокинулась назад, рот открыт...

Лорд Эндрю Морвен снял фуражку, седой парик, отклеил накладные усы, на цыпочках пересек зал и, полюбовавшись еще несколько секунд на раскинувшуюся в кресле жену, бережно снял повязку с ее глаз и провел бархатной салфеточкой по лоснящемуся от пота алебастровому лбу. Она глубоко вздохнула, пошевелила плечами и открыла глаза.

— Девочка моя... — с неподдельной нежностью прошептал Морвен и принялся расстегивать ремни и отсоединять электроды.

— Однако ж фантазии у вас, ваша светлость, — томно промурлыкала Таня. — Я уж думала, и в самом деле концы отдам от кайфов. В точечки в самые те попал, в какие надо, а уж когда вибратор выскочил...

— Старались, — скромно отозвался Морвен.

— А помещение-то с прошлого раза сильно изменилось. Я когда там проснулась, не сразу поняла, куда попала. На минуточку даже подумалось, что все опять всерьез.

— Опять?

— А тогда что, по-твоему, шутка была? Ни фига себе шуточка! Прямо в наручниках в самолет запихали, потом в фургон закрытый. И поди знай, что не в Осло доставили, а вовсе в Эдинбург. Цирики глухонемые, газеты только на норвежском, допросы под прожектором, липовый английский консул, адвокат-идиот... А уж те несколько суток, что в мешке провисела в полной темноте, никогда тебе не забуду!

— Инициация, что поделаешь. Мне в свое время тоже несладко пришлось.

— Инициация! С такой инициации и спятить недолго. Я ж весь месяц была уверена, что меня и в самом деле за Шерова прихватили, вены себе резать хотела...

— И еще полгода никак не могла поверить, что мы не имеем никакого отношения ни к Эм-Ай-5, ни к другим подобным учреждениям.

— Да уж, сами себе контора! Ладно, господин судебный исполнитель, снимай-ка ты эту дурацкую тужурку и харчи на стол мечи, а то я за всеми этими забавами проголодалась... Слушай, а здорово это у тебя получилось. «Премерзкий дьявол!» Какой артист в тебе погибает!

— Ты тоже неплохо включилась. Белое танго... Будь на моем месте настоящий судебный исполнитель, глядишь, ради такой узницы всю тюрьму по кирпичику разнес бы. Так что давай, навык не утрачивай, пригодится, коли что.

— Типун тебе на язык!

Уж сколько раз ей казалось, что не осталось таких кулинарных изысков, которыми мог бы удивить муж. А он не переставал удивлять. Вот и сегодня дымились на тарелочках усеченные конусы то ли пирожков, то ли хлебцев, источающие крепко забытый гречневый запах, а в бокалах плескалось черное вино с необычным синеватым отливом. Морвен деловито разрезал свой хлебец пополам, полил маслом из графинчика, присыпал солью. Таня последовала его примеру.

— Что это? — спросила она, не разобрав с первой вилки.

Морвен, похоже, огорчился ее незнанию.

— Это же greshniki, ваше традиционное блюдо. По-моему, с ними неплохо сочетается русское черничное вино. Мне его доставляют прямо из Пскова. — Прозвучало это, как «суп прямо из Парижа» в устах бессмертного Хлестакова.

— Погоди, повтори, пожалуйста, как называются эти штуки.

Он повторил — и не понял, чему она смеется. Тогда она объяснила ему, что это слово означает по-русски.

— Грешников, значит, кушаем? Ну-ну... Отчасти справедливо.

— Эта реплика случайна?

— Если не возражаешь, сначала закончим трапезу. Еда — слишком важное занятие, чтобы отвлекаться на серьезные дела...

Кофе подали в библиотеку. Морвен, с некоторым неудовольствием покосившись на Танину сигару, положил перед ней тонкую папку.

— Ознакомься.

На изучение содержимого ушло минут пять. Морвен неподвижно ждал, только пальцы выбивали дробь на дубовой столешнице. Таня подняла голову.

— Значит, все-таки Фэрфакс.

— Выходит, так. Мы поторопились принять самоубийство Хендерсона за подтверждение его вины. Теперь понятно, что это не было самоубийством.

— Ну что ж, пора лететь в Вашингтон.

— В Вашингтон не надо. У Фэрфакса бунгало на Чезапикском заливе, недалеко от Балтимора, в городке Джоппа-Магнолия...

Таня фыркнула. Морвен приподнял густую бровь, но ничего не сказал.

— И ты уверен, что он окажется именно там?

— Склонен так думать. Всплыл наш старый знакомый Мустафа Денкташ. Есть информация, что послезавтра он прибывает в Балтимор. Улавливаешь?

— Но если документы попадут к «Серым волкам»...

— Вот именно. Этого допустить нельзя.

— А ты почти на сутки вывел меня из игры, — с упреком сказала Таня.

— Нужно было перепроверить сведения, подготовиться.

— И кто я буду в этот раз?

— Лив Улафсен, гражданка Фарерских островов, профессия — аквастилист.

— Это что такое?

— Дизайн подводных интерьеров. В Балтимор прилетела изучать «Национальный Аквариум». Тед уже на месте. Он тебя встретит, доложит обстановку.

— Когда рейс?

— Через два часа надо быть в аэропорту.

30 июня 1995

Припекло, как в духовке. Дурацкие фаренгейты зашкаливали за сотню, раскаленный асфальт курился миражами луж. Но где-то над океаном бушевали грозы, и уже который раз на табло вспыхивали извещения о задержке трансатлантических рейсов. Хотя кондиционеры работали на полную мощь, многие из заполнивших зал пассажиров истекали потом, а у автоматов с прохладительными напитками выросла внушительная очередь. Фру Лив Улафсен перебросила сумку через плечо и зашагала в сторону застекленного загончика для курящих — словно для зачумленных, эти американы просто свихнулись на почве здоровья. Кстати, в курительном отсеке было намного приятнее, чем в общем зале — прохладно, чисто... Не отреагировав на удивленный взгляд сидящего через три кресла чернокожего старичка, она закурила толстую сигару и развернула дневной выпуск «Балтимор Сан», только что купленный в киоске. На страничке местных новостей скупо сообщалось, что рано утром в стоящем на обочине Трассы 95 черном «линкольне» дорожным патрулем обнаружен мертвым турецкий бизнесмен Кемаль Башироглу, прибывший в Балтимор три дня назад и проживавший в отеле «Харбор-Корт». Причиной смерти предположительно явился сердечный приступ. Особый интерес полиции вызвали найденный под ковриком автоматический пистолет с глушителем и ценные бумаги в портфеле на заднем сиденье. Расследование продолжается...

Первый отклик. И, что характерно, о «ценных бумагах» сказано так, будто речь идет об акциях или чеках, хотя их ценность совсем в ином. Надо полагать, ФБР наложило на информацию волосатую лапу. Иначе и быть не могло: слишком уж взрывоопасный материал на тех распечатках, а главное — чистая правда, разве что несколько специфично отфильтрованная. Фру Лив усмехнулась, представив себе, какой вой поднимут газеты, радио, телевидение через денек-другой, когда в домике на берегу залива будут найдены трупы Аверелла Фэрфакса, помощника сенатора Смита, и его приятеля Лео Лупса, и следствие установит, что застрелены оба из обнаруженного в том «линкольне» пистолета, а под именем Башироглу в Америку въехал сам Мустафа Денкташ, числящийся в розыске по обвинению в терроризме примерно в десятке стран... Разборка будет тихой, но мощной, а журналистской братии останется разве что муссировать всякие веселые подробности типа того, почему Фэрфакса нашли голым и что хотел сказать преступник, вставив жертве в задний проход цветок магнолии...

Хотя поставленная цель была достигнута, полного удовлетворения фру Лив не испытывала. Конечно, им с Тедом не впервой вместе с объектом убирать и свидетелей, но тех свидетелей никто не рискнул бы назвать случайными, тем более — невинными. Сообщники, телохранители, короче, такая же мразь. А вот про пьяненького джентльмена латиноамериканской наружности, на свою беду столкнувшегося с ней, когда она, сделав дело, покидала особнячок, ничего такого известно не было. Да и вообще ничего — даже имя, которым он назвался, галантно раскланиваясь на пороге, вызывало законные сомнения. Лео Лупс? Скорее уж, судя по внешности, Леопольдо Лопес. Кто такой, откуда взялся, почему подкатил к стоящему на отшибе бунгало с практически тупикового пляжного проселка, а не со стороны автострады, как все нормальные люди? Тогда Тед, страховавший ее из своего «фольксвагена», поставленного за густой живой изгородью, успел бы дать условленный сигнал, предупредить...

Фру Лив прикрыла глаза, вызывая в памяти смуглое, черноусое лицо. Нет, не входил этот красавчик в число известных фонду партнеров и подручных Фэрфакса, не мог он быть и эмиссаром Мустафы: телефон Фэрфакса вторые сутки прослушивался Тедом с помощью хитроумного аппаратика, разработанного Хэмишем Маккоркиндэйлом, техническим гением фонда, и было доподлинно известно, что встреча вашингтонского чиновника с псевдобизнесменом из Турции назначена на вечер в отдельном кабинете ресторана «Форт-Уэрт». Тогда отчего же это лицо показалось ей таким знакомым и внушило тревогу и томление, не сказавшиеся на дальнейших действиях только благодаря исключительным волевым усилиям? Ну что поделаешь, мистер Лупс-Лопес, так уж карта легла. Считайте, что вам на голову упал кирпич...

Успех этой операции, как и всех предыдущих, строился на сочетании тщательного планирования, точного расчета и вдохновенной импровизации. Прослушка телефона Фэрфакса дала ей возможность гарантированного проникновения в его дом — рано утречком по ее заданию Тед из снайперской винтовки с глушителем аккуратно вывел из строя кондиционер в Фэрфаксовой спальне, так что клиент, пробудившись, первым делом позвонил в ремонтную службу и вызвал мастера на дом. Перехватив его звонок, Тед сам позвонил по тому же номеру и от имени Фэрфакса заказ аннулировал, сославшись на экстренный вызов в Вашингтон. А в назначенный час по мраморным ступенькам особняка бодро взбежала знойная брюнетка в сексапильном облегающем комбинезоне и с холщовой сумкой через плечо. Предваряя возможные вопросы хозяина, кудрявую головку украшала бейсбольная кепочка со слоганом «Handy Dandy». Впрочем, мистер Фэрфакс подозрительности не проявил — скорее приятное изумление, быстро перешедшее в игривость. От дринков мисс мастер отказалась, но настолько мило и даже кокетливо, что игривый настрой хозяина существенно возрос. Не тратя времени даром, очаровательная монтерша поднялась в спальню. Там было жарко, и она расстегнула комбинезон. Фэрфакс, следовавший за ней по пятам, окончательно потерял голову и предпринял попытку облапить даму, при этом срывающимся голосом предлагая ей приличные деньги за несколько минут любви.

— О'кэй, — со вздохом согласилась монтерша. — Снимайте-ка свои шорты, сэр. Будете готовы — скажете.

Она отвернулась к окну и стала копаться в сумке.

— Я готов, — секунд через десять пролепетал Фэрфакс.

Она повернулась, держа в руках вынутый из сумки инструмент, и с лучезарной улыбкой влепила ему из этого инструмента бесшумную пулю в башку. Потом деловито убрала пистолет, застегнула сумку и комбинезон, спустилась в роскошный кабинет помощника сенатора и занялась его компьютером. Кое-какая информация перекочевала на ее дискеты, а кое-что интересное, наоборот, пересело на винчестер новопреставленного чиновника. Наследить она не боялась — перед приходом сюда обработала пальчики специальным гелем, на несколько часов начисто нивелирующим отпечатки пальцев. Работала сосредоточенно: информационный аспект операции имел не меньшее значение, чем собственно силовой. Поэтому, видать, и проморгала... Закончила работу, прибралась, открыла дверь и...

— Хай, милочка! Кто ты и где Аве?

— Хай... — Секундную растерянность прикрыла улыбкой и симпатичным трепетом накладных ресниц. — Я Кармен, экономка, а мистер Фэрфакс в данный момент отды-хает. Как доложить?

Тут же выбранила себя за то, что не сообразила при-думать другое, нелатинское имя. Сейчас этот смазливый чикано заговорит с ней по-испански, и тогда...

— Лео, голубушка. Лео Лупс. Аве будет счастлив меня видеть.

— Пройдите, пожалуйста, мистер Лупс. Я доложу мис-теру Фэрфаксу.

Он вошел, прикрыв за собой дверь, по-хозяйски плес-нул себе из квадратного графинчика, уселся в кресло возле столика. В нем и притих, выронив стакан и запрокинув голову с открывшимся третьим глазом.

По дорожке шла, не поворачивая головы, но глаза, при-крытые темными очками, надетыми перед выходом, стре-ляли по сторонам, высматривая новые детали картины... Вот. На улочке, шагах в десяти слева от ворот. Красная «бээмвушка» с тонированными стеклами. Мотор выклю-чен, двери закрыты. Подходить к чужому автомобилю не стала, всем видом своим показывая, что не обратила на него никакого внимания. Выйдя из ворот на пустынную улицу, повернула в противоположную сторону, где за сквериком стоял взятый напрокат «виллиджер», и все тридцать шагов до перекрестка уговаривала себя не оборачиваться, не смот-реть на «БМВ», заглушала в себе безотчетную уверен-ность — из-за темных стекол кто-то смотрит ей в спину. Правая рука лежала в сумке, сдвинутой на живот, сжимая рукоять пистолета. Не понадобилось: никто не окликнул ее, не выскочил, не побежал следом...

Потом все было штатно. Тед позвонил Мустафе — то есть, пардон, Кемалю — и, идеально имитируя бостонский гнусавый говорок Фэрфакса, попросил своего турецкого друга через десять минут перезвонить ему на мобильный. Такую предосторожность Денкташ, опытный конспиратор, не мог не оценить и, перезвонив, с высокой степенью дове-рия выслушал информацию — Фэрфакса срочно вызывают в Вашингтон на вечернее заседание сенатского подкомите-та, поэтому встреча переносится на завтрашнее утро в при-дорожное кафе рядом с турникетом на границе Мэриленда и округа Колумбия. Однако, чтобы сберечь время турец-кого друга, часть интересующих его материалов будет передана ему уже сегодня доверенным лицом Фэрфакса. Поскольку же нельзя не учитывать возможного интереса недоброжелателей, личного контакта этого доверенного лица с уважаемым мистером Башироглу лучше избежать, и достаточно лишь оставить арендованный «линкольн» в подземном гараже отеля незапертым. Тед не стал пережимать и заверять турка в честности своих намерений — тогда тот действительно мог бы заподозрить неладное. Мустафа на живку заглотил.

Последний этап операции был несложен. Фру Лив, тоже проживавшая в отеле «Харбор-Корт», дважды лицезрела турка за шведским столом и обратила внимание, что он накладывает себе изрядное количество маслин, которые поедает с косточкой. Остальное было делом техники.

Смешная мешковатая женщина средних лет споткнулась возле столика, за которым в одиночестве сидел невысокий стройный брюнет ближневосточного вида, и чуть не упала.

— Простите, — смущенно сказала она и подслеповато моргнула. — Кажется, я уронила очки.

Брюнет улыбнулся, шутливо погрозил ей пальчиком и, назвав ее «нестойкой дамой», нырнул под стол, поднял круглые очки и с легким наклоном головы протянул ей.

— О, спасибо! — Она водрузила очки на нос, виновато улыбнулась и отошла.

Капсула растворится часов через десять. По прикидкам Мустафа в это время будет на трассе в своем автомобиле... Судя по газетной заметке, так оно и получилось.

За четыре с половиной года, прожитых Таней в статусе тайной леди Морвен, одного из двенадцати Магов Ордена Иллюминатов и исполнительного директора Международного фонда гуманитарных технологий, надобность в подобных силовых акциях возникала восемь раз, и она неизменно принимала участие не только в разработке, но и в непосредственном исполнении. Такова была ее воля, хотя, в принципе, особой необходимости в ее участии не было: для таких дел имелась компактная и отлично вышколенная служба безопасности, состоявшая из полковника Паунда, Теда Хита — многолетнего полевого агента Эм-Ай-5, официально погибшего в Индокитае в конце семидесятых, — и десятка отборных головорезов, отслуживших не один год в различных спецподразделениях. Но даже придирчивый Паунд не мог не признать, что равного блеска в проведении таких операций опытным профессионалам удается достичь от силы один раз из двадцати.

Орденские дела леди Морвен волновали мало, хотя она прекрасно понимала, что на фоне невразумительных символов и нелепых ритуалов решаются вопросы глобального уровня, поскольку в Орден входили фигуры глобальные — президенты международных корпораций, влиятельные финансисты, политики, бывшие главы нескольких немаловажных государств, да и многие действующие главы были представлены самыми доверенными лицами. Сан Мага она приняла с большой внутренней усмешкой и с трудом удержалась от хохота во время пышной церемонии посвящения — это она-то маг, она, не верящая ни в бога, ни в черта, ни в прочую мистическую чушь?! Понимая важность орденских собраний, Таня держалась на них с подобающей серьезностью и торжественностью, но в приватной беседе с супругом нередко позволяла себе подшучивать над формой, в которую эти собрания облекались, и даже называть Орден «масонской ложей». Но лорд Морвен, обычно вовсе не чуждый иронии, шуток на сей счет не воспринимал.

— Не надо недооценивать ритуала, дорогая моя, — с каменным лицом выговаривал он. — Ритуал сплачивает, дисциплинирует, придает серьезность всем взаимным обязательствам. Чем был бы наш Орден без ритуала? Великосветским клубом? А твои сравнения с масонами я нахожу просто оскорбительными. Масонство давно уже выродилось в безвредную микстуру, которую принимают всякие лавочники и мелкие служащие, чтобы не так сильно ощущать собственное ничтожество. Внутренний смысл масонства давно утрачен.

— А Ордена? — возражала Таня. — Позиции ваши мне представляются весьма далекими от идеалов просвещенного деизма и мирового братства людей, что завещал вам великий Вейсгаупт. Так не честнее ли будет отбросить всю высокопарную оккультную бредятину и назваться своим именем — планетарная мафия?

— Честнее — с акцентом на слове «планетарная». Мы — структурирующий элемент в планетарном хаосе, и если наши действия приносят определенное зло, то наше бездействие обернулось бы злом неизмеримо большим, так что хотя бы с математической точки зрения ты не можешь не признать нас силами добра...

— Действующими в собственных интересах, — ехидно добавляла Таня.

— Не без этого, — скромно соглашался Морвен. — Все мы люди.

На претворение в жизнь стратегических решений, вырабатываемых Орденом, прямо или косвенно работали десятки правительств, тысячи организаций разного уровня во всех странах мира. Но непосредственней всех с Орденом было связано любимое детище лорда Морвена, Международный фонд гуманитарных технологий, мощная благотворительная организация, чьи уставные задачи формулировались обтекаемо и в высшей степени благородно, а конкретная деятельность отличалась чрезвычайным многообразием — от всесторонней и широко рекламируемой поддержки юных дарований до узкоцелевого и негласного спонсирования политических партий, национально-освободительных движений, лоббистских групп и коммерческих сект. В двенадцати странах действовали официальные представительства фонда, еще в сотне стран фонд действовал под крышей всевозможных правительственных и неправительственных организаций. Природные способности, бесценный опыт работы в «Зарине» и практически безграничный административно-финансовый ресурс Ордена помогал Тане без особого напряжения справляться с многогранными обязанностями исполнительного директора фонда, а неизбежно возникающие кризисные ситуации только подстегивали ее и без того завидную энергию. Иногда кризисы заходили слишком далеко и превентивных мер оказывалось недостаточно. Тогда планировались и проводились специальные операции...

Исполнительный директор мощной международной организации — должность публичная. Специалисты полковника Паунда успешно поработали с биографией Дарлин Теннисон, и у многочисленных папарацци отпала всякая охота копаться в неинтересном прошлом госпожи директора, равно как и задавать вопросы о ее поразительном сходстве с покойной Таней Дарлинг, предприимчивой бандершей с русскими корнями, чья головокружительная деловая карьера несколько лет назад была на взлете пресечена кровавой разборкой с собственным заместителем. Что поделать, похожа и похожа... А для объяснения отлучек, связанных со специальными операциями, было разработано пикантное и оттого особо убедительное алиби. Увы, мисс Теннисон, очаровательная женщина и превосходный руководитель, страдала редким и неизлечимым недугом периферической нервной системы и в период обострения болезни бывала вынуждена временно — от нескольких дней до двух-трех недель — отходить от дел. Один назойливый корреспондент, специалист по скандальным подробностям жизни богатых и знаменитых, умудрился залезть на ограду Леммингс-Корта, загородного замка лорда Морвена, и заснять медленно движущуюся по аллее инвалидную коляску, ведомую сиделкой в белом чепчике, и неподвижную фигуру в этой коляске. Фигура была по горло укутана белоснежным пледом, так что видна была лишь кудрявая рыжая голова в больших солнцезащитных очках. Видеоматериал не прошел ни на одном телеканале, а издание, опубликовавшее фотографию с сопроводительным текстом: «Иногда и сильные мира сего бывают слабыми», после долгого судебного процесса выплатило фонду кругленькую сумму в полтора миллиона фунтов — именно во столько оценили юристы Морвена моральный ущерб, нанесенный вмешательством в частную жизнь. Заметку об удовлетворении ее иска Таня прочла в Сингапуре через несколько часов после ликвидации одного биржевого воротилы, нагло злоупотребившего доверием фонда. Они с Тедом долго смеялись...

Нынешняя кризисная ситуация возникла в связи с тонкой многоходовой игрой на курдском вопросе, которую Орден вел с ведома и негласного одобрения правительств нескольких «цивилизованных» стран с целью направить в нужное русло влияние Турции в исламском мире, а заодно сделать турок более сговорчивыми в предоставлении ряда концессий международным компаниям. По некоторым шагам оппонентов люди Морвена установили, что те располагают кое-какими сведениями, которыми располагать не должны. Делом вплотную занялся полковник Паунд, вскоре был определен источник утечки — американское представительство фонда. Во время негласного расследования при весьма компрометирующих обстоятельствах покончил с собой Хендерсон, директор американского отделения. Паунд счел вопрос закрытым, но по настоянию Тани расследование было продолжено в более узком формате, и его результаты убедили Морвена в необходимости жесткой специальной акции, включающей с себя силовую и информационную — точнее, дезинформационную — составляющие. Так Таня на три дня стала фру Лив Улафсен, аквастилистом с Фарерских островов. И все бы хорошо, если бы не этот злосчастный Лео Лупс. Первый в ее практике по-настоящему *посторонний* труп. Перейдена черта, которую так не хотелось переступать... И не с кем поделиться своими переживаниями — ни Тед, ни Паунд, ни Морвен не поймут ее. Для них цель всегда оправдывает средства... Господи, ну почему лицо этого Лупса кажется ей таким знакомым?..

...Танюша, милая, притомилась?

Есть маленько, Большой Брат. Знаешь, постоянно жить в жанре психиатрического детектива, к тому же с оккультным душком — временами это утомляет. Бывает, захочется чего-то пообыкновеннее. Но... Пробовала — не получается. Богу богово, а мутанту — хитрое логово. Вот так-то, Большой Брат...

Ну, ты посиди пока, а я водички принесу...

Какая на фиг водичка?! Фру Лив медленно подняла глаза от газетной страницы и увидела спину удаляющегося высокого мужчины и кудрявый затылок женщины, глядящей ему вслед. Женщина тут же обернулась, остаточно теплый взгляд ее больших зеленых глаз на мгновение встретился со взглядом фру Лив и, слегка похолодев, плавно ушел в сторону. Не узнала, да и не могла узнать, а вот скандинавская гостья моментально определила, кто сидит с ней рядом в курилке шестого терминала «Ди-Даблъю-Ай»... Татьяна Ларина, первая жена Ваньки и последняя жена Павла, актриса, чей облик знаком по экрану. Бывает же.

Фру Лив чуть отвернулась и опустила голову, но продолжала разглядывать женщину из-под ресниц. Да, время покамест обошлось с той милостиво; располнела, правда, но таким ярким, пухлогубым брюнеткам небольшая пол-

нота только к лицу. И не только к лицу. Да, к сороков-
нику превратиться в воплощенную грезу эротомана — не
самое худшее для женщины... Взор фру Лив остановился
на эффектном кулоне, блеснувшем зеленой плоскостью в
глубоком вырезе летней блузки Татьяны Лариной. Огран-
ка изумруда, плетение серебристо-зеленоватой платины...
Нет, конечно, никакой тут мистики, просто шустрый су-
чонок, братец ее физический, в свое время располовинил
наследный гарнитур меж двух Татьян, серьги пошли се-
стрице, а кулон — возлюбленной, у него ведь серьезно
было с гражданкой Лариной. Какое еще может быть объяснение?

Гордо неся перед собой две банки «Утренней росы»,
возвратился спутник Татьяны Лариной. При взгляде на
него у фру Лив защемило в груди — как же похож на ее
покойного мужа, с которым только что вела мысленный
разговор! Только волосы совсем светлые, борода, прямой
нос, а глаз за дымчатыми очками не разглядеть. Спокойно,
здесь тоже никакой мистики нет, актрисуля наша тоже
ведь замуж за Павла ходила, любила, должно быть, вот
и подобрала себе эмигрантика по принципу максимального
сходства... Мужчина плюхнулся в кресло, щелкнул языч-
ком банки, с улыбкой протянул Лариной.

— Ну что, денверский без нас улетел? — спросила
Ларина, отхлебнув из банки.

Мужчина кивнул.

— Может, в Балтимор смотаемся? — предложила Ларина. — Ни разу ведь не были. В «Аквариум» сходим, в Дру-
идский парк. Могилке Эдгара По поклонимся. А, Павлик?

Мужчина пожал плечами и задумчиво произнес:

— Каркнул ворон «Nevermore»...

Фру Лив вздрогнула и испустила тихий стон. Оба посмотрели на нее.

— Are you all right? — озабоченно спросила Ларина.

— Oh, I'm fine, thank you... — не своим голосом ответила фру Лив, подтвердила свои слова смущенной улыбкой и, отвернувшись, раскурила потухшую сигару.

Невозможно. Это невозможно. Она же сама каких-то
три месяца назад, будучи в Питере по делам фонда, не
удержалась, зашла на Серафимовское, постояла у его могилы. А еще раньше, по своим каналам, восстановила все

обстоятельства, сопряженные с гибелью бывшего мужа, и пришла к однозначному выводу, что приговор, который она вынесла Шерову и собственноручно привела в исполнение, был справедлив... А теперь этот голос, эта фраза, которую Павел иногда цитировал в бытность ее мужем... И те его слова, которые, как ей казалось, звучали лишь в ее сознании, вслух произнес живой Павел, только обращены они были отнюдь не к ней. Другая у него теперь Танюша... Материализация глюков? Допрыгалась, Захаржевская...

— Слушай, тебе эта чудачка с сигарой никого не напоминает? — спросила своего спутника Ларина. — Да не глазей ты так, неудобно все-таки...

Взгляд его фру Лив выдержала спокойно — узнать ее, обесцвеченную и подстаренную профессиональнее, чем картина Гризома, в нелепых круглых очочках и мешковатом брючном костюме, скрадывающем все достоинства фигуры, было невозможно даже теоретически, — а вот голос опять скребнул по сердцу:

— Вроде нет. А тебе?

— Не пойму. Вроде никогда прежде не видела, но что-то такое...

— Знаешь, я сообразил. Это же вылитая мисс Паврэ, ну, помнишь, француженка в Нюточкиной школе. Только та годков на тридцать постарше и с палочкой.

— А-а... Pas-Vrai? Старушка Неправда?

Они дружно рассмеялись. Фру Лив Улафсен продолжала невозмутимо дымить сигарой, глядя мимо них в пространство...

Санкт-Петербург
1995—2000

ОГЛАВЛЕНИЕ

Дмитрий Вересов
КРИК ВОРОНА

Сериал «Черный ворон»

Книга третья

Серия «Огни большого города»

Ответственные за выпуск
А. И. Бабушкин, Я. Ю. Матвеева

Корректор
О. П. Васильева

Верстка
А. Н. Соколова

Лицензия ИД № 02040 от 13.06.2000
Лицензия ИД № 05759 от 04.09.2001

Подписано в печать 12.03.02.
Формат 84 × 108 ^{1}/₃₂. Печать офсетная.
Бумага газетная. Гарнитура «Кудряшевская».
Уч.-изд. л. 21,38. Усл. печ. л. 22,68.
Доп. тираж 30 000 экз.
Заказ № 3742.

«Издательский Дом „НЕВА"»
199155, Санкт-Петербург, ул. Одоевского, 29

Издательство «ОЛМА-ПРЕСС Звездный мир»
129075, Москва, Звездный бульвар, 23А, стр. 10

Оформление обложки и цветоделение
ООО «Русская коллекция СПб»,
дизайнер Катерина Мельник

Отпечатано с готовых диапозитивов
в полиграфической фирме «КРАСНЫЙ ПРОЛЕТАРИЙ»
103473, Москва, Краснопролетарская, 16

«Издательский Дом „Нева"»
и Издательство «Олма-Пресс»
в серии
«Огни большого города»
представляют полную версию
второй книги
знаменитого сериала
Дмитрия Вересова
«Черный Ворон»
роман «Полет Ворона»

Обе Татьяны переживают стремительный взлет и катастрофическое падение — и выходят из испытаний сильно изменившимися.

───────────────

Одно из лучших произведений конца ушедшего века... Если взять все лучшее из Шелдона и «Угрюм-реки» Шишкова, то вы получите верное представление об этой книге.

М. Семенова

«Издательский Дом „Нева“»
и Издательство «Олма-Пресс»
в серии
«Огни большого города»
представляют новую книгу
Дмитрия Вересова
«Избранник Ворона»,
продолжающую серию
блестящих романов
«Черный Ворон», «Крик Ворона»
и «Полет Ворона»

Тайная подоплека поведения героев предыдущих романов Дмитрия Вересова находит здесь реальное объяснение.

Если вы ждете от литературы открытий и откровений, Вересова вам употреблять не следует, но если вы телевизионный продюсер, жаждущей основы для семейного сериала, купите «Избранник Ворона».

Вячеслав Курицын,
писатель, критик

«Издательский Дом „Нева"»
и Издательство «Олма-Пресс»
в серии
«Огни большого города»
готовят к выпуску новый роман
Дмитрия Вересова
«Созвездие Ворона»,
продолжающий знаменитый
сериал романов
о Черном Вороне

Сага о Черном Вороне проросла из зерна сугубо литературного: автору стало очень интересно, как сложилась бы судьба пушкинской Татьяны Лариной, если бы она вдруг оказалась его, автора, современницей. Почти одновременно родилось два варианта — и не решившись избрать какой-то один, автор использовал оба. Получилась история про двух Татьян. Боковая ветвь этой истории разработана в романе «Избранник Ворона», а над продолжением автор в настоящее время трудится — в те редкие моменты, когда не занят в работе над многосерийным фильмом.

«Издательский Дом „Нева"»
и Издательство «Олма-Пресс»
в серии
«Огни большого города»
представляют роман
Дмитрия Вересова
«Ближний берег Нила»

Книга Дмитрия Вересова, автора знаменитой трилогии «Черный Ворон»,— итог трехлетнего кропотливого, подчас каторжного труда. Действие романа охватывает огромный временной промежуток, где судьбы отдельных людей неразделимы с судьбой России...

«Издательский Дом „Нева"»
и Издательство «Олма-Пресс»
в серии
«Огни большого города»
представляют трилогию новой
звезды российской словесности
Елены Богатыревой
«Три жены», «Три судьбы»,
«Однолюб»

Трилогия Елены Богатыревой — это новая бесценная жемчужина в собрании произведений писательницы, мастера интриги и пронзительной любовной лирики. Писательницы, которую все чаще называют российской Дафной Дюморье.

Дмитрий Вересов

«Издательский Дом „Нева“»
и Издательство «Олма-Пресс»
в серии
«Огни большого города»
представляют блестящие
авантюрные романы
Елены Богатыревой
о загадочной Алисе Форст
«Ночная княгиня»
и «Арабская ночь»

Цикл произведений об Алисе Форст — это удивительный букет, составленный виртуозом на основе магии человеческих чувств и непрерывной конкуренции добра и зла.

«Издательский Дом „Нева"»
и Издательство «Олма-Пресс»
в серии
«Огни большого города»
представляют
«мягкие» исторические детективы
Елены Басмановой
из сериала о Муре Муромцевой
**«Тайна древнего
саркофага»,
«Тайна серебряной вазы»,
«Тайна черной жемчужины»**

Для того чтобы детектив из примитивного трамвайного чтива превратился в настоящую Литературу, необходимо, как минимум, три вещи: крепкий сюжет с неожиданной развязкой, добротный язык и «живые» персонажи. Все эти составляющие в полной мере имеются в детективах Елены Басмановой...

Дмитрий Вересов

«Издательский Дом „Нева"»
и Издательство «Олма-Пресс»
в серии
«Огни большого города»
готовят к выпуску новый роман
Елены Басмановой
из сериала о Муре Муромцевой
«Тайна старинной карты»

Возьмите очарование позапрошлого века в описании Бориса Акунина, замешайте с чудной иронией Иоанны Хмелевской, щедро приправьте благоухающим свежестью сюжетом — и вот перед вами ароматное блюдо: старинные петербургские детективы Елены Басмановой. Наслаждайтесь ими не торопясь, и удовольствие вам гарантировано!

Н. Александрова

«Издательский Дом „Нева"»
и Издательство «Олма-Пресс»
в серии
«Огни большого города»
представляют современный
криминальный роман
Юлии Латыниной
«Ничья»

Они оба начинали в 90-м году — будущий «крестный отец» Нарыма и самый крупный его предприниматель. Предприниматель мог позволить себе новенькую «девятку», а бандит мог позволить себе старенький «мерседес».

Предприниматель покупал прииск — и бандит покупал прииск. Предприниматель крал нефтяную компанию — и на ту же компанию претендовал бандит, Малюта и Сыч хотели одни и те же прииски и одни и те же заводы. Их мирили менты, воры и губернатор, избирательную кампанию которого они финансировали. Малюта и Сыч поделили край. И они жили в мире, пока оба не сцепились из-за того, что нельзя было поделить, — из-за женщины.